U0920127

孙大雨译文集

I

上海译文出版社

罕秣莱德

奥赛罗

图书在版编目（CIP）数据

孙大雨译文集：全八卷/孙大雨译．—上海：上海译文出版社，2021.7

ISBN 978-7-5327-8545-2

Ⅰ.①孙… Ⅱ.①孙… Ⅲ.①孙大雨（1905-1997）－译文－文集②戏剧文学－剧本－作品集－英国－中世纪③古典诗歌－诗集－中国 Ⅳ.①I11

中国版本图书馆CIP数据核字（2021）第116942号

孙大雨译文集（全八卷）

责任编辑/冯涛　　装帧设计/胡枫

上海译文出版社有限公司出版、发行

网址：www.yiwen.com.cn

201101　上海市闵行区号景路159弄B座

上海中华商务联合印刷有限公司印刷

开本 890×1240　1/32　印张 121.75　插页 54　字数 2,066,000

2022年4月第1版　2022年4月第1次印刷

印数：0,001—2,000册

ISBN 978-7-5327-8545-2/I·5260

定价：1180.00元（全八卷）

孙大雨教授

（1905年1月21日—1997年1月5日）

摄于 1935 年，时年 30 岁

孫大雨
Sun Ta-yü

孫大雨　時年九十一歲，
攝於上海，1996.5.

与女儿女婿合影

文学作品、特别是詩歌的翻译，要求移植者對于原文和所譯文字的造詣都異常高，要能深入理解和擷取原作的形相到奥蘊，又善于揮洒自如地表達出来，尋旨而傳神，務使他能在他那按着原作的再一次創作的成果里充分地体現原作的精神和風貌。

孫大雨
1995，10，1.

Literary works, especially versions of poetry, require their translators to be highly faithful to the original, capable of understanding and reflecting the complexion and hidden sense of the original, so as to fully express the spirit and manner of the original.

— Sun Ta-yü at the age of 91,
April 17th, 1996.

孙大雨教授手迹之一

“无人传”本拟译为“can reach not my lord”

因为“chords”与“swords”相混，只得放弃。

若译“鸳鸯弦”为“Aix strings”，下面的“燕丝”

就无法译得叶韵，因此牺牲較好的

“my lord,”用

“my good man.”

strings : chords.

Subclass : Pterygote 有翅亚纲

Order: Orthoptera 直翅目

Suborder : Tettigoniodea 螽亚目

Family : Tettigoniidae 螽蟖科

Mecopoda elongata 纺织娘

又名：Katydid，[long-horned grasshopper] 這个名称包括的種類多一些，一般類似於螽斯，会叫的都可用。

英文普通名

此名我比較恰当。范围較窄，像络丝娘等於纺績娘＝络丝娘。

生帛曰素，湅帛曰練。素謂絹之精白者，即所用寫书之素也。（《辭海》）舊

fretted fingerboard.

fret：[名][音]柱，琴柱。（舊商務《英漢大辭典》）

Katydid：向張作人先生请教，见上

瑟：《世本》：瑟，庖犧作，五十弦，黄帝破为二十五弦。《礼樂通故》引舊圖云："雅瑟長八尺一寸，廣一尺八寸，二十三弦或十九弦；頌瑟長七尺二寸，廣一尺八寸，二十五弦。"（舊《辭海》）。zither, zithern: a musical instrument having from thirty to forty strings over a shallow horizontal sounding box, and played with a plectrum. ("Webster Collegiate", 1941)

鸳鸯：Aix galericulata（舊《辭海》）。Aix: a genus of short-legged perching ducks having brilliant multicolored plumage in the male and including the mandarine duck and the wood duck (Webster International)

孙大雨教授手迹之二

目录

序

莎士比亚是如何进入中国的？这是一个大课题，可以写一本厚厚的研究专著。如果把考察视野缩小到新文学范围之内，那么，田汉、张采真、邓以蛰、顾仲彝、朱湘、徐志摩、曹未风、曹禺、杨晦、吴兴华、林同济等译者或大或小的贡献都应该提到。朱生豪、梁实秋和孙大雨三位的大名更是非提不可，他们三位可称20世纪中国翻译莎士比亚的三大家，鼎足而立，至少我是这样认为的，而孙大雨是三位中唯一坚持用韵文体翻译莎士比亚的译者。

在追溯孙大雨先生的莎译经历之前，不妨先回顾一下胡适主持的“中华教育文化基金董事会（即美国庚子赔款委员会）编译委员会”对翻译莎士比亚的大力推动，这与大雨先生投身莎士比亚翻译事业也有直接关系。胡适1930年12月23日致梁实秋信中说得很清楚：

> 编译事，我现已正式任事了。公超的单子已大致拟就，因须补注版本，故尚未交来。顷与Richard谈过，在上海时也与志摩谈过，拟请一多与你，与通伯、志摩、公超五人商酌翻译Shakespeare全集的事，期以五年十年，要成一部莎氏集定本。此意请与一多一商。
>
> 最重要的是决定用何种文体翻译莎翁。我主张先由一多、志摩试译韵文体，另由你和通伯试译散文体。试验之后，我们才可以决定，或决定全用散文，或决定用两种文体。①

胡适这封信真是太重要了，他提出翻译莎士比亚全集的设想，又提出是韵文体还是散文体翻译，应先行“试译”。但他提出由闻一多、徐志摩、梁实秋、陈西滢（通伯）和叶公超五位合作，共襄盛举，却未如人意。陈西滢马上打退堂鼓，只答允担任“校对”②。闻一多和叶公超后来也未参与。徐志摩倒真的作了尝试，可惜他只翻译了《罗米欧与朱丽叶》的一小部分（第二幕第二景），虽然是引人注目的韵文体，却因飞机失事而无以为继。③五人之中，真正把翻译莎士比亚作为毕生志业的是梁实秋。在胡适的鼓励和支持下，经过三十年的努力，梁实秋终于成为中国第一位完整译出莎翁所有剧本的翻译家。④

然而，胡适支持的翻译莎士比亚的译者，不仅仅是梁实秋一位，还有孙大雨。胡适 1931 年 3 月 21 日致梁实秋信中表示，已拟定了翻译莎士比亚的十条计划，第十条就是“预备收受外来的好稿”。⑤孙大雨应该就是不属于最初所拟五位的“外来的好稿”译者，而居中起了重要作用的是徐志摩。

1931 年 4 月，徐志摩主编的上海《诗刊》第 2 期发表了孙大雨的《译 King Lear（Act Ⅲ，sc.2）》（即第三幕第二景）。必须指出，这是孙大雨节译的莎士比亚剧本的首次公开发表。徐志摩在该期《诗刊》的《前言》中特别对此作了说明：

> 孙大雨的 King Lear 试译一节也是有趣味的。我们想第一次认真的试译莎士比亚，此后也许借用《诗刊》地位发表一些值得研究的片段。⑥

徐志摩所说的“我们想第一次认真的试译莎士比亚”，不就是胡适所提出的翻译莎士比亚全集的计划吗？而请孙大雨用韵文体试译《黎琊王》片断，也不就是胡适设想的用韵文体试译莎士比亚的最初实施吗？与此同时，徐志摩自己也在用韵文体试译《罗米欧与朱丽叶》，只不过他生前未及发表。

徐志摩比孙大雨大八岁，但他对孙大雨一直刮目相看。早在 1926 年 4 月 11 日，他就在自己主编的《晨报副刊・诗镌》上发表了孙大雨第一首格律谨严的十四行诗《爱》。到了 1931 年 1 月，他又在《诗刊》创刊号上以头版篇幅刊出孙大雨的三首十四行诗代表作《诀绝》《回答》和《老话》。同年 4 月《诗刊》第 2 期又以头版篇幅开始连载孙大雨的长诗《自己的写照》。由此可见，徐志摩对孙大雨的中英文诗造诣充分肯定，请孙大雨用韵文体试译莎士比亚，可谓所选得人。

1931 年 10 月，徐志摩主编的《诗刊》第 3 期再次以头版的显著篇幅发表孙大雨翻译的《罕姆莱德（第三幕第四景）》，这可进一步说明徐志摩对孙大雨的格外器重，特别礼遇。在该期《诗刊》的《叙言》中，徐志摩再次对孙大雨译莎士比亚不吝赞词：

本期的编者又得特别致谢孙大雨先生，因为他不仅给我们他的"声容并茂"的《自己的写照》的续稿，并且又慷慨的放弃他在别处可换得的颇大的稿费，让给我们刊载他的第二次莎士比亚试译，这工作所耗费的钟点几乎与译文的行数相等。这精神是可贵的，且不说他的译笔的矫健与了解的透彻。我们敢说这是我们翻译西洋名著最郑重的一个尝试；有了他的贡献，我们对于翻译莎士比亚的巨大的事业，应得辨认出一个新的起点。⑦

孙大雨这两次试译《黎琊王》和《罕秣莱德》片段，⑧ 是他翻译莎士比亚剧本的开始，初露锋芒，比梁实秋出版所译莎士比亚剧本早了整整五年，⑨ 自有其别样的意义。经过这两次试译，孙大雨最后确定先用韵文体全译"莎氏的登峰造极之作"⑩《黎琊王》，这从他后来写的《译莎剧〈黎琊王〉序》中可以得到证实。孙大雨回忆道：

> 我最早蓄意译这篇豪强的大手笔远在十年前的春天。当时试译了第三幕第二景的九十多行，唯对于五音步素体韵文尚没有多大的把握，要成书问世也就绝未想到（如今所用的第三幕第二景当然不是那试笔）。七年前机会来到，竭尽了十四个月的辛勤，才得完成这一场心爱的苦功。⑪

孙大雨这篇译序落款时间为 1941 年 10 月 26 日，“十年前的春天”正好是 1931 年春，与《诗刊》第 2 期发表他翻译莎士比亚的处女作《译 King Lear》（节译）时间上完全吻合。而“七年前”“竭尽十四个月辛勤”译完《黎琊王》全剧，应是 1934—1935 年间。⑫ 这有一个有力的旁证。1936 年 1 月上海《宇宙风》第 8 期刊出“二十四年我的爱读书”，孙大雨给出的答案如下：

> 1. Shakespeare: King Lear
> 2. Marcel Proust: The Remembrance of Things Past
> 3. 庄子
> 4. 楚辞

这就告诉我们，在整个 1935 年，孙大雨应都在钻研《黎琊王》并加以翻译。这一年，他还用功阅读了法国作家普鲁斯特的名著《追忆逝水年华》英译本，以及两部中国古典文学经典《庄子》和《楚辞》，⑬ 足见其文学视野之宽广，涵盖古今中外。

孙大雨苦心孤诣翻译的《黎琊王》（上下卷），后又经过“两度校改修订”，⑭ 至 1941 年 10 月才最终完成译稿，和译序、注解以及附录一并交付商务印书馆。1943 年 7 月，《译莎剧〈黎琊王〉序》在重庆《民族文学》第 1 卷第 1 期先行发表。但由于全面抗战战事的影响，整部《黎琊王》迟至1948年11月才由上海商务印书馆推出。孙大雨在写于1947年12月15日的译序“附言”中，特别对“中华教育文化基金董事会”和董事会的胡适之、任叔永两位表示了感谢。

徐志摩关于莎剧翻译的“一个新的起点”的预言没有落空，《黎琊王》译本的问世，不仅是孙大雨翻译莎士比亚的第一个完整的成果，也是莎士比亚作品汉译史上的一件大事。因为这是第一部用白话韵文体翻译的莎士比亚诗剧中译本，正如梁实秋后来所承认的：“孙大雨还译过莎士比亚的《黎琊王》，用诗体译的，很见功。”⑮

此后，孙大雨对莎剧的翻译因政治风暴而被迫中断多时，直到1960年代初，他才重执译笔，译出了《罕秣莱德》。上海译文出版社出版《罕秣莱德》集注本则迟至二十六年之后的1991年5月，换言之，与他最初试译《罕姆莱德》已相隔了整整六十年！不幸中之大幸的是，他的另外四部莎剧即《奥赛罗》《麦克白斯》《暴风雨》《冬日故事》集注本译稿也劫后幸存，加上后来他老骥伏枥，新译出了《萝密欧与琚丽晔》《威尼斯商人》两部简注本，均于1990年代陆续问世。这八部孙译莎剧都是韵文体，体现了孙译莎士比亚的鲜明特色，也在中译莎剧的百花园中独树一帜，并对后来的莎剧翻译者提供了启示。

必须着重指出的是，与其他一些莎剧译者不同，孙大雨不仅有莎剧翻译实践，还有自成一说的翻译理论，而这理论与他的新诗格律说即他始终主张的“音组”理论是一致的。孙大雨那篇五万余字的长文《论音组》，副题就是“莎译导言之一”，本拟置于《黎琊王》译本之首，⑯ 而他晚年回忆，他最早“公开实践了我以语辞音组的进行造成诗歌节奏的具体行动”，就是“一首意大利式的商乃诗（十四行诗）《爱》”，至于在理论上“作出‘音组’（字音小组）那个定名乃是以后的事，我记得是于1930年在徐志摩所编新月《诗刊》第2期发表莎译《黎琊王》一节译文的说明里”。⑰ 但是，查《诗刊》第2期上《黎琊王》译文前后并无这则说明，反而出人意料的，在《诗刊》第3期《罕姆莱德》译文末尾有段《跋》讨论了这个问题。可见时隔多年，孙大雨把《〈罕姆莱德〉跋》误记成《黎琊王》的“说明”了。这段《〈罕姆莱德〉跋》从未收入孙大雨的集子，是他的一则集外文，应可算一个小小的发现，[18] 照录如下：

我用的是牛津大学图书局 W. J. Craig 的版本，因为手头没有集注本（*Variorum Shakespeare*），不曾仔细参考；以后有机会翻译全剧，当重校一遍。我的方法不是直译，也不象意译，可以说是“气译”：原作的气质要是中国文字里能相当的保持，我总是尽我的心力为它保持。Literal meaning 稍微出入些，我以为用诗行翻译诗行是可以允许的。举两个例：原文“Would from a paddock, from a bat a gib……”，我译成“……那样一只懒蛤蟆，一只偷油的蝙蝠，一只野公猫。”又原文：“call you his mouse”，我译为“称你作他的小猫小狗”。我希望抛砖能够引玉。

在这段《跋》里，孙大雨不仅交代了他试译《罕姆莱德》所使用的英文版本，更重要的是，首次对他试译莎士比亚诗剧所遵循的基本原则作了说明。虽然《跋》里没有直接出现“音组”这样的提法，但应可视为孙大雨“音组”理论的滥觞，所谓“气译”也即“原作的气质在中国文字里能相当的保持”，可以理解为把英文诗中的“音步”转换成中文诗里的“音组”；所谓“用诗行翻译诗行是可以允许的”，再往前推一步，也就是主张用中译诗中的“音组”来对应莎剧诗行中的“音步”。因此，应可这样认定，孙大雨从一开始就自觉地尝试用格律韵文来翻译莎士比亚的素体韵文诗剧。到了《论音组》《译莎剧〈黎琊王〉序》等文中，孙大雨正式提出“音组”说，对“韵文为有音组的文字”和莎剧翻译中“音组的形成”及其特点从理论上加以阐发，则是他的翻译理论的进一步系统化。从《论音组》开始，经过《诗歌的内容与形式》，直到晚年的《关于莎士比亚戏剧的几个问题》《莎士比亚戏剧是话剧还是诗剧》等一系列论文，孙大雨不断论证、深化和完善自己的“音组”说，从而在理论上与他的八部莎剧翻译相互辉映。

综上所述，不妨用孙大雨自己深入浅出的阐释对他翻译莎士比亚最了不起的贡献作个小结：

> 莎剧原作每行五个音步，我的译文每行也正好是五个音组。总之，我认为：既然莎剧原文大体上是用有格律的素体韵文写的戏剧诗或诗剧，那么，译成中文也应当呈现他的本来面目，译成毫无韵文格律的话剧是不合式的，因为原文韵文行的节奏，语言流的有规律的波动，若变成散文的话剧，或莫名其妙的分行的散文的话剧，便丧失掉了原作的韵文节奏，面目全非了。⑲

我与孙大雨先生可算是忘年交。自1980年代中期也即他老人家调入华东师大之后，为研究“新月派”，我常去拜访这位硕果仅存的“新月派”诗人。记得他那时已搬进华山路吴兴路口的“高知楼”小区，与王元化先生、赵清阁先生等同住一幢楼。大雨先生虽已年过八秩，仍每晚勤奋工作，次日上午休息。所以我一般是下午三时以后到访。每次见面，往往开始时我问他答，后来就是他说我听了。他臧否人物，从来不留情面，但每当谈起胡适和徐志摩，他都会激动，连声称赞他们是好人。

记得台湾学者秦贤次兄和吴兴文兄拜访大雨先生，都是我引领的，后者当时任职台湾联经出版公司，由此促成了大雨先生的莎译剧本在台湾出版繁体字版。北京刘福春兄编现代诗人手稿集，[20]也是我去请大雨先生抄录了十四行诗《诀绝》的前几句。特别应该提到的是，我编选梁实秋早期新诗和小说集，[21]大雨先生不顾九十高龄，应我之请撰写了《暮年回首——我与梁实秋先生的一些交往》作为代序，使我衷心感铭。他对自己屡遭迫害，以至未能译出更多的莎剧，一直深以为憾，曾不止一次地向我表示：如果我译完全部莎剧，就不让实秋这位同道专美于前了！但我想，即便只译出八部，大雨先生也已彪炳莎士比亚翻译史。

上海译文出版社即将推出八卷本《孙大雨译文集》，这是对大雨先生英译中、中译英丰硕成果的新的大检阅。改革开放以后，获得平反的大雨先生在施平先生安排下，调入华东师大外文系，得以潜心他的翻译和研究工作。现在，由上海译文出版社出版他的搜集完备的译文集，以这部大书的问世纪念这位杰出的翻译家诞辰115周年，真是再合适不过，也实在是嘉惠学林的大好事。我当然拍手称好，乐观其成。

我自知才学不逮，不是为大雨先生译文集作序的理想人选。但孙近仁先生力邀，却之不恭，只能把他翻译莎士比亚尤其是翻译《黎琊王》的经过略加梳理如上，以表示我对大雨先生的敬重和深切怀念。

陈子善

庚子清明后一日于海上梅川书舍

注　释

① 梁实秋：《怀念胡适先生》附录《胡适致梁实秋信》，《梁实秋文学回忆录》，长沙：岳麓书社，1989年，第152页。

② 同上，第153页。

③ 徐志摩译：《罗米欧与朱丽叶》，《新月》1932年1月第4卷第1号，又刊《诗刊》

1932年7月第4期，均在徐志摩殁后作为“遗稿”发表。

④ 梁实秋在《怀念胡适先生》一文中说：“领导我、鼓励我、支持我，使我能于断断续续三十年间完成莎士比亚全集的翻译者，有三个人：胡先生、我的父亲、我的妻子。”《梁实秋文学回忆录》，第149页。

⑤ 梁实秋：《怀念胡适先生》附录《胡适致梁实秋信》，《梁实秋文学回忆录》，第153页。

⑥ 徐志摩：《〈诗刊〉前言》，《徐志摩全集》第4卷（散文），北京：商务印书馆，2019年，第403页。

⑦ 徐志摩：《〈诗刊〉叙言》，《徐志摩全集》第4卷（散文），第425—426页。

⑧《黎琊王》和《罕秣莱德》是孙大雨对莎士比亚这两部名剧译名的定译，本文沿用。

⑨ 梁实秋所译首批莎士比亚剧本两种：《威尼斯商人》和《马克白》，1936年6月同时由上海商务印书馆初版。

⑩ 孙大雨：《译莎剧〈黎琊王〉序》，《民族文学》1943年7月第1卷第1期。

⑪ 同上。

⑫ 孙大雨晚年回忆道：“我开始尝试用音组这一格式对应莎剧诗行中的音步，作了莎剧翻译的实践，那是在1934年9月。我首先翻译了莎氏著名悲剧《黎琊王》(King Lear)，至1935年译竣。”孙大雨：《莎剧琐谈》，《孙大雨诗文集》，石家庄：河北教育出版社，1996年，第259页。

⑬ 孙大雨后来有《屈原诗选英译》行世。

⑭ 孙大雨：《莎译琐谈》，《孙大雨诗文集》，第259页。

⑮ 梁实秋：《略谈〈新月〉与新诗》，台北《联合报》副刊1976年8月10日。转引自《梁实秋文学回忆录》，第122页。

⑯ 孙大雨的《论音组》本拟作为《黎琊王》译本的“导言”，应在1935年《黎琊王》译本初稿完成前后即已动笔，最晚在译稿1941年10月定稿时已完成。但因“太长而须独立成书”，又因战乱延宕，以至迟迟无法问世。第一部分文稿清样改革开放后才发现，另一部分文稿清样在大雨先生逝世后又从其遗物中发现，现已合璧收入《诗·诗论》，2014年1月由上海三联书店初版。

⑰ 孙大雨：《格律体新诗的起源》，《文艺争鸣》1992年第5期，转引自《孙大雨诗文集》，第317—318页。

⑱ 30年前，拙作《硕果仅存的“新月”诗人孙大雨》（刊台北《文讯》1990年3月号）就已引用过《〈罕姆莱德〉跋》，但未能把此《跋》与孙大雨的“音组”说联系起来考察。

⑲ 孙大雨：《暮年回首——我与梁实秋先生的一些交往》，《雅舍小说和诗——梁实秋早期作品（1921—1925）》，台北：九歌出版社，1996年，第10页。

⑳ 刘福春编：《新诗名家手稿》，北京：线装书局，1997年。

㉑ 陈子善编：《雅舍小说和诗——梁实秋早期作品（1921—1925）》，台北：九歌出版社，1996年。

前 言

著名诗人、文学翻译家、莎士比亚研究学者孙大雨教授，祖籍浙江诸暨，1905 年 1 月 21 日诞生在上海南市昼锦路上的祖宅，1997 年 1 月 5 日病逝于上海华东医院，享年 92 岁。他出身于书香门第，其父孙廷翰，字问清，为清朝末科翰林。

1918—1922 年在上海青年会中学读书期间，他曾积极参加“六 · 三”爱国运动，并主办过校园刊物《学生呼》。十五岁时，在 1920 年 5 月 15 日的《少年中国》第一卷第十一期上，发表了处女作新诗《海船》，接着在 1922 年 8 月 7 日的《时事新报 · 学灯》上发表新诗《水》，同年《小说月报》十三卷第五期上又发表《滴滴的流泉》小诗三十三首。这些少年时代的习作，无疑是他文学生涯的开端。

1922 年他在上海考区以第二名的好成绩考取北京清华学校高等科。当时的清华学校为美国老罗斯福政府通过退还庚子赔款余额而创办的一所留美预备学校，修完高等科三年就取得官费留学美国的资格。进入清华就读后，出于对文学的爱好，不久就加入以闻一多、梁实秋、顾毓琇为骨干的中国新文学史上第一个校园纯文学团体——清华文学社。1922 年 10 月 27 日闻一多致梁实秋信中提及：“我们加入了两位新会友——郑君骏全和孙君铭传”，记述了此事。孙铭传是他当时的学名，直到 1930 年留美学成归国后在武汉大学任教时，才正式更名为孙大雨，且沿用终生。

受“五四”新文化运动的影响，那时在清华校园里文学活动十分活跃，而文学社内的大部分成员钟情于诗歌，故社内活动主要围绕诗歌进行。正如孙大雨晚年回顾所言：“1922 年夏考入清华学校后，我兴趣朝诗歌方面发展……我向往诗歌里情致的深邃与浩荡，同格律声腔相济相成的幽微与奇横。”（《我与诗》，《新民晚报》1988.2.21）这期间，孙大雨积极参与文学社的活动，并在《清华周刊·文艺副刊》上发表新诗《秋夜》、《荷花池畔》、《舞蹈会上》，连载长篇论文《郭沫若——“女神”与“星空”》以及《十四行诗和连锁韵》，探讨“五四”以来新诗创作的成就与不足，并开始注意到创建新诗格律之必要。

此时他别号子潜，在文学社内，还有朱湘称子沅，饶孟侃称子离，杨世恩称子惠。闻一多首称他们为诗坛的“清华四子”。

他在研读了西方诗歌理论和西方诗歌名篇之后，结合当时国内新诗创作的现状，感到随着五四运动以后白话文兴起才应运而生的新诗，为反叛旧体诗格律的束缚，倡行自由体新诗诚可理解，但若一味放弃格律——当然其时新生的白话新诗尚未找到它应有的格律——似有自由化泛滥的倾向，除了分行这一形式，新诗与白话散文似乎缺乏明确的标志性区别。他觉得新诗也应有它自己的格律。他在1992年第五期《文艺争鸣》上发表的《格律体新诗的起源》一文中追忆说：“初期写相当数量的新诗、出诗集的如胡适、康白情、俞平伯、郭沫若等，都注意到要挣脱文言文旧诗五言、七言、乐府等传统格律的束缚，但并没有怎样注意到要建立新诗所应有的自己的格律。以胡适为例，他曾对我坚决表示过新诗不应当有什么格律，他认为那种想观摩近、现代英、法、德文诗歌文学的格律机构，作为参考，以建立我们自己的汉语白话文新诗的格律，就是误入歧途，‘缠外国小脚’。但我……却不以他的这一主张为然……我感觉到要用以华北为首的广大地区的口语或‘白话’来写作我们的新诗，当然要挣脱文言文的句法结构及惯用的辞采，而且还应当博采我们日常生活中的行动、思维、快意、感受、悬念、企盼和可能想象到的一切，凝练成一个个语辞单位，加以广泛应用，以充实我们的表现力。并且应该，也完全可以借鉴外国诗歌文学的格律机构，作为参考，以创建我国白话新诗的格律。”1925 年在清华毕业后，按当时学校新规定，可留在国内游历一年，以熟悉社会；正是基于这样的理念，他就在那年夏天，到浙江海上普陀山佛寺圆通庵客舍里去住了两个来月，在清静的氛围中想寻找出一个新诗所未曾有而应当建立的格律制度，结果被他找到了。接着便付诸实践，写了一首意大利体十四行诗《爱》，发表在 1926 年 4 月 10 日的北京《晨报副刊 · 诗镌》上，公开实践了他以语辞音组的进行造成诗歌节奏的具体行动。此时他已有意识地运用二、三个汉字成一个单位，积五个单位成一诗行；但当时尚未将这样的单位定名为“音组”，直到上世纪三十年代前期翻译莎剧《黎琊王》（King Lear）时，为区别于英文诗行中的“音步”，他将其定名为“音组”。《爱》这首十四行诗，可谓孙大雨有意识运用“音组”结构撰写的第一首严谨的格律体新诗，自此以后，他用这种格式创作或翻译了约三万行的格律诗行。

1926 年 8 月下旬，时年 21 岁的孙大雨乘麦金莱（Mckinley）总统号邮轮赴美留学。在许多天海上枯燥乏味的旅程中，面对碧海蓝天，白云飞逝，他文思泉涌，情不自禁写下诗篇《海上歌》。这首诗后来寄回国内，发表在 1928 年 10 月 10 日的《新月》月刊第二期上。台湾诗人舒兰（戴书训）在 1980 年出版的《北伐前后的新诗作家和作品》书中，在“孙大雨”一节评论《海上歌》这首诗情景“很旷达深远，不失新诗中清新脱俗的情趣，在诗人角色中，他的确……很成功”。

去美国后，他先期到东北部的新罕布什尔（New Hampshire）州的达德穆斯学院（Dartmouth College）插班读三年级，主修英文文学，这是一所历史悠久的名校。他勤奋苦读，二年以后，到 1928 年毕业时获高级荣誉称号（Magna Cum Laude）。之后，又进入耶鲁大学（Yale University）研究生院进修，继续攻读英文文学。

在此期间，1928 年他写下诗篇《纽约城》，全诗不用一个标点，一气呵成，它以客观、物化的场景生动地展现了一幅现代化工业城市的草图；这首诗原载于1928年2月10日的北京《晨报副刊·晨星》第三期，发表后引起诗坛注目。朱自清给予这首诗很高评价，称“这首诗正可当‘现代史诗’的一个雏形看”。

1930年，孙大雨回到国内，由徐志摩介绍，去武汉大学外文系（其时陈西滢任外文系主任）任教。在回国任教的最初几年中，他陆续发表新诗《一支芦笛》（《新月》月刊三卷十期，1930.8.10）；《诀绝》、《回答》、《老话》（《诗刊》创刊号，1931.1.20）。徐志摩评论道：“大雨的三首商籁是一个重要的贡献，这竟许从此奠定了一种新的诗体。”唐弢特别推崇《诀绝》这首诗，他说：“我爱闻一多的《奇迹》，孙大雨的《诀绝》”；徐志摩于1931年11月19日因飞机失事遇难，同年12月2日出版的第四期新月《诗刊》为悼念徐志摩的专刊，孙大雨所作《招魂》这首悼诗载于卷首。出完第四期后《诗刊》即无疾而终。以后他又发表了《惋惜》（《北平晨报·北晨学园》1932.5.27）等诗篇。此外，他着手计划撰写千行长诗《自己的写照》，分别于1931年4月第二期《诗刊》、1931年10月第三期《诗刊》和1935年11月8日天津《大公报》副刊陆续发表了近四百行，后来因时过境迁而未能完稿。这首长诗一经发表，徐志摩倍加推崇：“我个人认为十年来（这就是说自有新诗以来）最精心结构的诗作。”陈梦家也评价：“是最近新诗中一件可以纪念的创造。”朱光潜说：“有一派新诗作者，在每行规定顿数，孙大雨《自己的写照》便是好例。”中国台湾诗人痖弦撰文认为这首诗“确是中国早期新诗坛一座未完工的巨大纪念碑……他以纽约城的形形色色，用粗犷的笔触，批判地勾绘出现代人错综意识的图像，为中国新诗后来的现代化倾向，作了最早的预言”。并说：“在那个时代里，不仅是新月派，就连文学研究会诸子及创造社的诗人群，也很少有如此阔大雄奇的手笔。仅以这首诗的艺术手法来论，个人甚至认为即使徐志摩、王独清等人也无法与之抗衡。”（中国台湾《创世纪》三十期，1972.9）除抗战时期在山城重庆他还写过四首十四行组诗《遥寄》（载《民族文学》第一卷第二与第四期，1943）以及上世纪五十年代的另外四首十四行组诗《狱中商乃诗四首》外，未再有新诗创作。由于世事变易和兴趣的转变，他转而醉心于莎士比亚诗剧的翻译。

1931 年 4 月，孙大雨在徐志摩主编的新目《诗刊》第二期发表了他用诗体试译的莎剧《黎琊王》（*King Lear*）三幕二景；同年 10 月又在《诗刊》第三期发表试译《罕姆莱德》（*Hamlet*）三幕四景，得到好评。在此基础上，1934 年 9 月起，他正式开始翻译“莎翁登峰造极之作”《黎琊王》，1935 年在胡适主持的中华教育文化基金会的赞助下，继续翻译该剧，“竭尽十四个月的辛勤”，至年底译竣。可以这么说，这是我国第一部以诗译诗的莎剧译本，他在译完《黎琊王》之后，同时撰写了《论音组》这一长篇诗论，从而将他在二十年代构思并付诸实践的白话新诗的创作以及译诗所可采用的格律机构，提升为系统的新诗格律理论。《黎琊王》在上海商务印书馆排版后，因逢抗战乱世而未能及时付印，延迟至抗战胜利后的 1948 年才终于付梓问世。《黎琊王》分上下两册出版，上册为剧本正文，下册是注释。《论音组》本拟附录于《黎琊王》书内的，然而因篇幅太长，加之其他原因，《黎琊王》问世时未能附录书中。

莎士比亚一生所写三十七部戏剧，特别是他的中、晚期作品，剧辞对白约百分之九十是一行行有格律的素体韵文诗行，所谓素体韵文（blank verse）乃指不押脚韵而有轻重音格律的五音步诗行。从这个意义上严格地说，莎剧不是寻常的话剧，而是戏剧诗或称诗剧。孙大雨的莎译则用他所创建的音组理论——所谓“音组”，是以二三个汉字为基本节奏单位而有相应变化的结构来体现的——用汉字音组对应莎剧诗行中的英文音步而移译的；莎剧每行五个英文音步，他的译文每行恰为五个汉字音组。孙大雨的莎士比亚戏剧翻译自有其特色：一是他的译文是以诗译诗，而不是将就把莎翁原作的素体韵文译成了散文，应该说比较符合、接近于莎翁原作的风貌神韵；二是孙译莎剧有详尽的注释，这里边既有多年来世界各国的莎学研究成果，也有他自己的独到创见。

1930 年孙大雨回国后，先后在武汉大学、北京大学、北京师范大学、北平大学女子文理学院、青岛大学、浙江大学、暨南大学、中央政治学校、复旦大学等校任教。历经抗战和目睹国民党统治的黑暗，特别是闻一多、李公朴遭特务暗杀，激起他满腔义愤，他也拍案而起，积极投入到民主运动中去。在白色恐怖肆虐中，他毅然加入民盟和上海大学教授联谊会，奋不顾身投入反内战、反独裁的民主斗争事业和迎接解放的活动中去。纵观他的一生，从 1946 年到 1949 年解放前夕，这三年多的时间，是他为中国的和平、民主、自由而勇于奋斗的时期，史实昭示，是不可抹杀的。他的复旦外文系学生梅燕棣，是中共地下党员，他曾回忆说：那时在复旦，他们开展学生运动，只要有孙大雨、洪深两位教授参与，站在学生一边，他们就斗争信心倍增。原上海市委统战部副部长范增夫在 2013 年第二期《上海滩》杂志著文说：“他在解放前思想上一直比较进步，参加过我们党领导的外围组织‘上海大学教授联谊会’，并成为其中的重要骨干。当时‘大教联’团结了一大批上海乃至全国都赫赫有名的进步教授，如沈志远、沈体兰、沙彦楷、谈家桢，还有周谷城等。孙大雨是这些进步教授中敢于冲锋陷阵的一个。当时，他冒着杀头的危险，亲自刻钢板、发传单，宣传‘反饥饿、反内战、反独裁’，在高教界奔走组织，呼吁呐喊，一度还担任‘大教联’的代理主席，为民主革命时期开展反对蒋介石独裁政权的‘第二战场’做出过一定贡献。特别值得一提的是，因为他英文好，曾经于1947年夜以继日地起草了一封二十多页的信，当时称‘备忘录’，由多位教授联合签名呈送给美国总统驻华代表魏德迈，揭露了蒋介石独裁政权倒行逆施的种种黑幕，敦促美国停止对国民党政府的一切经济援助，改变对华政策。这一举动，在一定程度上影响了美国朝野对于国民党政府盲目支持的态度，有助于中国革命事业。这在当时是难能可贵的。”

所以，在这样一个非常时期，他已无暇顾及著书立说。

1949年新中国成立。解放初期，他除任职复旦大学外文系主任外，还担任过上海市人大代表、政协委员，积极参与盟务和多种社会活动。五十年代初，他写有《诗歌的内容与形式》一书，可视为《论音组》的增补篇。此书因以后的反右运动而被出版社延搁未能出版。但该书的核心部分《诗歌底格律》则在1956、1957年两期《复旦学报》上发表过。

1957年的反右运动使他落入苦难的深渊。毛选五卷中钦点他的名最多，下场就可想而知了。他被复旦开除公职，并因“诽谤诬告罪”判刑六年。服刑三年后“保外就医”回家，过着无分文收入的艰难生活。即或如此，在1966年“文革”爆发前的几年中，他孜孜矻矻又翻译了《罕秣莱德》、《奥赛罗》、《麦克白斯》、《暴风雨》、《冬日故事》五部莎剧集注本（加上1935年译的《黎琊王》，一共有六部集注本）。

1966年开始的“文革”浩劫，更令他备受迫害、磨难。历经二十四个日日夜夜的毁灭性抄家，将家中的珍贵书籍、字画文物、生活资料悉数掠去，扫荡殆尽。在这种境况下，在“文革”最疯狂的几年过去以后，他又译了《萝密欧与琚丽晔》、《威尼斯商人》二部简注本——因为原来赖以译作的《阜纳斯新集注本莎士比亚全集》在抄家中已被劫走，此时他只能借用其他版本的莎剧原作进行译述了。

"四人帮"所操纵的"文革"时期，实在是暗无天日。1968 年 4 月到 1970 年 12 月的两年十个月中，他又无端被捕入狱，受尽牢狱之苦，对有高深学问的知识分子的迫害，"四人帮"这些丑类真是无所不用其极！他们号称"文化大革命"，其实是大革文化之命，根本上是在企图摧毁几千年来的人类文明，妄想将万众生灵当作愚民役使。当然，他们的险恶用心是永远不可能得逞的！

1974 年 7 月，"文革"已进入第八个年头，此时"文革"的祸害已登峰造极，国家民族蒙受了极大的灾难，经济濒临崩溃的边缘，文化事业则除了八个所谓的"样板戏"之外，受尽摧残，万马齐喑，他个人所受到的磨难更是一言难尽。已七十高龄的他，于百无聊赖之际，出于对国家民族命运的担忧，怀着满腔孤愤，开始着手从事《离骚》等一系列屈原诗作的英译。他坚信中国几千年来的优秀文化绝不会被湮没，他憧憬祖国美好的未来，期待总有一天文艺复兴的时代会到来，届时中国第一位伟大诗人屈原的光辉诗篇必将焕发异彩。屈原的诗作是人类的共同财富，应该向世界传播，这就是他当时英译屈原诗作的背景和动机。历时四年多，熬过一千多个通宵（他数十年如一日习惯夜间写作），到 1978 年 10 月，《屈原诗选英译》终于译完定稿。

十年"文革"浩劫在 1976 年以"四人帮"被逮捕为标志，终于结束。到八十年代，有关他的冤假错案陆续得以解决：1982 年 5 月 17 日上海市高级人民法院宣布：有关 1958 年判处的"诬告诽谤罪"予以撤销；1984 年 5 月上海市公安局的决定书称：1968 年 4 月 28 日的"所谓孙大雨反革命案，是'文化大革命'期间造成的一件错案……现予平反"。1984 年 7 月 30 日中共复旦大学党委宣告了"关于孙大雨教授划为右派的改正结论"。

在落实政策过程中，因故他未能回复旦。时任华东师大党委书记施平先生多次去孙大雨家中恳谈，热诚邀请他去华东师大任教，并在报端发表了消息。以后华东师大还为他办理了离休待遇。华东师大成为他一生的最后归宿。

“文革”结束后，在七十年代末与八十年代期间，虽然他已跨入古稀以至耄耋之年，但在境况得到改善后，焕发了青春的他又陆续汉译了乔叟、莎士比亚、班·绛荪、弥尔顿、阜兹活斯、拜伦、雪莱、济慈等英诗名家的杰作，并英译了宋玉、司马迁、刘伶、潘岳、王羲之、陶渊明、孙过庭、贺知章、孟浩然、王维、李白、杜甫、张继、常建、韩愈、刘禹锡、白居易、柳宗元、杜牧、温庭筠、李商隐、苏轼、叶绍翁等中国古代闻名遐迩的杰出诗人和文学家的名篇佳作。

令人扼腕的是，历年来的政治运动剥夺了他数以十年计的宝贵时间，到了晚年他虽竭尽全力译著，但他的庞大的写作计划未能全部实现。尽管如此，他还是在身后留下了八部莎剧诗体译本（《罕秣莱德》、《奥赛罗》、《黎琊王》、《麦克白斯》、《暴风雨》、《冬日故事》、《萝密欧与琚丽晔》、《威尼斯商人》）与《英诗选译集》、《屈原诗选英译》、《英译唐诗选》、《古诗文英译集》以及《孙大雨诗文集》、《中国新诗库·孙大雨卷》、《诗·诗论》等作品。这样，他为人类的文化瑰宝——楚辞、唐诗等以及莎士比亚剧作——的译介，为中外文化交流，做出了他应有的贡献。人类的优秀文化是永恒不灭的，将与世长存，虽然因语言文字上的不同而隔阂，但通过精良的译介将有利于互通交流，孙大雨教授称得上是一位中外文化交流的使者。难能可贵的是，他的许多译著，并非端坐书斋中悠闲地产生出来，而是在逆境中呕心沥血、一丝不苟地写作出来的，诚如太史公司马迁所言：“盖文王拘而演《周易》；仲尼厄而作《春秋》；屈原放逐，乃赋《离骚》；左丘失明，厥有《国语》；孙子膑脚，《兵法》修列；……《诗》三百篇，大抵圣贤发愤之所为作也。”当然，这不过是无奈之言；反之，若不为历次政治运动所累，他的译著当会更多，这是毫无疑义的。

总而言之，孙大雨一生的文学活动无不与诗紧密相关联，他所探索、创建的新诗“音组”理论及其新诗创作与翻译实践，始终贯穿于他毕生的文学活动之中，他可谓一位格律体新诗的坚定倡导者和毕生实践人。

《黎琊王》出版后，时隔近三十年，梁实秋撰文《“新月”与新诗》说：“这时候（注：指徐志摩创办新月《诗刊》时期）还有一位孙大雨，他写诗气魄很大，态度也不苟且，他给《诗刊》写诗，好像还写过一首很长很长的诗（注：当指孙大雨所写《自己的写照》这首长诗），这该是第一次长诗的出现。孙大雨还译过莎士比亚的《黎琊王》，用诗体译的，很见功（力）。”（中国台湾《联合报》，1976.8.10）

自 1991 年孙译《罕秣莱德》初版后，翌年北京《读书》杂志即有书评：“再读到名著名译的《罕秣莱德》，更感翻译作为一种（再）创造活动，是如何艰辛……翻译全集，需要非凡的勇气，翻译其中的名剧，又何尝不如此，《罕秣莱德》的这一中译，怎样熔铸了译者的心血，只看三幕一场中那一套举世闻名的独白（注：指‘To be or not to be’一段），译者如何竭尽考索、推敲之力，以求正确转达原著精神，就可知大略了。实际上对每一疑难及易生歧见之处，译者都作了不厌其详的注释，不妨说，这既是一部翻译作品，也是一种现身说法的‘译艺谭’。”确乎如此，这段独白共三十三行，译者的注释却有八条达五千多字。

在 1997 年出版的《古诗文英译集》的序言中，著名学者季羡林教授写道：“当代著名诗人、学者、翻译家孙大雨教授……读过他译作的人，无不交口称赞。……他最初从事莎士比亚翻译工作。他译的莎翁剧作汉译本，句斟字酌，用诗体来译原诗，这是过去很少有人尝试过的。‘十年磨一剑’，译本一出，立即受到学术界的高度评价，被推荐到第二届全国图书评奖会上去（注：所译《莎士比亚四大悲剧》荣获 1995 年 9 月第二届全国优秀外国文学图书奖一等奖），由此可见，他的英语水平之高。他完完全全可以说是真正精通中英两国文字的学者，也是一个完全合格的翻译家。”又说：“还有一点，因为孙大雨教授本身是诗人……这一点是非诗人的翻译家难以做到的。”季羡林教授这样一位大家的评论，诚为中肯可信之言。

复旦大学资深英文教授丰华瞻在 1998 年 4 月 8 日的《中华读书周报》上发表题为《孙大雨先生的屈原诗英译》的文章，副题为“将中国诗歌译成英语，对宣扬我国文化起不小的作用”。丰教授坦言：“与唐诗、宋词相比，屈原的作品显得古雅，……将这些作品译成英语，并不容易。孙先生有深厚的国学底子，所以能挑起这副重担。……翻译时用的英语也要‘古雅化’，这一点，孙先生是做到了的。……我觉得孙先生译此书，是煞费苦心的。现在孙先生已离我们而去，我们读这本书，应深切体会这位老学者的苦心而珍惜之。”又说：“我国文学如果不译成外文，外国人就无法从事比较研究。在文学之中，诗歌是比较难译的。因此译诗非常重要，我们应重视译诗这项工作。”

尽管如此，孙大雨教授对自己的译作则有如下看法：“评价自己的作品很难……我的莎译用音组来从事……我自信要比较接近于莎氏原作的风貌。但也毋庸讳言，译文距理想的实现还有距离，一方面缘于无法制胜的英汉两种文字相差奇远的阻碍，另一方面则许因译者的能力确有所不逮，虽然译者已尽了心力。”确实，文学翻译难，译诗更难，要想把译作做到完美无缺、无懈可击实在是难以企及的理想境界。

华东师大中文系陈子善教授，他年轻时在上世纪八十年代就常造访孙大雨先生，彼此多有交集，他也曾较早在海内外刊物上发表过多篇论述孙大雨的文章，持论公允深刻。作为忘年交的后辈，他此次又一再蒙受邀请，盛情难却，而终于欣然命笔，为本校学术前辈的译文集书写序言，这未尝不是件佳话美事。

本书得以顺利出版，实有赖于与孙大雨译作出版有几十年渊源的上海译文出版社的大力关心支持，该社编审冯涛先生付出许多辛劳，在此谨向他们致以由衷的谢忱！

孙近仁

2019.1.10

总目(全八卷)

第一卷

第二卷

第三卷

第四卷

• 罕秣莱德 •

［英］莎士比亚　著

William Shakespeare

HAMLET

本书根据 H. H. Furness 新集注本译出

译 序

《罕秣莱德》这部莎士比亚最闻名的杰作，也是他四大悲剧诗中最早、最繁复而且最长的一部，大约在一六〇〇年到一六〇一年他写作了初稿。一六〇三年在伦敦出版了它的“坏”第一版四开盗印本，文字与内容粗疏而且缺漏很多；第二年，一六〇四年，二版四开本问世，文笔与旨意大有改进，剧辞行数增加了几乎一倍：前者仅两千一百四十三行，后者约有三千七百一十九行。但即令这个比较完整的版本也并非莎氏自己所监印的。有一个说法认为那个早先的较差的本子可能根据一家书铺雇了速记手，趁剧本在戏院里演出时偷记下来的笔录本排印的。莎氏作为戏剧班子里的成员，当时不会把他的演出底本印刷成书出售，因为那样做被认为会妨害戏院的营业，有损于他的剧团和他自己的权益。莎剧学者们比较和研究的结果，认为一六〇四年所印的二版四开本的文字，非但数量上大大增加，而且内容含义上也精彩优越得多，有一些段落提高到一个超凡卓绝的境界，远非初版四开本可比。这就显示出它的印刷底稿多半是莎氏的修改增订本，却不知怎样会被偷窃抄录了去付印，当然绝不是剧本在戏院里上演时所速记下来的剧辞。所以比较可靠的版本是莎氏逝世后，他剧团里的两个同伴与好友海明琪（John Hemminge，1630 年卒）和康代尔（Henry Condell，1627 年卒）两人在一六二三年为他出版的对开本全集（少掉《Pericles》一剧）里的版本。但这个版本也有缺漏删节，并非全璧，所以要依靠这三百多年来莎剧学者们的校阅比较，研究考订二版四开本和初版对开本，作出较完整的厘定。另外，还在一六〇三年莎剧《罕秣莱德》盗印本出版之前，已有一个同样题材的剧本，为比莎氏年长约七岁的知名剧作家凯特（Thomas Kyd，1557—

1595）所作，已经出版，但此书早已遗佚，无可稽考。

罕秣莱德这传奇故事的最早来源是十二三世纪时丹麦史家与诗人萨克梭·葛拉曼镝格斯（Saxo Grammaticus，1150—1206）以拉丁文所写的《丹麦史传宝藏》（*Gesta Danorum*），但这个原始文献所提供的只是个故事轮廓，跟莎氏悲剧诗《罕秣莱德》的精粹所在和剧中人物鲜明赫奕的性格不相侔。约在十六世纪中叶，有一位法国作家弗朗西斯·特·裴尔福莱斯忒（François de Belleforest）在他的《悲剧史传》（*Histories Tragiques*，1570）一书里介绍过一位阿模莱斯（*Amleth*）王子。随后有位年轻的英国作家配忒（William Painter，1540?—1594）出版他的《欢乐之宫》（*The Palace of Pleasure*，1566）一书，收罗了从希腊文、拉丁文、意大利文和法文间接或直接翻译成英文的好些个故事，大多数是从裴尔福莱斯忒书中得来。而莎士比亚则在阿模莱斯这故事的粗疏轮廓上创建了一个个剧中人物鲜明强烈的性格，并使这些人物言语行动起来，合奏成以罕秣莱德为中心的这部奇妙卓越的悲剧诗。

剧诗中第一幕第五景从二十五行开始到九十一行，罕秣莱德的父王亡魂对他单独一人透露，他自己被他的兄弟，即当今的君王克劳迪欧斯，趁他在御花园里午睡时，用一小管紫杉汁毒液注入耳中所杀害（见一幕五景六十二行），却散播谣言，说他的兄长被毒蛇所刺螫而暴死，并将他的嫂子诱骗成奸，匆促成婚，充当他杀兄篡位后的王后——那亡灵召唤他报仇雪恨，以廓清整个朝廷的罪恶污辱。有两位极著名的近代莎剧学者勃阑特莱（Andrew Cecil Bradley，1851—1935）和威尔逊（John Dover Wilson，1881—1969）认为王后葛忒露于先王在世时，就已经跟王弟克劳迪欧斯通了奸［见威尔逊著《〈罕秣莱德〉剧中发生了什么事》（*What Happens in "Hamlet"*，第292—294页，剑桥大学出版社，1935）。这一见解我认为与莎剧的实际情况不符，虽然据威尔逊说，裴尔福莱斯忒书中是这样叙述的。我认为莎士比亚并不完全依据裴尔福莱斯忒。本剧第一幕第五景八十五到八十八行鬼魂对罕秣莱德说得很清楚：

可是，不管你怎样进行这件事，
不要玷污了你的心地，也不可
策划去伤害你母亲：将她交天谴，
她自有生长在她胸中的荆棘
去惩创刺螫她。

而在第三幕第四景罕秣莱德严辞声讨他叔父、谴咎他母亲时，鬼魂又复出现，对他说，

可是看，诧愕镇在你母亲神色间；
啊，挡着她奋战的灵魂，掩蔽她；
最柔弱的身体最易被病变的幻念
所摧折；对她说话吧，罕秣莱德。

总之，罕秣莱德对他母亲的谴责不满，完全是怪她在先王死后不久，只短短一个月，就被他叔父诱骗成奸与成婚，对他父王的爱情不专一，水性杨花。早在第一幕第二景一四五到一五七行，这位王子就在他的独白里明言：

……可是，仅仅在一个月之内，
莫让我想起——“脆弱”，你名字叫女人！
短短一个月，她和那荷琵一个样，

涕泪交横，跟着我父亲去送葬
穿的鞋还没有穿旧，她呀，就是她——
上帝啊！一头全没有理性的畜生
也会哀悼得长久些——跟叔父成了婚，
我父亲的兄弟，但毫不跟他相像，
正如我不像赫勾理斯：一个月之内，
不等她佯悲假痛的眼泪停止流，
不等她哭痛的眼睛消退红肿，
她就结了婚。啊，慌忙得好棘手，
迅捷地匆匆引荐于淫乱的床褥！

这是一桩非常机密棘手、罪大恶极，但必须设法去惩凶诛暴、公开给丹麦朝廷和百万臣民知晓的大血案，非同等闲。

这位英年的王子本来在德意志萨克森州（Saxony）威登堡（Wittenberg）城大学里负笈，而且如果不经他惨遭暗害的父王幽灵揭发他的兄弟克劳迪欧斯阴谋凶杀了他，篡窃了王位，并且奸占他的遗孀，嘱咐王子务必洗刷丹麦朝廷上的这桩奇凶大恶，他还想在奔丧过后就回到威登堡大学去继续求学。所以当剧情开始时，莎剧学者们估计他只有十九、二十岁光景。这年龄正符合莎氏当时英国的王子和显要的子弟们上大学的岁数，因为这部剧诗虽然表象上假定所搬演的是古代丹麦王朝一桩惊人的故事，但实质上所敷陈的却正符合英国当时朝廷上人们之间关系的气氛。迨至三幕一景内这段知名的独白时，

是存在还是消亡，问题的所在；
要不要衷心去挨受猖狂的命运
横施矢石，更显得心情高贵呢，

还是面向汹涌的困扰去搏斗，
用对抗把它们了结？死掉；睡去；
完结；若说凭一瞑我们便结束了
这心头的怆痛和肉体所受千桩
自然的冲击，那才真是个该怎样
切望而虔求的结局。死掉，睡眠；
去睡眠：也许去做梦；唔，那才绝；
因为摒弃了这尘世的喧阗之后
在那死亡的睡眠里会做什么梦，
使我们踌躇：——顾虑到那个，
便把苦难变成了绵延的无尽藏；
因为谁甘愿受人世的鞭笞嘲弄，
压迫者的欺凌虐待，骄横者的鄙蔑，
爱情被贱视，法律迁延不更事，
官吏的专横恣肆，以及那耐心而
有德之辈所遭受于卑劣者的侮辱，
如果他只须用小小一柄匕首
将自己结束掉？谁甘愿肩此重负，
熬着疲累的生涯呻吟而流汗，
若不是生怕死后有难期的意外，
那未知的杳渺之邦，从它邦土上
还不曾有旅客归来，困惑了意志，
使我们宁愿忍受现有的磨难，
不敢投往尚属于未知的劫数？
就这样，思虑使我们都成了懦夫，
果断力行的天然本色，便这么

沾上一层灰苍苍的忧虑的病色，
而能令河山震荡的鸿图大业，
因这么考虑，洄流误入了歧途，
便失去行动的名声。

这段独白显然非十九、二十岁的一个青年贵胄所能言宣，至少当有二十五六岁比较成熟年龄的一个王子才能倾吐。这段独白是荟萃、融和了诗意以及社会现象和人生哲学所喷吐出来的熠熠生辉的混茫，凝聚成精诚一片，乃是作者的神来之笔。这样看来，这位王子美貌的母亲至少已到了四十二三岁的中年，徐娘已经半老，但仍被他的叔父所奸恋着，而她却也在她那个“寡孀身躯内起逆变”。可是从第五幕第一景第一个掘墓人的言语中我们得知，这位王子已经有三十岁，这就显得未免太大了些。这些剧中人物年龄上过大的差距所引起的剧情似乎迂回抵牾或不和谐，也就是这本诗剧杰作的持续时间伸延到约十年之久，显得似乎过长，是难于加以解决的，正如威登堡大学创建于一五〇二年，为选举侯欧奈斯德斯（Ernestus the Elector）的儿子弗阑特立克公爵（Duke Frederick）所创建，而罕秣莱德这桩原始的传说却来自十二三世纪的一宗丹麦稗史，所叙述的遗闻当发生得很早，那时候在威登堡城尚未建立起这所大学。可是这个历史上的事实差距并不妨碍莎氏借用这一历史事实的痕迹，创造出他自己构思中想象的楼台，这些楼台却毋须一一忠实于历史事实。

十九世纪一八七七年新集注本的编者阜纳斯（Horace Howard Furness，1833—1912）在他的两卷本《〈罕秣莱德〉新集注》的《序言》里提供一个说法，认为这剧本中有两套时间，一套是剧中人物所日常经历的消逝中的岁月时日，另一套是被戏剧诗的激情所促迫而加速了的光阴的久暂。这两套时间在剧情中被交替使用，乃是莎氏在剧情中的手法或魔术。另一位莎剧学者霍尔宾（Nicholas John Halpin，1790—1850）名之为延展的时间和促迫的时间。又有一位莎剧学者瑙斯（Christopher North，此系笔名，本名为John Wilson，1785—1850）名之为莎剧中的两只钟。总之，我们丢掉了淤滞的现实，投入到剧情的漩流中，就应当适应其中的天地和气氛，放弃我们日常生活中缓慢、固定的时间概念。

遗留下来的传闻说，莎士比亚当他的《罕秣莱德》在舞台上演出时，曾多次饰演剧中先王的鬼魂。事实是，他在舞台上的演技并不怎样突出，他主要是位无比杰出的戏剧诗人。理查·勃培琪（Richard Burbage，1567?—1619），当时的名演员，在一座八角形、据说能容纳一千二百观众、他是戏院主的“环球剧院”（Globe Theatre）里曾多次演出莎氏这个剧本，饰演主角，莎氏自己也在那里登台表演，并且在剧院里拥有股份。又有名演员班透登（Thomas Betterton，1635?—1710）也在舞台上饰演莎剧中的角色罕秣莱德、茂科休（Mercutio）、笃培·贝尔区爵士（Sir Toby Belch）、麦克白等，以及班透登夫人（1711年卒）饰演莎剧里的麦克白夫人、莪斐丽亚和琚丽晔。早先戏剧中的妇女角色都由男童们扮演，迨至一六六〇年才开始有女演员上戏台。

《罕秣莱德》的剧情主要是讲这位华年而英明果断、智勇双全的王子，从他父亲的鬼魂口中听到了他叔父的凶杀罪行，篡夺王位和奸骗他的嫂子当他篡位后的后妃；这位亲王便在保持绝对机密的情况下，立即下定决心，采取果断的行动，先去证实他父王冤魂的揭发，随即设法去惩恶诛凶，扫清朝廷上那遮天覆地的黑雾；至于他自身的得失安危、生死荣辱，他一概不去筹谋较量。但为了便于行事起见，避免被他叔父和他的走狗们窥探出他行动和言语的秘密，他假装疯癫，使他们不知他的真意所在，无法对付他。当时，人们对于鬼魂的存在深信不疑，但他们（除了马帅勒史与剖那陀两名并非朝臣的校尉，与罕秣莱德的同学和挚友霍瑞旭之外）并未曾见到鬼魂；即令他们三人曾亲眼目睹，也未曾听到先王的亡灵对王子所说的什么话。而且为了保证绝对机密起见，他要他们手按在他的十字架形的剑柄上发誓决不泄露见到他父王鬼魂的事，他这样做还再三得到了鬼魂的支持（见一幕一四八行以后）。罕秣莱德如果向大家宣布他跟他父王的亡魂遭遇的经过，就会形成与克劳迪欧斯的敌对，不能取信于人。人们甚至会怀疑他年少气盛，因没有能继承王位而编造谰言。所以克劳迪欧斯的罪恶奸诈政权已是建立了起来的既成事实，虽然时间还没有很久；朝廷上的一些臣僚都愚昧无知，不晓得它的底蕴，他散播的谣言说他的兄长先王中蛇毒而死，朝臣们一概信以为真；何况他登上丹麦的御座，先前曾是贵族圈子里根据惯例合法推举出来的，那合法性无可怀疑，所以还得加上大家势利的深信不疑。对于这位英睿的王子十分不利的是，他年纪太轻，而且从威登堡回国来已经太晚，如今朝廷上的实际情况分明已不可逆转，他孤掌难鸣，没有人听他的，他要推翻这罪恶政权怎么办？

恰好，在第二幕第二景里，当他发觉他的两个同学，罗撰克兰兹和吉尔腾司登，被他叔父刚召回到埃尔辛诺，利用来窥伺刺探他，作为保王的两名心腹，他迫使他们承认了这个事实（二五八行）之后，随即挥发出一段真诚豪迈的道白，这时候他们两人卖身投靠的面目还不太显著：

……我近来——但不知为什么缘故——失掉了我所有的一切欢乐，放弃了一切练技的习惯；且当真，我的心情变得如此凄恻，以致这大好的机构，这大地，对我像是垛荒凉的海角；这顶琼绝的华盖，这苍穹，你们看，这赫赫高悬的晴昊，这雕饰着金焰的崇宏的天

> 幕，——哎也，这在我看来无非是一片龌龊的疫疠横生的水雾集结在一起。人是多么神奇的一件杰作！理性何等高贵！才能何等广大！形容与行止何等精密与惊人！行动，多么像个天使！灵机，多么像个天神！万有的菁英！众生之灵长！可是，对于我，这尘土的精华算得了什么？人，不能叫我欢喜；不，女人也不能，虽然从你这微笑里你似乎在说能。

接着，这两名他叔父新雇用的走狗向他报告，有旅行的戏班子来到宫中，预备演出戏文。很凑巧，这就来了个难逢的机会；罕秣莱德当即计划好，他要指定演出一出什么戏，在台词里加入一段“十二到十六行”，并且指示女子戏班子演出的谋杀凶手灌注毒液到剧中的君王耳朵里去，以观察他叔父的反应如何。虽然剧词中说他要加“十二到十六行”到台词里去，而且有莎剧学者们研究是哪“十二到十六行”，但实际上是这位王子作出了对这戏中戏的整个剧本演出彻底的计划和措辞的修改。在正戏上演之前，先演出一场简短的哑剧，其中就把克劳迪欧斯的罪恶行径完全表现出来。接着在戏文正式演出中，加上赤裸裸的剧词，这位王子又把他叔父和母亲之间的关系委婉地宣泄无遗。这样双重地把他叔父的罪恶尽情地表白出来，果然达到了他企图证明他叔父罪状的目的。

充分证实了他叔父杀兄窃国之后，接下来他母亲要跟他谈话，企图问明戏班子演剧的情况。他去见她之前，正途经他叔父独自一人跪着作祈祷，他原想拔剑将他结果掉，但考虑之后，觉得在这种场合了结他，使他罪恶深重的灵魂反而得救，未免大乖报杀父深仇之道，故而只得按捺着不采取行动。有些莎剧评论家认为是由于罕秣莱德的犹豫不决（procrastination），拖延迟误，遂致终于酿成了重大的悲剧，那是不了解时机没有成熟，没有充分证实他叔父的罪恶和母亲的软弱之前，他不应当贸然采取行动；等到时机已经成熟，才断然从事，但已经太晚，所以悲剧的结局是不可避免的。

他到他母亲内房里，母子俩一开谈，她慌张中误以为他要对她动武，叫嚷起来；躲在帏幕后窃听的御前大臣朴罗纽司发声声援，他一剑刺入，将他刺死。却说这时他叔父的罪行既已充分证实，正是大好的机缘，他使足唇枪舌剑，盘问谴咎他母亲，她是否同他的叔父同谋杀害先王父亲；这其间，他父亲的鬼魂又复出来作证，显得她是无罪的，只是品性软弱庸懦而已，做了他叔父的俘虏。

罕秣莱德对朴罗纽司的女儿莪斐丽亚原来是有了爱情的，但他发觉她父亲为效忠于克劳迪欧斯而使她成为欺罔他的工具后，尤其因为他决心使自己毫无牵挂，就断然跟她决裂。他要献身给使丹麦朝廷天日重光的大举，只得牺牲自己的情爱，割舍小我以完成了不起的隆重使命。莪斐丽亚则遵从她父亲的严命，摈绝了罕秣莱德，但她发觉他开始语无伦次时，叹道：

啊，多高贵的一注才华毁掉了！
朝士的丰标气宇，学士的舌辩，
武士的霜锋；宗邦的指望与英华，
都雅风流的明镜，礼让的典范，
万众的钦仰之宗，全倒、全毁了！
而我，女娘中最伤心、悲惨的姊妹，
从他信誓的音乐里吮吸过蜜露，
如今却眼见他恢宏卓绝的聪明，
像甜蜜的钟声喑哑戛铄不成调；
花一般盛放的青春的无比风貌
被疯狂吹折了；啊，我好苦痛哟，

看见了往常所见的，还见到今朝！

她不久发了疯，在溪流里淹死，成为悲惨的牺牲品。

那两名走狗帮凶，罗撰克兰兹和吉尔腾司登，奉了克劳迪欧斯之命，原来带着国书公文欺罔押送罕秣莱德到丹麦的下属邦国英格兰去处死他，因在丹麦身为王子，他有人望，不便处死；罕秣莱德发现了他们的奸谋，在船上秘密地改写了押送文书，那两人便自投罗网，一同到英国去送死。而罕秣莱德，当海盗袭击并登上押送他的船只时，却登上了海盗们的快艇，反而得以脱身，回到埃尔辛诺来。

朴罗纽司的儿子赉候底施，从巴黎回到丹麦埃尔辛诺，为了报杀父之仇，被克劳迪欧斯利用来使一柄剑端涂了剧毒的剑，跟罕秣莱德比武。他剑术高明，击中了罕秣莱德；按击剑规范，比武双方须交换剑把，罕秣莱德也击中了他：结果他们都中了剑，赉候底施和罕秣莱德先后毒发而死。克劳迪欧斯布置好罗网，原来备就剧毒的卮酒，预备给罕秣莱德“庆功”饮用，王子因忙于比剑没有喝；他母亲喝了，中毒而死。她是个秉性软弱庸碌的牺牲品。最后，罕秣莱德中剑毒临死前，在朝廷上当着众臣僚宣布了克劳迪欧斯杀兄篡位的罪状，奋毒剑一击将他刺死。罕秣莱德壮烈牺牲之前，为丹麦王朝执行了劝善惩恶（poetic justice），把罪大恶极的奸君、杀兄篡位奸嫂的凶手明正典刑。这不仅是为他的父王报仇，为王朝雪耻，而且是为当时整个丹麦人民扫除了笼罩、荫蔽在他们头上的罪恶黑雾，因为王权照理按情势是他们拥戴的社会上万众生涯的典型和模范。

《罕秣莱德》这出声名赫奕的莎剧在舞台上演出以后，上两个世纪知名的剧评家们反映，在英国，如宏通的约翰荪博士（Samuel Johnson，1709—1784）、诗人与文学批评家考勒律琪（S. T. Coleridge，1772—1834）、莎剧学者陶腾（Edward Dowden，1843—1913）等，在法国，如诗人、小说家与剧作家雨果（Victor Hugo，1802—1885），在德国，更议论纷纷，可说整个知识界都着了迷，若要一一介绍过来，需得花上好些万字，那就会大大超越我们可能介绍的规模。德国的大诗人与戏剧家歌德（J. W. von Goethe，1749—1832）的看法，认为罕秣莱德这悲剧性格犹如一棵橡树的幼苗植根在一只小小的花瓶里，它发展滋长起来，势必致把那花瓶撑破。这看法我认为不能说明问题，因为所有的年轻主角的悲剧都可以用这一譬喻来解说。当代在英国舞台上饰演了多年罕秣莱德这角色的劳伦斯·奥列维亚爵士（Sir Laurence Olivier，1907—1989），虽然认为歌德这说法极中肯要，但我觉得那是因为出于赫赫有名的德国第一诗人之笔，其实那譬喻并没有多大深沉的意义。

*　　*　　*

关于莎士比亚的戏剧作品是戏剧诗或诗剧而不是话剧（散文剧），原文大体上是用不押脚韵的格律诗行、即轻重格（或称抑扬格）五音步“素体韵文”（blank verse）所作，所以翻译成我们的汉文不应当是话剧，而应为语体的格律诗剧，我在一九八七年四月间的《华东师范大学学报（哲学、社会科学版）》第二期和上海外国语学院的《外国语》第二期上，有文章《莎士比亚的戏剧是话剧还是诗剧?》，说明这个很重要、需要真正了解莎剧究竟是怎么一回事的问题。

二十世纪一十年代后半期，在一九一七年，我们开始有了白话（语体）文的新诗以后，起初的新诗，为了摆脱过去运用平仄声与一首诗内各句字数必须整齐一律的规格，以及构成格律体制的旧诗习惯，将近十年我们的新诗都没有有意识的格律。一九二五年夏天，我在北洋政府时期的北京清华学校毕业后，在出国之前一年多，深切感觉到，新诗不一定非用分了行的散文写不可，格律仍可有，而且应当有，但当然不能像文言的律诗那样再依靠运用平仄声，或像文言的古诗那样一首诗内各句字数绝对整齐一律。西方古代的希腊、拉丁文中，近代的英、法、德文中，诗歌都有格律，但并不依靠平仄声。我在二五年夏天到浙江海上的普陀山佛院客舍中去待了两个来月，想寻找出一个新诗的格律制度。结果找到了，我写得一首佩脱拉克体、或称意大利体的商乃诗（Petrarchan or Italian sonnet）；第二年，一九二六年，发表在四月十日的北京《晨报·副镌》上，题名为《爱》。这是有意识地写格律体新诗的第一首，但当时没有引起文坛上应有的注意。那年夏天我出国时，在太平洋的海船上写了首《海上歌》，以后又有《一支芦笛》等我创作的新诗和翻译的英文诗歌发表在《新月》月刊及历年来其他一些报刊上，全都运用我所创制的这种格律。一九二九年我在纽约开始写作咏叹现代大都市使我引起的沉思遐想的一首长诗《自己的写照》，后来不久回国，因环境突变，没有能写下去，只写了开首的三百八十行（遗憾的是一九三一年在新月《诗刊》两期上发表出来的三百行竟有近百个印误），这首诗是运用二五年夏天我所找到的新诗的格律写的，每行四个字组单位。一九三四年九月间我在北平开始翻译莎士比亚四大悲剧之一的《黎琊王》，当即定下每行素体韵文的格律单位名称为"音组"。到三五年底译完，整篇戏剧诗两千多行，都用不押脚韵的素体韵文移译，跟原文基本上一致：原文每行有五个音步，我的译文则每行为五个音组。经过八年抗战，我的莎译《黎琊王》集注两卷本到一九四八年十一月才在上海商务印书馆出版；在此书上册《序言》里我提出"音组"这名称，并且划分了十四行我的译文，表示全剧两千多行素体韵文都根据原文按照这样的规范翻译。

六十多年来，从一九二六年四月十日开始，我创建并运用了"音组"这个我认为是我们语体汉文诗歌里的格律制度，共创作和翻译了约三万行有格律的诗行。

一九四八年十一月商务出版的我的莎译《黎琊王》两卷本序言里所说的《论音组》那题目我没有用，我写的大致同样内容、另行取名的长篇论文《诗歌底格律》，这篇文章的写作日期是一九五四年十二月，共七八万字，后分两次发表在《复旦学报（人文科学）》上：前半篇在五六年十月十日发表，后半篇论到新诗音组的迟至五七年七月十日才发表出来，当时我已在复旦大学被打为“右派”十天。到五八年六月初我遭到进一步的打击迫害，被判刑六年，押送到苏北去劳动改造。六一年十月回到上海，六二年起开始翻译莎剧阜纳斯（H. H. Furness）的新集注本《奥赛罗》、《麦克白》、《暴风雨》、《冬日故事》以及赵叟（Geoffrey Chaucer，1340?—1400）的《坎透勃垒故事集·序诗》（*Prologue to Canterbury Tales*）等。六五年三月底我开始译《罕秣莱德》，十一月十四日凌晨近四时译毕。接着，我把译稿整理、抄录了一遍，到六六年二月下旬竣事。当时，我感觉到将有什么更大的灾祸要发生；果然，不久，“五·一六”就有“无产阶级文化大革命”到来，这是一场对中华民族的历史和文化摧毁性的浩劫和灾难，无疑是旷古所无、人类有史以来最大、最彻底的反革命。当年九月六日起，有三十名红卫兵奉命对我“造反抄家”二十四个日日夜夜，把我全部的中外文书籍、文物、工作用具和生活资料扫荡洗劫得精光，叫作“扫地出门”。幸亏在这之前，我女婿孙近仁医师转移保存了我的译稿，所以二十多年后我能把这部莎士比亚伟大的诗剧，通过我的译文，介绍给我们中国人民的公众。

我感到十分遗憾的是，经过八年日本侵华战争所造成的灾祸动乱以及十年“文革”的浩劫，我对于西方国家莎学最近进展的情况可说一无所知，书籍被劫掠一空，在孤陋寡闻中把我多年前的旧译来问世，实在是非常抱歉的。我这部旧译所根据的还是一百多年前所出版的阜纳斯氏《罕秣莱德》的“新集注本”，可见我的工作成果多么落后于时代。就是威尔逊（John Dover Wilson）的剑桥大学出版社的莎士比亚剧本也没有参考过，其他更不用说了。

除了现在先期出版的这部《罕秣莱德》外，还有其他七部莎剧拟交上海译文出版社陆续出版，即：《奥赛罗》、《麦克白斯》、《黎琊王》（再版）、《暴风雨》、《冬日故事》（以上为集注本）以及《萝密欧与琚丽晔》和《威尼斯商人》（后两部为简注本）。

最后，我要衷心感谢上海译文出版社社长孙家晋（吴岩）先生、总编辑包文棣（辛未艾）先生所给予本书出版方面的大力支持；同时也要感谢第一编辑室张洪怡、郑大民编辑在本书出版过程中所付出的辛劳。

孙大雨

一九八七年十二月

丹麦王子罕秣莱德之悲剧

剧中人物 *

克劳迪欧斯，丹麦王

罕秣莱德，前王之子，今王之侄

福丁勃拉思，挪威王子

朴罗纽司，御前大臣

霍瑞旭，罕秣莱德之友

赉候底施，朴罗纽司之子

伏尔砥曼特
考耐列欧斯
罗撰克兰兹
吉尔腾司登
奥始立克
（朝臣）

一近侍

一教士

马帅勒史
剖那陀
（校尉）

茀朗昔司谷，军丁

雷那尔铎，朴罗纽司之仆

伶人数名

小丑两名，掘墓人

队长

英格兰钦使

葛忒露，丹麦王后，罕秣莱德之母

我斐丽亚，朴罗纽司之女

贵人、贵妇、校尉、军丁、水手、使从与其他侍从各数人

罕秣莱德亡父之鬼魂

剧景：埃尔辛诺

注 释

* Crawford：此剧中人物表最早见于 1676 年之“伶人版四开本”，虽然通常总说 1709 年的 Rowe 校勘本才初次有它。

第 一 幕[1]

第 一 景

［埃尔辛诺。宫堡前警卫坛］

［茀朗昔司谷值岗警卫。剖那陀迎面上。

剖那陀 谁在那儿？[2]

茀朗昔司谷 别问，回答我[3]；站住，你自己是谁？

剖那陀 君王长寿！[4]

茀朗昔司谷 是剖那陀？

剖那陀 正是。

茀朗昔司谷 你来得好准时。[5]

剖那陀 正好打十二点；你去睡吧，茀朗昔司谷。

茀朗昔司谷 多谢你来接班；天冷得真厉害，
我心里又挺不好受。

剖那陀 岗上安静吗？

茀朗昔司谷 耗子也没有走动。

剖那陀 好吧，明天见。
你要是碰到霍瑞旭和马帅勒史，
要跟我同来值岗的，叫他们赶快。

［霍瑞旭与马帅勒史上。

茀朗昔司谷 我好像听到他们了。站住，喂！

那是谁？

霍瑞旭 宗邦自己人。

马帅勒史 丹麦王的臣下。

茀朗昔司谷 祝晚安⑥。

马帅勒史 啊！再见了，诚实的军人：

谁替了你的班？

茀朗昔司谷 剖那陀接我的岗。

祝你们晚安⑦。 ［茀朗昔司谷下。

马帅勒史 喂！剖那陀！

剖那陀 我说，

怎么！霍瑞旭来了吗？

霍瑞旭 差不多是他。⑧

剖那陀 欢迎，霍瑞旭；欢迎，好马帅勒史。

马帅勒史 怎么！这东西今夜又出现了吗？

剖那陀 我没有看到什么。

马帅勒史 霍瑞旭说这只是我们的幻想，

我们见过两次这可怕的东西，

怎么样跟他说他都不肯相信：

所以我央他来跟我们一起守夜；

要是这鬼魂今夜再一次来到，

他可以证明我们并没有看错，

又能跟他对话。

霍瑞旭 咄咄！那不会

出现。

剖那陀 暂且坐下来，等我们再一回

送进您耳朵里去，它们好比是
壁垒森严的城堡，拒绝听这故事，
我们已一连两个夜晚见到过。

霍瑞旭　好吧，我们坐下来，让我听一下
剖那陀怎么说。

剖那陀　　　　　　就在昨天夜里[9]，
那时节北极星西首的那颗星儿[10]
正好行过去照耀西天的那一方，
它如今正在那边亮，马帅勒史
和我，刚正敲一点钟——

［鬼魂上。

马帅勒史　禁声！莫讲了；您瞧，它又在来了！

剖那陀　就是那模样，跟先王一般无二。

马帅勒史　您是位士子[11]；对他去说话，霍瑞旭。

剖那陀　它和君王像不像？您看，霍瑞旭。

霍瑞旭　像得很：它使我无比的惊奇与骇怕。

剖那陀　它要我们先开谈。[12]

马帅勒史　　　　　　跟它说[13]，霍瑞旭。

霍瑞旭　你是什么人[14]，窃据着这深夜时分，
僭装出安葬了的先王陛下生前
他那行步间的俊爽与威武之姿？
以上天的名义我命你，说话！

马帅勒史　　　　　　　　　　　　把它
激怒了。

剖那陀　　　　看！它迈开长步要去了。

霍瑞旭　站住了！说话，说话！命令你，说话！

［鬼魂下。

马帅勒史　它走了，不肯答话。

剖那陀　怎么样，霍瑞旭！您直抖，脸都白了：
这可不光是什么幻想了吧？
您以为怎么样？

霍瑞旭　在上帝跟前，要不是亲眼目睹，
实地见证到，我还不能相信呢。

马帅勒史　它像不像先王？

霍瑞旭　正好跟你像你自己一个样：
他当年正是披戴着这一身盔甲，[15]
对野心的挪威国王单身去决斗；
有一次也曾这样怒冲冲，谈判时
给激怒，他斫冰上乘橇的波兰王。[16]
真是奇怪。

马帅勒史　这样已两次，正在这死寂的深夜，
跨威武的阔步他走过我的岗哨。

霍瑞旭　我可不知道该作怎样的想法；
不过就我所看到的大体来说，
这预兆对于邦国有惊人的动荡。

马帅勒史　好吧，坐下来，谁知道就请告诉我，
为什么要这样严谨、周密的警卫，
使海内的臣民每天都彻夜辛勤；
为什么要这样日日去铸造铜炮，
且又向外邦去购买刀枪和火药；
为什么要这样征用造船的工匠，
他们得终周劳苦，礼拜天也不歇；

有什么事情会发生，[17]叫人要这么
汗流浃背，日夜忙急得没安息：
谁能告诉我这件事？

霍瑞旭 我能；至少
私下里这么样传闻。我们的先王，
他那神容只刚才对我们显过形，
你们知道，被挪威王福丁勃拉思，
野心争胜的狂妄自大煽动他，
挑战作决斗；英武的罕秣莱德——
我们这半边天下谁对他不钦仰——
便斩了福丁勃拉思；凭合同文书，
跟法律，也跟纹章院规条很符合[18]，
他连同性命，把他所有的土地
全部输给了比武决斗的得胜者；
跟那份土地正相当，我们的先王
押下同样多的地作赌注；这会归
福丁勃拉思所有，如果他得胜；
就凭契约，以及这条款所规定，
前面已说过，罕秣莱德就有了
他那片土地。如今小福丁勃拉思，
年少气盛火性烈，没经世故，
已经在挪威边境上，这里那里，
啸聚了一伙刁悍的亡命之徒，
供他们吃喝，要他们去干些行险、
侥幸的横心泼胆事；那便不外是——
对我们邦国的当政显得很清楚——

想用强暴的手段，以动武的态势，
从我们这里收回那些他父亲
已失去的土地。这个，据我看来，
是我们准备频繁的主要因由，
我们这警卫的缘故，以及到处
急匆匆、纷忙动乱的根本所以然。

剖那陀[19] 我想该是为这个，没其他的原因；
这就前后合了拍，[20] 那兆凶的形相，
甲胄披着身，穿过我们的岗哨，
这么像先王，原来跟战事有关。

霍瑞旭 这真是搅扰人心眼的一粒尘埃。
从前在共和罗马鼎盛的首都，[21]
在显赫的恺撒大将遇害前不久，
坟墓尽走空，死尸裹着入殓衣，
到罗马街头去唧唧啾啾地乱叫；[22]
星子拖着火焰尾，露珠里含血水，
太阳变惨白；[23] 还有那水上的冰轮，
奈泼钧的万顷海疆要听它挥运，
晦蚀得黯淡无光，像世界末日届；[24]
而大劫临头、灾殃下降的朕兆，——
如前驱使者们总是先命运而来，
祸事将至时必有开场的楔子，——
天公和地母都已经上下一起来，
把它们向宗邦和万民[25] 作过昭示。

[鬼魂重上。

莫作声，看啊！看那边，它又来了！

我中魔也要面对㉖它。站住，幻象！
你要是能发出声音，会通达言语，[鬼张臂。
就对我说话：
要是有什么好事可以去办了，
好叫你安舒，且对我能有荣誉，
就对我说话：
要是你秘密知晓宗邦的命运，
也许我们预先知道了能防避，
啊！你就讲；
或者你要是在生前用强取得了
财宝埋藏在地下哪一处洞窟里，
为那个，人家说，你们鬼魂常出现，

[鸡鸣。

讲出来：站住了，说话！马帅勒史，
拦住它。

马帅勒史 我能用戟来斫它不能？

霍瑞旭 斫它，它若不站住。

剖那陀 在这里！

霍瑞旭 在这里！

[鬼魂下。

马帅勒史 它走了！
它这般庄严威武，我们真不该
这样表示粗暴，那对它有冒犯；
因为它好比是空气，刀枪伤不得，
把我们的空斫化成可笑的伤害。

剖那陀 它正要说话那时分，公鸡啼了。

霍瑞旭　它就像是个有罪的犯人一般，
听到可怕的召唤而一惊。我听说
公鸡，它是替早晨报晓的号角手，
一阵阵啼响它高亢峻峭的喉咙，
把白日的神灵唤醒；一经它警告
不论在海里[27]火里，在地下或空中，
每一个游灵野魅便自会慌忙
赶回它的本界；刚才所见的东西
便可以证明这句话说得不假。

马帅勒史　公鸡一啼它就消隐得不见了。
有人说每当庆祝我们的救主
耶稣诞辰时，在节前一些日子里，
这报晓的良禽彻夜通宵叫不休；
那时节，他们说，没有鬼怪敢出现；
那些个夜晚保康宁；恶星宿不伤害，
妖仙不迷人，巫婆使不了法术，
那时节真是那样祥和又圣洁。

霍瑞旭　我这么听说过，也有几分信为真。
但看啊，晨曦披着赭红的一口钟，
在那高高的东山头踩着露水走；
我们这警卫散了吧；你们若同意，
让我们把今天夜晚所见的东西
告诉少罕秣莱德；[28]凭我的性命，
这幽灵，对我们哑口，会对他言语。
你们可赞成我们把这事对他说，
认为情意不可少，责任应当尽？[29]

马帅勒史　就这么办，我切愿；我知道这早上
我们将在哪里最方便找到他。

［同下。

第 二 景

［宫堡内一殿堂］

［号角齐鸣。国王，王后，罕秣莱德，朴罗纽司，赉候底施，伏尔砥曼特，考耐列欧斯，众贵人及侍从等上。

国　王　虽然对亲爱的王兄罕秣莱德
下世去记忆犹新，我们正该当
满心存悲痛，全王国上下如一人，
深锁着愁眉，蹙一片广大的哀容，
但周详的思虑兀自跟感情作战，
于是我们以适度的悲伤想念他，
同时也没有遗忘掉我们自己。
所以我们仿佛以残败的欢欣——
好比一只眼含着笑，一只在流泪，
丧礼中有欢乐，喜庆时又唱悼歌，
使欣喜和悲苦彼此铢两相称——
将我们往日的嫂氏，如今的王后，
我们这勇武的宗邦的袭位王嫠，
娶为德配；我们在这件事情上
并没有排除诸位的高见，且多承
自动来赞助：对列公，我们要致谢。

现在来讲小福丁勃拉思，这件事
各位都知道，他小觑我们的声威，
或者认为亲爱的先兄去世后，
我们这邦国便变得散乱不成形，
加上他自以为有利可图的妄想，
他就不断送文书前来相薅恼，
一意要我们放弃他父亲的邦土，
那失地归我们英勇的王兄所奄有，
全经受法律保障。关于他，到这里。
现在来谈我们自己和这次会议。
事情是这样：我们备好了一封书，
给小福丁勃拉思的叔父挪威王，
他衰病缠身，卧床不起，不知道
他侄儿的谋划，请他把他那侄儿
进一步的行动加以制止；为的是
那招兵募众，聚草征粮，㉚全部由
他治下的臣民负担；我特此派你，
考耐列欧斯，还有你，伏尔砥曼特，
作专使，送这封文书给挪威老王，
可是我授与你们对彼邦君主
相应的权限，不得任意超越了
这些指示所明白规定的范围。
再见，望即速去奉命，以表忠诚。

考耐列欧斯
伏尔砥曼特 这使命，一切事，我们都忠心赤胆。

国　王 我们也深信无疑：祝两位顺遂。

［伏尔砥曼特与考耐列欧斯同下。

现在，赉候底施，你[31]可有什么事？[32]
你曾说有请求；要怎样，赉候底施？
你不会对丹麦当今请求得有理，
而将话白说；什么事，赉候底施，
你有所要求，我不会给你满足？
头脑[33]不会跟心儿更加相一致，
这只手不会跟这张嘴起到作用，
比较丹麦的当今对于你父亲。
你有何要求，赉候底施？

赉候底施 敬畏的吾主，
我想请求恩准能回到法兰西；
虽然我心愿从那里返归丹麦，
在您的登极大典时尽我的诚敬，
但如今，我须得承认，那名分已尽，
我又想念起，愿意再回法兰西，
所以要恳求恩准重返那里去。

国　王 你父亲允许吗？朴罗纽司怎样说？

朴罗纽司 他已经，吾主，煞费精神地向我
求得了我迟迟的允许，最后终于
对他那心愿我盖上难能的同意：
我请求御驾，就赐准他离开去吧。

国　王 善用你的时光，赉候底施；你尽有
时间，挥洒你的才艺，使用它就是。[34]
但现在，我侄儿罕秣莱德，我的儿——

罕秣莱德 ［旁白］[35]比亲戚过了头，要说亲人还不够。[36]

国　王　　怎么阴云还高悬在你头顶上？

罕秣莱德　并不，大王；骄阳如汤泼面，油灌耳。㊲

王　后　　好罕秣莱德，去掉你黑夜似的阴沉，
面带着欢和来对丹麦的当今。
切莫老是这么样低垂了眼睑，
想在九泉下找寻你高贵的父亲：
你知道这事很平常；有生命的人
都得要死亡，从生命转入永恒。

罕秣莱德　不错，母亲，很平常。㊳

王　后　　　　　　　　　　假使很平常，
为什么你看来好像那么样特殊？

罕秣莱德　好像！不对，的确是；我不懂什么叫
"好像"。不光我这件黑外套，好母亲，
也不光这身遵礼守制的黑孝衣，
也不光这喘息频频的长吁短叹，
不，也不仅这眼里的汩汩长流，
也不仅面目间沮丧黯淡的神色，
和一切形相，表情，㊴悲伤的外观，
能真正表白我；这些果真是"好像"，
因为它们是一个人表演的姿态：
但在我心中有无法表演的哀痛；
这些都只是悲哀的服饰和衣裳。

国　王　　对你父亲这么样居丧而尽孝，
罕秣莱德，显示你天性可爱赞；
但须知你父亲也曾丧失过父亲，
那父亲又曾丧失过他的；未死者

理应谨守着孝道，为哀悼而悲痛
一个时期；但是去坚持而不舍，
固执地伤痛得无休无止，却是种
不孝的顽固行径，没男儿气概：
那显示一个违背天心的意志，
心胸尚未经磨砺，情志太浮躁，
智虑过于简单，没经受过修养。
因为我们知道那势有所必至，
以及理有所固然的寻常事故，
为什么我们要任性使气地对抗，
牢记在心头？嘿！这触犯了上天，
触犯了死者，触犯了造化的法则，
对理性极荒谬，揆情度理父亲死
乃是寻常事，它从这世上第一回
人亡故直到今朝有人死总在叫，
“这定得如此。”我们切望你抛弃
这种无益的悲伤，将我当作
你的父亲；因为，让举世都知悉，
你是我们王位最直接的⑩继承人；
最热情的父亲爱他儿子有多么
宏隆⑪，我对你的宝爱比起他来
绝不会有分毫逊色。至于你要想
负笈回到威登堡⑫去继续求学，
那对我们的愿望可完全相反；
极愿你，改变了心意，在这里留下，
在我们和煦的目光眷顾下，温慰中，

当我们的重臣，侄儿，当今的世子。

王　后　别让你母亲白恳求，罕秣莱德；
望你跟我们待下来；莫去威登堡。

罕秣莱德　我尽量听从你的话就是，母亲。

国　王　哎也，这是个亲和、美好的回答：
在丹麦跟我们一个样。来吧，贤妻；
罕秣莱德这一下允诺，和蔼而
语出衷肠，对着我的心在微笑；
为表示祝贺，今天丹麦王每一觞
欢饮[43]都要有大炮向云天报响，
天上将遍传地上君王的畅饮，
一声声应和着地上的宏雷。去来。

［号角齐鸣。除罕秣莱德外俱下。

罕秣莱德　啊，但愿这太凝固的肉体
会融化，消解，稀释成一滴露水；
但愿永恒的主宰没有制定过
禁止人自戮的戒律！上帝啊！上帝！
这人间一切的常行惯例对于我
显得多可厌，陈腐，乏味和无聊！
呸呸！啊，这是个芜秽的荒园，
丛生着野草；到处是藜蒿与荆蓁，
塞地幔天。竟到这样的地步！
才死了两个月！不，还不到两月：
恁英明一位君主；比起这个来，
犹如太阳神比妖仙；[44]他对我母亲
这么样亲爱，简直不容许天风

吹打上她的脸庞。天公与地母！
定要我回想吗？哎也，她偎依着他，
仿佛食进得越多，越发加大了
胃口；可是，仅仅在一个月之内，
莫让我想起——“脆弱”，你名字叫女人！
短短一个月，她和那荷琵[45]一个样，
涕泪交横，跟着我父亲去送葬
穿的鞋还没有穿旧，她呀，就是她——
上帝啊！一头全没有理性的畜生
也会哀悼得长久些——跟叔父成了婚，
我父亲的兄弟，但毫不跟他相像，
正如我不像赫勾理斯：[46]一个月之内，
不等她佯悲假痛的眼泪停止流，
不等她哭痛的眼睛消退红肿，
她就结了婚。啊，慌忙得好棘手，
迅捷地匆匆引荐于淫乱的床褥！
这不是好事，也决不会有好结果：
可是，宁肯心碎吧，我必须住口。

［霍瑞旭，马帅勒史与剖那陀上。

霍瑞旭　祝殿下康泰！

罕秣莱德　　　　见到你[47]我很高兴。
霍瑞旭，——要是不然，我忘记了自己。

霍瑞旭　正是，殿下，永远是您可怜的忠仆。

罕秣莱德　好朋友，兄台；我跟你换那个称呼。[48]
什么事使你离开了威登堡，霍瑞旭？
可是马帅勒史？

马帅勒史　亲爱的殿下——

罕秣莱德　见到你我很高兴。[向剖那陀]晚上好，足下。——

可是你当真为什么离开威登堡？

霍瑞旭　是我这浪荡的习性，亲爱的殿下。

罕秣莱德　我不愿听你的仇家这么说你，

也不能让你这般打击我这耳朵，

要它相信你对你自己这么样

诋毁；我知道你不是懒散的浪子。

可是你到埃尔辛诺来做什么？

你离开之前我们要教会你酣饮。

霍瑞旭　殿下，我来参加您父王的丧礼。

罕秣莱德　我请你，莫对我这般嘲笑，老同学；

我想你来参加我母亲的婚礼。

霍瑞旭　当真，殿下，这事紧跟着这么近。

罕秣莱德　省俭，省俭，霍瑞旭！办丧事的烤肉

多下来就做了喜庆筵席上的冷炙。

我宁愿在天上碰到我痛恨的㊾仇敌，

也不愿见到那样的一天，霍瑞旭。

我的父亲，我恍如看到了我父亲。

霍瑞旭　啊，在哪里，殿下？

罕秣莱德　　　　　　　　在我的心眼里，

霍瑞旭。

霍瑞旭　　　　我见过——一次；㊿他是位明君。

罕秣莱德　他是个大丈夫，就他整个人来说，

我再也看不见第二个这样的人。

霍瑞旭　殿下，我想我昨天夜里见到他。

罕秣莱德　见到？谁？

霍瑞旭　见到殿下的父王。

罕秣莱德　　　　　　　　见到我父王？

霍瑞旭　请暂时按捺一下子，莫要太惊奇，
且注意听我来开陈，待我把这件
怪事对您讲，这两位士子可以
替我作见证。

罕秣莱德　　　　　　上帝舍仁慈，让我听。

霍瑞旭　这两位士子，马帅勒史和剖那陀，
一连两个夜晚在他们警卫时，
在宵深夜里、死一般冥寂[51]之中，
他们碰上了。先王般的一个形象，
从头到脚，全副的披挂簇崭齐，
在他们面前现形，用庄严的步伐
缓慢而威灵地走过他们：他三回
走过他们惊骇得欲绝的眼前，
跟他们相差不到他一权杖[52]之隔；
他们害怕得几乎化成了肉冻[53]，
站着像哑巴，不敢对他去开腔。
他们把这事惴悚悚秘密告诉我；
第三夜我和他们一同去守卫；
在那里，正如他们所说的，时间
也对，模样也对，每句话都证实，
那鬼魂又来了。我认识殿下的父王；
这两只手不能更像。

罕秣莱德　　　　　　　　　这是在哪里？

马帅勒史　殿下，在我们警卫的那座高坛上。

罕秣莱德　你没有跟它说话吗？

霍瑞旭　　　　　　　　　　殿下，我说过；

可是它不答话；不过有一次，我想，

它举起头来仿佛将有所动作，

好像正待开腔要说话；但正当

那时候，报晓的公鸡引吭高鸣，

听到那声音它慌忙退缩消隐掉，

跟着就不再看见了。

罕秣莱德　　　　　　　　　这真好奇怪。

霍瑞旭　告尊敬的殿下，这事千真万确；

我们都认为我们的责任攸关，

要让您知道这件事。

罕秣莱德　当真，当真，列位，但这事困扰我。

你们今晚还警卫吗？

马帅勒史
剖那陀　　　　　　　　　警卫的，殿下。

罕秣莱德　披挂着，你们说？

马帅勒史
剖那陀　　　　　　　　披挂着，殿下。

罕秣莱德　　　　　　　　　　　　　　从头

直到脚？

马帅勒史
剖那陀　　　　殿下，披挂得从头直到脚。

罕秣莱德　那么，你们不曾见到他的脸？

霍瑞旭　见到的，殿下；他把护面甲[54]推到了上边去。

罕秣莱德　　　　　怎么！他可是蹙着眉头吗？

霍瑞旭　那脸容要说发怒，不如说在悲伤。

罕秣莱德　苍白还是通红？

霍瑞旭　不红，很苍白。

罕秣莱德　　　　　　　　眼睛盯住了你们？

霍瑞旭　盯得非常紧。

罕秣莱德　　　　　　　但愿我在那里。

霍瑞旭　你准会大吃一惊。

罕秣莱德　多半会，多半会。它待得长久吗？

霍瑞旭　一个人用平常的速度可数到一百。

马帅勒史
剖那陀　还要久一点，久一点。

霍瑞旭　我见时只有这么久。

罕秣莱德　　　　　　　　　　他须髯是灰的不？[55]

霍瑞旭　正如我见到他生前那样，玄色里
夹些银丝。

罕秣莱德　　　　　　今晚上我要去守夜；
也许它还会出现。

霍瑞旭　　　　　　　　　我保证它会。

罕秣莱德　要是它像我高贵的父王那模样，
即使地狱吼叫着[56]要我莫作声，
我还是要跟它说话。我恳请列位，
要是你们还没有把这事跟人说，
让它依旧保持在你们的沉默里；
而且今晚上不论将发生什么事，

请只是心里有数，嘴上却莫作声：
我自会答谢你们的情意。再见了。
就在高坛上，十一二点之间，
我会来看你们。

三　人　　愿对殿下尽忠。

罕秣莱德　“尽爱”，我也对你们要这样。再会。

［除罕秣莱德外俱下。

我父亲的亡灵披挂着！事情不大好；
我怀疑有甚黑勾当；愿夜晚快来！
静下吧，灵魂儿，直到那时：即使
大地想遮盖住，坏事自有千人知。　　［下。

第 三 景 ㊼

［朴罗纽司家中一斋堂］

［赉候底施与莪斐丽亚上。

赉候底施　我的行李已经送上船；再见吧：
还有，妹子，遇到有好风相惠时，
而且传递也方便，可不要好睡，
让我听到你音讯。

莪斐丽亚　　你不信那个吗？

赉候底施　关于罕秣莱德，他对你要殷勤，
把它当趋骛时尚，调情的奇想，㊽
青春发育时期的一朵紫罗兰，
早开花，早谢，很香甜，可不能经久，

只供片刻间玩赏的一缕花香，
只此而无他。

我斐丽亚 只是这样吗？

赉候底施 正是的；
因为人身体成长，不光是筋肉
和躯干生发；而当这神殿[59]扩张时，
心志和神魂所祈求的内心供奉，[60]
也跟着增长。他现在也许爱你，
现在还没有肮脏和欺骗玷污
他清纯的意向：可是，你得要戒惧，
考虑到地位，他不能自己作主；
因为他要受他自己身份的限制：
他不能像无足轻重的人那样，
自己定去取，为的是他选得恰当
与否决定着全国的安危和兴废；
他身居邦国之首，他妃子的征选
自应先得到邦国的赞成和听从，
经受到约束。那么，他若说他爱你，
你该使用聪明去那般听信他，
要他由地位规定他采取的行动
能履行他所说的话；而这可不出
丹麦宗邦整个都赞同的限度外。
然后要衡量你那片贞洁将遭受
什么样损失，你若太信他的歌声，
或是把真心丢给他，漫无羁勒的
强求和硬要会打开你童贞的宝藏。

要戒惧，莪斐丽亚，要戒惧，亲妹子，
你要待在你真正的意向后边，
在他情欲的射程与危险之外。
那翼翼小心的姑娘已经够放浪，
要是她面对着月亮把芳容暴露；
玉洁冰清还难逃诽谤的打击；
往往在嫩蕊含苞未放的时节，
毛虫就已把阳春的娇儿咬伤，
当青春对旭照，在朝露泫泫之际，
恶毒的风吹雨打最容易摧折它。
所以要小心；最安全莫过于戒惧：
没有人在旁，青春尚且会自戕。[61]

莪斐丽亚 我要保持着这篇很好的教训，[62]
要它守卫我的心。可是好哥哥，
请你莫像那不端的牧师般，指点
我登天，去走荆棘塞途的陡峭路，
自己却像个浮肿、泼赖的[63]浪荡子，
只顾走逍遥嬉耍的莲馨花之道，
不管他自己的谆劝。

赉候底施 莫替我担忧。
我耽搁得太久：[64]父亲可又来了。

[朴罗纽司上。

双重的祝福自会有再度的天恩；
凑巧的机缘笑对这第二回告别。

朴罗纽司 你还在这里，赉候底施！真羞人，
上船，上船！风守在帆篷肩胛上

大家在等你。就这么，我为你祝福！
还有这几句教训你要去铭记
在心头。想到什么不要就说出来，[65]
也不要乱想起什么就把事情做。
待人要亲切不拘礼，可不得亵狎；
旧有的朋友，交情曾经考验过，
用钢箍将他们牢牢扣上你灵魂；
但莫把每个新结的相识当知交，
逢人便款待，手掌起老茧。[66] 要当心
勿跟人轻易起争吵；但一开了端，
便要坚持，使对方得当心对待你。
多多听人家说话，少对人开言；
多接受意见，[67] 自己的判断要保留。
衣服讲究得尽你的钱包能负担，
但不要花费富俏；要贵重，莫浮夸；
一个人的衣着往往标明他品性，
他们在法国，身份贵地位高的人
特别在那上头最是讲究，最华贵。
既不要告贷，也不要借钱给人，
借给人往往丢了钱也丢了朋友，
而向人借贷会挫钝节约的快口。
这句话高过一切：对自己要真实，
然后正好比黑夜跟着白昼来，
你就不可能对任何旁人不真实。
再会：愿我这番话铭记在你心中。[68]

赉候底施　父亲在上，儿子谨此拜别了。

朴罗纽司　时间在召唤你；去吧，仆夫们等着。

赉候底施　再会了，莪斐丽亚；要好好记住
我对你说的话。

莪斐丽亚　　　　　　　我把它锁在记忆里，
就由你自己保管着那柄钥匙。[69]

赉候底施　再会。　［下。

朴罗纽司　他对你说了些什么话，莪斐丽亚？

莪斐丽亚　回父亲，是有关罕秣莱德殿下的。

朴罗纽司　凭圣处女，倒想得很不错：
我听说他近来常把私下的时间
和你一起过，而且你自己也总是
肯听他的话，开怀爽快得不得了。
要果真这样——人家这样跟我说，
而那是劝我要当心——我得告诉你，
你太不懂得你自己该怎样，才同
做我的女儿和你的清名能相称。
你们之间怎么样？对我说真话。

莪斐丽亚　他近来，爸爸，好多次对我献出了
他的爱情来。

朴罗纽司　爱情！呸！你说话真像个傻丫头，
全没有经历过这样危险的情势。
你相信他的献出吗，如你所说的？

莪斐丽亚　我可不知道，爸爸，该怎样想法。

朴罗纽司　我来教你吧：把你自己当娃娃，
你竟把这些献出当真正的付款，
它们可不是纹银。显出你自己

多值些钱吧；否则——且不叫这句话

跑伤气，[70] 这么说——你显出自己是傻瓜。

莪斐丽亚 爸爸，他用爱情来殷切恳求我，

态度很光明正大。

朴罗纽司 是啊，你叫它态度；算了吧，算了吧。

莪斐丽亚 而且为使他的话能取信，爸爸，

他对天几乎设尽了山盟海誓。

朴罗纽司 是啊，捕捉傻山鹬 [71] 的罗网。我知道，

当欲火熏蒸的时候，灵魂会怎样

教舌头滥发盟誓；这些发 [72] 光焰，

女儿，光多于热，一烧亮就熄灭，

正在答应时，跟正在烧亮时一样，

你切勿把它们当火。从今往后

要少露你那闺女的声色于他；

将你的会晤 [73] 要看得比一声传令

去面谈更值价。对罕秣莱德殿下，

要信任他到这一步，就是他年纪

还轻，他可以行动自由的限度

比你大得多：干脆说，莪斐丽亚，

别信他的盟誓；它们穿针引线，[74]

不是它们的衣裳所显示的颜色，

而只是追求调情打趣的坏家伙，

气息倒像是假装圣洁的臭虔婆，[75]

为的是更好欺骗人。归总一句话：

讲得简单明了些，从现在开始，

我不准你随便糟蹋片刻的闲暇，

再去跟罕秣莱德殿下说甚话。

要好生注意，关照你：来吧。

我斐丽亚 我自会听话，爸爸。 ［同下。

第 四 景⑯

［宫堡前警卫坛］

［罕秣莱德，霍瑞旭与马帅勒史上。

罕秣莱德 这寒气刺得人好凶；冷得厉害。

霍瑞旭 说得上是切肤刺骨的苦寒天气。

罕秣莱德 什么时候了？

霍瑞旭 我想还不到十二点。

马帅勒史 不，已经敲过。

霍瑞旭 当真？我没有听见：那么，就快要

挨近那鬼魂惯常出现的时刻了。

［内号角齐鸣，发火炮两声。

这是什么意思，殿下？

罕秣莱德 君王今晚上准备着彻夜行觞，

要纵酒逞欢，再加上喧闹的狂舞，⑰

他每干一樽莱茵美酒的当儿，

铜鼓和军号便这么嗥啸出一阵

他祝酒的豪兴。

霍瑞旭 这是一个习俗吗？

罕秣莱德 是的，凭圣处女：

不过在我看来，我虽然在本地

生长，日常已见惯，这可是个习俗，
遵守它倒不如破坏它更加光荣。
这样的酗酒耽乐使我们备受[78]
东西诸邦一体的讥讪和责骂；
他们叫我们醉鬼，用泥猪那类话
玷污我们的称号；那么着也就
当真消减了我们丰伟的勋业，
把我们声望里的精华、真髓抽去。
所以，往往在有些个人身上，
因他们本来有某种天生的缺陷，
与生俱来，——那可怪不得他们，
既然生命不可能自己去选来历——
由于某一种性癖有过度的滋长，
时常冲破了理性的藩篱与堡砦，
或者有什么习惯过于发扬了
令人爱的心性形态；却说这些人——
他们沾上了那种缺陷的印记，
那缺陷，不出于天然，[79] 即肇自命运——
他们其他的美德，即令清纯得
了不起，即令没涘涯，非凡人所能有，
将在世人的见解中，因那个缺失
而遭到毁伤败坏；一些些乖舛[80]
会招致对整个高贵品质的狐疑，
使声名狼藉。[81]

［鬼魂上。

霍瑞旭 看啊，殿下，它来了！

罕秣莱德　求众位天使和神差护佑我们！[82]

不管你是个善[83]鬼还是个邪魔，
带来天上的祥氛，抑地狱的煞气，
不问你存心恶毒，或用意仁慈，
既然以这样可交谈的[84]形态到来，
我对你要说话：我叫你罕秣莱德，
君上，父亲；丹麦王，啊，回答我！[85]
莫使我不耐困惑而爆炸；告诉我
为什么你那按教规下葬的骸骨，
在棺内挣破了尸衣而出；为什么
那坟墓，我们眼见你安葬在里边，
张开了它那沉重的大理石巨颚，
又把你吐了出来。是什么意思，
你这具尸体，重新全身披亮甲，
又复到这月光明灭中[86]徘徊，
使黑夜吓人；使我们，造化的玩物[87]
心神震颤得有如那瑟瑟的摇旌，
缭乱着魂梦所不敢沾的荒沧怪想？
你说，为什么？因什么？我们该怎样？

［鬼魂招罕秣莱德去。

霍瑞旭　它向您招手示意要您跟它去，
好像它有什么话要独自一人
跟您讲。

马帅勒史　　　　看，它姿势有多么温文，
招手引您去比较背隐的地方：
可不要跟它去。

霍瑞旭　　不，千万不要去。
罕秣莱德　　它不肯说话；那我就只得跟它走。
霍瑞旭　　莫去，殿下。
罕秣莱德　　为什么，有什么可怕的。
我把这生命看得不值一根针；
至于我的灵魂，既然也是不灭的，
跟它一模一样，它又能奈何它？
它还在招呼我去；我要跟它走。
霍瑞旭　　它引您去到了海里怎么办，殿下，
或者去登上可怕的悬崖绝顶，
孤悬的岩壁俯瞰着碧深深的海，
那里它露出另一副骇人的形相，
那也许就会夺去您理智的均衡，
使您发疯，那又怎么办？想一下；
没有其他的因由，那地方本身
就会叫人起浑不顾一切的怪想，[88]
只要他俯对那么多寻下的海水，
听它在下面呼啸。
罕秣莱德　　它仍在招我。走吧；我就跟你去。
马帅勒史　　您不能前去，殿下。
罕秣莱德　　你们松了手！
霍瑞旭　　请听话；不能去。
罕秣莱德　　我的命运在叫唤，
它使我身上每一根细小的血管
都跟尼弥亚狮子[89]的筋腱一般坚。
它还在叫我。你们放开手，士子们，

［挣脱。

天在上，谁要拦阻我，我叫他变鬼；
我说，走开！——走吧；我就跟你去。

［鬼魂与罕秣莱德同下。

霍瑞旭 他变得不顾一切，乱想些什么。

马帅勒史 我们跟他去；不该这么样听从他。

霍瑞旭 跟上去。——这可要弄成什么结局？

马帅勒史 丹麦宗邦里什么事出了乱子。

霍瑞旭 上天会指引它。[90]

马帅勒史 不要[91]，我们跟他走。

［同下。

第五景

［警卫坛上较远处］[92]

［鬼魂与罕秣莱德上。

罕秣莱德 你要领我到哪里去？说；我不走了。

鬼　魂 听我说。

罕秣莱德 我听。

鬼　魂 我的时间快到了，
就要回去委身到硫磺烈焰里
去经受煎熬。

罕秣莱德 唉哟，可怜的亡灵！

鬼　魂 不用可怜我，只要认真倾听着
我要说的事。

罕秣莱德　　　　　　　　　　你说；我准备[93]来听。

鬼　魂　你听了过后，就得负责去报仇。

罕秣莱德　什么？

鬼　魂　我是你父亲的亡魂；
判定了在夜间出现一个时期，
白天要禁闭在火里断食[94]悔罪，
直到我生前所犯罪恶的孽迹
都烧光涤净为止。要不是被禁止，
不准泄漏我狱中的那些秘密，
我能作一番诉叙，它最轻微的话
能叫你的灵魂恼杀，热血冻结，
使你的眼睛，流星般跳出眶子来，
使你那纠结而梳顺的卷须分开，
每一根发丝笔立直竖了起来，
好像发怒的豪猪身上的针刺。
可是这永劫之秘决不能宣泄给
血肉的耳朵听。但听啊，呵，听啊！
若是你确曾爱过你亲爱的父亲——

罕秣莱德　呵，上帝！

鬼　魂　要替他报绝灭人性的凶杀之仇。

罕秣莱德　凶杀？

鬼　魂　恶毒的凶杀，说得再好也不外此，
但这真穷凶极恶，骇听闻，灭人性。

罕秣莱德　快给我知道，我好插起了翅膀，
迅捷如思想，疾速如恋爱的情思，
风驰着去还报。

鬼　魂　　　　　　　　　　我看你容易激发；
你要是对这件事情不采取行动，
那就比遗忘川[95]夹岸臭烂的莠草
更要迟钝了。听我说，罕秣莱德：
据他们宣称，我在御花园里睡觉，
有条蛇螫了我；全丹麦人的耳朵
就误被这个捏造的我的死因
卑劣地蒙骗住：可是你，年轻有为，
要知道那条螫死你父亲的毒虺
现在正戴着王冠。

罕秣莱德　　　　　　　　　　啊，我有预感！
是我的叔父！

鬼　魂　正是的，那个通奸乱伦的禽兽
就仗那诡诈的迷功，叛逆的本领——
啊，邪恶的聪明和才智，这么样
会奸骗！——把我这貌似贞洁的王后，
诱得满足了他那无耻的淫欲：
啊，罕秣莱德，多自甘的下贱哟！
我对她的爱是那么精醇可贵，
那和我跟她义结百年姻好时
所起的信誓完全相符契，而她
竟会委身于这样个伧夫，他对我
有什么才智来相比！
但正如美德，它永远也不会动心，
即令浪荡装扮成天仙来求爱，
淫欲，尽管跟光艳的天使结了婚，

还会在极乐的天床上感到餍足，
而要去贪吃臭烂。
且住！我好似闻到了早晨的清气；
让我简单说。我在御园里偃息，
那是我每天经常的习惯要歇晌，
你那叔父偷偷地趁着我不备
窜进来，手持一瓶恶毒的紫杉汁，[96]
把那引发起全身恶癞的毒精
灌进了我的耳孔去；那药性一发
就跟人周身的血液水火不相容，
只顷刻之间，快得和水银相似，
它通行无阻，穿门过路处处到，
而且它发作快而猛，像醋酸滴进
牛奶，把我的稀薄而健全的血液
凝敛冻结了起来：我的血便这样；
而且顿时立刻有疹疱散布开，
像是大麻风，可恨的怄人的恶癞
结满我光滑的全身。
便这样，我在睡梦中被一个兄弟
一下子把生命、王冠、王后都夺去：
就在罪孽深重里一命抛黄泉，
来不及接受圣餐，作忏悔，涂油膏，
不曾能结算，还戴着满头罪孽，
就给赶送到上帝跟前去清账。

罕秣莱德　啊，可怕！啊，可怕！好不可怕哟！[97]

鬼　魂　你要是有天性的话，切不可忍受；

莫要让堂堂丹麦君王的御床
变成可恶的秽乱淫蒸的卧榻。
可是，不管你怎样进行这件事，
不要玷污了你的心地，也不可
策划去伤害你母亲：将她交天谴，
她自有生长在她胸中的荆棘
去惩创刺螫她。此刻就和你作别！
萤火虫[98]显得黎明已近在眼前，
它那无力的微芒已渐渐暗淡；
再会，再会，再会！要把我记心上。

罕秣莱德 天兵神将哟！地师土伯们！还有甚？
加上幽冥的凶煞吗？[99]挺住，我的心；
我的筋腱啊，莫在顷刻间变衰老，
绷紧着，把我挺起来。要把你记心上？
是啊，只要这神思错乱的头脑里
有记忆，可怜的阴魂。要把你记心上？
是啊，从我记忆的小手册上面
我要抹掉一切琐碎的蠢记录，
一切书本上的格言，一切形象，
年少时观察所留下的一切戳记；[100]
只让你对我提出的这个昭示
独独留在我头脑的书卷之中，
不羼杂鄙陋的东西；青天在上，
啊，最恶劣不堪的妇人！啊，
坏蛋，坏蛋，笑吟吟、可恶的坏蛋！
我的小手册，——我该把这个记下来，

一个人笑吟吟，笑吟吟，[101] 可是个坏蛋；
至少我知道在丹麦的确是这样：

［手写。

好吧，叔父，给你记上了。现在来听
我这话 [102]："再会，再会！要把我记心上。"
我立下了誓言。

马帅勒史
霍瑞旭 ［自内。］殿下！殿下！

马帅勒史 ［自内。］罕秣莱德殿下。

霍瑞旭 ［自内。］上天保佑他！

马帅勒史 心愿如此！

霍瑞旭 ［自内。］喂，呵呵，[103] 殿下！

罕秣莱德 喂，呵呵，小把戏！来吧，小鸟儿。

［霍瑞旭与马帅勒史上。

马帅勒史 您怎样，亲王殿下？

霍瑞旭 有甚事，殿下？

罕秣莱德 啊，好奇怪！

霍瑞旭 好殿下，讲讲。

罕秣莱德 不行；你们会说出去。

霍瑞旭 我不会，殿下，天在上。

马帅勒史 我也不，殿下。

罕秣莱德 你们怎么说；人的心怎么想得到？
但你们会保守秘密吗？

霍瑞旭
马帅勒史 天在上，殿下。

罕秣莱德 全丹麦从来没有哪一个坏蛋 [104]

不是个坏透的恶棍。

霍瑞旭　用不到有鬼魂，殿下，从坟墓里来
告我们这个。

罕秣莱德　　　　　　对啊；你说得很对；
那么，好吧，不必再拘礼多说话，
我以为我们可就此握手告别：
你们按自己意思做你们的事去；
因为各人有各人的意思和事情，
事实是如此；至于我可怜的份儿，
看我吧，我要去祷告。

霍瑞旭　这是些神思紊乱的躁切话，殿下。

罕秣莱德　很抱歉我话说得开罪了你们，
是的，当真，很抱歉。

霍瑞旭　　　　　　　　　　没得罪，殿下。

罕秣莱德　得罪的，圣柏特立克[105]在上，得罪得
厉害，[106]霍瑞旭。关于刚才的鬼影，
它是个老实的[107]鬼魂，我告诉你们：
你们想知道我和他之间有甚事，
请尽量克制着别打听。现在，好友们，
既然你们是朋友，是学士，是军人，
要请答应我一个请求。

霍瑞旭　是什么，殿下？我们一定会遵命。

罕秣莱德　决不把今夜所见的说与人知。

霍瑞旭
马帅勒史　殿下，我们决不会。

罕秣莱德　　　　　　　　　　不行，要发誓。

霍瑞旭　当真，殿下，我决不。

马帅勒史　　　　我也不，殿下，

当真。

罕秣莱德　　按在我剑上。[108]

马帅勒史　　　　我们已发过誓，

殿下。

罕秣莱德　　当真，要按在我剑上，当真。

鬼　魂　发誓。　[鬼魂自台下呼喝。

罕秣莱德　啊哈！你也说？你在那里吗，老好人。[109]

来吧：你们听见地窖里这朋友：

答应发个誓。

霍瑞旭　　　您说怎样发，殿下。

罕秣莱德　决不要跟人说起你们所见到的，

按着我的剑发誓。

鬼　魂　[自下。]发誓。

罕秣莱德　到处都有你？[110]那我们换块地方看。

这里来，士子们，

再把你们的手儿按着我的剑：

决不要跟人说起你们所听到的，

按着我的剑发誓。

鬼　魂　[自下。]发誓。

罕秣莱德　好说，地老鼠！在土里能遁得恁快？

好个急先锋！[111]再换地方吧，朋友们。

霍瑞旭　人杰地灵天开眼，这可真奇怪了！

罕秣莱德　所以就把它当生客来对待，[112]莫怪。

须知天地间有些事情，霍瑞旭，

你们[113]那哲学做梦也没有梦到。
可是，来吧；
天保佑你们，这里，刚才那样
发个誓，不管我举动怎样离奇，
因为我从今往后也许会觉得
该装出一副古怪的言谈行止，
你们那时节看到我这样，决不要
把臂肘这般交叉起，或这般摇头，
或者说些引人起疑心的语句
如“很好，我们知道”，或“要说可以说”，
或“要是我们高兴说”，或“能说自有人”，
或这类模糊影响的话语，表示
你们知道我有什么隐衷：这种种
都决不能做，愿你们获天赐慈恩，
就发誓。

鬼　魂　［自下。］发誓。

罕秣莱德　安息吧，安息吧，不得安静的灵魂！

［二人发誓。

士子们，以满腔热情我请你们
记着我：像罕秣莱德[114]这样个可怜人
所能的，为表示他对你们的情意，
上帝愿意，准做到。我们进去吧；
你们要永远守口如瓶，我请求。
这年头乱成了一团：可恨的烦恼，
我生不逢辰，命定了要把它整好！
来吧，我们一块走。　［同下。

第一幕　注释

① Clark 与 Wright（剑桥本）：本剧分幕分景始见于 1623 年之初版对开本，但只到二幕二景为止，以后的三个对开本亦随着划分；在早于前者的几个四开本上则都不分。译者按：1603 年之初版四开本据学者们研究大概是个间接印自莎氏未成熟的初稿的“盗印本”，讹误很多，且比 1604 年以后四个四开本要少掉一千五六百行，故在本剧的校订研究上不大有重要性，除少数特殊的例子外，一般不在学者们此项讨论范围之内。

②《每季评论》（卷七十九，1847 年，318 页）论这开场的二三十行云：莎士比亚剧中人物唇边所掉下的每一个字，是他们内心情感的切当表现，由于我们所提到的这位巨匠的这一特点，——就是说，他不愿降格去违反自然，作他自己的说明者，——除非我们正确地注意到他们当时的处境，我们往往会捉摸不到他们说话的精神。只因忽略了这一警戒，《罕秣莱德》的开场一景（其中活跃着紧张的情绪、显著的对比与描绘人性的最精微的笔触）似乎被校勘家们，老的和新的，当作无非是两名卫士间无精打采的闲谈而已。剖那陀在警卫坛上已经碰到了前王的鬼魂两次，他现在是第三次走向这亡灵的出现处，深信他还会看见那可怕的鬼魅，它“使他骇怕得几乎化成了肉冻”。在这一心情里他看见任何东西、听到任何声音都会吃惊，——风的吟啸也好，月光下的阴影也好。在这般一触即惊之中，他听到向他走来的脚步声；他的问话“谁在那儿？”由我们听来，乃是不能自制的惊恐的、突发的、本能的绝叫，而不是两名卫士间寻常的盘问。恐惧，把感觉集中了起来，使它们变得超乎自然地敏锐；而莎氏是明示着这一事实的，当他使这屏息谛听着的剖那陀首先觉察到他们在互相走近。正在值岗的卫士弗朗昔司谷，听到那吃惊的声音招呼他，认不出那就是他的伙伴，便答道：“别问，回答我；站住，你自己是谁？”但一等到剖那陀听见他说话而心里安定下来，以他惯常的声调喊了口令“君王长寿！”之后，弗朗昔司谷便知道是他的伙伴，当即用他的名字称呼他。接下来是莎氏对最微妙的细节予以注意的一个绝妙的标本。他显示给我们看，剖那陀在殷切的指望中，焦急地预期着鬼魂的出现，而又生怕那秘密更广泛地传播开去，势必造成了这样一个局面——就是比平常他去得要早一点，因而异常准时地到他岗哨上来。弗朗昔司谷说道：“你来得好准时。”而剖那陀的答复又多么巧妙地逼真自然，说钟已经打了！他一心想摈拒对方认为他是先来的看法，因为，好像觉得自己有罪似的，他深怕被对方所怀疑。接着，他叫弗朗昔司谷去睡；而在后者的回答里，我们又见到另一个轻微的征状，它却惊人地例证出莎氏是多么用心要保持他的角色间的行动的完全相应：

弗朗昔司谷　　多谢你来接班；天冷得真厉害，
　　　　　　　我心里又挺不好受

因为他心里挺不好受，凝注于他个人悲伤的沉思默想中，所以没有注意到剖那陀的未曾掩饰好的激动。如果心境平静，他的注意力也许会受到刺激，他的好奇心或者会给鼓动起来。他正离开的时候，剖那陀以假装不关心的随便口气问道，“岗上安静吗？”——这询问他不敢在直接对话里正式提出，怕会泄露他的焦急。他所得到的确言，——“耗子也没有走动”——使他对于过去的几小时放松了关切，又把他的思虑完全集中到未来的时刻上去。他不愿独自一人值岗。他迫不及待地指望他的同伴们和他一起来守夜，所以他对弗朗昔司谷临去时的话是——

好吧，明天见。
你要是碰到霍瑞旭和马帅勒史，
要跟我同来值岗的，叫他们赶快。

弗朗昔司谷还没有离开剖那陀，就听见霍瑞旭与马帅勒史正在走来，当即喊他们报口令：“站住，喂！那是谁？”跟着，后面半页上的几句话虽对于不注意的读者显得平淡无奇，却是描绘性格之最精妙与最富于表情的笔触。在此前两个夜里，马帅勒史曾经是剖那陀的伙伴，他跟剖那陀有同样的顾虑。霍瑞旭对于鬼魂是怀疑的，认为那是个幻想。他们情绪上的差异可在他们对值岗卫士问话的回答里见到。霍瑞旭心上轻松，悠闲自若，首先作答。他很快而且高兴地叫出来，“宗邦自己人。”以迟缓庄重的调子，马帅勒史加上一句“丹麦王的臣下”。他的心思是在那神秘的幽灵上头。他在惊异它预兆些什么。他隐约地猜疑以为它征示什么谋反叛逆或对邦国的不幸，这就引得他在霍瑞旭漫不经心的呼声后加上一句申言他们忠于王事的宣告。跟着他思绪的潜流，他迷失在他自己的冥想中；他没有感觉到弗朗昔司谷已走近他们，就在面前；而当弗朗昔司谷说“祝晚安”时，马帅勒史像个精神恍惚中被唤醒来的人那样，叫道，“啊！再见了，诚实的军人！”以任何别的设想来解释这失声的“啊！”是没有意义的，而这可决定性地显示出莎氏的用意正要这样写法。马帅勒史的沉思一被打破之后，他便从没有结果的臆测里转到这夜晚的事情上来；于是，他在对弗朗昔司谷道别的同一口气里，问他是谁接替了他的班，以便他可以满意地知道，那不是别人，而是他自己的伙伴剖那陀。弗朗昔司谷当即离开。马帅勒史喊道，“喂！剖那陀！”“我说，”剖那陀并未稍停一下来直接回答那招呼，即回道，“怎么！霍瑞旭来了吗？”霍瑞旭是位特被邀来要对鬼魂开言说话的士子；他高出他们一筹，他们都信赖他，而剖那陀则迫切想知道他没有失约。霍瑞旭亲自答话，且继续以开玩笑的答复“差不多是他”，来表示他的不信。剖那陀从幽寂孤独中解放了出来，欣喜欲狂，以这样狂喜的暖意欢迎他们——“欢迎，霍瑞旭；欢迎，好马帅勒史！”——致使马帅勒史从他那激动的神情里料想鬼魂已经来过。“怎么！”他说，不出之以询问，而是用想当然的口气，——“怎么！这东西今夜又出现了吗？”剖那陀的回答，“我没有看到什么。”使马帅勒史想起霍瑞旭对这整个故事完全不相信：“霍瑞旭说这只是我们的幻想”云云。

这剧景的紧缩是惊人的，而且也许在任何哪一篇戏剧里，从没有在同样长短的一段内表白出同样的心理状态有如此变化多端的。剖那陀的惊惧，他深自压抑的情感，他的不喜欢独处于孤寂之中，弗朗昔司谷的一无所知，霍瑞旭的轻率，马帅勒史的心不在焉与高度紧张的情绪，剖那陀欢迎他们时的极度激动，这种种都是在二十来行里展露出来的，展露得清楚而明晰。对话精炼而迅疾，可是极完整。凡是对于这时适合的，没有东西被遗漏掉。也不是作者绝艺的最不堪注意的一部分是，在这么多的兴奋里，有这么多激情在发动和冲突，但绝无一点夸张过度的痕迹。现实的沉肃被自始至终保持不渝。

③ 这个“我”，Hanmer，Jennens，Clark 与 Wright（克拉伦顿本）都说应着重了说。

④ Malone，Clark 与 Wright（克拉伦顿本）：这是当夜的通行口令。

⑤ 原文“upon your hour”，Clark 与 Wright（克拉伦顿本）举了四个例证说解作“正在你上岗钟点要敲的时候”。正当弗朗昔司谷说这句话时，钟报 12 点。

⑥ ⑦ 原文这两个“Give you good-night”，Caldecott，Clark 与 Wright（克拉伦顿本）俱谓解作“上帝给你们晚安”。

⑧ “A piece of him”，直解“（有）他的一块”，Heath 与 Steevens 谓这只是句开玩笑的口头语。Tschischwitz：通哲学的霍瑞旭想起了一个人的人格，又念及他的外形，所以说来此的只是他自己的一块（并非全部）。Moltke 的解释跟此说大致相同，谓霍瑞旭的意思是他身体虽已到，灵魂却未来。按，此两说似嫌过于隆重。Moberly：正如我们说，“有一点像他。”译文作“差不多是他”，似不够逼真，因严格讲来，原文言外之意为他不来的部分多而来的部分少，不过是一块，而译笔含义正好相反。Moberly 之“有一点像他”也不大对，应为“有一点是他”，但“有一点是他”在汉语里不成话语。我终于采用了译文，因“差不多（或差一点）是他”并不真正或完全是他，所差的那点是很重要的相信；但不真正或完全是他，与真正的、完全的他即判若两人，故总的说来，其间的差异，如果把这信不信加以考虑，便会很大——这样一来，倒是兜了个圈子后，跟原意颇有些接近了。

⑨ Coleridge：因为剖那陀正要来叙述的事，其性质极为庄严，故而使他对之有极深沉的感觉，所以他便鼓起劲来，用华美的辞风去控制他自己想象上的恐惧，——这件事本身便是这鼓劲的一个延续——离开了鬼魂出现这件事本身，因为那会迫使他太深沉地潜入他自己的内心，而转到外界的事物、自然界的一些现实上来，这些事物当时曾和它一起发生。这段文字似乎与这一批评法则相抵触，就是说，凡是讲到的总比实际看到的要印象浅一些；因为它传送给人们心神的确实要比眼睛所能看见的来得多；而正当我们聚精会神地热切倾听所讲的后事，把我们的思想从那可怕的景象上转换到期待那很想知道但又几乎怕听到的故事上去的时候，这讲述的忽被打断便给了我们以鬼魂初次出现的一切突兀与惊骇。

⑩ Cowden-Clarke：再没有比一个守夜的卫士在他寂寞的午夜岗哨上注视某一颗特别的星更自然的了；而这一偶然的提及，在这一段上可倾泻了多澄澈的一股诗的光辉。Hudson：当然，这是指北极星，它似乎伫立着不动，在它附近的其他的星似乎围绕着它在旋转。按，Hudson 此注当系指“the pole”而言，若说“yond same star”则该是大熊星，它似乎以北极星为枢轴在回转，见 Wood 与 Marshall 之牛津与剑桥本剧后之“添加注”。

⑪ Douce：驱邪法事从前总用拉丁文进行，所以只能由士子们从事。Clark 与 Wright（克拉伦顿本）：读书人能讲拉丁文，中世纪教会所规定的驱邪灵诀当然是用那种文字写的。

⑫ Clark 与 Wright（克拉伦顿本）：向来有这样个想法，认为一个鬼魂不能主动说话，除非先有人对它开了腔。

⑬ “Question it”在这里解作“跟它说话，交谈”，不解作现代英语的“问问他”，见

Schmidt 与 Onions。

⑭ “What”作为宾词对人（虽然这里是对鬼）质询，等于“Who？”（谁？什么人？或什么样人？）或“of what name？”（名叫什么？），故不能译作“什么东西？”。见 Schmidt 与 Onions，前者举了 40 多个例子。

⑮ Furness 问道：他便是披戴的这副盔甲吗，在三十年前就在罕秣莱德出生的那一天（见五幕一景一五六至一六三行）？霍瑞旭现在有多大岁数？译者按，这不是绝对讲不通的：可能先王披戴着这身有名的盔甲留下了一张画像，霍瑞旭曾看见过。

⑯ 二、三、四版四开本原文“the sleaded pollax”，五版四开本与一、二版对开本作“the sledded Pollax”，三版对开本作“... Polax”，四版作“... Poleaxe”，Rowe 校改为“... Pole-axe”，Pope 作“... Polack”，Malone 又改作“... Polacks”，现代版本大多从后者。这三个字作者的原笔究竟是怎样的，作何解释，十八世纪初年以来众说纷纭，迄今还没有最后的定论。大致可归结为三种说法：（一）先王发怒了，把他的战斧向冰上一斫，——Friesen 与 Moltke，后者校改原文为“his leaded poleaxe”（他的用铅加重了的战斧）或“his edged poleaxe”（他的磨快了的战斧）；（二）先王发怒了，在冰上斫雪橇上的波兰王（Polack），——Pope 等；（三）先王发怒了，打败了波兰人的雪橇队，——Malone 等。译者按，除这里外，本剧四开与对开本上还有三处（二幕二景六三行、七五行与四幕四景二三行）用到这个字的另外四种拼法“Pollacke”、“Poleak”、“Polak”、“Polack”；如果我们对“sledded”不加以校改（因为可以不必），而在后面两说中作去取的话，Pope 等人的第二种读法显属可取。霍瑞旭现在看到鬼魂的怒容，便想起了先王当年的怒容。我们知道，怒容只是短暂时间内的表情，不容易延长得很久。若照 Malone 与从他的现代注家们的说法，先王以一人之力打败了波兰人的雪橇队，那已经很勉强；而且即令那是或许有的事，所需的时间至少要几小时，在那样长的时间内要保持一个不变的怒容，乃是不可能的。何况激怒他的是他谈判的对手；而在句子的最后，那对手竟已被遗忘掉，这位先王却花了很大的力气去单身击败那对手的部下：这就显得这句句子没有写好。Leo 认为一位全副武装的国王用他的刀剑去斫坐在雪橇上的他的对手简直不成话，太违背中世纪骑士的风度了；我说，安知那位对手不也是同样全副武装，刀剑在手，而且主动激怒了丹麦先王的呢？Pope 的读法有头有尾，脉络分明，虽然他未加以说明。他这校订所以会弄对，我认为是因为对照了后面三处的结果。从他的有 Theobald，Hanmer，Warburton，Johnson，Capell，Jennens，Steevens，Singer，Elze，Tschischwitz 等十家。Steevens 加以说明道：我们不能很好地猜想，在一次谈判里先王会痛击好些个人，因为不见得会有一个以上的人激怒他，或者在这样的场合他会自降身份去打一个比君王地位低的人。Tschischwitz 的理由是：“Polacks”当系指整个波兰步兵队，猜想波兰军全军会乘着雪橇行军，那是荒唐的。按，关于拼法问题，我们知道，因莎氏当时文字的各方面（包括拼法）尚未固定下来，故作者、抄写手、排字匠有很大的自由，往往把一个人名或地名在几处上下文里写成、抄成、排成好几种不同的拼法。最后，我认为很可能 Heminges 与 Condell 所据以排印初版对开本的伶人上演用脚本字迹不清楚，甚至抄错了，把“k”写得像“x”或错写成“x”（这就是说，我认为这字原来是“Pollak”），于是

初版对开本照式排印，二版四开本直接或间接根据的是同一来源，又把“Pollak”再误排成“pollax”，结果就造成了三百多年来这样一个疑案。

⑰ “Might be toward”，Dyce 解作“在准备中，将发生，在目前”，Clark 与 Wright（克拉伦顿本）作“迫近，近在目前，已齐备”。

⑱ “well ratified by law and heraldry”，Capell 谓系“普通法律和武士道规条的形式都经遵守到”。Steevens，Clark 与 Wright（克拉伦顿本）则云，解作“很符合纹章院的条例，故而能生效”。Moberly：正确订立合同须要法律，符合纹章院规条则使它在荣誉上有约束力。Crawford：中世纪贵族签订有约束力的合同文书往往在签名之外再加上骑士纹章。

⑲ 自此起至鬼魂重现前止的十八行，仅见于 1604 年之二版四开本及后来的三个四开本上，各版对开本俱付阙如。

⑳ Wood 与 Marshall：剖那陀与霍瑞旭把鬼魂的出现归因于表示他关心那迫近的战事。他们没有疑心到他曾遭到凶杀。从含蓄中我们可以知道，凶杀是严守秘密的。

㉑ 原文“state of Rome”为“罗马之首都”；全行可作“从前在古代罗马鼎盛的首都”，或如译文。恺撒（Caius Julius Caesar，公元前 102?—前 44）当时为罗马共和国，并非帝国；此“state”系指当时的罗马“城”，并不指“国”或“时代”，见 Furness 新集注本上之 Wilson 注（他说把它滥解作“状况”乃是进行“九重凶杀”）。共和在前，帝国在后，两者不可相混；在共和以前，于公元前六、七世纪的史前传说中又有 Tarquin 王朝，但那跟恺撒无关。恺撒为大将军、政治家与高卢（Gaul，古国，包括目今意大利北部，法国，比利时，以及荷兰与瑞士的一部分）人的征服者，又是演说家、诗人与史学家。他击败了以庞贝大将（Cneius Pompeius Magnus，公元前 106—前 48）为首的罗马元老院贵族党，而成为国家的实际主政者，但为政敌勃鲁特斯（Marcus Junius Brutus，公元前 85—前 42）等人所暗杀，莎氏有《居理安·恺撒》一剧演述其事。他的义子 Octavianus（公元前 63—公元 14）继承了他的姓氏，当时的元老院（Senate）又尊以“Augustus”（庄严，崇宏）这徽号。此 Augustus Caeser 为第一个罗马皇帝，自公元前二十七年登基起，一直统治到崩位。恺撒当政时以武功胜，奥古斯德斯在位期间则为古罗马文学的黄金时代。

㉒ 本行下面大概有一行脱漏，造成了无法解决的困难。Malone：当莎氏告诉了我们“坟墓尽走空”云云，那是限于在地上所发生的奇事，他很自然地（在现已遗佚的一行里）接着说，在天上也显现其他的怪异；这现象他用例子来说明道，“如星子拖着火焰尾”等。我怀疑“As stars”（如星子）是讹误，而且那些讹夺的字，如《居理安·恺撒》二幕二景里那一段所提示的他将死时的怪异那样，当包括“炽烈的火焰，武士在云端里奋战”等语。我所以相信“As stars”是印讹，是因为下一行里又有“star”这个字。也许莎氏的原文是：“Astres with trains of fire—and dews of blood Disastrous dimm'd the sun！”（星子拖着火焰尾——不祥的血露使太阳昏暗！）“Astre”是“star”这字的古体。学者们有赞同 Malone 的校改的（Knight，Moberly），有认为毋需校改也讲得通的（Caldecott，但很勉强），有主张将下一行移至五行以后插入而将第六行“As harbingers”校改为“Are...”的（Mitford），等

等。Collier 相信下面两行也许是讹误得已无法挽救，但并无充分理由说有一行给脱漏掉，毛病只出在大概是被误印的“Disasters”这字上，至于“astres”这字则矫揉造作，太不通行了。历来对这两行的校订钩绳，Furness 之新集注本上罗列的有近二十家之多，这里不一一介绍了。

㉓ Clark 与 Wright（克拉伦顿本）：莎氏在这里也许是想起了挪斯（Thomas North，1535?—1601?）转译的泊卢塔克（Plutarch，46?—120?，希腊传记家）所著《希腊罗马名人传》英译本（1579）上《居理安·恺撒传》里的这一段：“的确，定数，预先看见它要比避免它来得容易，当我们考虑到恺撒临死前据说先有奇异而惊人的象兆见到。因为，关于在空中的火焰，夜里有鬼魂来来往往地走，幽居的鸟在中午栖在闹市中，在这样一个惊人的时刻会发生，这一切朕兆可不值得注意吗？”泊卢塔克还说起有一颗彗星在恺撒死后接连出现过七夜，后来就不见了，还有太阳黯淡无光，果子不熟。

㉔ Crawford：指《圣经》所说人类的儿子第二次到来时将发生的事情。见《马太福音》二十四章二十九节：“那些日子的灾难一过去，日头就变黑了，月亮也不放光，众星要从天上坠落，天势都要震动；”又，《启示录》六章十二节：“揭开第六印的时候，我又看见地大震动，日头变黑像毛布，满月变红像血。”

㉕ 原文“climatures and countrymen”，Clark 与 Wright（克拉伦顿本）谓，前者可能指生活在同一气候中的人，若不是这样解释则宜从 Dyce 之校改作“climature”（地方）。故此语若从原文可作“万民与邦人”，若从 Dyce 则可作“宗邦与邦人”。

㉖ 原文“cross”通常解作“拦阻，挡住去路”，Onions 训“碰到，面对”。传说谓，谁若到鬼魂去路前拦阻它或面对它必遭凶祸。

㉗ 我国古代阴阳家讲五行，即金、木、水、火、土，欧洲古代与中世纪哲学家则盛言四元，即地、水、火、风（倡此说者为古希腊之 Empedocles，约公元前 500—前 430?，印度佛家所说的四大正与之完全相同，见《园觉经》与《璎珞经》，而释迦牟尼的生卒年约为公元前 565—前 487，要早上五六十年），说宇宙间一切物体都是这四元的不同化合成分所形成的，后来的灵学家又认为每一种纯粹的元里有一种精灵守护着，地里有地鬼或地精（gnomes），他们守护着矿山、石坑，水里有水灵或水仙（undines），风中有气仙或风姨（sylphs），火内有火魔或火神（salamanders），作此说者为瑞士炼金术士与医师 Paraceisus（1493—1541）。Johnson 谓，这里的意思是，一切浮游飘荡的精灵们，凡是流浪到他们各自的本界以外的，不管是气仙进了地，或地精在空中浮游，都要回到他们各自的原位上，他们的限境中去，那就是他们的本界。这里的结构在次序上有颠倒，作者意思是说：

一经他警告，
每一个游灵野魅便自会慌忙
赶回它的本界，不论在海里火里，
在地下空中；刚才……

但这里的次序毋须加以变更。

㉘ Coleridge：请注意这一点也不张扬但完全胜任的介绍这主角“少罕秣莱德”的方式，而对于他父王的行动和有关事件我们所被激发起来的所有兴趣则都被转移到

了他的身上去。

㉙ Hudson：这最后三段台词设想得真是奇妙。说话人都在情绪极度兴奋中；当鬼魂消失时，他们的惊恐立即转化为品质最高华的一阵灵感，而他们那极度的激动，在散去时，便炽燃成为诗的温存圣洁的热情洋溢。

㉚ 原文“proportions”，Schmidt 解作“计算，对供应的估计”，Onions 谓系“对于兵员与供应的估计”，亦可解作“兵员与供应本身”，Wood 与 Marshall 则解释为“军队里适量配备好的骑兵、步卒等”。故此语亦可译为“马步粮草”。

㉛ 对原文国王这段话里的“you”与“thou”，Abbott 在他的《莎士比亚文法》（二三五节）里阐明道：当国王对赉候底施明言表示亲爱时，他从〔正式或客气的〕“you”转换为〔亲切的〕“thou”，后来又回到“you”上去。译者按，关于原文“you”，“your”，“ye”等代名词的用法，讲究起来颇为精细，作者既不随便或胡乱应用，也不呆板死用。译文尽可能将“you”跟“thou”彼此间的区别传达出来，虽然有时不能如意办到，如这里把国王对赉候底施的“you”与“thou”一律译为“你”，后面把国王对罕秣莱德的“you”与“thou”一律译为“你”，等等。Skeat 分析“thou”，“ye”，“thine”，“your”云：“thou”（你）是主人对仆人的语言，地位相同者之间的称谓，它也表示友伴，亲爱，许可，对抗，轻蔑，威胁；“ye”（您）则是仆人对主人的语言，表示恭敬，称誉，自谦，恳请。“Thou”（你）是单数第二人称，所有格代名词“thine”（你的）亦然：但“ye”（你们）是复数第二人称，还有所有格代名词“your”（你们的）亦然……Abbott：“thou”在莎氏当时，很像现在德文里的“du”，是个单数第二人称的代名词，它（一）对朋友表示亲爱；（二）对仆人表示善意的优越；（三）对陌生人表示轻蔑或恼怒。它现已有一点不被惯用了，而因为被当作含有古风，所以很自然地被人在高华的诗的风格里，以及在庄严的祈祷语言里所应用。“Thou”与“you”在几乎所有的场合被不加区别地使用时，仔细研究一下会显示文内思想有一点变动，或者为使音调和谐起见，所以有足够的理由改变代名词。（上两则引自 Furness 新集注本《麦克白斯》五幕三景三七、四〇、五七行注。）

㉜ Coleridge：这样，莎氏以高超的艺术手腕首先介绍一个极重要，但还是居于次位的角色：赉候底施，他这样备受恩宠，因为选立新君时朴罗纽司帮忙使前王的兄弟，而不是他的王子，登上了宝座。

㉝ Warburton 不能设想这一行是什么意思；但把“头脑”（head）校改成“血脉”（blood）以后，他认为文意就通顺了，这样措辞他觉得“非常得体，因为心是实验室……”Hanmer 在他的校订本上采取了这一校勘。Heath 认为再没有比头脑和心房更密切相关和一致的，因为前者设想了方法和步骤，使后者的目的可以达到。国王把他自己当作心，把朴罗纽司当作头脑。

㉞ Caldecott：愿你运用你最优秀的美德充盈你的时间，那完全在你的手掌之中。Clark 与 Wright（克拉伦顿本）解释“graces”为“accomplishments”（才艺）。

㉟ 此导演词“旁白”为 Warburton 所加，嗣后的校勘家们都觉得还适当，并加以采用，但 Moltke 认为不对，他的理由如下：在莎氏剧本里没有其他的例子主人公是首先用这样简短的一句独白予以介绍的；其次，没有谁对自己说话时会使用双关；

第三，莎氏一定不易地总在他戏剧的一开始时就鸣响剧中的主音。在这一例子里，诗人已经在第一景内使我们左袒了罕秣莱德而反对了国王，而现在又已经继续以国王从御座上发出的伪善的言辞增长了我们对前者的同情之感与对后者的敌对情绪，非常重要的是这两人间的对立应当使之着重，所以罕秣莱德该被显示得不光他自己完全晓得这对立，而且也同样有决心使国王知道它。假使这句话是旁白，这种种目的就会无法达到。

㊱ 对这句模棱含蓄的话，学者们有各种不同的解释，但迄无定论，现介绍数说于后。Steevens："比亲戚要亲些，可不合乎人伦"，——把"less than kind"解作"unnatural"（乱伦），因叔侄关系现已变为公开与合法化了的血族奸通关系。Malone："比亲戚要亲些，可不够有感情"，因为我是你老婆的前夫之子，但我对你并不亲爱（我恨你，为的是你血族奸通地娶了我母亲）。Knight："比亲戚要亲些，可并非同类"，——上半句针对国王叫他"我侄儿罕秣莱德"而言，下半句针对国王叫他"我的儿"而言，把整句话作为罕秣莱德说他自己。White 与 Hudson："比亲戚要亲些，可不配算同宗"，——把整句话作为罕秣莱德所指的是国王。译者认为，这位王子既不仅仅说他自己，如 Knight 所云，也不仅仅说他叔父，如 Steevens，Caldecott，Singer，White，Hudson 所云，而是说他自己跟国王之间的关系。那关系国王刚才有两种说法，一是叫他侄儿（亲戚关系），二是叫他儿子（父子或亲人关系）；他现在加以驳斥，说若说叔侄吧，你我之间已不止这一亲戚关系，因为你已娶了我的母亲，若说父子亲人吧，第一，我羞于承认，因为那是血族奸通的乱伦，第二，我不认可与你同类或同宗，因为那太可耻，第三，我对你固无感情，你对我也说不上感情，那假装一套完全用不到。这样，"kind"这字的四种意义就兼容并包在里边了，而诗人的原意我信就是如此。非但这样，原文"kin"与"kind"是双声，再加上"A little more than"与"less than"，使这九个字模棱溜滑，捉摸不定，像条泥鳅一样，其妙处就在这里。虽然历来的校勘家们都从 Warburton 把这句话作为旁白，我觉得 Moltke 的孤独的但精辟的创见很有道理：罕秣莱德说这句话是存心叫他叔父听见的，因为他未必能完全听懂那里边复杂的含义，而且即令能听懂一两层，他也无可如何，只得心里尴尬，表面上假装糊涂。为传达原文"kin"与"kind"的效果起见，译文除两个"亲"字外，还用"头"与"够"的叠韵。

㊲ 译文可作"不那么，吾主；太阳晒得我难受"，似较信。原文本行末一字"sun"与前三行末一字"son"音同字不同，Farmer 指出意含影射，即指"sonship"（子之地位或身份）而言。译文本行之"耳"与前三行之"儿"亦为同音（不过在四声上有区别）但在一字对一字的影射上则没有能丝丝入扣，虽然就这整个半行来说，在抢白国王说他"阴云还高悬在你头顶上"还是贴近原意的（唯病于不那么显豁），——骄阳照得我如滚汤泼面，沸油灌耳，我不可能还有阴云高悬在头上了。译文若作"太阳晒得我难受"，则变成了前二行之"还不够"叶韵，对国王的尖锐的针对未免减弱，且那层一字对一字的影射当然也无从谈起。Johnson 谓，"i'the sun"系引喻谚语"舍弃了天赐的宠恩来晒暖太阳"。按，此系指"医院或慈善机关里遣发出来的人说的"，或者指被"逐出房舍与家庭的人，他们除了餐风饮

露晒晒太阳而外，别无生活上的合适可言”。Caldecott 采取上述 Farmer 的示意，谓罕秣莱德的意思是说，“叫我太活像个期待脚色，同时还把我从悲哀里过早地硬拖出来，被扔在阳光与白日照耀之下，实在有点吃不消；我已经受不了那老是粉墨登场，专表演当世子储君的身份，而不能真正享受到我的权利；同时也没有一段适当的时间来和缓我的悲感。”他的被剥夺王位继承权，也许就是罕秣莱德所谓的“太阳晒得我受不了”。Nicholson 解道：罕秣莱德用一句显然的宫廷客套话来拨掉国王对他的诘问，——并不，吾主，我是太暴露在你宠幸的阳光里了，在它的逼射下我显得只是个阴影（我是一无荫蔽地在我所深恶痛疾的阳光里了）；托赖上帝护佑，我得以成为胤嗣与王位继承人，但这个身份地位却已被你所废黜，因而我如今不得不离此出走；我如今不是在愁云惨雾里头，在为我的先王父所兴起的悲风与泪雨里，而却发现自己在你们结婚的欢庆与豪饮之中。

㊳ Coleridge：这里应注意到罕秣莱德对他母亲的温存，以及他的力自抑制怎样预备他在下一段话里的充实发挥。在下一段话里，他的性格在厌恶外表的虚礼上显得有较大的发展，而那也显示他喜欢深入到内心世界去潜思默想的习惯，加上一番美丽的言辞，那些言辞是思想的秉赋有形体，比思想要充实一点，有一个外表，一个独特的现实，可是包含着它们对内心意象和思想活动的合一与朦胧的密切关系。也应注意到罕秣莱德对后面国王那一长段话的沉默，以及他对他母亲的恭敬的但是一般性的回答。

㊴ 各版四开本与对开本俱作“moodes”或“Moods”，Capell 校改为“modes”；十八世纪最初六家和十九世纪后半叶 Clark 与 Wright 之环球、剑桥、克拉伦顿版等共约 20 种名校勘本都从原文，其他约 30 种则从 Capell。Dyce 谓，不可能更明白了，罕秣莱德在这整段话里是在讲外面的、看得见的悲伤的表象。

㊵ 最早指出这一点的是 Steevens：丹麦王位当时是推举的，不是世袭的。Blackstone 谓，推举时也注意到王族血统，这就渐渐形成了世袭制。许多评注家往往称克劳迪欧斯是个篡位者，说他剥夺了罕秣莱德的胤嗣权利，乃是个错误。罕秣莱德叫他醉鬼、杀人犯与恶棍；说他用卑鄙下流的手段取得了推举；说他“突然闯入来遮断我膺选的希望——”；说他“把贵重的王冠从架上盗下，放进了腰包”；但从未暗示过他是个篡夺者。他的不满起因于他叔父在他之前被举立，并不由于他争夺王位的什么合法权利。选立后继人时，对于前任君主的推荐也许也会考虑到。所以少罕秣莱德曾经说“王上自己亲口答应他继承丹麦王位”；而当他自己临死前，他“预言福丁勃拉思将膺选，被拥戴为王：他有我临终的推举”，为的是他叔父一死他自己当上了片刻的君王，所以有权利来推荐。……Marshall：也许因罕秣莱德比较年轻，以及王国受挪威人入侵的危险，所以立王评议官们把王杖放在克劳迪欧斯手里。

㊶ 原文“nobility”，Warburton 释“宏大”，Johnson 释“宽博”，Heath 谓“高隆与卓越”。译文综合音义作“宏隆”。

㊷ Malone：我们从 Lewkenor 之《论大学》（1600）里得知，威登堡（Wittenberg）大学为选举侯欧奈斯德斯（Ernestus the Elector）之子弗阑特立克公爵（Duke Frederick）于 1502 年所创立：“它晚近因马丁·路德及其徒众之争论与辩难而名闻

遐迩。”Elze：莎士比亚要送这位丹麦王子罕秣莱德到一所北方大学去留学，也许没有别的大学对他自己、也对他的观众，能像威登堡这样闻名。按，这里有人说是个时代错误，因为，据本剧故事的直接来源《罕秣莱德之史传》（*The Hystorie of Hamblet*，1608）所言，这位王子的时代是在基督教传到丹麦王国很久以前的年代里，而威登堡大学则建于 1502 年。但莎氏不会不知道这一史实，他当有他自己的用意。参看四幕三景二一行注。

㊸ Johnson：国王的纵酒给人印象很深；对于他，发生任何一件事都给他理由去痛饮。

㊹ “Hyperion”在古希腊神话里是太古泰坦神族（Titans）的太阳神 Helios 之父，也有用来指 Helios 的，但与奥林匹斯（Olympus）山上宙斯（Zeus）神族的太阳神阿波罗（A-pollo）迥异，不过在晚期神话里也与之通用。莎氏在此即用以指阿波罗。奢兜（Satyr）在早期神话里本为人身马耳马尾的妖精，到了罗马神话里变成人身而有山羊头角、耳朵、腿脚和尾巴的妖仙，它们是酒神般克斯（Bacchus）的游乐伴侣，以欢闹淫乱闻名。阿波罗代表男性美与光明，奢兜则代表丑恶淫猥。

㊺ 那荷琵（Niobe）为列迪亚（Lydia）国王探塔勒斯（Tantalus，天王宙斯之子）之女，底皮斯（Thebes）国王安斐盎（Amphion）的王后。她生下了十二个儿女，夸言她比黎托（Leto，即 Latona，宙斯和她生了一子一女，子为太阳神阿波罗，女为太阴神阿忒米斯）子女多，对她表示轻蔑。黎托叫她的儿女去报复这一慢侮，阿波罗与阿忒米斯将她的十二个子女都用箭射杀。那荷琵痛哭而死，宙斯把它变成了列迪亚国薛辟勒斯山（Mount Sipylus）上一块石头，她便永远流着眼泪。

㊻ 赫勾理斯（Hercules），即希腊神话里的海拉克理斯（Heracles），以英勇耐劳、力大无穷闻名，他德行高超，好除恶怪，有十二桩惊人的劳绩，对人类有覆载之恩。

㊼ Collier 所用经某一旧手迹校注过的一本二版对开本将原文行末的“well”划掉，因多此一字本行即多出一音步，且一见面罕秣莱德第一句就说“见到你好我很高兴”似乎也不大合理。

㊽ Johnson：我来做你的仆人，你将做我的朋友。Halliwell：罕秣莱德的意思是，他要把霍瑞旭给他自己的那名称，“可怜的忠仆”，换成“好朋友”；或者，如 Johnson 所解释的那样。

㊾ Clark 与 Wright（克拉伦顿本）：“dearest”在这里用以指在爱或恨上，在欢乐或悲哀上，最触动我们心的。

㊿ 霍瑞旭本想说，“我见过，昨晚上”，但因消息太惊人，故缩了回去，改成“——一次”。

51 五、六版四开本与 1603 年的初版四开本作“the dead vast”，二、三、四版四开本与初版对开本作“... wast”，其余三个对开本作“Waste”。Collier：“vast”在这里跟在《风暴》一幕二景三二七行里是同样的意思，那里“vast of night”解作“黑夜的空茫或虚无”，这里“the dead vast ... of the night”解作“午夜死寂的空茫”。White：也许应从二、三、四版对开本的“waste”；但含义是一样的，——“死寂的虚无”。Schmidt 谓，“vast”解作“午夜一片沉黑，视野里漫不见有何边际”。Clark 与 Wright（克拉伦顿本）：“vast”这里解作“空虚冥茫，这时候看不见有生命的东西”。

52 “权杖”可作“魔杖”。

53 用“肉冻”（严格些，“jelly”应译为“冻”）来形容一个恐惧的人很妙，因为一块冻在菜盘里被稍微动一下就会频频发抖，一个极度受惊的人像它一样会战栗不已。关于“distill’d”，学者们意见分歧，这里不详细介绍了，仅据 Knight，Singer，Hudson 等人的说法解作“溶化”。

54 Florio（《字世界》，1598）云，“beaver”来自法文“bauiéra”，意思是“头盔或兜鍪的护面甲”。Bullokar（《英文释义书》，1616）谓，“beaver”系“胄上可以掀上去的部分，以便能畅些呼吸”。Worcester 引 Stephenson 谓，此字来自法文“buvoir”（啜饮），因为它便于戴它者喝水。Hunter：有人说这里应作“他把护面甲拉到下边来”，但莎氏当是依据熟知骑士和骑士制度的权威而这样写的：“他们把护面甲向上掀”——史斑塞（Edmund Spenser，1552?—1599，约长于莎氏十二岁的作者同时代诗人）之《仙后》（*The Faerie Queene*，1589—1596）四卷六章二十五节。译者按，两种说法大概都对，当时盔胄上的护面甲当有两种形制，一种可以掀上去，一种可以拉下来，以便畅些呼吸、喝水，使人家能看见顶盔人的面目等，但这里所说的是可以掀上去的一种。

55 二、三版四开本原文作“grissl’d, no.”（是灰的，不。）初版对开本作“grisly? no.”（是灰的？不。）二、三、四版对开本无“no”字。Capell 校改为“grizzled? no?”（是灰的？不是？）许多近代版本都从他。但 As You Like It（《绅士杂志》，1760，六十卷，四〇三页）云：这个“no”是否定语而不是问话，由罕秣莱德说很不合适。他问霍瑞旭，“他须髯是灰的？”是要试探霍瑞旭怎样观察那鬼魂，所以讲一个不同的颜色。霍瑞旭答道，“不对”，当即说了个恰好的颜色，“玄色里夹些银丝”。Furness 认为这建议极巧，几乎可以作为正式的校订。

56 Staunton：“gape”解作“叫喊，咆哮，吼啸”，而不是“张开嘴”。Clark 与 Wright（克拉伦顿本）赞同此说。但 Schmidt 在《莎士比亚辞典》里仍解释为通行的“张开嘴”。

57 Coleridge：这一景应被视为莎士比亚在剧中的抒情章节之一，而它跟戏剧部分交织成为一体的巧妙，特别是我们诗人的一个杰出之处。你有停逗一下的感觉，但并无停顿之感。

58 原文“toy”，Schmidt 释为“忽发的奇想，不可思议的怪念，痴愚”，Onions 谓不能作“玩物”解，应解释“忽发的奇想，奇癖，心血来潮时的幻念”。原文“blood”，Dyce 解作“性癖，倾向，气质，冲动”。又原文“a toy in blood”，Clark 与 Wright（克拉伦顿本）说是“一阵娱乐和奇想，不是深情”，Onions 谓为“一个一时的调情的奇想”。

59 Caldecott 谓，将身体比作神殿，只是在严肃的时候才应用。

60 Caldecott：当身体长大时，召唤起心志的任务与活动的责任感也同样增加了。

61 原意为“自起叛乱”。Clark 与 Wright（克拉伦顿本）：虽没有诱惑者，青春年少会自我叛乱，就是说，青春的激情会对自我控制的能力造反作乱；自己的营寨里就有个叛逆者。

62 Coleridge：你会在莪斐丽亚对赉候底施那一长段话的简短而一般性的回答里，注意到她这天真无邪的极自然的浑不介意，她不能设想需要这样一套小心谨慎的礼法去保卫她自己的纯洁。

63 Caldecott：因酒色过度，把身子淘虚，所以虚胀浮肿；还加不顾一切后果。

64 Moberly：赉候底施似乎以为我斐丽亚的来势很凶的回答把这场谈话导入一个不需要与不合式的岔路里去；因为由妹子们教训哥哥们是颠倒事物的自然秩序的。

65 Caldecott：这些金贵的箴言跟剧中其他部分所视为的朴罗纽司的性格与智能很不相称，那里他显得是个，如罕秣莱德所叫他的，“讨厌的老蠢材”，“可鄙的、鲁莽多事的蠢材”，“又蠢又多嘴的坏蛋”。Hunter：朴罗纽司是当时枯燥乏味的政客的典型。在他这性格里也许含有好多莎氏对某些人物的个人讽刺。这些政客的习惯是对他们的子女讲述格言，作他们生活的指导者。

66 原文“dull thy palm”，译文据 Johnson 所解。这里有两层可能的意思：一是使你的款待没有价值与不被重视，二是使你自己不敏感，因而不能明智地估计你的朋友们的价值。

67 原文“censure”是“意见，判断”，不是“批评”。

68 原文“season”，Elze 解释“使成熟”，Moberly 解作“使稔熟”，Hudson 谓系“使铭志不忘”。

69 Caldecott：意即它不会从我记忆里消失掉，要等到你认为毋须保留为止。

70 原文“crack the wind”意思是，把“献出”这语辞像跑马似的跑得过狠，跑伤了它的元气或呼吸（肺）。

71 Harting：因难于明白的缘故，山鹬被认为是没有脑筋的，所以这种鸟的名字变成了傻瓜的同义语。

72 这“发”是“一发”、“两发”的“发”，不是动词。

73 原文“entreatments”，Johnson 解作“伴侣，会谈”，Cowden Clarke 释“你所接到的、他要求你和他会晤的恳请”，Clark 与 Wright（克拉伦顿本）谓系“恳求”，Schmidt 说是“你所接到的邀请”，Murray（NED）则解释“会谈，会晤”。

74 原文“they are brokers”，意即“它们是龟鸨，或淫媒”；我们的旧小说戏剧里所谓“穿针引线”，北方话谓之“拉纤”。

75 各版四开、对开本原文都作“bonds”（誓约），Theobald 校改为“bawds”（虔婆，鸨妈）。Rowe, ... Craig 等十五六家从前者，其他许多家从 Theobald。若从前者，本行可译为“气息倒像神圣虔诚的誓约”。

76 Coleridge：这一景开始时的不重要的谈话是莎士比亚熟知人性的细关末节的一个证据。这是个确定了的事实，当濒临任何严重企图或重大事件之前，人们几乎一定不易地把注意力转移到琐细的事物或熟稔的情况上去，企图逃避他们自己的思想压力；在警卫坛上的这段对话便这么以说起天气的严寒开始，而且也间接问到，的确，预期鬼魂将显形的时间，但投进了一个似是谈资的空虚里去，如关于敲钟等事。想逃避那迫切的思想的同一愿望，也在罕秣莱德对纵酒逞欢那丹麦习俗的谈话与抒发感慨里表现出来；他从特殊的事例上开始，谈到普遍的真实，而由于他对一己与个人事物的嫌厌，仿佛从他的自我集中里逃避到了一般的思维中，将他那暂时的不耐与不安之感在抽象的论究里窒息掉了。除此以外，另一个目的得到了满足；——因为把观众的注意力这般缠结在罕秣莱德这段话的微妙区别与插句句法里之后，莎氏在鬼魂出现（这个，以它的幻想似的性质，蓦地里照临他们）时使他们猝不及防，诧愕无已。果真，没有近代作家敢于像莎氏这样，在这末次显形之前先来两次显著的出现，——或者能设计出，使这第三次在动人心魄与趣味庄严上比先前两次更要深宏。但是除了罕秣莱德关于纵酒逞欢的音乐般这段话——这样优美地流露出他性格里占优势的理想主义，它那推理性的沉思默想——的其他一切优秀处外，它还有对于马上向鬼魂说的下一段话的兴奋的延续，赋予性质相同与似有可能的这么两层好处。这势头已经激发了他的心智活动；思想与言辞的激流已经开始，在他热烈的议论中他把他所以要在那里的目的忘记了，而正是那忘怀却帮着使鬼魂的出现不至于麻痹他的心智。因而，这出现便成为一个新的动力，——一个加快已经在行动的物体的速度的骤然一击，不过它改变了那物体的方向。有霍瑞旭、马帅勒史与剖那陀一同在场〔误，按并无剖那陀在场〕这一点是计划得极其适当的；因为这使得罕秣莱德的勇敢和他激越的口才完全可以被领会。两个听者，——有血有肉的同情者，——他们的心知有这件事，——他们的、自己也未曾想到的意识，——他们的感觉，——这些都成为从后面发生力量的一个支持与一个刺激，而心智的前面部分，说话人的整个意识，是被这阴灵所充塞，哎，所吸引住了。在这上面还得加上这一点：就是，这鬼魂本身，因为它以前曾出现过两次，已经显得更近于是这世界上的一个存在了。一个鬼魂的客观性如此增长，当它还保持着它所有的鬼气与可怕的主观性的同时，是真正令人惊奇的。

⑺ 原文“swaggering up-spring”，前一字 Schmidt 解作“哗闹的，喧嚷的”，后一字 Elze 证实 Steevens 谓为一种德国跳舞的说法，说原名叫“Hüpfauf”，是古德意志人欢庆时最放浪的跳舞。

⑻ 自此行起至这段话的末尾，各版对开本与初版四开本都没有，仅见于二、三、四、五等版的四开本。

⑼ 原文“natute’s livery”，据 Herford 注为“他们生来就有的缺点”。

⑽ 原文“dram of eale”当有误植，“eale”可能是“evil”之缩写“e’il”之讹（Jervis，Bailey，Dyce 等）。下面一行也有问题：“of a doubt”，Theobald 与 Malone 校改为“of worth dout”，Steevens 又据 Henry Homer 说改订为“often dout”（往往毁坏）。Clark 与 Wright 之剑桥本（1865）记录得约有四十种校改诠释；Furness 之新集注本（1877）则列举了五十多种，小字密印六大页；最新的收集，总数可能有百种以上的说法。但莎氏已长逝不返，疑难恐将永远无法澄清。Dowden 的揣摩也许不差似任何一家的疏解；“由于狐疑，一些些乖舛把所有的高贵品质都在声名上沦为同它自己的品质一样。”此外聚讼如麻，不一一介绍了。这段话的原意虽在译文里我们可以充分见到，但恐怕正有些像从原文里去寻绎本旨那么不十分容易：现在把 Theobald 的译文释义加以移译如后：“让人们决不要有那么多优秀的美德，假使他们有一个缺点伴同着它们，因为那个单独的瑕疵要玷污它们全部的性质；而且不仅如此，还要伤毁它们全部优点的精华本身，使之像它自己那样声名败坏；结果是他们的美德本身却会变成他们的被责骂之因。”

㉛ Strachey：罕秣莱德的漫论，实际上系采自过分思虑他自己的性格与处境，而只是随后才应用到他周围的人与事物上去的，显然，他自己就是那个人的、他这段描写的本人，在那人身上造化或环境过度发展了性格的某一个趋势，以致损害了适当与合理的平衡和整体的和谐；而那人，由于这一他不能负责、且应与其被责难、更应受怜悯的缺点，竟被世人以非难的目光所贱视，尽管他有其他许多优点。

㉜ Davies之《戏剧漫志》（*Dramatic Miscellanies*，iii，29）转述得有Cibber所记名伶班透登（Thomas Betterton，1635?—1710）在这一景里的演艺；班透登曾受业于谈闻南（Sir William D'Avenant，1606—1668，诗人与剧作家），而谈闻南则亲眼见过罕秣莱德的原始扮演人之一——Taylor的演出："他在这里开始时先来一阵沉默的惊愕，停滞不言；然后，把声音慢慢提高到一个庄严的、震颤的声调上去，他使这鬼魂对于观众和他自己同样地可怕；而当他描摹这可怕的幻象所引起的他的自然情感时，他的诘问虽然口气很大胆，但还是恭而有礼的；有丈夫气概，但并不冒渎；对于他所自然会对之尊崇的，他的声音从不高升到那种显然的暴戾或粗野的侮慢上去。"蒲士（Barton Booth，1681—1733，伶人）说道："当我扮鬼魂，班透登演罕秣莱德时，不是我使他畏惧，而是他使我害怕。但那个人头顶上笼罩着神性。"反之，麦克林（Charles Macklin，1697?—1797，伶人与舞台经理）在这第一行后，把这段话的其余部分讲得沉着而肃敬，声调颇为稳重，像一个人已抑制住他的懦怯与疑惧。据Davies说，在扮演鬼魂上，从无任何人能超过蒲士；他那缓慢的、庄严的低音调，他那无声的脚步，仿佛他的身体是一股空气似的，造成了一个有力的印象。关于十八世纪英国大伶人茄立克（David Garrick，1717—1779，又为诗人与剧作家）扮演的罕秣莱德，德国文人Lichtenberg在其《英格兰书简》（*Briefe aus Eugland*，1775）里对他的一个友人有这样一段描写："罕秣莱德上场来身穿着黑衣服。霍瑞旭与马帅勒史跟他在一起，穿着制服；他们在期待鬼魂出现。罕秣莱德的两臂交叠着，他的帽子遮到眼睛上面：戏院里是暗的，全体观众几千人肃静无声，每一张脸静定不动，仿佛它们是画在墙上似的；你可以听到园子里最远处一根针掉在地上的声音。忽然，当罕秣莱德从台前似乎远退到台左，将背心朝着观众时，霍瑞旭吃惊而退缩一下，叫道，'看啊，殿下，它来了！'指向台右，那里，观众们没有觉察到它来，鬼魂已一丝不动地站着。听了这句话茄立克突然转过身来，同时两腿发抖倒退了两三步；他的帽子掉了下来；他的臂膀，特别是左臂，直伸了出去，左手举得和头一样高，右臂比较弯，右手较低，手指各各分开；他的嘴张开着；他这样站着，一只脚远跨在另一只前面，姿势优美，像吓呆了似的，他的朋友们支持着他，他们因为以前曾见过这个显现，心理上不像他这样没有准备，而是生怕他会摔倒在地上；他的表情是这么富于惊恐，以致在他开言之前我一再浑身发出哆嗦；在这一场景之前，观众们的几乎可怕的肃静（使人有点不寒而栗），我猜想，在不小程度上造成了这一效果。最后，在一阵出气之末，而不是在出气之始，罕秣莱德以兴奋的声音喊道：'求众位天使和神差护佑我们！'——这句话使这一景还缺少、因而不能成为最伟大、最可怕的剧景之一的一切东西都变得齐备了，他挣扎着要脱离他的朋友们，就在他跟他们说话时他的眼睛也注视着鬼魂。但最后，由于他们不肯放他走，他转过脸来对着他们，

用力从他们手上挣脱，而且快得叫人战栗地抽出剑来面向他们：‘谁要拦阻我，我叫他变鬼，’他喊道，这对于他们已够了。他随即把剑指向鬼魂，说道：‘走吧，我就跟你去。’鬼魂领着路。罕秣莱德，他那把剑还指向着前面，站着不动，以便跟鬼魂保持一个较远的距离。最后，当鬼魂已不再为观众所看得见时，他开始慢慢地跟着它，先停顿一下，然后前进，那把剑还是指向前面，他的眼睛凝注在鬼魂身上，他头发很乱，呼吸急促，直待他消隐到幕后去。在‘啊，但愿这太凝固的肉体……’那段独白〔见前第二景〕里，为一位有德的父亲所流的最为正当的悲哀之泪，为了他、一个轻浮的母亲不但没有穿素服，而且不感觉到悲伤，——在一切眼泪里也许是最难于忍受的，因为它们在这样一阵孝义感的激动中是一个真纯不假的人唯一的慰藉，——这些眼泪完全制胜了茄立克。在‘恁英明一位君主’这句话里，最后两字是说得听不见的；观众只是在他嘴唇一动上感觉到它们，而嘴唇是坚定地合在它们上面的，并且颤动了一下，以资压抑住一个也许会显得太缺乏丈夫气的悲哀的表情。这种眼泪，显示出悲哀的整个重量以及那丈夫气的灵魂忍受着它的重压，在那段独白里始终不停地在洒落。临了时，正直的义愤与悲伤相合为一，而有一次当他的臂膀好像打一下似的用力一击，用以加重表示愤激的一两个字，那一两个字，出于听者们的意外，被眼泪所哽塞住了，而只是过了片刻之后才发出声音来的，同时眼泪却在流下来。”论及这个顿呼，Hunter 引 Collier 注并加以申说云：“这里惊奇的意思盖过了恐惧的意思。他用意并不是说，在这样仁厚英武的一个形象之前他需要天使们的护佑，这声叫喊应被了解为几乎是不由自主地脱口而出的。这一行说出以后跟着应有一个相当长的停逗，好让他记起他自己来。”在 Collier 校勘本的第二版上，这行后面加了个导演辞〔“停逗”〕，以及这条注：这个细小的舞台导演辞，显示演罕秣莱德这角色的老伶人的特殊神态，应被保存下来，而且在 Collier 所藏的那本二版对开本上有笔录的手迹可据。这似乎很自然，扮演者应当在这声叫喊之后，且在他哆嗦着进一步去对鬼魂发问之前，先这么“停逗”一下，以便回过气来。我们相信，在这一点上我们现代的舞台惯例是一致的，——也许渊源于最老的传统。

㊸ 原文“of health”，Schmidt 与 Onions 都解作“贻福的，安泰的，吉利幸福的”，Clark 与 Wright（克拉伦顿本）则释为“免罪的，得救的”。

㊹ 原文“questionable”，Schmidt 解作“乐于交谈的，和悦的”，Onions 解释“引人问话或交谈的”，Chambers 则释为“在罕秣莱德心中激发出强劲的疑问或问题，需要得到回答的”。

㊺ 在这一行大多数近代现代版本都综合各版四开、对开本作“King, father, royal Dane: O, answer me!”十九世纪初年 Pye 在其《论莎剧评注家》（*Comments on the Commentators*，1807）内提出一位佚名批评家的说法：〔在“Dane”之后放一个冒号（：）〕似乎是个奇怪的层进法（假使不是个层退法的话）。只要把标点稍一变动，便可以除去一切不合，保持那层进法之美，而且也许会加强全段的语气。这样，“我叫你罕秣莱德，君上，父亲，——丹麦王，啊，回答我！”那层进法在表示亲爱的称呼“父亲”之后，很自然而优美地告终。他随即再用一般性的称呼对鬼魂说话，“丹麦王，啊，回答我！”Furness 谓，蒲士先生（Edwin Booth，1833—

1893，名伶）曾告诉他，他父亲（Junius Brutus Booth，1769—1852，名伶）总是这样讲这一行的，而且他自己也总是这样讲它的。还有欧尔文先生（Henry Irving，1838—1905，名伶），他相信也是采用这读法的。对于他自己，Furness 说，这无疑是个真实的读法，所以在他的新集注本里就这么标点。

㊻ Hunter：这样让月亮将她的银光洒在警卫坛上，或者从乌云的罅隙间下来，或者更可能从雉堞的空缺中下来，可使这剧景更为生动如画。按，上一行的“in complete steel”译文作“全身披亮甲”，当可跟这一行相映成趣：月光明灭中一个鬼魂全身披挂着亮甲，又是美，又令人毛骨悚然！

⑻ Warburton 谓，“fool of nature”系讽示我们只给豢养着（像“傻子”或弄臣们以前在大家贵宅里一般）供造化去玩笑取乐，她躲藏了起来，对于我们徒然地探索她的秘密只报之以嘲笑。Clark 与 Wright（克拉伦顿本）解释如译文，说我们完全被她所影响。

⑻ 原文“toys of desperation”为不顾一切的、心血来潮的怪想，近于疯狂。Hunter 谓系暗指许多人在极高的高处有一个感觉，只想投身跳下去。

⑻ 尼弥亚（Nemea）为古希腊南半岛伯罗奔尼撒（Peloponnesus，现名为 Morea）东部亚哥利斯（Argolis）地区一个山谷的名称，在考林斯（Corinth）城西南约十英里。这只尼弥亚狮子凶得可怕，附近居民把它无可奈何。大力神海拉克理斯（Heracles）十二桩劳绩里的第一桩就是去杀死它，为民除害。他用他的大头棍打它不发生作用，只得捉住了它用两臂扼死它。狮子的皮他剥了下来，嗣后披在肩上当斗篷。

⑼ Clark 与 Wright（克拉伦顿本）谓，“它”指前一行所说的“结局”。

⑼ 原文这“Nay”字，Clark 与 Wright（克拉伦顿本）解作“让我们不要留给上天去做，我们自己来做点事”。

⑼ 此导演辞大体上为 Capell 所加。由于罕秣莱德的两个同伴再和他在一起之前所过的时间相当长，Delius 认为这篇和鬼魂的对话不见得会在罕秣莱德挣脱他两个朋友的同一垛坛上进行。Tschischwitz 将剧景改为“荒野”，因为“罕秣莱德定必已经跟了鬼魂一大段路，既然他拒绝走得再远些。他的问话‘你要领我到哪里去？’也显示，尽管他很勇敢，恐怖在开始向他侵袭；还有，在景末时鬼魂在地下说话也证明了这一点。”此外，也有把这一景布在“墓园内，背景为一教堂”的。

⑼ Delius：这里的“bound”解作“准备好”，下行内鬼魂所说的“so”（意为“to bind”之过去分词“bound”）则为“应负责”〔两个字意义截然不同〕。

⑼ 原文“confined to fast in fires”，Theobald 曾主张校改为“confined fast in fires”（严严禁闭在火里），但他后来取消此议，说原文是个纯粹的隐喻说法，因为断食对一个鬼魂来说不是什么很大的惩罚。据天主教的说法，断食在地狱里能涤除灵魂的罪孽，正如这里所暗指的火焚能在净土界起同样的作用。译文从原意着笔。Smith 引赵叟（Geoffrey Chaucer，1340?—1400）诗证明，地狱里是没有东西吃喝的。Mason 则谓，既然鬼魂被认为跟世上的凡人同样感觉到欲望和食欲，断食可以被认为是加在有罪者灵魂上的一种刑罚。Chambers：“fast”在这里似乎只用作极一般的悔罪解。

⑮ 离些（Lethe）是古希腊神话里幽冥界的一条河流，禁闭在塔塔勒斯（Tartarus）区的罪大恶极的亡魂们喝了它的水后能使他们遗忘掉生前的一切。

⑯ 关于“hebenon”（四开本作“Hebona”），学者们有一些不同的说法。Grey 谓就是“henebon”，亦即“henbane”，其中有一种肯定是麻醉性的，用多了会有毒。普林尼〔Caius Plinius Secundus，23—79，罗马博物学家，其名著《自然史》（*Historia Naturalis*）之英译本（译者 P. Holland）于 1601 年出版，为莎氏所熟知〕说这种植物的籽榨出油来注入耳朵会损伤人的理智。Douce 与 Singer 俱谓即系乌木（ebeno. ebony）。Moberly：乌木的果实往往可以吃，不对；“henbane”或“Hyoscyamus”则是一种强烈的麻醉性毒药，不过它不会形成恶癞的症状。E. K. Chambers 谓，根据一位医师 Dr. Brinsley Nicholson 的研究，这是指紫杉（yew），当时人认为它能使血液凝结，因而产生皮肤上的恶癞。

⑰ 这一行各版四开、对开本都作为是鬼魂说的。Johnson：有一位极有学问的夫人〔“或许是 Mrs Montague”——剑桥版编者〕很智巧地对我示意说，这一行似属于罕秣莱德，在他嘴里这是声适当而自然的绝叫：而且根据舞台惯例，他也可以被认为应当打断这样长一段台词。Knight：茄立克（David Garrick，1717—1779，名伶、诗人与剧作家）在舞台上演罕秣莱德时，据舞台传统，总把这一行归给王子。Rann，Verplanck，Hudson，Singer，Elze，Keightley，Wilson 等多家版本也把这一行归给罕秣莱德。White，Staunton，Dyce，Cowden-Clarke 等也持此看法，虽然他们的校订本还照四开本原文印。此外，名伶如垦布尔（John Philip Kemble，1757—1823），欧尔文（Henry Irving，1838—1905）等演出时也改为由罕秣莱德说。

⑱ 还没有人指出过，虽然鬼魂用萤光的渐渐暗来描摹黎明的到来颇有诗意，但在上一景开始时罕秣莱德与霍瑞旭所说的严寒的天气里，分明不可能有只在夏天和初秋才有的萤火虫。

⑲ 原文这里有“Oh, fie!”（啊！ 呸！）二字，Capell，Steevens，Mitford，Dyce 四家主张删去，认为是偶然窜入的衍文，因而使本行在韵律上多出一音步来，而且在意义上几乎荒唐可笑。

⑳ 原文“pressures”，Dyce，Clark 与 Wright（克拉伦顿本）及 Onions 俱解作“印章的戳记”。

㉑ Moberly：国王最近称罕秣莱德是他的儿子时便这样满面笑容。

㉒ Steevens：这是暗指每天在军队里所定出来的口令。

㉓ Clark 与 Wright（克拉伦顿本）：这是出猎放鹰人用来鼓励他的鹞子的。

㉔ Seymour：罕秣莱德开始说这句话时是富于诚恳与信任的热情的；但考虑到他所要作的泄露（不光对霍瑞旭，而且要对他不大相熟的马帅勒史）其性质如此重大，他忽然大吃一惊，当即急急收住：“全丹麦从来没有哪一个坏蛋”比得上（也许他正要说）我叔父这样奸恶；这时候他想起了这样声言会闯大祸，便停逗了一下匆匆结束道：“不是个坏透的恶棍。”

㉕ 圣柏特立克（St. Patrick，373?—463?）是爱尔兰的护神，他的节日是三月十七日。据说他在一个岛上经耶稣亲自显灵指示他一个能望见炼狱的山洞，他就借此得以克服了坚执不肯信教的人的顽固，而化他们为教徒。传说他把爱尔兰的蛇王装进

了一只匣子，抛入海中，所以岛上没有蛇。Moberly：圣柏特立克是一切失错与紊乱的守护神，按，罕秣莱德发这个誓，可能因为他父亲现在正在炼狱中，而圣柏特立克是炼狱的守门神。Dowden 则谓，既然有谣言，说前王之死是因被蛇螫，向驱蛇神柏特立克请求查究是合理的。

⑩⑥ Delius：罕秣莱德故意误解他朋友们的话，以便躲避他们的询问。起初他假装他的话得罪了他们，而实际上他们只是觉得他不着边际；当他们回答他并没有得罪时，他把“罪”字加强为罪恶的“罪”，把它暗指刚才暴露给他们知道的他叔父的罪恶。

⑩⑦ Hudson：罕秣莱德的意思是，这是个真正的鬼，正是它所显示的那样，而不是魔鬼所假装的“可喜的形状”（二幕二景末），如霍瑞旭所恐惧它是的那样。

⑩⑧ 因为剑柄的形状正像个十字架。

⑩⑨ 原文“true-penny”，Collier 说原来是个开矿用语，意思是泥土里有特殊的征象，表示向某一方向掘去有矿石可以掘到。Johnson：一个老实朋友的戏狎称呼。Forby：诚实的老朋友；忠实而可靠；对于他的目的和保证谨守不渝。

⑪⓪ 拉丁文短语“Hic et ubique”，意为“这里和到处”。Tschischwitz：重复发誓，转移地方，和拉丁文短语都是从魔法师所用念咒召遣鬼神的仪式里取来的。

⑪① 原文“pioner”即“pioneer”，或可译作“开路兵”，即工兵；他的职掌，Nares 谓，是挖掘，夷平，去除障碍，开掘壕堑，用铲锹等工具为军队开道。

⑪② 原文“give it welcome”或可译为“欢迎”。Warburton 谓，即以好客的态度对待它，就是说，保守秘密；Mason 谓，罕秣莱德只是要求他们装出不知道或不认识它的样子；Caldecott：客气而从顺地接待它；Clark 与 Wright（克拉伦顿本）：接待它得不要有怀疑或疑问。

⑪③ 四开本作“你们”，对开本作“我们”。Walker 主张从对开本，White 亦认为四开本的读法差些，但比较普通。按，其实“你们”可以理解为就是指“我们”而言，说话人假定自己从“我们”之间跳出来，以第三者的身份和口气对“我们”说，“你们那哲学做梦也没有梦到”——这样，我以为倒是更有戏剧性，更精彩。Corson：罕秣莱德与霍瑞旭在大学里同学；这可以解释为什么他说“我们”。或者更好些，也许可以了解他用“我们”是泛指人类的哲学，说它范围不够广。按，自以后说为是。

⑪④ Cowden-Clarke：值得注意的是，罕秣莱德往往以第三人称说起他自己；这是富于哲学性的人的特点——好凝思默想，习于感慨训诲，语涉抽象。

第二幕

第一景

［朴罗纽司家中一斋堂］

［朴罗纽司与雷那尔铎上。

朴罗纽司 把这钱，这书柬，交给他，雷那尔铎。

雷那尔铎 我会的，大人。

朴罗纽司 你准会干得极聪明，雷那尔铎，
要是在见到他之前，先向人打听
他的行止。

雷那尔铎 　　　　大人，我是想那么办。

朴罗纽司 好，说得好，很好。你得注意，
先跟我打听巴黎有哪些丹麦人，
他们怎么样过活，跟谁在一起，
景况如何，住哪里，跟哪些人交往，
开支有多少；① 这样拐弯抹角
探访出他们的确认识我儿子，
你要比直接问他们更容易得到
我儿子的真相：② 装出仿佛你只是
稍跟他相识；比如，“我认识他父亲

和朋友，对他也有点认识”：懂得吗，
雷那尔铎？

雷那尔铎　　是的，很懂，大人。

朴罗纽司　　“对他也有点认识”；可以说，“但不熟：
要是我说的就是他，他可真胡闹；
嗜好些什么什么”：随你便给他
编造些谎话；凭圣处女，可别太糟了，
叫他丧失掉名誉；要注意到那个；
但不妨说些戏耍、胡闹的错失，
年轻人所经常犯的放纵不羁，
不固守绳墨。

雷那尔铎　　比如说赌博，大人。

朴罗纽司　　说得对，或喝酒，比剑，赌咒，吵架，
狎妓：能说的恁多。

雷那尔铎　　大人，这会破坏他名誉。

朴罗纽司　　当真，不会的；只要你说得轻飘些。
你可不能进一步加污辱于他了，
说他好色贪淫；我并不要那样：
要把他的过失说得空泛而轻淡，
好叫它们看来像倜傥的污斑，
心神精力弥漫时的一阵爆发，
方刚的血气在那里越规撒野，
年轻人惯常容易犯。

雷那尔铎　　可是，大人——

朴罗纽司　　为什么你要这样呢？

雷那尔铎　　是的，大人，

我想要知道。

朴罗纽司 凭圣处女，我用意在此，

我相信这是个可以允许的策略：③

你把这些小缺点加给了我儿子，

像谈起稍有点污损的事情一样，

你听着，

你跟他说话的相好，你要探测他，

他确曾见到你所谈起的那青年

是犯了前面讲过的差错，要拿稳

他会接上你说话对你这么说：

“好先生”，或者叫“朋友”，或者称“士子”，

那就会用语不同，称呼也各别，

随个人和乡邦而异。

雷那尔铎 很好，大人。

朴罗纽司 然后，他就——他就——我正要说什么来着？哎也，④

我正待要说什么话：我说到哪里了？

雷那尔铎 说到“接上你的话这么说”，说到“朋友或者士子”。

朴罗纽司 到“接上你的话这么说”，嗯，对了，凭圣处女；

他这样接上：“我认识这位士子；

我昨天，前天，或某天还曾看见他，

跟这等样人在一起；正如你们说，

在那里赌钱，在那里喝醉了酒；

在那里打网球跟人吵架”：或许是，

“我见他进了这样个生意人家，”

就是说，某一家窑子，如此这般。

你现在要懂得；

把假话作饵，你钓到真话这鲤鱼：
我们这些个精明能干的人儿，
便使用旁敲侧击的巧计和妙策，
迂回曲折地达到了我们的目的：
你便可以用我刚才说过的办法，
打探我儿子的实况。你懂得没有？

雷那尔铎 大人，我懂得。

朴罗纽司 上帝保佑你，路上好。

雷那尔铎 托大人洪福！

朴罗纽司 凭你自己的眼光⑤观察他的性癖。

雷那尔铎 我会，大人。

朴罗纽司 让他奏自己的曲调。⑥

雷那尔铎 是的，大人。

朴罗纽司 再会！ [雷那尔铎下。

[莪斐丽亚上。

你怎样，莪斐丽亚，什么事？

莪斐丽亚 啊爸爸，爸爸，这真把我吓坏了！⑦

朴罗纽司 怕什么，凭上帝？

莪斐丽亚 爸爸，我在闺房里做女红的当儿，
罕秣莱德殿下，他褂子都不扣；
光着头不戴帽；长袜弄得污糟，
袜带也不吊，⑧脚镣般卸到脚踝上；
脸色衬衫似的苍白；膝盖撞膝盖，
那脸上的神情煞是可怜得很，
仿佛是从地狱里放到外边来，
为讲那里的恐怖，他来到我跟前。

朴罗纽司　爱你而发疯吗？

我斐丽亚　　　　　　　　爸爸，我可不知道；

但当真我是怕呀。

朴罗纽司　　　　　　　　他说些什么？

我斐丽亚　他拉住我的臂腕，握得我紧紧的，

然后往后退，把手臂尽量伸直；

再把还有那只手盖住在额上

他开始瞅着我的脸细细端详，

好比要画像。他这样呆了很久；

最后，将我的臂膀轻轻抖一下，

他的头这么上下晃动了几回，

他发出一声长叹恁可怜而沉痛，

好像要使他的身躯爆炸破裂，

结果掉生命；然后他放了我的手；

他把头扭过来回向肩后凝望，

似乎觅路出门去没有用眼睛；

因为他步出了房门全不加顾视，

一直到最后还是目注着对我看。

朴罗纽司　来吧，跟我一起去：我要去找王上。

这正是爱情不顺当害的花痴，

它那猛烈的性质毁坏了自己，

将意志引向不顾一切的行径，

往往跟天下任何种激情一个样，

叫我们的心性遭荼毒。我很抱憾。

怎么，你最近对他有难堪的话吗？

我斐丽亚　没有，好爸爸，但正如您所关照的，

我确曾退回他送来的柬帖，拒绝
他前来接近。

朴罗纽司　　那就害得他发了疯。
我很抱歉，没有用较好的注意
和判断去将他看待：我怕他只想
玩弄你，把你毁；我这多疑真该死！
苍天在上，在我们这样的年龄
最容易随便把事情估计错误，
正如同年轻的一辈太欠少思虑，
同样地普通。来吧，我们见王上去：
这事一定得报知；若秘不声张，
会引起比讲后的恼恨更多悲伤。⑨
来。　　［同下。

第 二 景

［宫堡内一斋堂］

［号角齐鸣。国王，王后，罗撰克兰兹，吉尔腾司登，与众侍从上。

国　王　亲爱的罗撰克兰兹，吉尔腾司登，
欢迎！我们不仅很切望见你们，
而且还得要倚重，故而便急急
召请两位来。你们该已听说过
罕秣莱德的变态；我称之为变态，
因为他为人彻里彻外都不像

他先前那模样。除了丧父的悲哀，
可有什么事竟能使他这么样
心神恍惚，宛如丧魂而失魄，
我不能意想：我恳请你们两位，
既然自幼就和他一同受教养，
与他年少结亲交，情性相投契，
要惠允暂且在我们宫中小住
若干时候：这样有你们作伴侣，
可将他引上某一些欢娱，以便
你们随机缘凑巧，从他得知
我们所不知的什么，这般苦恼他，
弄明之后，我们能设法去补救。

王　后　亲爱的士子们，他总是说起你们，
我深信这世上再没有另外两个人
比两君同他更亲密。你们若高兴
对我们表示这么多礼让[10]和善意，
答允和我们一起稍花些时日，
为资助以及裨益于我们的希望，[11]
你们的莅临定将有不愧为君王
所铭记在心的感谢。

罗撰克兰兹　　　　　　　两位陛下
对我们两人有至高无上的权力，
有什么旨意尽可出之以命令，
请不用恳请。

吉尔腾司登　　　　　　我们两人都遵命，
谨在此将自己奉献，愿竭尽[12]全心

把我们的忠恳诚挚地置于足下，
供驰驱指使。

国　王　多谢，罗撰克兰兹和吉尔腾司登。

王　后　多谢，吉尔腾司登和罗撰克兰兹；
我并且恳请你们立即去看视
我大为变态了的儿子。你们去人，
引两位士子到罕秣莱德那里去。

吉尔腾司登　但愿上天使我们的来此与作为
能对他愉快而有益！

王　后　心愿如此！

［罗撰克兰兹、吉尔腾司登与侍从数人同下。

［朴罗纽司上。

朴罗纽司　派往挪威去的使节，亲爱的吾主，
已欣然回来复命。

国　王　你是个吉星，总捎些喜讯来见我。

朴罗纽司　我是吗，吾主？亲爱的主公，您可以
相信，臣下对上帝，对我主王位，
重视我的责任跟重视灵魂一样：⑬
而且我认为，除非这区区头脑
追随王政的弘猷已不及往常
那样灵敏，我如今已经发现了
罕秣莱德发疯的真正的因由。

国　王　啊，把它说出来，我极想知道。

朴罗纽司　请先对两位使臣赐予了接见；
我这点消息将是盛宴后的果品。

国　王　就由你去光耀他们，领他们进来。

［朴罗纽司下。

他告我，亲爱的葛忒露，他已经
找到了你儿子神思错乱的因由。

王　后　我疑心那非缘他故，只为那主因；
他父亲去世，我们又太快结了婚。

国　王　我们且听他细说。

［朴罗纽司引伏尔砥曼特与考耐列欧斯上。

欢迎，朋友们！
伏尔砥曼特，挪威王兄怎么说？

伏尔砥曼特　上禀他复致最优礼的问候和愿望。⑭
我们一晋见，他立即派人去制止
他侄儿招兵，那原先对于他像是
想要对付波兰人的一些准备；
但经过仔细端详，他见到那确乎⑮
是针对我主御座的：对此他伤怀，
只因他年老力衰和疾病缠身
而被他侄儿所欺罔，便下了敕令
给福丁勃拉思；他当即顺从听命；
接受了挪威王一番斥责，最后
在他的叔父面前立下了誓言，
永不再对您陛下陈兵启衅戎。
对此，老挪威王表示极度欢忭，
颁赐他三千克朗的岁入年金，
以及委任他使用这些早先已
招募停当的军兵来对付波兰人：
有一个请求，另外在此有陈说，［呈上文书。］

希望陛下许他们平安假道，
通过您邦疆的领土作这番征伐，
路过时的安全通行和行军路线[16]
则在文书里有开列。

国　王　　我们很高兴；
等我们更宜于思考的时候来读，
来答复，来从长计议这件事情。[17]
同时，要多谢你们这功高的劳苦：
且回去安憩；到晚上一同来筵宴；
极欢迎回来！　　[二使臣同下。

朴罗纽司　　这件事结束得很好。
我的主公和娘娘，去详细讨论[18]
陛下该怎样尊严，我如何尽责，
为什么日是日，夜是夜，时间是时间，
只是去糟掉黑夜，白日，和时间。
因此上，既然简洁是智能[19]的灵魂，
噜苏是愚蠢的枝叶，虚夸的外饰，
我力求简洁。你们的贵殿下疯了：
疯了，我说他；因为，要阐明真疯，
除掉发疯外别无它，还能有什么？
算了吧。

王　后　　请多说实事，少转些花腔。

朴罗纽司　娘娘，我发誓一点没有转花腔。[20]
他是发了疯，真的：真是可惜；
又可惜是真的：多傻的修辞文饰；
傻话再会了，因为我不要转花腔。

那就承认他疯了吧：现在问题是
我们要找出这个结果的原因，
或者不如说，这个毛病的原因，
因为这有病的结果总有个原因：
问题就在此，剩下的问题是这样。
请考虑。
我有个女儿——有，当她还属于我——
她对我还是尽名分，肯听从，请听，
给了我这个：现在请推论，请推测。
［读信］

“致天仙，我灵魂的偶像，绝顶美艳的莪斐丽亚，”——

那是句拙劣的语句，糟糕的语句；“美艳”这说法糟糕；
可是你们请听吧。这样：
［读信］

“愿这几行留在她洁白的怀中，”等等。

王　后　这是罕秣莱德写给她的吗？

朴罗纽司　娘娘，等一下；我得照原信直读。
［读信］

“你可以怀疑星辰会放光；
　你可以怀疑太阳会运行；
你可以疑心真理会撒谎；
　但切勿怀疑我对你钟情。

啊亲爱的莪斐丽亚，我是不善于作诗的；我没有本领把呻吟做成诗；[21] 可是我最最爱你，啊，最最好的人儿，你要相信。再见。

永远是你的，最亲爱的小姐，

只要这身躯[22]还属于他，

罕秣莱德。”

我女儿听从我，给我看了这柬帖，

且不光如此，还把他求爱的情形，

时间，地点，连同接触的机会，

都一一告诉我。

国　王　可是她自己怎样

对待他的爱？

朴罗纽司　您看我是怎样的人？

国　王　是个忠诚的，且光荣可敬的人。

朴罗纽司　我乐于确实是这样。您怎样想法，

要是我眼见这火热的眷恋在上劲——

我早就看到了[23]这个，我得告诉您，

还在我女儿禀报我之前——您陛下，

或是亲爱的娘娘陛下，怎么想，

要是我居间替他们传递书信，[24]

或者闭着我的心眼，[25]装聋作哑，

或者旁观着，懒洋洋不当一回事；[26]

你们会觉得怎样？我马上采取了

行动，对我家小姑娘这样说道：

“殿下乃是位亲王，你高攀不上；

这件事可不行”：然后我对她吩咐，

要对他的通问和见面闭门不纳，

不接见来使，不收受礼品和信物。

我说后她照我这番教谕去行事，

而他遭到了摈拒之后，简单说，

就变得抑郁不欢，食物也不进，
继而夜间不入睡，身体变虚弱，
继而便神思恍惚，一步步败坏，
直到发了疯，如今便胡言乱语，
叫我们大家都悲痛。

国　王　你以为正是这样吗？

王　后　　　　　　　　也许，很像是。

朴罗纽司　可有过这样一次吗，我乐于知道，
我已经断然说过了“事情是这样”，
而显得并不如此？

国　王　　　　　　　　我不知有过。

朴罗纽司　要不是这样，把这个从这里拿掉：

［自指头与肩。］

要是情势叫我那样做，我自会
找出事情的真相来，即令它藏在
地中心。㉗

国　王　　　　　我们怎样再试它一试？

朴罗纽司　你们知道，有时他在这厅堂里
不断地走上四小时。㉘

王　后　　　　　　　　他当真这样。

朴罗纽司　在这样的时节，我把女儿放出来：
陛下和小臣就藏在毡幔后边；
请注意他们的相会：他若不爱她，
不为了爱她而见得疯癫乱说话，
那就叫我再不要来襄赞国政，
只顾去种田赶车去。

国　王　　　　　　　　　　　　　　　我们得试试。

王　后　瞧这苦东西悲切切看着书来了。

朴罗纽司　请走开，两位陛下，且请都走开：

我马上来和他打话。

［国王、王后与侍从等同下。

［罕秣莱德上，持书阅读。

请准我打问：

亲爱的罕秣莱德殿下可好吗？

罕秣莱德　唔，多谢。

朴罗纽司　您认识我吗，殿下？

罕秣莱德　认识得很：你是个鱼贩子。[29]

朴罗纽司　我不是，殿下。

罕秣莱德　那么，我但愿你是那么个老实人。

朴罗纽司　老实，殿下？

罕秣莱德　是啊，卿家；要老实，拿这世界来说，是一万人中只挑得出一个来。

朴罗纽司　那倒很对，殿下。

罕秣莱德　因为要是太阳在一条死狗身上生得出蛆，那是块好给亲嘴的臭肉[30]——你有个女儿吗？

朴罗纽司　我有，殿下。

罕秣莱德　莫让她在太阳光下[31]走路：怀孕是天赐的恩福；但是你女儿怀孕可不然[32]——朋友，小心。

朴罗纽司　您这话什么意思？［旁白］还是老惦念着我女儿：可见他初次见面时不认识我；他说我是个鱼贩子：他的病害得深了，深了：当真，我年轻时节为恋爱也着实遭受过一些磨难；很像他这样。我再来跟他谈谈。您念些什么，殿下？

罕秣莱德 字儿，字儿，字儿。

朴罗纽司 讲些什么事，殿下？

罕秣莱德 谁跟谁讲？

朴罗纽司 我是说您读的书上讲什么事，殿下。

罕秣莱德 诽谤，卿家：因为这挖苦人的坏蛋在这儿说，老头儿有花白须髯，他们的脸上都是皱纹，眼睛分泌出厚琥珀和梅树脂，头脑里非常缺乏机敏，再加上两条腿十分软弱无力：这一切，卿家，我虽然深信不疑，可是认为这样写下来却不成样子；因为你自己，卿家，会跟我一样年纪，要是你能螃蟹一般往后倒退。

朴罗纽司 ［旁白］这虽是疯癫，说话却有条理。——您可要进里边没风处去吧，殿下？

罕秣莱德 走进我坟茔[33]里去？

朴罗纽司 当真，那里确是一点风也没有。——［旁白］有时他的回答多巧妙[34]啊！疯人倒往往能言语贴切，理性清明的人反而不容易一下中的。我要离开他，立刻去设法使我女儿和他相会。——尊贵的殿下，我敬请您让我告退。

罕秣莱德 你的那个，卿家，我再没有别的东西更愿意给掉的了：除掉我的生命，除了我这生命，除掉我这生命。[35]

朴罗纽司 敬祝平安，殿下。

罕秣莱德 这些个讨厌的老蠢材！

［罗撰克兰兹与吉尔腾司登上。

朴罗纽司 你们去找罕秣莱德殿下去；他在那儿。

罗撰克兰兹 ［向朴罗纽司］上帝保佑您，老贵卿！

［朴罗纽司下。

吉尔腾司登 尊贵的殿下！

罗撰克兰兹 最亲爱的殿下！

罕秣莱德 我的两位好到绝顶的朋友！你好，吉尔腾司登？啊，罗撰克兰兹！好哥儿们，你们俩都好？

罗撰克兰兹 像大地所生的平常儿子，不好不坏。

吉尔腾司登 倒还快乐，就在于不过分快乐；

在命运女神帽儿上不是那顶珠。

罕秣莱德 也不是她鞋子的底掌？

罗撰克兰兹 也不是，殿下。

罕秣莱德 那么，你们待在她腰里，在她身体㊱的不上不下处？

吉尔腾司登 当真，是她亲信的私人。

罕秣莱德 待在命运女神的私处？啊，一点不错；她是个婊子。有什么新闻？

罗撰克兰兹 没有，殿下，除非是这世界变得老实了。

罕秣莱德 那就世界末日快到了：可是你们这新闻不对。让我问得更细到些：你们在命运女神手里，好朋友们，该受些什么样遭遇，所以她送你们到这儿来坐牢？

吉尔腾司登 坐牢，殿下？

罕秣莱德 丹麦是座牢狱。

罗撰克兰兹 那么，这世界便是座牢狱。

罕秣莱德 是座浪荡的牢狱；它里边有好多间监房，狱室，暗牢，而丹麦是其中最坏的一间。

罗撰克兰兹 我们不以为这样，殿下。

罕秣莱德 哎也，那对你们就不是了；因为这世上本没有什么好跟坏，只是想法使它那么样。对于我这是一座牢狱。

罗撰克兰兹 哎也，那是您的野心使它如此；嫌它太狭窄了，不能称心如意。

罕秣莱德 上帝在上，我可以关在个核桃壳里，而还把自己当作个无限空间之王，只要我不做那些个恶梦。

吉尔腾司登 那些梦，当真，就是野心；因为野心家的唯一本体仅仅是一个梦的影子。

罕秣莱德 一个梦本身便不过是个影子。

罗撰克兰兹 当真，我认为野心的性质是那么空虚而轻飘，它只是个影子的影子。

罕秣莱德 那么，我们的乞丐倒是实体，而我们的君王和昂视阔步的英雄是乞丐们的影子了。㊲我们到宫里去吧？因为，当真，我辩论不上来了。

罗撰克兰兹
吉尔腾司登 我们来侍候您。

罕秣莱德 没有的事：我不会把你们当仆人看待；因为，跟你们说老实话，我已经给侍候得够受的了。可是，说句老朋友的坦率话，是什么事使你们到埃尔辛诺来的啊？

罗撰克兰兹 来拜望您，殿下；没有别的原因。

罕秣莱德 我是个穷化子，㊳穷得连谢谢都拿不出来；可是我谢谢你们了：而当然，朋友们，我的这声谢谢㊴还不值半个便士。你们不是被召请来的吗？是出于你们的本意吗？是自动来的吗？来，老实对待我：来，来；别那么，说呀。

吉尔腾司登 我们应说些什么呢，殿下？

罕秣莱德 哎也，不论什么，只要中肯。你们是被召请来的；你们的神情就在承认这个，你们的羞惭没有足够的机巧把它掩饰掉：我知道亲爱的王上和王后召请了你们来。

罗撰克兰兹 有何目的，殿下？

罕秣莱德 那个你们得告诉我。可是让我来恳请你们，凭我们亲交的权利，凭我们自小的莫逆之交，凭我们常葆的友情的道义，凭一位能言善辩者所能提出来的更宝贵的名义，请对我开诚坦率，你们是被召请来的不是？

罗撰克兰兹 ［旁白，向吉尔腾司登］你怎么说？

罕秣莱德 ［旁白］不行，那我就明白你们的用心了。
——你们要是还爱我，便莫冰阴冷漠。

吉尔腾司登 殿下，我们是被召的。

罕秣莱德 我来告诉你们是为的什么；这样，我先说出来，好免得你们把实情吐露，[40]你们对君王和王后所答应守的秘密可不致脱毛露肉。我近来——但不知为什么缘故——失掉了[41]我所有的一切欢乐，放弃了一切练技[42]的习惯；且当真，我的心情变得如此凄恻，以致这大好的机构，这大地，对我像是垛荒凉的海角；这顶琼绝的华盖，这苍穹，你们看，这赫赫高悬的晴昊，这雕饰着金焰的崇宏的天幕——哎也，这在我看来无非是片龌龊的疫疠横生的水雾集结在一起。人是多么神奇的一件杰作！理性何等高贵！才能何等广大！形容与行止何等精密和惊人！行动，多么像个天使！灵机，多么像个天神！万有的菁英！众生之灵长！可是，对于我，这尘土的精华算得了什么？人，不能叫我欢喜；不，女人也不能，虽然从你这微笑里你似乎在说能。

罗撰克兰兹 殿下，我并没有这样的意思。

罕秣莱德 那么，我说到“人，不能叫我欢喜”时，你为什么要笑？

罗撰克兰兹 因为我想起，殿下，假使人不能使您欢喜的话，那些演戏的将得不到您的青睐了：我们在路上赶过了他们；他们就要到这儿来，侍候殿下。

罕秣莱德 那扮演国王的要受到欢迎；我要对他陛下上贡；那勇敢的骑士要舞他的剑，使他的盾牌；那情人将不会白白唉声叹气一场；那性情古怪的角儿要尽他去发泄一番；那小丑要叫那些一碰就笑的看客捧腹弯腰；还有那扮演娘娘的[43]要畅所欲言，否则素体韵文会显得不济。他们是什么班子？

罗撰克兰兹 就是您往常那么喜欢的那班子，城[44]里的悲剧班。

罕秣莱德 怎么他们会巡回演出了呢？在城里坐地登台，于名于利，都要好些。

罗撰克兰兹 我想，叫他们待不下来[45]的缘故是最近情况有了改变。

罕秣莱德 他们还跟以前，我在城里那时一样的名声响亮吗？

罗撰克兰兹 不，当真，不如从前了。

罕秣莱德 怎么？他们变得荒疏了吗？

罗撰克兰兹 不是，他们使的功夫和往常一样；可是，殿下，如今有一窠雏鹰般的孩子，[46]没训练好的小鹰鹞，[47]尖着嗓门高叫[48]，博得了台下吓死人[49]的喝彩；现下要算这些人时当令，他们把普通的戏台——大家这样称呼它们——嚷嚷得闹翻了天，[50]以致好多佩剑的士子怕被文人们所嘲笑，不敢去光顾成人班了。

罕秣莱德 怎么，他们是孩子吗？是谁维持他们的？他们是怎样关饷的？将来他们不能在教堂里唱歌时，就不再干这行业了吗？[51]以后如果他们自己也长大成普通的戏子——他们多半会，如果景况不好转——他们会不会说，如今替他们捧场的文人们对不起他们，使他们提高了嗓子反对自己的前途？

罗撰克兰兹　当真，双方争执个不休；人们又不怕罪过，煽动他们去吵架：弄到有一晌没有人出钱收买演戏的脚本，除非诗人[52]和伶人叫台词里充满着吵闹。

罕秣莱德　会是这样吗？

吉尔腾司登　啊，委实争吵得激烈。[53]

是孩子们赢了吗？

罗撰克兰兹　是啊，殿下；连赫勾理斯跟他肩上驮的[54]也给赢了去。

罕秣莱德　这倒不很奇怪；因为，我叔父如今是丹麦王上，当年我父王在世时会对他做鬼脸的人，现在愿出二十、四十、五十、一百块大洋来买他的一枚小肖像了。天知道，[55]这里头是有些反常的道理的，要是哲学家能发现出来的话。

［为伶人之来，内号角齐鸣。］

吉尔腾司登　戏子们来了。

罕秣莱德　两位士子，欢迎你们到埃尔辛诺来。那就握手，[56]来吧：欢迎总含有礼节和仪式，让我在这形式上尽礼吧，否则我对伶人们的行止［那个，我对你们说，在外表上一定要显得殷勤和蔼］会看来比对你们的更亲切好客了。你们是受欢迎的：可是我的叔父父亲和婶母母亲是弄错了。

吉尔腾司登　在什么上头，亲爱的殿下？

罕秣莱德　我只疯到了西北偏正北：风从南面吹来时，我还分辨得出苍鹰跟苍鹭。[57]

［朴罗纽司上。

朴罗纽司　你们好，士子们！

罕秣莱德　你听着，吉尔腾司登；还有你：每只耳朵听好：你们看到的那大娃娃还没脱出他那襁褓呢。

罗撰克兰兹　也许他是第二个包扎上的；因为人们说，一个老人是第二次做婴孩。

罕秣莱德　我敢预言他来告诉我伶人们的事；听着。你说得对，足下：在礼拜一早上；当真是这样。[58]

朴罗纽司　殿下，我有新闻奉告。

罕秣莱德　卿家，我有新闻奉告。罗修斯[59]在罗马演戏的时节——

朴罗纽司　戏子们来了，殿下。

罕秣莱德　咄，咄！

朴罗纽司　凭我的荣誉——

罕秣莱德　那么，他们每人骑着头驴子来。[60]

朴罗纽司　世界上最好的戏子，不拘演悲剧、喜剧、历史剧、牧歌剧、牧歌风喜剧、历史牧歌剧、悲情历史剧、又悲又喜历史牧歌剧、遵守三一律的戏、[61]或是没羁绊的诗剧，[62]无一不能，样样来得：塞尼加[63]的悲剧不嫌太沉重，泊劳德斯[64]的喜剧不怕太轻松。不论照古典法度的，还是洒脱自由的戏，[65]他们都是独一无二的行家。

罕秣莱德　啊，耶弗他，[66]以色列的士师，你有多么好一件宝贝哟！

朴罗纽司　他有什么样的宝贝，殿下？

罕秣莱德　哎也，

“只一个绝色的闺女，
他爱她可真了不得。”

朴罗纽司　［*旁白*］还是在讲我的女儿。

罕秣莱德　我不对吗，老耶弗他？

朴罗纽司　您要是叫我耶弗他，殿下，我倒确有个女儿我爱她可真了不得。

罕秣莱德　不对，那倒不一定。[67]

朴罗纽司 那么，什么才一定呢，殿下？

罕秣莱德 哎也，

“命中注定的，天知道，”

然后是，你知道，

“事情发生了，多半是这样，”——

这首圣歌的第一节能给你多知道一些；可是，你看，打断我话头的主儿们[68]来了。

［伶人四五个上。

欢迎你们，诸位老板；欢迎各位。我高兴见到你们都好。欢迎，好朋友们。啊，我的老朋友！我跟你一别以来，你脸上挂起流苏[69]来了：你可是到丹麦来扯我的须髯，向我挑战吗？[70]怎么，我的年轻轻的小娘，婉丽的青娥！圣母在上，您那贵芳仪[71]比我上回看到您时长了有一只彩木跷[72]那样高了。求上帝莫使您的嗓子倒掉，[73]像一枚不能通用的金币那样，裂进了圈子里去。[74]列位老板，你们都受到欢迎。我们马上来，要跟法兰西放鹰人[75]那样，什么鸟雀都不放过：我们马上来听段台词：来，给我们来领教一下你们的绝艺；来，讲段激扬热烈的台词。

伶人甲 哪一段台词，亲爱的殿下？

罕秣莱德 我听你对我讲过的一段台词，可从没见演过；要是演过，至多只一次；因为那出戏，我记得，不能叫大众喜爱；对于一般人它是不讨好的鱼子酱：[76]可是它——我认为，还有在这些事上比我的识别能力比较高明的人也认为——它是出绝好的戏，场景安排得很妥帖，而且编写得又和平中正，又巧妙。我记得，有个人说过它行句间没加上香料使内容可口，文词里也没有叫作者犯矫揉造作的地方；说这是个优良的做法［有益心性而且可爱，比细巧精雅要纯正自然得多了］，那里边有一段台词我最爱：那是意尼阿斯对丹陀[77]叙述的那段；[78]特别是他说到泊拉谟被杀的那段：你要是还记得，打这一行开始：就在这里，就在这里；

“乱发的辟勒斯，像赫坎尼亚之虎，”[79]

——不是这样：是打“辟勒斯”开始的：

“乱发蓬松的辟勒斯，披着黑盔甲，
跟他的杀意一般黑，当他偃卧着，
躲在那凶险的木马里，好似黑夜，
如今却把这可怕的黑甲涂上了
更增煞气的纹章；他从头到脚，
现在是一片火赤；骇人地涂遍了
成百上千家父母子女的鲜血，
且又给火炽的街道焙干烤硬，
熊熊的大火发出酷烈可恨的凶光，
照见他们[80]之被杀：暴威跟火焰，
烘得他浑身上下是凝固的血泊，
两眼如红晶，魔鬼似的辟勒斯
寻找着泊拉谟老王。”

你在这里接下去。

朴罗纽司 当着上帝说，殿下，您讲得真不错，音调高低也好，思虑也周到。

伶人甲 “他马上找到，
见他砍不倒希腊人；他那柄古剑，

不由他臂腕作主，不听从指挥，
劈下去便提不起来：匹敌不相称，
辟勒斯斫向泊拉谟；暴怒中失击；
可是他凶刀这一斫带来的风
使虚弱的老人倒下。没感觉的王宫
仿佛感觉到这一斫，喷火的殿顶
弯腰到地基上，用哗喇一声倒塌
攥住了辟勒斯的耳朵；看！他的剑
本来正在向叫人崇敬的泊拉谟
白头上砍下，忽而像在空中给粘住：
这样，像画里的暴君，辟勒斯站着，
好似在意志和行动之间两不偏，
一无动作。
但正如我们常见到，在风暴之前，
天上是一片沉寂，云层没动静，
狂风悄不言，大地在下边死
一般地喑默，顷刻间霹雳一声
把天空震裂，辟勒斯在住手以后，
激发的复仇心[81]促使他重新动作；
独眼巨人们[82]当年挥运的大铁锤，
替战神煅铸万世坚刚的盔甲，
虽手下无情，也不敌辟勒斯此时
奋血染的青霜直劈泊拉谟。
去你的，命运神，你这娼妇！众天神，
求你们众位一体夺去她的权力；
砸烂她那轮子上的轮辐和辋鞣，

把那轮中心的圆毂扔下天山去，
直落到群魔居处！”

朴罗纽司　这可太长了。

罕秣莱德　把它跟你的髭须一同送到剃头铺里去。请再讲下去：他爱的是滑稽歌舞[83]或淫秽的故事，否则他会打瞌睡；讲下去；讲到海居白。[84]

伶人甲　　　　　　“可是谁，啊，谁见那包着头的王后——”

罕秣莱德　“包着头的王后？”

朴罗纽司　这个好；“包着头的王后”很好。[85]

伶人甲　“赤着脚跑来跑去，用丧明的老泪
去威胁大火；头上包着一块布，
原来戴的是王冠；身不穿袍衮，
在她生育繁多而瘦缩的腰腹间
围着条惊恐中仓皇捡起的毛毯：
谁见了这情景也会用怨毒的话
声言命运神这肆虐太逆天害理：
但假使天神们见到她在那时候，
当她眼见辟勒斯过于恶作剧，
挥剑将她丈夫的肢体剁成块，
她立即发出一声惨痛的哀号——
除非人间事全不能打动天心——
也会使天上的火眼金睛[86]都潮润，
诸天的神祇尽深悲。”

朴罗纽司　您看，他可不脸色都变了，眼泪在直流。请你，莫再讲了吧。

罕秣莱德　好吧；我不久再请你讲其余的部分。好卿家，你可能替这几位伶倌好好安排个歇处？你听着，将他们好好接待，因为他们是这时代的摘要和简史：你宁可死后留个不光彩的墓志铭，可不要在生前挨他们的贬斥。

朴罗纽司 殿下，我准会按他们应得的待遇接待他们。

罕秣莱德 啊也，[87] 人儿，要尽量好些：要是按各人应得的待遇待每个人，谁逃得掉给抽一顿鞭子？待他们按照你自己的荣誉和尊严：他们越不配消受，便越显得你的宽宏博大。领他们进去。

朴罗纽司 来，诸位。

罕秣莱德 跟他去，朋友们：我们明天要听一场戏。

［朴罗纽司与除甲外之众伶人同下。

你听到没有，老朋友；你能演《冈札谷之凶杀》吗？

伶人甲 能，殿下。

罕秣莱德 我们明晚上要演它。我有需要写上十二到十六行[88]一段台词插进去，你能背得不能？

伶人甲 能，殿下。

罕秣莱德 很好。跟那位大人去；仔细莫捉弄他。[89]

［伶人甲下。向罗撰克兰兹与吉尔腾司登］

两位好友，晚上再见：欢迎你们来到埃尔辛诺。

罗撰克兰兹 亲爱的殿下。

罕秣莱德 唔，天保佑你们。

［罗撰克兰兹与吉尔腾司登同下。

我现在一个人了。[90]

我真是好一个坏蛋，卑鄙的奴才！

这可不令人骇怪吗，刚才这伶人，

只在虚幻里，在假想的深悲之中，

能叫他的灵魂跟意象合而为一，
而且发生了作用，脸色恁惨白，
两眼噙着泪，神情是一片绝望，
音调呜咽，全部的行动跟形相
配合着，表达了意象？但一切不为甚！
是为海居白！
海居白是他什么人，他与她何关，
故而要为她哭泣？假使他有了
我这动机和怆痛的提示，他会
怎么样？他会以泪水将戏台淹没，
用骇人的台词震裂听众的耳鼓，
使有罪的人疯狂，无罪者惶恐，
不知情的人诧骇，简直使一切
眼睛和耳朵的机能惊愕无所措。
可是我，
一条懒虫，一头病偃蹇的瘦鹿，[91]
躲在暗角里，[92]白天也做着梦，不记
冤仇，不言语，不能替一位君王
作主张，他的社稷[93]和至宝的生命
都给剥夺而毁灭。我是个懦夫吧？
谁叫我坏蛋？斫破我这个脑袋？
谁扯掉我这须髯，吹在我脸上？
揪我的鼻子？拎着耳朵戳着脸，
骂我撒谎无耻？[94]谁对我这样？
嗐！
该死，我都得吞下去：因为我十足

是个胆小鬼，[95]没有一点点仇怨[96]
感到被欺侮的苦，否则该早已
把这贼奴才的臭肉喂肥了空中
所有的臭鸢：血腥的、淫乱的坏蛋！
凶残，险诈，奸淫，没人性的恶贼！
啊，报仇！
哎也，我真是好一头蠢驴！多出色，
我啊，亲爱的父亲给人凶杀了，
上帝和魔鬼都要我报杀父之仇，
而我却窑姐般，用空话咽咽发泄，
来一场咒骂，活像个街头的娼妇，
一个贱婢！
呸呸！转动吧，脑筋啊！嗄，我听说
有些犯罪的家伙，坐着在看戏，
只因剧中的情节安排得巧妙，
就给击中到灵魂的深处，以致
立即把他们的罪行招认了出来；
为的是凶杀，虽然它没有生舌头、
自会用神奇的口舌说话。我要叫
伶工们扮演得像我父亲的被杀
给我叔父看：我来察看他的神色；
我要探到他的痛处：只要他一畏缩，
我便知道怎么办。我看见的鬼魂
也许是个魔鬼；魔鬼是有能力
装成可喜的形状的；不错，也许
就趁我精神萎弱心志忧郁时，

因他对这样的相好很有威力，
骗我去堕入地狱。我得有比这个
更确切的原因。这场戏我要靠它，
轻易地把这位当今的良心攥住。

第二幕　注释

① 此二行半据 Wood 与 Marshall 之“牛津与剑桥本”所解。

② 这三行同上。

③ 原文对开本作“fetch of warrant”（可以允许的策略），四开本作“fetch of wit”（机巧的计策），都讲得通。

④ 这里的“By the mass”（凭弥撒）和朴罗纽司所一再说的“marry”（原来是“Mary”，圣处女玛丽）都是用来赌咒的，借以加重语气，表示“当真，的确”。后者有时也代表纯粹的语助词“why”（哎也），不过言外含有几分轻蔑之意，故可译为“哼”。

⑤ Johnson，Capell，Caldecott 都解作“in yourself”为“of or by yourself”，说朴罗纽司刚才要他去向旁人打听赉候底施的爱好，现在叫他去直接观察。Clark 与 Wright（克拉伦顿本）则谓，朴罗纽司关照雷那尔铎把他自己的行动假装得和赉候底施的爱好一致，以便诱使他暴露他的本色。按，这恐怕有点刻画过火，当以前说为是。

⑥ Hudson：仔细观察他，但要做得暗，不露声色，让他把秘密都泄露出来。

⑦ Eckhardt：以为罕秣莱德看见了鬼魂之后就去看莪斐丽亚的那个猜想是不对的，所据的是以下理由：首先，朴罗纽司和雷那尔铎之间的刚才那场会谈包含得有赉候底施作别到巴黎去已经有了些时候的意思；第二，在这段时间里莪斐丽亚已经退还了罕秣莱德的书信，拒绝和他见面，她父亲问她，“你最近对他有难堪的话吗？”朴罗纽司念给国王听的那封信，因此一定是在戏剧开始前的一段时间内的。莪斐丽亚已经严格服从了她父亲的训示，退还了罕秣莱德的一切信札；第三，朴罗纽司立即去见国王，可是，当他对他说起罕秣莱德时，国王已经知道了罕秣莱德的（假装的）疯癫，所以，在莪斐丽亚见到王子之前，他自己一定已经见到过他；第四，在第一幕的结束与本景之间，罗撰克兰兹与吉尔腾司登定是因为罕秣莱德举止有变，以及那变异所引起的国王的怀疑，而已被召唤了回来。

⑧ Nares：在伊丽莎白朝，根据正常的恋爱礼节，一个人自认已堕入情网，应表示相当程度的对衣饰的疏忽。他的吊袜带特别不应当吊起来。

⑨ 原文这一行与上行叶韵，以示本景在此结束；为凑韵起见，本行未免病于晦涩。Clark 与 Wright（克拉伦顿本）解云：罕秣莱德的疯癫行为要是遮盖起来的话，会比泄露他对莪斐丽亚的爱所将引起的（国王与王后的）恼恨造成更多的悲伤。可是王后后来表示她赞许这桩婚事，见三幕一景三八行，又，参看五幕一景二三一至二三四行。

⑩ 原文“gentry”，Warburton 训“礼貌”，Singer 引 Baret 之《蜂巢，或英文，拉丁

文，法文三重字典》（*Alvearie or triple Dictionarie*，*in Englishe*，*Latin*，*and French*，1573）云，“士君子风，即温文有礼，和易，自然的和蔼，宽仁。”总之，“都雅”，“亲仁”，“上流”等等都可说与之同义。

⑪ “For the supply and profit”，Caldecott 解作“为援助与促进”，Hudson 说是“为供养与实现”希望，Johnson 谓系指“你们的到来所引起的，以及我们所愿望获致的效果将会完成的那个希望”。

⑫ Johnson：“bent”（引满，或拉足）被莎氏用以状述任何激情或心神特性之最大限度。这用语系自射艺中借来；弓被引满或拉足即为“bent”。

⑬ 译文这两行从 Hudson 所译。

⑭ Delius：此系回报对挪威王健康的亲善愿望。

⑮ Clark 与 Wright（克拉伦顿本）谓，“he truly found it was ...”的“truly”（确乎）是指“was”（是）而不是指“found”（见到）的。

⑯ 认 Clark 与 Wright（克拉伦顿本）所注。

⑰ 佚名氏谓，国王在这里被说成他在考虑这件事情之前先作答复；因而次序应加以校订调整，宜作“And think upon and answer to, this business”（来从长计议，和答复这件事情）。

⑱ 关于朴罗纽司的性格，Johnson 有一段短论，总的意思是说老耄期的心力衰颓逐渐侵占着他的智能。Caldecott 提出疑问，谓要丧失智能，必须先有才智的存在。我们没有任何直接的证据，可以说明他在任何时候曾有一个清明与统驭一切的心智。正相反，几乎一切东西都有个反面的意义；因为正是约翰荪博士所依靠的那个性能，在我们看来适足以强有力地表示心神的痴愚，就是说，在记忆里装了一大堆聪明的规则和格言，能适用于每一个场合与时会，却没有能力把它们有效地应用到任何场合与时会上去。在朴罗纽司的总的行动里，在每一个场合上都看得出纯粹的愚蠢与老耄期的心力衰颓。Moberly 则谓，在评价这性格时我们应当记得，像朴罗纽司这样应用语言，在莎士比亚那些用夸饰文体（euphuism）的时日里，不能成为完全愚蠢的证据，像现在这样。

⑲ Johnson 谓“wit”在莎氏当时解作“智能，理解”，Staunton 训“智慧”，Clark 与 Wright（克拉伦顿本）则释“智识”，Onlons 解作“健全的悟性或判断，理解，智能”。

⑳ Delius：王后用“花腔”一语是指朴罗纽司的浮夸的风格，后者用它是指背离真实与自然。

㉑ 原意为“赋呻吟以音步（或韵律）”。

㉒ 原文“machine”，Schmidt 释“人为的结构，系指身体而言”，Onions 解释“身躯”。Dowden：T. Bright 在《忧郁论》（*A Treatise of Melancholy*，1586）里说明人的身体其性质犹如一部机器，通过直接的“精神”跟“灵魂”联系起来。他把身体的行动比作一只自鸣钟的动作。译者按，“machine”这字原来解作“机构”、“装置”，是用以指载运人与物的用具的，如车子与舟船；古代用以指剧场上专为造成戏剧效果的机械装置，中世纪的攻城器也叫“machine”。英国十八世纪末到十九世纪三十年代的产业革命造成了大批机器，于是机器或机械变成俗物，无生命生趣，

不宜于入诗的东西。但在莎氏当时，并没有这样的联想。我们知道，英国十九世纪最伟大的诗人华兹渥斯（Wiliiam Wordsworth，1770—1850）于 1840 年所作，1847 年出版的短篇杰作《她是一个欢乐的幽灵》（She Was a Phantom of Delight）里还用到此字，用以指伊人的身体，绝无丝毫的不雅之意。

㉓ Moberly：在这老人根深柢固的自负他无所不知里有很多滑稽。他荒谬地想象，凭他自己的眼光已看见了罕秣莱德爱情与疯癫的一切步骤；而实际上，对于前者，在有些朋友警告他之前并未觉察到，至于后者，那里根本不存在的。

㉔ “It I had play'd the desk or table-book”（直译，“要是我扮演书桌或小手本”），Warburton 解作“要是我在他们之间传递消息，做他们两情相恋的心腹”，Malone 释“要是我把这秘密锁在我胸中，严密得好比关闭在书桌或小手本里似的”，Moberly 训“要是我只把这件事记录在心上”，Clark 与 Wright（克拉伦顿本）解作“要是我做他们书信来往的传递人”。

㉕ 原文“Winking”，Schmidt 及 Clark 与 Wright（克拉伦顿本）都解作“闭眼装作不见”，Onions 谓“given my heart a winking”是说“闭着我的心眼”。

㉖ Schmidt 解释“with idle sight”为“不认真，把它当作开玩笑”。

㉗ J. D. Wilson 在这后面就使罕秣莱德上场，并加导演辞云，“手持书本，且读且行，闻声而止，未被觉察。”他又在后面国王说“我们得试试”之后加导演辞“罕秣莱德上前”。各版四开本对开本把王子的上场（对开本加“持书阅读”）放在“我们得试试”后面。我们这里把罕秣莱德的上场还推后三行，放在国王与王后等下场之后，系从 Dyce，Collier，Staunton，Clark 与 Wright 之环球、剑桥与克拉伦顿本，Moberly，Delius，Hudson 等多家的版本。Wilson 又谓，三行以后朴罗纽司说“我把女儿放出来”语涉双关，除显见的意义外还有交配牡牝牛、马的意思，这话被罕秣莱德闻见，所以他在后面再三刻薄朴罗纽司。

㉘ 原文“four hours”，学者们有的说是“for hours”（几小时）之误，应加以校正，有的说没有错，“四小时”解作不定数的几小时，并不是不多不少恰好四小时。

㉙ 原文“fishmonger”，Malone 谓意含谐谑，此字系“嫖客”的切口语。Moberly：也许用意是“你买卖的货色受不了太阳的光照”；意即，朴罗纽司有个女儿，而所有的女人是和他母亲一样背信不贞的，只要稍经考验就会堕落。Tieck：你是个龟奴，还不及一个鱼贩子老实。罕秣莱德笑骂朴罗纽司替他和他自己的女儿造成机会，而随后的话“因为要是太阳”云云只是罕秣莱德鄙视他们父女俩的说法的继续。Friesen 则以为是指老国王在世时朴罗纽司替克劳迪欧斯和王后提供机会。Doering 说是指朴罗纽司从中撮合，帮助克劳迪欧斯与王后结婚。

㉚ 原文这半句含义不明，疑有讹误。Warburton 校改四开对开本之“being a good kissing carrion”为“being a god，kissing carrion”，意思是，“因为要是太阳在一条死狗身上生得出蛆，他虽然是位天神，却把他的热气和影响射发到腐肉上——。”说到这里，罕秣莱德突然住口，否则说得太条理分明了朴罗纽司会疑心他的疯癫是假装的，而把他的注意力转离话题，问起他的女儿来。罕秣莱德想要下的推论用意很高尚，其要旨是这样的。假使（他说）事情的结果果真是跟着被影响的东西［腐肉］走的，而不是跟着发出影响的东西［天神］走的，那我们何用惊奇，

一切事物的最高始因，造物主，虽然广布他的恩福给人类，那好比是具腐臭的尸体，由祖先传与了原始的罪孽，这人类却不是适当地以恭诚的美德相还报，而只是孕育着败德与恶行呢？Malone 校改原文为“being a god-kissing carrion”，意思是“那（死狗）是具跟天神亲吻的腐尸”。罕秣莱德刚说过，老实在这世界上是极稀罕的一种德性。对此，朴罗纽司表示同意。这位亲王又说道，既然在这世界上美德如此难得，既然到处尽有的是败德，而即令太阳照在一条死狗身上还会生出蛆来，所以朴罗纽司应当注意莫让他女儿在太阳光里走路，否则她怕会变成罪人们的一个生殖者了；因为，虽然怀孕大致说来是件天恩，可是假使莪斐丽亚（罕秣莱德以为她和世上别的女人一般脆弱）要怀孕的话，那也许是桩祸患。所以要提起在死狗身上生出来的蛆，似乎只是为介绍怀孕一语。这半句话和罕秣莱德前面的一段话和他突然的问语“你有个女儿吗？”之间颇少联系是显然有意的，以资更有力地加深朴罗纽司的印象，使他相信王子确是发了疯。Caldecott 随 Rowe，Pope，Theobald 之后主张维持四开对开本原文，说“那（死狗）是具好给太阳亲嘴的腐尸（或臭肉）”。Staunton 采用了 Warburton 的读法，但不同意后者把它跟罕秣莱德前面的话联系起来的那些理由：他认为这半句是罕秣莱德所读的书上的话，与前后文无关，——这位王子表示愿意独自一人在，他极不耐这个老朝臣的打扰，后来见他离开很高兴；所以此刻当见到朴罗纽司还在注意他时，他严厉地转过身来突然问道，“你有个女儿吗？”Corson 引了二十多个例子说明“a good kissing carrion”是解作“a carrion good for kissing，of，to be kissed，by the sun”；他的解释因而与上述 Caldecott 所作者同，而且他当然也是主张维持四开对开本原文，不同意 Warburton，Malone 等人的校订的。Furness 认为此说所举例证详尽而有决定性。译文即本 Caldecott 与 Corson 两家的说法，从四开对开本原文。

㉛ Petri：“太阳光下走路”一语不应就字直解，应解作与人们相混杂，并不与太阳神发生特殊关系。

㉜ Corson：他说这话是要使老人不舒服，意思是虽然正式婚姻的怀孕是天赐的恩福，但他的女儿也许会怀孕——婚外的——则不然。

㉝ Corson：罕秣莱德对那些他所不喜欢或鄙视的人如国王、朴罗纽司与朝臣们的话的回答有一特点，即按照文字直解似甚正确，但又行不通或颇为荒谬。

㉞ 原文“Pregnant”，Steevens 解释“敏捷，机灵，适切”，Nares 解为“巧妙，富于慧心与理智”，Caldecott 释“意味深长”。

㉟ Coleridge：这个重复使我觉得至可赞佩。Staunton：对我们来说，显然在这里，如在别处，这重复——一个尽人皆知的精神错乱的征象，——是罕秣莱德故意采用来使旁人相信他的疯狂的。他从不任性作此鸥鸮鸣声，除非跟他所猜疑的家伙在一起时。Cowden-Clarke：不光这重复是罕秣莱德佯狂的一部分，而且它也深深地动人哀怜，因为它传达出迫使罕秣莱德堕入苦恼深渊的完全厌倦于生命的那个印象。

㊱ 原文四开本作“fauors”，对开本作“favour”。White 谓前者的“s”分明是个衍误；“favour”在这里有两个意义，其中之一是“身体，腰身”。按，另一意义是“春意，爱顾”。

㊲ Hudson：我们的乞丐们至少能梦为国王与英雄；而假使这些野心人物的本体不过是一个梦，且一个梦只是个影子，那我们的国王与英雄们只是乞丐们的影子而已。Bucknill：假使野心只是个影子，什么野心以外的东西一定是野心所从投射出来的本体。假使以国王作为代表的野心是个影子，以乞丐作为代表的、野心的原物定必是影子的反面，即本体。Moberly：假使野心是荣华的影子，而荣华又是一个人的影子，那么，唯一真正实在的人是乞丐们，他们是剥去了一切荣华与一切野心的。

㊳ Elze：罕秣莱德喜欢将他自己说成个非常可怜，不足道，没势力的人物。

㊴ Tschischwitz：我的谢谢，那是不诚恳的，比较你们虚伪声言的友谊并无更多的价值；虽然如此，我谢了你们就给予你们太多了，因为你们只值得当棍徒看待。Moberly 则云：你们花了这么多麻烦来到这里，来买我这“穷叫化的一声多谢”，所出的代价太大了。

㊵ Hudsou：罕秣莱德的优美的荣誉感在此得到了充分的表示。他不愿引诱他们破坏信约；先告诉了他们那缘故，他将会占先而且阻止他们泄露秘密。

㊶ Warburton：这是机巧地设想来掩盖他心神错乱的真正原因的，免被那两个探子看透。

㊷ 原文“exercise”是“练技”，Schmidt 谓为“任何练习或努力，用以获致技巧，知识，或行动优美的”，Onions 亦谓此字在莎氏作品中常用作此意。按，举例说，如击剑，骑马，射箭，读书等等。Tieck：我们切不可对罕秣莱德这里所说的话照意直解，否则这会跟他对霍瑞旭在五幕二景一九八行所说的话矛盾，那里他说赉候底施到法国去后他一直在练习。按，系指击剑。

㊸ Johnson：那扮演娘娘的要不受阻碍，除非她那段韵文台词本身在节拍上有阙漏。Seymour：假使那扮演娘娘的由于过作娇柔而略去语词，她的脱漏可在音步的跛踬中觉察得出来。Dowden：那扮演娘娘的，当然，要讲些猥亵的话；假使她略去了它，那跛踬的素体韵文将透露她的淑德。

㊹ Delius：说到“城”字，莎士比亚的观众立即知道是指伦敦。

㊺ 原文“their inhibition”（他们之被禁止［在原戏园演出］），据 Fleay 云，根据 1601 年 12 月 31 日枢密院（the Prjvy Council）禁止滥用戏园的命令，除鸿运戏园（the Fortune）与环球剧院（the Globe）外，其他的一切勒令歇业，因为有些班子演出的戏里有影射攻击某些显要的台词。

㊻ 原文“an aerie of children”，Wedgwood 根据 Cotgrave 解释“aerie”为“一窠雏鹰”。Steevens：系指皇家小教堂（the Chapel Royal）或圣保罗教堂（St. Paul’s）由唱诗班之齐唱童子们，当时他们演戏极得观众彩声。

㊼ Dyce 谓，“eyases”是“刚从窠里拿出来施以训练的小鹰鹞”。Capell：这些孩子被这样称呼是因为他们特别起劲，会搏击超过他们能力的猎物。

㊽ 原文“top of question”，Steevens 解作“孩子们永远以最高的嗓门背诵台词”，“question”系指“台词，对话。”Cowden-Clarke：用他们尖锐的孩童嗓子的最高音调背诵他们的台词。Chambers：对耸动时下的问题高声叫嚷。

㊾ 可作“非常吓人的”，或“非常暴烈的”。

㊿ 原文“berattle the common stages”，“berattle”Schmidt 释“贬抑”，Onions 释“使充

满喧闹”，“common stages” Schmidt 还是解作“普通的舞台”，Onions（从他对前一字的解释里可知他）也这样理解。但 Theobald 曾校改“stages”为“stagers”（戏子），且也有注家不一定从 Theobald 而径自把“Stages”解作戏子的。

(51) 童伶都是两个教堂里唱圣诗的唱歌童子们兼充的。等将来他们嗓子一倒，不能再当唱歌童子时，是否也就不能再当童伶了呢？

(52) 即剧作者。当时剧本根据希腊罗马传统完全或基本上以韵文写成，每一出戏是一首戏剧诗。此段据 Delius 所诠释。

(53) 原文“brains”，Caldecott 解作“许多激烈与细致的讨论”，Schmidt 释“许多讽刺的争论”。

(54) 赫勾理斯肩负地球为当时环球剧院的商标。古希腊神话：太古时泰坦神族（Titans）中诸神之一、毛列台尼亚（Mauritania）之王阿忒拉斯（Atlas）肩负着世界，大力神海拉克理斯（罗马人称之为赫勾理斯）有一次去看他，曾代为肩此重负。

(55) Clark 与 Wright（克拉伦顿本）：“'Sblood”（耶稣的血）这句用圣餐物品（Eucharist，面包片或无酵薄饼与酒，代表耶稣受难时的肉与血）来赌咒的誓言，意即“我凭圣酒发誓”。

(56) 在“your hands”两字后二、三版四开本无标点，自 Johnson 到 Delius 等十家加句号；现代版本如 Clark 与 Wright 之克拉伦顿本与 Craig 之牛津本等加逗号，不知是根据各版对开本还是从 Rowe 的校改则不得而知；Furness 之新集注本上无记录，而译者又无初版对开本之影印本可资对照。J. D. Wilson 主张在这里加上问号，作为罗撰克兰兹与吉尔腾司登先伸出手来要同罕秣莱德相握，故罕秣莱德问他们“要握手？”

(57) “I know a Hauke（Hawke）from a hand saw（hand-saw）”这半句原文两百多年来引起了好些争论；尽管有精到的校勘，考据，分析，辩难，但莎氏使罕秣莱德说这句话，它的含义在应用上究竟是什么，至今还没有弄清楚。现在先介绍一些分歧的解释，最后再提出译者的看法。Hanmer 校改“handsaw”（手锯）为“hernshaw”（苍鹭）；Warburton 谓，这一校订表示出这句在莎氏当时很流行的谚语的本来面目；Nares 认为，此讹误在莎氏以前即已发生（“hernshaw”或“heronshaw”或“hernshew”，他说，是一只苍鹭），这句谚语的原来形式定必是“分辨得出苍鹰跟苍鹭”。White 疑心这句讹误的短语在当时已丧失了它原来的意义，只被认为在比较着两件工具，“hawk”是件斫切的工具，“handsaw”则为“手锯”。Halliwell：这一认为“handsaw”是“hernshaw”之讹的猜想并无证据；这句短语向来保持着这个形式；这一类谚语往往有这种不协调处。Clark 与 Wright（克拉伦顿本）则同意“handsaw”是“heronshaw”或“hernshew”之讹的说法，谓在塞福克（Suffolk）与诺福克（Norfolk）二郡的方言里，苍鹭（heronshaw，hernshew）现在［1905］仍被叫作“harnsa”，由此误成“handsaw”非常容易；他们援引 J. C. Heath 的解释道：“这说法分明是指放鹰术而言。大多数的鸟类，尤其飞行时身体沉重的苍鹭，被放鹰者或他的猎狗惊起时，会顺着风向飞行，以便逃走。风若从北方吹来，苍鹭便向南飞，看的人被太阳照耀着眼睛，会不能分辨苍鹰与苍鹭。反之，风若是南风，苍鹭向北飞，猎人背对着太阳，便会清楚地看到它和追逐它的苍鹰，那时他辨别这两只鸟将没有什么困难。如果风是从东北偏北而来，上午十点半时（显系适于放鹰的时刻）太阳将照射着猎人的眼睛，而假使是南风的话，视野当会很清楚。”Clark 与 Wright 又谓，“hawk”这字又是泥水匠用来承泥灰的一块四方小木板的名称，它底下有个柄，这一意义也助成“heronshaw”讹为“handsaw”（手锯）的一个原因。Onions（《莎氏语汇》）谓，“hawk”通常解作“苍鹰”，但或许是“hack”的变异拼法，而“hack”则是伊丽莎白时代用来作斩断、斫切的工具的名称，也用以名尖锄，鹤嘴锄或啄锄等农具。译者按，如作行猎的小鹰隼解，“hawk”可译为“苍鹰，雀鹰，鹞子，青肩，或鹯”。又按，我们或许可以这样了解这句原文。罕秣莱德故意出言模糊隐约，利用这两个字的双关意义指桑骂槐，骂了两条走狗使他们一点都不觉得。“我只疯到了西北偏正北”是说“我并不真疯或完全疯”；“风从南面吹来时”，是说“当我神志清明时”，或“我假使要神志清明的话”；表面上说“我还分辨得出苍鹰与苍鹭”，实际上是说“我还未辨得出斫斧（或尖锄，或泥灰板，但多半是斫斧，因斫斧与手锯都是木匠工具）跟手锯”，意即“我看得分明你是柄斫斧而你是把手锯，你们两个家伙虽然彼此各不相同，但都是当今王上的工具，所以是差不多的东西。因此，我对你们有无比的鄙蔑，决不把你们当作朋友”。

(58) Hudson：这是说来迷糊朴罗纽司的，使他弄不懂他们在说些什么。

(59) 罗修斯（Quintus Roscius Gallus，卒于公元前 62 年）为罗马最卓越的喜剧大伶人，他登台时动作优美，音调和谐，对于人物性格理解深刻，以及神态灵妙，世无匹敌。说他在罗马演戏，等于说无人不知的事。罕秣莱德不等朴罗纽司开口就知道他来说什么话，而且先调侃了他；这老糊涂懵然不知，还是一本正经来报告他的好“消息”。

(60) 上面朴罗纽司来报信，说“戏子们来了”，罕秣莱德答以“咄，咄！”意即“少说废话，你来报的不是新闻，是老闻了”。朴罗纽司以为王子不信他的话，故赌咒道，“凭我的荣誉——”（原文“Upon my honour”就字直解为“在我的荣誉上［我赌咒］”）。罕秣莱德打趣他，意思是“你刚才说‘戏子们来了’，又说他们是骑在你荣誉上来的，那么，每个戏子是骑着一头蠢驴来的，或者说，你的荣誉或者你自己便只是一头蠢驴罢了”。这有如我们对口相声里的贫嘴。

(61) 原文“scene individable”，Delius 和 Clark 与 Wright（克拉伦顿本）等谓系指遵守地点必须一致的规律的戏剧，“poem unlimited”则为不遵守这个规律的诗剧。Schmidt 则谓前者为不能用特有名称（如悲剧，喜剧，牧歌剧等）予以区别的戏剧，后者亦为名称不固定的戏剧诗。按十六世纪的意大利批评家以及十七世纪的法国戏剧家们从亚理士多德的《诗学》里得出结论，规定戏剧诗必须遵守三个一致的“三一律”。所谓三个一致是，一篇剧作里只能有一个主要的剧情动作，此剧情动作应当发生于同一个时间，同一个地点。

(62) 即不遵守三一律的戏，见上注。

(63) Seneca，Lucius Annaeus（约公元前 4—公元 65），罗马禁欲派哲学家，悲剧作家，曾作悲剧九部。他的剧作在风格上着重修辞，在文艺复兴时期被认为古典悲剧技巧的典范。

64 Plautus，Titus Maccius（约公元前254—前184），罗马喜剧诗人，留传下来的有二十部喜剧。他的作品在文艺复兴时期被认为古典喜剧技巧的典范。Clark与Wright（克拉伦顿本）谓，这两位罗马戏剧诗人的作品为当时英国知识界所熟知，因为在牛津与剑桥两大学时常演出。塞尼加的全部悲剧与泊劳德斯的喜剧《孪生兄弟》（*Mena echmi*）当时已被译成英文。

65 "For the law of writ and the liberty"，Capell解作"按照规律写的［古典法度的］作品和不按照规律的［浪漫的］作品"，Caldecott释"遵守着戏剧的规律，同时也在许可范围内自由发挥"，Collier释"演出写好了的作品，或是上台临时应付的"。

66 以色列人的元帅耶弗他（Jephthah）于征伐亚门（Ammon）人之前向耶和华许愿，说他若师捷回来，不论谁首先从他家门里出来迎接他，他将以之献为燔祭。结果他凯旋归家，第一个出门来欢迎他的是他的敲着鼓跳着舞的独生女儿。他因对上帝有誓言在先，只得牺牲了女儿。事见《圣经·旧约·士师记》十一章，三十至四十节。下面罕秣莱德所引歌词系采自一首古歌谣，那首歌Steevens说是由他传报给了珀西（Thomas Percy，1729—1811），保存在后者的《珀西古英文诗歌遗迹》（*Percy's "Reliques" of Ancient English Poetry*，1767）第二版里。Collier则谓，那似乎不是罕秣莱德所由引用的那首歌谣。Halliwell影印了一首1624年初印的、字句与Steevens所传报者略异的另一首歌谣，似更近似。

67 Zornlin：你并不一定像耶弗他那样爱你的女儿——你像他只在于你将她可耻地牺牲掉。

68 原文"abridgements"，Johnson谓，虽然他后来（507行）称呼那些戏子是时代的简史，但现在是在说那些会短缩我话头的人。Steevens：莎氏所说的"短缩"也许是指戏台上的演出，那把几年工夫的事件挤进了几小时内。Dyce（《莎士比亚语汇》）：在这里这短缩应用在伶人们身上，作为，我推测，代表一个短缩的人。Clark与Wright（克拉伦顿本）：罕秣莱德用这字有双重的意义。伶人们上场来就短缩了他的话。

69 原文"valanced"，Malone谓为"像流苏似的缀以须髯"，——"valance"是挂在帐顶边缘上的流苏或穗子。Onions："幔帷似的"缀以须髯。

70 这是说来开玩笑的，意即："你脸上长了须髯，威武可怕，你可是策马抡枪来向我挑战，要对我格斗吗？"

71 Clark与Wright（克拉伦顿本）云：在莎氏当时，直到查理二世复辟以后，剧中女角都由男童扮演。在英国舞台上，自来的第一个女伶人在一六六〇年十二月六日扮演玳思狄莫娜。

72 原文"chopine"（彩木跷），有一两段关于它的笔记颇饶谐趣，现移译于后。Reed：考列约（Tom Coryat，1577?—1617，旅行家与宫廷滑稽者）在其所著《粗制品》（*Crudities*，1611）中叫它们"chapineys"，有后面这段记述："威尼斯城的妇女，以及住在威尼斯领主权下城镇里的一些妇女，她们所用的有一件东西是在基督教世界其他各地妇女那里所见不到的（我想）：那就是在威尼斯城司空见惯，没有一个女人没有它，不论在家里或到外面去，一件用木头做的东西，外面包着各种颜色的皮子，有的白，有的红，有的黄。它名叫彩木跷，她们穿在鞋子底下。它们有好些是彩绘得陆离缤纷的；我也见到它们有些是涂上一层闪闪的金色的：是这样难看的一件东西（在我看来），可惜这愚蠢的风俗没有给从城里根本驱除消灭掉。有好许多这些彩木跷尺寸奇高，甚至有半码高，这就使好些他们那里很矮的妇女见得比我们英国最高的妇女还高出好多来。我也听到她们中间说起，那个女人她身份越高贵，她的彩木跷也就越高。所有缙绅人家的妇女，以及有一点钱的娘子和寡妇们，当她们出门走路时都有仆人或仆妇搀扶着，免致摔倒。她们往往被挽着左臂，否则她们很快就会跌跤。”Malone：据 Minsheu 云，这是西班牙女人穿的一种高底软木鞋，名叫“chapin de muger”，在意大利文里没有它的同义字。但 Boswell 谓：在 Veneroni 的字典里有“cioppino”这字即是。Douce：在 Raymond 的《意大利之行》（*Voyage through Italy*，1648）里我们见到有这样一段：“这地方［威尼斯］有很多会走路的五月竿，我说的是妇女。她们穿的外衣比身体长出一半，而她们的身体是登在她们的彩木跷（chippeens）上的（那有一个男子的一条腿高），她们在两个婢女中间走路，巍巍然审量着她们的每一步步子。这风尚是为那些高贵的威尼斯娘子们创始与专用的，使她们永远有别于那些卖笑人家的姐妹们，她们头面上络着一层白丝蝉翼纱。”彩木跷（choppine），或某种高底鞋，有时在英国也有穿用的……Furness 谓，在 1856 年，他在耶路撒冷一场犹太人的合卺礼上，看见一位十二岁的新娘穿一双彩木跷，至少有十英寸高。译者按，这种有花彩的高底木跷比我们旧时京剧舞台上女角们所踩的跷（那是从清朝旗人妇女那里学来的，它最多只有一两寸高，稍向前倾斜，用红缎包住）要高得多，考列约说有半码高（一英尺六英寸），雷蒙说有一个男人的腿那样高（两英尺八九英寸），约相当于我们旧时迎神赛会踏高跷的木棍（上有横档，踏者的腿脚即在那里绑住）那样高，走起路来当极易摔倒，非有仆妇搀扶不可。它和高跟皮鞋不同，因后者鞋底并不厚或高，而彩木跷则跟和底同样高。这使人想起人类的愚蠢有时是没有止境的，如我们有好几个世纪妇女缠足的历史等。最后，罕秣莱德这里所说的彩木跷当只有二英寸左右高。

⑬ 因为扮演女角的是男孩子们，他们到了十四五岁发育期嗓子就会倒掉。

⑭ Douce：金银钱币面上有一圈子，圈内是君主的头像；破裂要是从边上透过了圈子，那块硬币就不能通用了。

⑮ Capell：法国人即使在今天，在一切野外游戏的身手上也是极不正常的。Clark 与 Wright（克拉伦顿本）云，法王亨利四世（Henry of Navrarre）有一只鹞子，据施卡列泽（J. J. Scaliger，1540—1609，法国语言学家与年代史家）说，他见它搏击下来一头雕，两只野鹅，几尾鸢，一翎鹤和一只天鹅。

⑯ Reed：据说（Giles Fletcher：Russe Common wealth，1591）俄罗斯帝国的珍馐鱼子酱有四种鱼子可以腌起来做，它们是“bellouga，bellougina，ositrina 与 sturgeon”。按，最后一种是鲟鱼，大概比较最普通。Nares：鱼子酱在莎氏当时是一种新风行的时髦美味，为平常人所不喜欢和不买，这里被用来代表超越一般人理解与欣赏的东西。

⑰ 意尼阿斯（Aeneas）是特洛伊（Troy）王子盎乞塞斯（Anchises）与爱神阿佛洛狄忒（Aphrodite）的儿子，特洛伊国王泊拉谟（Priam）的女婿，在特洛伊大战

将终，特洛伊城大火时，他驮着他父亲与家神们的雕像，搀着儿子阿斯坎纽斯（Ascanius）的手，他妻子克兰乌莎（Creusa）跟在后面，一同逃难。在满城烧杀中，他和她因隔离而失散，失掉了她，他驾起了一队二十只船离开特洛伊岛，在迦太基（Carthage）遭破舟之厄。迦太基女王丹陀（Dido）盛情接待他，和他发生了恋爱。但意尼阿斯听从天神们的命令，离开了迦太基；丹陀为之绝望，自杀而死。在海上漂流了七年，失去了十三只船，他终于到了台泊河（Tiber）边，那里他跟拉底纳斯国王（King Latinus）的女儿拉维尼娅（Lavinia）结了婚，承袭了他岳父的王位，为罗马人的祖先。辟勒斯（Pyrrhus）是希腊最英勇的战士阿杰里斯（Archilles）之子，原名尼奥泊托里末斯（Neoptolemus），因生得有一头黄发，故又名辟勒斯。事详罗马大诗人阜杰尔（Virgil，公元前70—前19）的史诗《意尼阿特》（*Aeneid*）。（P. Harvey.）

⑱ 意尼阿斯的这段叙述，共五十七行，曾引起了莎剧学者们的一场大辩论，先后参加者有十七家。讨论的焦点是这段剧词是莎氏用它来嘲笑那班大学里出身的剧作家，特别是马逻（Christopher Marlowe，1564—1593）与奈许（Thomas Nash，1567—1601）的《丹陀，迦太基之女王》（*Dido*，*Queen of Carthage*，1594）的风格，还是作者故意写这样一段浮夸、浪漫的史诗风文字以有别于全剧朴实的戏剧性文字的风格的。在辩论的早期，Pope说作者究竟是谁他不知道，但罕秣莱德称赞这段剧辞的话完全是讥讽的反话。Theobald与Wardurton断定它确是莎氏的手笔：前者谓它的题材就是个足够的证据，因为莎氏在他的全部作品里几乎没有一个剧本不是用明喻、暗指或其他方法提到这场特洛伊战事的，他对那个故事这么样喜欢；后者有一篇长论说莎氏并无用这段文字供讥讽之意，并举了三点理由，——第一，这出戏谨守古典戏剧的三一律，这就使一般观众不喜欢它，“而且编写得又和平中正，又巧妙”，就是说，写作艺术与人性的单纯都经注意到，而时下的爱好是要有个小丑打诨说笑或诌些双关谐语才合胃口，又要求有此激情的、凄恻的恋爱场面，而这出戏却只清淡而纯净，与希腊戏剧的显著特性相符；第二，这段台词是说来供人赞赏的，但看它本身的内在优点即可以知道，例如伊里恒王宫（Ilium）的倒塌和泊拉谟之被杀同时发生，以及所举的那风暴的优美的比喻；第三，从这段台词的效果上也可以看出莎氏对这段文字的态度，剧中最好的角色很称赏它，说念它的伶人脸色惨变，眼泪直流，而只有愚蠢的朴罗纽司才听了感到厌倦。至于有两处所谓浮夸的风格更其不成问题，Warburton举了《特洛勒斯与克蕾西达》（Troilus and Cressida）和《安东尼与克丽奥贝屈拉》（Antony and Cleopatra）二剧中两个相同的例子，说明莎氏本人并不认为浮夸。Malone谓，他认为这段叙述显然是莎氏的手笔，是特别为《罕秣莱德》这剧本写的，Warburton称之为“那风暴的优美的比喻”则在我们诗人的叙事诗《维纳斯与阿陀尼》（Venus and Adonis）里有同样的描写。Steevens则认为，这段叙述引起了王子的赞赏只能表示罕秣莱德之装疯卖傻，它本身绝无一点好处，作者的用意只是提供一段极近似当时流行戏剧文字的范本以资取笑。Ritsom相信罕秣莱德对这出戏所表示的钦佩是真诚的，这段叙述大概是从莎氏的早期作品里抽出来的片断，它远远超过任何同代作家的作品，马逻与奈许的《丹陀》也不能与之相比。Seymour

与 Pye 两家跟 Ritson 有同感。诗人 Coleridge 谓，作为史诗的叙述，这段文字是出类拔萃的。在运思上，在整段的风格的各别部分上，这段描写是极富于诗情诗趣的；当真，就它本身来说，诗情太充沛了是它的毛病！——是抒情的激奋与史诗的堂皇的文字，不是戏剧诗的文字。但假使莎士比亚使它的风格真的成为戏剧诗的风格时，《罕秣莱德》与这戏中戏之间的对比又到哪里去了呢？德国诗人、批评家与莎剧译者 Schlegel 评这段剧词道：这一片断不应就它本身来加以评断，应连同它被介绍的那地方来品鉴。为使它跟这剧本本身的戏剧诗有所区别起见，有需要使它以同样的比例超过它那高华的诗，如舞台对话之高于日常谈吐。因此，莎士比亚完全用富于对句法的、警语连篇的韵文来写这戏中戏。但是这庄严的、有节度的语调跟一篇该有强烈情绪在其中主宰的台词不相称，于是诗人便没有其他的办法，只除了他所采取的：过度充沛那悲痛之情。这段台词的语言是着重得到了虚妄的程度；可是这一缺失跟真正的宏伟是这样地混而为一，以致一个伶人，如果他习于人为地在他自己胸中叫起那仿效的情感，肯定会被席卷而去。何况，我们几乎不能相信，莎氏竟会这样不懂他的艺事，以致不知道那样一本悲剧，在其中意尼阿斯得把那样久以前发生的事件如特洛伊之毁灭作一个悠长的史诗的叙述，是既不能有戏剧性，也不能有舞台性的。Caldecott 认为罕秣莱德的热情赞扬不能不表示莎氏的真挚感情，他并且举了这段文字里的“impasted”与“declining”等字与莎氏作品里别处用到这两个字相比以证明这段剧词确系莎氏手笔，尤其后一字他不能在任何同代作家的作品里找到。Hunter 则认为这段剧词言语乏味，用字浮夸，饰词空虚，而且至少有两处修辞学上的倒退；就是那风暴的半句，初看虽似尚可取，读过或听过以后便显得平淡无奇，缺乏和谐；而罕秣莱德反对“包着头的王后”那句话即足以证明作者意存讽刺：至于他用意想嘲笑的，也许就是《丹陀》那出戏。Strachey 谓，即令《丹陀》这本戏里没有一行跟这伶人所说念的（这无疑系出自莎氏之手）一样，但两者的风格有这么相似，观众也许会马上想起马逻的剧本；假使他们对原作保持一个笼统的记忆，听了伶人的说念也许会猜想这段剧词是的确从马逻的悲剧里引来的。Elze 说，我们应当把注意力转离诗人身上，不要以为罕秣莱德的称赞就是作者的意见。使罕秣莱德这样热心钦佩一出按着那博学的、悲惨的、古典模范写的戏，莎氏分明愿意叫我们洞察到他的主角的好学的和特别耽于理想的性格。同时，毫无疑问对莎氏的对手们也给了一下侧击；实际上他在对他们诉说，“看吧，钦佩你们的是我的罕秣莱德这样的人；你们用你们的诗所教育的是这样的人。”Delius 认为这剧本或片断除莎氏自己外不可能有旁人写，而且称赞它的“和平中正”与“巧妙”用意一定是认真的。Fleay 的研究可以说是对这问题作了最后的评断，现概述于后。马逻的剧本是在他 1593 年死后由奈许续完的，于翌年出版。它是大体上以马逻的风格写的，小部分是奈许的坏文笔。根据四种内证，以及写得特别坏，跟马逻在本剧其他部分的手笔不同，跟他的其他剧本也同样地不同，我们可以断定《丹陀》的第二幕第一景大部分出于奈许之手。1594 年莎士比亚修改并写完了马逻写过一大部分的《亨利六世》，所以他自然会指望修改《丹陀》这出戏也委托他做。他这时候跟奈许的关系不怎么好。他要是写上一景，或一景的一部分来表示他能做修改这本戏的工作要好到怎样一个程度，——什么事能比这个更有可能呢？他很自然地挑选了奈许表示最大弱点的那一景，并且写得尽他所能地近于马逻的节奏。所以莎氏要把这段台词介绍进《罕秣莱德》的目的，乃是要暴露他的对手奈许作为一个剧作家的弱点。接下来 Fleay 便引了几段奈许的台词跟这里莎氏的相比，而后者远较优越当然是非常明显的。总之，这一景是莎氏在 1594 年写的，写来跟奈许竞争，作为马逻的未完成的剧本的一个附录，而且由是他介绍进《罕秣莱德》的初稿的，时当 1601 年或其前后。

⑲ 见拙译《麦克白斯》三幕四景一〇七行注。

⑳ 各版四开本原文作“their Lords murther”，一、二、三版对开本作“their vilde Murthers”，四版对开本订正为“their vile Murthers”。在莎氏当时，单数名词的所有格只加一“s”，“s”前不加省字号（’），因而与多数名词的所有格没有区别（现代英文里单数名词的所有格在字后加“’s”，多数名词的所有格在字后加“’s”，乃是十八世纪的改进）。现代版本有从 Capell 的标点四开本之读法作“their lords’murder”（他们主人们的被杀）者，如 Furness 之新集注本；有从四版对开本作“their vile murders”（他们的卑鄙的被杀）者，如 Craig 之牛津本；有从 Jennens 的校改四开本之读法作“their lord’s murder”（他们的君王的被杀）者，如 Clark 与 Wright 之克拉伦顿本。译文综采四开与对开本原意，因音节也因简化修辞关系削去了形容词“卑鄙的”，而不取 Jennens 的读法，因为体味到文意和语气，我觉得这里还在替下面的辟勒斯寻找泊拉谟老王预备气氛，还没有提到后者之被杀。

㉑ 激发的或唤醒的复仇心系指辟勒斯为他父亲阿杰里斯报仇雪恨。阿杰里斯是古希腊帖撒利（Thessaly）之王披琉斯（Peleus）与海上神妃（Nereid）西替斯（Thetis）的儿子，为特洛伊大战中希腊军中最骁勇的大将。在婴孩时期，他母亲西替斯拎着他的脚在冥河（Styx）里浸过一下，这就使他的全身不能为刀剑所伤，只除了她把他浸在河里时捻着的他的脚后跟。他穿戴着希反斯德斯（Heghaestus，火与铸炼工作之神）替他打造的盔甲上阵，把特洛伊军中大将海克托（Hector）杀死，且绑在战车上绕特洛伊三匝。他在雅典娜（Athena，司智慧、学术、技艺与战争之女神）神庙里遇见泊拉谟的女儿卜列齐娜（Polixena），向她求爱，被特洛伊王子、她的哥哥帕里斯（Paris）用箭射中踵部而死。事见古希腊史诗荷马（Homer）之《伊利亚特》（*Iliad*）。（P. Harvey.）

㉒ 萨格洛泼斯（Cyclops）是一族巨人里的一个，他们每人只有一只眼睛，生在额之正中。据古典神话传说，他住在西西里（Sicily）岛上，在埃得纳（Etna）大火山下希反斯德斯（Hephaestus）的煅炼工场里帮着替天神们打造兵器。

㉓ 一支“jig”，Steevens 谓，在莎氏当时不光是一折舞蹈，而且是一段极下流的、有音步的对话，像罕秣莱德对莪斐丽亚的对话那样［见三幕二景一二〇一至三〇行；按，那段对话并无音步］。Malone：“一支 jig 在演唱时应和以鼓掌，每逢到押韵处应被訇赞喝彩。”一支 jig 不一定采取对话的形式；它含有一段滑稽的韵文加上一折舞蹈之意。Collier：我们没有任何这样演唱的遗存标本。它似乎是一支押韵的滑稽制作，由小丑歌唱或口说，同时和以舞蹈及横笛与小鼓。Dyce：一支滑稽歌舞演唱起来有时不止一个人参加；有理由相信一场演唱要相当长的时间，在有的场

合要持续到一个钟头之久。E. K. Chambers：一个小丑的滑稽表演，在幕下之后演出；它包括音乐，舞蹈与粗野的滑稽，极像现代音乐厅里的有些“舞台短片”。

㉞ 海居白（Hecuba）即老王泊拉谟之后。

㉟ Moberly：朴罗纽司称赞这表性形容词是想补救他刚才犯的反对剧词太长的那失错。

㊱ 原文“the burning eyes of heaven”（天上燃烧着的眼睛）系指满天的星斗。

㊲ 原文“God’s bodikins”（耶稣的肉）跟“’S blood”一样，也是句用圣餐物品来赌咒的誓言，意即“我凭圣饼发誓”。

㊳ 见三幕二景二〇〇行“要知道意图不过是记忆的奴才”及注。

㊴ Cowden-Clarke：罕秣莱德，由于他是位真正的士君子，觉得他自己稍一不慎，对这位老廷臣太无耐心，太不客气了；所以要这个伶人，他知道他会出于自然以及因职业关系倾向于戏谑，不要看了刚才的榜样对朴罗纽司忘掉他自己的身份。

㊵ Cowden-Clarke：罕秣莱德所表示的、切望能独自一人清静下来，显得是他只在做作一番、假装疯狂的一个主要证据；他急于想使他跟前没有那些个他决心对他们显得疯癫的人。独自一人时他是定心的，语言有条理的，富于内心审察的。他的既不心平气和又不冷静，显得是他那不快乐的思想根源的结果，不是精神错乱的结果；他是在德性上遭到了苦恼，不是在心神上受到了影响。

㊶ 原文“rascal”通常解作“坏蛋，恶棍”，但据 D. H. Madden 云，这里应为“一头瘦弱无用的鹿”。按，《皆大欢喜》三幕三景五一行及两部历史剧里都用作“瘦弱无用、不值得猎取的鹿”解。

㊷ 原文“peak”，Singer 解作“神情痴呆，行动愚騃或踟蹰”，Schmidt 训“躲在暗角里，行为鬼祟或卑劣”。

㊸ 原文“property”，Clark 与 Wright（克拉伦顿本）谓，这里不能当作普通的现代含义“所有物，财产”解，应释为“own person”（身家）或“王权”。Furness 谓系指他的王位、王后及其他一切，只除掉他的生命。

㊹ 此句原意为“把骂我撒谎的侮辱塞进我的喉咙，一直到肺里”，这里不可直译。

㊺ 原文“pigeon-liver’d”（鸽子肝），White 谓鸽子性情特别温柔，因被认为没有胆或胆汁。

㊻ Clark 与 Wright（克拉伦顿本）云，“gall”用作“勇气，胆子”解，Schmidt 则释为“仇怨”。

第 三 幕

第 一 景

［宫堡内一斋堂］

［国王，王后，朴罗纽司，莪斐丽亚，罗撰克兰兹，吉尔腾司登，与众贵人上。

国　王　你们可能够，经由迂回曲折，
得知他为何装出这心神的错乱，
用骚嚷而且危险的疯癫闹得他
所有的平静日子轧轹不成调？

罗撰克兰兹　他承认他觉得自己神志错乱；
但由于什么缘故却不肯明言。

吉尔腾司登　我们见到他不愿给探问真相，
每当我们要引他透露实况时，
他便会摆出一副狡狯的疯傻，
不理不睬。

王　后　他接待得你们还好吗？

罗撰克兰兹　那倒是极像一位士君子。

吉尔腾司登　只是跟他的感情显得很反背。

罗撰克兰兹　很吝于说话，可是我们问到他，

却充分回答[1]。

王　后　　　　　　　　　你们可曾逗引他

做什么消遣？

罗撰克兰兹　娘娘，碰巧我们在路上赶过了

一些个演戏的：我们把这告诉他，

他听见说起好像显得很高兴：

他们现在已经来到了宫里头，

而且，我想来，已经奉到了命令

今晚上要演给他看。

朴罗纽司　　　　　　　　　的确是这样：

他并且要我来恭请两位陛下

去观赏那场玩意儿。[2]

国　王　我很乐意去；听到他高兴这么样，

我颇为满意。

亲爱的士子们，再提高他的兴致，

鼓起他的意向往这些欢娱上去。

罗撰克兰兹　遵命，主上。

［罗撰克兰兹与吉尔腾司登同下。

国　王　　　　　　　　亲爱的葛忒露，你也去；

我们使罕秣莱德来，不叫他知道，[3]

好让他，似乎只出于偶然，在这里

能撞见莪斐丽亚：

她父亲和我，两位合法的密探，[4]

会那样躲着，看见他，但不叫他见，

我们能仔细端详他们的相会，

看他们的行动，以推知他们的心情，

究竟是不是为了爱情的苦楚，
他这般在生受。

王　后　我将听从你的话。
至于你，莪斐丽亚，我倒是心愿
你贤淑的芳姿真是使罕秣莱德
疯癫的喜因：我便望你的贤淑
能引他恢复素常的行止，对你们
都会有光荣。

莪斐丽亚　娘娘，但愿能如此。

［王后下。

朴罗纽司　莪斐丽亚，你在此闲步着。尊上，
请吧，我们就躲起来。［向莪斐丽亚］念着这本书；
要使你这番用功掩盖你为何
独自在此。我们在这上头常被责——
且证明不错——说是用虔诚的外表
和圣洁的行动，⑤我们装饰着内里
那魔鬼的真身。

国　王　［旁白］啊，这真太对了！
那句话给了我良心好痛的鞭挞！
婊子的脸蛋，给搽脂抹粉装扮好，
虽丑于装扮它的脂粉，却难比胜
那用言辞掩盖的我的行径。⑥
啊，多沉重的负荷！

朴罗纽司　我听见他来了：我们引退吧，主上。

［国王与朴罗纽司同下。

［罕秣莱德上。

罕秣莱德 是存在还是消亡，问题的所在；⑦
要不要衷心去挨受猖狂的命运
横施矢石，更显得心情高贵呢，
还是面向汹涌的困扰⑧去搏斗，
用对抗把它们了结？死掉；睡去；
完结；⑨若说凭一瞑我们便结束了
这心头的怆痛和肉体所受千桩
自然的冲击，那才真是个该怎样
切望而虔求的结局。死掉，睡眠；
去睡眠：也许去做梦；唔，那才绝；
因为摒弃了这尘世的喧阗⑩之后，
在那死亡的睡眠里会做什么梦，
使我们踌躇：——顾虑到那个，
便把苦难变成了绵延的无尽藏；
因为谁甘愿受人世的鞭笞嘲弄，
压迫者的欺凌虐待⑪，骄横者的鄙蔑，
爱情被贱视，法律迁延不更事，
官吏的专横恣肆，以及那耐心而
有德之辈所遭受于卑劣者的侮辱，
如果他只须用小小一柄匕首
将自己结束掉？谁甘愿肩重负，
熬着疲累的生涯呻吟而流汗，
若不是生怕死后有难期的意外，
那未知的杳渺之邦，从它邦土上
还不曾有旅客归来，⑫困惑了意志
使我们宁愿忍受现有的磨难，

不敢投往尚属于未知的劫数？
就这样，思虑使我们都成了懦夫，
果断力行的天然本色，⑬ 便这么
沾上一层灰苍苍的忧虑 ⑭ 的病色，
而能令河山震荡的鸿图大业，
因这么考虑，洄流误入了歧途，
便失去行动的名声。⑮ 噤口，莫做声！
明艳的莪斐丽亚！仙娥，请记住
祈祷时替我忏悔。⑯

莪斐丽亚　　亲爱的殿下，
这些天来金枝玉叶可安好？

罕秣莱德　　多谢您，贵芳仪；很好，很好，很好。

莪斐丽亚　　殿下，我带来了些殿下的纪念品，
这许久以来我一直想要奉还；
现在请您收下吧。

罕秣莱德　　不行，我不收；
我从未送过你什么。⑰

莪斐丽亚　　尊崇的殿下，您 ⑱ 明知您确曾送过；
而且赠送时还附些芳言和美语，
使这些礼品更珍贵：但香味已失，
东西请收回；因为送的人已无情，
对高贵的心儿珍礼便变成薄意。
这里是，殿下。⑲

罕秣莱德　　哈，哈！你贞洁吗？⑳

莪斐丽亚　　殿下怎么说？

罕秣莱德　　你美丽吗？

莪斐丽亚 殿下是什么意思？

罕秣莱德 我是说，你假使又贞洁又美丽，你的贞洁可不该跟你的美丽有亲密的交往。㉑

莪斐丽亚 殿下，美丽能有比贞洁更好的对手相与交往吗？

罕秣莱德 是啊，当真；因为美丽有力量很快地使贞洁变成个龟鸨，而贞洁却没有力量使美丽变得像它自己一样：这句话从前是个谬论，现在这年头可把它证实了。我确曾爱过你来。

莪斐丽亚 当真，殿下，您曾经使我相信是这样的。㉒

罕秣莱德 你不该相信了我；因为美德不可能在我们的老干上嫁接新枝而使它改变，我们总是脱不了老气质：我并没有爱过你。

莪斐丽亚 那我就更加意会错了。㉓

罕秣莱德 你进个修道院去吧：为什么你要孳生孽种？我自己还算是个相当诚实正派的人；可是我能指控自己那么多罪名，我母亲没有生我出来倒要好些：我很骄傲，好报仇，野心大：我随时都能干出想都想不到，捉摸不出模样，来不及实行的一大堆坏事来。像我这样的人爬行于天地之间，所为何来？我们都是些彻底的坏蛋；一个也莫信我们。你去进个修道院吧。你父亲在哪儿？㉔

莪斐丽亚 在家里，殿下。

罕秣莱德 给他关上了门，那样他可以不在别处，只在家里干蠢事了。再会。

莪斐丽亚 ［*旁白*］啊，救救他，亲爱的上苍！

罕秣莱德 你若是要婚嫁，我要给你这句诅咒作你的妆奁：尽管你贞洁如冰，清纯如雪，你总逃不掉诽谤。你进个修道院去吧，去：再会。或者，你若是一定要嫁人，就嫁个傻瓜；因为聪明人很明白你们会把他们变成个怎样的怪物。㉕ 进个修道院去，去啊；且要去得快。再会。

我斐丽亚　［*旁白*］啊，天上的众神明，恢复他的灵性！

罕秣莱德　我也听说你们好搽脂抹粉，听够了；上帝给了你们一张脸，你们自己又另外做一张：你们像在演滑稽歌舞，扭捏作态，娇声媚气，替上帝造的众生起上些个绰号，而且装出一副天真烂漫的外貌掩盖着里边的淫荡。㉖ 得了吧，我不想再多讲了；我已经给气得发疯。我说，我们不能再允许结婚了：那些已经结了婚的，全都能活着，只除了一个；㉗ 其余还没有结婚的，只许跟目前一样。进个修道院去，去吧。㉘

［罕秣莱德下。

我斐丽亚　啊，多高贵的一注才华毁掉了！
朝士的丰标器宇，学士的舌辩，
武士的霜锋；宗邦的指望与英华，㉙
都雅风流的明镜，礼让的典范，㉚
万众的钦仰之宗，全倒，全毁了！
而我，女娘中最伤心、悲惨的姐妹，
从他信誓的音乐里吮吸过蜜露，
如今却眼见他恢弘卓绝的聪明
像甜蜜的钟声喑哑戛轹不成调；
花一般盛放的青春的无比风貌
被疯狂吹折了：啊，我好苦痛哟，
看见了往常所见的，还见到今朝！

［国王与朴罗纽司上。

国　王　恋爱！他的音响[31]不转往那一方；
他说的话儿，虽有点缺乏条理，
却不像疯狂。他心里定有什么事，
他那阵忧郁像蹲在上边在孵化；
我委实疑惧那孵化出来的雏儿
将会是一桩危险：为预防那后果，
我运用枢机，迅速作出了决断，
准定要这样：他应立即往英格兰
去催交久未向我们晋献的朝贡：
也许漫游了远海和他邦的胜境，
纵观各处的山水风物，能排除
这仿佛植根于他的心头的郁积，
他经常把脑筋在那上头盘旋
便使他改变了常态。你以为怎样？
朴罗纽司　这么办很好：可是我依旧相信
他那阵伤心的根由和伊始还是
发轫于失恋。怎么样，我斐丽亚？
你不用告诉我们殿下说什么；
我们全听到。主上，您瞧着办好了；
不过，您要是认为可行，等演戏
过后让他的母后独自去央及他
表露他的抑郁：让她去对他很率直；
您要是高兴，我可以躲在听得见
他们交谈的所在。她若问不出，
便派他往英伦，或者把他禁闭在
宸聪认为的最好处。

国　王　　这样办就是：

位重者发了疯不能不严加监视。

［同下。

第 二 景

［宫堡内一明堂］

［罕秣莱德与数伶人上。

罕秣莱德　讲这段台词，我请你要照我刚才念给你听的那样，从舌尖上的溜溜滚出来：可是你若用装腔的大嗓子讲，像你们好些个伶工那样，我宁愿叫宣读告示的公差来讲我的词儿，也莫把手老在空中拉锯，这样；而是要表演得平和温顺；因为在你那热情的激流，风暴，甚至，我可以说，旋风之中，你应当力求做到中和稳静，才能把它温润圆到地表达出来。啊，当我听见那暴烈的戴假发的相好把一段热情的台词扯成了破烂，撕得烂碎纷飞，去震裂站池子的听众㉜的耳朵时，他们大多数只赏识莫名其妙的哑剧和哄闹，那时节才要我的命呢：我真愿叫那样个相好挨上一顿鞭子，他把凶神忒蛮冈㉝演得凶过了头；那比暴君赫勒特㉞还暴：请你莫那样做。

伶人甲　我向殿下保证。

罕秣莱德　也不要太瘟了，要让你的得体感教你怎样演：叫姿势配合字句，叫字句配合姿势；特别要谨守这一点，就是你不可超过人天性的中和之道；因为任何东西这么做过了分，便乖离演戏的本意，须知演戏的目的，当初和现在都一样，是要仿佛端着镜子照见人性的真实；使美德显示见它自己的本相，叫丑恶㉟暴露它自己的原形，要时代和世人㊱看到自己的形象和印记。却说做过了头或有所不足，虽然能叫外行人发笑，却不能不使明眼人伤心；这些别具慧眼的人，㊲你们得承认，他的判断要比一戏园其他听众的意见有分量得多呢。啊，我见过有些伶人演戏，还听到人家称赞他们，赞得老高呢，倒不是我形容过分，㊳他们讲话既不像基督教徒的口齿，走路也不像基督教徒、邪教徒，甚至不像人在跨步子，他们那昂头阔步和大声吽叫，使我想起当是造化的雇工造他们出来的，没有造好，所以他们模仿人性弄到这样可恶。

伶人甲 我希望我们已经把那个相当改好了，殿下。

罕秣莱德 啊，要完全改掉它。而且让那些演小丑的㊴除了脚本上替他们写下的话之外不要多讲：因为他们有的人会自己笑起来，叫一部分没脑筋的听众也哄笑，虽然正在这时候戏里有些必要的问题得考虑：那真讨厌，显得这乱来的小丑抱着最可鄙的野心。去，你们作好准备吧。

［伶人等同下。

［朴罗纽司、罗撰克兰兹与吉尔腾司登上。

怎么样，卿家？君王会来听这出戏吗？

朴罗纽司 王后娘娘也要来，而且马上来。

罕秣莱德 叫伶工们赶快。 ［朴罗纽司下。

你们两位能不能帮着催他们？

罗、吉 我们去，殿下。［罗撰克兰兹与吉尔腾司登同下。

罕秣莱德 喂！霍瑞旭！

［霍瑞旭上。

霍瑞旭　我在此，亲爱的殿下，听候吩咐。

罕秣莱德　霍瑞旭，你是我自来的交游所曾
有过相与的最正直可靠的朋友。

霍瑞旭　啊，亲爱的殿下，——

罕秣莱德　莫当我在恭维；
因为从你处我能有什么升迁
可指望，你除侠义外别无进益
能饱食暖衣？为什么要向穷人阿谀？
让甜嘴蜜舌㊵去舔荒谬的权势吧，
让甘愿的㊶膝骨折节去向谄媚
开得财源处长跪。你听到没有？
自从我灵魂的堂奥㊷能自定去取，
有知人的明鉴以来，便选你作
金石交；因为你像是那样个人，
遭逢到坎坷，能岿然屹立不移易；
一介男儿，以同样感谢的心情，
接受命运的打击和奖赏；有些人
感情、理智调和得这般好，多幸福，
命运神的手指不能笛子般将他们
随意吹弄成她爱的曲调。什么人
只要他不是激情的奴隶，我便会
在心中珍藏他，是啊，在内心深处，
好像我对你这样。话说得太多了。㊸
今晚上要在君王御前演出戏；
其中有一景很像先王父捐生
死难的情景，正如我对你曾说过：

当你见到那剧景上演的时节，
要请集中你灵魂全部的关注，
观察我叔父：要是他深藏的罪恶
在演出一段台词[44]的时候不暴露，
我们所见的准是个可憎的恶鬼，
而我的思想定必乌黑一团糟，
如同乌尔根[45]的锻冶场。细心着意；
因为我要把眼睛盯在他脸上，
事后我们把两人的判断合起来，
去评定他那副形相。

霍瑞旭 好吧，殿下：
要是戏文上演时他偷走了什么，
逃过我的觉察，我愿意奉赔赃物。[46]

罕秣莱德 他们来看戏了；我得要装出疯癫：
你另找个地方去坐。

［奏丹麦御驾进行曲。号角齐鸣。国王，王后，朴罗纽司，莪斐丽亚，罗撰克兰兹，吉尔腾司登，与其他侍驾之众贵人上，校尉等持火炬后随。

国　王 罕秣莱德贤侄，你这晌怎么样？

罕秣莱德 绝好，当真；进些石龙子[47]的伙食：我吃的是空气，给空气塞饱了肚子：[48]你也不能这样喂阉鸡吧。

国　王 我跟这答话不相干，罕秣莱德；我不曾说过这样的话。

罕秣莱德 不，现在也不是我的了。[49]［向朴罗纽司］卿家，你曾经在大学里演过戏，[50]你说是吗？

朴罗纽司 我演过，殿下；而且还算是个演戏的好手呢。

罕秣莱德 你扮演什么？

朴罗纽司　我扮演居理安·恺撒：[51] 我在天王大庙里 [52] 给杀死；勃鲁德斯杀了我。

罕秣莱德　他真是鲁莽灭裂，杀死了这样一头大好的牛犊。伶工们准备好了吗？

罗撰克兰兹　好了，殿下；他们静候您吩咐。

王　后　这儿来，亲爱的罕秣莱德，坐在我身旁。

罕秣莱德　不，好母亲，这儿有更逗人的活宝。

朴罗纽司　［向国王］啊哈！您听见没有。

罕秣莱德　小娘，我躺在你怀抱里头好吗？

［倚在莪斐丽亚足前。

莪斐丽亚　不好，殿下。

罕秣莱德　我意思是，我的头靠着你的腿膝。

莪斐丽亚　好的，殿下。

罕秣莱德　你以为我在说野话吗？

莪斐丽亚　我不以为什么，殿下。

罕秣莱德　躺在姑娘的两腿中间倒是个好想法。

莪斐丽亚　什么，殿下？

罕秣莱德　没有什么。

莪斐丽亚　您在开玩笑，殿下。

罕秣莱德　谁，我？

莪斐丽亚　是的，殿下。

罕秣莱德　啊，上帝在上，我只是个替你演唱滑稽舞曲 [53] 的。一个人该做些什么，只除了寻欢作乐？你瞧，我母亲看来多高兴，我父亲死了还不到两个钟头呢？

莪斐丽亚　不对，已经两个月上了一倍了，殿下。

罕秣莱德　那样久？不，那么，让魔鬼去穿素吧，因为我要制一袭貂裘。[54]啊，上苍！两个月前死的，而还没有给忘记掉？那就有希望，一位大人物死后，过了半年人家还记得他；可是，圣母在上，他一定得造几座教堂；否则准没有人会想起他，跟五月节的柳条马[55]一样，它的墓志铭是，“因为，啊！因为，啊！柳条马给忘了。”

［唢呐鸣奏。哑剧[56]登场。

一君王携后妃上，状甚眷昵；两人相互拥抱。后跪地，向王作倾吐衷肠状。王挽起之，偎伊颈项间；旋偃卧花坡上；伊见其入睡，即引退。俄有男子上，取王冠，吻之，注毒药于寝君耳内而下。后返，见王已死，作恸哭状。下毒者率两三人重上，似与后同作悼哭状。王尸被舁去。下毒者向后赠礼求爱；伊始若不愿，但终纳其爱。］

我斐丽亚 这是什么意思，殿下？

罕秣莱德 凭圣处女，这是躲在暗角里作恶；意思是干坏事。

我斐丽亚 想来这表演就显示正戏的情节。

［诵开场词者上。

罕秣莱德 我们打这相好那里便能得知端的：伶工们不会保守秘密；他们都要讲出来。

我斐丽亚 他会告诉我们这场表演是什么意思吗？

罕秣莱德 是啊，或是你会表演给他看的不拘什么表演；只要你不害臊表演得出来，他就不怕羞能讲给你听那是什么意思。

我斐丽亚 您在胡闹，您在胡闹；我要看戏了。

伶　人 ［诵开场词］

我们如今上演这悲剧，
先得向诸位把躬来鞠，
请海量包涵，耐到终曲。

罕秣莱德　这是开场词，还是指环上的诗铭？[57]

莪斐丽亚　确是很短，殿下。

罕秣莱德　像女人的爱情。

［饰王与后之两伶人上。

［伶］王　从我们两心相眷恋，婚神结良缘，[58]
将你我缔成了百年好合长缱绻，
炜伯氏[59]驾着火焰车已绕了三十周
奈泼钧[60]的咸波和地母[61]滚圆的隆球，
三十打明月以她们借来的清辉
环回这世界也转过十二个三十回。

［伶］后　在你我恩情衰歇前，愿日月环行，
再次叫我们计数得如许多行程！
可是，真苦啊，你近来如此病恹恹，
不大如往常的光景，且愁容满面，
真叫我担忧。可是，我虽然在担忧，
王夫啊，你却切不可因而便添愁：
因为女人的恐惧和恩爱一个样，
不是全都没有，便是都多得异常。
我怎样爱您，事实已使您早知道；
凭我有好多爱，可知我恐惧有多少：
情爱一深重，最小的疑虑变惊恐，
小恐变大惊时，爱情便大得无穷。

［伶］王　当真，我得离开你，心爱的，且不久；
我觉得身心都不支，精力已衰朽；
和我别离后，你将留在这人间，
享受着尊荣和情爱，也许有一天

你又复逢佳偶——

[伶]后　　　　啊呀，别再说下去！

那样叛逆的情爱我的心决不许：

我若再嫁个丈夫，我就该给诅咒！

嫁得两次的便是杀前夫的凶手。

罕秫莱德　[旁白]苦艾啊，苦艾！

[伶]后　叫人去考虑第二回结婚的动机

绝不是爱情，准是为卑鄙的小利；

假使有第二个丈夫在床上吻我，

就等于把亡夫再用刀来剁。

[伶]王　我信你如今口说心里也这样想，

但我们决心做的事往往会变样。

要知道意图不过是记忆的奴才，[62]

出生得很热烈，功效可并不久耐；[63]

此刻像未熟的果子，高挂在树梢，

一等到成熟，不摇它自己也会掉。

最最难免的是我们总会对自己

把应还自己的债务轻易地忘记；[64]

我们在激情中说要对自己做的事，

激情一完结，意图也跟着就终止。

不管是悲哀或欢乐，来势越是猛，

顷刻间便不悲不乐，且一事无成：

最欢天喜地的，也最会痛哭流涕；[65]

悲转喜，喜转悲，转变得也最容易。

这人世决不会天长地久无穷尽，

所以爱心[66]随运数而转移不惊人，

因为这是个待我们解决的问题，
毕竟是运随爱转呢，抑爱逐运移。
大人物一倒，你见他的亲宠飞跑，
穷人得了志，往日的敌人变友好。
自古来只有爱总是随侍着幸运，
你若不贫寒，决不会缺少个友人，
要是穷困了去找个虚伪的朋友，
他翻脸不认人，会马上变仇寇。
可是，话说到临了要回头才是，
我们的意志和命运常背道而驰，
当初的绸缪计划总会给打破：
筹谋是我们的，结果却往往相左：
你以为决不会再嫁第二个丈夫，
但等我一死，那想法也就不算数。

[伶]后　地不要给我饮食，天不要给我光明！
昼不要给我欢快，夜不要给休宁！
叫我的希冀和信任都变成绝望！
限我死守在坐关修士的椅上！⑰
让一切把欢颜变得惨白的摧折，
来打击我的好事，使它们都绝灭！
在身前死后，要横逆永远追随我，
我做了寡妇，若再去嫁人做老婆！

罕秣莱德　要是她毁了誓怎么样！

[伶]王　这誓起重了。爱妻，请离我少些时，
我神思很困倦，想把这永昼迟迟
消磨于午睡中。　[就寝。

[伶]后　　　　愿你宁神且安睡；

你我之间切莫有不幸事来相催！

罕秣莱德　母亲，你觉得这出戏怎样？

王　后　我觉得这女人表白得太过了些。

罕秣莱德　啊，可是她是会守信约的。

国　王　你听说过戏里的情节吗？里边没有什么触犯吗？

罕秣莱德　没有，没有；他们只是闹着玩，下毒药是闹着玩；绝无一点触犯。

国　王　你道戏名叫什么？

罕秣莱德　《捕鼠机》。凭圣处女，怎么说？打比喻的说法。这戏演的是维也纳城一件凶杀案：冈杋谷是那公爵的名字；[68]公爵夫人叫斑泊蒂丝坦：您马上可以看到；这是件很捣蛋的作品：可是那有什么要紧？您陛下和我们良心上干净，看了毫无关系：让颈脊上磨伤的劣马去怕痛畏缩去吧，我们颈脊上没有擦破。

[伶人饰路其安纳斯上。

这人名叫路其安纳斯，是国王的侄子。

莪斐丽亚　您赛如哑剧的说明人，殿下。

罕秣莱德　我要是能看见你跟你的情人在演傀儡戏，[69]我也能替你们做说明人。

莪斐丽亚　您太尖刻了，殿下，您太尖刻了。

罕秣莱德　要叫我不尖，够你去呻吟叫痛一会呢。

莪斐丽亚　更巧了，也更糟了。[70]

罕秣莱德　你们把你们的丈夫们也这样意会错了。[71]开始吧，凶手。烂你的天花，收起你那鬼脸，开始说话。来啊："哑哑啼叫的老鸹喊着要报仇。"[72]

路其安纳斯　心思辣，手脚快，药性灵，时间凑巧；再加没有四眼见，机会真大好；毒药啊，深宵黑夜采来的毒草煎，两次用黑盖蒂⑬恶咒加灾祸所炼，发挥你固有的魔力，可怕的药性，马上来毁灭他这条健全的性命。

［注毒药于睡者耳内。］

罕秣莱德　他在御花园里毒死他，为的是谋王篡位。他名叫冈札谷；原来的故事还存在，用极出色的意大利文所写。你们就可以看到那凶手怎样得到冈札谷妻子的爱情。

我斐丽亚　君王站起来了。

罕秣莱德　怎么，给空枪⑭吓倒了？

王　后　王夫觉得怎么样？

朴罗纽司　把戏停演。

国　王　拿火把来：走！

众　人　火把，火把，火把！

［除罕秣莱德与霍瑞旭外俱下。

罕秣莱德　哎也，让中箭的鹿去淌泪，⑮

　　没有受伤的去欢跳；

有些人守天明，有些要安睡：

　　世上事便这般逍遥。

要是我以后的运气变得一团糟的话，凭我这点儿能耐，老兄，再加帽子上插一簇羽毛，开衩⑯的鞋子缀上两朵丝绢蔷薇，⑰可能在一个戏班子里搭上一股⑱吗，老兄？

霍瑞旭　搭半股。

罕秣莱德　得算一整股，我。⑲

因为啊，你晓得，亲爱的台门，⑳

　　这被劫的江山原来是

乔胪[81]的天下；但如今什么人

在坐朝？乃是只——孔雀。[82]

霍瑞旭 您也许可以押上韵。

罕秣莱德 啊，亲爱的霍瑞旭，我愿押上一千镑来打赌，那鬼魂的话千真万确。你看到了吗？

霍瑞旭 看得很清楚。

罕秣莱德 在说到下毒的时候？

霍瑞旭 我看得很仔细。

罕秣莱德 啊哈！来，来点音乐！来，吹两支筚篥！[83]

因为啊，要是君王不喜欢这喜剧，

哎也，那么他，也许就，[84]当真没兴趣。

来啊，来点音乐！

［罗撰克兰兹与吉尔腾司登上。

吉尔腾司登 亲爱的殿下，请允许我说句话。

罕秣莱德 足下，讲部历史也可以。

吉尔腾司登 王上，殿下——

罕秣莱德 哎也，足下，他怎么样？

吉尔腾司登 驾返寝宫，觉得非常不舒服。

罕秣莱德 因喝多了酒，[85]足下？

吉尔腾司登 不，殿下，为因恼怒。

罕秣莱德 你要是通情识趣的话，该把这事去告诉御医：因为若叫我去替他清除郁结，只会使他更加恼怒。

吉尔腾司登 亲爱的殿下，请把话说得正经些，别拿我的话扯远了去。

罕秣莱德 敬从尊命，足下：你说吧。

吉尔腾司登 娘娘，您的母后，以非常痛苦的心情，差我来见您。

罕秣莱德 欢迎你。

吉尔腾司登 不，好殿下，这客套不大合适。您要是高兴给我个合理的回答，我就传报您母后的懿旨：要是不然，请您准许，我即此回去，就算完事。

罕秣莱德 足下，我不能。

吉尔腾司登 什么，殿下？

罕秣莱德 给你个合理的回答；我的心神有毛病：可是，使君，我所能给的回答，你可以叫我给你；或者，正如你所说，我母亲可以叫我给她：所以，不必多说了，请直截了当：我母亲，你说——

罗撰克兰兹 那么，她这样说：您的行止使她惊愕诧异。

罕秣莱德 啊，惊人的儿子，居然能那么样使母亲吃惊！可是，这位母亲的惊诧后面没有下文吗？你说。

罗撰克兰兹 在您就寝以前，她想要跟您在她椒房里谈话。

罕秣莱德 我们将奉命，即令她是十倍我们的母亲。你还有别的事吗？

罗撰克兰兹 殿下，您曾经垂爱过我一时。

罕秣莱德 我依然如此，凭这双摸窃的朋友。[86]

罗撰克兰兹 好殿下，您这么不高兴是什么原因？您要是不把愁闷说给自己的朋友听，您是对您自己的自由闭门不纳了。

罕秣莱德 使君，我缺乏进升之由。

罗撰克兰兹 那怎么能，王上自己不是亲口答应您，继承丹麦王位吗？

罕秣莱德 哎也，使君，可是"青草长长时"——这句俚谚[87]已变得熟滥了。

［伶人数名携笙箫上。

啊，笙箫[88]来了！拿一支来看。——跟你离开这儿走一下？[89]——为什么你要跑到我上风头，好像想赶我掉进罘网似的？

吉尔腾司登　啊，殿下，要是我责任心太重而显得太大胆，我的敬爱简直使我太无礼了。[90]

罕秣莱德　我不大懂你的话。你能吹这支筚篥吗？

吉尔腾司登　殿下，我不能。[91]

罕秣莱德　我请你。

吉尔腾司登　请信我，我不能。

罕秣莱德　我请你务必。[92]

吉尔腾司登　我一点也不会吹弄，殿下。

罕秣莱德　这跟撒谎一样容易：用手指按着或放开这些个腔孔，用嘴吹气，它便会发出极响亮的音乐。你瞧，这些个就是窍眼。

吉尔腾司登　可是，这些个我摆弄不像，去吹奏出和谐的乐调来；我没有这点本领。

罕秣莱德　哎也，现在你们看吧，你们把我当作件不值钱的东西！你们想糊弄我；你们想显得懂我的窍眼似的；你们想发掘出我心里的秘密；你们想从我的最低音调弄到我的最高音：而这支小乐器里有很多音乐，极妙的乐声；可是你能不能叫它挥发出来。嘿，见鬼，你们以为我比一支筚篥来得容易调弄吗？不管你们叫我作什么乐器，虽然你们能挑逗[93]我，可调弄不出乐调来啊。

[朴罗纽司上。

上帝祝福你，卿家。

朴罗纽司　殿下，娘娘要跟你说话，就在此刻。

罕秣莱德　你看见那边的一朵云吗，形状几乎像一峰骆驼？

朴罗纽司　凭圣餐，它倒是像一峰骆驼，当真。

罕秣莱德　我看来，它像一只伶鼬。

朴罗纽司　它的背部倒像一只伶鼬。

罕秣莱德　或许像一条鲸鱼？

朴罗纽司　很像一条鲸鱼。

罕秣莱德　那么，[94] 我马上就去见我母亲。——［旁白］他们愚弄我到了极点。——我马上就来。

朴罗纽司　我就去这么说。　［下。

罕秣莱德　“马上”说来还容易。去吧，朋友们。

［除罕秣莱德外，俱下。

现在是深夜里鬼魅横行的时刻，
坟墓喷张着大口，地狱向世界
喷吐出毒气：我现在喝得下热血，
干得出那样的惨事，白日的天光
所不敢正视。住口！要去见母亲。
啊，我的心，别失了天性；不要叫
尼禄[95] 的灵魂钻进我平静的胸怀；
我不妨残酷，可不要丧失了天性；
我要对她施舌剑，但不得用真刀；
在这件事上，我心口不可合拍；
不论她怎样被我的言语所惩创，
我灵魂决不会用行动将她毁伤！

第 三 景

［宫堡内一斋堂］

［国王，罗撰克兰兹与吉尔腾司登上。

国　王　我不喜欢他，由他去疯狂暴乱

对我们的安全有害。你们准备好；
我要立即办好你们的任命状，[96]
然后他将和你们一同去英格兰。
邦国的利益所在，不可能容许
他这样近我们身旁的威胁[97]随时
从他疯癫里生出来。

吉尔腾司登 我们去准备：
这悄忧真是无比圣明而睿哲，
为的是要保持仰赖您陛下
而维生、衣食的万千臣黎的安宁。

罗撰克兰兹 每个单独的私人尚且会用他
心智的全部力量与防卫去保护
他自己的生命不受伤害；更何况
是一邦之主，他的康宁和福利
为万众的生命所寄。至尊的崩逝
不光是自己死亡，他像个旋涡，
把近旁的一切卷光：它是个巨轮
安装在最高山头的岭顶峰巅，
在那庞大的轮辐上嵌纳接榫着
万千件渺小的东西；它一旦倒塌，
每件细小的从属物的附件，
都跟着轰隆一声变齑粉。君王
从不独叹息，必跟来万众的悲吟。

国　王 我要请你们就准备立刻出发；
这一桩危险我们要加上脚镣，
它如今行动太自由。

罗撰克兰兹
吉尔腾司登　　我们要赶紧。

［罗撰克兰兹与吉尔腾司登同下。

［朴罗纽司上。

朴罗纽司　吾主，他正在去他母后椒房里：
我要去将自己躲藏在毡幔后边，
听他们交谈；她准会责得他坦白：
而且，正如您说过，[98] 且说得多圣明，
最好除母亲之外还有其他人
偷听那谈话，因为母亲的天性
使她们难免要袒护。告别了，主君：
您就寝以前小臣当再来拜谒，
向您禀报我的听闻。

国　王　多谢，贤卿。

［朴罗纽司下。

啊，我的罪恶呀，太秽臭冲天了；
它蒙着人间最早最古老的诅咒[99]
把亲兄加以凶杀。我不能祷告，
虽然祷告的欲念跟意志一样强：
坚强的愿望被更强的罪恶所败，
便像个同时要去做两件事的人，
我犹豫不决，不知先去做哪件好，
结果都耽误。这只被诅咒的手，
涂上了一层哥哥的鲜血，怎么办，
难道亲爱的昊天没恁多的甘霖
能把它洗得白如雪？天恩有何用，

若不是用来临照犯罪者的脸？[100]
祈祷里有什么，除了这双重的作用，
在我们失足之前先行来防止，
或失足以后求恕宥？我要抬头望；
我的过误已过去。可是啊，要怎样
祷告才合适？“宽恕我肮脏的凶杀”？
那样可不行，因为我还占有着
那些我为之而去行凶的果实，
我的王冠，野心的实现，[101]和王后。
保持着罪恶的果实，可能得宽恕？
在这腐臭败坏的人间流俗里，
罪恶的手镀上金能推开公道，
往往见到那由邪恶得来的罪赃
能买到法律：在天上却不是这般；
那里可不能推托，真情和实事
显露出本来的面目，我们自己
会被迫对自己罪辜的凶头霸齿
去当面作证。怎么办？还能怎么样？
且试行忏悔：它不是什么都能吗？
可是，我不能悔恨，忏悔有何用？
惨痛的情景！死一样沉黑的胸怀！
像是粘住的灵魂，挣扎着要逃，
越发粘得紧！救我，天使们！且试试！
顽强的膝骨，弯下去；钢丝绷的心，
软下来，像新生婴儿的肌腱一样！
一切都也许会变好。　　　　　　［退至一旁，下跪。[102]

［罕秣莱德上。

罕秣莱德 现在我正好下手，他既然在祷告；[103]
现在我就干；这样他可升了天；
而我就报了仇。那个却得要考虑：
一个恶贼杀了我父亲；为那事，
我，我父亲的独子，却把这恶贼
送上天。
啊，这简直是酬恩，而不是报仇。
他杀我父亲，在他饱食后，肉欲盛，
当他的罪辜发怒时，像阳春五月；
他生前那笔孽账，上帝外有谁知？
但我们揆度情景，据常理看来，
他的魇运很乖戚：我是否报了仇，
在他涤净灵魂的时节杀了他，
当他已准备成熟，适于离尘世？
不行！
收起来，剑；要把握[104]更凶残的机会：
等他喝醉酒死睡，或狂怒的时分，
或在床褥间纵情乱伦的时候，
在赌博，在赌咒，或是在干什么
绝没有得救希望的坏事的当儿；
那时节摔倒他，使他脚跟朝天踢，
灵魂打入永不超生的黑地狱，
且跟地狱一般黑。[105]我母亲在等：
这剂药只是延长你灾病的时日。

国　王 ［起立，上前］我的话往上飞，思想还留在下边：

没有思想的话儿决不能飞上天。[106]

第 四 景

［王后内寝］

［王后与朴罗纽司上。

朴罗纽司 他马上就来。您得严词告诫他；

告他他那些荒唐的玩笑太过分，

多亏得娘娘从中替他屏障了

上方的震怒。我在这里边不作声。

请您，要对他峻颜厉色。

罕秣莱德 ［自内］母亲，母亲，母亲！

王　后 我准定这么办，

你放心。赶快退下，我听见他来了。

［朴罗纽司匿入幔后。

［罕秣莱德上。

罕秣莱德 却说，母亲，有什么事情？

王　后 罕秣莱德，你太把你父亲得罪了。

罕秣莱德 母亲，你才太把我父亲得罪了。

王　后 来吧，来吧，你答话在东拉西扯。

罕秣莱德 去吧，去吧，你发问满口是歹话。

王　后 哎也，怎么的，罕秣莱德？

罕秣莱德 什么事？

王　后 你忘记了我吗？

罕秣莱德 没有，我发誓，并未；

你是王后，你丈夫的兄弟的妻子；

你也是——我但愿你不是！——我的母亲。

王　后　噢，那我叫会说话的来跟你说。

罕秣莱德　别走，别走，坐下来；你不得走动；

我先来安一方明镜在你面前，

你得看见了你内心的真相才走。

王　后　你要做什么？可不是要来杀害我？

救命啊，救命！

朴罗纽司　［自幔后］怎么的！救命啊，救命！

罕秣莱德　［拔剑］怎么！有耗子？[107]叫你死，我打赌，死！

［击剑入毡幔。

朴罗纽司　［自幔后］呵，我死了！　　［倒毙。

王　后　　　　　　　　嗳呀，你干下什么事？

罕秣莱德　嘿，我可不知道；那不是君王吗？

王　后　啊，真是好鲁莽好凶暴的行径！

罕秣莱德　凶暴的行径！好母亲，跟杀位君王，

然后嫁给他兄弟几乎同样坏。

王　后　跟杀位君王？

罕秣莱德　　　　不错，娘娘，我说的。

［揭毡幔见朴罗纽司。

可鄙的、鲁莽多事的蠢材，再见了！

我以为是你那主子；接受这命运；

你该知没有事瞎忙有点儿危险。

［向王后］不要尽绞着一双手：禁声！坐下来，

让我来绞你的心肝；我要那么做，

假使那不是穿刺不透的石心肝，

假使可恨的习惯没把它磨练硬，
像森严的棱堡，坚拒情理[108]的宣扬。

王　后　我做了什么事，你竟敢鼓着舌簧
对我这样粗暴地吆喝？

罕秣莱德　　　　　　　　　　　　那事情
玷污窈窕的妩媚与腼腆的红潮，
把贞德叫做虚伪，从清纯的情爱
她那秀额上摘落了明丽的光华，[109]
在上面烙上个脓疱；[110]使婚姻的信誓
跟赌徒的咒誓一般假；啊，那事情
简直等于从婚约之中挖掉了
灵魂，使可爱的宗教变成一曲
乱诌的狂词；天容都上了红晕；
唉，这万汇所浑成的坚固的大地，
也愁容满面，记挂着那件事情，
像世界末日快要到。

王　后　　　　　　　　　　　啊也，什么事，
只说了个开场，就这么雷鸣谷应？

罕秣莱德　看这里，这幅绘画，[111]再看这一幅，
这两幅兄弟两人的写真画像。
你看，这额上有怎样的风光神采；
太阳神的卷发，天王朱庇特的仪表，
战神马尔司的眼神，威棱赫奕；
他站立的风度像行天神使牟格来
刚正在一座摩天的高峰上停驻；
这样的汇聚众长成一体的英姿，

怕是诸天神祇们都对他盖过印，
作为人世间真正大丈夫的榜样；
这是你旧日的王夫。再看后来者：
这是你现在的夫君；像麦穗生霉，
他摧萎健康的兄长。你有眼睛吗？
怎么不在那明媚的高山上放青，
却投入这卑湿的泥洼？[112] 你有眼睛吗？
你不能叫这情爱，因为你这年纪，
血里的欲火已训静，已卑微无力，
可任凭判断去驾驭：但什么判断，
会舍弃这个投这个？感觉[113] 你准有，
否则你不能有冲动；可是那机能
定必已瘫痪，因疯狂也不致这样
荒谬，感觉决不会被癫狂所蚀尽，[114]
总会留得有一点天生的抉择，
作判断去取的准则。是什么魔鬼，
在你捉着迷藏时，欺骗你到如此？
有眼睛没有触觉，有触觉而不见，
有耳朵没手、眼，有嗅觉没其他一切，
否则即使有一种真器官的病征，
也不能这样昏聩。
啊，好可耻！你羞愧在哪里？既然你，
叛乱的孽火，能在个寡孀体躯内
起逆变，让美德对我炽烈的英年
变成蜡，在它怒火[115] 里熔化；莫羞我
太无克制，我激起的谴咎乃出于

无他，但看她霜打的残年还燃烧，
理智替欲念作淫媒。

王　后　　啊罕秣莱德，
别说了；你把我的目光转向灵魂，
那里我看到染入纹理的黑斑，
永不会褪色。

罕秣莱德　　嗳哟，可是在一张
油光滑腻、臭汗恶心的床上，
煨炖在烂污里，在宣淫泄欲之间
叫亲亲宝贝——

王　后　　啊，可不要再说了；
这些话尖刀一般，刺进我耳朵。
别说了，好罕秣莱德！

罕秣莱德　　一个杀人犯，
一个恶棍；这奴才不及你先夫
两百分之一；一个混充着君王、
打诨作怪的小丑；一个国土与
君权的小偷，把贵重的王冠从架上
盗下，放进了腰包！

王　后　　不要再说了！

罕秣莱德　　一个穿破烂百衲衣[116]的叫名君主——

［鬼魂上。[117]

上天的卫护神使们，回护我，展着
翅膀覆蔽我！您神灵有何事临幸？

王　后　　唉呀，他疯了！

罕秣莱德　　您不是来斥责您这迁延的儿子吗，

怪他把激情虚糜，把时光浪掷，
放置您严命的紧急施行于不顾？
呵，请说吧！

鬼　魂　　　　　　你莫忘记了。我此来
只是要磨砺你几将迟钝的意图。
可是看，诧愕镇在你母亲神色间；
啊，挡着她奋战的灵魂，掩蔽她；
最柔弱的身体最易被病变的幻念
所摧折；对她说话吧，罕秣莱德。

罕秣莱德　你怎样，娘娘？

王　后　　　　　　　唉呀，你自己怎么样，
这样把眼睛直望半空中呆瞪，
跟没有形体的空间连连相对答？
你神魂向你瞳仁外惶恐地窥视；
而你那平躺的头发像活了起来，
好比睡梦中听到了警号的兵丁，
忽然都一齐倒竖起。啊，好儿子，
在你这烈烈熊熊的心神纷乱上，
洒些镇静的凉露吧。你在望什么？

罕秣莱德　望他，望他！你看，他神情多惨淡！
他这形态，加上那刻骨的冤仇，
叫顽石也能感知。不要尽对我望；
否则这可怜的情景怕会动摇
我坚决的心志：那样，我日后行事
怕会要失色；也许用眼泪代替血。

王　后　这些话你跟谁说？

罕秣莱德　　那边你不见什么吗？

王　后　　什么也没有；要有，我全已见到。

罕秣莱德　　你也不听见什么？

王　后　　只除我们俩，没旁人。

罕秣莱德　　哎也，看那边！你看，他偷偷地去了！
父亲，跟他在世时的神态[118]一个样！
看啊，此刻他走出那大门去了！　　［鬼魂下。

王　后　　这是你脑海中凭空臆造的楼台；
错乱的神经最擅于凌虚驾空
作此无垠的幻象。

罕秣莱德　　“错乱的神经？”[119]
我脉搏跟你的震动得同样平和，
奏着同样健康的乐调；我说的
并不是疯话；不信，尽不妨来试验，
我可以把话来重新说一遍，疯狂
就不免要跳脱，母亲，为顾念天恩，
莫把自欺的油膏涂抹你的灵魂，
非你的罪恶，在说话；说是我的疯狂，
这只能使脓疮多长上几层外皮，
腐恶的病毒却依然在里头溃烂，
蔓延滋长而不见。对上天去自首；
忏悔过去，避免在未来再去犯，
不要对蒙茸的莠草再去施粪肥，[120]
使它们更秽茂。恕我这一番峻德；
在这样肥得发喘的腐败的年头，
修德倒反须得向罪恶去请罪，

嗳也，得鞠躬请准，去谋求他的好。

王　后　啊，你把我的心撕裂成两半了。

罕秣莱德　啊，丢掉那腐恶的一半，从此跟
留下的半个去过较纯洁的生涯。[121]
再见；可不要再到我叔父床上去；
要是你没有贞德，且装作你有。
习惯那怪物，它鲸吞一切感觉，
是凡百措止的魔王，[122] 但也是天使，
它对于我们素常的美举良行，
也都能加一件外衣，或赋予形表，
同样称身或适切。忍过了今夜，
那会使下回的节制相形之下
就不很为难：再下次更加容易；
因积习几乎能潜移天生的本性，
它若不把恶魔制服，便能将它
用大力赶走。再一次道别，再见；
有一天你能悔改，愿意被赐福，[123]
我也会请你祝福。至于这大臣，

［指朴罗纽司］

我委实为他抱憾；但天意如此，
罚我结果他，罚他被我所结果，
我得当上天的神鞭与行刑使者。
我来把他放好了，还得交待清
我怎样送他的命。又一次，再见。
我出于一番善意，不得不忍心；
这样，坏事开了端，更坏的在后边。[124]

还有一句话，娘娘。

王　后　　要我怎么样？

罕秣莱德　不是这个，绝不是要你去这样：

让那浮肿的[125]君王再引到你床上；

拧你一把脸，叫你是他的小耗子；

且尽他，用一个油光滑腻的臭吻，

或者将混账的手指揉弄你颈脖，

便使你把事机全盘泄漏了出来，

告他说，我乃并非真正是疯狂，

是在使奸诈。你尽管让他去知道；

除非你是位端淑明敏的王后，

你怎会把这样切身的机密瞒着

这只癞蛤蟆、臭蝙蝠、野公猫？你怎会？

不会，不要讲智虑，不去顾慎周，

你不妨拔掉屋顶上那笼子的栓，

把鸟雀放走，然后学那只猴儿，[126]

自己爬入笼中试身手，结果是

摔到地下来，把你那脖子打断。

王　后　你放心，若是说话时要用气息，

气息是生命的呼吸，我已经没生命

去吐露[127]你对我说的话了。

罕秣莱德　我得去英格兰；[128]你可知道吗？

王　后　　唉呀，

我忘了；事情是这样决定了的。

罕秣莱德　有密封的文书；还有我两个同学，

我将会对毒蛇似的加以信任，

他们肩负着密旨；他们一定要
为我清道，引我去作歹。就来吧；
叫那撒网的相好去自投罗网，
倒是挺好玩：要来就叫它来得凶，
我要在他们地道下再掘深一码，
把他们轰上九霄云；㉙啊，最最妙
莫过于双方的巧计一同爆炸。
这家伙迫得我走路；
我把这浮尸拖到隔壁屋里去。
母亲，明天会。这当朝一品的谋臣，
在世时是个又蠢又多嘴的坏蛋，
如今已肃静无哗，很庄严，不漏气。
来啊，贤卿，跟你结清了账目吧。
晚安，母亲。

［各自下，罕秣莱德手拽朴罗纽司之尸。

第三幕　注释

① 原文上一行的“question”，Mason 指出并不是“问话”，而应解作“谈话”。Malone：慢于开始谈话（question），但回答我们的问话（of our demands）时他很肯说话。Cowden-Clarke：这一行半解作“（我们问他时）他说得很少：但问到我们的情况，他说得很多”。Clark 与 Wright（克拉伦顿本）；罗撰克兰兹与吉尔腾司登完全给挫败了，罕秣莱德几乎支配着那阵谈话。也许他们并不想正确报告那阵会谈。Schmidt 也释上一行的“question”为“谈话”，但解“of our demands”如 Malong，而与 Cowden-Clarke 不同。译文从 Malone 与 Schmidt。

② Delius：用到“matter”这字含有轻蔑之意。译文因作“玩意儿”。

③ 原文“closely”，Schmidt 解作“秘密地，暗地里，不露痕迹，即不叫他觉察到我们的用意”。

④ 原文“lawful espials”，各版四开本均付阙如，仅见于对开本。自 Pope 至 Keightley，有九家从前者。Elze：此二字衍于音步有损，所含的是不符合一位君王身份的辩护理由。译者也觉得尽可删去，因似为扮演伶人的后加，可将“她父亲和我”

并入上行。

⑤ Singer：这表示莪斐丽亚所读的是一本祈祷书，也就跟下面罕秣莱德所说的“仙娥，请记住……”相合。

⑥ 神奸大憝做坏事，未始不知他们自己的面目丑恶，只因无比愚蠢而又好胜，意志坚强赛铸铁，所以深信只要充分运用欺世盗名的伎俩，肆诡辩欺尽天下苍生，便可以颠倒是非，混淆黑白，囊括乾坤闭进他们的鬼葫芦，使自己成为盖世的英雄。莎氏在此以克劳迪欧斯之口出此四行旁白，真是替那些魔王凶煞作了极忠实的写照。

⑦ 对这段举世闻名的独白，Johnson 作了如下的、疏理脉络的阐述：这段遐迩驰名的独白，它从满腔愿望这么样彼此不相容、因而心乱如麻、且眼见得不胜负荷自己偌大的意图的重担、从而委顿欲绝的一个人心里爆发出来，它的思绪不是在他舌头上有联结，而是在他头脑里维系在一起，我要努力来发现它们的来龙去脉，来表明怎样一个情绪会产生另一个。罕秣莱德晓得他自己遭到了最恶毒、最骇人的损害，而且明知没有办法加以矫正，除非需得去冒绝大的风险，便这么潜思着他的处境：在这一困厄的压力下，在我能形成任何合理的行动计划之前，有需要来决定，在我们身后，我们将会是存在，还是消亡。这乃是问题所在。它的解答将决定，还是去衷心挨受命运的狂暴呢，还是去向它们搏斗，用对抗把它们了结（虽然那样做也许会丧失自己的生命）会更显得心情高贵，以及更合于理性的庄严。要是去死掉，就是睡去，若说凭一瞑我们便结束了我们此生的苦痛，那样的长眠，那才真是个该切望而虔求的；可是在死后去长眠要是会去做梦，会保持我们的知觉能力，我们便不能不踌躇，须得考虑，在那死亡的睡眠里会做什么梦。这个考虑把苦难绵绵地挨受了下来；因为谁甘愿受人世的鞭笞嘲弄，那只须用小小一柄匕首结束掉，若不是他怕未知的将来里有些什么东西？这个恐惧使思虑发生了效力，它把心思转到了这层考虑上，便冷却了果断力行的锐气，抑制了鸿图大业的精力，而且使欲望的洄流在无所动作里停滞了下来。我们可以认为他会要把这些一般性的观感应用到他自己身上去，若不是他忽然发现莪斐丽亚正面对着他。Malone：约翰荪博士对这一段起初五行的解释定必是错误的。罕秣莱德所审量的不是我们在身后还存在或是消亡，而是他应当继续活下去，还是结束他的生命；正如第二到第五行所指出的那样，它们显然是对第一行的义解：“要不要衷心去挨受猖狂的命运等等，还是去搏斗。”关于我们身后的生存问题，要到第十行才考虑到：“去睡眠：也许去做梦；”等等。Coleridge：这段独白是有绝对普遍的兴趣的，——可是，在莎氏所有的人物里，把它给了谁才能够与性格相适切，只除了罕秣莱德？由詹哥士（Jaques，《如君所好》中被放逐的公爵在森林中的随臣）说来会显得太深刻，出于伊耶戈（Iago，《奥赛罗》中机诈奸险的恶棍）之口会显得他过于习常地作深入内心的沈潜；它属于每一个人，或者应当属于全人类。Lamb：我承认我自己完全不能欣赏这段举世知名的独白，不知应说它好，还是坏，或不好不坏；它被朗诵的孩童们和成人们抚摩蹴踢到这样一个地步，被这么残酷地从它在剧本里的活生生的地方与连续不断里硬撕裂出来，以致对于我便成了完全死透了的残肢断体。Hunter 则主张从 1603 年的初版对开本，把这段独白移

到第二幕开始处［按，为二幕二景一七一行］，并且作为是罕秣莱德读了手持的书本里的论点后所作的沉思冥想，跟剧情根本无关；他并且援引 Cardanus 之《安慰》（*Comforte*，1576）书中的一段，说王子的独白即由此而生。但正如 Clark 与 Wright（克拉伦顿本）所云，两者的相象并不太近。这段在说英语的社会里家喻户晓的独白，它的意义译者觉得经 Johnson，Malone 等阐明后已很清楚，可不必再加以分析。唯一可以提一提的是第一行的译法问题：我觉得不能译作“要活着，还是不活着”（这只能当作义解——paraphrase），虽然用意确实是这样。罕秣莱德是个从威登堡大学赶回来奔父丧的青衿学子；他好学深思，尤其喜爱道德哲学这门学科。所以他在独白里学究气极重：说“是存在还是消亡，问题的所在”这才对；如果说“活下去，还是不活：这是问题”便口气完全不对，因为一个普通的青年决不会考虑到这样的问题，——他或者去一剑刺死他的叔父，报杀父奸母之仇，或者知难而退，干脆放弃掉肩负他所根本不知道或不理解的重整天纲地维的重任。莎氏把罕秣莱德这段独白，特别是他的第一行，写得这样富于道德哲学的气味，是有特殊的匠心的。这段文字既然表现这位王子内心的最深思想，它的第一行如此集中地显示出他的性格与喜爱乃是理所当然的，而这个性格又跟整个剧情密切相关而不可分。有些评论者因为对这一点看不清而认为第一行极难索解，于是作了好些想入非非的猜测，我以为是不对的。

⑧ “汹涌的困扰”，原文为“a sea of troubles”，直译可作“困扰的大海”。正如 Clark 与 Wright（克拉伦顿本）所指出的，这里有两个暗喻混而为一；作者的意思是说，“向许许多多困扰去搏斗，它们倾倒到我们头上来像一片大海，”但是“去向困扰的大海搏斗”，有些学者觉得讲不通，因而 Pope 主张校改“sea”为“siege”（围攻），Theobald 与 A. E. Bare 生改“a sea”为“assay”（冲击），Warburton 径改为“assail”（攻击）。Caldecott 谓，用“大海”这一隐喻来形容势不可挡的一大堆，是一切时代和一切语言里的谚语性的现象，不足为怪。Garrick 也认为，称不尽的许许多多为大海是把它们比作汹涌的浪涛，这比拟颇为得当。Ingleby：罕秣莱德没有自杀，因为这所谓了结他的困扰的大海和摒弃尘世的喧阗只是个不切实际的幻想，正如用大盾长枪去抗拒滔滔的海浪一样。因此，这隐喻是完美无疵的。假使，不论进攻或防御，对大海舞枪使盾这想法里有不适当处，那么，用小小一柄匕首想把灵魂——“没有戳刺能杀死的”不死部分——结束掉，岂不是同样地不适当吗?

⑨ “No more”，据 Knight 说解作“nothing more”。

⑩ 原文“coil”，Warburton 解作“turmoil，bustle”（劳累，麻烦，困扰，骚嚷，动乱，喧闹，匆忙）。Heath：这尘凡之身的牵累。Caldecott 谓，除 Warburton 所解的含义外，也有缠绕或包住的意思。蛇平常盘在那里有如一圈绳子；可以想象，这里也暗指蛇蜕壳时的挣扎。Furness：当以 Caldecott 的说法为是。

⑪ Furness：在列举这些患难时，莎士比亚不是分明在用他自己的口气说话吗？正如约翰荪所云，这些是不会特别使一位王子感受到的祸害。

⑫ 这显然跟他亲自遇见他父王的亡魂回来对他说一大篇话有难于解决的矛盾。Theobald 谓，那鬼魂系自净土界来，与来自灵魂的永久住处天堂或地狱不同。

Farmer：莎氏当时所谓的旅客乃是个曾经叙述过他的冒险经历的人。Malone：莎氏的意思是，从死人的不可知的境界里还没有旅行者带着他全部的、有形体的性能回来过，如一位探险家长途跋涉后回来时那样。Schlegel：莎氏故意要表示罕秣莱德不能把他自己固定在任何一种信仰上。按，即谓罕秣莱德是个对宗教持怀疑态度的不可思议论者（agnostic）。Coleridge：假使有需要去掉这个显然的矛盾——如果这倒不是一笔异常优美的写法——当然很容易说，还没有旅客回到这世界上来，好像回到他家里或寓处一样。

⑬ Hunter：这无疑是红。

⑭ Hunter："thought"是忧郁，它的颜色是灰苍的。Clark 与 Wright（克拉伦顿本）解释"忧虑，焦思"。Onions 除上述三义外，还提供"悲伤"一解。

⑮ 有不少知名的评论者持一种见解，认为罕秣莱德是个耽于沉思冥想的书呆子，犹豫不决，滞于行动，对报雪父仇一再蹉跎延宕，贻误时机，遂致遭到他叔父的毒手，终于造成了悲剧。他们举出二幕二景末尾的独白里他对自己的责骂，这里这段独白，特别是"就这样，思虑使我们都成了懦夫"这五、六行，以及三幕二景近尾处他侍立在他叔父背后、当彼独自一人跪着作祷告而一无防备时、他剑已出鞘而又收了回去——这三处来证明他们的看法。译者觉得这论点大有商讨的余地。二幕二景独白里他的自责，据我看来只表示他于证实他父亲确为他叔父所杀以前的强烈的焦躁不耐，那满腔激情的爆发，因为他在那段独白之前即已灵机一动，想出了要"写上十二到十六行一段台词插进去"，以探测他叔父是否真正犯罪。在那段独白的末了他明明说，

我得有比这个
更确切的原由。这场戏我要靠它，
轻易地把这位当今的良心攥住。

他要看出他叔父的破绽，目的是为报仇。同时，报仇是不能瞎报的；如果并无仇怨而乱报，会铸成大错。其次，在现在这段独白里，他以他所受的道德哲学的训练，凭他的全人格，去深思潜索的乃是，究竟是去逆来顺受一切呢，还是去报仇雪耻，而要是走后一条路的话（事实上他已决定那样做，只待证实了他叔父的罪恶就采取行动），他便极有被对方所杀的可能。于是，他思潮喷涌而至，想到了许许多多的事，其中也有这一点：思虑使人们胆怯；因不知死后究竟是怎样一个情形，故大家不敢以一死去解脱（可能解脱不了，倒反更糟）人生的种种苦难与烦恼，也不敢冒一死之险去成就某些大事业。他这思绪尚未稍歇，独白还没有结束，莪斐丽亚看着一本祈祷书已经站在他面前，他当即停住。可是我们可以设想，他的拼一死去报杀父之仇，使天日重光的决心，是已经下定了的，只等他亲眼见到他叔父的罪证，就会去付诸实施。因此，"就这样，思虑使我们都成了懦夫"等五、六行只是他沉思冥想中的漫论，并不指他自己而言。总的说来，一班耽于沉思冥想的学子士人确是书呆子，缺乏决断，行动迟滞，甚至绝无作为。但千万个学士书生中也可能有一两个绝不是书呆子，并非毫无作为的小学究，胆怯如鼠的可怜虫；而是既深思熟虑，以天下为己任，又果断坚决，行动极敏捷的例外。罕秣莱德便是这样一位慎思明辨、顶天立地、肝胆照人、浩气磅礴的英豪，虽然非

常年青。我们要记得，他在讲这段独白时，他叔父的罪状仍然未被证实。可是早在二幕二景景末的独白以前，在他还没有跟戏班子的伶人们谈话时，他即已发现他的两个同学，罗撰克兰兹与吉尔腾司登，是他叔父派来窥探他的两件工具，两名探子。而现在这段独白之后不久，当他见到过去的意中人（他因决心献身于重光天日的伟举，已向她作了最后的告别，现在再来见一面）时，他发现她奉了国王所指使的她父亲之命对他撒谎，也就是说，她被间接派来侦伺他的言行，他便勃然大怒。这两件事对于非常敏感的他，都是国王的确犯罪的迹象。因为，假使他叔父光明磊落，并未杀王淫嫂，阴谋窃国，为什么要对他再三派遣走狗奸细暗探诱饵呢（朴罗纽司是这贼王的爪牙，那是不用说的）？莪斐丽亚在本景近尾处赞赏他的才华，说那是多方面的，说得一点不错，而且也正是莎氏自己艺术目的、造诣和看法的自白："朝士的丰标器宇，学士的舌辩，武士的霜锋"。易言之，他不光风流都雅，好学深思，同时也果断而能力行。试问，一个犹豫不决，意志薄弱的书呆子能说得上"武士的霜锋"吗？我们可以说：因见到他耽于道德哲学方面的沉思冥想，而遽尔臆断他是个优柔寡断、拙于力行、庸懦无能的弱者，乃是完全错误的；再进一步认为这五、六行他漫论一般内向者（introverts）的话是他的自白，则更加错误；又进一步认为这出悲剧之所以不得不是出悲剧是由于主人公的这个致命的弱点，则尤其大错而特错。最后，三幕三景近尾处，已经证实了他叔父的罪状之后，他还是不杀他叔父，那是因为宗教上的考虑，并非濡滞延宕；他自己说得很明白，

一个恶贼杀了我父亲；为那事，
我，我父亲的独子，却把这恶贼
送上天。

那怎么使得？切莫用现代人的眼光看事情，以为宗教上的考虑无关紧要。须知莎氏自己，他的观众，他当时的整个社会，都是笃信基督教的。另一方面，这位王子也想利用他母亲要责备他的机会，去细细盘问她一番（三幕四景），看她能否吐露一点他要知道的真相与实情，她对他的态度究竟如何，等等。到了这里，也许有人要问：从他证实他叔父的罪状（三幕二景二八一、二八二、二八五行，当他叔父再也坐不住，不能把戏看下去，突然站了起来，他叫道，"怎么，给空枪吓倒了？"国王道，"拿火把来，走！"）到剧本最后他杀死国王，这其间有相当长的时间；即令不在国王祷告时杀死他，在别的时候为什么他不早一点下手报仇？这纡徐迟误，坐失时机，不该由他踌躇不决的书生本色负责吗？我们可以这样来答复这一点。他证实了他叔父的罪状之后，必须找一个最适当的时机来明正典刑，向整个宫廷，也向全国臣民，以国王自己的行动和旁人的揭发，证明克劳迪欧斯罪大恶极，不配作丹麦的君王。他不能不这样做，因为他要涤荡阴霾着宗邦的黑气，要铲除杀兄淫嫂篡夺江山的禽兽，不仅替自己报杀父之仇而已。这样一个恶毒的丑类居然坐镇着邦国，为万民之主，成何体统！但时机不成熟，他决不可轻举妄动，否则非但目的达不到，人家还会谴责他因争夺王位而弑杀新君。他终于达到了目的，使天日重光，纲维再建，但付出了自己的生命作代价；他等不及将事情的经过昭告朝野，这件事他委托给他的挚友霍瑞旭。他牺牲了小我，完成了大义，

虽对他自己的死抱有遗憾，但在完成所肩负的对邦国的重任上却可说含笑瞑目而终。至于观众与读者们的悲痛，那完全是另一回事。

⑯ Johnson：这是描绘人性的一笔。骤然见到莪斐丽亚，罕秣莱德没有马上记起他须得装出疯癫的模样，却对她作了个庄重严肃的招呼，如前面的沉思在他思想里所激起的那样。

⑰ Dowden：事实是，罕秣莱德很快就得知，而且这事使他深感痛苦，莪斐丽亚既不能接受灵魂上的厚礼，也不能以相等的厚礼回报。这两个爱人之间有些小小的留念品互相交换过，但是那大的灵魂上的交换是没有的，所以罕秣莱德在痛苦的心情中的确能真诚地喊道："我从未送过你什么。"

⑱ 各版四开本作"您"，各版对开本作"我"。Corson 对后一读法注云：莪斐丽亚的意思是，您送给我的纪念品对于您也许是琐细的东西，这样的小东西在您心上没有留得您曾经赠与过我的印象；可是我很知道您确曾送给我过，因为当时它们对于我是异常珍贵的。"我"字应念得特别着重。

⑲ Marshall：在这里，正当莪斐丽亚要把罕秣莱德送给她的爱情的亲密纪念品塞还他的时候，那狗颠屁股的老朴罗纽司，他本在毡幔后面局促不安，因急于看他那最可以看得出的、计谋的效果，便把头伸出来，而这么一来竟由于稍不小心间把他御前大臣的权标掉在地上了。罕秣莱德听见那声音，立即怀疑到实情，那就是，他是被当作一个诡计的对象，他们想诱陷他自己承认他的秘密。

⑳ Richardson：罕秣莱德的态度神情在这里不应当完全庄重严肃。在这段对话里，没有什么能使它常被在舞台上用悲剧语调来表演成为正当。让他的表演用一种轻快、飘逸、淡漠、不介意的神态说话，那样观众对之啧有烦言的粗暴就不见了。Coleridge：这里，很明显，从莪斐丽亚的奇怪而勉强的神情间，感觉敏锐的罕秣莱德觉察到这位姑娘不是在以她自己的身份作何行动，而是充当着使他受骗的诱饵；所以他以后的话，与其说是对她说的，毋宁说是对那些窃听者与暗探们说的。在这样一种懊恼易怒的心情中作这样一个发现，便可说明何以他有这样一点粗暴；——可是一阵野性的爱情激动，在一阵故意自若的嘲弄语调里戏耍着相反的意义，是始终显而易见的。"我确曾爱过你；"——"我并没有爱过你；"——而且特别在他列举女性的缺点时，那些缺点莪斐丽亚是那样完全没有，而绝无那样的缺点却原来正是她性格的构成因素。请注意，莎士比亚构成女性性格的魔力就在于没有什么特性，亦即说，没有标志与记录。Hazlitt：罕秣莱德对莪斐丽亚的行为，在他的处境中是十分自然的。那只是假装严酷罢了。它是希望落了空、味苦的遗憾、被他周围的环境纷乱所停止而不是为其所消灭的爱情的结果！在他处境的自然与异乎寻常的恐怖中，他也许可以被体谅不再去继续一个正常的求爱过程。当他"父亲的亡灵披挂着"，这就不该是做儿子的好逑的时候了。他既不能跟莪斐丽亚结婚，也不能说明他失爱的原因去伤她的心，那样办他简直不敢相信自己会去想，更莫说做了。他得要经过好些年，才能在这一点上作一个直接的解释。在他心神的烦恼窘困中，他不能不采取他所走的路。他的行为并不和他所说的他对她的爱有矛盾，当他见到她的坟墓时。Vischer 推想罕秣莱德疑心王后在窃听，所以他在这里所说的是针对她的。

㉑ Caldecott：假使你真正保有这两种品性，贞洁与美丽，而想要支持两者的性能，你的贞洁应当那样慎防你的美丽，要不让那样脆弱的一件东西跟外界有交往或谈话。Clark 与 Wright（克拉伦顿本）：罕秣莱德是说，贞洁或美德，人格化为美丽的保护者之后，应当不让任何人，包括他自己，跟后者有交往。原文“discourse”，Schmidt 解作“谈话”，Onions 训“亲密的交往”。

㉒㉓ Mrs. Jameson：谁听见过息桐士夫人（Mrs. Siddons，处女名 Sarah Kemble，1755—1831，悲剧女名伶）念《罕秣莱德》，便不能忘记这短短两句话所包含的意义的深长，有几多爱，几多悲哀，几多绝望在里边。这里，以及下面一五五、一五六两行，是全剧过程中仅有的暗指她自己和她自己的情感的地方；而这几行，在她自己说来几乎毫无自感，却含有一场恋爱生活的显示，而且呈露出一颗爆发着未经声言的悲伤的心的秘密重负。

㉔ Marshall：在谴责莪斐丽亚是窥探他的卑鄙勾当的同谋者之前，罕秣莱德要想率直地试她一试；他当即转过来把他的手向她伸出；她，忘记了她所演的脚色，以为（可怜的孩子）他要和她拥抱，且宽恕她，便向他投来；他用他伸出的手止住了她，握着她的手对她的眼睛凝视，如一个爱她的人才有权利去凝视一个处女的眼睛那样，且庄严地问她道：“你父亲在哪儿？”她嗫嚅着撒出她第一个谎。罕秣莱德当即易悲哀为愤怒。

㉕ Delius：比较《奥赛罗》四幕一景六三行，“一个人戴了绿头巾便是个妖怪，又是头畜生。”

㉖ White：这似乎是说，女人假装出一副娇俏的、天真的无知，作为她们淫荡的面具。Moberly：用暧昧的言语，仿佛你们不懂得她们的用意似的。

㉗ Malone：他的后父。

㉘ Caldecott：已经走到了舞台的尽头，出于临别的温柔的痛苦，歧恩先生（Edmund Kean，1787—1833，英国悲剧名伶）又走回来吻一下莪斐丽亚的手。这使得整个戏园好像触了电。

㉙ 原文“rose of the fair state”（美丽的宗邦的玫瑰），Delius 谓，宗邦是“美丽的”，因为罕秣莱德修饰着它像一朵“玫瑰”。Schmidt 训“rose”为“英年与美好的象征”。

㉚ 原文“mould of form”，Johnson 释“朝野上下都力图把他们自己形成为模范”，Caldcott 训“唯一完美无比的形式所由形成的铸型”。Tschischwitz 谓，“mould of form”会变成重复无味的冗辞，假使“form”不解作“仪式，外面的礼节”的话。

㉛ 原文“affections”不能作“情感”或“感情”解，见 White 及 Schmidt 之《莎士比亚辞典》。

㉜ Steevens：在我们早期的戏园里，池子是既无地板，也没长椅的。在那里听戏的便叫做“groundlings”（站池子的听众）。Nares：从莎氏同代剧作家班·绛孙（Ben Jonson，1573?—1637）的作品里，我们可以知道那里的票价只有一先令。

㉝ “Termagant”，Steevens 谓，据 Percy 说，在古传奇里是萨拉森人（Saracens，系指从叙利亚到阿剌伯一带沙漠间游牧的一些部落，他们都是伊斯兰教徒，与十字军为敌）的神道，往往同穆罕默德相提并论。Nares：这个想象中的人物在我们的古戏剧与道德剧里出现时，总被表演为一个极横暴的人物，所以一个跳浪叫

嚣的伶人扮演他颇能相得益彰。Singer 与 Wedgwood 俱引 Florio 之《字世界》(*A Worlde of Wordes*，1611）云，“Termigisto，一个狂妄的夸口者，吵架者，杀星，满天下的驯服者与统治者；地震和雷鸣的儿子，死亡的兄弟。”

㉞ Steevens：在古奇迹剧中，赫勒特（Herod）的性格总是横暴的。如在《却斯忒丛剧》(*The Chester Plays*，十四至十六世纪作品，作者姓名无可考）里，赫勒特表白他自己道：“因为我是全人类的君王，我存在，打击，解开，又捆绑，我主宰月亮，要记在心上，我据有无上的权威。我乃是至尊的巨魁，现在是，过去曾，永远为”云云。Douce 征引了许多条一个古戏剧表演台脚本（由 Shearmen 与 Taylors 班于 1534 年在 Coventry 演出，但写作年代要早得多）的摘句，其中有这样的词句，“[我是］人间最威武的征服者；”“全世界从北到南，我可以把它们用我一句话来摧毁；”关于他的敌人，“我只要一眨眼，没有一个会留存”等。按，赫勒特大王（Herod the Great）为古希伯来暴君，公元前 40—前 4 年时之犹太王（罗马元老院所封）。他的统治以凶横闻名：有一次因妒性发作，他把老婆和她所生的两个儿子都处死。他杀人很多，据《圣经·新约·马太福音》第二章，他敕令把伯利恒全城的婴孩全杀光，好使耶稣不得幸存。

㉟ 原文“scorn”，Bailey 谓与前面的“virtue”（美德）不成对比，故主张校改为“sin”(罪过)；这里这字如在《罕秣莱德》古本里别处一样，原作“sinnie”，所以很容易讹误为“scorne”。Schmidt 之《莎士比亚辞典》释此字为“嘲弄、讥刺？轻蔑，傲慢？”译文作“丑恶”，盖即侮辱的对象。

㊱ 原文“the very age and body of the time”有疑难。Johnson 谓，“age …… of the time”讲不通，“age”或许是“page”之讹，但“Page”（页面）跟“form”（形式）与“pressure”（印记）虽合，跟“body”（身体）却不合，故主张校改为“face”（面貌）。若从此说，这八个字可译为“时代的面貌与身体”。Steevens：原文解作“表演时代的形态要合于那所表演的时代，视古时或现代而有所不同”。Mason 校改“the very”为“every”，那意思便变成“使美德眼见它自己的本相，使人生的每一时期，人们的每个行业或集团，看到它的形象与类似物”。Malone：莎氏也许并不把前三字与后三字相连；演戏的目的，罕秣莱德说，是要使我们活在其中的时代，以及这时代的实体，看见各自的形象和印记；亦即说，要一丝不爽地描摹时代的形态，以及当时的特殊气质。Keightley 谓，“time”应作“world”（世人）解。按，若照此解释，“使世人的时代与身体看见它自己的形象与印记”仍不免牵强。Bailey 校改“very age”为“visage”（面貌）。按，若从此说，与 Johnson 说译法相同。Silberschlag 谓，莎氏这里是在用典：塞万提斯（Cervantes，1547—1616，西班牙大小说家）在《唐吉诃德》里使一个神父说道，“喜剧，据罗马西塞禄（Cicero，公元前 106—前 43，罗马演说家、政治家与文人）的说法，应当是反映人生的一面镜子，礼貌的规范，真实的表现；”莎氏在此没有明言，而是暗示同一古说。Wood 与 Marshall 则解此语为“使现在这时代看见它自己的主要特点”。Schmidt 之《莎士比亚辞典》释“age”为“一代人，一段特殊的时间段落”，又释“body of the time”为“世人的大部分”；若据此，则此语可译为“是要使一个时代（或一代人）和世人的大部分看到他的形象和印记”。译文即采此说，唯稍加

以简化。

㊲ 原文“the which one”Caldecott谓系指“那些明眼人”，Delius和Clark与Wrigh（克拉伦顿本）则说是指“单独一个明眼人”Tschischwitz赞成前说。译者觉得究字义似宜从后说，论大意应以前说为允当，因行家或别具慧眼的人没有理由在全戏园观众里只有一个，不会有几个。

㊳ 原文“profanely”，Johnson解作“grossly”（形容过分），并谓系指后面的挖苦；Mason说是指前面“赞得老高”的那些人（若从此说，“not to speak it profanely”可译为“且不说他们在瞎胡闹”）；Caldecott解作“亵渎神圣”，说是指后面的“造化的雇工”一语而言（若从此说则此语可译为“倒不是我亵渎神圣”）；Furness则云亵渎是在提起基督教徒上。按，开造化（nature）的玩笑并不等于开上帝的玩笑，并不构成亵渎神圣罪，提起基督教徒更与亵渎不相干。

㊴ 当时扮演小丑的往往在戏里插上些他自己编造的打诨和滑稽，以博取听众，特别是站池子的听众的哗笑。

㊵ 原文“candied tongue”，Dyce解作“涂糖的，阿谀的，谄媚的舌头”，Clark与Wright（克拉伦顿本）释“涂上了一层虚伪的舌头”，意即拍马逢迎者本身。

㊶ 原文“pregnant”，Johnson释“迅速，甘愿，敏捷”，Nares释“机巧的，谲诈的，诡计多端的”，并谓此字主要的意思是“满盈的，或即将生产什么东西”，Caldecott谓是“弯了似的，鼓胀的，像怀孕的兽类那样”，Furness说这里用到“怀孕的”，因为狡猾地运用腿膝可以产生不可估量的财源。

㊷ 原文“dear soul”，Schmidt之《莎士比亚辞典》释“最深的灵魂”或“灵魂的最深处”，Furness则指出与一幕二景一八二行的“dearest foe”用法相同，那里解作“痛恨的仇敌”，意即“不论在爱或恨、喜或悲上感人至深的”（克拉伦顿本）。

㊸ Cowden-Clarke：这短短一句话里的真纯的男儿气概（这里，罕秣莱德抑制他自己，当他觉察到他被对挚友的深情的热烈席卷而去，表现得也许超过了人与人之间的情感的真诚与单纯所应有的那个样子）正是莎士比亚在情感问题上天赋其得体的微妙处之一。让任何人，他只要曾有片刻怀疑过也许莎氏的用意是要罕秣莱德只是在假装疯癫，去细细揣摩现在这段话，在它全部的热情中注意它表白的沉着，在它最有力的措辞中注意它情绪的单一与清纯，然后去决定作者的用意是否可能要使罕秣莱德的神志真有些失常。他的心是震动到了深处，他甚至患着忧郁症和神经过敏，我们承认；但是认为他的理智有一点紊乱，我们决不能相信。按，此说极当，比如，他说“你像是那样个人……”，而不说“你真是那样个人……”，这一点分寸是极有意义的。

㊹ Hunter：那段罕秣莱德自己特为伶人们写下的台词［见二幕二景五七四行］“我有需要写上十二到十六行一段台词插进去，……？”及本景二〇〇行注。

㊺ 乌尔根（Vulcan）为古罗马火与锻冶之神。

㊻ Clark与Wright（克拉伦顿本）：“pay the theft”是“偿还被窃失的东西”。

㊼ 石龙子（chameleon）又名变色龙，属于蜥蜴类。古时认为它不进食物，只吃空气。

㊽ Moberly：国王曾有约于他，说他将承袭他自己；但罕秣莱德应当是宇内第一人。

㊾ Johnson：一个人的话，谚语说，只等说出来就不是他自己的了。Moberly：我疯

了，所以对于一分钟前所说的话不能负责任。

㊿ Malone：在牛津与剑桥两大学，演出拉丁文戏剧的惯例是很古的，且一直继续到将近十七世纪中叶。它们偶尔是演来款待君王亲贵的，但在耶稣圣诞节则经常演出。在剑桥最有名的伶人是圣约翰学院与君王学院的学生们；在牛津，则是耶稣教会学院的学生们。有一出搬演《恺撒之死》的拉丁文戏剧，于 1582 年在牛津［耶稣教会学院］演出。Clark 与 Wright（克拉伦顿本）：在牛津与剑桥两大学学院的院童里，在特殊的时候常有戏剧演出，如在剑桥授与学位典礼时，或有君王或亲贵到来时；演的往往是拉丁文剧本，但也演英文戏剧。有一本名叫《恺撒的覆灭》的戏于 1602 年演出；可能莎氏的《居理安・恺撒》早在 1601 年即已上演。按，据 E. K. Chambers 考出，这剧本的初次演出日期是 1599 年 9 月 21 日，但地点是在伦敦。

(51) (52) Clark 与 Wright（克拉伦顿本）：这错误重见于《居理安・恺撒》［和《安东尼与克丽奥贝屈拉》］。恺撒是在罗马战神广场（Campus Martius）上庞贝剧场附近的元老院会议厅，叫作庞贝会议厅（Curia Pompeii），在那里遇刺殒命的。Onions：“Capitol”为古罗马的民族大神庙，用以崇奉至善至大天王朱庇特（Jupiter Optimus Maximus）的，矗立于 Saturnian［农神］或 Tarpeian［古传说谓 Sabines 人以盾掷死罗马太守 Tarpeius 之女 Tarpeia 处，后来罪犯们即从那里一块岩石上给抛下来扔死］（嗣后更名为 Capitoline，即属于天王大庙的）山上。

(53) 见二幕二景五三〇行注 83。

(54) Johnson：我不能了解为什么罕秣莱德当他脱去孝服后，在那样“苦寒的”国度里，那里的空气冷得“切肤刺骨”，不应有一袭貂裘。我想大家都知道，貂皮的颜色不是黑的。按，我们称之为“紫貂”，一点都不错，因为它是极深的紫酱色；但问题恐怕不在这里，下面 Heath 与 Elze 两家正道出了语中的主旨。Heath：这意思似乎是，要是这样的话，让魔鬼去穿黑丧服吧；我要制一袭貂裘，那个，以颜色而论，固然有孝衣的外观，但同时可满足我喜爱华服与装饰的嗜好至于极点。Wightwick 主张这里的对比是颜色上的，不是材料上的：原文“sables”他说是拼法上的讹误，应作“sabell”（火红色的），意即“我要穿一套火焰红的衣服”。Elze：一袭貂裘和一件丧服之间的对比不在于颜色，而在于材料的华贵与显耀。根据始自远古、出于圣书，居丧总是衣粗麻布、坐在灰中的习俗，直到今天丧服总用粗糙的材料缝制，可是要整治一袭貂裘，必须挑选最豪奢富丽的材料。

(55) 古代英伦欢度五月节（五月一日）时，要选立一位五月节王后（她衣裙华美，头戴花冠），在空旷场地上竖立一根五月竿（漆上螺旋形条纹，并饰以花朵）围着她跳舞，燃烧祝火，作射箭比赛（为纪念民间喜爱的绿林英雄罗宾汉和他的情人曼丽恩姑娘），跳古怪的毛立斯舞（morris dance），演出有关罗宾汉（Robin Hood）的戏文（因为据说他死于五月一日）等，以表庆贺。这风俗在西欧由来已古，大概导源于古罗马纪念花果女神茀洛娉（Flora）的花果女神节（Floralia）。毛立斯舞则盛行于十五世纪及以后，来自西班牙，原来是摩尔人（Moors）的一种军中舞蹈。毛立斯舞里有一只以柳条扎成、用布蒙起来的假马，绑在一个人腰里，下垂的披布上画着马脚，那人便好像骑在马上似的一边走一边跳出种种滑稽的姿态，逗人笑乐。(Brewer, Havvey.) Nares：后来［由于清教徒的影响］柳条马往往被省略掉，因而有一支山歌说起这件事，意存讽刺。罕秣莱德现在就是在引用这民谣里的这一行。又，在莎氏的早期喜剧《爱情的徒劳》三幕一景三十行内，这句民歌也曾被引用。按，这可以显示莎氏对清教徒们板着面孔的禁欲主义没有多大好感。

(56) 这哑剧跟下面正戏里所演的事完全相同，因而可能有人觉得不妨把它删去。Caldecott：罕秣莱德一心想"把这位当今的良心来攫"，当然愿意这只"耗子笼"有双重的机关。Knight：在莎氏当时，以及其前后，往往用哑剧表演来显示一出戏的范围所不许可扮演的一些情景。Hunter 考据出丹麦舞台上有这样的习惯，即正戏演出前先用哑剧把戏文内容扼要表演一下。Halliwell：我不能说我对［Caldecott 与 Knight 两氏所给的］解释感到满意，虽然它很巧妙。假使国王看见了哑剧，他必然已经知道戏里会有触犯。是否可以允许，使国王和王后在哑剧演出时彼此正在作亲密的耳语，以便使他们没有能看到哑剧？

(57) Halliwell：这些指环铭必然是简短的，如"我无法表达，我怎样爱啊"；"愿上帝在天上，使你我爱无疆"；"愿上帝赐福庇，跟你我在一起"；"恩爱常留驻，至死也不疏。"这些是莎氏当时指环上的诗铭。

(58) Coleridge：这里这段插戏的风格与本戏不同处在于行末押韵，正如王子与伶人们初见时的那段插戏采用了史诗的风格。按，不仅韵文体裁不同，在辞句的风采上也显得夸耀虚饰，与本戏的朴实无华迥异；此外，意境贫乏，节奏也单调乏味，都远不能与本戏相比。可是，我这说法却并不意味着真有这样一出文笔较差的戏，罕秣莱德就用它来作捕捉国王良心的"耗子笼"；我的意思是，莎氏故意写此戏中戏的片段，作为《罕秣莱德》的诸多情节之一，——它开始时特别虚夸浮丽，可云庸劣，但渐渐地又稍为好一点，表现为罕秣莱德，也就是莎氏自己所习常的议论风生的体裁。Hymen，婚神。

(59) Phoebus，即太阳神阿波罗（Apollo）。

(60) Neptune，海神。

(61) Tellus，地之女神。

(62) 据 Furness 云，Sievers 是指出罕秣莱德插加十二或十六行到戏里的第一人，他以为它们是二七〇至二七五行［"心思辣，手脚快，……他这条健全的性命"］，但 Cowden-Clarke 夫妇在他们的编校本上认为，王子的添插是从本行起到"筹谋是我们的，结果却往往相左"的二十六行，因为行文的风格跟对话的其他部分不同，且很像罕秣莱德自己的议论式的体裁。"这人世决不会天长地久无穷尽"，对"爱心"和"运数"的消长涨落的想法，以及最后想到"我们的意志和命运"的互相悖逆，我们的"绸缪计划"之被打破，和我们的用意与"结果"往往相左，都好像出自王子自己的思想。他添插这些行和指示伶人讲它们的动机，我们认为是由于想使它们转移那特别针对国王的段落所会引起的注意，以便把后者冲淡些。我们以为这是莎氏的用意，因为这里的风格有显著的不同。请注意那些神话的引喻"炜伯氏"、"奈泼钧"等和"环回这世界也转过十二个三十回"，"王夫啊，你却切不可因而便添愁"等行僵硬的倒装句法［按，译文比较自然，看不出原来的僵硬］；还有，请注意伶王开始这段话时说的两行"我信你如今"等和结束这段话时的两行“你以为决不会”等正相连接，假使这中间的二十六行被节略去的话。接下来，Malleson 和 Seeley 有一场争辩，前者主张这二十六行绝不是罕秣莱德的添插，后面路其安纳斯注毒药于伶王耳内时所讲的六行才是，还有（如果国王不畏缩而惊避）紧接在后面的、勾引伶后再婚的十行左右也是，但因国王受不了而逃走，所以没有讲出来；Seeley 则认为那十二或十六行是在这二十六行之内的，罕秣莱德主要的目的是想刺痛他母亲，他对于国王的罪恶已彻底清楚，他对他只有无比的鄙蔑，绝无需要写上十二或十六行添插到戏里去试探他，所以这段添插只是个他逃避他自己和霍瑞旭的障蔽物，他躲在后面正好避免去采取行动，只求永远冥思默想他母亲与所有的女性的脆弱。按，此说极荒谬：罕秣莱德明明在二幕二景末说要用演戏去试探他叔父，且说他看见的鬼魂也许是个魔鬼，在本景八十余行处又请霍瑞旭仔细观察他叔父看戏时的神情，还说鬼魂的话未必真实，Seeley 完全加以抹煞，却把王子慨叹女人脆弱的想法无端加以扩大，作为他排除其他一切的中心思想，又把罕秣莱德说成是个（这一点非常严重）无聊到极点、可耻到极点、自欺欺人、用埋怨旁人（他母亲和所有的女人）来推卸自己责任的懦夫；关于罕秣莱德的所谓“不采取行动”或“延宕”，请参阅译者对上一景八三至八八行“就这样，思虑使我们都成了懦夫；……便失去行动的名声”的评注。Furnivall 则谓，罕秣莱德所声言要写的十二或十六行并没有添插到戏里去，这一点前后不符是因为修改与扩充《罕秣莱德》初稿而造成的缺点之一。Ingleby 的论评最深中要害：这出宫廷小戏只是《罕秣莱德》的一部分；罕秣莱德并没有写什么添插片段，不论是六行，十二行，或十六行，也没有演诵过这样的片段；莎士比亚干脆写了这整本戏，可并没有以罕秣莱德的身份加写若干行，更没有在他先前以一出意大利道德剧作者的身份所写的戏剧上加写过一段。去追寻一出戏里的每一点暗示，一定要究诘后果，务使示意与结局切合，便是“想得过于细致精密了”。一个剧本是一件艺术品，一个哄骗观众的设计，使他们忘怀实际的时间、地点与情景，使他们几乎忘记他们自己在戏园里。在真实生活中，一位罕秣莱德也许会写上若干行插加到戏里去，使一场考验更其有效与有力，如这出宫廷小戏那样，如今这虚构的罕秣莱德就用它们来试探这假想中的罪犯；如果我们有这样一个剧本在我们面前，我们可以运用音步、词句等各种测验方法去发现那个添插。要是我们找不出那些加添的诗行，只能怪我们自己；那些诗句还是会在那里的。但如今去猜想莎氏写《罕秣莱德》时会像一位真正的、活着的王子那样，一步步采取他那样的行动，便是把作者当作连一位剧作家的最简单的艺术也不具备的人，连戏剧写作放在他手掌中的根本机巧他都忽略了。……按，换句话说，那几位竭力想在这出宫廷小戏里找出罕秣莱德所声言要加写与添插的十二或十六行的批评家们，他们所犯的通病是误把莎氏这件艺术创造，这出以假作真的戏，当作千真万确的真情实事。而归根到底，则可以用 Furness 这句话来说明这整个问题：所以，这场对于这“十二或十六行”的讨论乃是对莎士比亚至高无上的艺术的赞颂。

63 Caldecott：我们决心的开端与根源是强烈和热切的；但它们的进展与终结是柔弱无力的。

64 Johnson：践行一个决心，对之只有下决心者才发生兴趣，只是对他自己负的一笔债，那个他因而可以随心所欲地放弃掉。

(65) Moberly：就是那最容易悲不自胜的性情，也最会变得欢乐，而且只要有一点点原因就会从悲转成喜。

(66) Moberly：人家对我们的爱。

(67) “An anchor's cheer”，“anchor”即“anchorite”，为坐关苦修的修士，“cheer”一般都从 Johnson 解作饮食，但 Steevens 谓系“chair”之古拼法，并引 Bishop Hall 的 *Satires*（1602）句“Sit seaven yeares pining in anchores cheyre”加以证明。

(68) Hunter：在初版四开本上，这个角色本来是位公爵；后来在别处他的身份被改成君王，唯独在这里莎氏忘记了改，所以在以后的四开本和对开本上都仍作公爵。

(69) “If I could see the puppets dallying”，Seymour 解作“我要是能看到你胸中的情感激动”，Nares 释“我要是能看见你跟你情人眼睛里的小人儿在戏耍”，Schmidt 在《莎士比亚辞典》里则谓更或许指莪斐丽亚和她的情人合演的一出傀儡戏。

(70) Caldecott：解作“更尖了，也更不雅了”。

(71) Singer：你们把你们的丈夫看作比他们实际上要好些或坏些。

(72) Simpson：罕秣莱德把一本古戏剧《理查三世的真悲剧》里的两行并成了一行。那国王是在描摹他良心上的恐惧：“我想我争夺王位时所杀的人，他们的鬼张着口瞪着眼来报仇。”接着是这样两行：“尖声锐叫的老鸹喊着要报仇，成群的野兽吼叫着奔来要报仇。”罕秣莱德便是把这两行紧缩成一行。

(73) 在古希腊神话里黑盖蒂（Hecate）有三重身份，她是月亮与夜宵之神，执掌生育之神，和主持阴曹地府与魔法之神。

(74) 原文“false fire”为“放空枪”的废弃不用的旧时军事术语，见 Webster 之《新编国际英语字典》。

(75) 据说麋鹿中了猎人的箭便飞逃到掩蔽处去独自流泪而死。Dyce：这多半是一支歌谣里的一节。

(76) Steevens：“razed shoes”也许解作“slashed shoes”即［脚背上］开得有长缝的鞋子。但莎氏也许写的是“raised shoes”，即有高跟的鞋子。据 Stubbes 的《弊俗之解析》（*The Anatomie of Abuses*，1595）云，软木鞋子后跟有“两英寸或两英寸来高，有红、黑等颜色，有条纹，刻花，切花，缝饰等”。“To raze”和“to race”一样，都解作“有条纹”。Hunter 引 Peacham 的《我们时代的真实》（*The Truth of Our Times*，1638），谓倜傥子弟们有时出 30 镑钱买一副叫做蔷薇的鞋带结。Staunton：要是“razed”不错的话，它一定解作开缝或开衩的鞋子。

(77) Johnson：鞋面上绑鞋带时，绑鞋带的地方用缎带做成的一朵蔷薇花盖起来。Clark 与 Wright（克拉伦顿本）；Cotgrave 之《法文英文字典》（1611）解“Provincial rose”谓，可指两种蔷薇中的任何一种，一是“Rose de Provence”，法国西南部布罗望斯（Provence）省所产的蔷薇，即双台淡红色蔷薇，一是“Rose de Provins”，离巴黎约 40 英里的布罗梵（Provins）地方所产的蔷薇，即普通的双台红蔷薇。它们都是大花朵；前者大概比较更有名。

(78) Malone：莎氏当时的伶人们没有像现在这样的年薪。每个戏园的总收入分成若干份额，戏园老板们执有一些份额：每个伶人有一份或几份，或一份的一部分，看他的功绩与本领而定。

(79) 各版四开对开本上的“I”，Malone 校改为“ay”（是的），有不少校订评注家都从他。但 Steevenss，Caldecott 等不以为然，说“我”即“我以为我应得一整份”，一些现代版本都仍作“I”。

(80) Dyce：这定必引自另一支歌谣；“孔雀”则是罕秣莱德自己的改易。据古希腊传说，台门与匹屑阿司（Damon and Pythias）两人为生死义友，他们去到栖剌库札（Siracusa）城邦，台门为当地暴君大奥尼昔阿斯（Dionysius）所执，无端冤枉他犯间谍与阴谋罪，判处了死刑；他请准两个月假期，回家去处理家务，由匹屑阿司代他受羁押，倘届时他不回来代刑人将被处决。台门因事回来得晚了些，赶到时正要对他的朋友行刑。他们两人互相争执，坚持把自己杀死，以便将好友救出来。大奥尼昔阿斯深为他们的大义所感动，赦免了他们，并跟他们结义为兄弟。在原来的希腊故事里，匹屑阿司本名叫芬铁阿司（Phintias），“匹屑阿司”是在英文里弄错了的，且真正被捕的是他，不是台门，而台门才是代刑人。（P. Harvey.）

(81) Hudson：这意思是，丹麦被抢劫去了一位君王，他有天王乔旷（Jove）的庄严伟大。

(82) 对于“pajock”，Furness 的新集注本上汇录得有十五六家的各种意见，这里不必具述。据 Pope，Farmer，Malone，Dyce，佚名氏等诸家的说法，此字无疑是指“peacock”（孔雀）。孔雀很愚蠢，好虚荣，苏格兰北部低级社会称之为“peajock”，雄的性淫猥而残忍，往往啄破母孔雀的卵，“有魔鬼的声音，蛇的头，贼的步子”，代表腐朽的激情与罪恶的生活，云云。这里的“孔雀”是罕秣莱德的改易，歌谣里的原字 Theobald 指出当系“ass”（驴子），才与第二行押韵。

(83) 见下面三六七行注 (88) 。

(84) Johnson：罕秣莱德正要下结论，这时候两个朝士来了。按，他们打断了他的话头，他便用“当真没兴趣”这句不暴露他心情的话来加以结束。

(85) Johnson：罕秣莱德很注意不使他叔父喜欢喝酒的事被忘记掉。按，把击中国王的痛处来这么一下轻轻的打趣，一定会使他更痛，如果这两条走狗回去汇报的话（他们准会），极妙。

(86) Johnson：这双手。Whalley：这话乃是从教会的教理问答里来的，新入教的人被教训对他的邻人应尽什么责任时要使他自己的一双手不去掏摸与偷窃。Clark 与 Wright（克拉伦顿本）：“凭这只手”是发誓的通常形式。

(87) Malone：这句俚谚的全句是“青草长［生长之长］长［长短之长］时，病马在挨饿”。罕秣莱德的意思是，当他等候继承丹麦王位时，他自己也许会死掉。

(88) 原文“recorders”我译为“筚篥”，Onions 谓是笛（flute）或筚篥（flageolct，有一本英汉辞书上说是一种小木箫，有六个以上的孔，一端有吹口者）一类的管乐器。筚篥、箫与笛的形状都是直的，前二者直吹，后者横吹。Bacon 在他的《自然史》里说起，筚篥的孔腔，最高的一个特别小，最低的一个特别大。Chappel 谓，莎士比亚虽说筚篥是一支小箫管（“他演诵开场词像个小孩吹一支筚篥”，《仲夏夜之梦》五幕一景一二三行），但在一个十七世纪的雕版图上它从一个吹奏者的嘴唇一直延伸到他的膝盖上，可知并不怎样短；亨利八世遗留下来的有用黄杨、橡木、象牙制的各种大小的筚篥，有两支胡桃木制的低音荜篥，和一支大的低音筚篥。按，筚篥即觱篥，又名悲篥，在我国古时自西域胡人处传来，本为龟兹国乐器，“以竹为管，以芦为首，状类胡笳而九窍，所法者角音而甚悲篥，吹之以惊中国马焉”（陈旸《乐书》）。又，“宋太守时之大宴，皇帝升座，宰相进酒，庭中吹觱篥，以众乐和之。唐九部塞乐，有漆觱篥，北部安乐国，有双觱篥、银字觱篥”（《通稚·乐器》）。

(89) 对于“To withdraw with you”，学者们有好些不同的见解。Capell 以为是句旁白，特别是指吉尔腾司登而言的，意思是“跟你说句最后的话吧”。M. Mason 说是对伶人们说的，并略事校改，作“So withdraw，will you？”（那你们且退去吧，好不好？）Steevens：见到吉尔腾司登做着手势，似乎要他跟他到另一间堂屋里去，罕秣莱德问道，“跟你离开这儿走一下？这是你的意思吗？”但见到他们两人继续行动鬼祟，他便怒问他们如下句所云。Caldecott：这两个国王的使者起初只请求王子允许他们说句话；他们告诉了他国王在大怒，王后的懿旨叫他去见她。于是他们，用手一挥或类似的姿势，如罕秣莱德的怒问所指出的，示意他退到较僻静处去。已经知道他们所奉的命不需要私下传达，他起初还是以温和的告诫责备他们；但随即记起了他们阴险狡猾的意图，同时也感觉到他们挥手示意，要他退走的狂妄态度是对他的一个侮辱，他立即采取了另一种口气；以非常激怒人的蔑视与质问语调，他把极度的鄙夷和凌辱堆到他们头上去。此外，还有几种说法，但译者觉得当以 Steevens 与 Caldecott 的见解为最精到。

(90) 学者们对吉尔腾司登这句含意模棱的话的说法纷纭不一。Clark 与 Wright 在克拉伦顿本上云，罕秣莱德尚且听不懂，评注家们可以不必勉强去解释了。译者觉得前半句是故意说得隐晦的，“责任心”本系指他对国王的责任心，但也可以当作他对王子的责任心，后半句的“敬爱”则显然指他对罕秣莱德的敬爱。

(91) Nicholson：到此为止，罗撰克兰兹和吉尔腾司登一直这么一致地合作着，所以为这一景的艺术处理起见，也为从那上面要获致更充分的力量起见，都要求罕秣莱德的请求先对这一个而发，然后对那一个而发。虽然吉尔腾司登也许是，或者不是，两人中的头子，罗撰克兰兹可也并不沉默；事实上，在上面那段对话里，摆明在我们面前想要跑到罕秣莱德上风头去的，却正是罗撰克兰兹。因此，这句回答的说话人，应让吉尔腾司登给改作罗撰克兰兹。

(92) Furness：大概根据与上注同样的理由，Staunton 主张王子此语对罗撰克兰兹而发，而下面的回答因而也是罗撰克兰兹作的。

(93) Douce：这里有层双关的意义。罕秣莱德说，“虽然你们能激恼我，可是你们没法欺骗我；虽然你们能调节这乐器的发音高低，可是你们没法调弄它。”原文“fret”，Schmidt 之《莎士比亚辞典》解作“激恼”，Onions 的《莎氏语汇》训“（在六弦琴一类的弦乐器上）加上琴柱”，又训“琴柱”云：“在六弦琴一类的弦乐器上，以前用一圈兽肠弦，现在则用木制的（马）安放庄琴颈上，以调节运指法。”

(94) Caldecott：那么，我可以同意你的请求，既然你对我所说的话都同意。按，这显示一个廷臣的真面目：一切都跟着“上边”走，全无自己的主见。因此，这一问一答间满含着罕秣莱德的戏谑与嘲弄。

⑨⑤ 尼禄（Nero，37—68），罗马王，他放火烧罗马城，杀死他的母亲。

⑨⑥ Moberly：罗撰克兰兹与吉尔腾司登所以是秘密参与在英格兰阴谋杀害罕秣莱德的。

⑨⑦ 四开本原文为“Hazard so neer's”（near us），对开本作“... so dangerous”（他这样危险的威胁随时随刻）。White 谓，考虑到国王言语里的第一行所表示的对他个人安全的危惧，各版四开本的读法大概是真正的原文，而各版对开本的则是讹误。译文从四开本。

⑨⑧ Moberly：这是朴罗纽司自己的建议，他却以朝臣的风度归之于国王。按，译者觉得不然。至少上面先有显著的音响，下面才察言观色，加以迎合。一个坏蛋做了君王，他下边的要津便非有坏蛋来盘踞不可，而罕秣莱德这样的顶天立地汉则非被去掉不可，否则那格局会显得太不合式。莎氏在此描绘出一君一臣大小两名“躲在暗角里作恶”——多可鄙，而罕秣莱德处在这情景中却始终以光明磊落、英勇豪放的态度自持——可敬！

⑨⑨ 人类的始祖亚当和他的妻子夏娃生了两个儿子，长名该隐（Cain），次名亚伯（Abel）。该隐因嫉妒杀了亚伯，耶和华诅咒该隐到处流离飘荡，不得安居。说见《圣经·旧约·创世记》第四章第1—15节。

⑩⓪ Wood 与 Marshall：意即面对着罪孽，制胜它。

⑩① Delius 谓，这里“ambition”（野心）系指野心的实现，正如下行内的“offence”（罪恶）为罪恶的果实。

⑩② 此导演辞为各版四开、对开本所无，系 Theobald 所加者。

⑩③ Hanmer：罕秣莱德这段话一向使我非常不快。这里边有一点东西这么很残忍，这么不人道，这么跟一位英杰（主人公）不相称，以致我愿意我们的诗人删了它。Coleridge：约翰荪博士将勉强与延宕的痕迹误当作［见下下条注］猛烈的，引起恐怖的魔性！——可见要了解一个性格的根本，是这么重要。但是罕秣莱德这段话所占据的时间是确乎可怕的！Hazlitt：这里罕秣莱德所表示的精炼的怨毒，实际上只是为他自己缺乏决断作一个辩解。Hunter：在全剧的整个范围里，也许再也没有比这一景更使人不快的了。罕秣莱德被表演为醉心于一个硬是骇人听闻的想法。另外，作为不践行他在那魔力之下过着日子的指导思想的辩解，这是不高明无甚价值的。Horn：现在正是报仇雪恨的时候了，但仅仅为了报仇，不能做到正义的惩罚，那个一定得先有一场充分的，也许是一次公开的定谳。按，罕秣莱德的目的是要明正典刑，昭告朝野；这里所说的当然不失其为理由，但毕竟是次要的，辅佐的，或许只是口实而已。请参看译者对三幕一景八三至八八行的评注。

⑩④ 原文“hent”，Johnson，Caldecott，Dyce，Clark 与 Wright（克拉伦顿本），Moberly 等都解释“抓取，攫住，把握”，不过前数家说是抓取、攫住、把握的是时机或机会，后者谓系攫住那坏蛋。John Davies：更或许用来解作在［英伦］西部有些州郡所通行的意义，即犁头在田畦间所开掘的沟路。威尔斯语（Welsh）“hynt”和古威尔斯语“hent”都解作“道，径路”。罕秣莱德的话对于一个西部州郡的人会带来极有力的意象；剑锋在肉里划过被比作犁铲耕过泥土。Onions 则谓意义难定，或许解作“攫住，把握”，或许解作“目的，意图”，还或许是“hint”之讹［按，“hint”在莎氏用来作“时机，机会”解］。

⑩⑤ Johnson：这段话，在其中，被表现为一个德行优秀的性格的罕秣莱德，不满足于以沥血报血仇，却计划着要把他想惩罚的人打入永不超生的地狱里去，读来或演来真是太骇人了。Caldcott 谓，莎氏所描写的是他的那个时代，他给了我们一个野蛮时代里的人性的忠实写照。对于我们的较粗野的北国先人们，报仇，总的说来，是在家族中流传下来被当作一个责任的，而且要刻划得越精致细巧，就越显得光荣；它的这个性质或特色是在当时的每一本涉及这个题目的书籍里可以找到的。而且这是随后的悲剧作者们，一直晚到十七世纪中叶，继续在舞台上表现的一个主旨。莎氏在这里可以说为以后介绍它作了相当的布置，使国王自己声言（四幕七景一二九行）道："报仇该没阻拦。"

⑩⑥ Wood 与 Marshall 解此两行云：我向上天祈求宽恕，同时我的思想却在策划罕秣莱德的死。祷告若并不表示灵魂的愿望，便决不能上达于天。

⑩⑦ "秏子"往往作"奸细"解。

⑩⑧ 原文"sense"，Caldecott 解作"感觉"，Schmidt 释"理智，理想"。

⑩⑨ 原文"takes off the rose"，直译可作"摘落了那朵玫瑰"。18 世纪有几位学者以为当真有一朵玫瑰在面颊旁或额上，或者一抹红光在双眉间。Boswell 谓，"玫瑰"是作清纯的情爱的装点或文饰解的。按，作为真有一朵玫瑰在脸颊旁或额上，或有红光在双眉间，都是拙解，当以后说为是。本幕一景莪斐丽亚称罕秣莱德为"The expectancy and rose of the fair state"，译文作"宗邦的指望与英华"。我如果翻成"……玫瑰"，便是木译。

⑪⓪ Clark 与 Wright（克拉伦顿本）：标志为是个娼妓。

⑪① Davies：自复辟［1660］以来，剧坛的惯例是由罕秣莱德从他口袋里掏出两枚他父亲与叔父的珐琅瓷小肖像来，比大硬币或大奖牌大不了多少。当时还没有用移动背景，那是班透登（Thomas Betterton，1635?—1710，名伶）于 1662 年首先从法国介绍来的；莎士比亚的戏台上挂花毡。在这一景里，两幅全身像挂在王后内房的花毡上也许是有用的。Steevens：从"他站立的风度"云云，可知这两幅画像，在现在舞台上用珐琅瓷小画像，原来的用意是全身像，为王后内房里的家具的一部分。罕秣莱德在上面有一景里已经非难过那些会出"40、50、100 块金洋"去买他叔父的一枚"小肖像"的人，他自当不屑在他口袋里带有这样一件东西。Caldecott 反对用小肖像，因为观众会不让有机会去判断他们所听说的，也无法去批评两位君王神态的比较优劣，而且在这样有限的画面上也无法去适当表现"他站立的风度"和"这样的汇聚众长成一体的英姿"。有一位巴斯城（Bath）的伶人曾建议罕秣莱德从他母亲颈上把他后父的小肖像扯下来。Hunter：也许 Holman 的解决办法最好——当今王上的画像挂在王后内房里，但先王的小肖像是从罕秣莱德怀中掏出来的。Fitzgerald 建议大小肖像都不用，王子所云系指他心眼之所见；欧尔文（Henry Irving，1838—1905，名伶）与沙尔维尼（Tommaso Salvini，1829—1916，意大利名伶）即从此说。费赫透（Charles Albert Fechter，1824—1879，德国籍法文英文戏剧名伶）从 Caldecott 所言巴斯城伶人的办法，把小肖像从他母亲颈上扯下来，且把它丢掉。洛济（Ernesto Rossi，1829—1896，意大利名伶）不但把它从他母亲颈上扯下来，且掷到地上，用脚践踏在碎片上。蒲士（Fdwin Booth，1833—

1893，美国名伶）用两枚小肖像，一枚取自他自己颈上，另一枚从他母亲颈上扯下来。

⑫ 原意为“却到这泥洼里来养胖”。

⑬ 原文这里的“sense”，Capell 解作“理性，理智”，Malone 谓为“五官的感觉”，Staunton 说是“能判别外物的知觉”。

⑭ 原意为“奴役”。

⑮ Delius：“her own fire”（她自己的火焰）系指“flaming youth”（炽烈的英年）而言。按，原文这一句含义比较晦涩，各家评注本上又无解释，因而引起了一般的误解和错译。所谓“flaming youth”（炽烈的英年，或“青春的烈焰”）是指他自己的年青气壮，“virtue”则是指他自己崇善灭恶的“美德”，绝不是什么“贞操”，全行的意思是说让我的美德对我炽烈的英年好比是蜡，“And melt in her own fire”是说我的美德或高洁熔化在我英年的气概里之后可以对我提供愤怒的燃烧力，使其发生充分的作用；又，下半句里的“When the compulsive ardour give the charge”是说他自己鼓着情不自禁的、正义的热情在谴责她的可耻行径。

⑯ 王室或贵族府第里养的小丑或“傻子”身穿“破烂百衲衣”，作为他们身份的标志。

⑰ Collier：在 1603 年的初版四开本上，这里的舞台导演辞跟鬼魂以前在警卫坛上出现时身披甲胄不同，是穿着寝装，长袍。这一点是重要的，因为它完全可以解释三三行后罕秣莱德的叫喊。在 Collier 所用的经过手注的 1604 年之二版四开本上，这里是“鬼魂未武装上”。所以，假使鬼魂不是穿着“寝装”，他在那位老的笔注人当时是不披铠甲的。Elze：鬼魂在这里上场来，不是像在第一幕里那样，穿着戎装，而是穿着日常的便服。关于这寝装，我们不应当过于刻板——它只是指老王的平时便装。Clark 与 Wright 在克拉伦顿本上云，这里的寝装是指盥洗梳妆与休息时所穿的长袍。

⑱ 参看上条注。原文“habit”，Schmidt 释“外表，神态，举止，风采”。Mason 谓，一个人常披的铠甲也可以叫作他的“habit”（衣着，服饰），正如别的衣服一样。Clark 与 Wright（克拉伦顿本）则谓，鬼魂也许穿的是先王的平常服装。

⑲ Cowden-Clarke：什么人要是倾向于被那些主张罕秣莱德当真是疯狂的人的辩解和以疑问为真实所影响的话，让他仔细来读读这一段剧词，注意它的伤心的真挚，它的庄严的誓恳，它的朴质的谏诤，然后问问他自己，莎士比亚有没有可能用意要他的主人公不是最神志清明和心境健全。

⑳ Johnson：不要以新的恣纵陡增你从前的罪恶。

㉑ Moberly：一颗纯洁的心对一个弱者与堕落者的男儿气概的怜悯，不可能比在这个答复里所表白的有更可喜的说服力了，它把这位不幸的王后的仅仅是怆痛的悲呼化成为一个激励灵魂的决心。

㉒ 二、三、四、五版四开本原文这里的四个字作“eate of habits deuill”，引起了注家们不少的分歧。对开本则根本没有这一句。1676 年之伶人版四开本作“eat，of habits devil”，经 Caldecott 等多家采用，Clark 与 Wright 在克拉伦顿本上予以最后的论定，译文即据以着笔。不过原文“habits”有双重的含义，它在此本解作“举动，行为，措止”，但另外可有“外衣”或“仆从所穿的制服”（frock or livery）之

意。而后面的“外衣”与“制服”即是从这里滋生出来的。唯 Schmidt 释“livery”为“外形，形表”。

⑫③ Seymour：愿意被赐福即显示悔悟，那就会获得上帝的恩慈；因而，便将使你适于替我祝福。

⑫④ 这两行 Delius 谓应为旁白。

⑫⑤ 一个人酒色过度，的确会浮肿。

⑫⑥ Clark 与 Wright（克拉伦顿本）：还没有人找到过这里所说的寓言。

⑫⑦ Moberly：王后信守着她的约言，终于受到了在这人世间落在她身上的赎罪的酬报。芸香是她的天恩草，可怜的莪斐丽亚将对她说。

⑫⑧ Malone：莎氏没有告诉我们罕秣莱德怎样会知道他将被遣往英格兰。罗撰克兰兹与吉尔腾司登在上一景里最早被通知了国王的意图；从那时以后他们没有显得跟国王有过接触。再加上在以后有一景里，当国王在朴罗纽司死后告诉罕秣莱德他须得去英格兰时，他表现出很大的惊讶，仿佛他以前从未听到过这件事似的。可是这最后一点也许可以用他计谋充一个疯子来解释。Miles：罕秣莱德在到他母亲内寝的路上，一定偶然听到了国王与罗、吉两人之间的谈话。因为几乎没有别的方法他能借以预知到王上要遣走他的决意。

⑫⑨ 原意为“轰向月亮去”。

第四幕[①]

第一景

［宫堡内一斋堂］

［国王、王后、罗撰克兰兹与吉尔腾司登上。

国　王　这些叹息里有深意；这些阵长叹
你一定得说明；我们要懂得它们。
你儿子在哪里？

王　后　请你们两位暂退。

［罗撰克兰兹与吉尔腾司登同下。

啊，好王夫，我今晚见到了什么呀！

国　王　什么，葛忒露？罕秣莱德怎么样？

王　后　海风海浪似的疯，[②]当它们争竞着
谁个更凶强：在他猖狂的发作里，
一听到毡幔后面有一点响动，
就拔出剑来，叫道，"有耗子，有耗子！"
在这神经狂乱的幻想里杀死了
那个躲着的老人家。

国　王　啊，这太恶！
要是我们在那里，当也会那样；

他行动自由对我们大家多威胁，
对你自己，对我们，对每一个人。
唉呀，这一件血案将怎样去交代？
我们不免被责怪，因事先见得到
就应当把这疯狂的青年约束住，③
将他羁绊禁闭着；④ 但我们太宠爱，
不曾去考虑那最为适当的措置，
却好像是个身患恶病的人，
为不使人家得知，竟让它侵蚀及
生命的精髓。他跑到哪里去了？

王　后　他在拖走给他杀死了的尸首；
对于那尸身，他那阵疯狂忽然
又像贱矿里有一脉纯净的真金，
变得很清醒。他为他做的事哭泣。⑤

国　王　啊，葛忒露，来吧！
只要等清早太阳一抹上山头，
我们就叫他上船走；至于这坏事，
我们得使尽一切威严与手腕，
来维护宽恕掉。喂，吉尔腾司登！

［罗撰克兰兹与吉尔腾司登上。

请你们两位去找上几个帮手；
罕秣莱德一阵疯把朴罗纽司
杀了，把尸首拖出他母亲的内房。
去将他找到：好好跟他说，把尸身
送进礼拜堂。请你们赶快去办。

［罗撰克兰兹与吉尔腾司登同下。

来吧，葛忒露，我们要召集起
最有智虑的朋友们；让他们知道
那不幸的事和我们的决定：[这样，
也许诽谤，它窃窃的私语带毒箭
传遍全世界，像炮弹对准着目标
直射，不致伤害到我们的名声，
只击中那不会受伤的空气。] ⑥ 啊来吧；
我心绪纷乱，心情忧惧多不快。

［同下。

第 二 景

［宫堡内另一斋堂］

［罕秣莱德上。

罕秣莱德 安藏好了。

罗撰克兰兹
吉尔腾司登 ［自内］罕秣莱德！罕秣莱德殿下！

罕秣莱德 且住，什么声音？谁在叫罕秣莱德？啊，他们来了。

［罗撰克兰兹与吉尔腾司登上。

罗撰克兰兹 殿下，您把那尸体怎样打发了？

罕秣莱德 掺和了泥土，它们原本是一家子。

罗撰克兰兹 告诉我们在哪里，我们好抬去送往礼拜堂。

罕秣莱德 你不要相信。

罗撰克兰兹 相信什么？

罕秣莱德 不要相信我能保守你们的秘密而不保守我自己的。何况，被一块海绵[⑦]来查问，一位君王的儿子该怎么作答呢？

罗撰克兰兹　您把我当海绵吗，殿下？

罕秣莱德　是啊，足下；你吸收了王上的恩宠，赏赐和官爵。可是这样的官儿到头来对王上是最能尽职的；他把他们，像猴子含着坚果仁儿那样，放在腮角里；先是衔一下，终于吞了下去；当他需要你们所吸收的东西的时候，只要挤你们一下，那时节，海绵啊，你们就又干了。

罗撰克兰兹　我不懂得您，殿下。

罕秣莱德　我很高兴；一句缺德话儿在呆子耳朵里睡觉。[⑧]

罗撰克兰兹　殿下，您得告诉我们尸体在哪里，还得和我们同去见王上。

罕秣莱德　尸体跟王上在一起，可是王上不跟尸体在一起。[⑨]王上是一件东西——

吉尔腾司登　“一件东西”，殿下？

罕秣莱德　一件没啥啥的东西；领我去见他。狐狸躲好了，大家都来找。[⑩]

［同下。

第 三 景

［宫堡内另一斋堂］

［国王及侍从上。

国　王　我已经派人去找他，去寻那尸体。
这个人由他去恣肆有多么危险！
可是我们不能用峻法处治他；

心神不健全的群黎对他很爱戴，
他们的好感凭眼睛，不根据理性；
这就会光嫌犯罪者的刑罚太重，
而不去问罪状。为图个平静安稳，
这样突然遣他走定会显得是
出于体谅的考虑；病情一危急，
便需使用猛药来医治才有效，
否则就没救。

［罗撰克兰兹上。

怎么！事情怎么样？

罗撰克兰兹 尸体他藏在什么地方，报吾主，
我们向他问不到。

国　王 可是他在哪里？

罗撰克兰兹 在外边，主上；看管着，听候发落。

国　王 带来见我们。

罗撰克兰兹 喂，吉尔腾司登！将殿下带进来。

［罕秣莱德与吉尔腾司登上。

国　王 喂，罕秣莱德，朴罗纽司在哪里？

罕秣莱德 在吃晚饭。

国　王 “在吃晚饭”？哪里？

罕秣莱德 不在他吃东西的所在，在东西吃他的地方：一大伙政治蛆虫正在开会议[11]啃他。蛆虫是吃东西的惟一大王：我们喂肥了一切活口来喂肥我们自己，而我们喂肥了自己来喂肥蛆虫：胖国王和瘦化子只是两道不同的菜肴，盛两只盘子，放一个桌面：这就是结局。

国　王 唉呀，唉呀！

罕秣莱德　一个人可以用一条吃过国王的虫来钓鱼，接着便吃那条吃过那虫的鱼。

国　王　你这是什么意思？

罕秣莱德　没什么意思，只是说给你听一位国王可以到一个化子肠胃里去巡游一番。

国　王　朴罗纽司在哪里？

罕秣莱德　在天上；派人去找他：要是你的使者[12]在那里找不到他，你自己到另外地方去找吧。可是，说实在话，你要是这个月里找不到他，你登上楼梯进入庑房的时候，准能嗅得到他。

国　王　［向侍从数人］到那里去找他。

罕秣莱德　他将会等你们去。　［侍从数人同下。

国　王　罕秣莱德，这桩事，为你的安全计，
那个我们很关心，我们另方面
也为你做的事很担忧，逼得要你
火速就离开：所以，快去作准备；
船已经打点妥帖，风向也顺利，
随从的人手在等候，一切都指向
英格兰。

罕秣莱德　英格兰？

国　王　是啊，罕秣莱德。

罕秣莱德　好吧。

国　王　你要是懂得我们的用心，就好。

罕秣莱德　我看见一个见到你用心的天使。[13]可是，来吧；往英格兰去！再会了，亲爱的母亲。

国　王　还有心爱你的父亲呢，罕秣莱德。

罕秣莱德 我的母亲：父亲和母亲是夫妻；夫妻同是一体；所以，再会了，母亲。去，往英格兰去！［下。

国　王 步步跟住他；劝诱他赶快上船；
莫迟延；我要他今夜就离开这里：
就去！因为要依靠这件事的一切
都已经布置就绪：请你们，赶快。

［罗撰克兰兹与吉尔腾司登同下。

英格兰国王，你要是把我的垂顾
当作一回事——我这威棱你该知，
既然丹麦的雄剑使你那创伤
还皮开肉绽露殷红，你内心的畏惧
自愿表忠诚——你就不能去冷淡
我们的敕旨；我在所有的文书里
已一致详明，差你把罕秣莱德
立即去处死。就照办，英格兰国王；
因为他犹如燃烧我血液的瘟热，
你务必医治好：非得我知道已治好，
不管我命运如何，我决不会欢笑。

［下。

第 四 景

［丹麦一原野］

［福丁勃拉思，一队长率军兵列队行进，上。

福丁勃拉思 队长，去替我向丹麦君王表敬意；

告诉他，经他同意，福丁勃拉思
要求带领队伍经过他境内
作许可的行军。会合地点你知道。
要是他陛下有事跟我们面谈，
我们将前往觐见，当面去致敬；
把我这意思转告他。

队　长　　　　遵命，少帅。

福丁勃拉思　慢慢前进。⑭

［福丁勃拉思与军兵下。

［罕秣莱德、罗撰克兰兹、吉尔腾司登等人上。⑮

罕秣莱德　请问官长，这是谁家的军队？

队　长　是挪威王家的队伍，公子。

罕秣莱德　官长，要请问行军有什么意图？

队　长　去攻打波兰的某一部国境。

罕秣莱德　主将是哪一位，官长？

队　长　挪威老王的侄儿，福丁勃拉思。

罕秣莱德　官长，你们是去攻波兰的主部⑯呢，
还是只去打某处边疆？

队　长　说实在话儿，不用有一点夸大，
我们只是去取得一小块土地，
那简直一无好处，只存个空名。
花五块钱，五块，我也不租它；
要是当地皮卖，不论挪威或波兰，
都不能到手更多的一注地价。

罕秣莱德　哎也，那么，波兰人决不会防守它。

队　长　不然，倒是已经给他们守备着。

罕秣莱德　两千条性命，加上两万块钱，
也解决不了这个草芥似的问题：⑰
这是太富裕和承平日久的脓疮
在里边溃烂，外表上却并不显示
人死的原因。多谢您指教，官长。

队　长　上帝保佑您，公子。

罗撰克兰兹　　　　　　　　动身吧，殿下。

罕秣莱德　我马上就来。你们且先走一步。

［除罕秣莱德外，余众同下。

怎么样这一切事物都在谴咎我，
驱策我迟钝的仇恨！一个人要是
他主要的德行和事业只在吃喝
和睡眠，他还能算人吗？只是畜生。
上帝造我们，用这么博大的智慧，⑱
使我们能前瞻后顾，我们决不要
让这脉智能和神明一般的理性，
在心中霉烂不用。却说，是由于
禽兽似的健忘，或什么怯懦的畏葸，
把事情考虑得过于周详缜密——
这思想，一分为四，含一分智虑，
倒有三分是胆小——我可不知道
为什么我向天空喊“这件事得做”，
理由，决心，力量和办法，我全有，
却不做。惯例，泥土般常见，在劝勉；
看这军兵，人数这样多，粮秣
如此富，由一位娇柔的王子统领，

他那灵明，被神武的雄图所鼓舞，
便不惜去藐视无法预见的结局；
使生死难知、胜败莫卜的前途，
去冒命运、死亡、危险之所能为，
争的只是个鸡蛋壳。真正的伟大
并不求胸中无大义便去行动，
但当荣誉有关时，哪怕为一根草，
也势必大大争一下。我如今怎样，
父亲给杀死，母亲被玷污而受辱，
我理性应为之奋发，血液该沸腾，
但却让一切去睡觉，同时多可耻，
眼睁睁望见两万人去赴死，为了
一时的幻想，为追逐些小的令名，
前赴坟墓像上床，去争夺一块地，
它小得还不够这么多人作战场，
甚至小得也不够作墓地来掩埋
阵亡的将士们？啊，从此刻开始，
我得一心去沥血，否则太可耻！

[下。

第五景[19]

[埃尔辛诺。宫堡内一斋堂]

[王后，霍瑞旭及一近侍[20]上。

王　后　我不想跟她说话。

近　侍　她迫切要进来求见，当真是疯了：
她伤心得委实可怜。

王　后　　　　她要怎么样？

近　侍　她总是谈起她父亲；说她听人说
世上有阴谋诡计；咕哝着，捶着胸；
为细小的事情生气；说话很模糊，
只一半有意义；她言语莫名其妙，
可是她胡乱道来，不由得不叫
听的人加以猜测；他们一琢磨，
便拼凑起来去适应他们的想法；
只因她说话时挤眼、点头、做手势，
那当真会叫人以为话里含隐痛，[21]
虽不准是什么，总使人想到坏处。

霍瑞旭　跟她谈谈倒也好，否则她也许在
恶意者的心中散播危险的猜度。

王　后　让她进来。　　　　［近侍下。
［旁白］我灵魂有病，正合于罪孽的本性，
每一件小事像预兆大难将临；
犯了罪总是满腔笨拙的疑惧，
越是怕泄漏，泄漏正由于过虑。

［近侍引莪斐丽亚[22]复上。

莪斐丽亚　至美的丹麦王后陛下在哪里？

王　后　你怎样了，莪斐丽亚？

莪斐丽亚　［唱］我怎样来替你认分明，
　　哪一个是你那真的郎？
凭他的拐棍和光板鞋，

贻贝壳缀在他帽儿上。[23]

王　后　唉呀，好姑娘，这歌儿是什么意思？

莪斐丽亚　您说吗？别问，请您听就是了。

［唱］他已经死了啊，姑娘呵，

已经死，他再也不得回；

他头旁有一片青草皮，

他脚后有一块白石碑。

王　后　别那样，可是，莪斐丽亚——

莪斐丽亚　请您听着吧。

［唱］包尸布白得像山头雪——

［国王上。

王　后　唉呀，看她，王夫。

莪斐丽亚　［唱］装点着有鲜花朵朵香；

情人流眼泪像洒雨，

送进了坟场去下葬。

国　王　你怎么样，俏丽的姑娘？

莪斐丽亚　很好，多谢您！他们说猫头鹰原来是面包房老板的女儿。[24]上帝啊，我们知道我们现在是什么，可不知道将来会变成什么。愿上帝与你同餐桌！

国　王　在想她的父亲。

莪斐丽亚　请你们别提这个吧；可是他们要是问你们这是什么意思，你们就这么说：

［唱］明天是圣梵楞泰因节，[25]

大家都会要早起身，

我将到你的窗前去，

在那里当你的意中人。

他便起床来穿了衣，
　打开了他那扇卧室门，
他把小姑娘放进去，
　她出来不再是女儿身。

国　王　俏丽的莪斐丽亚！

莪斐丽亚　当真，嘿，不用赌咒，我来唱完它：

［唱］凭耶稣，[26] 也凭圣慈悲，[27]
　哎也，恨他们太无耻！
年轻人说做就会做，
　天啊，怪他们活现世。
她说道，你欺侮我之前，
　曾答应要跟我做夫妻。
男的说：我打赌一定会那样做，
　要是你不这么太容易。

国　王　她这样子有多久了？

莪斐丽亚　我希望一切都会变好。我们得忍耐：可是我想起他们竟把他埋在冰冷的泥土里，我便不由得不哭。我哥哥一定得知道这件事；就这么，我多谢你们劝我的话。来，我的马车！晚安，夫人小姐们；晚安，可爱的夫人小姐们；晚安，晚安。［下。

国　王　紧紧跟着她；好好守护她，请你们。

［霍瑞旭下。

啊，这乃是悲痛过于深的苦毒；
都为了她父亲的死。啊，葛忒露，
悲痛袭来时，绝不是单独的前哨，
总蜂拥而至！首先，她父亲被杀；

接着，你儿子离开；他咎由自取，
非出走不得开交；众臣民一片浑，
对朴罗纽司的去世惶惑不安，
尽胡想乱说；我们又处置得太笨，
悄悄地殡葬他；可怜的莪斐丽亚
便变得神思纷昧瞀，心智乱冥蒙，
没有那理性，人徒有其表，是禽兽；
最后，跟所有这一切同样有干系，
她哥哥已经从法兰西秘密归来，
本已经满都是惊疑，待在云雾里，㉘
更不少搬弄是非者，把他父亲
怎样死的恶毒流言注入他耳朵；
这种种毁谤，并无事实作根据，
势必致逢人便窃窃私语，说是我
害了他的命。亲爱的葛忒露啊，
这真像密发榴霰弹的臼炮，死从
四面八方来。

[内作喧呼声。

王　后　　　唉呀，是什么喧闹？

国　王　我的校尉们何在？要他们守住门

[又一近侍上。

发生了什么事？

近　侍　　　请保全御驾，王上；
海洋呼啸着涨上岸，汹涌澎湃，
一下子把浅滩低地吞噬尽，不比
小赉侯底施更飞快，当他带暴众

压倒了校尉们。他们称呼他君王；
仿佛这世界还只此刻才开始，
古风已经被忘记，旧制[29]无人晓，
常言老话[30]得不到认许和支撑，
他们喊“我们选赉候底施作君王！”
扔帽子，鼓掌，欢呼，把这话捧上天，
“要赉候底施作君王，赉候底施王！”

王　后　嗅错了脚迹，还喧嚷得这么高兴！
你们弄反了方向，糊涂的丹麦狗！[31]

国　王　门给撞开了。　［内喧闹声。

［赉候底施执武器，率丹麦人众上。

赉候底施　昏君在哪里？诸位，请站在外边。

人　众　不，让我们进来。

赉候底施　请你们，准许我。

人　众　好吧，好吧。　［彼等退至门外。

赉候底施　多谢你们。守住门。你这贼子王，
还我父亲来！

王　后　平静些，好赉候底施。

赉候底施　我身上要是有一滴平静的血，
我就是野杂种，我父亲就是王八，
我清贞的[32]母亲纯洁无瑕的两眉间
该打上娼妓的烙印。

国　王　究竟为什么，
赉候底施，你这样猖狂地叛乱？
随他去，葛忒露；莫怕他危害我：[33]
一位君王自然有神灵相卫护，

叛逆只能心怀着恶意睨视他，
无法施展它的毒计。赉候底施，
你为何这样动怒？随他去，葛忒露。
说啊，汉子。

赉候底施 我父亲在哪里？

国　王 死了。

王　后 可跟他无关。

国　王 让他问一个畅快。

赉候底施 他怎么会死？我不受你的哄骗：
忠诚，投入地狱去！信誓，归恶魔！
良心和仁爱，打入阴曹的无底洞！
我不怕永劫。这一点我要坚持：
不论此生或死后，我一概不管，
什么要来让它来；我只要为父亲
报个最彻底的仇。

国　王 谁来阻拦你？

赉候底施 除了我自己的意志，谁也拦不了；
至于讲办法，我将运用得那么好，
要一分功夫十分效。

国　王 好赉候底施，
如果你愿意明确知道你父亲
究竟是怎样死掉的，你决定报仇
是否要浑不分友敌，赢家和输家，
来个通盘一扫空？㉞

赉候底施 我只找他仇家。

国　王 你要知道他们吗？

赉候底施　对他的好友们，我将开怀去拥抱；
我愿像舍身哺雏的鹈鹕[35]那样，
用血来养他们。

国　王　　　　　　哎也，现在你说话
才像个好孩儿，像位真正的士子。
对于你父亲的死我丝毫无罪，
而且以莫大的同情感觉到悲痛，
昭昭的事实定能穿透你的明断，
如白日天光照眼明。

人　众　　　　　　［自内］放她里边去！

赉候底施　怎么！那是什么声音？

［莪斐丽亚复上。

呵，激情的烈焰啊，烧干我的脑子！
苦卤了七回的眼泪，腌瞎这眼睛！
天在上，你这疯狂得好好地还报，
我们的秤盘要压过他们的重量。
阳春的玫瑰！亲爱的姑娘，好妹子，
亲莪斐丽亚！天啊，小姑娘的神态
竟像老年人的性命一样脆弱吗？
人在挚爱里，天性变得最娇柔，[36]
所以正当它娇柔时，便叫它自己
跟着所挚爱的东西同逝。

莪斐丽亚　［唱］光着脸他在尸架上给抬走；[37]
　　嗨，哝哝呢，哝呢，嗨哝呢，[38]
　　好一阵眼泪洒在他的坟头——
再会了，我的小鸽儿！

赉候底施　你要是神志清明时劝我报仇，
也不会这样激动我。

莪斐丽亚　［唱］你得唱啊噎，啊噎，
你还要叫他啊噎啊。

啊，轮子[39]跟歌声多么调和！是那个坏良心的管家[40]拐走了主人家的小姐。

赉候底施　这阵胡诌里倒含得有更多的东西。

莪斐丽亚　这儿有迷迭香，[41]是为记挂的；请你，爱人啊，要记挂着：这儿还有三色堇，是为悲思[42]的。

赉候底施　疯狂里有教训，悲伤和记挂配合着。

莪斐丽亚　这儿有茴香花给[43]你，还有耧斗花：[44]这儿有芸香花[45]给你；也有些给我自己：我们可以叫它安息日的天恩草：啊，你佩戴起来可跟我不一样。这儿有雏菊：[46]我想给你些紫罗兰，[47]可是我父亲一死，它们全枯了：人家说他得到个好死——

［唱］欢快的好罗宾是我的心头乐。[48]

赉候底施　悲伤和痛苦，苦痛，[49]以至于惨怛，
她都幻化成娇柔，变性得可喜。

莪斐丽亚　［唱］他可将不会再回来？[50]
他可将不会再回来？
不会了，他已死，
你也就可以死，
他永远不会再回来。

他腮边须髯赛雪花，
黄黄的头发好似麻；

他已走，他已走，

不用苦，不用愁；

愿上帝救他的灵魂吧！

也拯救一切基督徒的灵魂，我祈求上帝。上帝保佑你们。［下。

赉候底施 你见到这情景吗，呵，上帝啊！

国　王 赉候底施，我一定要和你谈一下
你的心头痛，莫否认我这份权利。
跟我一起走，在你最高明的友人中
随你挑几位来判断你我间的是非。
要是他们认为我直接或间接
牵涉到那罪行，我们准把这邦国，
大宝，生命，举凡我所有的这一切，
都给你，以资赎罪。假使不那样，
你便得同意对我们心气和平，
我们将跟你和衷共济地黾勉，
使你有相当的满足。

赉候底施 就这么办吧；
他这样的死法，丧葬如此简陋，
墓上不立纪念碑，不挂剑，没纹牌，[51]
不举行庄严的殡礼，照例的排场，
仿佛从天上到地下都在鸣不平，
所以我不能不追问。

国　王 尽你去追问；
谁负得有罪，让斧钺落到谁头上。
请你跟我来。［同下。

第六景

［宫堡内另一斋堂］

［霍瑞旭与一侍从上。

霍瑞旭 是谁要见我说话？

侍　从 是几名水手，
回大人；他们说他们有柬帖奉上。

霍瑞旭 让他们进来。 ［侍从下。
我不知从这坦荡世界的哪一方
有书来，若不是从罕秣莱德殿下。

［水手数人上。

水手甲 上帝赐福于您，大人。

霍瑞旭 愿他也赐福于你。

水手甲 他准会，大人，要是他高兴。这里有一封柬帖给您，大人：是那位前往英格兰的钦使叫送给大人的；要是尊座的大名是霍瑞旭，如我所被告知的。

霍瑞旭 ［读书］"霍瑞旭，你阅过此书之后，请给来人以机会去见君王；他们有书柬给他。我们出了海还不到两天，有武装犀利的海盗来追赶。我们的船行得太慢，我们只得被迫迎战，在扭扼之中我跳上了他们的船：顷刻间他们离开了我们的船；于是光是我成了他们的俘虏。他们对待我像一伙仁善的好汉；但他们知道他们做的是什么事；[52] 我要做件事报谢他们。让君王收下我给他的书柬；然后你要逃命似的火速来看我。我有话亲自对你说，那会把你吓呆；可是言语总会太轻远了去，而事情却要沉重[53]得多。这几个伙计会引你来到我所在之处。罗撰克兰兹和吉尔腾司登还在驶往英格兰的途中：关于他们，我有许多话要告诉你。

祝　　安好。

你知道他是你的知心，罕秣莱德。"[54]

来吧，我要引你们把书柬去送掉；
而且要快些去，以便你们带领我
去见那位要你们送书柬的贵人。

［同下。

第 七 景

［宫堡内一斋堂］

［国王与赉候底施上。

国　王　现在你该已明察，得确认我无辜，
而且应将我放在你心头当朋友，
既然你已经听说过，耳聪又心明，
那把你高贵的父亲杀害的凶手
也要我的命。

赉候底施　　　　好像是这个情形：
可是请告诉我为什么您不去对付
这些个罪大恶极、该杀的顽凶事，
为您的安全，论明辨，考虑到一切，
您被迫该行动。

国　王　　　　　　　　为两层特殊的原因；
对于你它们也许显得很微弱，
但对我却极有力量。王后他母亲，
几乎不见他不能活；至于我自己——
算我的长处或灾祸，不管哪一桩——
她跟我的生命和灵魂如此相连，
就好比星辰不能离轨道而运行，
我简直不能离开她。另一个缘故，
为何我不便把他来公开审讯，
是因为一般民众非常爱戴他；
他们将他的短处全浸在好感中，
犹如把木头变成石头的泉水[55]般，
把他的脚镣[56]会变作光荣；结果是，
我的箭，造得太随便，经不起大风，
不但射不中我指向前途的目标，
会回转身来，把弓砸破。

赉候底施　这样我就死了位高贵的父亲；
一个妹妹被逼得没有了指望，
她那品貌，我怎能不怀念过去，[57]
真可称得起出尘拔俗当今独，
绝世貌无双。[58]可是我总得报仇。

国　王　不要为那个失眠：你切莫以为
我们只是那样个不成材的木瓜，
尽人家揪住了须髯拉扯和威胁，[59]
会当作好玩。你不久将听到下文。
我爱你的父亲，也爱我们自己；

这就会，我寄予希望，使你意想到——

[一使者持书上。

什么事，有甚消息？

使　者　罕秣莱德有书来，

禀我王：这封给陛下；这封给娘娘。

国　王　罕秣莱德寄书来？是谁送来的？

使　者　听说是水手们，王上；我没有见到：

是克劳迪欧[60]给我的；他从捎书人

手里接到的。

国　王　赉候底施，听我念。

你去吧。　[使者下。

[读]"谨上书于位崇而权隆之尊座，兹特报知我已被光身放在您邦疆之上。明日请允准我前来干黩御睐：届时我将，除先请恕罪外，面陈我突然且更可惊的[61]回来的原因。　罕秣莱德"[62]

是什么意思？旁的人也都回来吗？

或者是欺骗，没有这样的事情？

赉候底施　您认识笔迹吗？

国　王　是罕秣莱德的亲笔。

"光身"！且信末的附言还说起"独自"。

你能对我作说明吗？

赉候底施　我给弄迷糊了，吾王。但让他来吧；

想起了我能有一天对他挑衅道，

"这原来是你干的，"我心头本暗淡，

就变得欢畅。

国　王　要果真这样，赉候底施——

怎么会这样呢？怎么能不是这样？——[63]
你是否听我的调度？

赉候底施 我听，王上；
只要您不命我跟他和平相处。

国　王 要你能心气平和。他要是已回来，
是半途折了回来，[64]而且已决意
不想再前往，我将促使他去从事
我现已策划成熟的一桩功勋，[65]
他一经落入机关，便不能不殒灭：
他的死决计引不起风动的闲言，
即令他母亲也不会责怪那巧计，[66]
而叫它是意外。

赉候底施 王上，我听从驱遣；
我尤其乐意，要是您能筹谋得
使得我当您的手足。

国　王 这正好合式。
自从你常游历他邦，大家谈起你，
罕秣莱德也听见，总说你有一身
与众不同的绝技：你所有的才艺
都不抵这一件更能招致他嫉妒，
虽然据我看来，在你的众长中
它最是不足道。[67]

赉候底施 是什么才艺，吾王？

国　王 是年少青春期帽上的一条缎带，
自有它的需要；因为英年时正适于
有它的那副欢乐又轻快的外表，

不下于稳重的老年配貂裘袍服，
以表昌隆[68]和可敬。两个月以前，
这里有一位来自诺曼第的士子——
我亲自见过法国人，跟他们打过仗，
他们的马上功夫真来得；但这位
倜傥子弟在这件本领上有魔术；
他长在马鞍上，驰骋得出神入化，
简直好似跟那匹绝妙的骏马
合成为同性的一体。他那身功夫
非我的想象所能逮，结果幻想出[69]
千姿万态我休想及得他。

赉候底施　　　　　　　　　　　那是个
诺曼第人吗？

国　王　　　　　　是个诺曼第人氏。

赉候底施　我敢打赌，是拉蒙。

国　王　　　　　　　　是这个名字。

赉候底施　我和他相当熟悉；他在全法国
当真是帽上的扣针，[70]算得是国宝。

国　王　他也得承认[71]你武艺非同小可，
在说到防身的熟技和机敏上头，
将你夸赞得那样世上无匹敌，
特别是你的击剑一道更如此，
以致他声言，要是有人能平抵你，
那真会是一场奇观：彼邦的剑客，
他发誓，要是遇到你，会既无劈刺，
招架，又没有眼锋。少君，这传报，[72]

那样激发了罕秣莱德的嫉妒，
以致他什么事情也不做，只愿、
只求你赶快回来跟他比一手。
现在，这么就——

赉候底施 这么就怎样，吾王？

国　王 赉候底施，你当真爱你的父亲吗？
还是你只像那张悲哀的画像，
有脸无心？

赉候底施 为什么您要问这个？

国　王 并不是我以为你不爱你的父亲；
可是我知道爱心随时间而产生，[73]
但我从经验里见到的实事[74]显得
它也会使爱的火星与热情消减。
就在那爱的火焰里头居正中
便是支灯芯或烛蕊，会把它减弱，
天下没事物能永远同样地美好，
因为美好，滋长得渐渐成多血症，
会因太富裕而死亡；想要做件事，
我们该做于想做时；因为这想做
会变更，它有消减与迁延，多得跟
七张和八嘴、七手又八脚、意外
及事故一样多，[75]于是那该做便像
败子般叹声息，[76]松气却伤身。可是，
谈当前的痛处：罕秣莱德回来了；
你预备做什么，显得你是你父亲
真正的孝子？

赉候底施　　　　　　就在教堂里也杀他。

国　王　当真，任何处也庇护不了凶杀罪；
报仇该没阻拦。可是，好赉候底施，
你能这样吗，待在住处不出门？
罕秣莱德回来将听说你回了家：
我们叫些人夸赞你武艺超群，
把那个法国人对你的那番颂扬
再频添些光彩，最后使你们相见，
赌你们的输赢：他为人粗疏怠忽，
最宽弘博大，绝没有一点计谋，
不会去检视那几柄钝剑，很容易，
或许只略施小计，你便能选一把
不戴上扣子的剑，[77]以奸险的一击[78]
报还他的杀父之仇。

赉候底施　　　　　　　　我要这么干：
而为此目的，我要在剑头上涂药。[79]
我向个江湖卖药人[80]买到一剂膏，
那药性毒得只消把刀尖蘸一下，
划出了血来，便不拘哪一种膏药——
用尽月光下有特效的药草配制成——[81]
尽管它如何灵妙，也休想救得了
那给划破的人的命：我用这毒膏
抹上那剑尖，只要他稍一给擦伤，
便管保叫他死。

国　王　　　　　　　我们再仔细想想；
要考虑什么时间和方法的便利

对我们去着手合式：这要是失败，
我们的计谋若叫人看出马脚来，
倒还是不试这一着：所以这计划
得有第二个作后备，倘初试炸了时[82]
好保证成功。且慢！容我来想想：
对你们的赛技，我们该隆重下注：[83]
我有了：
你们在比剑行动里又热又渴时——
你所以得奋力劈刺，务使他那样——
他叫要喝水，我当已为他备就了
恰好派用的一杯酒，只待他一喝，
即令他偶然逃过了你那毒刺，
我们还是会成功。且住，是什么声响？[84]

［王后上。

怎么样，亲爱的后妻？

王　后　灾祸一桩桩跟着来，真后先接踵
而至。你妹妹淹死了，赉候底施。

赉候底施　淹死了！呵，在哪里？

王　后　有一株杨柳斜插过一道溪流，[85]
银灰的[86]叶子映在玻璃般的水里；
编了些奇异的花环，她来到那边
用的是金凤花、荨麻、延命菊、长紫兰，[87]
这个，恣肆的[88]牧子们叫鄙亵的名儿，[89]
我们贞淑的[90]小娘们却称它"死人指"：
那里，她攀登水上的树枝去悬挂
那些个花环，恶毒的枝丫忽断裂；

蓦地里花环[91]连同她的人都掉进
鸣咽的溪水中。她的衣裙张大了；
它们把她鲛人般托起了一会儿：
这时节她还唱些片段的古圣歌；[92]
好像她全然不懂得自己的悲苦，
或是像个水里边生长的东西般，
能习以为常：可是那情形不能久，
她的衣裙吸饱了溪水变得重，
把那可怜的人儿，在曼歌轻唱里，
拖入泥污去死。[93]

赉候底施　　唉呀，那她是淹死了？

王　后　淹死了，淹死了。

赉候底施　水已经有得太多了，苦妹妹，
所以我不叫我的眼泪流：但这是
我们的习惯；天性脱不出常规，
尽羞惭怎样去说：眼泪流掉了，
妇人气也就完了。再会吧，吾王：
我有篇火烧的言辞，只想要燎炽，
若非这眼泪浇熄了它。[94]　　［下。

国　王　　葛忒露，
我们跟着：好费事，我平了他的怒！
现在我只怕这又要把他激怒了；
所以，我们且跟着去。　　［同下。

第四幕　注释

① 此分幕分景法始自1676年之伶人版四开本，为以前各版四开对开本所无。Johnson：

这个近今的分幕法在这里不很得当，因为这停顿是在比几乎所有其他的剧景里更有动作的连续性的时候形成的。Caldecott 提出，Elze 和他有同见，谓第四幕应自现在的四幕四景开始。后者提议说，也许（如各版四开本所表示的）王后在罕秣莱德一离开她后立即去找国王，而在廊庑里遇到他后，就同他及他的廷臣们走进国王的这一间斋堂。

② Cowden-Clarke：王后听从她儿子的意思使国王相信他是疯的，并且以她为母的机巧把他的疯狂作为他闯祸的托辞。这对于罕秣莱德要“装出一副古怪的言谈行止”和假装疯狂的原始动机能提供一个线索；他预见到这样做对于能为他将有一个坚持不渝的行动目的消除疑虑，以及可以解释他将做的任何敌对企图，或许是有用的。

③ 原文“kept short”，Clark 与 Wright（克拉伦顿本）解作“拴系住，控制住”，Schmidt 释“束缚，羁勒，制止”。

④ 原文“out of haunt”，Steevens 解作“不使与人接触”，Schmidt 训“远离公共场所，不与许多人接触”。

⑤ Moberly：这或者完全是王后的编造，或者在罕秣莱德的讥嘲之后果真继之以悲哀。

⑥ 方括号里的四行多，原文各版对开本付阙如，原文“so，haply，slander”，（这样，也许诽谤）三字各版四开本也都没有，为经 Capell 所修改过的 Theobald 的校补，从他们的有 Steevens，Caldecott，Boswell，Knight，Collier，Singer，Elze，Dyce，Staunton，White，Keightley，Hudson，Moberly，Furness，Craig 等许多家。Clark 与 Wright（剑桥本）谓，“malice”（恶意）或“envy”（妒忌）也可以补足漏夺，不一定是“slander”（诽谤）；他们在剑桥、环球与克拉伦顿三种本子上都从四开本。Tschischwitz 建议校补“by this，suspicion”（便这样，猜疑）三字，说是指国王想要做的事，即遣走罕秣莱德往英格兰。他并且主张这四行多直至“……空气”当初是一段旁白。

⑦ Coleridge：罕秣莱德的疯狂在于把他刚才所想起的一切想法都由衷地说出来；——事实上，就是讲逆耳的老实话。

⑧ Steevens：自莎氏以后这句话便成了句成语。

⑨ 对这一句，从 Johnson 到 Moberly 有九家的各种各样的解释或猜测。举一两个例子，以见一斑。Douce：那身体，即君王的外形，跟他叔父在一起；但是那真正的与合法的君王则不在那身体里头。Singer：当今的王上是个没有君王灵魂的身体，一件没啥啥的东西。Clark 与 Wright（克拉伦顿本）认为罕秣莱德故意说得不知所云，Furness 有此同感。

⑩ 各版四开本无此语。Hanmer：孩子们有一种游戏叫这名称。Singer：多半就是现在叫作“迷藏戏”的。White：这声叫喊只是罕秣莱德假装疯狂的标志之一。

⑪ 原文“convocation of politic worms”和接着所示意的“diet of worms”（蛆虫的伙食），Singer，Herford 等谓语涉双关，除表面含义外，并讽指 1521 年日耳曼帝国天主教会在伏尔摩斯城召开的显要会议（Diet of Worms）。按，当时德国宗教改革领袖马丁·路得（Martin Luther，1483—1546，他本来是个 Augustine 派的僧侣）因公开反对天主教会对自教皇而下至神父之特别赦罪政策与制度（就是说，所有

大小各级僧侣凭教皇一纸命令，可以豁免一切罪孽与应有的忏悔，亦即神权在握，尽可无恶不作），而把他的《策论》（*Theses*）钉在威登堡（Wittenberg）教堂大门上，结果被传至伏尔摩斯会议上判处咒逐出教。创建于 1502 年的威登堡大学的师生中，有不少人闻风响应，追随路得的义旗，反对旧教的腐劣。崇尚个人信仰自由的基督新教，便这么在万众景仰之中日益传播而得以形成。德国的宗教改革在西欧开风气之先，在人类精神史上是一件了不起的大事。威登堡大学因而声名大振，非同等闲；无怪莎士比亚使罕秣莱德在这所光明的学府里领受人格上的陶冶启示，虽然他明知（我信）这里边有一个所谓时代错误（anachronism）。有人如耶鲁本的编者 Crawford 认为这里“一大伙政治蛆虫正在开会议”等影射伏尔摩斯会议的说法是牵强附会，只恐未必。

⑫ Delius：国王不能上天，他必须派个使者去。

⑬ Caldecott：这个至美的与突然的、暗示神灵洞悉与干预此事，跟国王表示关心罕秣莱德安全的阴恶居心正相对照，闪耀到我们心上既惊奇而又可喜，没有相似的例子可以比拟，是不愧这位戏剧巨匠的大手笔的。Moberly：天使们是上天的爱的神使；所以他们当然晓得国王对罕秣莱德的真心的爱。按，用最光明绚烂的东西来比照最黑暗阴毒的东西，这无比锐利的讽刺划破这贼王的黑心，闪闪发亮。

⑭ Collier：这句话也许是对他的军兵说的。

⑮ 从这句导演辞起直至景末，各版对开本完全删去。Knight：这一景——罕秣莱德的踌躇不决的一个端绪是这样优美地在这里头被提供出来——在各版对开本里所以被删去，也许是因为全剧太长了，而且它对于推进动作没有帮助。Collier：这一景作为罕秣莱德性格的钥匙是这样重要，它的被删去使我们相信初版对开本里这出戏的节缩是当时伶人们的操作，非出于莎氏之手。Lloyd：这一景里的独白虽然很优美，但我倾向于认为削掉它也许是故意的——因为不需要，太延长了剧情动作，而且，也许，把罕秣莱德的弱点呈露得太粗糙了；这显示他下定他报仇的最明确的决心，正当他掉转背来离别宗邦，放弃了那样做的最后机会。虽然如此，这一段和还有别的几段要是真正删削掉那实在太遗憾了，虽然我是倾向于认为诗人是确实牺牲了它们的。按，译者觉得宜以 Lloyd 说法为较当。Coleridge，Knight，Collier 等诗人学者们的看法，以为罕秣莱德秉性优柔寡断，犹豫蹉误，我不能同意，说见三幕一景八三至八八行注。莎氏在对开本所根据的写定本里删掉包括景末独白的这一段，就诗意与文字而言，虽然可惜，但以观众了解这位主角的性格论及为避免误解起见，实有必要。这就更足以证明我的论点。

⑯ 主要部分。Clark 与 Wright（克拉伦顿本）谓，“main”解作“主力”。

⑰ As You Like It：这两行由罕秣莱德说出定必是错误的，它们无疑应属于队长。罕秣莱德显得完全不知道挪威军队的目标。队长说起这一小块土地时心存鄙蔑，他不愿出五块钱去租它，但为收复它要牺牲那么多性命，花费那么多钱。在这以后，罕秣莱德开言得颇为恰当，“这是太富裕和承平日久的脓疮”。Tschischwitz 则主张这段话直到“人死的原因”都由队长说，原因是这段剧词跟罕秣莱德以后所说的不符，那里荣誉是推动他奋发的原因，不是一个“太富裕和承平日久的脓疮”。

⑱ Johnson：这样的理解幅度，这样检视过去和预期未来的能力。

⑲ 有两位批评家指出，第三幕应用上一景予以结束（即将四幕一、二、三、四景改为三幕五、六、七、八景），这第五景应把它作为第四幕的开始（即改为四幕一景），随后的六、七两景则按序更名（即改为四幕二、三景），兹介绍他们的说法于后。Miles：这一幕［第三幕］应当以福丁勃拉思和他的军队的堂皇威武——以丹麦将有较好的命运这一道闪光划过这愈益深沉化的剧情，来把它结束。［第三幕］在这里结束，则［罕秣莱德赴］英格兰之行所花的间隙，赉候底施从巴黎回来，以及福丁勃拉思出师波兰而返，都可以投在幕间——它们在剧中的自然的处所。建议中的把第三幕这样延长会使这最伟大的悲剧变得也最均衡对称；而第四幕，去掉它所有的、现在被误认为是个修辞上的层退法（anticlimax）的混乱之后，将会致力于一意地集中到它的两个卓绝的对比上来：赉候底施的报仇和罕秣莱德的报仇，以及莪斐丽亚的全然的疯狂和她情人的一半假装的疯狂。这在书斋里细细的读来和在剧院里看舞台演出几乎同样能增加艺术效果。Marshall：这一景和前一景之间相隔至少有一个月，也许更久些。这一点可以在检视后面两景里见到。在本景之末不可能有中断发生；国王与赉候底施在第七景里的对话分明是本景末尾的剧情的延续；第六景所占的时间只够给国王用以向赉候底施解释朴罗纽司怎样致死的情形。从第六景里，我们知道罕秣莱德已回来，在他出行的第二天他曾被海盗们掳去；他被他们俘留了多久则没有明说；那一定有若干时候，因为在第四与第五幕之间最多不会超过两天，而在第五幕之末我们见到钦使们宣告罗撰克兰兹与吉尔腾司登已死，以及福丁勃拉思已自波兰回来，所以很明显，新的剧幕前所包含的中断应落在第四幕第四景之后。况且，假使莪斐丽亚的疯狂在一个新的剧幕开始时介绍到剧中来会显得更有效力，而剧幕开始前的那个假定的间隙则会给产生它的原因以烘托得更像真的色彩。

⑳ 各版四开本有此近侍；各版对开本把他省去，他的话则由霍瑞旭说出。Collier 谓，对开本把近侍省略，无疑是为避免多雇用一个伶人。按，十四至十六行“跟她谈谈……让她进来”，在各版四开本上由霍瑞旭说，在各版对开本上归王后说出。译文系从 Blackstone，Collier，Staunton，Keightley，Clark 与 Wright（剑桥、环球、克拉伦顿本），Moberly，Furness，Craig 等多家的读法分配。White 则谓应从各版对开本：十四、十五行出诸王后之口远较适当，作为她改变她对于莪斐丽亚的决意的考虑，而不是作为一个臣民对一位王后的直接的警告。Cowden-Clarke：我们以为使罕秣莱德的挚友霍瑞旭在王子不在时看顾莪斐丽亚，温存地替她设想，并且领她到他母亲跟前来，是最适当不过的，可谓绝妙。我们有此感觉，所以相信这是莎氏重新考虑后的意向。Clark 与 Wright（克拉伦顿本）云：十一至十三行，说得这样谨慎地晦涩，似乎更合于一位普通廷臣的口气，而适于霍瑞旭。

㉑ 原文“thought”，与前行末一字“thoughts”（思想、想法）完全不同，而与后面一七七行之“there is pansies，that's for thoughts”（这儿还有三色堇，是为悲思的）和一八八行之“Thought and affliction”（悲伤和痛苦）的“thought（s）”则相同，Schmidt 释“悲思”，又“悲伤（哀），忧郁”。Clark 与 Wright（克拉伦顿本）：这说话的人不愿把话说得太明确。他要是说清楚了，便会这样说，“她的话和姿势引人推想她当是遭到了什么大不幸。”

㉒ 在 1603 年的初版四开本上，这导演辞是“莪斐丽亚上，弹弄琵琶，披发而唱”。Hunter：也许初版四开本上的琵琶被删掉，正当下一行被增入时，因为说这一行须得向王后狂奔而去，手抱琵琶对于作此行动有妨碍。二、三、四、五版四开本作“莪斐丽亚上”；各版对开本作“莪斐丽亚于疯狂中上”；这里采取 Clark 与 Wright 之剑桥本与克拉伦顿本的校改。Reynolds：这本戏没有哪一部分在舞台上表演起来能比这一景更凄恻动人的了；这一点，我猜想，是出于莪斐丽亚对她自己的不幸完全没有了知觉。Coleridge：莪斐丽亚唱着歌。啊，请注意这里这两个彼此从不分开的思想被连结在一起表现出来，即对于罕秣莱德的爱和她的孝思，在她纯粹的想象之流上则率真地飘浮着她父亲和哥哥新近对她所表明的警告和不太优雅地对她所断言的恐惧，她的清名据说便暴露在他们所恐惧的危险之前。这个联想的活动可在六十七、六十八两行里得到例证。

㉓ Warburton：这是在描写一个朝圣的香客。当这一种敬神的风气正在流行时，恋爱的私情往往在这样的掩护下得以相通。所以老的歌谣和小说把朝圣作为情节里的主题。缀贻贝（海扇）壳的帽子是这一神职的基本标志之一；因为那些敬神的主要地点都在海外或沿海边，香客们便惯于把贻贝壳饰在帽子上，以表示他们敬神的意向或行动。Furness 的新集注本 330 页上有流传下来的据说与莎氏当时一样的或差不多的一支歌谱。这起初三节属于同一首歌，唱起来用同一个曲调。

㉔ Douce：葛洛斯忒郡民间流传着这个故事，据说是这样讲述的：“救世主有一天走进一家面包房，那里正在烤面包，他向他们要一点面包吃。老板娘马上把一块面团放进烤炉去替他烤，但被她女儿所责怪，她硬说那面团太大了，把它减少成很小的一块。可是那面团随后立即开始胀大起来，顷刻间变成非常大的一块。女儿见了不禁叫道，‘嘘，嘘，嘘，’那猫头鹰似的声音大概就使救世主因她那邪恶将她变成了那样一只鸟。”这故事常说给孩子们听，使他们不敢对穷苦人使出那样的吝啬行为。

㉕ Hudson：这些歌里有些歌词语涉猥亵是异常可悯的；这告诉我们，正如没有别的东西能这样做，莪斐丽亚是绝对不自觉她在说什么的。按，这首歌词的曲谱也在 Furness 的新集注本上（333 页）可以见到。据 Chappell 云，在一些十八世纪的歌谣剧曲集如《修靴匠之歌剧》(1729),《教友派人之歌剧》(1728) 等里面可以找到。Halliwell：这支歌曲系指在这个节日的早上，一个［单身青年］男子所看见的第一个姑娘就被他当作他的梵楞泰因或情人的那个风俗。那风俗一直流传到上一 (18) 世纪，在约翰·该（John Gay，1685—1732）的作品里被绘形绘声地记录下来。男女青年们各自在二月十四日圣梵楞泰因节挑选情侣的风俗（挑选姓名时用抽签或占卜法），在英国由来甚古。抽中或卜到的姓名便是抽签占卜人的梵楞泰因。Douce 将这风俗追溯到古罗马的牧畜保护神纪念节（Lupercalia，2 月 15 日），那一天有同样的风俗盛行着。这一位圣徒的生平经历里并没有东西能用以制定这样的风习，他的生日只是被挑选为在时间上最适宜于嫁接一个基督教的节日。据信在这一天飞鸟们也挑选它们的伴侣。

㉖ 原文“Gis”，Ridley 遍查各种圣徒名录，不能发现；他相信是“Jesus”一字的古代缩写之讹。

㉗ Steevens 谓，天主教里有这样一位圣徒。

㉘ 原文无“雾”意，或可译为“待在云层里”。Caldecott：即“在高远处，且与世人相隔绝”。

㉙ Moberly：仿佛管理邦国大事全由暴民们的一团高兴用随意投票来决定。

㉚ 对原文“word”，有“ward”，“weal”，“work”，“worth”，“wont”等多家的校改建议以及解释。Schmidt 认为一切校改都是完全不需要的，“每句话的认许和支撑”即是说“每一件事可以给群众用作大家认许和支撑的箴言或口头禅的都已经失效了”。

㉛ 这两行里所用的隐喻取自打猎用语。

㉜ 原文“true”，Delius 说是“贞洁的”。

㉝ Johnson 在上面“平静些，……”后加一导演辞“将彼扭结”。Delius：可以推定，王后在这里将她自己拦在她丈夫和狂怒的赉候底施之间。Clark 与 Wright（克拉伦顿本）：她扭缠住赉候底施，阻止他狙击。

㉞ 原文“swoopstake”，Clark 与 Wright 在克拉伦顿本上云，这隐喻取自一场纸牌戏，当时赢家把全盘赌注来一个统吃。这样在隐喻里混和了两个意思，意义不免有点乱了。Moberly：你可是要不分友敌，一概发泄你的恼怒吗；像一个赌徒那样，坚持要来个全盘统吃，不去管赢家或输家。

㉟ Caldecott 引 Sherwen 云：“从鹈鹕把它的下半爿鸟喙搁在胸前，以便幼雏从它那精赤的肉色大嘴里啄取食物的模样，这喂食的形态就是这里所描写的。”Rushton 引列莱（John Lyly，1554?—1606）之《优茀伊斯和他的英格兰》（1580）：“鹈鹕，它把自己的身体啄出血来，以裨益于人家，”Clark 与 Wright（克拉伦顿本）：在《理查二世》二幕一景一二六行和《黎琊王》三幕四景七七行，小鹈鹕是用作忤逆的实例的。

㊱ Clark 与 Wright（克拉伦顿本）：“Fine”似乎解作“delicately tender”（娇柔），“instance”则解“Proof”（证明）或“example”（例子）。“The thing it loves”（它爱的东西）在这里是朴罗纽司；“precious instance”（宝贵的例证）是莪斐丽亚的心神之健全。她的神志清明已经跟着她父亲进了坟墓。

㊲ Furness 谓，这几句歌词找不到曲调。

㊳ 这一行里的“Hey”（嗨），Schmidt 说是嬉笑的叫喊，Onions 谓系表示兴奋、惊奇、狂喜的叫声，“non nonny”（哝哝呢）等，Schmidt 说是表示欢乐的叫喊，这里被莪斐丽亚在她疯狂里荒唐地用来表示悲哀，Onions 则谓是没有意义的叠唱。Steevens：据说在诺福克郡（Norfolk）民间，“nonny”作“戏弄，玩耍”解。

㊴ 原文“wheel”，Heath 谓可能是指歌谣里的叠唱，Dyce，Steevens，Staunton 都赞成此议，但 Clark 与 Wright（克拉伦顿本）云，这个字用作这一意义找不到满意的例证。Johnson 建议：“也许这位被管家拐骗去的小姐因穷狠了只得纺织过生！”

㊵ Collier：没有这样的歌谣曾被发现过。

㊶ Staunton：可怜的莪斐丽亚分配花草给各人有她的次序。她送给每个人的花草在通行的意义上总合于他的年龄或气质。对赉候底施，在她精神错乱中她也许误以为他是她的情人，她给与了“迷迭香”作为他真心记挂她的象征；“三色堇”则

表示恋爱的悲思或烦恼。Delius：也许这些花只存在于莪斐丽亚的幻想中，并没有真的花分配给在场的人。Clark 与 Wright（克拉伦顿本）：迷迭香据信能增强记忆，所以它便成为象征记挂（或忆念）与忠于爱情的花，《冬日故事》四幕三景七四至七六行：

这里有两束
迷迭香和芸香给你们；这些花儿
一冬天都保持花形美好和花香：
致你们两位以天恩和忆念。

据 Clement Robinson 在《一把可人的愉快》（*A Handfull of pleasant Delites*，1584）里说，"迷迭香是为忆念的"；"茴香花是给阿谀奉承者的"，"紫罗兰是为忠于恋爱的"。

㊷ 这里"thoughts"不能译作"思想"，"心思"或"相思"，Hunter 解作"忧郁"，Staunton 解作"烦恼"，Schmidt 之《莎士比亚辞典》释"悲思"，Onions 之《莎氏词汇》释"忧虑，焦思，悲伤，忧郁"。"Pansy"（三色堇）这字来自法文"pensáe"，而"pensée"在法文里解作"thought"，"thought"在这里则为"悲思"或"悲伤"。

㊸ Malone：我斐丽亚把她的茴香花和耧斗花给了国王。前者代表巧言令色，谄媚逢迎。Nares，Staunton，Dyce 等皆作此说法，当系据 Clement Robinson 书中所记。

㊹ Steevens：耧斗花代表忘恩负义。Stephen Weston：耧斗花象征老婆偷汉，因为它的蜜槽有角，它们很特别。

㊺ Steevens：我相信这一段在使用双关谐语；"rue"古时与"ruth"含义相同，即悲伤。莪斐丽亚给了王后一些，留下一部分来给她自己。Malone：我斐丽亚的意思是，王后将特别合适在礼拜天（当她因为有那么多理由去悲哀悔恨她的罪恶而乞求天恕时）叫她的"芸香花"、"天恩草"。给了王后一把芸香花，去提醒她应对她乱伦的结婚感觉悲哀和悔恨之后，莪斐丽亚告诉她，她佩戴起来应当跟她自己有所不同；因为她自己流泪是由于丧失掉一个父亲，王后流泪是为她的罪过。Caldecott 与 Skeat 的解释跟此说差不多。

㊻ Henley 引葛林（Robert Greene，1560?—1592，莎氏同时剧作家）的《对一位骤贵的朝臣的讥嘲》（*A Quip for an Upstart Courtier*，1592）解释这花的性质道："在他们近旁长着那假装的雏菊［又名延命菊］，去警告那些容易堕入情网的女娘们不要轻易相信那些多情好色的独身男子对她们所作的每一句好听的诺言。"Dyce：莪斐丽亚是说雏菊是给她自己的吗？ Clark 与 Wright（克拉伦顿本）：原文没有说她把它给了谁；也许不是给国王，便是给王后的。

㊼ Malone：在 C. Robinson 的《一把可人的愉快》里，紫罗兰代表忠于恋爱。Clark 与 Wright（克拉伦顿本）：也许她是对霍瑞旭说的。

㊽ Chappell 谓，这些歌在好些古歌曲集里流传得有。Furness 之新集注本上（349 页）印有它的第一行"我的罗宾进了绿树林"及其曲谱。

㊾ Furness："passion"解作"苦痛"，见《麦克白斯》三幕四景五七行。

㊿ Chappell 也引录了此歌的曲谱，见 Furness 新集注本 350 页。

⑤1 Hawkins（在1821年之老集注本上）：这个常习一直保持着，直到今天，不仅是剑，而且兜鍪，手笼，靴踵铁，铠甲外套（即罩在铁甲上的外套，上面古时候绘有穿戴者的纹章，“coat of armour”一词即由此得名），都悬挂在每一位武士的墓上。按，“hatchment”Schmidt与Onions都释为丧葬用的纹章牌子，它的形状为盾形或方形或梭形。

⑤2 Miles主张这一被掳不出于偶然，而是罕秣莱德预先安排好了的，他对国王说“我看见一个见到你用心的天使”（四幕三景五一行）时就作了暗示，但在他跟他母亲长谈结束时极显然而且特地暗指到这件事：“啊，最最妙|莫过于双方的巧计一同爆炸。”——“假使‘crafts’（巧计）这个字在莎氏当时有它现在的海事用语的意义，仅仅这双关就足够借以断定这是个预先安排好了的被掳。怎么安排的，在剧本内哪里也没有提起过；但租借一艘自由巡海船的机会，一位丹麦王子不会没有，而且，更重要的是，福丁勃拉思的水师当时正泊在艾尔辛诺港内。在这两位王子之间，正好这么隐约地讽示过，是有一层默契的。可是下面这几行只允许一个解释：‘就来吧；|叫那撒网的相好自去投罗网，|倒是挺好玩：要来就叫他来得凶，|我要在他们地道下再掘深一码，|把他们轰上九霄云。’我们可以设想，这需要对于批评上的愚钝作不可思议的原谅，才能忽略这样显著地预告的一个破计之计。……为使确言双重地肯定，还来这封给霍瑞旭的信，‘在扭扼之中我跳上了他们的船：顷刻间他们离开了我们的船；于是光是我成了他们的俘虏。他们对待我像一伙仁善的好汉；但他们知道他们做的是什么事。’情况的证据能超过这种种吗？”

⑤3 原文“bore”实解为“弹径”或“铳腔”，隐喻为“重要性”。

⑤4 Cowden-Clarke：这个对于致他知心朋友的沉着而极真挚的信的单纯的、可是有力的结束，我们认为，充分表示罕秣莱德是完全神志清明的。疯子不会写得这样凝练而贴切；假使他们热情，他们便写得强烈，假使他们兴奋，他们便写得激越；可是这里是友谊的温暖，出之以稳静的词句，情绪的热烈，出之以确言的静肃。

⑤5 Johnson：此明喻既不对这段对话的要旨适合时宜，也没有应用得精确。假使这泉水能把贱金属变成黄金，这想法也许较为适当。Reed认为莎氏这里所指的是约克郡（Yorkshire）那勒斯市邑（Knaresborough）的滴落泉，它会把放在它下面的东西包上一层石灰质沉淀。Clark与Wright（克拉伦顿本）引列莱（John Lyly，1554?—1606，约长于莎氏十岁的莎氏同代散文名家与剧作家）的《优弗伊斯》（*Euphues*，1579）云，“但愿我啜饮过那条在加里亚（Caria，在古代小亚细亚西南部）的河流的水，那会把喝过它的人变成石头。”

⑤6 Clark与Wright（克拉伦顿本）：“gyves”为系在足踝上的脚镣。国王的意思是，要是把罕秣莱德逮捕起来，关在监狱里，处他以杀死朴罗纽司的罪，老百姓会更加爱戴他。

⑤7 原意为“要是称赞能回头”。Johnson：要是我可以称赞过去曾有过的事，但现在已经不复能见到了。Clark与Wright（克拉伦顿本）：要是我可以把她的过去来称赞，不是把她的现在。

⑤8 这一行半直译可作“高高在时代之巅，向众美挑着战，看她们可能争胜她”。

Furness：她的品貌向整个时代挑战，要它否认她的绝世无双。

⑲ Clark 与 Wright（克拉伦顿本）：危险震动须髯时，它便近在目前了。按，我们叫作“迫在眉睫”。

⑳ Crawtord：一个在剧中未上场的角色。

㉑ Abbott：“我突然的，且比突然更为可惊的……”

㉒ 这封信口气似极平凡，然寓意却极尽戏弄挖苦之能事，而又使克劳迪欧斯一无把柄可抓，真是一个正义凛然的士子，面对着威武，在击败了他的奸谋之后，对它表示无比轻蔑的绝妙写照。“位崇而权隆”与“干黩御睐”是在笑骂他权力大，但还是失败了，“请恕罪”也是挖苦，“我突然且更可惊的回来”是说“我没有被送往英格兰而回来了，当出于你的意外，使你大吃一惊吧？”玩笑开得有劲；“被光身放在您邦疆之上”使国王莫名其妙，而又显得这事罕秣莱德是被动的，怪不得他。凶王派两条走狗押送罕秣莱德去英格兰，原来计划他必死无疑。他如今突然回来，非但将使贼子篡夺来的江山不稳固，甚至会危及他的生命。这封信便这样使他哭笑不得，无比痛苦。

㉓ Delius 与 Keightley 都认为原文“As how should it be so?”（这怎么会这样？）有讹误，应作“As how should it not be so?”（这怎会不这样？）。Clark 与 Wright（克拉伦顿本）：也许第一句是指罕秣莱德的回来，第二句是指赉候底施的情绪。Marshall：假使“should”（会）一字着重了念，我们可以这样了解这一行半：“要果真这样”——（即，假使罕秣莱德回来是因为在考虑之后他不想去英格兰）——“这怎么会这样？”（即，对于它是这样子怎么会有问题）——“怎么（这能）不是这样？”译者认为以上三说都不对。“要果真这样”是说“要是他当真回来了的话”，此语与下行“你是否听我的调度？”相呼应；“这怎么会这样？”是说“我明明关照他们押送他往英格兰，他怎么会独自回来呢？这几乎是不可能的事”；“怎么能不是这样？”是说“哦，是了，他只想跟我捣蛋，被送往英格兰他是决不会愿意的，所以他势必设法逃回来，他这回来是必然的，这怎么能不是这样呢？”

㉔ 原文“checking”为放鹰术里的成语。Dyce：应用于一只雀鹰，当它放弃了它原来的猎取物而追逐另一只横过它飞程的较次的猎取物时。Schmidt 释“因受惊而脱出航程”。Clark 与 Wright（克拉伦顿本）：此字在这里用得跟它的原意［舍弃原来的猎取物而追逐另外的飞禽］不尽相同，因为航行是罕秣莱德“原来的猎取物”，而他是舍弃了那个的。

㉕ Schmidt：意含嘲讽。

㉖ 原文“practice”，Clark 与 Wright（克拉伦顿本）训“密计，策略，奸谋”。

㉗ “Of the unworthiest siege”，Johnson 释“最低的等级（品位）”。Clark 与 Wright（克拉伦顿本）：最低的座位（由此而生“等级”或“品位”之义），因为人们在食桌上或别处按身份的贵贱而列坐。

㉘ Warburton 校改原来的“health”为“wealth”，谓穿皮裘暗指有病，不能是“健康”，莎氏当系用“wealth”这字，意思是说衣貂裘袍服的人是富有的绅士与官长。Malone：“importing health”意为“表示注意健康”。Furness：也许“health”（健

康）所指的是“轻快的外表”，“graveness”（可敬）所指的是“貂裘”与“袍服”。Schmidt 释“health”为“富有，兴隆”。

⑲ Johnson：我不能幻想出这么多机巧身手的例证，如他所能实际表演的。

⑳ Nares：“brooch”为装饰用的一个扣子一支首饰针，为一枚扣环，来自法文“broche”（针）。它常被提到，作为佩戴在帽子上的帽饰。

㉑ Delius：这里说不得不承认，因为拉蒙不愿意承认赉候底施在剑术上超过法兰西人。

㉒ Coleridge：注意国王怎样先用对传报人的称赞唤起赉候底施的虚荣，接着就用那传报本身来满足它，最后用这几行来加强它的势头。

㉓ 原文“begun by time”（随时间而产生），Johnson 谓也许可以这样解释：爱心不是我们生来就有、跟我们的天性同存的，而是由于被某些外因所促成，在某一时期才开始的，且因总受时间法则的支配，所以会遭受变迁与减退。

㉔ 原文“passages of proof ”，Johnson 解作“日常经历里的事件”，Clark 与 Wright（克拉伦顿本）释“证明时间会减弱爱心的那些情形”。

㉕ “想要做件事，……事故一样多”，Tschischwitz 与 Grant White 俱谓为整出悲剧的基本概念。

㉖ Heath：这里所指的是个无谓的说法，在普通人中间还流行着，说是每一声叹息从心腔里抽出几滴血来，因而会缩短寿命。Clark 与 Wright 在克拉伦顿本上云：这意思是，仅仅认识一个责任而没有意志去实行它，虽然能满足心愿于一时，却会使道德素质变得衰弱。Moberly：那个徒然承认他“应当”做一件事情的人，是像一个败子似的为他浪费掉的产业在叹息。

㉗ Malone：“A sword unbated”为“不戴扣子，没有扣钝剑尖的剑”。

㉘ Clark 与 Wright（克拉伦顿本）：“a pass of practice”释“奸剑的一击”。参看本景八六行，“即令他母亲也不会责怪那巧（奸）计。”

㉙ Moberly：以此可怕的献策，赉候底施显得多么不需要国王去那么小心地准备他的诱惑。

㉚ Clark 与 Wright（克拉伦顿本）：“mountebank”为“江湖郎中”。《奥赛罗》一幕三景五九至六一行，

她给人糟蹋，从我
身旁盗窃走，给施了魔法，以及被
江湖医士处买来的药石所败坏。

培根（Francis Bacon，1561—1626）《学术之进展》（*The Advancemont of Learning*，1605）卷二，十章，二节云，“哎，我们见到人们的软弱与轻信一至于此，即他们往往宁愿在听信一位有学问的医师之前先去听信一个江湖医士或一个巫师。”在绛荪（Benjamin Jonson，1572—1637）的《伏尔捧》或《狐狸》（*Volpone*, or *The Fox*，初演于 1606，翌年出版）剧中，伏尔捧化装成一个江湖郎中，有一大堆药出卖。在意大利文里他叫做“ciarlatano”，法文“charlatan”即由此而来，Cotgrave 之《法文英文字典》（1611）释“江湖医士，欺骗的卖药人，喋喋不休的走江湖卖膏药者”。

⑧1 原文“simples”（单味药），Clark 与 Wright（克拉伦顿本）谓，药草叫做“单味药”，因它们是混合药剂里的单味合成成分。Furness：在月光下采集单味药被认为能加强它们的药力或“特效”。

⑧2 原文“blast in proof”，Steevens 谓系取自试验火器或炮的一个隐喻，那火器或炮在试放时炸了或爆破了。

⑧3 各版四开本原文“cunnings”（赛技的本领），各版对开本作“Com（m）ings”，Caldecott 与 Knight 解后者为比剑中“进击之遭遇，回合或冲刺”。

⑧4 Jennens 谓，这句话有重大意义，表示国王作恶心虚，生怕被人听见。

⑧5 Thomas Campbell［？］：王后依稀仿佛为莪斐丽亚生动如画的死法所感动，她比任何真正硬得起心肠来的人有更多喜悦描摹它。葛忒露是个饶舌妇——即使悲哀中她也是粗鄙的。

⑧6 Cowden-Clarke：杨柳叶子上面是绿的，下面作银灰或灰白色，这在玻璃似的溪流里给反映出来。

⑧7 Farren：这一行是表象或画字写法的一个绝妙的标本。金凤花（又名毛茛），根据 Parkinson，名叫“法兰西美少女”；长紫兰叫“死人指”；延命菊（又名雏菊）含有“纯洁的童贞”或“生命之春”的意思，它本身便是“岁时的童贞花”。它们的次序是这样的，花名下列得有各自的含义：

金凤花，	荨麻	延命菊，	长紫兰。
美少女	给刺伤，	童贞花	死神的冷手。

连起来就是，“一个美少女给刺伤，她的童贞花在死神的冷手之下。”

⑧8 原文“liberal”，Reed 释“恣肆的，淫乱的”，Malone 训“直言无隐的”，Clark 与 Wright（克拉伦顿本）也解作“率直无讳的”。

⑧9 Malone：一些鄙亵的名称中之一，葛忒露有特殊的原因要避免的——“没克制的寡妇”。

⑨0 原文“cold”，Delius 谓与前面的“liberal”（恣肆的，淫乱的）相对立，Schmidt 释“贞淑的”。

⑨1 原文“weedy trophies”，Schmidt 释“trophy”为“采来编结成、想要挂在她父亲墓上的花环”。按，直译当为“草环”。

⑨2 这里各版四开本作“laud（e）s”（圣歌），各版对开本作“tunes”（曲调）。Jennens 谓，对开本之“曲调”太含糊，四开本的“圣歌”则告诉我们她死时唱的是什么样的歌。White：四开本的“圣歌”在这里特别不适当。Hudson：毋宁取“圣歌”而不取“曲调”，因前者与“chanted”（歌唱）吻合，且含有“曲调”所不能表达的凄恻之意。

⑨3 Seymour：既然王后似乎是从亲眼所见里提供这段描写的，我们可以追问，为什么已被告知了莪斐丽亚的疯癫后，她并不采取行动去阻止那致命的变异，特别是当她被她的衣裙“鲛人般托起”时，还有那么好的机会去救她，而王后正闲着无事，在听她“唱些片段的古圣歌”。T. C.：也许王后所作的这段描写是含诗意而不是表戏剧性的；可是它的绝致的美妙留存了下来，而莪斐丽亚，临死时和已死后，仍然是那个最初得到我们喜爱的莪斐丽亚。也许在本剧全部的余下部分里不

再提起她，能使听众和读者们驰神于魂梦中去找她。她已经从人间湮逝，像一支奇妙的曲调—— 一场极乐的梦境。在最后劫难的震荡与骚动中，将不会有她的地位。我们感觉到满意，她那时已在墓中。我们不见她卷入最后一景的骇人的纷扰里时，便会记起她的心在静谧里安眠着，而这一记忆将似忧郁的音乐的回声那样，凄美琼绝。Hudson：这一段是理应驰名的，且适当地例证了诗人能够使他对于每一件事物的描写比那件事物本身更好，而他之所以能这样做是因为他把他的眼睛给了我们。Clark 与 Wright（克拉伦顿本）：王后这段话无疑是不配它的作者和这个时会的。举叙这些花草对于这样悲剧性的一景是颇为不当的，正如在《黎琊王》四幕六景一一至二四行对多浮悬崖的描写一样。何况，也没有人在旁边去目睹莪斐丽亚的死，否则她会被救起来。按，葛忒露在此身兼着希腊悲剧里的歌唱队（chorus）的身份，这一任务她是分明不堪担负的，但我们不应以人废言。

㉞ Coleridge：为使赉候底施的不能平静在某一程度上得到原谅，这一幕以莪斐丽亚这凄惨的死结束——她在开始时像一个小小的半岛伸入湖中或水流里，上面覆盖着满开花朵的小树枝丫，静悄悄反映在静水中，但这一半岛的根盘最后酥松或塌陷了下去，它便变成一个仙岛，而漂浮了片刻之后终于沉了下去，几乎不起一个旋涡。

第 五 幕

第 一 景[①]

［墓园］

［小丑两人携铁铲等上。

小丑甲　这故意去找天恩[②]的姑娘，还用基督教葬礼去葬她吗？

小丑乙　我告诉你，要那样办；所以马上把她的坟掘好：验尸官来验过了，作出决定要用基督教葬礼。

小丑甲　那怎么成呢，除非她是为保卫她自己而跳水的？

小丑乙　哎也，验出来是这样的。

小丑甲　这一定得是"自危"[③]才行；不这样就不成。讲究就在这里：我要是故意把自己淹死，就显得是个行动，一个行动有三个部分：就是，去干，去做，去行；所以，她是有意叫自己淹死的。

小丑乙　别那样，你听我说，掘坟老儿。[④]

小丑甲　对不起。这儿有片水；好：这儿站着个人儿；好：要是这人儿到水里去叫自己淹死掉，不管他有意无意，他就去了；你明白那个；可是要是那片水跑过来把他淹死的话，他便没有叫自己淹死：所以，那没有把自己弄死的人儿就没有弄短自己的命。

小丑乙　这可是法律吗？

小丑甲　是啊，凭圣处女，正是的；叫作验尸官的验尸法。⑤

小丑乙　你想在这上头听句真话吗？这要是不是个富贵人家的娘们，她就会不叫用基督教葬礼来下葬了。

小丑甲　哎也，你这就说对了：叫人受不了的是，大好佬竟然比同样是个基督徒的小约翰更有权力去投河或上吊。来呀，我的铲子。除了栽花的、挖沟的、掘坟的而外，就没有别的古老的士大夫了：他们还守着亚当的老本行。

小丑乙　他可是个士子吗？

小丑甲　他是开天辟地第一个佩戴纹章⑥的。

小丑乙　哎也，他没有什么文装武装。

小丑甲　怎么，你是个邪教徒吗？你是怎样听懂《圣经》的？《圣经》上说"亚当掘地"；没有文装他能掘地吗，正好比没有武装打不了仗？我再来问你一句话：你要回答得不对头，便得招认你自己——

小丑乙　得了吧。

小丑甲　什么人造的东西比泥瓦匠、造船匠，或是木匠造的更结实？

小丑乙　做绞刑架的；因为那架子送了一千个人的终还纹风不动。

小丑甲　我很爱你心灵嘴巧，当真：那绞刑架干得好事；可是它是怎样干的呢？它对那些个干得坏事的家伙干得挺好：现在你说绞刑架打造得比教堂还结实，你就做了件坏事：所以，绞刑架也许会对你做件好事呢。你再说说看，来吧。

小丑乙　"什么人造的东西比泥瓦匠、造船匠，或是木匠造得更结实？"

小丑甲　是啊，说给我听了，你今天就可以歇工。

小丑乙　凭圣处女，这下我有了。

小丑甲　你说。

小丑乙　我赌咒，我说不上来。

［罕秣莱德与霍瑞旭上，遥遥伫立。

小丑甲　不用为这个伤你的脑筋了，因为你那蠢驴怎样打也跑不快；日后有人问你这话时，只说“掘坟的”：他造的屋子可以一直用到天地末日。你去，到姚汉[⑦]店里：跟我拿觚[⑧]酒来喝。

［且掘且唱］

年轻时，当我闹恋爱，闹恋爱，[⑨]
我觉得滋味挺甜蜜，
那时去，呵！结姻亲，[⑩]对我，啊！有挂碍，
我觉得不用那样急。

罕秣莱德　这汉子对他这行业没感觉吗，掘着圹坑还在唱歌儿？

霍瑞旭　习惯已使他漫无感觉。

罕秣莱德　当真：手不常使用，感觉要灵敏些。[⑪]

小丑甲　［唱］可是老年啊，它偷偷地来到，
已经把我攥住了不放，
它将我拖上船，送进了内地，
仿佛我从不曾那样。

［掷出一髑髅。］

罕秣莱德　那髑髅曾经有过舌头，会得唱歌：瞧这汉子怎样把它一抛抛到了地上，[⑫]像是世间第一个凶杀犯该隐的颌骨似的！这也许是个政客[⑬]的脑瓜，如今给这蠢驴欺侮了；[⑭]他当年也许将上帝也要捉弄一番呢，可不会吗？

霍瑞旭　他会，殿下。

罕秣莱德　或许是个朝廷大臣的脑袋；他能说“早安，贵大人！您好吗，贵大人？”这也许就是某大人，他想向某大人讨那匹马时，就极口称赞个不停；可不是吗？

霍瑞旭　是的，殿下。

罕秣莱德　哎也，当真：如今却归蛆虫娘娘享用了；下巴都没有了，脑袋瓜儿给掘墓人的铲子敲来打去：这儿是多妙的演变啊，要是我们有本领瞧得出来。这堆骨头只是白培养的吗，除了当“棒打轮”的棒柱[15]抛掷而外没有别的用处吗？想起了这事，我骨头里痛。

小丑甲　［唱］一啄锄，加上一铁铲，一铁铲，

还有那一张包尸布；

掘上个圹坑呵，掘上个圹坑，

这样个客人[16]好来住。

［又掷出一髑髅。

罕秣莱德　又是一个：那个为什么不会是个讼师的髑髅呢？他说话机灵诡怪，[17]笔里藏刀，[18]他的案件，他的租地法，他的机谋策略，如今都到了哪里去？为什么现在他容许这粗鲁汉子用柄肮脏的铁锹乱揍他的脑瓜，而不跟他讲要告他的凶殴罪呢？哼！这家伙当年也许是个收罗田产的大老板，订立押单，[19]设置欠据，[20]要求双保，把人家有限制的嗣产变成他无条件的不动产：[21]他这样把他那精明的脑壳里装满了漂亮的泥，是否就算把人家有限制的嗣产变成了他无条件的私产？他的保人们是否不再替他收购的产业作保了，而且是双保，只肯凭那一纸狗牙骑缝的分剖合同[22]答话？他的土地执业契据多到连这只

盒子㉓都装不下；他这执业人自己就没有份了吗，嘿？

霍瑞旭 一点都没有了，殿下。

罕秣莱德 契据是用羊皮做的吗？

霍瑞旭 是啊，殿下，也用小牛皮做。

罕秣莱德 以为契据是安全可靠的人也不过是牛和羊罢了。我跟这汉子谈谈。这是谁的坟，喂？

小丑甲 我的，少君。

［唱］掘上个圹坑呵，掘上个圹坑，
这样个客人好来住。

罕秣莱德 我觉得这倒当真是你的了：因为你待在里边乱说。㉔

小丑甲 您不待在里边乱说，少君，所以这就不是您的了；至于我，我不待在里边乱说，可是这是我的。

罕秣莱德 你是在里边乱说，你人在里边，但还说是你的：这是给死人睡的，不是给活人的；所以你是在乱说。

小丑甲 这乱说是个快腿的，少君；它就会跑，打我这儿到您那儿。

罕秣莱德 你这是替什么人掘的？

小丑甲 不是替客官掘的，少君。

罕秣莱德 那么，替哪个堂客掘的？

小丑甲 也不是替堂客掘的。

罕秣莱德 谁要在里边下葬？

小丑甲 她曾经是个堂客，少君；可是，愿她的灵魂安息，她已经死了。

罕秣莱德 这汉子跟他说话差不得一点儿！我们得按着条规㉕开腔，否则讲模糊了会给堵得哑口无言。凭上帝，霍瑞旭，这三年来我已经注意到这个；这年头变得这样刁钻古怪，[26] 乡下佬的脚尖跟朝廷人士的脚跟挨得这么近，竟擦伤他那上头的冻疮了。你做掘墓的已经有多久了？

小丑甲 一年三百六十来天，我干这营生，就是从我们的先王罕秣莱德打败福丁勃拉思那天开头的。

罕秣莱德 那是多久以前的事？

小丑甲 您不知道那个吗？哪一个呆子都知道那个：少罕秣莱德就是在那天出生的；[27] 他如今疯了，送到了英格兰去。

罕秣莱德 是啊，凭圣处女，他为什么被送到英格兰去？

小丑甲 哎也，为的是他疯了：他在那儿疯病会好；或许，要是他不好，在那儿也不大要紧。

罕秣莱德 为什么？

小丑甲 在那儿人家看不出他疯；那儿大家都跟他一样疯。

罕秣莱德 他是怎么会疯的？

小丑甲 煞是奇怪啊，他们说。

罕秣莱德 怎么"奇怪"法？

小丑甲 当真，神志迷糊了。

罕秣莱德 凭什么原因？[28]

小丑甲 哎也，原因就在这儿丹麦：我在这儿干这教堂司事，从孩子时候起到大人，有三十年了。[29]

罕秣莱德 一个人埋在土里要多久才腐烂？

小丑甲 当真，要是他没有死不先腐烂——因为近来害杨梅疮死掉的人尸首很多，那就等不得埋葬就烂了——他大概可以替您耐上个八九年；一个硝皮匠能替您耐上九年。

罕秣莱德 为什么他比别人耐久些？

小丑甲 哎也，少君，他的皮子也叫他那行手艺硝得挺结实，能好久渗不进水去；原来那水是专管破坏那婊子养的尸首

的老对头。这儿有个髑髅；这髑髅在土里埋了二十三年了。㉚

罕秣莱德　是谁的？

小丑甲　是个婊子养的疯子的：您道是谁的？

罕秣莱德　不，我不知道。

小丑甲　这疯无赖该他遭瘟！有一回他把一大瓶莱茵酒倒在我头上。这髑髅，少君，是先王的丑角约立克㉛的髑髅。

罕秣莱德　这个？

小丑甲　就是那个。

罕秣莱德　我来看看。［接髑髅］唉哟，可怜的约立克！我认识他，霍瑞旭：是个滑稽百出、妙想天开的家伙：他把我驮在背上总有过上千次；此刻在我想象里这就多么叫我憎恶！㉜我要对他作呕。这儿本来挂得有两片嘴唇皮，吻过我不知有多少回。你的挖苦现在到哪里去了？你的蹦跳呢？你的歌儿呢？你那逗得满座哗笑的奇横的谑浪呢？现在一个都没有了，来嘲笑你自己这般露着牙齿的苦笑？下巴都瘪得不像样？你此刻不妨到什么娘娘的闺阁里去告诉她，尽她在脸上把脂粉涂到一寸厚，到头来她也得变成这副面相；叫她对这个笑一笑吧。霍瑞旭，请你告诉我一件事。

霍瑞旭　什么事，殿下？

罕秣莱德　你想亚力山大在土里也是这个样子吗？

霍瑞旭　正是这样。

罕秣莱德　嗅起来也这样吗？呿！［置髑髅于地］

霍瑞旭　正是这样，殿下。

罕秣莱德　我们会给派作多下贱的用处啊，霍瑞旭！为什么我们的想象不能跟着亚力山大尊贵的金身玉体想下去，直想到它给当作泥巴去塞一只酒桶的窟窿呢？

霍瑞旭 这样想就会想得过于细致精密了。

罕秣莱德 不，当真，一点也不会；可是要不作夸张地跟着他去想，且要合情合理替他开路：要这样：亚力山大死了；亚力山大葬了；亚力山大变回作尘埃；尘埃就是泥土；我们把泥土捏成泥巴；为什么他所变成的泥巴，人家不会用来堵一只啤酒桶的窟窿呢？

崇隆的恺撒大将死过后变成泥，㉝
好拿来堵个窟窿，防外面的寒气：
那块泥土啊，当年全世界都惶恐，
竟填墙补壁，去挡冬天的西北风！

快噤声！噤声！躲开吧：君王、王后、

［教士数人等列队上；赉候底施及送殡者随莪斐丽亚之灵柩，鱼贯而从；国王、王后及扈从殿后。㉞

廷臣们来了：他们是在送谁的葬？
这样欠缺的仪式？这分明表示
他们来送殡的死者是寻了短见，
自杀而死的：那倒很有点身份。
我们且闪避㉟一会儿看看。

［与霍瑞旭引退。

赉候底施 还有什么别的仪式吗？

罕秣莱德 ［向霍旁白］那就是赉候底施，一位很杰出的青年：你看。

赉候底施 还有什么别的仪式吗？

教士甲 殡葬的仪礼已经尽我们的权限
为她铺张光彩了：她死得可疑；㊱

若不是朝廷下大命，超过了教规，
她本该掩埋在教堂的圣地之外，
等最后审判号角响；只能对她扔
陶片、㊲硝石块、石子，代慈悲的祈祷：
可是现在已许她有处女的花环，㊳
许她撒贞女的花朵，入土时按礼
还给鸣丧钟安葬。

赉候底施 不能再有其他的仪式了？

教士甲 不能了：
我们会亵渎了那殡葬的圣仪，
假使对她也唱安魂曲，息亡灵，
像对好死的幽魂般。

赉候底施 放她入土吧：
愿她清白纯洁的肉体上会开出
紫罗兰的花！告诉你，粗暴的牧师，
你在地狱里呼号狂叫时，我妹妹
准已当上了天使。

罕秣莱德 怎么，是莪斐丽亚！

王　后 香花投给俏美人：祝你安息吧！［撒花］
我原本盼你嫁罕秣莱德做儿媳；
我想把你的新床来装点，好姑娘，
想不到会在你坟上来撒花。

赉候底施 啊，
叫千重万重的灾祸都降到那人
头上去，他那恶毒的行径害得你
丧神而失智！等一下，且慢盖上土，

等我再将她最后来拥抱一回：

［跃入墓内。

现在用泥土将活的死的都盖上，
等你把这片平地堆成了一座山，
要高出昆荔翁，[39]要高过奥林匹斯
插天的苍峰。

罕秣莱德　［上前］那是谁，他的悲哀
这么样酷烈沈恫？他惨切的言辞
使天上遨游的星辰好似中了魔，
都驻足而听？我乃是丹麦人氏[40]
罕秣莱德。　［跃入墓内。

赉候底施　愿魔鬼攫你的灵魂！

［相与扭搏。

罕秣莱德　你祷告得不好。[41]
请你快松手，莫扼住我的喉咙；
因为，我虽然并不暴躁和鲁莽，
可是惹发了性子却也自危险，
你得聪明些，有惧怕：把手放开。

国　王　把他们快拉开。

王　后　罕秣莱德，罕秣莱德！

众　人　请两位士子——

霍瑞旭　好殿下，且请静一下。

［侍从等将彼等解开，两人自墓内出。］

罕秣莱德　哎也，在这桩事上我要跟他斗，
直到我这双眼睛都闭了也不辞。

王　后　呵，我的儿，为了什么事？

罕秣莱德　我眷爱我斐丽亚：四万个弟兄
把他们的爱都加在一起也不能
抵我的数。你将会替她做什么？

国　王　啊，他是发了疯，赉候底施。

王　后　看上帝分上，容忍他些吧。

罕秣莱德　该死的，你来说说你预备做什么：
你会哭？打架？挨饿？撕烂你自己？
你可会大量喝酸醋？㊷吃一条鳄鱼？
我会干。你到这里来哭哭啼啼吗？
你跳进她的墓穴是跟我过不去？
要跟她活埋在一起，我也会干：
你夸说什么山和岭，那就让他们
把成百万亩泥土往我们身上堆，
使这块地土的顶盖给日轨灼焦，
使奥萨山峰㊸像个小硬瘤！你会夸，
我能夸更大的口。

王　后　　　　　　　这完全是发疯：
这阵疯癫便这么要发作一会儿；
不久他就会母鸽般放平静下来，
好像孵出了一双金黄的小雏鸽，
悄寂无声垂惜默。㊹

罕秣莱德　　　　　　　听我说，足下；
为什么缘故你要这样对待我？
我一向很爱你：可是这不关重要；
不管赫勾理斯自己要去怎样做，
猫总得要叫，狗总得把它的日子过。㊺

国　王　　亲爱的霍瑞旭，请你好好招呼他。

［霍瑞旭下。

［向赉候底施］耐心记住了我们昨晚上的话；
我们就把这件事马上来试验。㊻
好葛忒露，派人监看你的儿子。
这个坟上要立块活生生的㊼碑碣：
不久我们将见到安静的时辰；
在那时以前，我们行事要隐忍。

［同下。

第 二 景

［宫堡内一明堂］

［罕秣莱德与霍瑞旭上。

罕秣莱德　　这件事就谈到这里：再说那一件；
你可还都记得那详细的情形？

霍瑞旭　　都记得，殿下！

罕秣莱德　　兄台，我当时心头思绪乱如麻，
简直休想能入睡：我觉得我躺着
比上了脚镣㊽的海上叛徒还难受。
蓦地里——突兀鲁莽㊾倒也好，要知道——
轻率行事有时候对我们有好处，
而深谋远虑倒反会落空：可见得
冥冥中自有神灵为我们定成败，

凭我们怎样去粗试。

霍瑞旭 那确实无疑。

罕秣莱德 从我的船舱里，
披了海上穿的长外衣，我在暗中
摸索着去把他们找；为了我的意愿，
摸到了他们的公文包，最后退回
我自己房里去；我便放大着胆子，
疑惧使我把礼貌也忘记，去开拆
他们那御书敕旨；我看到，霍瑞旭——
呵，那奸王好狠毒！——他严切下旨意，
又加上诸般各色文饰的理由
说是跟丹麦与英伦的安泰有关，
放了我，嗐！便等于放妖魔鬼怪，
因此上，一见到文书，不容有迁延，
不，就是磨斧头的时间也不许，
得马上砍掉我的头。

霍瑞旭 有这样的事？

罕秣莱德 敕旨就在我这里：有空时你去看。
可是你要否听我说后来怎么办？

霍瑞旭 请说。

罕秣莱德 这般陷入了阴谋诡计的罗网中——
不待我对我的脑筋演一场楔子，
它已把戏文开了场 [50]——我便坐下来，
起草了一道新敕旨，书写得端正：
我曾经以为，如有些从政者 [51] 那样，
字体端正只宜于品位低，所以

极力要把那本领忘记掉；但兄台，
如今却正好用来作应急之需。
要知道我写些什么？

霍瑞旭 是啊，好殿下。

罕秣莱德 出自君王的有一个殷切的誓愿，
说既然英王是他的忠心的臣属，
既然彼此相敬爱如棕榈之葱茏，
既然和平神该常戴瑞麦的头环，
介在双方的爱慕间像一枚逗点，[52]
还有好许多这一类沉重的“既然”，[53]
故此，一待这旨意被目见而心知，
不容再稍加考虑，任凭少或多，
他应将两个下书人登时给处决，
连忏悔的时间也不给。[54]

霍瑞旭 印信怎么盖？

罕秣莱德 哎也，这上头天意也是命定的。
凑巧我带着父王的便印在囊中，
那正巧是复刻丹麦御宝的摹件；
把诏书折得跟原来那份一个样，
签好字，盖上了印信，安放到原处，
掉的包从未有人知。却说，第二天
便发生那场海战，而随后的事情
你已经知道。

霍瑞旭 这么样，吉尔腾司登
和罗撰克兰兹便送了自己的命。

罕秣莱德 哎也，老兄，他们爱上了这差使；

他们可并不触痛我良心；只因
太好管闲事，他们这下子遭了殃：
当双方锋芒相扑刺，热火飞腾时，
卑微的脚色插入到两雄角斗中，
自然有危险。

霍瑞旭　　哎也，好一个君王！

罕秣莱德　　我现在，你可认为，是不是应当——
他杀了我的父王，奸了我的母后，
突然闯入来遮断我膺选的希望，
抛出弯钩[55]来想钩掉我这条命，
奸恶到如此——我是否无愧于天良，
去亲手还报他？我难道能不受天罚，
若放纵我们人性的这样个蟊贼
再去荼毒群伦？

霍瑞旭　　他不久当会从英格兰那方得知
那件事情在那边的结果如何。

罕秣莱德　　时间很短促：眼前这间隙属于我；[56]
一个人的生命也不过是说声"一"。
可是我非常后悔，亲爱的霍瑞旭，
我竟对赉候底施忘怀了我自己；
因为，我凭了自己惨痛的心情，
能想见他怎样；我要向他修好：
可是，当真，他那阵悲痛太浮夸，
惹得我性起。

霍瑞旭　　且悄声！是谁来了？

［小奥始立克上。

奥始立克 储君殿下回到丹麦来极欢迎。

罕秣莱德 多谢盛意，贤卿。［旁白，向霍瑞旭］你认识这只水黾[57]吗？

霍瑞旭 ［旁白，向罕秣莱德］不认识，殿下。

罕秣莱德 ［旁白，向霍瑞旭］你倒运气好，因为认识他真是罪过。他有很多田地，且地土很肥沃：一头畜生做了许多头牲畜的王，他的秣槽就可以搬来跟君王共享：这是只红脚老鸹，[58]可是，我才说过，他有大量的泥巴。

奥始立克 亲爱的亲王，假使您殿下有空的话，小臣打从他陛下那里有件事要来向您启禀。

罕秣莱德 我将殷勤接受，卿家，敬谨闻命。把你的帽子作正常之用；那是给戴在头上的。

奥始立克 多谢殿下，天气很热。

罕秣莱德 不，相信我，天气很冷；刮着西北风呢。

奥始立克 有一点冷，殿下，当真。

罕秣莱德 可是我觉得，拿我的体质来说，倒是十分闷热。[59]

奥始立克 异乎寻常，殿下；是很闷热，仿佛的——我可说不上来怎么样。可是，亲王殿下，陛下他嘱咐我来告诉您，说他在您身上下了一大笔赌注：殿下，事情是这样的——

罕秣莱德 我请你，要记得—— ［示意令其戴帽

奥始立克 不用，好殿下；我这样舒服，[60]当真。殿下，赉候底施新近来到了朝廷上；请信我，他真是位十全十美的士子，满都是诸般各色的才艺，[61]风致温良优雅，气象卓越超群：当真，要说得一箭上垛，[62]他真是礼貌的指南，谦让的条规，[63]因为您能在他身上找到一位士君子的任何一种才艺的精华。

罕秣莱德　卿家，在你的描绘[64]里他没有遭受到丧损；虽然，我知道，要把他的优点开个清单会叫我们记忆的算术眩晕，但那样做还是会摇晃不稳，怎么也跟不上那片快帆。可是，要称颂他得到家，我认为他是位优长可列成大项的英才；而且他的资秉是这样的卓绝而奇横，要将他说得切中肯綮，他的匹敌只能在菱花宝鉴里找到，而任何人想追踪他，除了他自己的影子，别无其他。

奥始立克　您殿下说得他千真万确。

罕秣莱德　试询相关何许，卿家？缘何我们将这位士子用欠雅的芜辞来轻慢？

奥始立克　殿下是说——

霍瑞旭　你那套雅词到了旁人嘴上就听不懂了吗？你能听懂的，阁下，当真。[65]

罕秣莱德　提名道及此君，用意何在？

奥始立克　是说赉候底施？

霍瑞旭　他的荷包已经空了；他那份花哨的字眼都已经用光。

罕秣莱德　是说的他，卿家。

奥始立克　我知道您不是不明亮——[66]

罕秣莱德　我但愿你知道，卿家；可是，当真，你即使知道，对我也不会增很多光彩。怎么说，卿家？

奥始立克　您不是不明亮赉候底施有什么擅长——

罕秣莱德　我不敢承认那个，否则我会想要跟他的优长比竞一下了；可是，要明白知道旁人，先得要知道自己。

奥始立克　我是说，殿下，他使得一手好兵器；可是，据大家对他的品评看来，他那功夫是举世无敌的。

罕秣莱德　他使的是什么武器？

奥始立克　轻剑和不开口的匕首。[67]

罕秣莱德　那是他的两件武器：可是，好吧。

奥始立克　王上跟他赌下了六匹巴巴利骏马，殿下：跟这相当，依我所知，他投下了[68]六副法兰西宝剑和匕首，加上附隶，如腰带、吊带等等：挂絛[69]之中有三，当真，煞是花哨可喜，跟剑柄匹配得挺合式，非常精致的挂絛，无比新奇细巧。

罕秣莱德　你所谓挂絛是什么东西？

霍瑞旭　［旁白，向罕秣莱德］我知道您得看了边注[70]才得知。

奥始立克　挂絛，回殿下，就是吊带。

罕秣莱德　假使我们腰间能挎上一尊大炮，这名词倒比较相称：目前我看还是叫吊带吧。可是，说下去：六匹巴巴利骏马抵对六把法兰西宝剑，加上附隶，和三根新奇细巧的挂絛；那就是抵对丹麦赌注的法兰西赌注。为什么要“投下”这个，如你所说？

奥始立克　王上，回殿下，打了赌，回殿下，说您跟他比十二个回合，他击中不会超过您击中三着：他赌下了十二而不是九；[71]假使您肯惠允的话，可以马上比试。

罕秣莱德　要是我回说“不行”怎么样？

奥始立克　我是说，殿下，您要是出场比武的话。

罕秣莱德　卿家，我就在这堂上散步：要是他陛下高兴，现在正是我一天里舒散的时刻；把比武的钝剑拿来，那位士子如果愿意，王上也还是那样个意思，我要尽力替他赢这场赌；要是赢不了，我不过丢一回脸，多挨几下戳刺罢了。

奥始立克　我就照样去回报吗？

罕秣莱德　你就照这意思去说，卿家，字眼上怎样要，随你的喜爱好了。

奥始立克 请记得我对殿下的崇敬。

罕秣莱德 彼此，彼此。［奥始立克下］他自己来致意也好；旁人可没有会替他代劳的。

霍瑞旭 这只田凫[72]头上顶着半拉蛋壳跑走了。

罕秣莱德 他小时候吃奶还得先对奶头行过礼呢。他便这么样，——还有好多这样的一群，我知道这浮薄的末世把他们当作宠儿，——只学到了时下的流行腔调，一套周旋应对的外表；无非是种浮沫似的想当然，[73]靠了它他们却能通行无阻，受到下愚和上智的[74]言论一体的欢迎；而只要对他们吹吹气试试，泡沫就破掉。

［一贵人上。

贵　人 殿下，君王陛下刚才派小奥始立克前来向您传旨，他回报说您在这堂上候驾：现在又派我来问殿下是否还愿意跟赉候底施比武，还是延期再比。

罕秣莱德 我说了话算数；要看君王是否高兴：要是他认为方便，我已经有准备；现在或任何时候都行，只要我跟眼下这样健朗。

贵　人 王上和娘娘，还有大家，就都要来。

罕秣莱德 来得正合式。[75]

贵　人 娘娘愿您在比武前对赉候底施表示友好。

罕秣莱德 她教训得很对。

霍瑞旭 您会要输这场赌，殿下。

罕秣莱德 我看不会：自从他去法兰西以后，我不断在练功；他让我几下，我会比赢。可是你想不到我此刻心里多么不好受：不过这不要紧。

霍瑞旭　　不行，我的好殿下，——

罕秣莱德　　这只是个蠢感觉；不过是这样一个疙瘩，对一个女人来说，会感到困扰的。

霍瑞旭　　要是您心里不喜欢做什么事，要顺着这感觉。我去拦阻他们来到这里，就说您觉得不自在。

罕秣莱德　　一点也没有；我们蔑视预兆：[76]一只麻雀掉下来，其中自有天意。假使是现在，就不会是将来；假使不是将来，就会是现在；假使不是现在，还会是将来：有准备就是一切。既然没有人知道他所离开的那情况是什么，[77]早一点离开有什么关系？算了。

［国王，王后，赉候底施，与众贵人，奥始立克，及其他侍从携钝剑与手笼上；台上置酒壶几柄。

国　王　　这里来，罕秣莱德，握一下这只手。

［将赉候底施之手置罕秣莱德握中。

罕秣莱德　　请多多宽恕，[78]兄台：我对你不起；
可是，既然你是位士子，请原谅。
这里的众贵高无不知，
而你也定必听说过我怎样痛遭
疯癫之苦。我对你的所作所为
凡是触伤你感情和荣誉，激发你
嫌恶恼恨的，我在此声明是癫狂。
是罕秣莱德冒犯了赉候底施吗？
绝不是：罕秣莱德若失去他本性，
不是他自己时，得罪了赉候底施，
那罕秣莱德没有做，他便不承认。
谁做的，那么？是他的疯狂：若这样，

罕秣莱德便是受损害的一造；
罕秣莱德的疯狂是他的仇敌。
兄台，当着这众位证见，
让我这否认存心将你来开罪，
在你宽弘的思想里这般消释我，
就当作我射箭无心，射过了房顶，
伤了我的弟兄。

赉候底施 我在感情上满意了，[79]
虽然我原来的动机把我激发得
非报仇不可：可是，论起荣誉来，
我站在一旁，还不能接受和解，
要等到年高望重之辈对我说，
我尽可重修旧好，有先例可援，[80]
我名誉不受损害。但未到那时前，
我且把你这友爱当友爱来接受，
决不辜负它。

罕秣莱德 我也诚心表欢迎，
且将敞开心玩这弟兄间的赌赛。
递钝剑给我们。来吧。

赉候底施 来给我一把。

罕秣莱德 我是来衬托你，赉候底施：我剑法
拙劣将使你的高手像黑夜衬明星，
越显得灿烂。

赉候底施 您在取笑我，殿下。

罕秣莱德 我发誓，决不。

国　王 把钝剑递给他们，

小奥始立克。你可知道彩头吗，

罕秣莱德贤侄？

罕秣莱德　　很知道，回吾王；

陛下把注子押在软弱的一边了。[81]

国　王　我不怕这个；你们的手段都见过：

就因他有进步，所以我们占便宜。[82]

赉候底施　这把太重了，给我另外换一柄。

罕秣莱德　这柄我喜欢。这些钝剑都一般长？

［准备比赛。

奥始立克　是的，好殿下。

国　王　在那张桌上给我斟好几觚酒。

要是罕秣莱德先击中一两下，

或者三回被击中而回击得手时，

传令所有的雉堞都发放火炮；

君王要饮酒祝罕秣莱德健康；

他在酒钟里还要投一颗大明珠，[83]

比连续四世君王在丹麦王冠上

所戴的还要珍贵些。把酒钟给我；

叫先把罐鼓敲响，向号角传声，

号角接着向外边的炮手通报，

大炮对天上轰鸣，天重震回大地，

说“君王在祝贺罕秣莱德”。开始来：

还有你们，评判官，要小心着意。

罕秣莱德　来啊，兄台。

赉候底施　　请来吧，殿下。［两人交手。

罕秣莱德　　中一下。

赉候底施　没有。

罕秣莱德　　　请评判。

奥始立克　　　　　　中一下，明明击中了。

赉候底施　好吧，再来。

国　王　　　　　　且住手；把酒递给我。

罕秣莱德，这珠子[84]归你了；祝健康。

［号角鸣响，炮声隆隆。

给他这钟酒。

罕秣莱德　　　　　我先来这回合；放开着。

来吧。［两人交手］又中了一下；你说怎么样?

赉候底施　碰一下，碰一下，[85]我得承认。

国　王　我们的儿子准赢。

王　后　　　　　　　他胖了，[86]呼吸短促。

罕秣莱德，拿我的手帕去抹额：

我来喝一钟祝你赢，罕秣莱德。

罕秣莱德　谢母亲！[87]

国　王　　　　葛忒露，你莫喝，莫喝!

王　后　我一定得喝，王夫；请你原谅我。

国　王　［旁白］这就是那下毒的酒钟：已经太晚。

罕秣莱德　我还不敢喝，母亲；等一下再说。

王　后　过来，我替你抹抹脸。

赉候底施　王上，我现在要击中他了。

国　王　　　　　　　　　　不见得。

赉候底施　［旁白］可是这几乎是背着我的良心。[88]

罕秣莱德　来第三个回合，赉候底施：你在玩；

请你使出你最大的劲道来劈刺；

我怕你把我当作娃儿[89]来戏耍呢。

赉候底施 你这样说吗？来吧。 ［两人交手。

奥始立克 没有中，双方都没有。

赉候底施 着你的！

［赉候底施伤罕秣莱德；于乱斗中彼此换剑，罕秣莱德伤赉候底施。］[90]

国　王 分开他们；他们动了火。

罕秣莱德 不用，再来吧。 ［王后倒地。

奥始立克 瞧那边娘娘，哎呀！

霍瑞旭 他们双方都流血。怎么样，殿下？

奥始立克 怎么样，赉候底施？

赉候底施 倒像只山鹬，[91]

哎也，我自投了罗网，奥始立克；

天理昭彰，我死于自己的险诈。

罕秣莱德 娘娘怎样了？

国　王 见他们流血她晕了。

王　后 啊不是，不是，我心爱的罕秣莱德，

这酒，这酒！我是中了毒！ ［死。

罕秣莱德 好阴险毒辣！喂！快把门锁上！

狠毒的奸谋！把它找出来！

［赉候底施倒地。

赉候底施 在这里，罕秣莱德。你已经给杀死，

罕秣莱德；人间没有药能救你；

你已经不得再有半小时的命；

那行施叛逆的家伙握在你手里，

头上没有扣，上过药：这恶毒的阴谋

坑了我自己；看啊，我躺在这里，
再也起不来：你母亲已经中了毒：
我不能再说：都得怪君王，君王。

罕秣莱德 剑锋也上过毒药！
那么，毒药，干你的！ ［刺国王。

众　人 造反！造反！

国　王 啊，来保驾，朋友们；我不过受了伤。[92]

罕秣莱德 这里，你乱伦、凶杀，该死的奸王，
喝干这一钟。你那颗明珠可在？[93]
跟着我母亲去。 ［国王死。

赉候底施 他给对待得公平；
这是他自己调配来害人的毒药。
我们互恕吧，高贵的罕秣莱德：
我自己和父亲给杀死免你的罪，
你自己的死也免了我的罪。 ［死。[94]

罕秣莱德 上苍恕你没有罪！我就跟你去。
我死了，霍瑞旭。悲惨的母后，再会！
你们脸色尽苍白，见这事直发抖，
对这场惨剧都只是哑角或观众，
我若有时间（但死神这勾魂使者
毫不留情），啊，我当能告你们——
可是不必去说它。霍瑞旭，我死了；
你还在；把我的为人，这事的因由，
告诉给真相不明者。

霍瑞旭 切莫这样想：
虽出身丹麦，我更像古代罗马人：

这里还剩一点酒。

罕秣莱德 你既是个汉子，

把酒钟给我：放手，天在上，给我。

亲爱的霍瑞旭，事情这般不明朗，

我身后将留个多么残伤的恶名！

如果你确曾将我怀爱在心中，

要请你稍待须臾，且莫赴极乐，

暂在这峻厉的人间忍痛呼吸着，

讲我的故事。 [内闻远处行军鸣炮声。

是什么行军的喧响？

奥始立克 小福丁勃拉思从波兰得胜归来，

他的队伍向来自英格兰的钦使

鸣这阵礼炮。

罕秣莱德 啊，我死了，霍瑞旭；

强烈的毒药压倒了我的元阳：

我等不及听来自英格兰的消息；

可是我预言福丁勃拉思将膺选

被拥戴为王：他有我临终的推举；

告诉他这经过情形，事不拘大小，

激得我这么做。[95] 余外的只是沉默。[96]

霍瑞旭 一颗高贵的心即此绝。永别了，

亲爱的亲王：群飞的天使唱着歌

祝福你安宁！为什么鼓声这里来？

[福丁勃拉思与英格兰钦使上，旗鼓及侍从等后随。

福丁勃拉思 这景象在哪里？

霍瑞旭 你们要看些什么？

若是看惊心怵目事，不要再去找。

福丁勃拉思 这一堆死亡枕藉在叫喊残杀。
傲睨的死神，你在骇人的洞窟里
排着什么筵宴，只一枪便血淋淋
击中了这么多王侯？

钦　使 这景象惨极；
我们从英格兰带来的消息太晚：
听我们传报的耳朵已没有感觉，
我们想向他报，他的敕旨已执行，
罗撰克兰兹，吉尔腾司登，都已死：
我们哪里去听取一声谢？

霍瑞旭 他不会，
即令此刻还活着不能谢你们：
他从未下过敕旨把他们处决。
但既然你们正在这血溅明堂时，
从波兰出师归来，从英伦来报命，
都到了这里，请下令把这些尸体
全都放上个高台向公众陈展出；
容我向迄今还不知真相的世人
具道事情的颠末：你们能听到
奸淫、残杀、悖人情逆天性的行径，[97]
不期的天网恢恢，[98]偶然的诛戮，
死亡由于卑鄙的阴谋和暴厉，[99]
结果原来的毒计出了岔，意会错，
害人反害了自己：这一切我都能
翔实地敷陈。

福丁勃拉思 让我们赶快听你讲，

还要请高贵的名公国士都来听。

至于我，以悲痛的心情接受幸运：

我在这王国里有些传统的权利，[100]

如今我有利的地位叫我来要求。

霍瑞旭 对那个，我也有原由来把它说起，

且出自他口中，自然将影响旁人：

可是目前这件事得先把它办好，

正当人心很震荡；否则又许有

阴谋和舛错会肇祸。

福丁勃拉思 要四名队长

将罕秣莱德军人般抬上高台；

因为他若果有机会去当朝从政，

当是位绝世的明君：为他的亡故，

叫军人的哀乐，戎旅的丧仪，为他

高声伤悼。

把这些尸体都抬走：这样的景象

跟战场还合式，在这里太不相称。

去人，传令军兵们鸣火炮致敬。

［丧礼进行曲。同下，军丁拽尸体，旋闻炮声隆隆。］

第五幕　注释

① Strachey：两个小丑开启这一景的场面，部分作用是为推进动作，部分作用也是用他们对搬演中的这出悲剧的完全无动于衷来形成一个背景，使这出悲剧和它的脚色们显得非常突出；而特别为的是把罕秣莱德的性格跟这样极端相反的性格对比一下，使它格外显著。Halliwell：一直到很晚近的时期，有一个掘墓人惯常在开始

他的劳动前要脱掉差不多一打背心，这一动作总会引得哄堂大笑，而这个也许是从莎氏当时的伶人们流传下来的。

② Clark 与 Wright（克拉伦顿本）：差不多不用说，两个小丑这里所说的“天恩”是指相反的东西，即“永劫”。

③ Caldecott：小丑因不懂拉丁文“se defendendo”（自卫），而误成了“se offendendo”（取攻势），前者为陪审官对“正当杀人”案的判定（即因自卫而被杀）。为使成音近的语讹，译文作“自危”，亦适与原意相反，惜无进攻意。

④ Walker：这显得小丑已不是个掘墓人。

⑤ Hawkins：我极为怀疑这是在开一桩王家没收租地权的案子的玩笑。詹姆士·海尔斯爵士（Sir James Hales）在一阵疯癫里投河自杀，问题是这事是否构成他的租地权应归王家没收。验尸官检验后对他作出“felo de se”（自杀者）的裁决。裁定这件案子的法律上与逻辑上的入微处给人很好一个机会去讥嘲那“验尸官的验尸法”：——据说那行动有三个部分。首先是想象，那是心神的一个反映或默想，即由他去毁灭他自己是否方便，以及要那样做可采取什么方法。第二是决心，那是心神要毁灭他自己的一个决定，以及这个或那个方法去做这件事。第三是完成，那是把心神所决定做的付诸实施，而这完成也有两部分，即开始与结束。开始是去做这件造成死亡的行动，结束便是死亡，那仅为行动的结果。为裁定詹姆士爵士是行为者还是忍受者，案由里作了许多入微的分析；换句话说，是他到了水里去呢，还是水到了他那里来：——“詹姆士·海尔斯爵士是死了，而他是怎样会死的呢？可以答道，是淹死的；谁把他淹死的呢？是詹姆士·海尔斯爵士；他是什么时候把他淹死的呢？在他活着的时候，所以活着的詹姆士·海尔斯爵士使詹姆士·海尔斯爵士死了，那活人的行动造成了死人的死亡。然后，为了这罪行，把犯这罪行的活人加以责罚是合理的，但对于死人则不然。可是怎么能说在他身前加以责罚呢，当责罚只能在死后施行时？”等等。Malone 认为莎氏准是在谈话中听到过这件案子，因它的裁决作于作者出生之前，而 Plowden 的案件评注则是在 18 世纪末年才自拉丁文译成英文的。

⑥ 中世纪时西欧在封建制度下，凡属于武士世家的人都有象征阀阅的纹章（arms）。纹章是各种各样的花纹徽记，每一个有它的特殊意义与所有权。原来武士们铁甲上罩一短褂（coat of arms），褂上画着每人各别的图案，以资认识辨别。作为出身贵胄的家徽，纹章最早在马战或步战时也画在盾上，后来则往往画在盾形或菱形的牌子上。这里原文“arms”语涉双关，上面两个解作“纹章”，下面亚当掘地就仅指“臂膀”。译文以“纹章”、“文章”、“武装”来表示此双关。

⑦ 原文“Yaughan”，J. San 说是丹麦文“Johan”（约翰）的读音经作者以英文拼出。Nicholson 说是指环球剧院（Globe Theatre）隔壁的麦酒店老板而言，他考出共有三个外国人名叫“Yohan”或“Johan”，都是德国犹太人，其余两个，一个是做假头发的，还有一个也是卖酒人，耳朵有点聋。但 Clark 与 Wright（克拉伦顿本）谓，拼法如此讹误，无法断定其为何人。Browne：“Yaughan”（姚汉）是个普通的威尔斯（Wales）人的姓氏，他当是剧院附近一家小酒店的主人。

⑧ Onions 之《莎氏词汇》谓，“stoup”合两夸脱（qnarts）。兹译为“觚”，参看《奥

赛罗》二幕三景三〇行注。

⑨ Theobald 首先发现小丑这里唱的歌原来是位姓渥克斯的男爵（Lord Vaux）在他临终床上的作品《老年情郎放弃恋爱》（*The aged lover renouncethlove*）里的几节。此诗本收在以搜立伯爵（Henry Howard，Earl of Surrey，1517?—1547）为首的一本诗集《短歌与商乃诗集》（*Songs and Sonnettes*，1557）内，集子的编者与发行人名叫滔德尔（*Richard Tottel*，1594 卒），后世称之为滔德尔所编《杂集》（*Tottel's Miscellany*）。小丑所唱与原诗对照颇有讹谬，据云也许莎氏故意造成舛错“为更好去描绘一个文盲小丑的性格”。第三行里的“呵”和“啊”都是衍文，与歌词无关，Jennens 谓系小丑的鹤嘴锄用力锄土时逼出来的呼息。Chappell：原诗在有一本搜立伯爵诗集的旧本子上，有当时所手抄的曲谱《我痛恨我曾经爱过》[按，这在 Furness 新集注本 382 页上可以见到]。在舞台上，掘墓人所唱的歌用的是《林中的儿童》的曲谱 [见 Furness 385 页]。

⑩ 按，原文“contract” Schmidt 之《莎士比亚辞典》列于第一义“缩短”项下，误列。应归入第三义“缔结姻亲”条内方合。

⑪ Bucknill：此行所言只有一半是真实。习惯使一个钟表匠的手指，一个印刷工人的眼睛，一个音乐家的听觉神经，迟钝吗？这掘墓人做他这阴沉的工作可是反而不熟练吗，因为在三十年中他已经习惯？对于那些我们所不去注意的印象，习惯是能使我们的感觉迟钝的，但对于我们所注意的印象，它使感觉更敏锐。习惯对罕秣莱德自己，是磨砺了他所时常使用的推理能力，同时却迟钝了他的行动能力 [按，我不以为然]，那个是依靠他所不大运用的决断的。

⑫ Cowden-Clarke：假使需要证明莎士比亚用字怎样巧妙地切当，效果多么有力，而且即使在用极朴素的字时也这样，可说几乎没有比这里用“jowls”（抛掷）这字更奇警的例子了。它给颅骨与颧骨撞击在泥土上的印象多大的力量！而且它使人们的想象感觉到这撞伤而同情！译者按，说时或读时“jowls”与“ground”前后呼应，相和成趣，我这里用“抛”、“抛”与“上”三个字来传达。

⑬ Clark 与 Wright（克拉伦顿本）：这个字（“politician”，政客）总被莎氏用作不好的意义。

⑭ 这里各版四开本原文为“o'erreaches”，解作“用手段欺骗，愚弄”，在初版对开本上则是当系莎氏改易稿的“o're Offices”，意即当权得势者之“仗势欺人”（“官吏的专横恣肆”，见三幕一景七三行）。Johnson 相信四开本与对开本原文都是莎氏手笔。说一头笨驴能欺骗一个政客，此人曾经想把上帝来愚弄，是个强烈的夸张。作者于修改时，原来的意思已经从他的心上消褪掉，新的观察产生了新的情感，因而很容易介绍对他较近发生印象的新意象，却没有注意到这些新意象对他原有计划的总的结构不相称。Jennens：应用到一个政客身上，不是说他是个专横的官吏，而是说他是个“捉弄人的”、诡计多端的人。Corson：对开本原文无疑是个意义深长的说法。按，莎氏用意就是要作这样个强烈的夸张，以显示机巧权力碰到了死亡便毫无办法。至于说这蠢驴如今仗势欺侮他（言外有“他当年曾仗势欺侮过旁人”的影射），虽乍听之下有点不相称，但我们有句俗话“不怕官，只怕管”，官之可怕即在于能管，莎氏自己在《黎琊王》里也说“一条狗当权，人也得服从

它”，故细想起来倒还是适当的。

⑮ Clark 与 Wright（克拉伦顿本）对此种游戏有精确的说明如下：“loggats”为“log”（木头）一字之小称，意即小木头。这种游戏有点像草地上玩的木球（bowls），但有显著的分别。首先，它不是在草地上，而是在撒粉的地板上玩的。正鹄是个桃金娘或别的硬木的轮子，直径九英寸，厚三一四英寸。棒柱用苹果木做，成截头的圆锥形，二十六七英寸长，大的一头圆周八英寸半至九英寸，渐渐缩减到三英寸半至四英寸的小头。每个游戏者有三根棒柱，他手执细的一头抛掷。目的是要掷到越近正鹄越好。这个曾经很流行的游戏，我们听说过现在仍有人玩的唯一地方是瑙列支镇的汉泊夏猪儿旅舍（Hampshire Hog Inn，Norwich）。我们要多谢戈尔特牧师（the Rev. G. Gould）供给我们这一详细的叙述，以上是它的撮要。大概罕秣莱德把那髑髅比作“棒打轮”的鹄的，把骨头当是向它抛掷的棒柱。

⑯ Lowell：这掘墓人之景始终给我一个印象，它是在整出悲剧里最凄恻的剧景之一。毫无疑问，莎氏介绍这样的剧景与这样的人物是经过深思熟虑的。目的是为艺术上的凸显与对比。一个人他的作品到处见得有某些时的判断的结果，我们当然认为他的行动是事先考虑过的。我在这两个掘墓人冥顽的漠然无动于衷里，在他们对于莪斐丽亚之死是由于自杀与否的不介意的讨论里，在他们于那阴沉工作中的歌唱与戏谑里，见到最深沉的悲哀与怜悯的源泉。我们很知道谁将是这泥土所款待的客人——有多少美丽、情爱与心碎将埋藏在那个泥土坑里。我们所忆念到的莪斐丽亚的一切以十倍的力量对我们起着反应，所以我们对于这两个掘土者的可怖的戏谑不是心存欢愉，而是以恐怖的震惊，退缩了回来。不自知的罕秣莱德竟会恰巧到这个坟上来，而不是到别的坟上去，而且正是在这里他会待下来谐趣地冥想死亡与朽烂——这一切引我们到下一景里的热情的激烈反动，当他疯狂地承认，“我心爱莪斐丽亚：四万个弟兄把他们的爱都加在一起也不能抵我的数！”……

⑰ 原文“quiddits”，Nares 训“精妙入微”，特别应用于讼师们：Schmidt 解作“模棱两可，精妙入微，吹求强驳”，Onions 释“精妙入微，诡辩”。罕秣莱德含贬而不存褒，故译文作此。Campbell：这十多行里的用语，作者似乎都运用得深知它们的含义似的；我所认识的几位开业律师，要是请他们一一加以满意的定义，恐怕会把他们窘住。

⑱ 原文“quillets”，Malone 谓为“精灵古怪与无谓的区别”，Bailey 与 Nares 说是“诡辩”的小称字，Schmidt 释“辩论中施诡计，精妙入微，吹求强驳，狡猾手段”，Onions 训“言语巧妙，区别精微”。我国对讼师有刀笔吏之称，故译文作此。

⑲ 原文“statutes”，Onions 谓是一种特别的押单，凭了它“债主可以要求立即对债户的人身、土地与财产加以执行”。按，即为放弃抗辩权的押单或债据。

⑳ 原文“recognizances”，Clark 与 Wright（克拉伦顿本）谓，“是承认者对受认者所作欠后者一笔款子的证件或债务记录”，据 Cowel 之《法律辞典》（1607）。按，即为普通借据。

㉑ 原文“fines”与“receveries”，两者是同一件事情，Schmidt 解作“租地人付给地主的一笔款项，作为允许他转让给另一租地人的费用”，Ritson 与 Onions 则解释为“把有限制的嗣产（estate tail）变为无条件的不动产（fee-simple）的一些手段”。

按，当以后说为是。

㉒ 原文“a pair of indentures”，Clark 与 Wright 在克拉伦顿本上注云：狗牙骑缝的合同一式两份，双方各执一份。它们是写在同一张纸头或羊皮上的，写好后一剪为二，分剖处剪成狗牙相错的骑缝（因而得名），以便两半合拢来可以证明合同是真的，假使将来有争议的话。

㉓ Rushton：罕秣莱德所说的盒子即指墓穴而言，因为契据制订者或代理人他们通常把证书放在木盒或锡盒里。

㉔ Furness：要注意，在全部这场对话里，罕秣莱德对小丑用单数第二人称［“你”，表示亲切］，而小丑回答时则用“您”，表示尊敬。按，这里原文“thou liestin't”含意双关，为“你待在里边”，又是“你在里边乱说（或胡说）”；至于为什么罕秣莱德觉得这倒当真是他（掘墓人）的，是因为他待在里边固然可以证明是他的，而他说这坟是他的乃是在乱说，他胆敢在里边乱说当也可以证明确实是他的了。接着，小丑说“You lie out on't”，意为“您不待在里边”，又是“您在外边乱说”；随即他又说，“至于我，我不待在里边，可是这是我的”（我不给埋葬在里边，但这还是我的，因为我在掘它），他的话又可解作“至于我，我不在里边乱说，可是这还是我的”（我并没有在里边乱说来欺骗您，但这还是我的，因为我在掘它）。再接着，罕秣莱德又说，“你是在里边乱说，你（活）人在里边，但还说是你的（坟，你要知道死人躺在里边是不能像你这样说话的）”。这样玩弄“lie”一字的双关意义，在莎氏作品里屡见不鲜，在当时其他剧作家作品里也时常可以看到；这在文学上可说并没有什么价值，其作用只是在吸引池子里的一批观众。

㉕ 原文“by the card”，Johnson 谓“card”解作标明罗盘上不同点子的航海人卡，如在《麦克白斯》一幕三景一七行所说的。按，即“罗盘面”，又名“海图”或“航海图”，参看该剧一幕三景一六行注。Malone 也认为作“航海图”解：我们一定要说得有同样程度的精密与正确，如在一张海图上所注明的海岸的远近、高度、航路等那样。Staunton 则谓，这是“暗指礼仪的‘［模式］卡’与‘一览表’，或‘礼貌之书’而言，这样的作品在莎氏当时出版了不止一部”。Onions 之《莎氏语汇》谓“card”在这里借喻作“指南，条规”解，又谓“按着罗盘面说话”即说得绝对精确，丝毫不爽。参看下一景一一五行及注。又按，最闻名的论礼貌的作品当推意大利人嘉斯的格利奥尼（Baldassare Castiglione，1478—1529）之《朝士》（*Il Cortegiano*，1528）一书，这部名著经荷佩（Sir Thomas Hoby，1530—1566）译成英文，于 1561 年出版。

㉖ Johnson：大概在那时候有一种尖头鞋流行着，“picked”似乎即系指此时髦风尚而言。Steevens：这种习尚到了这样荒唐的程度，以致在爱德华四世的第五年上被官府用公告加以限制，当时有命令说，“靴鞋尖头不许超过两英寸，否则将被教会所诅咒，且罚款 20 先令。……”自 1482 年后到此时前，靴鞋尖头竟致长到要用银边带，金边带，至少是丝边带系到膝盖上去，但 Malone 谓，只是说“这么漂亮，这么离奇古怪，这么矫揉造作”，并无暗指尖头鞋之意。“Picked”为在莎氏当时含这一意义的一个普通字。Douce 赞同此说，谓这种时尚在莎氏当时以前即早已过去。可是 Clark 与 Wright（克拉伦顿本）引 Cotgrave 之《法文英文字典》（1611）

解“Miste”一字条下的“修雅，漂亮，离奇，古怪，精致”等许多涵义，证明这里用“picked”还是隐指尖头鞋而言。

㉗ Blackstone：从这一景看来，见得罕秣莱德当时正三十岁，且熟悉约立克，后者已死了二十三年。但在本剧开始时，他被说成是个很年青的人，预备回到学校去，即威登堡大学。诗人在第五幕里是忘记了他在第一幕里所写的了。Tschischwitz：勃兰克司东的批评是根据一个对德国大学及其安排极错误的理解作的。大家都知道丰·洪保德（F. H. Alexander von Humboldt，1769—1859，博物学者与政治家）直到他的高龄还在听他朋友博埃克（Boekh）的大学讲课。

㉘ 这里又有个双关。罕秣莱德问他“Upon what ground？”意思是“为什么缘故？”小丑因为是个文盲，把“ground”了解为“地方”，所以答道，“哎也，就在这儿丹麦”。

㉙ Furness：掘墓人把话说得这样明白，故罕秣莱德的年龄一般都认为是三十岁，但大家又觉得这年龄却不符合，如勃兰克司东所说，早先一些剧景里罕秣莱德所给我们的极年青的印象。Grant White 在他的《少罕秣莱德》的故事开始时，说这出悲剧启幕对这位亲王正二十岁，而在他的文章结束时，也许忽略了这个说法，谓罕秣莱德在第五幕里是三十岁。没有人会以为像 White 这样一位机敏的学者，会假定这出悲剧的动作持续了十年。Furnivall 论及关于罕秣莱德年龄的“令人震惊的矛盾”时，说道，“我们知道在往昔时贵胄青年们开始习武多么早；假使他们已进了大学，他们离开它前往营寨与朝廷去从事训练多么早。罕秣莱德上大学不见得会超过二十岁；跟这个年龄，剧中所明白提到的年青时代［在一幕三景七行，一幕三景一一至一二行，一幕三景一二三至一二四行］是符合的。跟这个，国王责备罕秣莱德想回到威登堡，也是符合的；还有罕秣莱德自已对他母亲很快与叔父结婚起反感，也与之符合。如果他早已过了二十一岁，如果他对于女人已有了更多的经验，他当会以较冷静的态度看待他母亲的易变。据我看来这是无疑的，就是当莎氏开始写这本戏时他设想罕秣莱德是个很年青的人。但当这本戏渐次成长，需要沉思默想、洞察性格与了解人生的较大重量时，莎氏势必、也自然地使罕秣莱德变作一个已形成了性格的人；而当他写到掘墓人的一景时，他告诉我们这位亲王已经三十岁——那时候这对于他是合适的年龄；但这年龄不符合赉候底施与朴罗纽司警告莪斐丽亚，叫她防备他的熏蒸的欲火，他对她的那年青的幻想——“调情的奇想”——等的时候。这剧本的这两部分在罕秣莱德情况的这一主要点上是确乎有矛盾的。可是有什么关系呢？谁要把任何一部分加以修改，以便使矛盾能够调和呢？初版四开本里没有“三十”的说法；但谁要回到那上头去呢［按，此或系指 Halliwell 主张改“三十年”为“二十年”的办法］？Minto 主张除掘墓人的话和戏中戏的伶王与伶后已结婚了三十年的那句话（他不懂这两句话怎么会到剧中来的）外，“自然的解释是罕秣莱德和他的同伴们都是些十七岁的年青人，新从大学里出来。那是莎氏当时贵家子弟们游历他邦的惯常年龄，而这里没有理由去假定作者想要改变他剧中的大学年龄，而且也没有暗示可证明罕秣莱德要比他的同伴们年纪大那么好几岁。”……“对罕秣莱德的年龄有个适当的观念是为了解这出戏所必要的。他是个被他父亲的死从大学里叫回家里的年青人；一个罗米荷

那样年纪的青年，或者是哈尔小王子当他父亲即位时那样的岁数。”……“罕秣莱德的行动不是个三十岁的去势的人的软弱无力、性急易怒的行动，而是个元气蓬勃、感觉敏锐的青年的勇敢、顽强、公然反抗的行动，突然从愉快的青年求学生活中给召唤了回来，而骤然面对着那巨大得骇人的奸险，那污毁人性的知羞与温雅的罪恶，它们使青天白日变成火焰，把长空的清气里装满了疫疠。”Marshall 以为莎氏的意思是罕秣莱德与二十较近而与三十较远；他性格的一般形态是青年人的，而在全剧内经常暗示他很年青，不容许他真是三十岁的意见。掘墓人这里也许是说，“他三十年前开始当学徒；但是他满师正式挖圹是在几年以后；所以不一定先王罕秣莱德打败福丁勃拉思的那一天是在三十年前。”……“反对罕秣莱德超过二十至二十三岁的最重要的驳议是，假使他当真要大一些，他母亲几乎不可能成为克劳迪欧斯这样恋奸情热的对象。”Minto 后来又以较长的篇幅表示他的见解。跟掘墓人有力的权威对立的是赉候底施，他在单纯的散文里劝告莪斐丽亚不要相信罕秣莱德，因为后者是在变易的幻想与瞬间的恋慕的年岁里。谁会说起一个三十岁的人的恋爱是“青春发育时期的一朵紫罗兰?”那样的观念本身就是对措辞用语的亵渎，但当它们被应用到含苞的青春期的初恋上时却蕴蓄着这样一阵芳香。又加，当时年青贵胄们的大学年龄是从十七岁到十九岁，而赉候底施也只刚离开了大学；罕秣莱德要想回那里去，霍瑞旭则可被疑为是个“偷闲的浪子”。这出戏是充满了对于跟罕秣莱德同样年纪一些人物的年青时期的一些暗示的。福丁勃拉思是“小福丁勃拉思”，赉候底施是“小赉候底施”—— 这表性形容词都经过重复。国王说起击剑的技巧时称之为“年少青春期帽上的一条缎带”。罕秣莱德嫉妒赉候底施击剑的声名几乎有点孩子气。使罕秣莱德年已三十也叫克劳迪欧斯继承他被杀的哥哥这件事更难于令人置信；要是在那样的年纪罕秣莱德对这一篡夺安心接受，而愿意回到威登堡去求学，他当是个太可鄙的性格，不配当任何剧作家的主人公了。对于 Dowden 的声言，说“使罕秣莱德（他道出了莎氏全部作品里最悲哀的与最富于思想的独白）是个十七岁的孩子”的持论是难于叫人相信的，Minto 的答复是，我们往往会低估十七岁的孩子们的早慧。“我敢说对于人生神秘的悲哀的与富于思想的疑问，倒是在二十岁以下的孩子们中间比较在三十岁的成人们中间更为普通。”“悲哀的思想来到一个十七岁的青年不仅是可能的，而且在这样的年纪，当性格还没有深深植根之时，一些最早理想的突遭毁灭是最势不可当的。那颠覆罕秣莱德高贵的心神的可怕情景［译者按，他的心神并未遭到过什么颠覆］，给了他的潜思默虑的发展以一个刺激，与年龄增长无关。我们对于他所从召唤来的欢乐的少年世界的观念愈是清新与辉耀，那当他最先被招来在人生之战中演一个男子汉的脚色时使他的幻景沮丧失色、使他心神的明净作用麻痹瘫痪的［译者按，这说法也有问题］那股骇人的野心、凶杀与淫黍的可怖色彩也就愈显得深沉黑暗。关于罕秣莱德的哲学气质，我们已经谈得太多了；冲动与激情要比哲学更出诸他的天性；他的哲学不是一种沉静的生长，一个倾向于思维的心神的自然发展；那是被可怕得足够使最愚钝的心神踌躇思考的情况所硬是从他存在中压榨出来的。”Dowden 则力陈以下的考虑，认为罕秣莱德是个十七岁少年的说法不对：“诗人最年青的女主人公（南欧的孩子们）是十四岁（居丽燕，马荔娜）与十五岁（蜜亮达）。珀笛篷的年龄是十六。莎士比亚爱这些含苞未放的女性的最早岁华。吸引诗人想象的早年男性的相当时期是什么呢？当什么年龄莎氏设想童竖时代正吐放为成人的力与美？我回答说，从二十一到二十五。沁白林两个被窃的儿子，正要成人的两个孩子，是二十与二十二岁：弗洛律采尔看来大约是二十一（《冬日故事》五幕一景一二六行）；屈洛勒斯，一个无须的青年（他颇有两三根毛），要大一点：他从未见到过二十三。据我所知，我们还不能决定罗米荷的年龄。哈尔王子在他父亲就位时差不多十二岁，但莎氏描写他要大得多。当休鲁兹巴列战役发生时（亨利事实上是十六岁），我相信莎氏的意思是要他的年龄为二十二左右（《亨利四世》前部：三幕三景二一二行）。亨利五世接位时是二十六岁，而没有理由猜想莎氏，他到此为止将他表现得比历史上的亨利亲王要大一点，现在把他描写得年轻些。”伊拉主教说道：“我的三重权威的主君是在他英年的阳春五月早晨天。”用其他剧本来试验罕秣莱德的极度年青这论点，我们可是要想象这个说“是存在还是消亡”那段独白的人，要比老贝拉留斯的两个儿子年轻五六岁吗，而那是在生命的这样一个时期，每加上一岁有很大的关系？弗洛律采尔——莎氏年青的温雅的理想人物之一——可是比罕秣莱德大上四岁吗？罕秣莱德可是在十四岁时就开始他对于社会的观察吗（见五幕一景一五〇行）？他的两个同学——以有关生死的任务被派遣到英格兰去——也是十七岁的年青人吗？可能证明莎氏剧中任何一个主要男角是十七八，甚至十九岁吗？伶王的结婚记时在这个讨论里是重要的。他的三十岁的妻子（代表葛忒露）还不太衰老去获致第二个丈夫的爱情：所以葛忒露，虽然她“血里的欲火”已“驯静”，还不一定太老；我们可以想象她四十七岁。但是我不很关心去维持伶王与掘墓人的年时，除非是为去抵拒鲁莽变更莎氏的原文。我能想象罕秣莱德在二十五六岁是个“英年的阳春五月早晨天”的人。可是我很关心去反对这样子去误读这个剧本，它会不仅使罕秣莱德这性格的概念发生矛盾，而且会捣乱我们对于一整群可爱人物——莎氏的弗洛律采尔们与包列陶们以及斐迪南们——的看法。而且我要表示，莎氏感觉到认为三十作为年青的年龄是可能的。掘墓人自己就说起“少罕秣莱德”。在《无事多忙》里我们读到（关于衣服的时样）：“多么变化无常地它搅扰十四至三十五岁的年轻人。”在他的《商乃诗（即十四行诗）》里，莎氏讲到四十（不是三十）作为时间损坏容颜的年龄。在悼念勃培琪（Richard Burbage，1567?—1619，名伶，莎氏友人与同事，曾演出一些个莎剧中的主角）的《悲歌》里，那位大剧人被称赞作扮演“年青的罕秣莱德”与“年老的希罗尼莫”同样地成功。要是勃培琪表演罕秣莱德为三十岁，虽然是三十岁，勃培琪的罕秣莱德还算是年青的。不过，我可以让一点步，而假使不论哪位批评家要有效地打击那个“差不得一点儿的”汉子，那小丑的脑瓜，我会接受 Marshall 所给予的年龄——二十五岁，作为合理。译者按，这是条很长的注，也许有些读者觉得不耐烦去细读；好吧，那就让他们跳过不看好了。但罕秣莱德的年龄是个非常重要的问题，跟对于剧中主角，对于整个剧本的了解，尤其是较深刻的、不是浮泛与片断的了解，密切相关，所以介绍人家经过缜密考虑与辩难的看法，对于另外有些读者或许不无帮助。上面两种见地可以代表这一问题的两个方面。译者则非但认为在说理上 Dowden 的持论精辟入微，而且从亲自的体验与回忆中，也感觉到二十五六岁比较适当。

㉚ Halliwell：我依照初版四开本，冒昧更改这里的原文为“十二年”，以避免一个年数上的困难，且以同样的理由改易一五三行的“三十”为“二十”，必须记得，罕秣莱德在第一幕里被指为是个极年青的人。按，参看上条注。

㉛ J. San：“Yorick”是德文与丹麦文的“Georg”与“Jög”，我们英文的“George”；英文的“y”代表这两种外国文的“j”，那跟我们的“g”同音。

㉜ White：憎恶的是什么？罕秣莱德要对什么作呕？对那髑髅？他不在说那个。他所憎恶的，要对之作呕的是这里挂着他所吻过的两片嘴唇的他的想象。Cowden-Clarke：这一句里的“这”和下面的“它”是指驮在他背上、他的髑髅如今忽然呈现在说话人注视下的那阵想象，那曾被一个人拥护爱抚、那相好的发霉的没有皮肉的髑髅此刻捏在说话人手里的那阵想象。

㉝ Dyce在他的初版校订本上问，这四行是引文吗？但在第二版上回答说不是。Collier谓，在他所用的那本有旧时笔注的二版对开本上，这四行前后有引号；它们对于说话人显得跟他自己刚才所说的话非常适合；但不知道这一段从何处引来。Cowden-Clarke：罕秣莱德只是把一时想起的奇思放进协韵的形式里。莎氏已使这个变成了罕秣莱德的显著特点——当他说得轻妙或激动时就来几行打油诗的这一倾向；见三幕二景三〇九至三一〇行。又，在本景近尾处，那里不是习常用以结束一景的双行相押韵，而是使一句轻蔑话临时两行相叶，从严肃的想法与抗议里转到一个容易叫人相信他疯狂的态度上去。

㉞ 此导演辞为Capell与Malone两氏据剧中实情所改定者，惟仍从四开本谓行列抬莪斐丽亚之“尸”送葬；译者认为殊可斟酌，兹改采对开本上之“灵柩”。各版四开本作“王、后、赉候底施与尸上”，且排在边上，似过简，或为非正式的他人后加，原导演辞当属缺漏。各版对开本作“国王、王后、赉候底施与一灵柩，及众侍臣上”，十八世纪Rowe，Pope，Johnson等六家从对开本。Clark与Wright之环球本（1864）、剑桥本（1865）、克拉伦顿本（1905）以及Furness之新集注本（1877）、Craig之牛津本（1924）等俱从Capell与Malone。Crawford之耶鲁本（1924）与John Dover Wilson教授之新剑桥本（1934）从对开本，惟采用“教士一人”，后者对人物登场之先后亦有所改动。

㉟ 原文“Couch”，Clark与Wright（克拉伦顿本）说是“躺下来，以便隐藏掉”，Onions释“躲起来，埋伏着”。

㊱ Seymour：但王后（她是个眼证）告诉过我们，莪斐丽亚的死是偶然的，是由于一枝“恶毒的枝丫忽断裂”。Moberly谓，尽管她是个疯子，且出于不慎而自己致死的，对于这样的情事的推断是，她的行为是故意的；碰到这样的情形，总有个“疑问”，能否请求给予基督教葬仪；虽然，据Burn的《教会法》所说，实际上并无拒绝准许的例子见之于记录。

㊲ “Shards”，Schmidt，Furness，Onions俱释为“锅、壶、罐子、瓦片等的碎片”。按，当时我国瓷器在英国还太名贵，故可断定为陶、瓦碎片。

㊳ 各版四开本作“Crants”，各版对开本作“Rites”。Johnson首先解释前者为德文“花环”的“Kranz”。他说，送葬时在一个处女灵柩前携带花环，以及把它们挂在

她墓上，仍然是乡村教区里的习俗。所以“Crants”是原来的字，可是莎氏发现它有地方性，且也许不大容易懂得，故改易为“Rites”，以其较易为人知，但不甚适当。“处女的礼式”给人一个不确切的印象。Malone 怀疑这一改易是否出自莎氏手笔。Dyce 也主张这里需要一个具体的、确定的印象，而“rites”则太笼统。Knight 与 White 则赞成维持对开本的读法，说“撒贞女的花朵”就是把花环与花朵散在年青与天真者的棺材上，“礼式”即包含这些在内，故如果再提“花环”，便变成重复。按，当以 Johnson 与 Dyce 的说法为是，后说的理由不够有力。Lettsom 指出，一般的注本都解释“crants”为“garlands”；但德文的“Kranz”是单数，而这里所需要的字义也正是单数。因此，Dyce 在他的《莎氏语汇》里解“crants”为“一顶花冠，一个饰圈，一个花环”。Halliwell 引 Fairholt 于 1844 年见到处女丧礼中的花环叙述道，当时那已经是“极古老的遗风，教堂（圣阿尔朋寺）司事告诉我说，这样的花环从前曾经在未婚女子出殡行列里持在棺柩前面，待送到墓地后即挂在教堂内，可是这习俗已经在二十年前消歇了。花环的底架是一个木圈，有彩色纸的花饰附在上面，而鲜花与假花则盖满整个圈子……”按，由此可以猜想，这些伤悼处女的花环大概要比现在在世界各地，包括英国，仍然通行的、不限于送处女丧葬的花圈要小一点。

㊴ 昆荔翁、奥林匹斯和奥萨（Pelion，Olympus，Ossa）为古希腊东北地区帖撒利（Thessaly）北部的三座大山。据传说，大力神们（the Giants，又名 Gigantes，他们跟泰坦神族 the Titans 不同）想推翻宙斯（Zeus）天王的统治，把奥萨山堆在昆荔翁顶上，预备攀登奥林匹斯山上的天城；宙斯求援于海拉克理斯，把他们打败了。(P. Harvey)

㊵ Grant White：以无比巨大的反感，罕秣莱德爆发出爱与悲哀的激情叫喊；接着，也在这奇怪的不适当的时候，他主张他的王位权利，而声明他自己是“丹麦之主”。但 Schmidt 在他的《莎氏辞典》里却把“the Dane”解释为“丹麦人士”。

㊶ Moberly：一个修辞上的圆滑说法，表示一开始对罕秣莱德完全的沉着，以及他对赉候底施的真正的爱。

㊷ 原文各版四开本作“Esill”，各版对开本作“Esile”：这两个字在英文里都并不存在。通常不算在“各版”里的，初版四开本则作“vessels”。前两者经 Theobald 校改为“Eisel”：这不是一条河流的名字，他说，便是一个古字，解作“醋”。后世的批评大多集中在这两个解释上面。Theobald 谓，据他所知，丹麦有条河叫“the Yssel，说德语的法兰德斯地区（German Flanders，当在荷兰境内或荷兰与德国边界上，普通的地图上查不出来）有一个省份名 Over-yssel 的即因以得名”；可是他又说，“罕秣莱德不是向赉候底施建议去做他所做不到的事，如喝干一条河流，而是好像说，你会决定去做最骇人、最令人厌恶的事吗？你看吧，我是有决心的。”Hanmer 校改“Esill”为“Nile”（埃及的尼罗河），为弥补因此在节奏上缺少的一个语音，他在下一问“eat”之前加上“woo't”（你可会）。Capell 则认为并无绝对必要这条河是尼罗河，虽然后面就讲起鳄鱼；但如果定要作这样的更动，可用这河流的古名称“Nilus”，当可不致因缺一语音而过多地改易原文；不过他主张校改为“Elsil”，而这是因为他想象莎氏大概因猜想有一条叫这名字的小溪流，

名叫“Elsinour”的城镇即从而得名，他当即这么印在他的校刊本上了。Steevens说，罕秣莱德在这里正是向赉候底施挑战，要他做任何困难或不自然的事，如喝干一条河道的水流，或用他的牙齿去咬嚼这样一种动物，它的鳞片通常认为是牙齿所不能穿透的。他采用“Yssel”而认为是条河流。Malone同意Steevens的说法，并举出其他作家一些喝干莱茵河（Rhine，自瑞士经德国入北海）、泰晤士河（Thames，在英国）、米安窦河（Meander，在小亚细亚古Phrygia境内）、太格里斯河（Tygris，自土耳其经伊拉克，入波斯湾）、幼发拉底河（Euphrates，自土耳其经叙利亚与伊拉克，入波斯湾），以及喝干海洋、征服冒尔太火山（Malta，在地中海冒尔太岛上）等等例子，以证明莎氏也可能有这样的夸张。Boswell又加上诗人赵叟（Geoffrey Chaucer，1340?—1400）喝干赛因河（Seyne，在法国，入英法海峡）的例子。Nares认为在狂言里挑战喝醋是不合理甚至荒谬的，所以还是以喝干河水为是，不管河名能找到与否。Caldecott同意Steevens的说法，说是指Yssel河，它是莱茵河最北的支流，跟丹麦最近［译者按，距丹麦一百多英里，中间隔着一大片德国土地］，在Zutphen城附近注入须德海（Zuider Zee）。此外，Singer谓“eysell”或“eisel”是“苦艾酒”，J. S. W，也赞成河名的说法，Elze力主从Capell之“Nilus”，Bede说“Yssel”即威尔斯（Wells）河，Halliwell以为是Oesil或Isell河（这名字虽不为人知，但下面的奥萨山也同样隐晦不知名），Scadding也认为是“Nilus”一字之讹误，最后Keightley也采取“Yssel”（因在Yssel河畔，近Zutphen城，菲列泊·薛德尼爵士——Sir Philip Sidney，1554—1586，诗人与政治家——对一支西班牙卫队作战而英勇战死，而薛德尼在莎氏当时是无人不知的）。关于“eisel”是醋的说法，Theobald谓大量（或大口）喝醋虽说不上伟大，但那样做的确跟吃鳄鱼肉同样难于下咽而乏味。Capell为反对此说起见，谓“Eisel”假使确是解作醋的话，当是吃鳄鱼时所用的调味品。Steevens也打趣道，那挑战当真说不上堂皇壮丽，它只能刺激对手去冒一阵胃痉挛或绞肠痛的危险。Hunter谓，莎氏《商乃诗》111首里的“Potions of eysell”证明这不是什么河流，而是绝望时的猛药——酸果汁或醋。Dyce驳Malone道，莱茵、泰晤士、米安窦、幼发拉底等都是很知名的河川，迥非晦隐无闻的Yssell所可比，后者的存在注释家们要查考出来尚颇有困难。Moberly相信《商乃诗》——一首里所用者跟这里的是同一个字，“大量的醋喝下去对生命有极大危险”。Tschischwitz在他的校勘本上把这字印成“Esule”，即为甘遂，一种有毒的植物，它的汁古时用作催吐剂。Schmidt在他的《莎氏辞典》里说，罕秣莱德的问话分明是滑稽的，而为了以愁眉苦脸来表示深悲起见，喝醋似乎比喝干河流更能发挥作用。最后，Furness也相信“Esill”与“Esile”都是“Eysell”之讹误。译者考虑比较了各家的说法之后，觉得只有采取解作酸醋的一法。

㊸ 见前注㊴。

㊹ Warburton：鸽子通常总孵两个卵，雏鸽破壳时身上长着一层黄毛。Steevens：母鸽孵出它的两个卵后三天之内，从不离开它的窝，只除了极少几分钟为它自己找一点食吃；因为雏鸽在那早期所需要的只是保暖，这一任务它从不信托给公鸽。

㊺ Caldecott：“事物有它们被命定的进程；我们没有能力去使之转向”，也许是这里的

用意，虽然这句谚语是惯常应用到那样的人身上的，他们一时占据着他们长处所不给他们权利去占据的地位。Tschischwitz 谓，这是暗指赉候底施、国王和罕秣莱德自己。“让赉候底施的巨人般的力量去做它要做的事，让那只在阴暗里偷偷潜行的猫去叫它的，忠心的狗将有它自己的时机。”B. Street 谓，“day”应当是“bay”，意即“狗总得吠一个痛快”。

㊻ 原文“present push”，Clark 与 Wright（克拉伦顿本）谓解作“立即的试验”。

㊼ Clark 与 Wright（克拉伦顿本）：说话人用“living monument”二字也许含有双重的意义；第一，有常存不坏之意，王后会这样了解它；第二，赉候底施会晓得那层较深的用意，即谓罕秣莱德的性命将受到危害。

㊽ Steevens：“bilboes”是一种有脚镣附在上面的铁条，古时在海上哗变或骚乱的水手们是用这些铁条给系在一起的。这个字可推原到西班牙的一个地名“Bilboa”，那里钢铸器械锻造得非常精美。为完全了解莎氏的引喻起见，必须知道，由于这些脚镣把犯事者们的腿系在一起拴得非常近，所以他们要休息的企图势必跟罕秣莱德的企图一样，“心头思绪乱如麻［直译可作‘心里乱得像有一种战斗’］，简直休想能入睡”。一个水手的每一个动作一定会扰及他的禁闭中的同伴。这些铁条现在仍然跟西班牙大舰队上的其他战利品一起，在伦敦塔里给展览着。

㊾ Tyrwhitt 建议把“突兀鲁莽”到霍瑞旭的“那确实无疑”放在括弧里，使“蓦地里”跟后面的“从我的船舱里，……我在暗中……”连在一起，且将“怎样去粗试”后的句号改为“；——”：这样安排，Furness 谓，无疑会使对话较为有力。按，各版四开本原文作“蓦地里，突兀鲁莽倒也好；要知道”，各版对开本作“蓦地里，(突兀鲁莽倒也好）要知道”，译文句逗标点系从 Furness 之新集注本。

㊿ Moberly：“在我形成我真正的计划之前，我的脑筋已经完成了这件事。这一行应当细心地加以注意。罕秣莱德写这通敕旨是在想象，不是在意志的强烈冲动下写的，这计策的巧妙迷惑住了他。然后与海盗相遇把取消它的机会消灭掉了；他便这样被迫，有一点局促地，向霍瑞旭说明他的行为是正当的。由于后者听到他的叙述时有一点惊奇，且甚至有少许同情，我们可以安心地断言罕秣莱德和蔼的情性会把那敕诏取消掉，若不是意外事故阻止他那样做。”

51 Blackstone：大多数莎氏当时的大人物，他们的亲笔花押至今还保存着，都写得一手极坏的字体；他们的秘书们则字迹端正。

52 原文“comma”引起了许多分歧的意见。Theobald 采取 Warburton 的校改，认为“a comma”毫无疑问是“a Commere”（意即“一个保证人，一个共同的母亲”）的讹误，并援引他的话道，“没有东西能比和平女神站着的这一形象、戴着瑞麦的头环、在两位君王之间、一只手搀着一位，更生动如画的了。我们往往在罗马钱币上这样见到她。”Warburton 在他自己的校勘本上则进一步谓，“Commere”在这里解作“一个爱情的撮合人，一个拉拢双方的媒婆”。Capell 从“Commere”，并赞成罗马钱币的说法。Heath 解释道：“像一枚逗点介在一句句子的两个部分之间那样，除区别它们彼此外并不分开它们；同样，人格化了的和平，或和平女神，是被当作站在两位君王的友爱间发生着作用的。”Johnson：逗点表示一句句子里两个部分的关系与连结；句点则表示两句句子间的遽止与中断。莎氏也许想写——

除非英格兰允从敕旨，战争应在两国的和睦间放一个句点［即终止和睦］；他改变了他的写法，以为用相反的意义他可以说，和平应当在两国的友爱间像一个逗号。Becket 主张校改“comma”为“comate”（同伴），意即和平应当作他们的伴侣。从他的或跟他持同一见解的有 Staunton 与德国莎剧学者 Elze 与 Tschischwitz。Hunter 以为莎氏这里是在取笑当时言语或文字里正是这样的一个可笑的说法。White 觉得“逗点”难于理解；他采用 Hanmer 的校改“cement”（黏合物，胶灰），并引《安东尼与克丽奥贝屈拉》剧中两处用“cerment”的例子加以证明。Cowden-Clarke：“Comma”在这里是用作这样的一个术语，它被理论音乐家们用来表示“音乐里的、一切可感音程中之最小者”，表示谐音间的确切比例。管风琴与钢琴的整调师们直到今天还是这样用“comma”这字的。这术语的音乐上的意义在 Hawkins 的《音乐史》（1853）内有充分的解释。从这段文字的上下文看，有极大可能莎氏要用个意涉和谐的语辞，而不见得会暗指停逗的方法；我们以为他在这里用“comma”这字是用它来表现一个协调和谐关系的连结物的……

㊼ 原文“Ases”影射“Asses”（驴子），正如 Johnson 所云，含讥讽戏谑之意，且“charge”古有“负重”之意，于是暗指的变成了“还有许多载有这一类重负的蠢驴”。

㊽ Hanmer：罗撰克兰兹与吉尔腾司登所受的惩罚是公平的，因为他们致力于为篡夺者效劳，不管他要他们做什么事他们都肯去干。Malone 指出，在本剧故事可能的蓝本之一《罕秣莱德的历史》（*The Hystorie of Hamblet*，1608，系译自法文 Beileforest 所作《悲惨历史》第五篇故事的一个译本）里，凶王番共（Fengon）的两个忠实臣仆是并非不知道他们所送敕诏的含意的。莎氏也许想描写他们的代表，罗撰克兰兹与吉尔腾司登，同样有罪。因此，罕秣莱德设法使他们就戮，虽然肯定对于他自己的安全并不绝对需要，便不显得是个乖妄的、未被激致的残暴行径。Steevens 则力主从莎氏本剧看来，绝无证据能说明两人有罪。评注者的任务，他说，并不是去用戏剧所根据的小说来解释戏剧——那些小说里的情节诗人有时候遵从，但实际上往往不遵从。莎氏之忽略诗的公平［或“劝善惩恶”］是尽人皆知的；他既安心于牺牲纯洁的莪斐丽亚于前，我们更不能指望他对于罗撰克兰兹与吉尔腾司登的无价值的生命较为审慎于后。所以我断言，在这出悲剧里他们的死分明是乖妄而未被激致的。Rye：在全剧里，罗撰克兰兹与吉尔腾司登所说的话没有一句不对于最浅薄的观察者宣告他们是国王的走狗，故意被用来出卖罕秣莱德、他们的朋友和同学的。Strachey：这不光与罕秣莱德自保他的生命有关；他是王权与丹麦法律的代表人与复仇者，而这王权与法律已被一个凶杀者与篡夺者的暴行所凌辱（因为他之所以被推举为君是由于他设法凶杀了那正当的占有人，且正在那时候当他的合法胤嗣人不在）；而他得在那样的形势之下行事，它们在每个国家的历史的稀有而悠长的时间里要求某一个人去保持法律的精神而暂时忽略它的文字。罕秣莱德的责任是以置暴君于死，为丹麦的法律与王权复仇；而假使作为达到那个目的的手段，他也得牺牲那暴君意志的卑鄙爪牙，他那样办是完全正当的。

㊾ 原文“angle”为“钓钩”，在这里乃是隐喻的说法。我国古代十八般武艺所用“九长”、“九短”兵器里前者的第七种即为“钩”。又，我们从前山径上、密林里有人

用戴钩、套索这两件家伙做黑买卖。罕秣莱德在此说他叔父“抛出弯钩来想钩掉我这条命”，或许说“戴钩”更为切合。

㊻ Miles：你绝不会疑心到罕秣莱德所担当的差使，要待你听见他说短短的这句话，“眼前这间隙属于我”，你才晓得。这句话里包含有比所有的独白更多的恶意！没有恐吓，没有诅咒，不再提起笑吟吟、可恶的坏蛋；不再自咎；但仅仅是简略的“时间很短促：眼前这间隙属于我；”于是，我们初次体会到罕秣莱德内心所经历的变化的程度；于是，我们初次完全懂得了他跟小丑作平静的戏谑，他对霍瑞旭发他宁谧的沉思之所以然。整个人已被一个伟大的决定改变了性格：他的决心已经下定！专船从英格兰回来将是他被处死的信号，所以道德上的问题已经解决：从一个无法无天的凶杀者手里解救他自己性命的唯一机会是去杀死他；这已变成个自卫行动；他能够以完全无愧的良心做这件事，他估计过回程；他对他自己的和国王的生存已作了最长的估计。从他在墓园里碰到小丑的那片刻起，他一直在向艾尔辛诺王宫作死亡的进军。

㊼ Johnson：一只水黾在水面上跳来跳去，没有什么易见的目的或缘故，因此是个无事闲忙者的适当的表象。“水黾，亦名水马，昆虫类，体长约3分，群集于池沼等水面，能疾走，或张翅而跃”（《辞海》）。

㊽ 原文“Chough”，Johnson说是穴乌的一种，Harting叫它红脚老鸹或康华（Cornwall，英格兰岛西南沿海郡名）鸦。Caldecott怀疑这是个讹误，谓原字恐与那种鸟没有关系，大概是“chuff”一字之讹。Furness支持此说，谓称奥始立克是红脚老鸹也许因为他聒聒多言，可是跟他有大量泥巴却合不上来。“Chuff”则是个粗鄙而富有的地主，人物猥琐，言谈可笑，不登大雅之堂，译者按，罕秣莱德称他是只红脚老鸹确是因为他聒聒多言，但接着说他有大量泥巴之前明明有“可是”一语，所以这比喻毋须跟他的粗鄙而富有的地主身份切合。何况从前面的对话里可知，奥始立克绝不是个蠢笨拙陋的家伙，他嘴上还来得几下，喜欢趋时玩一套夸饰（euphuism）耍文的功夫，以资自炫，性格佻达、轻浮、浅薄，而又好逢迎阿谀，所以一碰到罕秣莱德认真跟他玩时，便目怔口呆，无言对答。

㊾ 罕秣莱德对于胁肩谄笑的朝士们有极度的鄙蔑，这里一会儿说很冷，一会儿又说很热，便是在戏弄奥始立克的奉迎，正如在第三幕第二景里他戏弄朴罗纽司一样，说一朵云像峰骆驼，又像只伶鼬，再像条鲸鱼，挖苦他的俯仰随人，阿谀奉承。

㊿ 罕秣莱德要他戴帽，他不肯，说“for mine ease，in good faith.”Farmer谓，“我这样舒服”似是莎氏当时的虚矫（装假，做作）话，Malone谓为当时的客套话。按，奥始立克这段话里的有些措辞，如“an absolute gentleman”，“full of most excellent differences”，“of very soft society and great showing”，“to speak feelingly of him”等，可说不是夸张、假装便是做作。他的夸张、假装使我们想起四幕七景里克劳迪欧斯对赉侯底施所说的这句话，

> 我们叫些人夸赞你武艺超群，
> 把那个法国人对你的那番称扬
> 再频添些光彩。

他的做作说明他是那些人中间最适宜于做这件事的一个，也就是他的为人与性格。

他这下虚矫与做作的结果，引起了罕秣莱德的反感，当即变本加厉地以夸饰风格（euphuism）跟他来一阵。

㉛ 原文“full of most excellent differences”，Caldecott 谓，就是说，他是精通礼仪的每一个微妙细节的斲轮老手，Delius 说是“各种不同的佳妙处”，Clark 与 Wright（克拉伦顿本）解作“使他超迈旁人的卓越处”。

㉜ 二、三版四开本作“sellingly”；各版对开本作“feelingly”。Jennens 与 Collier 云，前者可能是对的，系隐喻“一个卖货人对货物的称赞”。Steevens 引莎氏早期喜剧《爱情的徒劳》四幕三景二四〇行“卖货人的赞美属于出卖的东西，她超乎赞美”为证。对此，Furness 谓，当真，没有解释，不论如何牵强附会，想入非非，会在这一景里显得不适当；也许越想入非非越好。Caldecott 从对开本，并解“feelingly”为“说得有洞察与智慧”。Schmidt 训“说中他的要害”，Onions 训“切当，中肯”。

㉝ 原文“the card and calendar of gentry”，Johnson 谓为“都雅的总教习；一位士子要借以指导他行止的罗盘面；他赖以选择他时间的日历表，俾使他的一举一动既美妙而又适时”。Schmidt 解作“礼貌的罗盘面或记事簿（或记录）”，Onions 谓喻作“指南，条规”用。

㉞ Warburton：这是当时朝士们矫饰口吻（the précieux）的一个标本，是用来挖苦他们的。Clark 与 Wright 在克拉伦顿本上云，罕秣莱德故意胡诌，赉候底施则无意地胡诌。按，罕秣莱德在这段话里夸张、矫饰、用大字、转虚文，非常滑稽，除这“definement”（描绘）一字外，还有“perdition”（丧损，意即损失），“to divide him inventority”（把他的优点开个清单），“arithmatic of memory”（记忆的算术），“the verity of extolment”（称颂他得到家），“a soul of great article”（一位优长可列成大项——即把他的优点开起账目来，会开成有许多子目的一大项——的英才），“his infusion”（他的资秉），“to make true diction of him”（要将他说得切中肯綮），“his semblahle is his mirror”（他的匹敌只能在菱花宝鉴里找到），“his umbrage”（他的影子），“the concernancy?”（试询相关何许？——即，请问这许多话是什么意思？你用意何在？），“wrap the gentleman in our more rawer breath”（将这位士子用欠雅的芜辞来包裹），“the nomination of this gentleman”（提名道及此君），等等。

㉟ Johnson 校改原文“not possible”为“possible not”，“another tongue”为“a mother tongue”，于是霍瑞旭这两句话变成了“用本国语言来说竟能不懂得吗？你会懂得的，阁下，当真。”按，意即“你自己原先说的乃是外国话。如今王子说的也正是你那种外国话；你自己却听不懂了。用本国语言（即明白易晓的话，朴素的语言）说这种种，不是很容易懂得的吗？不，你不要，却喜欢说外国话；那么，王子现在说的你该可以懂得，”Jennens：这段话是对奥始立克说的。霍瑞旭见他窘住了，说道，“这就不能懂得了吗？换一种说法你是会懂得的，阁下，当真”，就是说，你可被人家使你自己的武器打败了吗？你不能懂得你自己的那种胡诌了吗？假使是的话，你最好还是说另一种语言，用你的常识，莫要花腔，那你就不会有给弄得局促不安的危险了。Malone：这段话是对罕秣莱德说的。“换一种说法”并不解作（据我想）较朴素的语言（如 Johnson 所意会的），而是“这样古怪矫饰；以致

像是外国话的语言”；在随后的话里则霍瑞旭是在赞赏罕秣莱德能把这一类谵语模仿得这样巧妙，我想。可是我怀疑诗人写的是：“用本国语言来说竟能不懂得了吗？”按，他采取 Johnson 的校改而不同意他的解释。Moberly：“由别人说来，你就不能懂得你自己可笑的语言了吗？用你的聪明，阁下，你就会懂得。”译者觉得后一说比较适当；Johnson 的解释虽好，只是必须校改原文，且转弯太多。但从他的有 Staunton，Walker 与 Tschischwitz。

⑯ 这里原文“not ignorant”，由奥始立克说来本解作“不是不知道，不是不明白”，但接下来罕秣莱德开他的玩笑，故意理解为“不是无知，不是迟钝，不是愚蠢，不是脑筋简单”（not wanting knowledge generally，not dull，not silly，not simple-minded），所以说“你即使知道，对我也不会增很多光彩”。译文“明亮”即含有“知道，明白”与“明鉴，亮察，朗照（心明，目亮），洞晓”的双重意义。

⑰ 原文“Rapier and dagger”，前者是比较战时所用的长剑（sword）小些轻些的剑，后者据 Schmidt 与 Onions 云，是一把不开口的，蓝柄（用来护手的）的短剑或匕首，专作防卫用，以之代替小圆盾（bucklet）的——在十六世纪末年，这两件成为一套的武器被用来在比武里代替原先的长剑和小圆盾。

⑱ Johnson：“imponed”是用法文发音念英文字“impawned”（押下了）的怪腔，用以取笑奥始立克的做作的。Collier 与 Dyce 赞同此说。Schmidt 则谓系夸饰文体（euphuism）的字眼。按，夸饰文件以莎氏同代文人与剧作家李列（John Lyly，1554?—1606）的《优弗伊斯，才子的解剖》（*Euphues*，*the Anatomy of Wit*，1579）与《优弗伊斯和他的英格兰》（*Euphues and his England*，1580）两部散文传奇而得名。此种文体或风格的特点是，尽量运用意义相反的语句来互相对照平衡，甚至牺牲文意也在所不惜，充分利用双声字，富于对历史与神话人物及博物知识的隐指，极力使文字里弥漫着优雅文采的风味。奥始立克接着用的“assigns”（附隶），“carriages”（挂絛），“very dear to fancy”（煞是花哨可喜），“very responsive to the hilts”（跟剑柄匹配得挺合式），“most delicate”（非常精致），“of very liberalconceit”（无比新奇细巧）等都是属于这种文体的语词。

⑲“挂絛”（“絛”亦作“绦”，音“韬”）是什么东西？罕秣莱德问他。奥始立克答道，就是吊带。罕秣莱德说，这名称乍听起来倒像是几尊大炮。原来原文“carriages”也可以解作“炮车”。中文里没有适当的名称可译，我利用“挂絛”二字的声音来传达原意，聊资仿佛。絛是编织成的丝带，薄而阔的名为组，圆而像绳的叫作紃，组与紃统称曰絛。

⑳ Furness：古书之注释文字印在书页边上。见《萝密欧与琚丽晔》一幕三景八六行：

这卷美书里深藏着隐晦的文意

你可在他眼睛的书页边上找到。

㉑ 关于“he hath laid on twelve for nine”，自十八世纪以来我所见到的有十多家注释，但都不能清除疑难，现介绍于后。Johnson：这一下打赌我不懂。在十二个回合里，一方定必会超过另一方多于三着或少于三着。我也不了解怎样在十二个回合里能有十二对九。这段话没有什么重要性；晓得打了一回赌就够了。Malone：君王下的赌是，在一场十二个回合的比武里，赉候底施不会超过您三着；君王是在

开赌人的原则上下的赌，有个赢十二着和输九着的机会［按，Malonc 这句话我觉得说得不够清楚，他的意思据我看来是说，主动（或发起）赌比武的人好像赌钱时的庄家（the bank），他那方面按原则应多赢三着，即赢十二着，要是他输九着的话：如果我这理解不错，我敢说这对于原文的解释分明是错误的，因为赉候底施是个尽人皆知的好手，而且奥始立克此来的目的之一就是要激起罕秣莱德的好胜心，故只有叫罕秣莱德多输少赢之理，决不会对他作多赢少输的要求］；或者君王（根据给罕秣莱德以有利的地位来说）占了便宜，等于四比三，假使“他赌下了”四个字是指赉候底施的，这就解作他是在一个预备赢十二个回合而要求对手赢九个回合的人所定下的［胜负］原则上下的赌；那比率就是十二对九。［按，Malone 看不准原文究竟是什么意思，他提出三种可能：一是国王打赌说罕秣莱德将赢十二着而输九着给赉候底施，二是国王（他将占到便宜）打赌说罕秣莱德可以输十二着给赉候底施而只赢他九着，三是赉候底施打赌说他将赢罕秣莱德十二着而只输九着给罕秣莱德。不消说，这三种十二对九都是二十一个回合，与奥始立克对罕秣莱德所说的“您跟他比十二个回合”那句话不符合，而 Malone 在这一点上并未提供解释。］Ritson 主张这场比剑一共只打十二个回合，“赉候底施要赢便得赢八着，而罕秣莱德则只需胜五着便可以赢；所以他分明比赉候底施在数目上处在有利的地位，即便宜三个整回合或三着，而占的优差是八对五，那正好跟十二对九、在他们开始比剑前有利于罕秣莱德的计数上的比率一个样。”［Furness：这个，我以为，实质上跟 Elze 所作的是同样的解释。按，八对五在算术上的比率并不与十二对九相等，与十二对九的比率相等的是八对六，这是一。其次，八加五是十三，与奥始立克所说和 Ritson 自己所主张的“十二个回合”也不合，Ritson 对此未加解释。第三，原文这里所说的是实数，并不仅仅是比率，故 Ritson 对于“he hath laid on twelve for nine”仍未能提出令人满意的说明。］Seymour：“假使在十二个回合里罕秣莱德被着了七次，而赉候底施被着了只三次；国王会输掉他下的赌。”［按，依此说法，分明比十个回合即可分胜负；这与奥始立克所说国王规定的“十二个回合”不合。又，七减三等于四，这又跟奥始立克所说国王打的赌“他击中不会超过您击中三着”不合。且此说对于“he hath laid on twelve for nine”亦未加解释。］Mitford：［各版四开本原文的］“layd on”（赌下了）［按，现代版本都订正为“laid on”］在各版对开本上作“one”，这也许是“won”（赢了）或“on”（在……上）的讹误；的确，这整句话“他赌下了十二而不是九”似乎极像书页边上的一句添插。可以说，讲得随便一点，击中不超过三着可以解作击中不超过多于两着。我们也可以说，这些数目也许是用阿拉伯数字表示的，不是用字母拼的，因而较易于被随便改变与弄成讹误。［按，这是假定有不可救药的错误，包括把音近的字误植，把不相干的他人添插混入本文，把阿拉伯数字弄错，以说明原文之无法解释，但我们最后将看到“he hath laid on twelvefor nine”是可以解释的，所以 Mitford 这假定将被证明为不能成立。］《每季评论》：奥始立克从来不屑用普通人的语言。“He hath laid on twelve for nine”并不是他赌下了十二对［to］九，而是他在十二个回合里打九个赌。国王把赌注押在罕秣莱德这一边。赉候底施，他是当代的名剑客，得要给亲王好多优差：——国王主张在十二个回合里赉候底施击中了九着还不算他赢。所以在这句句子前面部分里，“他击中不会超过您击中三着”也并不解作赉候底施的击中数不会超过罕秣莱德的击中数三着。在十二个回合里，每人击中六着会使他们比成平手，而奥始立克叫赉候底施的超过数是他所得多于他自己的半数的着数。这数目，克劳迪欧斯打赌，不会超过三着，使总数变成九着，而这就跟这下子打赌被表明的另一方式相符合。[按，此说想用奥始立克说话很别扭、极勉强地解释掉“he hath laid on twelve for nine”这句话，这是不能令人满意的：因为不论奥始立克说话怎样别扭，如果他想表达《每季评论》所归给他的语意，他至多只会说“he hath laid for nine on twelve”，把“on”当作《每季评论》所说的“out of ”用（这是荒谬的，证以前面两个用“laid on”的例子，可知他不会这么用，见下），但决不会说这双重别扭的“he hath laid on twelve for nine”；何况在前面一〇六行他说过“he hath laid a great wager on your head”，又在一四八行他说过“in the imputation laid on him by them”，两次都是“laid on”两字连用：故可断定《每季评论》的说法是个无可如何的强解。此说又谓国王主张赉候底施击中九着和罕秣莱德击中六着还不算赉候底施赢，这是对的；那么，算赉候底施输、罕秣莱德赢吗？《每季评论》未下结论。此说最后谓国王打赌，赉候底施将击中六着（十二着里的半数）加上他的超过数三着，共计九着，罕秣莱德将击中六着：双方总数将是十五着，这与奥始立克所说国王规定的“比十二个回合”不符，《每季评论》也未能加以解释。] Moberly：“各人将进击十二次，直等到击中一着：而赉候底施打了赌说，在罕秣莱德能击中他九着之前，他将击中罕秣莱德十二着。就是说：罕秣莱德有被多给的三下［意即可以多输三着］，而有了这些优差他相信他会比赢。”［按，十二加九为二十一，此数与国王规定的“比十二个回合”还是不符，Moberly 对此亦未能加以说明。］Tschischwitz 假定“一打”［十二个回合］只是个不定数，而根据二十一个回合的总数，他提供了一个煞费苦心的计算。[Furness：关于这一切计算，可以说，正如 Clark 与 Wright 在克拉伦顿本上对其中有一家的计算（按，系指 Elze）所说的那样，它们无疑是对的，但并不能解释这一下打赌在剧词中被说明的方式。] Steevens 谓，这句“很不重要的剧词”可以去向新市场（New market）骑师俱乐部的会员们讨教，“他们在这样的问题上也许会成为最开通的［原文作‘enlightened’，按，似应作‘enlightening’（启发人的，解疑的）］评注家，最成功地在这冰冷的、毫无诗意的计算的玩弄里奋发有为。”译者按，总之，新集注本的编者跟 Clark 与 Wright 一样，认为以上各家的解释都不能令人满意，而 Steevens 的看法被最后介绍来说明的是，这样无关宏旨的疑难事句只有乞灵于打赌的内行们才有希望澄清，对此 Furness 与 Steevens 实有同感。最后，我们要跳过五六十年来谈一下比较新近的意见。据 J. Dover Wilson 教授说，国王“规定了条件”“说赉候底施必须赢得至少多三着（must win by at least three up）（如一个现代的户外运动家会这样说）”，同时赉候底施则“规定了条件”“说这场比剑须得不是战那惯常的九个回合，而是十二个回合，以便给他较大的活动范围，因为在一场九个回合的竞赛里要赢得多三着便得赢六个回合对罕秣莱德的三个，不留和局的余地，那会是优差让得太厉害了。”这个解释，译者认为有两点不符合实际。第一，既然国王明白规定了“十二个回合”，如奥始立克之所口述，赉候底施还要要求“不是战那惯常的九个回合，而是十二个回合”，如 Wilson 教授所示意的那样，会显得不适当，是多余的要求。第二，奥始立克，我们可以想象，曾被指示以国王公开承认赉候底施比罕秣莱德优越（我们虽未见到国王在剧中作这样的指示，但在四幕七景一三〇至一三四行他对赉候底施曾亲口说过：

罕秣莱德回来将听说你回了家
我们叫些人夸赞你武艺超群，
把那个法国人对你的那番称扬
再频添些光彩，最后使你们相见，
赌你们的输赢：……

故这一点是可以意想得到的）来刺激后者参加这场比赛，而且为达到目的起见，又加上赉候底施自己再行让步的侮慢的浮夸，方为合理：因此，由他来要求给予他自己“较大的活动范围”，以及要“赢六个回合对罕秣莱德的三个，不留和局的余地”使他害怕会给罕秣莱德太多的优差，便会与剧情发生矛盾，而如果由奥始立克代他说给罕秣莱德听，便会减弱挑战的势头。现在来说明译者的见解。平常一场比剑的双方，假使他们认为彼此势均力敌，会一共比十二个回合。若是甲赢了六着而乙也六着，他们便比成个和局。若是甲赢了七着而乙只有五着，甲就比乙多赢了两着。但在现在这场比赛里，国王要他们赛总共十五个回合，赉候底施赢得超过罕秣莱德的着数的三个回合（即赉候底施的“多三着”），因为当作是给公认为较弱的一方的便宜，所以是不算在那十二个回合里的。那就是说，假使赉候底施赢了九个回合而罕秣莱德赢了六个，他们会被认为显示了他们所被指望的彼此间的膂力与技巧。国王似乎曾对赉候底施这样说过，“你给罕秣莱德三个让着（即优差，odds）作为额外的回合，我可以对你下赌你跟他会比一个六对六的平手，但不会多赢他。”然而赉候底施自以为他在这技艺上远远高过罕秣莱德，打赌说他将赢十二个回合对罕秣莱德的三个，而不是国王所说的他赢九着对罕秣莱德的六着。他这样多赌三着，或多让优差与罕秣莱德，目的是在刺激后者的好胜心，使他不得不应战比武。到了这里，原文的“he hath laid on twelve for nine”（他赌下了十二而不是九）就明白了：这个“他”是赉候底施，国王想要他赢九个回合对罕秣莱德的六个，他说他可以赌下赢十二个回合对罕秣莱德的三个；故原文“twelve for nine”应解作“他将赢十二着或十二个回合，而不是（for，即‘instead of the king's’）国王相信他会赢的九着或九个回合”，并不解作 Johnson 或其他人所说的赉候底施赢十二着对（to）罕秣莱德赢九着，或相同的算术上的比率等。这解释我信能最后廓清历来的疑难；骑师们则未必能解决问题；至于症结的消除则我信不仅有关打赌，且对于剧情及赉候底施与罕秣莱德之互相影响当有所阐明。

⑫ Johnson：这象喻我未见其特别适当。奥始立克做完了他的事才走。原文“runs away”可改为“ran away”，意即“这家伙从他出生时起就总是无事瞎忙”。Jennens：奥始立克不久将被称的“小奥始立克”，因此可以假定他只是个半成形的廷臣；而在这田凫（lapwing）的象喻下，霍瑞旭取笑他说话鲁莽与妄自尊大——他在够格以前先摆出了一副廷臣的态势。Steevens 与 Malone 都自莎氏同时文人的作品中援引例子，说田凫一经孵出来，便会头上顶着蛋壳跑走。Clark 与 Wright

（克拉伦顿本）云，[除代表过于性急外]，田凫也是不诚实的表象，因为它有个习惯在离它的窝老远处鸣叫，以引诱闯入者们不去侵犯它的窝。奥始立克禀性既孟浪而又不诚实。

㉓ 原文“collection”，Schmidt 与 Onions 都解作“推测，推断”。寻绎上文来意，我们知道是在说奥始立克是个庸俗化的优弗伊斯，只学得了些周旋应对的外表或优弗伊斯的皮毛，便依样画葫芦来一套，结果却极投时好，但因为是皮毛，故总不出一知半解，似是而非。因此，译文作“想当然”。

㉔ 各版对开本作“fond and winnowed”（愚蠢的与簸去糠秕的），各版四开本作“proph(f)ane and trennow(n)ed”（庸俗的与非常有名的）。Warburton 校改前者的“fond”为“fann'd”，意即“扬去糠秕的”，与后一字连起来的这短语可译为“扬清与簸净的”明智之见。Johnson 校改四开本的读法为“sane and renowned”，并解释道：这些人沾上了时下的口癖，浅薄而轻易地作浮泛粗略的谈话，一种时髦的空谈泡沫似的想象其辞，那却能使他们通得过最精选的、嘉许的［“appfoving”，似误，按应作“approved”，公认为好的或合理的］判断。Jennens 从四开本。Steevens 谓，对开本的“愚蠢的与精察的”言论和四开本的“庸俗的与正直的”言论都含有对比的意义。Caldecott 解对开本读法为：一切判断，不光最简单的，也包括最明察智虑的。Tschlschwitz 主张校改对开本之“fond”为“profound”（深沉的），说像奥始立克这批人好像是一堆深沉、精筛过的麦子里的粃糠。Hudson 认为意含讽刺：言论想入非非地漂亮，簸净了常识的粉末。Moberly：“一套泡沫似的言辞，永远只宜于表白最荒唐、最过分琢磨的想法”。

㉕ “In happy time”，或许最忠实的译文应作“来得吉祥如意”。

㉖《麦山杂志》(*Cornhill Magzine*，1866 年 10 月号)：这句话是莎氏相信预兆的简单的、亦即最有力的证据之一。在他提供给我们的所有例子里，可以得出的教训是，那警告被忽略了，恶运当即下降。起初我们也许以为罕秣莱德的感觉是自然的。他发觉了国王的毒计，而他知道他自己的反计不会长久保持不泄。但分明在要他对赉候底施比剑的挑战里，他并不疑心有什么。他从未稍一检视过那些钝剑，或衡量过它们的长短，而是顺手捡起第一柄来就算，将长短无条件地加以信任。刚在不久前，当霍瑞旭警告他时，他曾说“眼前这间隙属于我”，他分明指望一切事会符合他的意思，一直到消息从英格兰传回来。

㉗ Johnson 基本上从各版四开本（这经稍微校订，在现代版本上是“Since no man，of aught he leaves，knows”），并解道，既然没有人知道他所离开的那情况是什么，既然他不能断定以后一些岁月将产生什么，为什么他要怕早一点离开生命？为什么他怕早死，这个他不能判定是快乐的排除，还是灾祸之拦截？我鄙视对预兆与征示的迷信，那在理性里或虔信里都无根据；我的安慰是，除非上帝命令，我不可能堕毁。

㉘ Johnson：我但愿罕秣莱德另作些别的申辩；对于这样一个勇敢的或高贵的人的性格，藏身在假话里是不适宜的。Seymour 相信下面从“这里的众贵高无不知”起到“疯狂是他的仇敌”止是旁人的添插。

㉙ Steevens：这是对古怪的荣誉感的一个嘲讽。虽然在感情上已满意，他还是要向武

道中的老辈们请教，若讲虚矫的荣誉他是否应对罕秣莱德的屈服表示满意。

⑳ Cowden-Clarke：自以为了不起的易感者之僵硬，气度褊狭者的急急于保持人家的好评，只愿作社会权利的主张而无视自然的友爱，矫饰的而不是真正的士君子——这一切都在赉候底施身上可赞赏地体现出来了。

㉛ Moberly："我了解陛下照应我叫我有几着让着；可是尽管那样，我怕我还是比较软弱的一方。不，国王答道，你们两人的手段我都见过，你所得的让着将抵消他在巴黎的进步。"

㉜ Jennens 解"better'd ... odds"道："既然要是他赢，他将会得到的赌注比要是他输，我们将得到的赌注来得好，所以我们占了便宜，即我们毋须击中像他那么多着。"Caldecott 解"better'd"为"大家对他的估计比较高"。Delius 跟上条注 Moberly 所言相同，谓"better'd"系指赉候底施在巴黎所得到的精练。译文即从此。

㉝ 原文"union"为"精圆大明珠"，非常珍贵，只在王冠上可以见到。

㉞ Steevens：假装丢一颗珠子到酒盅里，国王可以被假定为下一服毒药到酒里。罕秣莱德似乎疑心到这一层，故当他后来发现这毒药的效果时，便嘲弄地问他，"你那颗明珠可在？"

㉟ Elze：赉候底施区别"中一下"与"碰一下"不同，承认他是给碰到了，但未被击中。

㊱ Malone 与 Collier 都认为扮演罕秣莱德的是勃培琪（Richard Burbage，1567?—1619，名伶，莎氏同事），后者且引用他死后的《哀歌》里有这样两行，"小罕秣莱德，虽然只是呼息短，将不再为他亲爱的父王喊'报仇！'"以证明胖的是饰这位太子的原演伶人。Cowden-Clarke 从剧本文字里举了五点证据，说胖的是罕秣莱德本人，不是扮演他的伶人。译者觉得这些证据都未免牵强附会，故从略。

㊲ "Good madam" Moberly 谓应解作："多谢，母亲！"

㊳ Cowden-Clarke：这一下忽动怜悯的征象，不仅是赉候底施性格里聊资赎罪的一笔（而莎氏，由于他的宽弘的容忍与对人性的真知灼见，喜欢将这些赎罪之笔给与他的甚至最坏的角色），而且也在这年青人早先已决心以奸险之术取亲王的性命，跟他后来暴露这一奸谋之间，形成了一个有智虑地插入的环节。从存心作恶，当这样一个阴谋的代行人，到供认它的悔悟的坦白，这其间道德上的变动会显得太剧烈与太突兀，假使作者不用惯常的巧技介绍这良心上的半谴责作为联系点。

㊴ Ritson：你对我戏耍像在跟一个小孩子玩。Hudson：这是描绘手法的一下沉静的可是极意义深长的笔触。赉候底施不在努力比剑，这是他钝剑尖头上的良心在叫他不这么做；而这效果罕秣莱德是觉察到的，虽然他做梦也没想到那原因。

㊵ 各版四开本无导演辞；各版对开本作"于乱斗中彼此换剑"。此外为 Rowe 所加。关于两柄剑怎样会互相交换，有以下几种说法。Seymour：在击剑中一个格斗者要夺去另一个的剑时，通常的办法是用又快又重的一格将对方的钝剑打落地下：罕秣莱德做了这个以后，也许是由于他秉性和蔼，把他自己的钝剑递给了赉候底施，一方面他弯下腰去将对方的钝剑拾了起来；而赉候底施，他只是半个坏蛋，没有能踌躇不去接受这安排，也的确没有时间去考虑避免此事。M. C.：罕秣莱德在下

一回合里受伤之后，赉候底施应控制住他的钝剑。这样差一点被解除武器时，罕秣莱德应奋发起来攥住赉候底施的剑。这样，双方都一同握着两柄武器，而在分开时各自便留着那把他握得紧些的剑。这样一来，交换便很容易发生。双方都不知道这情形。罕秣莱德不感觉这事的重要性：但赉候底施见到他自己的迫切危险。恐怖，后悔与羞惭会使他在下一回合里戳击得松懈了，而就在这一回合里他受了致命伤。Tieck 这样解释两把轻剑的交换情形：舞台后部有一只桌子，上面放着轻剑，两个比剑人各取一柄，战了一个回合，把它们放回桌上，谈话占据着两个回合之间的稍些时间。这时候国王命奥始立克或别的廷臣偷偷把剑交换一下，于是有毒的那柄归了罕秣莱德，而他就拿了起来。因为国王他的性格始终是一致的，不能允许赉候底施活下去，他刚带领过一起叛变，而且秘密参加了对罕秣莱德的整个阴谋。Elze 则以为在乱斗中两把剑都掉在地上，在捡起来时偶然换错了，而赉候底施因过于兴奋，罕秣莱德则太不多疑，故都没有注意到这个交换。Heussi 认为这件事整个说来不大重要——处理这样的事，伶人们无论如何比坐在书桌旁的学者们要较为灵敏；观众毋须很清楚地看到真有一次交换。比剑双方变得异常激动，一个观众在远处说不上来在乱斗里究竟发生了什么事，这就够了。结果使这件事够清楚的了。在 Tom Taylor 的演出版《罕秣莱德》（1873）里有如下的导演辞："赉候底施伤罕秣莱德；后者格落彼之钝剑而夺得之。"在罕秣莱德"不用，再来吧。"后面："—— [彼投一钝剑与赉候底施，但误留其向彼所夺得者，且以之伤彼。]"在 E. B. H. 之《罕秣莱德研究》（1875）里，这一段是这样的：——[赉候底施伤罕秣莱德，后者报以格落其钝剑——赉候底施旋为免被击中计，向彼扑去，并扼彼之钝剑——彼等挣扎。] 国王：分开他们！他们动了火，[罕秣莱德舍其在赉候底施握中之钝剑而捡起地上之毒剑。] 罕秣莱德：不用，再来吧。[怒刺赉候底施而伤之，彼倒地。]

⑨1 F. J. V.：这种鸟是训练来诱陷别的鸟的，不过有时候它在弹簧罗网附近昂首阔步走得太近了，便会自己陷进去。

⑨2 Rohrbach：克劳迪欧斯的临终话表示出他的特性；他说他不过受了伤，虽然他知道戳伤他的剑是上了毒的。他便这样对于他所有的，他的性命，坚持不放，要等到罕秣莱德把毒酒灌下他的喉咙。直到他最后一息，他是强力与急断的典型。甚至他的死，他的最后一步，也是迅捷而坚决的，正如他行动的风格总是那个样。

⑨3 Moberly：这恶毒的毒药就是你说你放进去的那颗珠子吗？

⑨4 Caldecott 谓，罕秣莱德先中这烈性又急性的毒，等到赉候底施受伤中毒时剑头上的毒药当已被罕秣莱德的血所冲淡，故论理他应当后死。Furness：也许罕秣莱德给了赉候底施以致命的一击，以还报他所给与的轻伤，而那是他所一心所欲的。所以赉候底施死于伤，罕秣莱德死于毒。

⑨5 Heath：即，激得我报这仇恨。Mason 认为这句子没有说完。Lettsom 谓似解作"使我作此推举"。

⑨6 Clark 与 Wright（克拉伦顿本）：若罕秣莱德前面的话被他的死所打断，这句话由霍瑞旭说来比较自然。Moberly：对于罕秣莱德，沉默之来将如最欢迎最亲仁的良友，如舒徐之于为行动所苦的灵魂，如从纷繁冲突的动机中得到解脱，如悠然自

得于搜出了一切问题，如从苦思中找到了适当的字句所获得的释放；作为永生的唯一的语言，无艮的仅此真正的倾吐。译者按，罕秣莱德奋厉他的霜锋不但已诛灭盘踞在丹麦宝位上的毒虺，且也廓清了满天的黑气，使天日重光：他该多么踌躇满志，含笑于泉下！

⑰ Malone：此系指先王罕秣莱德被他的兄弟所弑杀，在他和葛式露的乱伦结婚前。

⑱ 原文“accidental judgments”，Schmidt 训“意外或偶然的天道罚罪”。

⑲ Delius：上一行指朴罗纽司，这一行指罗撰克兰兹与吉尔腾司登，他们是罕秣莱德被迫（“forced”）叫他们死的。Schmidt 释“forced cause”为“横暴的原因（或动机）”。

⑳ 原文“right of memory”，Malone 解作“一些被人记得的权利”，Schmidt 释“一些活在人们记忆里的权利，传统的权利”。按，福丁勃拉思在这里说得很含混、很隐晦是对的，因为他在这样的场合不便急于说“我要继承王位了”：这有关他的性格，也有关作者与读者们对这篇戏剧诗的感觉。

1965 年 3 月 31 日开译，

1965 年 11 月 14 日凌晨译完。

·奥赛罗·

［英］莎士比亚　著

William Shakespeare

OTHELLO

本书根据 H. H. Furness 新集注本译出

译序

奥赛罗（Othello）是古意大利东北部亚得里亚海（Adriatic Sea）西北岸威尼斯（Venice，Venezia）丛岛城邦的一位英武精壮的将军。他的原籍是非洲西北部滨海的摩尔族人（Moors）所居留的领地，故而他禀有阿拉伯（Arab）与柏柏尔（Berber）人的混合血统。他相貌不同于高加索（Caucasian）种的威尼斯居民，肤色不像当地人那样白皙，而呈轻淡的棕褐色，面部姿容的轮廓也跟威尼斯一般的居民稍有差异。他的悲剧故事原来出自意大利十六世纪的缶拉拉城（Ferrara）文士钦昔欧（Giovanni Battista Geraldi Cinthio，1504—1573）的《百篇故事集》（*Hecatommithi*）书中，那是继鲍卡丘（Giovanni Boccaccio，1313—1375）的《十日谈丛》（*Decameron*，1348—1358）后所写成的一部知名的故事集。钦昔欧书中的有些篇故事被配忒（William Painter，1540?—1594）收入他的《欢乐之宫》（*The Palace of Pleasure*，1566—1568）的英文译介文集中，莎士比亚的《奥赛罗》这出悲剧就是从配忒书中所取材的。《十日谈丛》有一百篇故事，据说乃是弗洛伦斯（Florence，Firenze）名城一三四八年发生了瘟疫，有七名妙龄淑女和三名英年士子结伴离开当地，到偏远的城镇去游历以躲避灾祸；他们每人每天讲一个故事，后来就汇集成那部《十日谈丛》。钦昔欧这部《百篇故事集》则是仿效那部集锦，在一五二七年罗马城被攻破后，有十位青春淑女和士子一同趁船飘海到马赛城（Marseilles）去避难，相传他们在那里所讲述的故事，就汇集编成了这部书。

奥赛罗膺威尼斯公爵授命任职以后，按制度由他推举次指挥，他擢选了倜傥华年的弗洛伦斯人凯昔欧（Cassio）当他的副将，而没有推举比较资深的威尼斯本地军人伊耶戈担任此职，以致后者只能充当队伍中士兵以上最低级的尉官，即将军的旗手。这就引起了他极大的怨恨和恼怒。据十九世纪莎剧评注家 Charles Knight（1791—1873）在他的《绘图本莎士比亚》（*Pictorial*，*Shakespeare*，1838—1841）上所说，有友人告诉他，威尼斯城邦在它的鼎盛时期，生长在各种气候里的外邦人都纷纷来到它这里；没有其他的地方对于肤色的偏见有像当地这样淡薄的。关于玳思狄莫娜的喜爱，一个更重要的事实是，这个城邦的政策是任用外地的雇佣军人，特别在指挥职务上是如此，显然为尽可能减少本地的亲属勾结和裙带关系。知政事大夫们或其他重要人物的家庭都乐于见到他们的宾客是有色人种的，后者能力高强，因而获得了官衔——拔尖人物，他们的功绩成就使他们的肤色被遗忘掉。这样说来，奥赛罗选拔外地的茀洛伦斯人凯昔欧当他的副将完全符合政策，伊耶戈的恼怒是彻底无理的。

这时候有土耳其战舰载着水陆军兵来大举进攻；奥赛罗受命就职之后，马上要指挥队伍去抵御即将入侵的敌人。但恰巧海上忽然掀起了大风暴，把进攻的敌舰刮得七零八落，几乎全军覆灭，于是土军只得仓皇引退，威尼斯城邦因而得到了不战而胜的大捷。

荣膺威尼斯城邦的公爵所授命，新任职的将军奥赛罗，战志高昂，刚从威尼斯中心迅速来到遥远的塞浦路斯（Cyprus）岛上这前线；他原来是为前方军情紧急，赶来指挥防守部队的。但喜从天降，一到这前线，土耳其敌军已消弭得无影无踪。且说他早先在威尼斯受到知政事大夫孛拉朋丘（Brabantio）很大的器重，时常被邀请到他府邸里去款待和盘桓。他把他漫游各地外邦异国的遭遇和见闻，娓娓动听地对大夫不断加以陈述，听得大夫的独生千金玳思狄莫娜深深爱上了他，日子一久，竟瞒着她父亲跟他缔结了百年眷恋。等到大夫被人告知，发觉了这情况，控告到公爵那里去，说他诱骗他的闺女；公爵正式审问时，一双有情人都供认，因为奥赛罗所口述他遨游的经历打动了她的心，所以他们情投意合，已经瞒着大夫私行结缡，无法再分袂诀别。孛拉朋丘这就只得正式承认了这桩亲事。当土耳其舰队将入侵的风声紧急中，玳思狄莫娜跟随比她年长十岁出头的将军夫婿，由伊耶戈陪同，另行乘快船也已来到了塞浦路斯岛上这海港前线。

当时这岛上的海港实行六小时庆贺，从下午五点到晚上十一点，堡垒里所有的厨房、酒窖、伙食间，总管房等一律开放，招待军民联欢，庆贺胜利。

还不到晚上十点钟，这时距终止庆祝只差一小时多。将军奥赛罗已经去休息，他把欢庆胜利中的秩序交给职位最低级的掌旗官伊耶戈去把握，料想不会有什么问题。他的前任，现为塞浦路斯岛总督的蒙塔诺和副将军凯昔欧，还有弗洛伦斯人洛窦列谷和塞浦路斯岛上的士子们等不多的一些人余兴未尽，仍在祝贺胜利。忽然在幕后，凯昔欧同洛窦列谷说了句要他尽责的话，他酒量小已经喝醉，觉得自己是副将军，洛窦列谷无权无位，怎么来教训他，就吵闹了起来。他们彼此追赶到幕前台上，蒙塔诺本来对凯昔欧互相都有点意见，他劝凯昔欧息事宁人；凯昔欧发酒疯，不由分说，拔剑向蒙塔诺刺去，使他受了伤，这就使事态变得非常严重了。冲突发生后，伊耶戈要洛窦列谷去叫嚷闹事已造成了叛变，跟着报警的钟声立即鸣响，将军奥赛罗就上场来。他看到的情况是，他所擢任的副将军凯昔欧酒醉动武，刺伤了岛上的督抚蒙塔诺，他当即断然将凯昔欧撤职。

哄闹散去后，伊耶戈因对奥赛罗和凯昔欧深深怀恨在心，现在机会来到，为挑拨离间，他向凯昔欧提出，要挽救他被撤职，莫如亲自去恳求玳思狄莫娜。“我们将军的娇妻如今是将军，”他说，将军眼前只“专心而且竭诚于沉思、目注与供奉她的窈窕与美慧”；“你去对她尽情地忏悔；对她恳求；她会设法将您安置在原来的位置上。”同时，他要他妻子爱米丽亚，玳思狄莫娜的伴娘，替凯昔欧向玳思狄莫娜殷切请求，以加强促使她劝奥赛罗把凯昔欧复职。而当凯昔欧恳求玳思狄莫娜时，他设法把奥赛罗引开，再引奥赛罗在凯昔欧离开时见到他恳求玳思狄莫娜后离去。这么样，他使奥赛罗亲自见不到他妻子与凯昔欧之间彼此相见时的神情态度，但又分明见到凯昔欧曾一再去看他的妻子，而对伊耶戈所捏造的他们之间的亲密关系信以为真，以增强他欺骗的说服力，使他奸诈的挑拨离间得逞。

另一方面，伊耶戈要他妻子爱米丽亚偷窃奥赛罗给玳思狄莫娜的一方丝手帕。伊耶戈听说她有那样一方具有独特魔力的手帕。那本来是奥赛罗的母亲给他父亲的定情信物，相传有神秘的福佑恩爱的作用。恰巧，可是极不幸，正当奥赛罗感到一阵头痛时，玳思狄莫娜就把带在身边的、他给她的那方刺绣得有草莓的丝手帕掏出来绑在奥赛罗额上。这方小手帕，奥赛罗觉得太小，绑得太紧，同时也因为他邀请了岛上的贵宾们共进午餐，他们夫妇急于要去当东道主赴宴，手帕被奥赛罗拉脱，落在地上被遗忘掉，匆忙间他没有立即捡起来交给她，她也未曾注意去收回，但被爱米丽亚拾得。伊耶戈曾再三再四要她偷来给他，现在在她手上，他恰巧前来，她便给了他。她问他作何用途，他当然不说。

玳思狄莫娜因受了凯昔欧的殷切央求，恳请她对奥赛罗求情说好话，将他宽恕，恢复他的副将军职位；她的伴娘爱米丽亚也从旁劝说，且酒醉闹事不同于恶意的伤害，总该可以原谅。她生性和蔼，以助人为乐，又加奥赛罗向她求婚时，凯昔欧曾屡次从中有助于他们的恋爱。然而，奥赛罗则由于蒙塔诺是他的同僚，且在当地颇有人望，现在无端被凯昔欧所刺伤，虽出于后者酒后的偶尔过失，但按情理他本来就难于作出决定去允许凯昔欧复职。何况眼下经伊耶戈（在第三幕第三景里）欺骗得对凯昔欧满腔愤怒，当然已绝无意向使凯昔欧复职，只对他充满了敌意。

至于爱米丽亚则并不与她丈夫伊耶戈同谋合作，她生性善良，但为人不怎么精明细到。至少在她认为不怎么了不起紧要的事情上不够认真踏实，所以结果却帮同肇成了惨祸。她分明把奥赛罗给玳思狄莫娜的那方掉在地下的手帕拾到了，并已不掂轻重地随意给了她丈夫伊耶戈，尽管她知道她女主人如果知道会急坏。在第三幕第四景二十余行处，当玳思狄莫娜问她“我在哪里丢失这手绢的”时，她竟说“我不知道，娘娘”。她这一下随意的不讲真话，后果很严重，是造成这悲剧的一个重要因素，因为手绢落入了伊耶戈手中，被他放在凯昔欧寓所里以加强他造谣污蔑的份量，后果是她意想不到地极为严重。人们在日常生活中有时会见到类似的情况，或自己遭逢到而身受程度不同的苦难。在现在这剧情里，奥赛罗和玳思狄莫娜对于他们在接待塞浦路斯岛宾客们午餐前，他因那手帕太小，绑得太紧而把它拉掉，落在地下的一些经过，他们竟完全忘记掉，似乎不大合情理，否则他们可以责成爱米丽亚负责去找到。而据詹摩荪夫人（Mrs. Jameson）说，在钦昔欧的意大利文原故事里，这手帕是伊耶戈叫他三岁的小女儿在玳思狄莫娜身上偷去的，当她，很爱这孩子，抱着她的时候。这一情节似乎比较合理，但在莎氏当时的戏院舞台上，由饰演妇女的十七八岁的男童去抱一个三岁的小女孩演出这一细节未免太麻烦，故而可能被略去。

接下来伊耶戈完全凭空、深怀着恶意去捏造，对奥赛罗“揭露”说，玳思狄莫娜有一次在凯昔欧卧房里他的床上，曾同他一起缠绵了有一个多小时。他自己跟凯昔欧友谊密切，他说，最近有一晚他没有回自己的寓所，曾在凯昔欧那里和他同床度过一宵；深夜时凯昔欧在睡梦中爬到他身上把他当作玳思狄莫娜，伊耶戈说，频频对他亲吻，并作出狎亵的要求。奥赛罗听到这些构陷时深信不疑，因而大怒，当罗铎维哥从威尼斯来传示召他回去，任命凯昔欧继任他的指挥职务时，他当着公爵使节罗铎维哥的面打他妻子的头面，使罗铎维哥大为诧异。

剧情进入第五幕第一景，伊耶戈骗取了纨袴子弟洛窦列谷一大堆金珠宝石，说由他经手和设法，去馈赠给玳思狄莫娜，可以使她和他发生他所愿望的色情关系，已到了必须完成那交易的阶段，故而伊耶戈就利用洛窦列谷在晚间街头去杀死凯昔欧，谎说因为凯昔欧原来跟玳思狄莫娜先已有了暧昧的关系。洛窦列谷被骗在晚间街头对凯昔欧行凶，作为一桩情敌间彼此争风吃醋的暴行，但凯昔欧的外褂能抵御武器，他拔剑自卫反而刺中了洛窦列谷。伊耶戈躲在旁边见凯昔欧无恙，就在凯昔欧背后对他冲刺，重伤了他的腿部。这一景结束时，洛窦列谷因伤重死去，所以伊耶戈已把他的金珠宝石全部骗到了手，再无人会向他索还，而凯昔欧被刺伤了腿，却不知在他背后行凶的乃是伊耶戈。

到了这部悲剧诗的最后一景，惨怛得骇人听闻和目睹的灾祸先后降临到剧中的女主角和男主角身上，只为大恶棍伊耶戈身受到他觉得对他太不公正的对待，使他丧失掉他所应有的副将军职位和权利，故而他千方百计凭空造谣污蔑，挑拨离间，制造矛盾、敌对而加以恶化，务必使奥赛罗连同他的妻子玳思狄莫娜（她对伊耶戈毫无仇冤可言，只除了她是奥赛罗的娇妻，以及她曾天真无邪地劝她夫君将凯昔欧复职）先后都受到极惨酷的打击而死。奥赛罗深深中了伊耶戈绘声绘色描摹的造谣污蔑的毒，说玳思狄莫娜和凯昔欧通奸，加上奥赛罗亲自看到凯昔欧从他衣袋里抽出玳思狄莫娜所保有、他自己给她、要她不可失落的那方神秘的手帕，这就证实了（奥赛罗认为）伊耶戈的恶毒捏造确是事实。奥赛罗终于下毒手将他妻子活活掐断了呼吸，窒息而死。但这惨绝尘寰的冤屈终于很快（但已太迟太晚了）得到了澄清和证实，当着塞浦路斯岛总督蒙塔诺和从威尼斯来的玳思狄莫娜的叔父格拉休阿诺以及她父亲的亲属罗铎维哥等人之面，爱米丽亚证明是她拾到了那方手帕，她丈夫伊耶戈曾再三再四要她偷来给他，她拾得后不慎交给了他，他去丢在凯昔欧寓所中，被凯昔欧捡到后随意放进口袋里去使用的。真相大白，爱米丽亚的说明彻底揭发了她丈夫伊耶戈的恶毒诡计。伊耶戈被彻底揭发后，奔向他妻子，用匕首一下子将她戳死。接着，奥赛罗用佩剑刺伤了伊耶戈，但没有致死。自威尼斯来的贵胄罗铎维哥吩咐，叫手下人取去了奥赛罗的剑把，但他还有一柄暗藏的短刀；讲了他临终前痛切悔恨自责的一段话之后，他立即手挥利器戳死了自己。惨痛的悲剧就这样断然结束。

* * *

《威尼斯城邦的摩尔人奥赛罗之悲剧》（*The Tragedie of Othello the Moore of Venice*），它的写作年代远在约四百年前，据莎作学者 J. P. Collier（1789—1883）估计，当在一六〇二年上半年。那年七月卅一日和八月一、二日，伊丽莎白女王同她的朝臣们曾驻跸多马·艾勾登爵士（Sir Thomas Egerton）的海勒菲尔特（Harefield）庄园，在那三天里曾最早演出过这本戏，女王赏赐伶人们十个金镑。而最早在伦敦剧院里演出，据莎作学者 E. Malone（1741—1812）查考，是在一六〇四年；至于印刷成书则迟至十七年后的一六二一年十月六日，当时伦敦的《书业公所登记录》（*Registers of the Stationers' Company*）上有明确记载。接着，下一年就出版了第一版四开本，

THE | Tragœdy of Othello, | The Moore of Venice. | *As it hath beene diuerse times acted at the* | Globe, and at the Black-Friers, by | *his Maiesties Seruants.* | *Written by* William Shakespeare. |

[Vignette] | *LONDON,* | Printed by *N. O.* for *Thomas Walkley*, and are to be sold at his | shop, at the Eagle and child, in Brittans Bursse. | 1622.

这是书名页上所印的说明。在环球剧院和黑（衣）僧剧院（Blackfriars Theatre），经君王御赏班多次演出过，剧本作者是威廉·莎士比亚，印

刷者 N. O. 是 Nicholas Oakes，出版人为托马斯·渥克莱。这剧本收入标明于一六二三年十一月八日在伦敦《书业公所登记录》上注册发行的初版对开本《全集》[其中缺少《贝律格理斯》(*Pericles*) 一剧] 内，实际上于一六二四年二月间出版。黑（衣）僧剧院是莱斯忒伯爵 (Earl of Leicester，Robert Dudley，1532?—1588) 府戏班的詹姆士·勃培琪 (James Burbage，1597 年卒) 于一五九六年从解散了的黑（衣）僧修道院原址所购置的一批房屋改建成的一座剧院，因在那里演戏遭到反对，故在一五九八年把房屋结构拆开迁运到泰晤士河 (Thames River) 右岸，第二年另建成一座八角形的环球剧院 (Globe Theatre)，这剧院用茅草、芦苇等盖顶，能容纳一千二百观众，一六一三年因上演莎氏的《亨利八世》，在君王上场时放炮，草顶着火而烧掉。第二年重建，最后于一六四四年被拆毁。

上面说起《奥赛罗》的最初两个版本，一是一六二二年的初版四开本，二是一六二三年的初版对开全集本。随后有一六三〇年的二版四开本和一六三二年的二版对开全集本，一六五五年的三版四开本和一六六三年的三版对开全集本，以及一六八五年的四版对开全集本。这些是这本戏在十七世纪的所有版本，其中以最先两种比较重要。至于从十八世纪的 Rowe，Pope，Theobald，Hanmer，Warberton，Johnson 等开始，中经十九世纪的各家，直至 Furness 氏的《新集注本》(1886 再版)，最后到二十世纪的 G. L. Kittredge 和 J. D. Wilson 等，著名的校订评注本总共在四十家以上，我这译本未能一一博采，只得根据 Furness 氏的新集注本略陈若干家的考订评骘。

在黑（衣）僧剧院和环球剧院多次上台饰演《奥赛罗》这悲剧主角的是詹姆士·勃培琪 (James Burbage，1579 卒) 的儿子、名伶理查·勃培琪 (Richard Burbage，1567?—1619)，他二十一岁时已声名藉藉；他跟莎士比亚年龄差不多，彼此是很友好的戏班子里的同事；

他善于演悲剧，曾多次饰演过《罕秣莱德》和《奥赛罗》中的主角，以及班·绛荪（Ben Jonson，1573—1637）和蒲芒（Francis Beaumont，1584—1616）与茀兰丘（John Fletcher，1579—1625）所作悲剧中的主角。莎士比亚作为一个上戏台的伶人则相传只作为《罕秣莱德》中父王的亡魂亮了相，没有饰演过什么剧本中的主角。

这部大悲剧的男女主角奥赛罗和玳思狄莫娜的姻眷原是十分美满幸福的，但骇人的恶棍伊耶戈为小小的一点个人怨怼，横下一颗险恶的狼心，鼓努他满腔的狠毒，阴谋诡计，造谣污蔑，酿成男女主角之间的生死敌对和惨酷的冤枉；但那还不够满足他凶烈的奸险毒辣，他还痛击凯昔欧，务必要把他杀死；再为满足他的贪欲，他使出造谣污蔑的奸计，诈骗洛窦列谷的金珠宝石并置之于死地。这样，一个人间恶魔的缩影便昭然在剧院中舞台上、在书斋里卷帙间飞扬跋扈、称王称霸地呈露在人们眼前。

《奥赛罗》这个悲惨的故事来自十六世纪意大利的钦昔喔书中，而十七世纪初年英格兰的威廉·莎士比亚把它写成这部惨怛得惊人的悲剧诗，引起了人们的哀痛深思。我们如今要问：在我们的现实世界里有没有类似的故事和其中的人物，尤其像伊耶戈这样的恶煞？回答是：有！肯定有！有时甚至要扩大许多万倍！从一九六六年五月十六日开始，持续了十年以上的“无产阶级文化大革命”，是人类有史以来从未有过的整个民族的横祸，最最浩大的劫难和悲剧，受难者是整个民族和我们五千年的历史文化传统！一小撮伊耶戈式的魔怪的无比愚蠢和恶毒，这些罪魁祸首利用手中窃据的权力为所欲为，给我们闯下的灾殃是伊耶戈罪恶的千百万倍！这个历史教训永远值得我们记取。

孙大雨

一九八八年七月廿八日

威尼斯城邦的摩尔人
奥赛罗之悲剧

剧中人物

威尼斯公爵

孛拉朋丘，一知政事大夫，玳思狄莫娜之父

其他知政事大夫数人

格拉休阿诺，孛拉朋丘的兄弟

罗铎维哥，孛拉朋丘的亲戚

奥赛罗，一摩尔族［非洲西北部滨海一民族］贵胄，威尼斯城邦的将军

凯昔欧，奥赛罗的光明磊落的副将

伊耶戈，奥赛罗的旗手，坏蛋

洛窦列谷，一受骗的士子

蒙塔诺，奥赛罗的前任塞浦路斯岛军事首脑

小丑，奥赛罗的家僮

玳思狄莫娜，奥赛罗的妻子

爱米丽亚，伊耶戈之妻，玳思狄莫娜的伴娘

碧盎佳，神女，与凯昔欧相好

信使、传令官、军官多人，乐人多人，侍从多人

剧景：第一幕，在威尼斯；第二至第五幕，在塞浦路斯岛上一海港

第 一 幕

第 一 景

［威尼斯。一街道。］

［洛窦列谷与伊耶戈上。

洛窦列谷 嘘！
切莫跟我来这一套，我很不乐意，
伊耶戈，你拿了我的钱包，像是你
自己的一般，却竟然知道这件事。

伊耶戈 他奶奶，可是您不听我分说：
假使我能梦想到这样的事儿，
把我当狗矢。

洛窦列谷 你跟我说过，你一向对他有仇恨。

伊耶戈 鄙弃我，若是我不那么。城里三位
大老，脱着帽，都将我向他推毂过，
当他的副将；而且，凭人的真诚
说话，我知道自己值多少，我十足
配得上那样的位置；可是他爱的是
他自己的骄傲和一意孤行，闪避了
他们，使一派浮夸、曲折的废话，

那中间满都是一些战阵的言辞；
总之，他拒绝我的居间人；因为，
“肯定，”他说，“我已经选好了副将。”
那是个怎样的人呢？
您说当真嘛，是个算术大家，
名叫玛格尔·凯昔欧，茀洛伦斯人，
有个漂亮老婆差不多注定了
叫他受罪的霉家伙；[①] 他从未在战场
上面调遣过队伍，战阵的性质
他懂得不比一个纺织女娘
来得多；除非把书本理论来充数，
那上头，那些峨冠博鳖 [②] 的知政事 [③]
也能跟他一个样，舌灿着莲花：
光纸上谈兵，眇无实际，原来是
他全部的韬略。但是他，先生，却中选
膺命；而我——他亲眼见到过确证，
在罗德斯、塞浦路斯、其他的基督徒、
邪教徒战场上——倒被这“借方和贷方” [④]
把风收了去，使篷帆跌落；这笔账，
只有天知道，一定得当他的副将，
而我——请原谅！——他摩尔大人的旗手。

洛窦列谷 凭老天 [⑤]，我却愿意做他的吊绞手。

伊耶戈 啊也，没办法可想：这军差戎伍中，
糟就糟在升迁需要仗介绍信
和喜爱，不凭下手顶上手的晋级
年资，按着陈年惯例一步步

往上升。现在，先生，您自己去判断，
我同他的关系是否说得上什么
敬爱这摩尔人。

洛窦列谷 若是我，就不去跟他。

伊耶戈 啊！先生，把心情放舒泰；
我追随着他，聊不过奔走一遭儿；
我们不能全都作长官，长官
也不能全得到忠诚的伺候。您可以
看到好些恭顺、屈膝的随从者，
对自己那过于殷勤的奴役有偏爱，
挨了一辈子，像他主人的驴儿般，
只是为草料，等他人一老就给
抛弃掉；这样忠厚的仆从，请为我
给他顿鞭子吃。另外有些人，他们
修饰得在外表和形态方面很尽责，
却将内心保留着替自己去操劳，
他们对上头只使出殷勤的表现，
自己却获益匪轻，他们把口袋
装满时，将自己当作主人翁：这些人
有灵魂；我声言我便是这样的人物。
正好比，先生，您确是洛窦列谷，
假使我是那摩尔人，我不愿自己是
伊耶戈：我追随着他，无非为自己
奔走；让上天来替我裁决，我对他
说不上敬爱与情谊，不过好像是
如此罢了，为的是我特殊的目的：

因为，当我外面的行动显示出
我衷忱运用和内心形态的表象时，
过不久我将把我的心佩在衣袖上，
给穴鸟去剥啄：我不是我这般模样。

洛窦列谷　假使厚嘴唇能在这上头也这般
取胜，他将有多么大一份财富！

伊耶戈　叫起她父亲，叫醒他；追赶他，毒化
他那阵欢乐，公开在街头揭发他；
鼓捣起她家的亲戚；虽然他好比
在丰实之乡居住，叫苍蝇去叮他，
让烦恼缠绕个不休；虽然他的欢乐
是欢乐，把困窘的事变尽往上倾泻，
使它消失掉光彩。

洛窦列谷　这里是她父亲的房子；我要来叫嚷。

伊耶戈　来吧；用恐惧的声调和怕人的呼喊
来报警，如同夜间悄无人注意，
瞥见居民密集的城市里火起。

洛窦列谷　喂喂！孛拉朋丘！孛拉朋丘大夫，喂喂！

伊耶戈　醒来！喂喂！孛拉朋丘！捉贼！
捉贼！捉贼！瞧您的房子、女儿
和钱袋！捉贼！捉贼！

［孛拉朋丘出现于高处窗头。

孛拉朋丘　是什么道理叫喊得这样吓人？
是怎么一回事？

洛窦列谷　大夫，您家人都在里边吗？

伊耶戈　您门户

都锁了？

孛拉朋丘　　为什么？你们为什么问这个？

伊耶戈　他奶奶！大人，您给强盗打劫了；
请顾全身份，披上了长褂；您的心
碎了，您掉了半个灵魂；就是
现在，正好是现在，有只黑的
老公羊爬在您那白的小母羊身上。
起来，起来！摇铃把打鼾的公民们
唤醒，不然那魔鬼要使您变成个
爷爷。起身哟，我说。

孛拉朋丘　　什么！你们
神经错乱了？

洛窦列谷　　非常尊敬的大夫，
您认得我这声音吗？

孛拉朋丘　　认不得，您是谁？

洛窦列谷　我名叫洛窦列谷。

孛拉朋丘　　特别不欢迎：
我警告过你，莫到我门前来鬼混：
你听我非常开诚地说过，我女儿
不能嫁给你；现在，发着疯，吃饱了
晚饭，灌得酩酊，恶意来捣乱，
你来搅扰我的安宁。

洛窦列谷　大人，大人，大人！

孛拉朋丘　　但你得弄清楚，
我的生性和地位有力量叫你
为这事吃苦。

洛窦列谷 镇静些，请您老人家。

孛拉朋丘 你跟我说什么打劫？这是威尼斯：
我这房子不是所荒僻的田庄。

洛窦列谷 最尊敬的孛拉朋丘，我一秉诚恳、
纯洁的精神来找您。

伊耶戈 他奶奶！大人，您是这样一个人，假使魔鬼要您去侍候上帝，您就偏不肯。因为我们来为您好，您便把我们当作混混儿，原来您愿意自己的女儿给一只巴巴利⑥红鬃马压在身上；您愿意您的外孙对您嘶鸣；您愿意您的外孙儿、外孙女儿们都是些龙驹快马，您的近亲小辈是些西班牙种的小马。

孛拉朋丘 你是什么脏嘴巴的贱东西？

伊耶戈 我是这么一个人，大人，来告诉您，您女儿跟那摩尔人现在正在两张背皮朝外，干那畜生的勾当。

孛拉朋丘 你是个坏蛋。

伊耶戈 您是个——知政事大夫。

孛拉朋丘 这你得负责；我认得你，洛窦列谷。

洛窦列谷 大人，什么事我都得负责。但是，
我请您，假使您高兴而且考虑后
还同意，——我见到，事情确有点这么样，——
让您那标致的姑娘，在午夜才过，
当这昏沉的宵静时刻，给一个
不好不歹的保护人、雇来的众家奴，
一名鹕舸船夫，载送给一个
淫乱的摩尔人，投进他粗鄙的搂抱，——
假使这件事您知道而允许，那我们

便对您犯下了粗鲁、莽撞的大不敬；
但您若不知这件事，我品行的常规
告诉我，我们蒙受了您不当的斥责。
莫以为，绝无一点儿礼让之感，
我会来戏谑、玩忽您老的尊严：
您女儿，如果您未曾允许她那样做，
容我再说声，干了桩荒唐的忤逆；
把她的名分、美貌、理智和幸运
攀上了一个浮游浪荡的陌生人，⑦
他属于此间，也属于任何哪一方。
马上弄一个明白：她若在闺房中，
或在您屋里，就行使公邦的法律
来将我惩处，为了我这般欺骗您。

孛拉朋丘　喂喂，打上取灯儿！给我一支
蜡烛！把家人全都叫起来！这变故
倒不是不像我的梦，我相信了它，
已经在感到难受。点上火，我说！
点上火！　［自高处退下。

伊耶戈　　再会，我一定得和您分手：
这似乎对我的地位不适当，没好处，
如果由我来作控告那摩尔人的见证，
因为，我若待下去，就得去作证；
我知道公政院，为了邦国的安全，
不能将他撤职，不管这件事
会怎样引起申斥，惹得他恼火；
因迫切的需要，他已被任命去指挥

塞浦路斯的战事，——实际上这已在
进行中，——而且，即令为拯救灵魂，
他们也找不到他那样能干的统帅；
关于那，虽然我恨他甚于憎恶
地狱的惨刑酷虐，我还得为目今
过日子的需要，打着敬爱的旗号，
不过那只是标志而已。为了您
准能找到他，把已经轰起来的搜寻
人众领往“人马骁”馆驿；⑧ 我将在
那边，跟他在一起。就这样，再会。 ［下。

［孛拉朋丘与执火炬之仆从数人上。

孛拉朋丘 这是太真确的一件坏事：她去了，
我这被鄙视的余生再没有别的，
只剩下痛苦。现在，洛窦列谷，
你哪里看到她？啊，苦恼的女儿！
跟那个摩尔人在一起，你说？谁愿意
做父亲！你怎么知道那是她？啊唷，
她将我欺骗得难于设想。她对您
说什么？多来些火把！把亲属人众
全都叫起来！他们结了婚吗，您想？

洛窦列谷 果真，我想他们已结了。

孛拉朋丘 啊，我的天！她怎样出去的？啊，
我亲生骨肉的不忠诚：父亲们，你们
从此莫再看了女儿们的行动，
便相信她们的心。是否有魔法
能叫年轻的处女中了魔，给糟蹋？

洛窦列谷，您可在书本上念到过
有这样的事？

洛窦列谷 不错，大人，念到过。

孛拉朋丘 叫起我的兄弟来。啊！但愿您娶了她。
有人这条路上走，有人走那条！
您知道，我们在哪里能将那摩尔人
同她抓到？

洛窦列谷 我想我能找到他，
您若能带同充分的护卫，跟我
一起来。

孛拉朋丘 请您领先。我在每一所
房廊前要叫人；好召唤尽多的人手。
带着武器，喂喂！叫起几个
专司守夜的官长。亲爱的洛窦列谷，
往前走；我将不辜负您麻烦这一场。

［同下。

第 二 景

［另一街道］

［奥赛罗、伊耶戈与手执火炬之侍从数人上。

伊耶戈 虽然在战争行业中我也杀过人，
可是我认为良心的本质不能
让我干预谋的凶杀：我缺少邪恶，
有时候去为我干事。九次或十次，

我想要在他肋胁下戳这么一刀。

奥赛罗 还是现在这样好。

伊耶戈 不然，他胡言
乱语，用那样卑鄙怄人的辞句
攻击您钧座，
以我那一点点敬畏上帝的虔诚，
委实难对他饶让。但请问，将军，
您可曾固定不移地结过婚？要把稳
这件事，因为上大夫人缘奇好，
他的话，论实际效果，影响比公爵
还隆重得多；他将会分离开你们，
或者把法律能允许的任何控制
和磨难——他将会全力以赴去贯彻——
加在您身上。

奥赛罗 尽他去对我施恨毒：
我对城邦公政院所尽的劳绩，
会讲赢他对我的控诉。我们还得要
知道，夸口是件光荣事：这个，
我知道以后，将会公开宣布。
我此身的生命与存在，系出君王
品位。以我的优长，用不到去冠，
我能对跟我获致的高位齐阶
并比的任何人说话。要知道，伊耶戈，
若不是我对温婉的玳思狄莫娜
情深如海，我不会使自己无家室
之累的自由，受任何规范与制限，

即令能奄有大海的金珠珍贝。
可是，你看，那边有什么灯火来？

伊耶戈　这是那轰动起来的父亲和亲属：
您最好还是进去。

奥赛罗　我不；我一定
得给他们找到：我一身的优长、
我光荣的称号、我有备无患的心神，
会将我正当地显示。这是他们吗？

伊耶戈　凭始初的两面神⑨，我想不是。

[凯昔欧上场，带同军官数人、火炬手数人。

奥赛罗　公爵的亲随人众，和我的副将。
朋友们，夜晚的良时临照诸君！
有什么消息？

凯昔欧　公爵向您致意，
将军，他要您十万火急去见他，
顿时立刻。

奥赛罗　你以为有什么事情？

凯昔欧　塞浦路斯岛有事，据我猜想。
事情有一点紧急；就在今晚上，
大划船一叠连送来了一打报差，
一个个后先相继，接踵而至；
好几位知政事都被叫起来，已经
会聚在公爵府邸。您紧急被召；
不能在寓邸里找到，知政事公署
派出了三起哨探去将您搜寻。

奥赛罗　给你们找到了，很好。我进屋只讲一句话，就来跟你们同去。 [下。

凯昔欧 旗手，

他到来做什么？

伊耶戈 说实话，他今夜登上了

一艘旱地大楼船；如果是合法

中彩，他这就一辈子的财富临门。

凯昔欧 我不懂。⑩

伊耶戈 他结了婚。

凯昔欧 跟谁？

伊耶戈 凭圣母，跟——

[奥赛罗上。

来，都督，您去吧？

奥赛罗 和你们同去。

凯昔欧 这里又来了一支队伍来找您。

伊耶戈 这是孛拉朋丘。将军，请小心；

他来没好意。

[孛拉朋丘、洛窦列谷，带同军官多人、火炬手数人上。

奥赛罗 喂喂！在那边站住！

洛窦列谷 大夫，这是那摩尔人。

孛拉朋丘 打倒他，恶贼！

[双方皆拔剑出鞘。

伊耶戈 有您，洛窦列谷！来，先生，我对您。

奥赛罗 莫拔明亮的剑刃出鞘来，露水

将会使它们生锈。⑪ 亲爱的大夫，

您尽可用高年，不必用刀剑来命令。

孛拉朋丘　啊，你这下流的恶贼！我女儿，
你将她窝藏在哪里？可恶到极点，
你行施魔法于她；我将诉之于
所有有理性的人们，她可不是被
魔法的锁链所困住，这么个娇柔、
娟美、天宠的姑娘，这般不爱
结姻亲，避免了我邦多少位富有、
鬈发的佳公子，竟然会，不怕叫人家
耻笑，离开她的保护人，投入你
这样个乌黑东西的胸怀；那是
在投奔恐惧，不是在追求愉快。
让世人来替我下判断，你对她横施
恶毒的魔法，用衰损心智的药毒
或石毒，摧残她娇嫩的青春岁华，
是否违情而悖理：我要兴论争，
评情理；这说来很可信，想来极明显。
因此上，我逮捕、捉拿你，将你作为
人间的戕贼者，一个被禁的非法
邪术的潜行人。把他抓起来：若是他
抵抗，制服他，生死都在所不计。

奥赛罗　你们都住手，在我这方面的人，
还有其他的：假使我应当格斗，
我自己就会知晓，毋须有提示人。
您要我到哪里去答复你这番控告？

孛拉朋丘　进监狱里去；等到法律和庭审
程序命令你答辩。

奥赛罗　　　　　　　　　　我听从了，将怎样？

对于我那么做，公爵将如何能满足？
他的信使们目今在这里，我身旁，
有些紧急的邦国事要带我去相见。

军　官　　不错，最尊贵的大夫；公爵在会议，
而且您尊驾，我相信，也已被邀请。

苡拉朋丘　　什么！公爵在会议！在夜里，这时候！
带他去。我这不是个无所谓的争端：
公爵本人，或是我自己的不拘哪一个
议政的同僚，不能不感到这枉屈，
如同他们自己的一个样；因为，
假令这样的行动能自由地发生，
奴隶和邪教徒都能为我们当政。　　　　　　［同下。

第 三 景

［议事厅］

［公爵与知政事大夫数人围桌而坐。军官数人侍立。

公　爵　　这些消息里没有协调一致
能够使它们可信。

第一知政事　　不错，它们彼此之间有矛盾；
我的信说有一百零七艘大划船。

公　爵　　我的，一百四十艘。

第二知政事　　　　　　　　　我的，两百艘：

虽然它们在正确数目上不相符，——

在这些情形下，猜想的说法往往
有差异，——可是它们却一致证实
有一支土耳其舰队，向塞浦路斯来。

公　爵　不仅如此，事情很可以理解：
我不因情报有舛误而疏忽大意，
但主要的一项我相信而且忧虑。

水　手　［在内］喂喂！喂喂！喂喂！

军　官　大划船上的报差。

［水手上。

公　爵　现在，有什么事？

水　手　土耳其艨艟正在向罗德斯行驶；
我奉安吉罗大夫之命，来对
邦政府报告。

公　爵　对这一异动，你们怎么说？

第一知政事　用理智
来检视，这件事不可能；这是出声东
击西的虚诈戏，叫我们向差错处望。
当我们考虑到塞浦路斯对于
土耳其的重要性，而且也须了解到
它比罗德斯对他更其关紧要，
他尽可轻易逞威把它来攻克，
因为它不怎么顶盔贯甲呈森严，
完全不具备罗德斯抗侵凌的能力：
假使想到了这一层，我们就不该
以为土耳其竟至那么样无能，
会将轻重颠倒置，后先不区分，

疏忽一桩轻而且有利的策划，

去冒险挑起一场没好处的危图。

公　爵　不对，能完全保证，他不攻罗德斯。

军　官　又有消息来了。

［一使者上。

信　使　土耳其部队，尊崇、宽厚的君公，⑫

直接驶向罗德斯，在那里添上了

另一支舰队。

第一知政事　哦，我是这么想。

有多少，据你想？

信　使　三十条；现在他们

转回程，分明指向塞浦路斯岛。

蒙塔诺大夫，您亲信、勇武的从者，

向您致殷切的敬意，以此相告，

请公上相信他。

公　爵　那就准是前往塞浦路斯去。

玛格斯·路昔高斯⑬，他不在城里吗？

第一知政事　他此刻在弗洛伦斯。

公　爵　替我们写信给他；十万万火急报。

第一知政事　孛拉朋丘跟那勇武的摩尔人到来了。

［孛拉朋丘、奥赛罗、凯昔欧、伊耶戈、洛窦列谷与军官数人上。

公　爵　勇武的奥赛罗，我们得马上派遣您，

去抵挡犯境的公众敌寇土耳其。

［对孛］我不曾见到您；欢迎，亲爱的大夫；

我们今晚上缺少您商量与帮助。

勃拉朋丘 我也缺少您。亲爱的君侯，请原谅；
不是我的职位，也非因听到有事故，
使我从床上起身来，也不是关心着
公众的安宁，因为我特殊的悲痛，
好像打开了水闸门，它那样其势
不可当，吞咽掉一切其他的悲伤后，
依然还是那模样。

公　爵 唔，什么事？

勃拉朋丘 我女儿！唉也！我女儿！

知政事们 死了？

勃拉朋丘 果真，
对我是死了；她给人糟蹋，从我
身旁盗窃走，给施了魔法，以及被
江湖术士处买来的药石所败坏；
因为天性要迷误到这么样荒唐，
原来无欠缺，不昏盲，心智不残废，
倘使不行施邪术，简直不可能。

公　爵 不论在这肮脏的行径中，这般
蛊惑您女儿以及打从您那里
骗得她出走的是什么样人，您定能
把法律的血书自己去宣读，凭您
自己的解释，读出最严厉的判词；
是啊，即令是我们自己的儿子
站在您这诉讼中。

勃拉朋丘 我恭诚感谢
您钧座。这人在这里，就是这摩尔人；

看来，您钧座有关国事的特旨
正把他宣召来。

大　家　　我们觉得很可惜。

公　爵　　［对奥赛罗］您能替自己对这事怎样说法?

孛拉朋丘　　没有得说的，就是这样。

奥赛罗　　位重权高、庄严可敬的公和卿，
最尊崇、久经证明的亲爱的列公们，
若说我带走了这位老人家的闺女，
真一点不错；果真，我和她结了婚：
我冒犯的顶巅和面目只有这程度，
不再多。我出言粗鲁，不善于运用
和平生活里温驯的辞风和谈吐；
自从我这副武装赋有了七年
威力，到如今九个月已然消逝去，
它总在野外，在军篷营帐之间，
给用来从事最重要的活动；有关这
广大的世界我不能谈什么，只除了
陷阵冲锋的战阵功；因此上，为自己
说话，对我的出处没多大裨益。
可是，倘蒙众位宽容地许可，
我想讲一个朴实无华的故事，
诉说我恋爱的全程；我用什么药，
什么法术，什么灵咒，什么
大力的邪魔外道（因为我被控
有这些行动），赢得了他的女儿。

孛拉朋丘　　一个闺女，从来不胆大妄为；

心灵这么样贞静端详，她自己
内在的冲动会使她对自己脸红；
可是，她违反了天性，不管年龄
太悬殊，无视他邦异国，不爱惜
名誉，不顾虑一切，竟然会对于
仅仅望见了也害怕的，堕入了情网！
那一准是个残疾支离的判断，
才能去认为无疵的完美竟致会
迷误到违反一切天性的常规，
定要把地狱的诡计阴谋去体验，
以致这事变会发生。我因而再次
要断言，用某些对血液能强制的药剂，
或者用魔法咒成了这效验的毒汁，
他对她遂行了奸谋。

公　爵　　　　　　　　　断言这件事，
如果没有比这些轻微的外表、
平凡表象的马虎的旁证较真切、
较显见的证明，并不能成为证据。

第一知政事　可是，奥赛罗，讲吧：
您可曾用过非法、强暴的行径，
去胁迫、污损这年轻姑娘的情爱；
还是以殷切的恳请，和心灵对心灵
可提供的正当的说爱谈情所获致？

奥赛罗　我恳请列位，派人到“人马骁”馆驿
去找这位贤淑来，让她面对着
她父亲谈起我：你们若在她言谈中

发现我卑鄙，请不光收回这信任，
我受自诸公的这职位，还要请加以
判罪，刑及我此生。

公　爵　　　　将玳思狄莫娜宣来。

奥赛罗　旗手，引领他们；你熟悉那地方。

［伊耶戈与从人数人下。

然后，在她到来前，好像对上天
那样真诚地承认我血液中的过误，
我要对你们尊敬的两耳说实话，
我怎样在这位佳秀的眷爱里愉快
欣荣，她在我深情中昌隆欢悦。

公　爵　谈吧，奥赛罗。

奥赛罗　她父亲喜爱我；不时请我去；经常
问起我一生的故事，一年年我所曾
经历的战斗、围城、一切的遭遇。
我把故事来诉叙，从孩童时日
直到他要我讲述故事的时候止；
那其中我谈到奇灾苦难的大事变，
讲起海上、陆上的动人不幸事，
谈失之毫厘、死成瞬息的城堡破，
说到被威猛的强敌俘为囚，卖作奴，
说到赎身得脱，以及我游历史
中间的行动；有硕大无朋的洞穴
平沙漠漠草不绿，粗豪的山石矿，
顽石磐磐，峻岭的峰巅摩青天，
我都有机会来谈及，经过就这么样；

还谈起彼此人吃人的生番名叫
安塞罗扑法加，以及还有帮蛮子
在肩膀下面胳肢窝里生脑袋。
爱听谈这些，玳思狄莫娜成了癖；
不过家务事时常使她不得来；
但赶快待事情一了结，她就再会来
贪心不足地倾耳听我继续谈。
见到这情形，有一次我乘机让她
殷切作要求，把长行的全部经过
细细谈，过去她曾听我把片断讲，
且又注意不荟集：我同意那么办；
随后我屡次哄得她两眼泪涟涟，
每当她听说我年轻的岁时遭逢
惨痛的凶打击。我将故事说完后，
她报谢我那辛劳以深深的长叹息：
她郑重声言，那确乎奇怪，非常
奇怪；那煞是可怜，可怜得惊人：
她宁愿不曾听说过，可是她但愿
上苍能将她做成这样一个人；
她对我致谢，要我，假使我有个
爱慕她的朋友，我只须教他讲述
我所讲的故事，那便能得到她的眷顾。
趁着这机会我说道：她爱我为了我
所曾经历的魔障，而我也爱她，
因为她对我的遭遇表示了怜恤。
这是我所用的唯一的魔法：这位

娉婷已经到；让她自己来作证。

［玳思狄莫娜、伊耶戈与随从数人上。

公　爵　我想这故事也会赢得我女儿。
亲爱的孛拉朋丘，
以尽好的心情，接受这弄糟的事吧；
人们宁可用残破的武器，也不愿
赤手空拳。

孛拉朋丘　　　　我请您，听她说话：
如果她自认跟他同样是求爱者，
我若是还把罪责加在他身上，
让毁灭降临我的头！走到这里来，
亲爱的小姐：在这好些位尊贵中，
你见到没有，你最该从顺的在哪里？

玳思狄莫娜　尊贵的父亲，在这里，我见到一个
分裂的本分：对您，我感恩赋与我
生命与教养；我这份生命与教养
教导我如何对您该崇敬；您是我
本分的主公，我过去是您的女儿：
但这里是我的丈夫；正如我母亲
对您显示了那么多本分，爱了您
只得离舍她父亲，同样，我声言
我该对这摩尔人我的夫君尽本分。

孛拉朋丘　上帝保佑你！我的事已经完毕。
请君侯钧座，继续进行邦政事：
我但愿螟蛉了孩子，不曾亲生。
这里来，摩尔人：

我在此全心全意将她给了你，
若不是你已然得到她，我是会全心
全意不将她给你。为你的缘故，
宝贝，我衷心高兴我另外没孩儿，
因为你这下子逃跑会使我暴厉，
在他们身上加桎梏。我完了，公爷。

公　爵　让我仿照您自己的口吻说话，——
讲一句箴言，那好比是一个级步，
也许会帮助这双有情人得到
您爱宠。
当过去寄希望的挽救显得没用时，
最坏的已见到，悲伤也就完了事。
为一桩过去的不幸伤心而痛苦，
等于去走一条新辟的不幸之路。
当命运把不能保全的东西夺走，
忍耐能使那损害变得不用愁。
遭劫者微笑时，从盗窃那里偷回了些；
无益地悲伤是在跟自己过不去。

孛拉朋丘　那么，让土耳其抢掉我们的塞浦路斯；
反正失掉了不久，我们会笑呵呵。
任何人若能毫不关心地把空论
当安慰，他便能好好接受这金箴；
可是那人儿，向可怜的忍耐借了债
付悲哀，他就得生受这箴言和伤怀。
这些箴言算得甜来也算得苦，
两面都很讲得通，真意却含糊：

但说话只能算说话；我从未听见过
医疗受了伤的心能透过耳朵。
我恭诚恳请钧座，进行邦务讨论吧。

公　爵　土耳其派一支很大的部队开向塞浦路斯。奥赛罗，那地方的防御力量您最清楚；虽然我们在那里有位公认为本领十分高强的督抚，可是公论（它最能产生实效）认为由您去守卫更加安全：因此，您只得让您那最近所交好运的光彩，给这一桩远较粗野强烈的行军事务弄暗淡了些吧。

奥赛罗　习惯这暴君，最尊敬的知政事大夫们，
已经把战争的床褥，硬如燧石
冷如钢，变成精冶过三次的鸭绒床：
我承认艰难跟我的本性相契合，
我对它心甘情愿，切望而不辞，
而且决意负责对土耳其用刀兵。
故而我非常谦谨地对诸公致敬，
请求为我的妻子作适当的安排，
相应地指派给地位和津贴，
授与她跟她教养相符合的日常
舒适与相当的随侍。

公　爵　若是您高兴，
就在她父亲家中。

孛拉朋丘　我觉得不便。

奥赛罗　我也这么想。

玳思狄莫娜　我也这么想；我不愿
在那里居住，挂碍父亲的视听，

引得他心烦意躁。最尊崇的公爵
对我的启奏请光赐清听；容任我
在您的话语中获得当官的准许，
以有助于我的粗疏不文。

公　爵　你要什么，玳思狄莫娜？

玳思狄莫娜　我心爱这摩尔人，愿跟他一同生活，
以及我冒死不惧怕命运的横逆
和风暴，都能向世间公开宣告；
我的心对我夫君的情性与为人，
可说是从顺得切合无间；我从
奥赛罗的心灵思想间看到他的仪容，
我将我的灵魂与命运，对他的光荣
与勇武奉献。所以，亲爱的公卿们，
假使我被留在后方，像和平时日里
一翼飞蛾，⑭ 而他去前方作战，
我同他义结姻亲的礼仪将会被
剥夺，而因他、人不在，我还得生受
那难堪的岁月。让我和他一同去。

奥赛罗　让她得到诸位的准许。请上天
替我作证，我作此请求，不是要
满足我色欲的嗜好，也非为应顺
情焰的要求，——那少年炽烈的浓情，
在我胸中已熄灭，——和敦笃琴瑟
之调，而是要同她的心声相应和；
请上天莫让你们良善的灵魂
猜测我将会忽略那千钧的重负，

因为她同我在一起。那不会；假使
飞翔的小爱神用好色的游惰使我
绝智而闭聪，不能为公邦效命，
那么，让家庭主妇们把我的头盔
作水锅，让所有可耻、鄙陋的灾祸
对我的声名一齐发动总攻击！

公　爵　她留下还是前去，都由您私下
去决定。事态催促得急迫，迅捷
应当去应急。

知政事们　您今夜一定得出发。

奥赛罗　　　　　　　　我非常愿意。

公　爵　明朝九点钟我们再在此会集。
奥赛罗，留下个把军官在后面，
他将把我们的委任状带交给您；
还有有关品位和尊荣的别的事。

奥赛罗　假如您钧座高兴，我将旗手
留下；他是个诚实可靠的得力人；
我将我妻子委派给他去护送，
敬爱的君侯尽可付托他您认为
有需要交与我的别的任何事。

公　爵　　　　　　　　　　　　这样
就是了。大家晚安。［对孛拉朋丘］高贵的大夫，
假使美德包含得什么都完备，
因而也就不缺少可喜的美貌，
您这位有德的贤婿便一点也不黑，
而是异常白净。

知政事等 勇敢的摩尔人，

再会！好好待遇玳思狄莫娜。

孛拉朋丘 注意她，摩尔人，如果你有眼睛瞧：

她骗了她父亲，也能将你来骗到。

［与公爵、知政事数人、军官数人及其他人等同下。

奥赛罗 我用生命来为她的真心作保证！

我一定将我的玳思狄莫娜托给你，

诚实的伊耶戈：请让你的妻子陪随她；

趁最好的时机，护送她们跟着来。

来吧，玳思狄莫娜；我只得一小时

跟你一同过，说爱和谈情，交代

日常事，关照如何行动：我们得

服从时间的限制。 ［两人同下。

洛窦列谷 伊耶戈！

伊耶戈 你说什么，高贵的知己？

洛窦列谷 你想，我该怎么办？

伊耶戈 哎也，上床去睡觉。

洛窦列谷 我该去跳水自杀。

伊耶戈 哦，你若是去那么干，我从此将永不跟你好。唉，你这傻瓜的士子！

洛窦列谷 活着如果只能受苦，再活下去就成了发傻；当死亡做了我们的郎中的时候，他开的药方就是去死。

伊耶戈 啊！坏透了；我睁眼看到这世界有四倍七个年头了，而自从我分得清什么是优惠、什么是损害以来，我从来没有见到过有人懂得怎样去爱惜他自己。"为了爱一只野鸡，我要去跳水自杀"，我肯说这样一句话以前，我宁愿跟一只狒狒[15]易地而处，让它来做人而我去当狒狒。

洛窦列谷 我应当怎么办？我承认这样痴心很丢脸；但是我的德性没有本领去改好这个。

伊耶戈 德性！值几个钱！我们是生就的这么样，或那么样。我们的身体是一所花园，我们的意志是个园丁；所以，若是我们要种荨麻或是播莴苣，栽香薄荷和耘除百里香，播种一种草或分植好多种，让它荒芜闲置着还是精耕细作，哎也，那力量和究竟怎样做的权力是在我们的意志里边。假如我们生命的天平没有一只理智的秤盘去均衡情欲的另一只，我们天性里的气质和卑鄙也许会引导我们到最乖张怪诞的试验上去；但是我们有理智去镇定我们热情的冲动、我们肉欲的激发、我们放浪不羁的淫荡，而据我看来，你们便把爱情叫作是情欲那玩意儿的另外一种或一枝分蘖。

洛窦列谷 不能是那样。

伊耶戈 这只是性情脾气里的淫欲、意志的放纵罢了。来吧，做个男子汉。跳水自杀！把猫儿和没有睁眼的小狗去淹死。我已经声言过是你的朋友了，我现在承认我把自己用最结实不过的缆索跟你的真价值拴束在一起；我从来也不会比现在这样更能帮你的忙了。口袋里放着钱；跟踪着这场战事；用一蓬假须髯丑化着你的面貌；我说，口袋里放着钱。玳思狄莫娜不可能长久继续爱着那摩尔人，——把钱装在口袋里，——他也不可能老爱她。在她身上先来了个猛烈的开始，你将见到一个同样凶暴的破裂；把钱装在你口袋里。这些摩尔人的意志好恶无常；——把钱装满你的口袋：——这食物现在对于他香甜甘美像仙桃，不久会对于他奇苦难堪像黄连。[16] 她一定得改换年轻的：当她受用够了他的肉体的时候，她准会发现她挑错了人。她准会有变化，她准会有：所以，口袋里放着钱。假使你非叫你自己打入地狱不可，去用一个比淹死较为愉快的方法。钱弄得越多越好。假使一个浪荡的蛮子 [17] 跟一个刁钻古怪的威尼斯人之间的假装的神圣和脆弱的信誓敌不过我的灵敏机巧和地狱里的族众们，你准定会受用到她；所以，得弄钱。滚他妈的跳水自杀！那样干会整个儿出岔子：奉劝你还是为享受到了那欢乐而给绞死，可莫要淹死了而弄她不到手。

洛窦列谷　你将赶快满足我的希望吗，假使我信赖那结果？

伊耶戈　你可以拿稳我：去，去弄钱。我屡次告诉过你，而且现在又一再对你说，我仇恨这摩尔人：我的行动准则铭铸在我心里：你的也并不缺少一点儿理由。让我们联合起来对他报仇；假使你能使他戴绿头巾，你对你自己做了件快乐事，对我做了件开心事。时间肚子里会生出许多事情下来。开步走；去吧：预备好你的钱。明天我们再谈这事儿。再会。

洛窦列谷　我们明天早上将在哪里碰头？

伊耶戈　在我的住处。

洛窦列谷　我会及早来看你。

伊耶戈　得了吧；再会。你听到没有，洛窦列谷？

洛窦列谷　你说什么？

伊耶戈　不许再说跳水了，你听到吗？

洛窦列谷　我改变主意了。我要去卖掉我全部的地皮。　［下。

伊耶戈　这样，我总叫傻瓜当我的钱袋；

因为假使跟这样的蠢货鬼混，
简直是侮辱我财源滚滚的机巧，
除非为好玩和实利。我恨那摩尔人，
而且外边都以为他在床褥间
替我行使着职权：我不知真不真，
可是仅仅为那样的怀疑，我就得
采取行动，仿佛确有那件事。
他对我很器重；我更好对他达到
我目的。凯昔欧是个适当的人儿；
且等我来想想看：拿到他的位置；
且要用双料的毒辣手段，显见我
意志的光荣伟大；怎么样，怎么样？
咱来捉摸一下看：过了些时候，
谗妄奥赛罗的耳朵，说他跟他老婆
太亲昵：他一表人才和模样温存
容易启疑窦；生就了叫女人失身。
这家伙，这天性开诚豁达的摩尔人，
看来好像是老实人他以为真诚实，
跟驴子一般能给穿了鼻子
轻轻地牵着走。
有了；想出苗头了：地狱与黑夜
准把这骇怪的新生带到天光下。　　［下。

第一幕　注释

① 凯昔欧（Cassio）在我们这剧本里分明是个没有妻房的人，说他有个漂亮老婆无论如何与剧情不符。在 Furness 的新集注本里，有从 Theobald 以降到 F. A. Leo 的

四十余家笺注，小字密排五页之多，但这个谜始终没有弄清楚。Furness 所作结论谓，最后只能响应 Johnson 的说法，认为这是莎作原印本上目前无法澄清的一些讹误和隐晦的片段之一。在莎氏本剧故事的蓝本——他所借用的十六世纪意大利小说家、诗人、剧作家与大学教授 Giovanbattista Giraldi Cinthio 的《百篇故事集》(*Hecatommithi*，1565 年出版于 Monteregale，Sicily）里，第三十七篇小说内的部队队长凯昔欧，则是有一个未提名字的妻子的。

② 本剧初版对开本（1623）原文作“Tongued Consuls”。译文所据的初版四开本（1622）原文作“toged consuls”，Dyce 校改为‘togèd consuls”，意即穿着大袍（toga）的知政事或议政官们（身份总是元老)。这里加上了“蛾冠”一辞，根据的是 Steevens 在另一注解里（见 Furness 新集注本 33 页）所引 Fuseli 语：“在威尼斯，直到现在，高冠（bonnet）与大袍（toga）仍然是贵族荣誉的标志。”

③ 按这里与后面的“consuls”，跟后面的“senator”或“senators”，字面虽然不同，实际上是通用的。综合 Theobald，Steevens，Malone，Furness 四家注，严格讲来，总揽邦国大政的公爵、伯爵当称“consuls”（根据 Geoffrey of Monmouth 与 Matthew Paris 的说法)，襄赞军政要务的元老如孛拉朋丘之流当称“senators”，前者较后者总要高出一头；可是，在泛指的时候，后者也可以叫做“consuls”，而前者则不能称之为“senators”，虽然对于至尊无上的大统治者而言，甚至国王也可以被称为“Senators”（Marlowe：*Tamburlaine*，1590，第一部，一幕二景)。译成汉文，在“谏大夫”（秦、汉武帝)、“谏议大夫”（东汉、隋、唐、宋)、“知政事”与“参知政事”（唐、宋、金、元，相当于副宰相)、“参议”（元、明、清、民国)、“咨议参军”或“咨议”或“咨议官”（南北朝以降、清末、民国）等各种名称中，译者觉得“知政事”最合式，因为名高而位重，其他则不是在职责上偏于一方面，便是位卑职小，或无足轻重。“知政事”或许加上“大夫”的称号，更显得相称。

④ 据 A. Schmidt 之《莎士比亚辞典》(*Shakespeare-Lexicon*)《补遗》所引 Cowden-Clarke 与 Gollancz 说，这是古时一本簿记学论著的书名，这里用作取笑凯昔欧的绰号。Dyce 在他的《莎士比亚语汇》(*Shakespeare Glossary*）里引用一本一五四三年出版的会计学论著书名页上冗长的题名，其中有“借方和贷方”等语。

⑤ 这里和其他好些地方，字面上虽为“上天”，本意却是指上帝，不过因宗教虔敬关系故讳言之。译文虽无所避忌，但口口声声“上帝”，有如牧师讲道一般，也不好听，故译为“上天”、“皇天”、“老天”、“上苍”、“青天在上”等等。

⑥ Barbary，非洲北部古广大地区之统称，从埃及迤西直到大西洋边。参阅四幕二景二三〇余行处“毛列台尼亚”注。

⑦ Lawrence Mason：这里涉及奥赛罗的身份是一个所谓“命运军人”，而不是个威尼斯城邦的本地人。威尼斯当时的法律规定邦国的军队统帅应当是个政治上没有资格的外邦人，那样就没有政治野心可能分他的心，使他不严格执行他军事上的职责，以及危碍到邦国的安全。

⑧“Sagittary”，大概是以黄道十二宫里的第九宫“人马宫”或“射手座”的标志“Sagittarius”（拉丁文：射箭手）为招牌的一家客舍或宾馆，而不是武库营一所海、陆军指挥官的官邸（如 Knight 所说）。虽然德国莎氏学者 Theodor Elze 考据出来，

在奥赛罗当时的十四家威尼斯客舍里并无“Sagittary”这牌号（《莎士比亚年鉴》，1879），但正如他所说的，这大概是莎氏所臆造的名称。中世纪浪漫传奇里所说的这只古希腊神话里的半人半马的神兽（centaur）名叫Chiron，目光如炬，佩一壶箭，持一张弓，碰到它如触电闪，无不立毙。“骁”为良马，又训勇捷雄健，故这里译“Sagittary”为人马骁。古代中外旅邸大都兼理驿务，故称之为“馆驿”。

⑨ Janus，罗马神话中守天门的神道，司门户（私人门户和城门）以及天下百物之始（岁月、生命等）。他的造像有两个面孔，一前一后，有时有四个头。在罗马他的神庙里，在战时庙门洞开，平时则关闭着；他是邦国的保护神。

⑩ 名伶蒲士（Edwin Thomas Booth，1833—1893）在他的《奥赛罗提示录》（*Prompt-Book of Othello*，1878）里说，凯昔欧口说“不懂”，但应当表演给观众看他是懂得的。同样，下面的“跟谁？”也该是假装不知道而佯问的。这是因为后面三幕三景七十五行处，玳思狄莫娜在跟奥赛罗的对话里，明明说凯昔欧曾多次陪同奥赛罗去看她，帮着他向她献殷勤云云。

⑪ Booth：应当奥赛罗这一伙——凯昔欧、伊耶戈与其他人等——正在拔剑的时候，奥赛罗这句话就制止了他们。孛拉朋丘的随从们应当拔着剑刃上场来。奥赛罗应当对他很尊敬，被他的辱骂所激怒时只显示出一阵暂时的怒意。

⑫ 我国古代以“君公”称呼诸侯。

⑬ 原文“Luccicos”，Capell认为不像意大利人的姓氏，改为“Lucchese”。Knight论证得好，说公爵问起的多半是塞浦路斯岛的一个希腊籍士兵，他熟悉当地情形，所以公爵问起他。

⑭ 飞蛾表示徒然而无力的飞扑，不见光天化日，只在室内灯火旁咫尺间有所活动，琐屑可怜得不足道。

⑮ 狒狒属猿类，面貌在狗与人之间，体长三尺余，四肢长略相等，疾走如飞，趾能握物，长毛作灰褐色，性凶暴，食人。又名费费、吐喽，亦有枭羊、山精等名。

⑯ “仙桃”，原文“Locusts”，Beisly与Ellacombe都认为是“Carob tree”的果实。这种野生树在南欧的意大利、西班牙、希腊诸邦，北非的埃及、摩洛哥等国，以及近东巴勒斯坦一带都很盛产，荚壳味极甜，多到用来喂猪和别的牲口，人也能吃。大一点的英汉辞书释为“稻子豆”，不知福建、广东有此树否，这名称是否为日本译名。又，“黄连”，原文“Coloquintida”，亦为地中海和北非一带的一种植物，它的果实奇苦，用作猛泻剂。英汉辞书上说是属于葫芦科的一种植物，译音名之为“古鲁圣笃草”。这里若直译为“稻子豆”与“古鲁圣笃草”，对于读者或听者，将是既不甜、也不苦的两只闷葫芦，毫无意义。不得已，只好拣两种家喻户晓老少咸知的植物的果实和根株来代替。

⑰ 见注⑦。

第 二 幕

第 一 景

［塞浦路斯岛一海港城市。近码头处一空场。］

［蒙塔诺与士子二人上。

蒙塔诺　从地角上头你们能望见海上
什么东西？

士子甲　　　　　什么也没有，白浪
滔天；在天和海洋之间，我不能
瞥见一片帆篷。

蒙塔诺　我觉得风在岸上呼啸得好凶；
从来没有更厉害的狂飙震撼过
我们的雉堞；若是在海上也这般
狂暴，什么橡木的船肋能支撑着
不脱榫头，当高山一座座打下来？
这狂风将带给我们什么消息？

士子乙　土耳其舰队将给刮得东分西散；
因为只要站在喷泡沫的岸旁，
被怒叱①的波涛便像在投掷云天；
那巨浪，被狂风所震，簇拥着高耸、

银白的浪花一大片，像在对熊熊
燃烧着的大熊星泼水，仿佛要浇熄
那永定不移的北极星的两名守卫：
我从来不曾在激怒的大海上见过
同样的骚扰。

蒙塔诺 若是土耳其舰队
没有入港避风，他们是淹死了；
他们不可能顶得过这阵大风。

［士子丙上。

士子丙 有消息，伙伴们！我们的战事结束了。
这阵险恶的风暴揍得土耳其
那么凶，他们的企图就此作罢；
一艘威尼斯开来的大船，见到
他们舰队的大部分经受了一场
惨痛的船破人亡、奇灾大祸。

蒙塔诺 怎么！真的吗？

士子丙 这船已经进了港，
一条梵洛那快船；玛格尔·凯昔欧，
那勇武的摩尔统帅奥赛罗的副将，
已经上了岸：摩尔人自己在海上，
他受命全权执管塞浦路斯岛。

蒙塔诺 我很高兴；这是个出色的总督。

士子丙 而就是这个凯昔欧，虽然他说起
土军破灭时心神鼓舞，可是他
祝祷那摩尔人无恙，却神情悲苦；
因为他们是被那幽黯的风狂

雨暴所强拆开。

蒙塔诺 祈求上天他安全；

我曾在他手下服过役，这人指挥

真像个十全的军人。让我们到海边去，

喂！去看已经进来的那条船，

也为了替我们勇武的奥赛罗望远，

望到水天一碧分不清处去。

士子丙 来吧，让我们前去；因为每分钟

是新来慢到的希望。

［凯昔欧上。

凯昔欧 多谢，你们这勇武的岛上勇士们，

这么样高兴这摩尔人。啊，让上天

保护他莫受风雨的危难，因为

我在危险的海面上跟他失散。

蒙塔诺 他乘的可是条好船？

凯昔欧 那条船打造得坚固，当舵的艄公

都认为、且证明确实本领高强；

所以我对他的希望，不能说是

怅惘得忧烦欲绝，而确信很有救。

［幕后叫声］“一张帆！——一张帆！——一张帆！”

［士子丁上。

凯昔欧 什么訇闹声？

士子丁 城里走空了；在海滨岸上站得

一排排尽是人，他们叫着，“一张帆！”

凯昔欧 我对他的希望把来人幻形为总督。

［鸣炮声可闻。

士子丁 他们在鸣炮欢迎；我们的朋友，

至少。

凯昔欧 我请您，阁下，去探听实讯，

到来的是谁。

士子丁 我去。 ［下。

蒙塔诺 可是，亲爱的副将军，你们的将军

有宝眷没有？

凯昔欧 非常幸运：他娶到一位贵千金，

超过了言语的形容和恣肆的称颂；

她胜过宣扬的文笔的妙想奇思，

在未加修饰的天然素质上有分叫

创制者感到疲劳。②

［士子丁上。

怎么样？是谁

进了港？

士子丁 有个伊耶戈，将军的旗手。

凯昔欧 他一路有莫大的福星临照：暴风雨

本身、狂涛骇浪、呼啸的罡风、

巑岏的礁石、沙积成的滩，——沉埋在

海底，险恶地阻挠着无辜的船舶，——

似乎也感到什么是明艳，放弃了

它们毁灭成性的行动，给安全

通过了这天仙下凡的玳思狄莫娜。

蒙塔诺 她是谁？

凯昔欧 我这才说起的这一位，我们

大将军的将军，由勇敢的伊耶戈护送来，

她登岸比我们所意料提早了七天。
伟大的乔旷，请你护卫着奥赛罗，
以你那呼气的雄风吹涨着他的篷，
好让他把他那巨舟来祝福这港口，
到玳思狄莫娜臂腕中作深情的心跳，
赋新生的火焰与我们熄灭了的精魂，
带给整个塞浦路斯岛以勇武！
[玳思狄莫娜、伊耶戈、洛窦列谷与爱米丽亚及侍从数人上。
啊！看吧，船上的随和上了岸。
塞岛居民们，请你们给她以敬意。
欢迎你，贤淑的婵娟！上苍降福泽
在你的前边、后边和四面八方，
围绕你周遭！

玳思狄莫娜 多谢您，勇武的凯昔欧。
您能告诉我我郎君有什么消息？

凯昔欧 他还没有到；我也不知道什么，
只除了他平安无恙，不久就会来。

玳思狄莫娜 啊！我害怕——你们怎样失了俦？

凯昔欧 大海和高天的大混战将我们分散。
可是听啊！一张帆。
[幕后叫声]“一张帆！——一张帆！”
[鸣炮声可闻。

士子丁 他们在对城防的堡垒致敬礼：
这也是一个朋友。

凯昔欧 去探听消息。 [士子丁下。

亲爱的旗手，欢迎。[对爱米丽亚] 欢迎，大嫂：
我来显示我礼数的周全，伊耶戈，
盼不致扰乱你的宁静；这是我的礼貌，
它使我大胆表示这样的敬意。 [吻伊。

伊耶戈 阁下，假使她将她的嘴唇给您得
那么多，如同她时常将舌头给与我，
您便是有得够多了。

玳思狄莫娜 唉，她不做声。

伊耶戈 说实话，太多了；
我想要睡着的时候，它还在那里：
凭圣母，当着您夫人，我承认，的确，
她也将舌头放一点在她的心里，
想心思的时候就骂人。

爱米丽亚 你没有缘故这样说我。

伊耶戈 得了，得了；你们出门去就搽脂
抹粉，人在客厅里是清脆的铃铛③，
进了厨房像野猫，跟人过不去
像圣徒一般严厉，得罪了你们
凶得像魔鬼，管家务都是懒婆娘，
上了床什么都干。

爱米丽亚 呸！胡说，诽谤者。④

伊耶戈 不诽谤，是真话，否则我是个邪教徒：
你们起来就玩儿，上床去工作。

爱米丽亚 你不会讲我的好话。

伊耶戈 不会，莫让我。

玳思狄莫娜 你若要跟我讲好话，将怎样申言？

伊耶戈　啊，温蔼的夫人，休叫我为难，
因为我若不擅长批评，就一无
所能。

玳思狄莫娜　　来吧；试一下。有人去海口了。

伊耶戈　是的，夫人。⑤

玳思狄莫娜　我并非在嬉笑作乐，而是要故意
显得相反，来排遣我心中的情感。
来吧，你将怎样跟我讲好话？

伊耶戈　我来讲吧；但我的想象，说实话，
从我脑袋里出来，好比是雀胶
离粗布；它带着脑浆一起拉出来：
我的诗思在阵痛，她这样分娩了。
假使她聪明而美丽，智慧同美貌，
一个是使唤的，那一个被差遣呼叫。

玳思狄莫娜　赞得好！假使她黑皮肤而聪明，又怎样？

伊耶戈　假使她肤色黝黎，又聪明智慧，
会有个白面郎，跟她的黝黎相配。

玳思狄莫娜　越说越不像样。

爱米丽亚　假使洁白而又愚蠢，又怎样？

伊耶戈　从来没有个漂亮的女人是傻瓜，
因为她即使很傻也会生娃娃。

玳思狄莫娜　这些是说来叫傻子们在酒店里发笑的老一套笑料。对于那又丑又傻的女人，你可有什么鄙陋的称赞？

伊耶戈　女人如果是又傻又长得丑陋，
倒不像那漂亮、聪明的，施诡计阴谋。

玳思狄莫娜　啊，迟钝的无知！你把最坏的称赞得最好。但是你能怎

么样称赞一个真正是可贵的女人呢，她凭她那优点的尊严，确是在向十足的恶意挑战，⑥看它可有什么不利于她的证词讲得出来？

伊耶戈 她永远美丽，可是从来不骄傲，
能谈吐自如，但绝不论阔谈高，
从不少金银，但绝不夸耀插戴，
不任性所欲，但随时能自由进退：
她受到激怒，虽然报复很方便，
但她让屈枉留下，使懊恼飞迁：
她那聪明智慧决不会那么差，
愿意将鳕鱼头去换鲑鱼尾巴：⑦
她能动脑筋，却决不随便开腔，
见求婚者跟着，可不向背后张望：
她是个娘们，如果有这样的女娘，

玳思狄莫娜 去做什么？

伊耶戈 去喂傻子吃奶和记录家务账。

玳思狄莫娜 啊，最蹩脚、没劲头的结尾！不要去跟他学样，爱米丽亚，虽然他是你的丈夫。凯昔欧，您怎么说？他不是出言粗鄙、口齿龌龊的瞎说八道的人吗？

凯昔欧 他说得无拘束、没礼貌，夫人；您喜欢他这说法，作为一个文人学士还不如作为一个军人的话来得合式。

伊耶戈 ［旁白］他握着她的手掌；不错，说得好，咬耳朵说话；用这样一口小网，我要逗凯昔欧这样一只大苍蝇进圈套。是的，对她笑，笑吧；我将叫你掉进你自己那风流潇洒的圈套。您讲得对，是这样的，的确。⑧假使这样的小手艺儿会叫您丧失掉副将军，您最好还是不曾把

您那三只指头吻得这样勤的好，可是现在您又在鼓足劲儿把它们来对她殷勤致敬。好得很；吻得好！绝妙的弯腿！是这样，果真。又把手指放上嘴唇了？为您的缘故，但愿它们是打针管子！［号角声可闻］那摩尔人！我听得出他的号角声。

凯昔欧 真是这样。

玳思狄莫娜 让我们碰见他，欢迎他。

凯昔欧 看啊！他在那里来了。

［奥赛罗与从人数人上。

奥赛罗 啊，我娇好的战士！

玳思狄莫娜 我亲爱的奥赛罗！

奥赛罗 这使我无比惊奇，见你们在此
好不快乐。啊，我发自灵魂
深处的欢快！假使每一次风暴后
会有这样阵平静，让狂风暴雨
尽管去吹打，即令唤醒了死亡
也在所不惜！让辛劳的船只去爬
奥灵伯那样巍峨的海浪的山头，
又突然从天而降，降落得低到
地府阴曹！若是如今便死去，
现在就会成极乐，因为我害怕
我这颗灵魂的欢快已造极登峰，
未知的命运里不会有相似的另一阵
欢愉后继。

玳思狄莫娜 上苍莫叫有枝节，
我们的两情缱绻和幸福无疆

将与日而俱增。

奥赛罗 心愿如此，亲爱的天使们！
我说也说不尽这欢乐；它使我无言；
这是太过的欢乐：而这个，这个， ［吻伊。
是我们两心间将有的最大的违和！

伊耶戈 ［旁白］啊！你们此刻和合得谐融一致，
但我要把宣发这乐调的弦柱抽松，
正如我言语出口来，诚实无欺。

奥赛罗 去来，让我们去到堡垒里。朋友们，
消息好；我们的战事已结束，土耳其人
已淹死。岛上我们的老乡们怎么样？
亲爱的，你会在塞岛被人人所爱；
他们对我都非常心爱。啊也，
我的亲人，我胡扯乱说，有失
礼貌，而讲我的欢乐，也出言愚妄。
我请你，亲爱的伊耶戈，去到埠头上
将我的箱箧起上岸。你将船主公
领往城防堡垒去；他是个好人，
他那高贵的人品应好好受尊敬。
来吧，玳思狄莫娜，再一次容我说，
我在塞浦路斯见到你多高兴。

［奥赛罗与玳思狄莫娜及侍从等下。

伊耶戈 你准定马上去到海口那里跟我碰头。这里来。假使你有勇气，——他们说庸夫俗子发生了恋爱，性情里便会有一股原来所没有的高贵之气，——就听我说。副将军今晚上在主防厅守卫：首先，我得告诉你这个，玳思狄莫

娜分明在跟他恋爱。

洛窦列谷 跟他！哪里话来，这不可能。

伊耶戈 让你的手指这么掩着你的嘴，让你的心灵儿来受教。你跟我注意，她初初爱这摩尔人时爱得多么猛烈，只为了他跟她吹牛，讲些荒诞不经的谎话；而她会不会永远爱着他呢，为了他对她空口说白话？莫让你那明智的心这样想。她的眼睛一定得有所满足；而她睃着魔鬼可有什么愉快？当肉欲玩弄得感到迟钝时，为重新点燃起它的火焰，为使得腻烦有一股新鲜的淫兴起见，必须要有相貌方面的可喜可爱，年龄、行动和神情优美，在两人之间彼此相谐和协调；这一切这摩尔人是欠缺不够的。如今，因为没有这些必须的舒适、安乐的东西，她会发现她自己的娇柔婀娜是给糟蹋了，会开始感觉到要作呕，会嫌弃和厌恶这摩尔人；她的天性本身就会提醒她，迫使她挑选第二个汉子。现在，先生，这一层认为不错之后，——因为这是最显而易见、最自然不过的说法，谁站在这幸运的如此高的梯级上面呢，只除了凯昔欧？一个十分反复无常[⑨]的坏蛋，除了装作彬彬有礼跟和蔼可亲之外，一无正气可言，为的是能更巧妙地把他那淫乱的、最秘密的色欲弄到手？哎，没第二个人；哎，没第二个人：一个狡猾的、诈欺的坏蛋，一个投机分子，即使真的机遇从没有到来，他却会推行和伪造有利的时机；一个无恶不作的坏蛋！此外，这坏蛋长得俊俏、后生，在他身上有那愚蠢、幼稚的傻东西们所寻求的一切所需；一个十恶不赦的恶贼！而这女人已经发现了他的好处。[⑩]

洛窦列谷 我不能相信她会这样；她满都是圣洁的品性。

伊耶戈　圣洁的狗屁！她喝的酒是用葡萄做的；假使她是圣洁的话，她决不会爱上这摩尔人；圣洁的布丁！你不看见她揉弄他的手掌心吗？你没有见到吗？

洛窦列谷　不错，见到的；但那不过表示敬意罢了。

伊耶戈　表示淫意，我用这只手赌咒！为淫乱和坏念头的史剧演一折楔子，一场暧昧不明的序幕。他们两副嘴唇挨得那么近，两个人的呼吸可说是彼此搂抱起来了。下流的念头，洛窦列谷！当这些亲昵的行动这般开道领路以后，紧接着是那主要的行动，由淫欲来收场。呸！但是，先生，听从我的话：我从威尼斯将你带了来。你今晚上守夜；那命令，我会叫它落在你身上：凯昔欧不认识你。我离开你不会很远：你找个机会激怒凯昔欧，或是说话说得太响，或是蔑视他的纪律；再不然采取你高兴用的其他方法，瞧当时更有利地提供给你而定。

洛窦列谷　好的。

伊耶戈　先生，他给激怒之后性情火烈，非常横暴，也许会打你：惹起他来，要他发作；因为那样一来，我将轰动塞浦路斯守军兵变，然后，要把事态安抚下来，不使有什么不满，便非将凯昔欧革职不可。这样，你准会经过一个较近便的过程满足你的欲望，由我来设法促成你达到目的；而那个障碍便得以极为有利地去除掉，不那么做我们的成功是没有指望的。

洛窦列谷　我一定依你说的去做，如果我能找到什么机会。

伊耶戈　我保证你。待一会跟我在城防堡垒里碰头：我需得把他的行李搬上岸。回头见。

洛窦列谷　再会。　［下。

伊耶戈 凯昔欧爱上了她，我很相信；
她爱上了他，自然而非常可信：
这摩尔人，虽然我对他深恶痛绝，
却有着忠诚、和蔼、高尚的性情；
我敢信他对玳思狄莫娜将是个
最亲爱的丈夫。却说，我也爱好她；
不完全为淫欲，——虽然我也许
犯上了同样重大的一桩罪辜，——
但部分是要满足我的报仇雪恨心，
因为我怀疑这精力充沛的摩尔人
骑上了我的马鞍；这一个想法
好比是毒药，咬我的心肝脏腑；
而没有东西能够、或将会满足
我灵魂，直等到我同他交一个平手，
妻子对妻子；或者，若是不成功，
我至少要叫这摩尔人妒忌得那么凶，
使冷静的判断也无法医治那创伤。
为了这件事，倘若我从威尼斯
带来的这滥贱的废料听受我指挥，——
我经常盯住他[11]，催他迎上前去猎取，——
我们这位玛格尔·凯昔欧的髋骨
我会要狠狠地把它压住；我要在
摩尔人面前用最好的办法[12]诋毁他，——
因为我恐怕凯昔欧也戴过我的睡帽，——
叫这摩尔人感谢我、心爱我、酬报我，
为了我恶极无赖地使他变成了

一只蠢驴，且又施展出计谋
破坏他的安心和宁静，逼得他疯狂。
这事件到现在为止还迷糊不清：
奸恶未实践，真面目决不会分明。　　　　［下

第二景

［一街道］

［奥赛罗之传令官上，手执布告。民众后随。

传令官　我们高贵勇武的将军奥赛罗，得到了某些刚到的、关于土耳其舰队全军覆灭的消息，高兴居民们每一个人都兴高采烈去庆贺这际会，有的去跳舞，有的燃祝火，各人随自己意思去娱乐和庆喜；因为除了这些有利的新闻之外，这也是他新婚的祝典。将军喜欢这么样，应当公告。堡垒里所有的厨房、酒窖、伙食间、总管房等⑬都将开放，从此刻五点钟到钟鸣十一下，有充分欢快的许可。上天赐福于塞浦路斯岛和我们高贵的将军奥赛罗！

［俱下。

第三景

［堡垒内一厅事］⑭

［奥赛罗、玳思狄莫娜、凯昔欧与随从人等上。

奥赛罗　亲爱的玛格尔，⑮你留神今夜夜班：

让我们教自己顾体面适可而止，
休玩过了分寸。

凯普欧 伊耶戈有指示怎样去处置；可是，
虽然如此，我准会亲自去注意。

奥赛罗 伊耶戈这人极诚实。玛格尔，晚安；
容我明天一清早和你再谈吧。
［向玳思狄莫娜］来，亲爱的小妹，事情已成功，
后果自会跟着来；那好处将会到
你我之间来。晚安。［与玳思狄莫娜及从人等同下。

［伊耶戈上。

凯普欧 欢迎，伊耶戈，我们得去上夜班。

伊耶戈 这一晌不去，副将军，现在还不到十点钟。我们将军遣走我们得这么早是为了要跟他的玳思狄莫娜去亲昵，可是莫让我们为了这事见怪他；他还没有和她开动手脚哩，而她是堪供天王乔昈去耍乐的。

凯普欧 她是个绝世无双的美婵娟。

伊耶戈 而且，我保证她身上功夫来得。

凯普欧 果真，她是个极年轻可爱的人儿。

伊耶戈 她那眼波儿多俏！我看来它逗得人欲火上升。

凯普欧 那目光是动人的；可是我看来却羞答答十分端庄贞静。

伊耶戈 而她说起话来，不是在响亮地叫人[16]爱上她吗？

凯普欧 她的确十全十美。

伊耶戈 很好，祝他们在床上快乐！来，副将军，我有一觚[17]酒在此，而这里有一双塞浦路斯的公子哥儿在外边，他们乐意来喝一点酒为黑将军祝贺。

凯普欧 今夜不喝了，亲爱的伊耶戈：我喝了酒脑筋不行，要出

乱子：我老大愿意人们要是殷勤好礼的话，尽可设法想出些什么别的习俗来欢娱。

伊耶戈 啊！他们是我们的朋友；只喝一杯：我替您喝吧。

凯昔欧 我今夜只喝了一杯，而且那是大大[18]掺淡了的，可是，你瞧，它在这儿捣出多大的麻烦：我在这缺陷上头是不幸的，再不敢在我的弱点上加重负担了。

伊耶戈 什么，仁兄！这是个欢庆的夜宵；贵家公子们要求这个。

凯昔欧 他们在哪里？

伊耶戈 这里，在门首；请您叫他们进来。

凯昔欧 我来叫；可是我不喜欢这么办。 ［下。

伊耶戈 假使我只要能再骗他喝上一杯，
加上他今晚上已经喝了的那盅，
他将会争吵不休，满肚子恼怒，
像那年轻主母娘的小花儿一般。
现在病恹恹的蠢货那洛窦列谷，
相思闹得几乎中了邪，今晚上
对玳思狄莫娜祝酒已喝干一大觥；
是他来守夜。有三个塞浦路斯人，
是贵家子弟们，气概得不可一世，
把荣誉擎举得奇高，防卫得老远，[19]
乃是这英武的海岛所荟萃的精华，
今夜我也一盅盅灌得火热，
他们也要来守夜。如今，在这群
醉汉中，我要使凯昔欧行动起来，
激怒这整个岛。他们已经来到。
如其后果只要能证实我的梦，

风也顺，水也顺，我的船驶得畅通。

［凯昔欧、蒙塔诺⑳与士子三人上。仆从数人携酒后随。

凯昔欧 上帝在上，他们已经给了我一满盅。

蒙塔诺 说老实话，一小杯；不到二两，正如我是个军人。

伊耶戈 来点酒，喂！

［唱］“让我把小罐儿来碰，来碰；㉑

让我把小罐儿来碰：

一个兵是个人；

生命啊，短得很；

那么，让个兵把酒来饮。”

来点酒，小崽子们！

凯昔欧 上帝在上，一支出色的歌儿。

伊耶戈 这我是在英国学来的，他们那儿实在唱得厉害；你们那丹麦人，你们那日耳曼人，还有你们那大肚子的荷兰人，——喝酒，喂！——比起你们那英吉利人来就算不得什么了。

凯昔欧 你们那英吉利人喝酒这样能干在行吗？

伊耶戈 哎也，他毫不费力替你把你们那丹麦人赌喝得烂醉如泥；他汗也不出把你们那日耳曼人就摔倒了；他第二觥还没斟已经叫你们那荷兰人呕吐了。

凯昔欧 祝我们的将军健康！

蒙塔诺 我赞成这个，副将军；我跟您对干一杯。

伊耶戈 啊，亲爱的英伦！

［唱］史梯芬是个出色的好君王，

他那条裤子只花他五先令；

他嫌多花了半先令太冤枉，

因此上他叫那裁缝阿木林。
他声名响得哪个不知道，
因此上他叫那裁缝阿木林。
他声名响得哪个不知道，
你这个小子地位低，又加穷：
骄傲能掀翻一个大王朝，
所以你还是去披件旧斗篷。

来点酒，喂！

凯昔欧 哎也，这一支歌比那一支还要妙。

伊耶戈 您还要听吗？

凯昔欧 不了；因为我认为他做那样的事儿对于他的身份不相称。很好，上帝在一切之上；有些灵魂一定得给拯救，有些灵魂一定得不给拯救。

伊耶戈 一点不错，亲爱的副将军。

凯昔欧 为我自己起见，——对于将军并无触犯，对于别的高品位人物也没有，——我希望能得拯救。

伊耶戈 我也这么希望，副将军。

凯昔欧 是的；但是，你允许的话，不在我之前；副将军要在旗手之前得到拯救。让我们莫再谈这个吧；让我们干事情去。上帝饶恕我们的罪过！列位，让我们注意到我们的公务。列位，莫以为我醉了：这是我的旗手；这是我的右手，这是我的左手。我此刻没有醉；我能站得够好的，说话也说得够好的。

众　人 非常好。

凯昔欧 哎也，那么，很好；那么，你们切莫以为我喝醉了。

［下。

蒙塔诺 禁卫坛上去，列位；来吧，让我们去警卫。

伊耶戈 您见到这个先我们而去的人儿；

他是个军人，配得上在恺撒身旁
站着任指挥；可是，只瞧他的差失；
对于他的品德，这正好如日夜平分，
一般长短各相当；对他说，真可惜。
我生怕奥赛罗对他所寄的信任，
在他精神暗弱的偶然间付与他，
将震惊这个岛。

蒙塔诺 　　　　　但是他时常这样吗？

伊耶戈 这总是他临睡之前的开场楔子：
他准会望着自鸣钟短针走两圈，
如果没有酒来为他摇摇篮。

蒙塔诺 　　　　　　　　将军
若经人提醒这件事，倒是件好事。
也许他没见到；或是他那好性情
重视凯昔欧所显示的美德，而没有
看到他那些坏处。这话对不对？

［洛窦列谷上。

伊耶戈 ［旁白，对他］有什么事情，洛窦列谷？
我请你，跟着副将军；跟着他去。

［洛窦列谷下。

蒙塔诺 这真是十分可惜，那高贵的摩尔人
竟将他自己副手的位置冒险
交给这样个暗弱毛病根深
柢固的人；把这话告诉摩尔人
将会是可敬的行为。

伊耶戈 　　　　　　我不说，即令是

为了这美好的岛屿：我很爱凯昔欧；
要尽力医好他这毛病。但是听啊！
什么响声？　　　　［幕后呼声：“救命！救命！”

［凯昔欧追赶洛窦列谷上。

凯昔欧　你这混混，你这坏蛋！

蒙塔诺　　　　　　什么事，
副将军？

凯昔欧　　　一个流氓教训我尽职！
我把这流氓揍成个藤柳框的瓶。

洛窦列谷　揍我！

凯昔欧　　还乱说，混混？　　　　［打洛窦列谷。

蒙塔诺　　　　［拦阻凯］亲爱的副将军，
莫那样；我请您，阁下，住手。

凯昔欧　　　　　　　　　让开，
阁下，不然我要来砸你的脑袋。

蒙塔诺　算了，算了；你酒喝醉了。

凯昔欧　　　　　　　　　喝醉了！

伊耶戈　［旁白，向洛窦列谷］去吧，我说！出去，去叫嚷兵变。

［洛窦列谷下。

莫那样，亲爱的副将军！上帝的愿望，
大人们！救人，喂哟！副将军！大人！
蒙塔诺！大人！救人，诸位袍泽们！
这里真是好一个警卫的夜班！

［钟声鸣响。

是谁敲响了这钟声？魔鬼，喂哟！
全城要起来了：上帝的愿望！副将军，

住手！您将会永远蒙上耻辱。

［奥赛罗与从人等上。

奥赛罗　这里有什么事情？

蒙塔诺　他奶奶！我还在流着血；我伤重得将死。

奥赛罗　停住，为你们的生命！

伊耶戈　停住，喂哟，副将军！大人！蒙塔诺！
大人们！你们忘怀了一切身份、
职务的感觉吗？停住！将军有话
要对你们说；停住，你们好意思！

奥赛罗　嗳哟，干什么，喂！怎样开的头？
我们可成了土耳其人，对我们自己
干出了上天不叫土耳其人做的事？
若知道什么是基督徒的羞耻，就丢开
这野蛮的争闹；谁再动一动去纵任
他自己的暴怒，就把他的灵魂当儿戏；
谁动谁就死。停止那可怕的钟声！
它惊动全岛，使它不得有安宁。
为了什么事，诸君？诚实的伊耶戈，
你看来伤心得要死，你说，谁开始
这般轰闹的？我命令你，凭你的爱顾。

伊耶戈　我不知道；只刚才，还没一会儿，
都是好好的朋友；友好相处得
像新郎新妇一般，在宽衣上床；
于是，只刚才，——像什么星宿夺去了
人们的理智，——彼此利剑出鞘来，
你刺我戳，对准着胸膛，来一场

血淋淋的格斗。这番无谓的争吵
怎么样开始，我说不上来；但愿
我在光荣的战阵中失去这两条腿，
因为是它们带我来看到这光景！

奥赛罗 怎么会，玛格尔，你这般忘怀了自己？

凯昔欧 我请您原谅；我说不上来。

奥赛罗 高贵的蒙塔诺，您平素谦谨有礼；
您年青时日的庄严与沉静，世人
都知晓，在极有明智舆论的众人间
您声名藉藉：什么事招致您这般
玷辱您自己的令誉，把宝贵的声华
抛弃掉，换一个夜间闹街者的徽号？
请给我回答。

蒙塔诺 高贵的奥赛罗，我受伤得危险；伊耶戈，
您当班的军官，能把经过告诉您，
我所知道的一切我此刻得俭约，
因为现在我说话颇有点伤痛；
我不知我今夜说错、做错了什么事，
除非对自己爱护有时是非行，
强暴来袭时自卫是一桩罪愆。

奥赛罗 如今，青天在上，我的火性开始在
主宰我较安全的指引者，而我的激情
乌黑了我最好的判断，试着要领路。
我只需动一下，或只要举起这胳膊，
你们之中最强的将受罚而丧命。
给我知道这可耻的轰闹是怎样

开的头，是谁先起哄；谁若经证实
犯了这过误，即令跟我是同胞
一母所双生，他也将丧失我。什么！
在一个有战事的城中，还动荡不定，
人民的心里满都是惶恐，来安排
私人间内部的争吵，而且在夜晚，
在保安的主防厅，警卫的岗哨之上！
真骇人听闻。伊耶戈，是谁开的头？

蒙塔诺 假使为偏爱所羁縻，或者因职位
关连而友好，你说过了实事或不及，
你就算不得是军人。

伊耶戈 莫触及我痛处；
我但愿这舌头从我口中剜出来，
也不肯叫它损及玛格尔·凯昔欧；
可是，我认为说真话并不损害他。
事情是这样，将军。蒙塔诺和我
正在说话，有个人叫喊着呼救，
凯昔欧跟随着，用剑断然邀击他。
将军，这位大人跨几步挨近凯昔欧，
请求他停住，而加以考虑；我自己
当即追赶那叫喊者，怕他的喧嚷，
张扬开去，会使这城厢受惊恐；
那个人，步子快，一溜烟失去了踪影，
而我打回头，更因为听到了剑刃
玎玎砍击声，凯昔欧则高声赌咒，
那在今夜以前我从未见到过。㉒

当我回来时，——这其间经过极短暂，——
我看见他们逼近在一起，相砍相刺，
正如同您自己分开他们时一个样。
比这还多的经过我报告不上来；
但人还是人；最好的有时也忘怀；
虽然凯昔欧对他稍有所不当，
正如盛怒者打那些愿他们好的人，
但我信，必然凯昔欧自那个逃跑者
受到了惊人的侮辱，忍耐所不能容。

奥赛罗　我知道，伊耶戈，你的诚实和友爱
减轻了这件事，放松了凯昔欧责任。
凯昔欧，我爱你；但决勿再当我的副将。

[玳思狄莫娜与随从人等上。

瞧吧，我可爱的小妹可不给闹醒了！
[向凯昔欧] 我要使你做鉴戒的榜样。

玳思狄莫娜　什么事？

奥赛罗　现在一切都好了，亲爱的；去睡吧。
大人，您的伤，我自己将为您包扎。
扶他走。　[蒙塔诺被扶走]
伊耶戈，小心看顾着坊厢，安抚
这恶劣的轰闹所惊动起来的百姓。
来吧，玳思狄莫娜；过军人的生涯，
温馨的睡眠难免被争吵所破坏。

[与玳思狄莫娜及随从人等同下。

伊耶戈　什么，您受伤了吗，副将军？

凯昔欧　是的；什么外科手术都医不好。

伊耶戈　圣处女，上天莫叫那样！

凯昔欧　名誉，名誉，名誉！啊唷！我的名誉丧失掉了。我丧失了我自己神灵的部分，而留下来的是兽性的。我的名誉，伊耶戈，我的名誉！

伊耶戈　正如我是个诚实人，我以为您受到了身体上的创伤；那个要比名誉更加受不了痛苦。名誉是个无聊而且最奸诈不可靠的骗子；得来并不靠功勋道德，失掉它时则不应当遭受到责罚：您并未损失掉什么名誉，除非您把自己当作这样一个损失者。什么，老兄！还有办法使将军对您回心转意；您只是刚才在他恼怒中被免了职，那责罚是出于处置公务的明智，并非他对您有什么恶意；正好比一个人会打他自己那条无辜的狗，去吓唬一头威胁他的狮子似的。只要央求他，他又会跟您和好如初。

凯昔欧　我宁愿央求被他所鄙弃，却不愿欺骗这样好一位首长，让他再起用这样个无足轻重、爱酗酒、不检点的部属。醉了！鹦鹉学舌，瞎说一阵子！吵架，吹牛，赌咒，跟自己的影儿高谈阔论些废话！啊，你这看不见的酒精灵！假如你没有可以给称呼的名号，就让我们叫你魔鬼！

伊耶戈　您挥着剑跟在他背后追赶的，那是个什么样人？他对您做了什么事？

凯昔欧　我不知道。

伊耶戈　这可能吗？

凯昔欧　我记得一大堆事，但是都不大清楚；记得吵了一回架，但不知为什么。啊，上帝！人们会把一个敌人放在自己嘴里，去偷走他们的头脑；我们居然会用欢快、作乐、庆祝和赞颂去把我们自己变成畜生。

伊耶戈　哎，可是您此刻是够正常的了；您怎么会这般清醒的？

凯昔欧　那酒醉魔君高兴让位给恼怒暴君；一个缺陷指给我看另一个缺陷，使我毫不隐讳地鄙薄我自己。

伊耶戈　算了，您是个过于严厉的道学说教者。就这时间，这地点，这地方的情势而言，我诚心愿意这件事没有发生，但既然已经如此，为您自己的利益起见，还是补救为妙。

凯昔欧　我准定请求他还给我这个位置；他准定会告诉我我是个醉鬼！假使我的嘴巴同九头妖怪㉓一般多，他这句话会把它们全堵住。此刻是个有头脑的人，等一下变成个傻瓜，再不久变成头畜生！啊，怪事！每一杯过量的酒是被诅咒过的，里边的成分是一个魔鬼。

伊耶戈　算了，算了；好酒是个家常的宠儿，有益于人，如果是好好地饮用；别再叫骂它了。而且，亲爱的副将军，我想您认为我是爱护您的。

凯昔欧　我已经好好体验到这个，足下。我醉了！

伊耶戈　您或是不论哪一个活着的人在某个时候可能会喝醉，老兄。我告诉您您该怎么办。我们将军的娇妻如今是将军：关于这一层我可以这么说，因为他专心而且竭诚于沉思、目注与供奉她的窈窕与美慧：您去对她尽情地忏悔；对她恳求；她会设法将您安置在原来的位置上。她赋性如此柔和，如此温蔼，如此慈祥，如此圣洁，她会以为不把您恳求她的做过了头，便是她美德里一个罪过。央求她将您和她丈夫之间断了的关节缚扎起来；我把我的好运跟任何值得一提的赌注相抵，你们感情上的破裂将长得比以前更加坚固。

凯昔欧　你替我设想得周到。

伊耶戈　我断言，这是出于恳切或友情以及诚实的善意。

凯昔欧　我诚心考虑一下；明晨一早我要恳请贤德的玳思狄莫娜替我设法。我将对我自己的命运绝望，若是它在这件事上抑制我使不得成功。

伊耶戈　您说得对。晚安，副将军；我一定得去警卫了。

凯昔欧　晚安，诚实的伊耶戈！

伊耶戈　我这番献计既天真无邪，又老实
诚恳，想来合情而合理，果真是
重新取宠于摩尔人的行径，那么，
说我行为如恶棍的任何人，他自己
将成为怎样的人？在正当的恳求上
要劝说有好意的玳思狄莫娜首肯，
那是非常容易的；她生来就宽怀
大度，如阳光天风雨露。然后，
由她去劝服摩尔人，即令要他
去否认曾受洗入教，——那我们罪孽
得救赎的一切证明和象征，——他灵魂
是这般束缚在对她的情爱上，她能
叫它长，叫它短，要它怎样就怎样，
正如她的心血来潮能任意奴役
他薄弱的心神运用。那么，献计于
凯昔欧，同他的意向相契合，为他好，
我怎么会成个奸人？地狱的神学！
魔鬼们在投射出罪孽之前，一定得
先用圣洁的假象来勾引，正如我
现在一个样；因为这诚实的傻瓜

殷求玳思狄莫娜恢复他时运、
而她为着他极力对摩尔人恳请时，
我将把这害毒注入他耳朵里头去，
说她要将他复职，为肉体的淫欲；
那么，她越是出力想对他行好，
她将越使摩尔人对她丧好感。
我便将这般叫她的美德变漆黑，
用她的好处做成一口网，把他们
一网打尽。

［洛窦列谷上。

做什么，洛窦列谷？

洛窦列谷 我跟着在这儿打猎，不像头真是在狩猎的猎狗，倒像头咙咙吠着、专为凑热闹而来的叫狗。我的钱差不多用光了；我今晚上棍子已吃得够了；我想结果将是，我付出如许麻烦，将得到这么多经验；而于是，囊空如洗，但长了点智慧，我要重新回到威尼斯去。

伊耶戈 那些没有忍耐的人儿多可怜！
什么创伤会痊愈，除非逐渐好？
你知道我们做事用机巧，不使用
魔法，而机巧要靠迁延的时间。
事情不进展得很好吗？凯昔欧打了你，
而你，因那点小伤，黜掉他的职。
虽然别的东西在阳光里长得好，
但是先开花的果子总会先成熟：
暂时把心情放宽敞。凭弥撒，早晨了；
愉快与行动使时间显得短。休息去；

去到你给分配的宿舍里。去吧，我说；
今后你将知道更多的后事：
别耽着，去你的。 [洛窦列谷下。

两件事需得要去做，
我老婆一定得替凯昔欧向她
主妇去说情；我准要激得她去；
同时，我自己要将摩尔人引开，
要领他正在那时节眼见凯昔欧
在求他老婆；对呀，那正是方法：
莫让冷漠与迁延迟钝我的计划。 [下。

第二幕　注释

① 从 Knight 与 Furness 的诠解。对开本（1623 年）原文“chidden”要比四开本（1622 年）的“chiding”有力得多，相差不可以道里计；译为“被怒叱”，我信意合而音近。Dyce 与 Schmidt 训为“作大声”与“訇闹”，Furness 举了好些例子评证为不切。

② 原文这一行半，特别是后半行，了解上发生困难。最后三字初版四开本作“beare all excellency”，嫌平庸乏味，不足取。初版对开本作“tire the Ingeniver”：“tire”解作“使疲劳”，见于译文中，但好几位莎氏学者解作“attire”（穿衣服），与上行的“vesture”（衣服，译文从隐喻为“qualities”的意义上着眼活译为“素质”）联系了起来，有一位则解作幞头、帻巾、头巾、冠冕；“Ingeniver”问题多，Knight 校改为“ingener”，许多专家以及一些现代通行版本都从他，意思大致差不多，可解作文学艺术方面的创制者，即诗人或（与）画家，虽然这字早先也曾用来指制作火炮或攻城机的技师。Furness 与别的一些注家都认为，这两行是莎氏剧组中可能永远引起怀疑与争论的一些片段之一。

③ 原文只是“Bells”（铃铛），无形容词，译文从 Schmidt 的说法。也有解作“聒耳的铃铛”的。Steevens 引一五八九年出版的 R. Puttenham 的《英国诗歌的艺术》（*Arte of English Poesie*）道：“我们归结一个女人适当的本领为四点，那就是在厨房里是个泼妇，在礼拜堂里是个圣徒，在饭厅里是个天使，在床上是只猴子。”

④ 初版对开本上这一行系玳思狄莫娜所说；初版四开本上没有它。Jennens：也许这句话应为爱米丽亚所说；伊耶戈的下一句话似乎需要这样。Collier：在特冯郡公爵（Dnke of Devonshire）所有的一本初版四开本本剧上有一当时的手写笔迹，把这句话归于爱米丽亚。

⑤ Booth：凯昔欧应当作这个回答，他在等待着他们的到来，伊耶戈则刚同玳思狄莫娜登岸。

⑥ 原文为“向十足的恶意的证词挑战？”后面“看它可有什么……讲得出来”是译者为了引文明了易解起见而增加的。意思是：一个真正十全十美的女人向对她包藏着无限恶意的人挑战，他可有什么不利于她的坏话讲得出来，作为证词？

⑦ White：就是说，放弃一件平凡东西的最好的部分，而换得一件漂亮东西的最坏的部分。Purnell：他那说的被鄙薄的鲑鱼尾巴是指奥赛罗，她挑上了他而看不中威尼斯的被爱宠的鬈须的富家子弟。

⑧ Delius：这是在［自言自语］回答凯昔欧前面的话。

⑨ 原文“voluble”，Staunton 训为“不是应对如流，如这个字现在所含义的那样，而是解作‘多变’、‘反复无常’”。Schmidt 则解作“应对如流”。

⑩ 这种种都是他提高到原则上的理论。

⑪ 初版对开本原文为“trace”，四开本作“crush”，这差异引起了好些校改和诠释。译文从对开本，据 Halliwell 与 Furness 的注解。这一行伊耶戈把他对凯昔欧的阴谋暗害比喻作打猎，下面两行又把它比喻作角抵。“狠狠地”为译者所增，译文行文势头似有此需要。

⑫ 据对开本原文“right garb”，从 Furness 解。四开本作“rank garb”，许多近代印本都从它，Steevens 解作“行为下流”，Malone 训为“行为淫乱”。

⑬ 原文“offices”，Halliwell 训为显贵府邸里拨归上等仆从们使用的房间。Sehmidt 解作供侍奉大家巨室、作特殊任务的总管房。Onions 释为大宅院里专作家务用途的部分，特别是庖厨。L. Mason（耶鲁本《奥赛罗》，1925）则注作堡垒里的贮藏室、厨房。

⑭ L. Mason：在伊丽莎白时代的戏台上，这里没有新剧景的需要，而在各版对开本与四开本上也并不标明有这一剧景。Theobald 首先在传令官下场后给予了剧情动作一个新的场所，Capell 则首先加上了“第三景”这个标题。

⑮ Cowden-Clarke：这寥寥数语，看来好像关系不甚重大，却有重要的戏剧作用。它们对于奥赛罗随后对凯昔欧被陷于不仅忽视维护秩序的职责，而且自己去破坏秩序的非行的那阵发怒，增加了效果；这几句话叫人注意到奥赛罗寄信任与信托给凯昔欧作为他特别选定的军官，以及他喜欢他作为一个有私谊的朋友，称呼他用他的受洗名“玛格尔”，那称呼，当他最后一次庄严地向他的责任感申诉“怎么会，玛格尔，你这般忘怀了自己？”以后，他从不再用。

⑯ 四开本原文“alarme”，对开本“alarum”，Schmidt 训为召唤武装起来、危险来临时之报警，或战斗前之召唤，Onions 解作召唤武装起来（隐喻叫人爱她），自以后者为当。或者如 L. Mason 所注，简单解作召唤或叫人更妥。

⑰ 原文“stope”，即“stoup”或“stoop”，酒器，Onions 谓盛两夸尔（quarts），合半加仑。觚，我国古酒器，盛二升，稍小些。

⑱ 原文“craftily”一般都从 Johnson 解作“偷偷”或“私下”，但 Furness 训为“大大”。凯昔欧对伊耶戈坦然承认这件事，当不会“偷偷”去掺水在酒里；何况那样做跟凯昔欧的性格不相符。应当是他在第一杯里公开掺上了水，而酒性发作后

他在跟塞浦路斯子弟们喝的第二杯里就忘记了掺水。Furness 这说法很合理，但“Craftily”能否解作“大大”还是个问题。

⑲ 原文“That hold their Honours in a wary distance”，绝妙。Rolfe 解释为“对于他们的荣誉很敏感，或者对于可疑的侮辱极易恼怒”。作为解释，这是可以的，但若以之代替本文或用作翻译，便是点金成铁。

⑳ 使奥赛罗的前任总督跟他的下级闹酒，Steevens 与 Booth 都认为不适当。Booth 使蒙塔诺从另一方向上场来，来得较晚，正好见到凯昔欧踉跄下场。

㉑ 这支歌大概是莎氏当时小客店里流行的一支轮唱小曲。下面一支歌是流行于英伦与苏格兰边界上的一支老民歌。

㉒ 初版对开本原文作“say”，一些现代版本都从它。四开本作“see”，我觉得少转一个弯，较直截了当要好些。又，“might”不当作现代英语里的假设法（subjunctive）解，而应作为直说法（indicative），即等于“could”解——从 Schmidt，他所举例子有十几个之多。

㉓ Hydra，古希腊神话里一只在希腊半岛南部配罗朴尼斯（the Peloponnese）东境、亚谷利斯（Argolis）地区娄那（Lerna）湖一带沼泽里横行为害的九头怪物。人类的恩人海拉克理斯（Heracles）的十二桩辛劳之一便是去杀死这妖怪。他砍掉了它的一个头后，它马上长出二个来。经他的朋友意屋莱厄斯（Iolaus）的帮忙，在他斩掉了妖怪的一个头后，马上用一块烧红的铁盖在断头处，那恶兽终于被杀死。

第 三 幕

第 一 景[1]

［堡垒前］

［凯昔欧与乐人数人上。

凯昔欧　诸位乐师，在这里演奏吧，[2] 我自会
酬谢你们的辛劳；奏一支短曲；
然后说，“早安，将军。”

［彼等进行演奏，小丑上。

小　丑　哎，乐师们，你们的乐器可是从那坡利来的[3] 吗，
它们的鼻音这么重？

乐人甲　怎么，先生，怎么？

小　丑　我请问，这些可是吹奏乐器吗？

乐人甲　不错，凭圣处女，它们是的，先生。

小　丑　啊！那上头挂一条尾巴。

乐人甲　什么上头挂一条尾巴，先生？

小　丑　凭圣处女，先生，我所知道的好些支吹奏乐器上挂得有。但是，乐师们，这里有点喜封给你们；将军那么样爱听你们的乐曲，他愿意你们，为爱他起见，莫再闹响了吧。

乐人甲　　很好，先生，我们不吹奏就是了。

小　丑　　假如你们有什么听不见的音乐，再来一点倒不要紧；可是，他们说，将军不大高兴听音乐。

乐人甲　　我们没有那样的音乐，先生。

小　丑　　那就把你们的喇叭装进荷包里去吧，因为我要走了。去；往空气里消失掉；走吧！

［众乐人下。

凯昔欧　　你听到吗，我的诚实的朋友？

小　丑　　不，我没有听到您的诚实朋友；我听到您在说话。

凯昔欧　　请不妨继续辩驳打趣下去。这儿有一小块赏金给你。假使那个侍候将军娘娘的陪娘已经起身了的话，告诉她有个名叫凯昔欧的请她借光讲一句话：你可能这么办吗？

小　丑　　她起身了，先生：假如她起到这儿来，我会要好像是告诉她的。

凯昔欧　　告诉她，我的好朋友。［小丑下。

［伊耶戈上。

碰得巧，伊耶戈。

伊耶戈　　您没有去睡觉吗，那么？

凯昔欧　　哎，没有；我们分手前天已经
发亮。我冒昧，伊耶戈，叫人传口信
给你的太太；我请求她替我设法
引见贤淑的玳思狄莫娜。

伊耶戈　　我马上
叫她来见您；我想法使那摩尔人
不在跟前，使你们谈话和做事
较自由。

凯昔欧　　我对你十分感谢。[伊耶戈下] 我从未
见过个弗洛伦斯人更好心、更诚实。④

[爱米丽亚上。

爱米丽亚　早安，亲爱的副将军；我为您遭不快
惋惜；可是，一切会重新好转。
将军同他的夫人正在谈这件事，
她极力替您讲话：摩尔人回说，
您刺伤的那人在塞浦路斯名声大，
关系好，以合理的明智来计较，他不能
不对您拒绝；但是他矢言他爱您，
除了他自己的爱赏，不需要任何人
来恳请他抓住最可靠的机会再用您。

凯昔欧　可是我请您，若是您以为可以，
或是可以办的话，让我有方便
跟玳思狄莫娜独自简略谈几句。

爱米丽亚　请您进来：我来领您到那里去，
您能有时间去倾吐胸怀。

凯昔欧　　我非常感激。

[同下。

第 二 景

[堡垒内之一室]

[奥赛罗、伊耶戈与侍从等上。

奥赛罗　把这封书柬，伊耶戈，交给舵工，

托他替我向知政事公署致敬；

那事办完时，我将在炮台上散步；

去那里找我。

伊耶戈 是的，主公，当遵命。

奥赛罗 这炮台，诸位，我们可能去看看？

侍从等 我们准要陪侍您钧座。 [同下。

第 三 景

[堡垒内之花园]

[玳思狄莫娜、凯昔欧与爱米丽亚上。

玳思狄莫娜 你可以相信，善良的凯昔欧，我准会
尽力帮你的忙。

爱米丽亚 亲爱的娘娘，
请务必：我保证，我丈夫也为此伤心，
仿佛这事情就是他的一般。

玳思狄莫娜 啊！那是个诚实人。别怀疑，凯昔欧，
我准使我官人跟您友好如初。

凯昔欧 大度的夫人，不论我玛格尔·凯昔欧
将成为怎样的人，他决非别的，
总是您真诚的仆人。

玳思狄莫娜 我知道；多谢您。
您爱我的官人；您认识了他已长久；
您可以确信，他将不再会对您
萧疏冷淡，只除了暂时保一阵

拘谨的距离。

凯昔欧 　　　　　　不错，但是，夫人，
那为政的机巧也许会拉得那么久，
或则因未得喂养而滋长无从，
或者那么多事故会发生，经一延
再延，而同时我又不在他跟前，
且位置已为人所占，那时节将军
将会忘怀我对他的爱戴和忠勤。

玳思狄莫娜 莫疑虑会那样；在爱米丽亚面前，
我保证[5]你的职位。你可以相信，
我如果郑重允承了友善相调处，
我定将履行到最后的字句；我官人
将不得安休；我将练鹞子一般
使他定性，[6]讲得他没有个安宁；
他的床将像个学堂，他的餐桌
像个忏悔所；他所做的任何事情里
我将混合你的请求。所以，凯昔欧，
心情愉快吧；你的代言人宁死
也不会将你的利益放弃。

[奥赛罗与伊耶戈在远处上。

爱米丽亚 娘娘，将爷来了。

凯昔欧 夫人，我要告辞了。

玳思狄莫娜 哎，待着，听我说。

凯昔欧 夫人，此刻不了；我很不舒服，
不便替自己说话。

玳思狄莫娜 那么，您觉得怎样合式随便吧。 [凯昔欧下。

伊耶戈　瞎！我不高兴那个。

奥赛罗　　　　　　　　　你说什么？

伊耶戈　没有事，主公：或许——我不知道什么。

奥赛罗　莫非凯昔欧从我妻那里离开？

伊耶戈　凯昔欧，主公？当然不会，我不能
设想他会看见您到来而偷偷
溜走，像犯了罪似的。

奥赛罗　　　　　　　　我相信是他。

玳思狄莫娜　怎么说，官人？
我在此跟你的一个恳请人在说话，
他为你的不快而在烦恼。

奥赛罗　你意下指谁？

玳思狄莫娜　哎，你副将凯昔欧。亲爱的官人，
我若有什么好处或能力来打动
于你，请接受他这下子来求情请罪；
因为他如果不是真心爱戴你，——
那疏误是出于无知，并非故意，——
那我就识不得一个诚实的面孔。
请叫他回来吧。

奥赛罗　　　　　　　他刚从这里走吗？

玳思狄莫娜　不错，果真是；这么样低首下心，
他将一部分苦恼留下来给我，
和他一同受罪。亲爱的哥哥，
叫他回来吧。

奥赛罗　　　　　现在不，亲爱的小妹；
等别的时候。

玳思狄莫娜　　　　　　　　但准定最近吗？

奥赛罗　　　　　　　　　　　　　　　不会久，

亲爱的，为了你。

玳思狄莫娜　　　　　　　　　好不好今夜晚饭时？

奥赛罗　不，不在今夜。

玳思狄莫娜　　　　　　　　那就在明天午饭时？

奥赛罗　我将不在家吃午饭；要跟联长们

在城防堡垒里碰头。

玳思狄莫娜　　　　　　　　　　那么，就定在

明天晚上；或者在礼拜二早上；
礼拜二中午，或晚上；礼拜三早上：
请你定时间，但是别超过三天：
他的确悔悟前非；但他那错失，
按常理来说，——除非照他们的说法，
战争一定得把最好的人作鉴戒，——
几乎不是个该受私下里责备、
更莫说公开撤职的过误。让他
什么时候来？告诉我，奥赛罗：我心里
在奇怪，什么事你要我去做，我会
拒绝，或这么犹豫不决。什么！
玛格尔·凯昔欧，他跟着你来，帮同
来求婚，好多次，当我谈起你来
责怪时，替你作辩解；叫他来见你，
得这么麻烦！信任我，我能做好多——

奥赛罗　请你莫说了；他什么时候要来，

就让他来吧；我准定不会拒绝你。

玳思狄莫娜　哎也，这不该是一个恩赐；应当
如同我恳求你戴上手套，或是吃
营养的菜肴，或是把衣裳穿暖，
或者央求你做一件对你自己
特别有利的事情那样子；不光
这么说，当我有一桩恳求，为了它
我果真存心要试验你对我的爱时，
它应当富于分量与困难的重要性，
而且给与时，会引得你牵肠挂肚。

奥赛罗　我准定不会拒绝你：然后，要请你
答应我这一点，让我一个人独自
空着一会儿。

玳思狄莫娜　　　　我可要拒绝你？不会：
再会，官人。

奥赛罗　　　　再会，我的玳思狄莫娜：
我马上来跟你在一起。

玳思狄莫娜　　　　　　爱米丽亚，来。
你喜欢怎样就怎样；不论你怎么样，
我总随顺你。　　　　［与爱米丽亚同下。

奥赛罗　　　　绝妙的可怜的人儿！[⑦]
我若不爱你，让毁灭摧折我的灵魂！
我只要片刻不爱你，浑沌[⑧]又来了。

伊耶戈　尊贵的主公，——

奥赛罗　　　　　　你说什么，伊耶戈

伊耶戈　玛格尔·凯昔欧，当您向夫人求婚时：
他可知道你们之间有爱情吗？

奥赛罗　他知道，从头至尾：为什么你要问？

伊耶戈　只是为消释我思想里一个疑团；
没有其他的害处。

奥赛罗　　　　　　你想到什么，
伊耶戈？

伊耶戈　　　我想他不会跟她认识。

奥赛罗　啊！认识的；在我们之间常来往。

伊耶戈　当真！

奥赛罗　当真！是的，当真；你在那里头
看到了什么？难道他不荣誉不成？

伊耶戈　荣誉，主公！

奥赛罗　　　　荣誉！是啊，荣誉。

伊耶戈　主公，据我所知，——

奥赛罗　你怎么想法？

伊耶戈　　　　想法，主公！

奥赛罗　　　　　　　想法，
主公！老天在上，他回响我的话，
仿佛他思想里有什么妖怪，太骇人，
不堪暴露。你意思该是指什么事：
我听你才说的，你不喜欢那个，
正当凯昔欧离开我妻子的时候；
你对什么不喜欢？而当我告诉你，
在我求婚的全程中他参与隐秘，
你叫道，“当真！”而且还颦眉蹙额，
仿佛那一忽儿在你的心中隐藏着
什么骇怕人的想法。如果你爱我，

告诉我你那个思想。

伊耶戈 主公，您知道我爱您。

奥赛罗 我想你是

爱我的；因为我知道你很爱，很诚实，

说话之前权衡过字眼的重轻，

所以这些间断吓得我更厉害；

因为这些东西若出于不可靠、

不忠诚的坏人，乃是寻常的诡计，

但出自正直人，便成了秘密的表示，⑨

发自心中，因不能控制住激情。

伊耶戈 至于玛格尔·凯昔欧，我敢起誓，

我想他是诚实的。

奥赛罗 我也这么想。

伊耶戈 做人应当表里如一；而那些

不这样的人，我但愿他们莫那样。

奥赛罗 当然，做人应当表里如一。

伊耶戈 哎也，那我想凯昔欧是个诚实人。

奥赛罗 不行，这里头还有别的东西

我请你对我说话，像对你的思想

一般，怎么样思考便怎么样言宣，

想到最坏处就用最坏的言辞。

伊耶戈 亲爱的主公，原谅我；虽然我对于

每一个本分上的行动担负着义务，

但是我对于一切奴隶们都能够

自由的东西可也不承担责任。

显露我的思想？嗳呀，假定说，它们是

恶劣而假的呢；正好比，那样的宫廷
哪里有，肮脏东西永远不闯入？
谁有这样个纯洁的胸怀，其中
绝没有不洁的思想设立公堂，
跟合法的思想一同开庭审判？

奥赛罗 你在阴谋反对你的朋友，伊耶戈，
假使明知他遭受到伤害，你却叫
他耳朵对你的思想成陌路。

伊耶戈 我请您，
既然我在猜测里也许有错误，——
我承认窥探到人家的过误乃是我
心情里一桩烦恼，而我的疑惧
往往把不是错失形成为错失，——
就让您那片明智且莫理会这样个
判断不周全的人，也莫用他那些
随便、没把握的见解，来为您自己
找麻烦。告诉您我想些什么，对于您
心境的安宁和您的利益没好处，
对我的人格、荣誉和明智也不利。

奥赛罗 你什么意思？

伊耶戈 不论对男人，对女人，⑩
好名声，亲爱的主公，是他们灵魂
所直觉的瑰宝：谁偷了我的钱袋，
偷了件废物；那是件东西，却等于
没有；它昨儿是我的，今儿是他的，
曾经是千万人的奴才；但是窃取我

好名声的那人，抢了我不能使他
变富有的东西，却使我真成了穷困。

奥赛罗 凭上天，我定要知道你的思想。

伊耶戈 您不能，即令我的心在您手掌中，
更何况那不会，当它还为我所保有。

奥赛罗 嘻！

伊耶戈 啊哟！主公呀，请小心妒忌；
那是头绿眼珠的妖怪，好比狸奴
玩耗子，它吃人之前总得把苦主
先将信将疑戏耍得恼翻了天；[11]
那偷汉娘子的老公，知道了自己
命运而不爱给他戴绿头巾的害人精，
乃是生活在极乐中；但是，啊哟！
那人儿可熬着多么可恨的恶时分，
他爱极，却心疑；疑心，又心爱得凶！

奥赛罗 啊也，惨痛！

伊耶戈 贫穷而知足，很富有，富有得足够，
但无边的财富对于总是怕自己
会穷困的那人儿便像是寒冬一个样。
亲爱的上苍，保佑我的族众莫受
妒忌的侵凌。

奥赛罗 为什么？为什么这样？
难道你以为我会以妒忌度生涯，
跟着月亮的盈亏而猜疑不已吗？
不会；怀疑过一次，就会消释掉
犹豫难决。把我当作一只羊，

假使我把我灵魂里的一些事情
变成那么空洞而臃肿的狐疑，
恰好符合你适才所讲的那模样。
说我的妻子长得美，吃得好，爱宾客，
好交谈，歌唱、吹弹、舞蹈得好，
并不会使我生嫉妒；本来有美德，
加上了这些，便是锦上添了花。
我也不会在自己微弱的优点上
生些微恐惧，或怀疑她也许会变心；
因为她生得有眼睛，拣中了我。
不会，伊耶戈，我怀疑之前先得看；
而怀疑的时候，就得要证明；等有了
证明，便再无别的，只有这样子，
爱情，或者妒忌，马上就完毕！

伊耶戈 我很高兴；因为我现在有理由
以更加坦率的热忱显示给您看
我对您的爱戴和崇敬；我义不容辞，
所以要请您接受；我此刻且不说
什么证据。瞧您的夫人；仔细
去观察她跟凯昔欧在一起；要这般
运用您的目光，莫嫉妒，也不可懈怠：⑫
我不愿您那开诚豪爽的胸怀
为了它天生的慷慨而平白给糟蹋；
注意着：我很知道我乡邦的习性；
在我们威尼斯，她们开的玩笑
能给上天看，可不敢给丈夫们知道；

她们最好的良心不是不去做，
而是不给知道。

奥赛罗 你这样说吗?

伊耶戈 她骗了她父亲，跟您结婚：正当她
似乎在发抖，怕见您相貌的时候，
却最爱它。⑬

奥赛罗 她是这样。⑭

伊耶戈 哎也，那得了；⑮
她这么年轻，能装出这样的外貌，
将她父亲的眼睛缝起来，密不⑯
通风，他以为是魔法——但是我不该：
我恳请您原谅，我对您情意太深。

奥赛罗 我永远对你感激。

伊耶戈 我见到，这番话
使您心慌意乱。

奥赛罗 一点不，一点不。⑰

伊耶戈 说实话，我怕的确是如此。⑱我希望
您会考虑到我讲的都发自我的爱。
可是，我看您激动了；⑲我还得请您
莫把我的话引申到显见的结论
外面去，也不要扩大得超过了界限，
而仅止于怀疑为止。

奥赛罗 我一定不会。

伊耶戈 假使您那样做，主公，我这话就会
堕入可恶的结局中，我绝无意像
它那样。凯昔欧是我上好的朋友——

主公，我看您激动了。

奥赛罗 没有，不很激动：

我深信玳思狄莫娜玉洁冰清。

伊耶戈 但愿她长葆如此！长葆您这样想！

奥赛罗 可是，天性怎样会迷误失途，——

伊耶戈 果真，问题就在那上头：比如说，

跟您随便谈，同她自己在乡邦、

肤色、门第上相称的许多起提亲，

她都不喜欢，对那些，我们知道，

天性在各方面总该容易接近；

唔！这里边就能见到那病态

极严重的意向，邪恶的不正常，思想

乖戾。[20]可是请原谅；我并不断言

这一定就是她，虽然我也许恐怕，

她那阵欲念，由她的天良作判断，

可能会将您同她的乡邦年少们

相比较，而幸而[21]自感惭愧。

奥赛罗 再会，

再会：[22]你若是见到更多的事情，

请给我知道；要你的妻子监视着。

离开我，伊耶戈。

伊耶戈 主公，我即此告退。[23]

［拟退去。

奥赛罗 我为何要结婚？这诚实的相好，没疑问，

比他所讲的要见到、知道得多得多。

伊耶戈 ［回步］主公，我但愿我能恳请钧座

莫再多考虑这件事；耐心等着看。
虽然凯昔欧有他的位置很合式，
因为他尽他的职守极能干，可是，
假使您高兴，且暂时莫给他复职，
您将借此看清他以及他的手段[24]：
请注意您夫人是否坚决相劝
或殷切央求您恢复他的职位；
就在那里边很有些可观。同时，
还得请把我当作无事忙，乱忧疑，——
因为我恐怕有充分原因这么想，——
且将她当作天真无辜，请钧座。[25]

奥赛罗 莫担心我的行动。[26]

伊耶戈 再一次我告退。[27] ［下。

奥赛罗 这人诚实得不得了，且精研深究，
懂得人世间行为的一切情性；
如果我证实她野性难驭难驯，
即令她缚腿的皮带是我的心腱，
我也将顺着风势扔她入风中，
叫她去自找命运[28]。也许，为了我
肤色黝黎，没有浮滑子弟们
那种软绵绵的举止言谈，或者，
为了我已经堕入年齿的幽谷中——
但那还不算深——所以她完蛋，我受骗；
而我要消除烦恼，唯有痛恨她。
唉哟，结婚的诅咒！但愿我们
能叫这些可爱的人儿是我们的，

而不属于她们那好恶无常。我宁愿
做一只癞蛤蟆，靠地牢的蒙气维生，
也不甘在心爱的人儿胸中局居
一隅，让别人去享用。但这是位重
权高者的苦恼；他们比职小位卑者
更没有保障；这命运无法逃避，
正好比死亡：我们一有了生命，
就命定要遭受绿头巾之劫。瞧吧！
她在那里来了[29]。她如果不真心，啊！
那上苍在嘲弄它自己[30]。我绝对不信。[31]

［玳思狄莫娜与爱米丽亚上。

玳思狄莫娜 做什么？亲爱的奥赛罗？你的午餐，
以及你邀请岛上的贵宾们在等你。

奥赛罗 要怪我不是。

玳思狄莫娜 为什么你说话这般
没精打采？可是身子不爽快？

奥赛罗 我前额这里边在痛。

玳思狄莫娜 果真，那是为缺了睡；这就会不疼：
让我来绑紧着，不消一小时就会好。

奥赛罗 你的手绢太小了：
［将手帕拉去；帕堕地。］
让它去。来吧，
我跟你一块儿进去。

玳思狄莫娜 你觉得不舒服，
我很难受。 ［奥赛罗与玳思狄莫娜同下。

爱米丽亚 我找到这帕子，很高兴；

这是摩尔人赠她的第一件纪念品；
我那任性的丈夫要我偷走它
总不下上百次，可是她这么爱这件
信物，因为他恳请她永远留存着，
所以她经常保持在身边，吻着它，
对它尽说话。我要把花样㉜描出来，
交给伊耶戈：
他将把它怎么样，上天才知道，
我不知；不管它，我只满足他的怪想。

［伊耶戈上。

伊耶戈 什么事？你独自在此做什么？

爱米丽亚 休跟我吵嘴；我有件东西给你。

伊耶戈 有东西给我？是件平常东西——

爱米丽亚 吓！

伊耶戈 有了个傻老婆。

爱米丽亚 噢！只是那样吗？你给我什么，
交换我那块手帕？

伊耶戈 什么手帕？

爱米丽亚 什么手帕！
哎也，摩尔人早先给玳思狄莫娜的：
你曾经屡次三番叫我偷的那一方。

伊耶戈 你从她那儿偷来了吗？

爱米丽亚 没有，老实说；她大意掉在地下，
机会凑巧，我在这里捡到了。
你瞧，这就是。

伊耶戈 亲妹子；把它给了我。㉝

爱米丽亚 你要把它怎么样，这般急切

要我把它偷？

伊耶戈 哎也，［抢到手］㉞那关你什么事？

爱米丽亚 若是不为了太重要的正事，还给我；

可怜的娘娘！她发现失掉会急坏。

伊耶戈 别承认知道它；我对它自有用处。

去吧，离开我。 ［爱米丽亚下。

这手帕我要丢在凯昔欧寓所里，

让他找到它；轻得像空气的琐屑事，

对于嫉妒者是坚定不移的佐证，

赛如圣经里的论据；这也许有用处。

摩尔人中了我的毒，已经在改变：

危险的想法，就它们的性质来说，

是毒药，它们起初并不难上口，

但只须稍稍在血里起了点作用，

便会燃烧得像硫磺矿坑。我说过

这么样：瞧吧！他在那里来了！

［奥赛罗上㉟。

罂粟花已不能，曼陀罗也不能，世间

一切催眠的糖浆也不能，使你

再有昨天的安睡。

奥赛罗 嘻嘻！跟我

不真诚？

伊耶戈 哎也，什么事，将军？别那样。

奥赛罗 去你的！走开！你将我架上了拷问台；

我起誓，对我大大过不去也胜如

只给知道一点儿。

伊耶戈　　你有什么事，主公？

奥赛罗　我以前有什么她偷偷淫滥的知觉？
我不见，不想，那事情不伤我的心；
第二夜我睡得很好，没心事，很快乐；
在她嘴唇上我不见凯昔欧亲的吻；
被盗者不曾缺少他失窃的东西，
不叫他知道，他就不曾被盗窃。

伊耶戈　听你说，我感到惋惜。

奥赛罗　我本来很愉快，即令是全军上下[36]，
工兵们也在内，都尝到她可爱的肉体，
只要我不知道。嗳哟！但如今，永远
告别了，那安静的心情；告别了，那满足！
告别了，那羽冠的军兵队伍，使壮志
雄心变美德的那大战！嗳哟，告别了！
告别了，那鸣嘶的雄骏，那高亢的号角，
那激发勇武的战鼓，那刺耳的军笛，
那庄严的旗纛，那英名赫赫的战阵
所奄有的一切雄奇[37]、鼎盛、辉煌
与威武！[37]还有你们，啊，大炮们，
你们那粗豪的喉咙，模仿着天王
乔旿那可怕的阒阒雷震，告别了！
奥赛罗的事业就此完结！

伊耶戈　这可能吗，主公？

奥赛罗　坏蛋，你肯定得证明我心爱的人儿[38]
是一个婊子，你肯定；给我看眼证；

否则，凭我这不死的精魂的英气，
你不如生来就是条狗子，可休想
受得了我愤发的暴怒。

伊耶戈 到了这地步吗？

奥赛罗 让我眼看到这件事；或者，至少，
证明它，还得使证据不模棱，没漏洞，
无可怀疑；否则，大祸来要你的命！

伊耶戈 尊贵的主公，——

奥赛罗 你如果诽谤了她，又煎熬了我，
便永远莫再去祷告；千万休要想
懊悔；在恐怖的顶巅上堆上了恐怖；
干了使上天哭泣，使人间诧骇的勾当；
因为你加给我永远打入地狱
不超生的苦难，不可能比那么干更其凶。

伊耶戈 嗳哟，主恩！啊也，上天饶恕我！
您可是个人？您可有灵魂或理性？
上帝保佑您；收回我的位置。唉也，
可悲的呆子！你生来把你的诚实
变成了一桩罪孽。咳唧，这世界
好不骇人！记着，记着，啊唷，
你们大家！诚恳老实了，不安全。
多谢您给我这教训，从今往后，
我不再爱朋友，既然爱了会招致
恼怒。

奥赛罗 不对，住口；你应当诚实。

伊耶戈 我应当聪明，因为诚实是呆子，

它一心为友情，倒反把友情丢失。

奥赛罗 凭这个世界，我想我妻子贞洁，
又想她不贞洁；我想你正直可靠，
又想你不那么。我得要有点证据。
我的[39]这清名，以前跟贞月的清辉
一般皎洁，如今玷污了，已发黑，
如同我自己的脸色。只要有绳子
或短刀，有毒药、火焰或窒息的水流，
我决不能容忍。我但愿弄一个明白！

伊耶戈 我见到，钧座，您情绪激动得厉害。
我后悔我把这事情告诉了您。
您愿意弄一个明白？

奥赛罗 愿意！不是，
我准要。

伊耶戈 也可以；但怎样？怎样弄明白，
主公？您要站在一旁，呆呆地
张着嘴，眼瞪瞪瞧她给爬在身上？

奥赛罗 该死，叫打入阿鼻地狱！恶！[40]

伊耶戈 要使他们干出那样儿，我想
真是件难事；那么，咒他们入地狱，
只要是人的眼睛瞧见了他们
搂抱在一起！那时节，什么？怎么样？
我要说什么？那里去弄得明白？
您要亲眼看到这件事不可能，
即令他们滥淫得像春天的山羊，
火热得像猴子，浪得像性发的狼，

而且还傻得像醉酒的白痴；可是，
我说，假使有一个有坚强的情况
证据的说法，——那会直接引您到
真实的门上，——能使您把这事弄明白，
那您就能够有它。

奥赛罗　　给我个真切
不虚的理由[41]，为什么她对我不贞。

伊耶戈　　我不爱这差使；
但是我既已这般深入这事件中，
被愚鲁的诚实与敬爱所刺激前进，
我便得继续进行。我跟凯昔欧
近来同寝榻；为因牙齿痛得凶，
我不能入睡。
这世间有一种相好，心神松懈，
会在睡梦里喃喃谈他们的心事；
凯昔欧就是这类人。
我听他说梦话，“亲爱的玳思狄莫娜，
让我们小心，遮盖住我们的情爱！”
然后，钧上，他抓住我的手使劲挤，[42]
叫道，“啊也，心爱的人儿！”拼命吻，
好像他在把吻儿连根拔起来，
而它们是生在我嘴唇上；还又把腿子
压在我大腿上，叹息着，亲着嘴；又叫道，
“该诅咒的命运，把你给了那摩尔人！”

奥赛罗　　啊唷，骇人听闻！骇人听闻！

伊耶戈　　不然，这只是他的梦。

奥赛罗　　　　　　　　　　　　但这却显示

早先曾有过这样的经过：这是个

不好的猜疑，虽然它只是一个梦。

伊耶戈　这又能帮着加重其他的证据，

没有它，它们证明得不够充分。

奥赛罗　我准要把她撕得粉碎。㊸

伊耶戈　　　　　　　　　　　　不要，

还得聪明些；我们还未见实事；

她也许还贞洁。只要告诉我这件事：

您可是未曾见到过有一块手帕，

刺绣着草莓，在您的夫人手中？

奥赛罗　那是我给她的；是我的第一件礼物。

伊耶戈　我不知那件事；但这样一块手帕——

我相信那是您夫人的——我今天见到

凯昔欧在抹须髯。

奥赛罗　　　　　　　　　如果是那个，——

伊耶戈　如果是那个，或是她别的什么，

那就跟旁的证据总对于她不利。

奥赛罗　啊！但愿那奴才有四万条命；

一条太渺小，太轻微，不够我报复。

如今我见到这件事千真万确。

瞧这里，伊耶戈；我把我全部的痴爱

吹上天：它完了。

恶毒的报复，从深凹的地狱里上升吧！

唉也，爱情呀！放弃掉你那顶冠冕

与我心中的宝座，退让给无情的仇恨。

膨胀吧，胸怀，同你的内蕴一起胀，
因为那是毒蛇舌头上的剧毒！

伊耶戈 莫伤心。

奥赛罗 唔！血，血，血！

伊耶戈 镇静，我说；您心情也许会变动。

奥赛罗 永远不会，伊耶戈。好比邦的海[44]，
它那股寒流与迫进的水程从来
不回流，总是直注进泼罗邦的海[44]
与赫勒斯邦海峡，[44]同样，我满衔
血仇的思想，跨着强劲的步子，
将永不返顾，永不向柔和的情爱
退潮，要直到宽阔广大的报复
把它们吞噬掉。 [跪下。[45]
凭那大理石的云天，[46]
现在，对神圣的誓言尽应有的诚敬，
我在此保证我的言辞。

伊耶戈 且莫起身。 [下跪。
请你们作证，永远燃烧着的日月
星辰！还有你们，围抱在我们
周遭的大气！证明伊耶戈在此
奉献他的智慧、力量、心神的运用，
为受害的奥赛罗效劳！让他发命令，
服从他将是庄严的责任[47]，即令要
流血也不去顾及。 [他们起立。

奥赛罗 我欢迎你的爱，
不用空虚的申谢，而是以友情

满腔来嘉纳，而且立刻要求你
去做这件事：就在这三天之内
让我听你说凯昔欧已不在人世。[48]

伊耶戈 我朋友是死了；那是应您的要求；
但让她活着。

奥赛罗 叫她进地狱，淫妇！
啊，叫她进地狱！[49] 来吧，单跟我
一起去；我要去替我自己张罗个
叫这漂亮的恶魔快死的法子。
你如今是我的副将了。

伊耶戈 我永远是您的忠仆。 ［同下。

第 四 景

［堡垒前］

［玳思狄莫娜、爱米丽亚与小丑[50]上。

玳思狄莫娜 你知道吗，小子，副将军凯昔欧呆在哪里？

小　丑 我不敢说他呆[51]在哪里。

玳思狄莫娜 为什么，人儿？

小　丑 他是个军人；说一个军人是个呆子，那是出口伤他。

玳思狄莫娜 得了；他住在哪里？

小　丑 告诉你他住在哪里是告诉你我呆在哪里。

玳思狄莫娜 还跟你纠缠得清楚吗？

小　丑 我不知道他住在哪里，若是我想出一个去处来，而说他呆在这里或他呆在哪里，那是我在撒谎胡说。

玳思狄莫娜　你能将他打听出来，从传闻里得到着落吗？

小　丑　我要对人家使用问答法；那是说，我去问人家，要人家回答。

玳思狄莫娜　找到他，叫他到这儿来；告诉他我替他劝转了我官人，希望没事了。

小　丑　做这个是在人的机灵范围以内的，所以我会去试着做。

［小丑下。

玳思狄莫娜　我在哪里丢失这手绢的，爱米丽亚？

爱米丽亚　我不知道，娘娘。[52]

玳思狄莫娜　信我的话，我宁愿失掉那满装着
葡萄牙洋钱[53]的荷包；若不是我官人
心肠真实，不似那拈酸吃醋的，
肚子里卑鄙，这会引起他的坏念头。

爱米丽亚　他不会妒忌吗？

玳思狄莫娜　谁？他？我想
他家乡的太阳照得旺，会从他身上
把这样的体液全都吸走。

爱米丽亚　瞧！
他在那里来了。

玳思狄莫娜　凯昔欧给叫来之前，
我将不离他左右。[54]

［奥赛罗上。

你怎样，官人？

奥赛罗　很好，亲爱的娘子。［旁白］唉，装假
真是件难事！——你好吗，玳思狄莫娜？

玳思狄莫娜　很好，亲爱的官人[55]。

奥赛罗 把手给我。

你这手是潮的，娘子。

玳思狄莫娜 它还没感到

岁月，也不知忧愁。[56]

奥赛罗 这显示大度

与心胸放浪；很热，很热，潮的；[57]

你这只手儿需要跟自由隔离，

持饿斋与祷告，充分的清修苦戒，

虔诚的礼拜；因为这是个后生

而流汗的魔鬼，它老是图谋不轨。

这是只好手，开诚坦率。

玳思狄莫娜 果真，

你能这么说，就是它给了你我的心。

奥赛罗 一只宽弘的手；旧时候，心与了

才联手为证，但我们新的纹章学

只顾联了手，心里却未曾相与得。[58]

玳思狄莫娜 这个我说不上来。来吧，你答应的。

奥赛罗 答应什么，小鸡儿？

玳思狄莫娜 我差人去叫了凯昔欧来对你打话。

奥赛罗 我伤风眼泪鼻涕感到难受。

你把手帕借给我。

玳思狄莫娜 这里，官人。

奥赛罗 我给你的那条。

玳思狄莫娜 不在我手边。

奥赛罗 不在？

玳思狄莫娜 的确不在，官人。

奥赛罗　　　　　　那就不好了。

那一条手帕[59]
是个埃及人给我母亲的；她是个
女巫师，几乎能看透人们的思想；
她告她，她保有在手里，那能够使她
显得可爱，完全降服我父亲
爱着她，但她若失掉或送给了人，
我父亲的眼睛将会厌恶她，他心情
将会去追求新的爱。她临死给了我；
叫我当我的命运要我娶妻时，
就把它送给她。我便这么办：你得要
小心，宝爱它，如同你珍爱的眼睛；
遗失或送人将会是这样的灾祸，
没别的可以比拟。

玳思狄莫娜　　　　　　这难道可能吗？

奥赛罗　这是确实的；在它丝缕里有法术；
一个女先知，她在这世上计数过
太阳走了两百圈，她缝制这件活
乃在她预言的狂热中；纺制这绢帕，
那抽丝的蚕儿也是供神用的，为把它
染色，巧手灵师把处女的心儿
特制了药浆液。

玳思狄莫娜　　　　　　当真！这是真的吗？

奥赛罗　千真万确，因此上，你得要当心。

玳思狄莫娜　那但愿上天从未给我见过它！[60]

奥赛罗　嘻！为什么？

玳思狄莫娜　　你为何说得这般

突然而急迫？

奥赛罗　　丢掉了？没有了？说呀，

那可是失落了？

玳思狄莫娜　　上天保佑我们！

奥赛罗　　你说？

玳思狄莫娜　　不曾失掉：但丢了又怎样？

奥赛罗　　怎么样！

玳思狄莫娜　　我说没有失掉。

奥赛罗　　拿来，给我看。

玳思狄莫娜　　哎也，我能那么办，官人，但现在

我可不。这是耍花样，规避我的恳请：

请让凯昔欧再来跟你相见吧。

奥赛罗　　把手帕拿来给我；[61] 我心里在害怕。

玳思狄莫娜　　来吧，来吧；

你决不会碰到一个更能干的人了。

奥赛罗　　那手帕！

玳思狄莫娜　　我请你，跟我谈起凯昔欧。

奥赛罗　　那手帕！

玳思狄莫娜　　一个人经常把他的好运

寄托在你的厚爱上，和你同艰险，——

奥赛罗　　那手帕！

玳思狄莫娜　　实在要怪你不是了。

奥赛罗　　走开！

［奥赛罗下。

爱米丽亚　　这人不妒忌吗？

玳思狄莫娜 我在以前从未见过这样子。
定然，这块手帕是有点蹊跷；
我将它丢失了，心里好生难受。

爱米丽亚 不是一两年能显出一个人怎么样；
他们都只是一只只的胃，而我们
都只是食品；他们吃我们狼吞
虎咽，吃饱了就呕吐。你瞧，凯昔欧
和我的丈夫。

[伊耶戈与凯昔欧上。

伊耶戈 没有其他的方法；一定得她去办：
看啊！运气真好：上前去恳求她。

玳思狄莫娜 什么事，亲爱的凯昔欧？你们有什么消息？

凯昔欧 夫人，还是我以前的恳求：我求您，
经由您贤德的转圜，我可以重新
生活着，做他爱宠下的一员，那爱宠，
我全心全意地尊崇；我不愿再迟延。
倘使我的罪愆有那么不可救药，
以致我过去的劳役，如今的悔恨，
将来的一心去求得功绩，都不能
为我赎罪，重复获得他的垂青，
只要知道是这样也对我有益；
那我就可以勉强去自行满足，
限制自己另外走其他的道路，
去营求命运舍慈悲。

玳思狄莫娜 唉也，十分
善良的凯昔欧！我如今的恳求不对头；

我官人不是我官人；我不会认识他，
假如他外貌改变得同性情那么样。
让每个神圣的天使帮我忙，我已经
竭尽了我的能力替您说过话，
且为了我替您开怀关说，曾站在
他不快的靶心中。您得暂时耐着些；
我所能做的我会做，且会做更多
我所不敢替自己做的事：我替您
说的话这就够多了。

伊耶戈 主公生气了吧？

爱米丽亚 他刚才离开，确是异样地激动。

伊耶戈 他动怒了吧？我看到那尊大炮，
当它把一排士兵轰入半空中，
好比是魔鬼，把将军自己的弟兄
从他臂腕上轰走；他动怒了吧？
那就有重要事情了；我要去见他；
这里头果真有事情，若是他发怒。

玳思狄莫娜 请你去看他去吧。［伊耶戈下］一定是邦国事，
发自威尼斯，或什么未显露的阴谋，
在这里塞浦路斯呈一点端倪，
混浊了他澄净的心智；在这般情形里，
人们的天性跟次要的情事吵闹，
虽然他们想到的是大事。是这样；
因为只要我们的手指痛，它使得
其他的肢体也能感觉到那阵痛。
不光这，我们该想到人不是天神，

也不应对他们要求适于燕尔
新婚时的相敬。我真该死，爱米丽亚，
我是个不公道的战士[62]，我刚才正在
同我的灵魂去传讯他对我的不温存；
但此刻我发现我是串同了伪证，
他却遭到了诬告。

爱米丽亚 求上天，但愿这是邦国事，正如您
所想的，而不是坏念头，或者有关您、
妒忌的妄想。

玳思狄莫娜 可怜见的！我从未给他过原由。

爱米丽亚 但妒忌的灵魂这样去回答它们
可不行，它们从不会为原由而妒忌，
而只是为妒忌而妒忌；这是头妖怪，
它自己生殖，又自己生产。

玳思狄莫娜 求上天，
叫那头妖怪莫进奥赛罗的头脑！

爱米丽亚 娘娘，心愿这样。

玳思狄莫娜 我要去找他。凯昔欧，在此散着步；
我若是发现他心情能接受，我将会
提出您的恳请，竭尽能力作成它。

凯昔欧 我谨谢您，夫人。［玳思狄莫娜与爱米丽亚同下。

［碧盎佳上。

碧盎佳 保佑你，朋友凯昔欧！

凯昔欧 有什么事出门来？
你身体怎样，我的美人儿碧盎佳？
果真，亲爱的心上人，我要到你家去。

碧盎佳　　我正要到你住所去看你，凯昔欧。
什么！一星期[63]不来？七天又七夜？
八个二十，又加八小时？意中人
别离的钟点，那要比日晷上八个
二十圈还难受？嗳也，焦心的计算！

凯昔欧　　原谅我，碧盎佳，我现在心事如铅，
但我将在一个继续不断的时间里
还清这别离的旧欠。亲爱的碧盎佳，
［予以玳思狄莫娜之手帕。
替我把这花样落下来。

碧盎佳　　啊唷，凯昔欧！
打哪儿来的？这是个新好的信物；
如今我感到那别离苦味的原因；
到了这地步吗？很好，很好。

凯昔欧　　得了，
姑娘！把你那讨厌的猜想扔进
魔鬼嘴里去，你捡来原是从他那里。
你此刻在吃醋，以为这是从什么
情妇手中来的，是什么纪念品：不对，
说真话，碧盎佳。

碧盎佳　　哎也，这可是谁的？

凯昔欧　　不知道，心爱的，我在我房间里捡到。
我喜欢这花样；在它给要回去之前，——
那个极可能，——我要把花样落下来；
收着，替我落；暂且离了我去吧。

碧盎佳　　离开你！为什么？

凯昔欧　　我在此侍候着将军；我认为他见我
跟一个妇人在一起，既不大体面，
也不合我的意。

碧盎佳　　为什么，倒要请问你。

凯昔欧　　不是为了我不爱你。

碧盎佳　　为了你爱我不。
请你且伴我走一段路儿，跟我说
我能否准今晚见到你。

凯昔欧　　我只能伴你
走不远，因为我在此等候着；但不久
我会来看你。

碧盎佳　　很好，我得将就这情势。

［同下。

第三幕　注释

① Furness：这一景与下一景在现代舞台上通常是被略去不演的。

② Brand：在新婚第二天早上用乐曲将新郎新妇吹奏醒来，是一个很古老的风俗。Ritson：这里用的管乐器是唢呐（hautboys）。

③ Cowden-Clarke：那坡利人讲他们的方言时，拉着特别长的鼻音，故这样说。

④ Malone：为了这一行，有人怀疑到伊耶戈的国籍。凯昔欧毫无疑问是个弗洛伦斯人，如一幕一景二一行所显示的那样，那里他分明被如此称谓。伊耶戈是个威尼斯人，在五幕一景九十余行处戳死了洛窦列谷后他说的话里有证明。凯昔欧这里所要说的无非是，“就在我自己的同国人中间，我也从未曾碰到过比这人更诚实、善意的人了。”

⑤ Coleridge：这是玳思狄莫娜出于天真的过度热心。

⑥ 这譬喻自弄鹰术（falconry）内借来。作者当时的城乡居民们颇多驯养一些体型小的鹯、鹞（falcons，hawks）之类的鹰隼，来猎取野鸟、野兔等小动物。原文“watch him tame”，意即使鹯、鹞不得睡眠，以驯服它们猛烈的性情。我国鹯为雀鹰，较大的名青肩，更大的为鹞子，都可以驯养来猎捕雀兔。

⑦ Johnson：“wretch”（可怜的人儿）这字的意义是一般人所不大了解的。在英国有些地方，它如今是个最温存怜爱的柔情语辞。它表示极度和蔼，加上一层也许含

有柔弱、温顺、孤苦等意义的种种深情至意。奥赛罗考虑到玳思狄莫娜的明艳而贤淑到极致、富于温柔和怯生生的女性特点，而且在处境上完全在他掌握之中，所以叫她“绝妙的可怜的人儿！”这可以这么来阐明：“亲爱的、无邪的、无告的绝顶佳妙”。Collier：这样的亲爱字眼是当那些含有宝爱、叹赏与欢愉意义的字眼显得不够表示时，才用来借以寓意表情的。Hudson：在这里这样的用法，“wretch”（可怜的人儿）这字是英文里表示亲爱的最强有力的用语了。

⑧ Johnson：当我的爱暂时被嫉妒所终止时，我心中便一无所有，只除了轧砾、骚扰、混乱与惶惑。Steevons：还有个解释可能：“当我停止爱你时，世界就完了”，就是说，再没有什么东西有价值或重要的了。Franz Horn：奥赛罗这里所提及的是他认识玳思狄莫娜以前他生命中那混乱的一团。

⑨ 从初版四开本之“denotements”（表示、征兆、痕迹）。对开本原文为“dilations”（迟延、停顿），这与三行前的“stops”（中断）似有呼应之势；若从 Warburton 之笺解，应当这样译法：

便成了冷静地保持住
一个秘密，那是从心里发出来，
热情所不能控制。

这是说，那“正直人”必须是个体质或性情迟钝的（phlegmatic）人，他能很自然地控制着那个秘密，而热情则不能控制他，所以他没有泄露出来。但这分明与事实相反，伊耶戈在半吞半吐中已“泄露了”不少出来，且正直人也与迟钝的体质之间不无矛盾，而与多血质的（sanguine）体质却是相当一致的。这样解释我总觉得牵强。Johnson 将“dilations”校改为“delations”（告发、控告），讲起来倒还讲得通，可是 Steevens 说，他还没有发现过“delation”这字在莎士比亚当时曾被用作罗马人的含义“控告”那用法的。White 则解“delations”为“微妙的、亲密的承认或告密、泄露”。

⑩ Gould 在其所著《悲剧伶人》（*The Tragedian*，1868）一书里讲起英国悲剧名伶蒲士（Booth，Junius Brutus，1796—1852，按为美国名伶 Edwin Thomas B. 之父）饰伊耶戈演到这里时，说他将原文“and woman”（和女人）二字前后都用一个短暂的停顿隔离开来，而且把这两个字以一个变腔的、清楚而低沉的音调发出声来，使那隔离更显得完全，他那么做是在直接对准了奥赛罗的心予以袭击，在那里边种下了他妻子不贞的第一颗疑念的种子。按，对开本原文“男人”之后是有逗号的。

⑪ 原文这几行用一个相当晦涩的隐喻，尤其“mock”这字使许多注家都迷离恍惚，捉摸不定，到了 Hunter 才把阴霾一扫而空。至于为什么妒忌是一头绿眼珠的妖怪，那是因为它喜欢戏耍它的被害人，如同猫儿爱玩弄老鼠一般，而猫眼睛在黑暗里是绿光耀眼的。译文将原意奥隐稍加挥洒，俾能易于了解。

⑫ Alger 在其所作美国悲剧名伶《福莱斯特 [Edwin Forrest，1806—1872] 传》（1877）里写道：福莱斯特将伊耶戈表演成一个外表上愉快活泼的人物，把他的恶毒与奸险隐藏在一片不经心的诚实与欢乐的高兴里头。他演出了一点在严格意义上的独创，使歧恩（Edmund Kean，1787—1833，英国悲剧名伶）为之大受感动。

伊耶戈，当他阴险地挑逗着奥赛罗的猜疑时，对他说着这两行半。说这句话的时候，除了最后两个字，福莱斯特出之以坦白、安舒的语气；但忽然一变，仿佛那潜藏着的邪恶他心知得那么强烈，以致不由自主地冲破了他在表面上装出的善意脚色，违背着他的意志把秘密暴露了出来，于是他讲“nor secure”（也不要安心或懈怠）这两个字时改用一个干哑的声调，从一个高音阶上泻下来，在一个极低音的恐怖上头结束。这股可怕的暗示性对歧恩引起了一阵真正艺术性的和震惊的反应，同时剧院里也全场轰动，如触电闪。他们两个在化装室内相见时，歧恩兴奋地说道，“以上帝的名义，老弟，那是你从哪儿弄来的？”福莱斯特答道，“这是我自己的一点儿东西。”“好的，”他说，当歧恩快乐而笑得身体颤动的时候，“从此每一个人他要演这个脚色的话，在这里就得这么办。”

⑬ Hudson：这是伊耶戈的最奸诈的手法之一。玳思狄莫娜含羞的少女之恋的出自本能的畏缩与震颤，被说成了机巧，显得是进行欺骗的一连串最精练而苦心经营的手段了。他对于人性的深刻知识使得他能揣度出她在奥赛罗面前显得怎么样。

⑭ Fechter（Charles Albert，1824—1879，德国人，名伶，演法文与英文戏剧）：奥赛罗立即站住，好像电殛了的一样！他的脸容渐渐转变，他的眼睛睁得敞开，似乎一层网纱除掉了。Booth：用嘶哑的嗓子，以绝望的神态出之。

⑮ Fechter：走到奥赛罗背后，凑近他的耳朵讲话，仿佛更便于灌注他的毒汁似的。Furness 摘引一支歌谣《摩尔人奥赛罗之悲剧》（作于莎氏本剧成功演出之后，大概在 1625 年）第十一节的开首几行，证明莎氏同戏班伶人勃培琪（Richard Burbage，1567?—1619）演出这脚色、说这几句话时正是这样的，莎士比亚曾亲自听到过。

⑯ 原文作“close as oak”，意为紧密得跟橡木一样，不可通，虽有 Steevens 勉强解释为“紧密得跟橡木的纹理一样”。有些校订家疑“oak”为“hawk”（鹞子）之误，因弄鹰术里驯练新的鹳鹞是需要蒙住眼睛的。

⑰ Ottley：歧恩（E. Kean）说这几个字时出之以悲痛的哽噎的叫声，中人心肺。Fechter：画一个十字，靠在低背椅子的背上。Booth：强作不关心的样子，出以战栗的声音。

⑱ Booth：用抚慰的调子。

⑲ Booth：伊耶戈说此时，奥赛罗吞咽掉一声悲叹。

⑳ Booth：奥赛罗怒目相向，拒绝这些。

㉑ 原文“happily”，Rowe、Pope 等大多数十八世纪版本都校改为“haply so”（也许），近代及现代版本则都恢复了旧观。

㉒ Fechter：将手一挥，要伊耶戈去，但当他走向门口时又阻止他。Booth：不耐烦地；不能再忍受他在跟前了；说“要你的妻子监视着”的时候，显得对于他自己示意里的卑鄙感到很惭愧；说完时倒在椅上。

㉓ Booth：当你消失时，倏忽的、魔鬼似的胜利的微笑，以及手指头骤然抓紧，仿佛在挤榨他的心似的（奥赛罗的脸掩蔽在两手中），在这里颇为适当，但要做得隐蔽，不可大模大样。Fechter：伊耶戈假装要走，但停留在门槛边，从帷幕开口处睃着奥赛罗。

㉔ Johnson：阐释原文“means”谓：您将发现是否他以为他的最好的手段，他的最有

力的利益，是在求您的夫人。

㉕ Booth：出以恳求的语气。

㉖ Gould：J. B. Booth［老蒲士］用一个异常独创而绝妙的姿态显示这自我控制的用意——举起的那只手的食指从上面直指着头顶。

㉗ Fechter：他谦谨地引退——以胜利的微笑从背后回头望着。到门首时耸肩表示鄙夷；然后下场。Booth：伊耶戈一切行动都应当迅捷，只除了在这里——不做什么，只以柔和的崇敬的神色慢慢退出：奥赛罗应当以锐利的目光注视着伊耶戈，直等他出去。

㉘ 这几行内的隐喻系自弄鹰术中借来。Johnson：玩鹞子的人总让鹞子迎着风飞；假使它顺风飞去，便很少会回来。所以，若是一只鹞子不拘为什么理由不要了，它就被顺着风势丢入风中，从此它便转变生涯，自找命运。

㉙ Alger 在《福莱斯特传》里写道：“福莱斯特讲这段话的开始部分所表现的混合激情的爆发是可怕的。他的声音随即沉入最动人的情调里去，显示出诉怨的悔恨。结束时好像激得他到了厌恶与作呕的顶点，而当他见玳思狄莫娜前来时，他在瞬息间以恐怖的心情凝视着她。这情绪消逝以后，他以前所有的柔情好像又回来了，他当即叫道，‘她如果不真心，’云云。”

㉚ Malone：使它自己的辛劳变成白费，形成玳思狄莫娜这样美丽的一个生灵，而任她形容上的高雅被她心地上的肮脏所玷辱，所污损。Steevens：假使她不真心，上天按它自己的形象创造女人便污辱了它自己。为使那形象完美无疵，她应当既有修德，又有美貌。

㉛ Coleridge 赞这一行半道：神灵光耀！纯洁无辜与守护吉神的感应使然！ Booth：我在这里敲我的前额，仿佛要杀死这恶魔似的思想。玳思狄莫娜与爱米丽亚上场之后，后者最好退避至一旁，因为她的主人与主妇在相见。而且她再次上场来时捡到那条手帕，也比较偷到它来得好。

㉜ 刺绣的花样。

㉝ Booth：急切地攫取。

㉞ 一些现代版本都从 Rowe 的十八世纪初年本加此导演辞。Booth：“哎也——”时神秘地停顿一下，仿佛要给她一个奇怪的理由似的。随即抢到手，说“那关你什么事？”

㉟ Booth：奥赛罗上场来时唉声叹气。

㊱ Gould：我们可以想象这位温婉的淑媛对她的宾客们无邪的款待激怒了她的丈夫，所以他突然离开了他们，重复回到这里来，跟伊耶戈来倾吐衷肠。

㊲ 原意为“特征……与情景”，在译文里跟“鼎盛、辉煌”并列，效果不好，只得大胆窜改如上。

㊳ Maginn：我们可以看到他还在称她为他的“心爱的人儿”，虽然他的怀疑已被激发得如此猛烈。这是她死前他最后一次这样称呼她。在她的罪恶他以为已被证明之后，他不复对她有一个字的爱惜。从此以后，她便是个判决了的罪犯，供他的正义感作牺牲。Lewes：歧恩（Edmund Kean，1787—1833，英国悲剧名伶）体格上的适切，限制他表现仅仅悲剧性的情感；对于这个，他的天赋是异常弘博的。

体形素小而不足道，他有时由于狮子似的举止里的力量与优美，却能变得深深动人心魄。我记得最后一次看他演奥赛罗，他在麦克里代（William C. Macready，1793—1873，英国悲剧名伶）之旁显得多么弱小，可是到了第三幕里，那时候，被伊耶戈的嘲弄与讽示所耸动，他用那痛风的蹒跚步子向他前进，揪住了他的喉咙，在那阵有名的爆发“坏蛋！你肯定得证明”云云里，他显得身躯高大了起来，使麦克里代似乎矮小了。那晚上，当痛风使他难于显露出他所惯常有的优美来，当一阵醉酒的沙哑已经破坏了那曾经是无比的嗓音的时候，那不可抗拒的悲愤，——是雄强的、不是泪眼婆娑的，——在他的音调里震荡着，在他的神情姿态中表现出来，使得场子里有些老人把头倚在臂腕上而抽噎起来。整个说来，人们得承认，那是场有好有坏的演出，……但它被这样一阵阵的闪光照耀着，我愿意再冒折断肋骨之险为抢得池子里的一个好座的机会，再去看类似这样的演出。Booth：和以前一样，用抑制着的强烈，声音不太响，渐渐加大，等到了“你如果诽谤了她”，——那时候奥赛罗的暴怒全力在剧烈的声调里爆发出来，他就抓住了伊耶戈，而伊耶戈则畏缩而惶恐。

㊴ 各版对开本与初版四开本作“My”（我的），二、三版四开本作“Her”（她的），通行的现代版本大多从后者。Knight 认为“我的”远较“她的”为优，因为与奥赛罗的性格完全契合。正是他的强烈的荣誉感，Knight 说，使他妻子的被信为确有其事的非行对于他显得这样可怕。这不是玳思狄莫娜的名声被玷污而变黑了，而是他自己的名声被败坏了。这一个想法，这里第一次显露，充塞着剧本的整个的以后部分；而当我们了解到奥赛罗的心神怎样深中谮毒的时候，我们在心理上已充分准备好完全相信他，当他最后说“因为我所恨非别，只是为荣誉”。Dyce 说后面“mineown face”（我自己的脸色）里“自己”一词即足以证明 Knight 持论之无稽，“她的”是真正的原文而“我的”为印误。但译者觉得不论前面是“我的”或“她的”，后面的“自己”一词若仅从严格意义上说，都可有可无，是不甚需要的，其所以有在那里多半是音步与节奏上的关系，虽然附带着也加重了一点“我”字的意义；至于说“我的”与后面的“自己”稍有抵触，倒毋宁说“她的”与“自己”有更大的抵触。因此，我相信“我的清名”为作者的原文，“她的清名”是后人的修改。

㊵ Hazlitt（Hawkins）的《蔼特孟·歧恩传》（1869）：歧恩是伟大的，正如我们所期待于他的那样，——惊人地伟大。在第三幕里他让他自己在激情的海洋上回荡，在黑暗里暴风雨中驰骤，像一只被舍弃了的小帆船。他心头的惨怛是火烈的摩尔人的惨怛，不拘谨束缚于一个伶人或一个烦琐学者的胸臆之间，而是猛烈的、难于制御的、危险的。你不知道在他精神的疯狂里下一步他将做什么，——他自己也不知道他应当做什么。歧恩所作的最出神的瞬间举动之一是用他的一只黑手慢慢地围着他的头抓扼拢来，仿佛他的精神在错乱似的，然后把身体扭转过去，站在呆木的惨怛中，背对着观众，——什么别的演员会这么样忘怀他自己呢？

㊶ 据 Malone 的疏解，“a living reason”是个凭事实与经验，非出于猜度或推测的理由。

㊷ Booth：执着奥赛罗的手，奥赛罗厌恶地将手挣脱。

㊸ Booth：这里你可以让这蛮子发泄一下，——但只一瞬间；当奥赛罗在下面讲话时，他又安静了下来，说得很悲伤。伊耶戈此刻抓着且拉住了他，当他要冲出去"把她撕得粉碎"的时候。

㊹ The Pontic sea，即古 Pontus Euxinus，今名黑海。The Propontic，现名 Sea of Marmora（玛摩拉海）。The Hellespont，现名 the Dardanelles（达达尼尔海峡）。

㊺ Booth：跪下。两手放在头上，手心向上，手指向后。我冲动地作此姿势，最初是在英国，有人说这使人联想起东方。伊耶戈从侧边斜视，当奥赛罗讲下一句话时凝注着他；同时，奥赛罗显得心不旁骛，眼睛向上。以 Rowe 为首的十八世纪学者们最初加此导演辞于他们的版本上，是在一行半以后（在"对神圣的誓言尽应有的诚敬"处）；现代版本将它移前至此。

㊻ 原文"marble heaven"（大理石的天）。Furness 论定为以大理石形容天是讲天有大理石的颜色、光彩与纹理，不是比作它的结构或质地。

㊼ 原文"remorse"在这里解释困难，引起了两个多世纪的学者们猜测校改与煞费苦心的疏解。译文从 Onions 的《莎氏语汇》。

㊽ Booth：伊耶戈当然是震惊了，当他站起来时稍稍战栗着。"但让她活着，"他说时出之于恳求的声调。

㊾ Booth：在这里逸出一次原文的范围，"叫她进地狱"四次：第一次凶暴，第二次轻一点，第三次软化了，第四次泪流而气塞；瞬刻的停顿——随即恢复而"来吧，单跟我一起去"，云云。伊耶戈表现出深忧，直等到"你如今是我的副将了"，当即很快地跪下来，吻奥赛罗的手，脸上现胜利的笑容。

㊿ 在现代舞台上，小丑在这里总不出场，玳思狄莫娜同他的这段对话总被删去。Douce：他在全剧中只出现了两次，作者定然是将他作为奥赛罗与玳思狄莫娜的家庭优孟或顽童。

51 原文"lie"，玳思狄莫娜的用意是"居住"，小丑的用意是"撒谎"，他这阵打诨就利用这双关。莎氏同代剧作家都喜欢在这个字上玩这花样，其实没多大意思，不过为提供语言游戏给池子里站着的观众也有其需要。

52 Hudson：有人不以爱米丽亚在这一景里的行动为然，认为跟她后来所显示的精神不相符合。我不能发现有这样的矛盾。缺乏原则与依恋不舍之情是往往像这般显得结合着的。爱米丽亚深爱着她的女主人，但是她对偷窃与说谎没有道德上的反感，从摩尔人的激情上不感觉到会有致命的后果，而且没有灵魂去设想她主母被责为不贞时定将感受到的那惨痛；所以当结果到来时，记起了那过程中她自己的罪恶部分，她应当震惊不安，那样才显得自然。Booth：爱米丽亚说此时稍露窘态。

53 Grey："cruzadoes"为葡萄牙钱币，值三先令。Fechter：玳思狄莫娜在这里翻检她的针线篮子，寻找她那条手帕。

54 Fechter：当奥赛罗在平坛上出现时，爱米丽亚从右边下场。他目注着她们一会儿；然后走下来，直向她翻乱她针线篮处走去，狐疑地望着那里；他说话时抑制着怒意。Booth：奥赛罗走过了玳思狄莫娜时才对她说话，他随即忽然从冷漠的语调与情态里转入悲伤中。

⑤⑤ Fechter：两手搭在奥赛罗肩上，钩住了，挑逗着；奥赛罗将她的手松下来，握着她一只手。

⑤⑥ Booth：她说到“忧愁”时，他焦虑地注视着她的眼睛，然后叹息着说下面一段话。

⑤⑦ Booth：看着它的纹路，像在相手纹似的。

⑤⑧ 原文这里一行半引起了学者们一大堆想入非非的猜测。译文从 Malone 注。“纹章学”是比喻的说法，奥赛罗故意讲得隐晦，使玳思狄莫娜听不懂，实际上是指“我们新时代的结婚”。

⑤⑨ Booth：这手帕的整段描写应当用一阵浓烈的、殷切的神秘气氛叙述。玳思狄莫娜应当听得惊奇而说话像一个惊恐的孩子。

⑥⓪ Mrs. Jameson：玳思狄莫娜的温顺易信、她对于怪异见闻的癖好、她那容易动情的想象，当初便将她的思想与恋爱导向了奥赛罗身上；她正是这样一个女子，听到了这样一个故事会吓得丧魂失魄，且会被她的恐惧陷入一个暂时的搪塞里去。在钦昔欧（Giraldi Cinthio）的意大利文原故事里，这手帕不是像在这剧本里这样被玳思狄莫娜无意间丢失的，而是经伊耶戈利用他的三岁的女儿从她身上偷来的，当她，很爱这孩子，抱着她的时候。那情形显得伊耶戈的恶魔性格格外可怕。Furness 指出有些批评家指责玳思狄莫娜在这里撒了个谎，说应当感谢 Mrs. Jameson 用这“搪塞”一辞：虽然玳思狄莫娜自己说“我在哪里丢失这手帕的？”她并不相信已真正遗失而不可复得；那只是放忘记在什么地方，再找一下就会发现。假使她不是吓倒了，她也许会把这件事告诉奥赛罗（那我们就不会有这悲剧，那倒是个安慰），但就事论事，我想在她灵魂里她是相信她在讲真话的。

⑥① 从这里到奥赛罗下场，Booth 觉得极难演，不是会演得太久，便是会演得太暴，他自己从未演好过。

⑥② 奥赛罗初到塞浦路斯来第一次和她见面时称呼她为“娇好的战士”（fair warrior）（见二幕一景一八〇余行处），这里她称呼自己为“unhandsome warrior”，可说用意双关，一方面是说她自己不俊俏娇美，是在谦虚，另方面责备她自己不公道、不宽厚，是在恕宥他对她的粗暴，因“unhandsome”同时含有这两层意义。Johnson 释为“不公平的攻击者”。

⑥③ Hudson：这显得似乎凯昔欧被革职以来，至少七天已经过去；也许还多得多，由于那些“似铅的心事”可能被玳思狄莫娜答应从中说项的思想所推迟而晚发生了一些时候，而这阵出于意外的迁延却把它们带来了。

第四幕

第一景

［堡垒前］

［奥赛罗与伊耶戈上。

伊耶戈　您会这样想？

奥赛罗　这样想，伊耶戈！

伊耶戈　什么！
私下里亲嘴？

奥赛罗　一个不同意的接吻。

伊耶戈　或光着身子跟她的朋友在床上
一点来钟，不想干什么坏事？

奥赛罗　光身在床上，伊耶戈，而不想干坏事！
这是对魔鬼装假作歹：① 他们
用意如果是纯洁的，而那么做了，
魔鬼就试探他们的德性，而他们
则试探了上帝。②

伊耶戈　他们若不干什么，
那是个可原谅的疏误；但若是我给
我妻子一块手帕，——

奥赛罗 那便怎么样？

伊耶戈 哎也，那就是她的了，主公；而既然
是她的，她可以，我想，把它给任何人。

奥赛罗 她是她荣誉的保护人；她能给掉
那个吗？

伊耶戈 她荣誉是个看不见的东西；
他们没有它的人倒时常有着它：
可是说起那手帕，——

奥赛罗 凭上天，我但愿
能把它忘掉：——你说过，——嗳呀！我记起
它来了，好像那染了瘟疫的房子
顶上那乌鸦③，兆头总不祥，——他有了
我那块手帕。

伊耶戈 不错，那个怎么说？

奥赛罗 那事儿如今可不怎么好。

伊耶戈 我若说
我见他干了对您不起的勾当，又怎样？
或是听他说，——外边有这样的坏蛋，
他们凭他们自己那殷切的追求，
或者某个娘们自情愿要颠倒，
一旦把她们弄到手，或满足了欲望，
便有口难噤，熬不住要泄漏，——

奥赛罗 他说了
什么东西没有？

伊耶戈 他说了，主公；
但可以保证您，他会矢口否认。

奥赛罗 他说了什么？

伊耶戈 当真，他干了那个——

我不知他干了什么。

奥赛罗 什么？什么？

伊耶戈 躺在——

奥赛罗 和她一起？

伊耶戈 她一起，她身上；

您高兴就怎样说吧。

奥赛罗④ 躺在她一起！躺在她身上！我们说，撒她的谎，⑤当他们捏造她假话的时候。躺在她一起！那叫人作呕。手帕，——自己招供，——手帕！去自己招供，然后为他那辛苦而去给绞死。首先，给绞死，然后去自己招供：我对此要发抖。人的天性不会给这些庞杂的心影充塞着自己而无动于衷。震动我的不是这几个字眼。呸！鼻子，耳朵，嘴唇。⑥这可能吗？——自己招认！——手帕！——啊，魔鬼！

[昏厥倒地。

伊耶戈 发作吧，

我的药，发作！轻信的呆子便这般

给逮住；而好多一本清贞的贤淑

便如此，无辜受谴责。怎么了，喂！

主公！我说呀！奥赛罗，主公！⑦

[凯昔欧上。

你来

做什么，凯昔欧？

凯昔欧 有什么事情？

伊耶戈　我主公昏倒了过去；这是他第二次；
他昨天曾有过一回。

凯昔欧　　　　　　　　摩擦他太阳穴。

伊耶戈　不用，免掉，这昏睡得静静地挨过，
否则他口吐白沫，过一会他会
有一阵凶暴的疯癫。瞧！他动了；
你且走开一会儿，他立刻会醒来；
他去后，我有重要的因由跟你谈。[凯昔欧下。
怎样了，将军？脑袋没有摔痛吧？

奥赛罗　你嘲笑我吧？

伊耶戈　　　　　　嘲笑您！不会，凭上天。
但愿您承受命运像个男子汉！

奥赛罗　一个人戴了绿头巾便是个妖怪，
又是头畜生。

伊耶戈　　　　　　在人口稠密的城市中，
那就有好多头畜生，好多个温文
尔雅的妖怪。

奥赛罗　　　　　　他自己供认吗？

伊耶戈　　　　　　　　　　　　好主公，
要做个汉子；须知每一个须眉
只要成过婚就许会和您同处境；
成百万丈夫每夜躺在那床头，
不光自己睡，滥污不堪，他们却
敢于赌咒那只供他们自己用；
您的处境还算好。唉唧！这真是
挨地狱的烦恼，当魔鬼的主要大笑柄，

在一只安稳无疑的床上跟一个
淫妇亲着嘴，以为她很清贞。不，
要让我知道；知道了我自己的处境，
我知道该把她怎么样。

奥赛罗 啊！你想得
周到；这毫无疑问。

伊耶戈 您站开一会儿；
将您自己关闭在能耐心守候处。
您刚才在此因悲伤——一阵不配您
这般身份的激情——而委顿不胜时，
凯昔欧来到了这里；我设法使他走，
对您的这番昏厥则善加以托辞；
我要他立刻回转头，和我来打话；
他答应这么办。您只须将自己藏起来，
观察他满脸到处的轻蔑、讥嘲
与极度的戏谑；因为我要促使他
重讲这故事，在那里，怎样，多久常，
几久前，以及恁时候他已经、且还将
同您的夫人共衾枕：我说，只看他
那表情已经够。凭圣母，务必要耐心；
否则，我要说您整个儿是激情的冲动，
算不了一个男子汉。

奥赛罗 听见吗，伊耶戈？
你将见到我耐心里有异常的机巧；
但也有——你听到没有？——异常的杀机。

伊耶戈 那可没有错；但一切进行得要适时。

您退下如何？ ［奥赛罗退避。

现在我要对凯昔欧
问起碧盎佳，一个靠卖笑来吃饭
穿衣的花姑娘；那东西爱上了凯昔欧；
这真是窑姐儿的苦恼，欺骗了众人，
到头来倒给一个人儿来把她欺。
他只要听得谈起她，止不住呵呵笑。
这里他来了：

［凯昔欧上。

他准会咧开口嬉笑，
奥赛罗准气得发疯；他无知的妒忌
一定把可怜的凯昔欧的笑乐、姿态、
轻狂的举动，都缠错。您好，副将军？

凯昔欧 你给我这称呼更加糟，就为了没有它
才要我的老命。

伊耶戈 好好求玳思狄莫娜，
你准会得到手。［声音放低］如今，若是这件事
碧盎佳力所能及，你多快就成功！

凯昔欧 唉哟！可怜的阿奴！

奥赛罗 瞧！他已经在笑了！⑧

伊耶戈 我从未听说过女人这么爱男人过。

凯昔欧 唉哟！可怜的小蹄子，我想她真爱我。

奥赛罗 现在他微微地否认，笑一下遮盖过去。

伊耶戈 你听说过吗，凯昔欧？

奥赛罗 现在他要他
再把它讲一遍：得了；说得好，说得好。

伊耶戈　她对人声言，你准会跟她结婚；
你有意那样吗？

凯昔欧　哈，哈，哈！

奥赛罗　你得胜欢呼吧，罗马人？⑨你得胜欢呼吧？

凯昔欧　我跟她结婚！什么？一个妓女？我请你，对我的常识稍存一点好感吧；莫以为它是这样的一塌糊涂。哈，哈，哈！

奥赛罗　好，好，好，好。他们赢到了手的，会欢笑。

伊耶戈　说实话，传闻说你准会和她结婚。

凯昔欧　请你要说真话。

伊耶戈　骗了你，我是个坏蛋。

奥赛罗　你跟我算清了账吗？⑩很好。

凯昔欧　那是这猴儿自己放出去的空气：她相信我一定会和她结婚，因为她自己眷恋我而自骗自，不是因为我答应了她。

奥赛罗　伊耶戈在招呼我；现在他要讲这故事了。

凯昔欧　刚才她还在这里；她到处缠绕着我。那一天我在海岸边同几个威尼斯人谈话，这玩意儿就去到了那里，凭这只手，她就搂着我的脖子；——

奥赛罗　叫道，“啊唷，亲爱的凯昔欧！”仿佛是；他的姿态是这样说。

凯昔欧　这般挂在我身上，斜倚着我，对我哭闹；这般拖我，拉我；哈，哈，哈！

奥赛罗　现在他在讲她怎样扯着他到我房间里去。啊！我瞧见你那个鼻子，待我马上把它揪住了撕下来扔给狗吃。

凯昔欧　唔，我一定得离开她。

伊耶戈　凭我的灵魂！瞧，她在那儿来了。

凯昔欧　这是这样一只骚猫！⑪凭圣母，一只骚香的。

［碧盎佳上。

你是什么意思，这样对我缠绕不清？

碧盎佳　让魔鬼和他娘缠绕你！你刚正给我那条手帕，你是什么意思？我是个傻瓜蛋，接受了下来。我得把花样落下来！好一片花绣，你在你卧房里找到，而不知道什么人把它留在那里的！这是什么淫妇的信物，而我得落下它的花样！拿去，给还你那匹骑够了的马儿；⑫不管你打哪儿弄来的，我不给落什么花样！

凯昔欧　怎么了，亲爱的碧盎佳？怎么了，怎么了？

奥赛罗　凭上天，那该是我的手帕！

碧盎佳　你若是今晚上要来吃饭，可以来；你若是今晚上不来，就下次准备来时来。［下。

伊耶戈　跟她去，跟她去。

凯昔欧　当真，我得去；不然的话，她要在街头骂街了。

伊耶戈　你要在那里吃晚饭吗？

凯昔欧　当真，我想要那样。

伊耶戈　很好，我也许来看你，因为我极愿意跟你去谈谈。

凯昔欧　请你来好了；你来吗？

伊耶戈　得了；别多说了。［凯昔欧下。

奥赛罗　［上前］我将怎样杀掉他，伊耶戈？

伊耶戈　您见到没有，他怎样对他的罪孽行为嬉笑？

奥赛罗　啊！伊耶戈！

伊耶戈　您可见到了那手帕吗？

奥赛罗　那是我的吗？

伊耶戈　是您的，凭我这只手；您看他怎样瞧得起那傻妇人您的夫人！她把它给了他，他却把它给了他的窑姐儿。

奥赛罗　我要杀他九个年头。一个好婆娘！一个标致婆娘！一个可爱的婆娘！

伊耶戈　休那样，您一定得忘掉那个。

奥赛罗　是哟，让她今晚上就腐烂，死绝，进地狱；因为她不会再活下去了。不光那个，我的心变成了石头；我打它，我的手都打痛了。啊咳！这人间再没有个更可爱的人儿了；她配去躺在一位皇帝身旁而命令他做事情。

伊耶戈　不对，您那样讲不对头。

奥赛罗　绞死她！我只说她是怎么样的人儿。针线上这么精工！吹弹得好不叫人赞赏！啊也，她能把一头大熊的凶暴歌唱掉！有这样高超、这样富厚的机灵和巧慧！

伊耶戈　她有了这一切更加坏。

奥赛罗　啊！坏一千,一千倍。而且，性情这样温柔！

伊耶戈　不错，太温柔了。

奥赛罗　不光那样，那还是肯定的；——但是这真叫可怜，伊耶戈！啊！伊耶戈，这真叫可惜，伊耶戈！

伊耶戈　您如果这般爱惜她的罪恶，可以特许她去干坏事；因为假如这于您无关，对旁人便更无挂碍。

奥赛罗　我要把她剁成肉酱。给我做乌龟！

伊耶戈　啊！她这下子真恶毒！

奥赛罗　跟我的部下！

伊耶戈　那更恶毒。

奥赛罗　替我弄点毒药来，伊耶戈；今晚上：我将不跟她打话，否则她那身体和美貌又会要夺掉我的决心。今晚上，伊耶戈。

伊耶戈　不要使毒药，在床上勒死她，就在她弄脏了的那床上。

奥赛罗　好，好，这件事的公平叫人高兴；好得很。

伊耶戈　至于凯昔欧，让我去收拾他；您在午夜前准会再听到消息。

奥赛罗　非常好。　［幕后作号角声。

那是什么号角？

伊耶戈　一定是威尼斯有什么事情到此。

这是罗铎维哥，公爵派他来；

瞧吧，您夫人和他在一起。[13]

［罗铎维哥、玳思狄莫娜与随从等人上。

罗铎维哥　上帝保佑您，尊贵的将军！

奥赛罗　我衷心

祝祷，大人。

罗铎维哥　公爵和威尼斯的知政事

大夫们向您致意。　［授予彼一缄书帖。

奥赛罗　我吻这公文。　［启封阅读。

玳思狄莫娜　有什么消息，好表兄罗铎维哥？

伊耶戈　我很高兴看见您尊驾，大人；

欢迎光临到塞浦路斯来。

罗铎维哥　多谢。副将军凯昔欧怎样了？

伊耶戈　活着，大人。

玳思狄莫娜　表兄，他跟我官人之间发生了

失和的破裂；可是您准会导致

和睦。

奥赛罗　你对那可有把握？

玳思狄莫娜 官人？

奥赛罗 ［读书帖］“此事望君毋勿，盖君将”——

罗铎维哥 他没有招呼；他在忙着看书帖。
将军与凯昔欧之间可有不和协？

玳思狄莫娜 一个非常不幸的不和协；我愿意
尽力使他们和解，为了我对于
凯昔欧的爱顾。

奥赛罗 天打雷劈。⑭

玳思狄莫娜 官人？

奥赛罗 你懂得羞耻吗？⑮

玳思狄莫娜 什么！他生气了吗？

罗铎维哥 也许这书帖激怒了他；⑯ 因为，我想，
他们命令他回去，而叫凯昔欧
接任他的指挥。

玳思狄莫娜 相信我，我很高兴。

奥赛罗 当真！

玳思狄莫娜 官人？

奥赛罗 我高兴看到你全没有
控制。⑰

玳思狄莫娜 为什么！亲爱的奥赛罗？

奥赛罗 魔鬼！ ［击之。

玳思狄莫娜 我不该遭受这样子。

罗铎维哥 将军，威尼斯
不会有人相信这件事，虽然我
会赌咒曾亲自见到：这真受不了；
对她赔个不是吧，她在哭了。

奥赛罗　啊，魔鬼，魔鬼！假使这地土里
落进了女人的眼泪能怀胎，每一颗
她掉的泪水会变成一条鳄鱼。
莫在我跟前！

玳思狄莫娜　　我不会呆着惹你恼。［拟下。

罗铎维哥　真是位温顺的贤淑；
我请您将军，叫她回来。

奥赛罗　　娘子！

玳思狄莫娜　官人？

奥赛罗　　您要跟她说什么，大人？

罗铎维哥　谁，我，将军？

奥赛罗　不错，您要我叫她回来：大人，
她能回来，回来，再走开，又回来；
她能哭泣，大人，哭泣；她温顺，
如您所说的，温顺，温顺之至。
继续淌你的眼泪吧。关于这个，
大人，——啊，装得好像真伤心！——
我被命令回家去。你跟我走开；
我就会来叫你。大人，我服从命令，
我将回到威尼斯。走开！去你的！

［玳思狄莫娜下。

凯昔欧将接我的位置。还有，大人，
今晚上我请您和我一同进晚餐；
您受欢迎，大人，到塞浦路斯来。
山羊和猴子！⑱　［下。

罗铎维哥　　这就是这位高贵

恢弘的摩尔人吗，我们整个知政事
公署称之为完全称职而能干？
这般的天性，激情不能动摇吗？
他那坚实的美德，祸患的弹丸
或命运的箭镞，既不能擦伤毫厘，
也不能穿刺透不成？

伊耶戈 他变得厉害。

罗铎维哥 他心神安全吗？他头脑没有毛病？

伊耶戈 他就是他这样；我不便说我的意见。
我但愿上天使他该怎样便怎样，
假如他不是像他该怎样的那样！⑲

罗铎维哥 什么！打他的妻子！

伊耶戈 当真，那是不怎么好；可是，但愿我
确知那一下已坏到了尽头！

罗铎维哥 他惯常
这样吗？还是这缄帖激得他暴怒，
新造成这个过错？

伊耶戈 唉呀，唉呀！
我所见到的、知道的，由我说出来
不怎么适当。您准会亲自看到他，
他自己的行径会显示他的为人，
所以我可以省掉了言语。您只须
跟他走，注意他怎样继续行动。

罗铎维哥 我很抱憾弄错了他的为人。

［同下。

第 二 景

［堡垒内一室］

［奥赛罗与爱米丽亚上。

奥赛罗 那么，你没有见到什么吗？

爱米丽亚 也从未听到过，也从未有过怀疑。

奥赛罗 不对，你见过凯昔欧跟她在一起。

爱米丽亚 可是那时候我不见有什么害处，
我听到他们之间每一个语音。

奥赛罗 什么！他们从不耳语吗？

爱米丽亚 从来不，
主公。

奥赛罗 也不差开你。

爱米丽亚 从来不。

奥赛罗 比如，
去取她的扇子，手套，假面，或别的？

爱米丽亚 从来没有，主公。

奥赛罗 那倒奇怪了。

爱米丽亚 我敢于打赌，主公，她是贞洁的，
敢押下灵魂作注子：您如作别想，
就丢开那想法；那会玷辱您的心。
倘有个坏蛋使您相信这件事，
让上天把加给长虫的诅咒[20]责罚他！
因为，如果她还不能算老实、贞洁

与真诚，天下就再无快乐的男人了；
他们最纯洁的妻子会得同丑闻
一般腌臜。

奥赛罗 叫她到这里来；你去。 ［爱米丽亚下。
她说够了；不过她是个没脑筋的鸨妈，
说不出真情来。这是个奸诈的婊子，
重门深锁，一库房下流的秘密；
但她会跪下来祷告；我见过她这样。

［玳思狄莫娜与爱米丽亚上。

玳思狄莫娜 官人，你要怎么样？

奥赛罗 小鸡，这里来。

玳思狄莫娜 你乐意什么事？

奥赛罗 让我看你的眼睛；
对我的脸望。[21]

玳思狄莫娜 是什么可怕的怪想？

奥赛罗 ［向爱米丽亚］来一点你的老本行，老板娘；[22]
让男女两个在一起，把门关起来；
若是有人来，咳嗽或者哼一声。
你那秘密，那秘密；休那样，赶快。

［爱米丽亚下。

玳思狄莫娜 我跪在地上，你这话什么意思？
我懂得你话里有暴怒，但不懂你的话。

奥赛罗 哎也，你是什么？

玳思狄莫娜 你的妻，官人；
你真心和忠诚的妻子。

奥赛罗 来，起个誓，

咒你自己进地狱；否则，像是个
从上界下来的，魔鬼们不敢抓你去；
所以，要双重入地狱；发誓你贞洁。

玳思狄莫娜 上天真知道我如此。

奥赛罗 上天真知你
无信义跟地狱一般。

玳思狄莫娜 对谁，官人？
同谁？我怎样无信义，不忠贞？

奥赛罗 啊！
玳思狄莫娜，走开，走开，走开！

玳思狄莫娜 唉哟，悲痛的日子！——你为什么哭？
我可是你这眼泪的因由，官人？
假使你也许怀疑我父亲是使你
被召唤回去的主动者，莫对我责难；
你若是失掉了他，哎也，我同样
也失掉了他呀。

奥赛罗 如果上苍高兴
用悲怆来把我考验，他若把一应
伤痛和耻辱下降到我光着的头上，
把我沉浸在寒苦中直到嘴唇边，
使我和我最可靠的指望被奴役，
我还能在我灵魂的深处找到
些微的宁静，但是，唉哟！叫我做
那固定的中心，给讥嘲的时世把它
那慢得几乎不动的指针指着走！㉓
但那个我也能好好、很好地忍受；

可是那所在，——我精灵寄托的所在，
我生命的肇端或死亡之始初，那源泉
我这水流从其中溢出来或未溢
而先已干涸，——给从那去处驱逐掉！
或者，留得那去处作为脏水坑[24]，
供丑秽的癞蛤蟆去交尾、生育、繁殖！
将花容变过去，你这“宁静”美姣娘；
你俊俏后生、贝齿朱唇的小仙娇，
是哟，暴露你地狱般可怕的真相吧！[25]

玳思狄莫娜 我希望我高贵的官人认为我贞洁。

奥赛罗 啊也！不错，像夏天屠场里的苍蝇，
下过卵马上又怀胎。你啊，秽草！
你这般艳丽妖娆，芳香馥郁得
知觉想跟你接触，想念得发痛，
但愿你从未出生到这世上来。

玳思狄莫娜 唉呀！我犯了什么未知的罪辜？

奥赛罗 难道这洁白的纸张，这美好的书本，
是用来写上“娼妓”这名儿的吗？
犯了什么！犯了！啊，你这个
公开的窑姐！假如我讲你的行为，
我会把自己这两片脸颊化作
炼铁的熔炉，把羞耻烧成灰烬。
犯了什么！天公对它掩鼻子，
月亮闭着眼睛不要看，跟任何
它碰到的东西都接吻的滥贱的风儿，
也躲进了地穴不做声，不要听这件事。

犯了什么！不知羞耻的婊子！

玳思狄莫娜 凭上天，你侮辱了我。

奥赛罗 你不是个婊子？

玳思狄莫娜 不是，正如我是个基督徒。假使
为我官人保持这身躯不受
旁人非法的肮脏的接触就不是
个婊子，我就不是。

奥赛罗 什么！不是个
娼妓？

玳思狄莫娜 不是，正如我将会得拯救。

奥赛罗 这可能吗？

玳思狄莫娜 啊！上天饶了我们吧。

奥赛罗 那么，
我请你原谅；我把你当作跟奥赛罗
结婚的那个狡诈的威尼斯娼妇。
你啊，老板娘，你门庭开设在圣彼得
对过，㉖你守着地狱的大门！㉗

［爱米丽亚重上。

你呀，你呀，是啊，你呀！我们
已完了这一遭；这里有点钱给你。
我请你，把房门开锁，保守着秘密。 ［下。

爱米丽亚 唉哟！这位将爷转什么念头？
怎么了，娘娘？你怎样，亲爱的夫人？

玳思狄莫娜 当真，昏昏沉沉。

爱米丽亚 亲爱的娘娘，我家将爷怎么了？

玳思狄莫娜 谁？

爱米丽亚 哎也，我家将爷，娘娘。

玳思狄莫娜 你家将爷是谁？

爱米丽亚 是你的官人，好夫人。

玳思狄莫娜 我没有官人；别跟我说话，爱米丽亚；
我不能哭泣，也不能回答你我没有，
只除了用眼泪。请你今晚上把我
结婚时的床单铺在床上；记住了：
还叫你丈夫这里来。

爱米丽亚 这真是个巨变！ ［下。

玳思狄莫娜 我会受这样的对待倒合适，很合适。㉘
我做了什么，就把我最坏的事儿㉙
来说，他怎么能说我犯什么罪辜？

［伊耶戈与爱米丽亚上。

伊耶戈 您乐意什么事，娘娘？您觉得怎样？

玳思狄莫娜 我说不上来。他们教训小孩子，
用温柔的手段、把轻松的事儿要他们
去做；他也尽可以这样责骂我；
因为，说实话，对责骂，我还是个小孩。

伊耶戈 什么事，夫人？

爱米丽亚 唉哟！伊耶戈，将爷
大骂她娼妓，一叠连鄙蔑她，把重话
堆在她头上，肉做的心肠受不了。

玳思狄莫娜 我是那称呼吗，伊耶戈？

伊耶戈 什么称呼，
明艳的夫人？

玳思狄莫娜 如她所说的我官人

叫我的那称呼。

爱米丽亚 他叫她娼妓；一个化子喝了酒

也不能用这般丑话骂他的贱穷婆。

伊耶戈 为什么他这样？

玳思狄莫娜 我可不知道；我自知不是那种人。

伊耶戈 不要哭，不要哭。唉哟，天可怜见的！

爱米丽亚 是否她回绝了那么多贵家子的姻亲，

舍弃了父亲，离别了乡邦，告辞了

亲友们，为的是给叫作娼妓？那不要

叫人伤心吗？

玳思狄莫娜 这是我命里该受苦。

伊耶戈 要怪他太不该！他怎么想出这花样？[30]

玳思狄莫娜 不懂，上天才知道。

爱米丽亚 我宁愿给绞死，

若不是什么骇人的坏蛋，[31]什么

狗颠屁股、巴结拍马的恶棍，

什么欺哄诳骗的贼奴才，为谋求

职位，故意编造出这么个诽谤来；

我宁愿给绞死，如果不。

伊耶戈 呸！没有

这样的人儿；不可能。[32]

玳思狄莫娜 假使有这样人，

上天饶恕他！

爱米丽亚 让一条绞索饶恕他，

让恶痛在他骨头里边慢慢咬！

为什么他叫她娼妓？谁跟她在一起？

在什么地方？在什么时候？什么个
形象？有什么朕兆？这个摩尔人
上了那最混账不过的恶贼的当，
那一准是个卑鄙龌龊得极荒唐、
十恶不赦的大王八。啊，天哟！
但愿你能暴露出这样的坏家伙，
叫每个诚实人手里有一根鞭子，
望那些赤裸裸的混混身上尽力抽，
打这世界的尽东头直抽到尽西头！

伊耶戈 轻声些。

爱米丽亚 啊！滚他们的蛋。那就是
这样个家伙，他把你理性的里子
翻到了外面来，叫你疑心我跟这
摩尔人有关系。

伊耶戈 你是个傻瓜；得了吧。㉝

玳思狄莫娜 啊，好心的伊耶戈，我将怎么办，
才好使我的官人能回心转意？
我把你当朋友，请你去到他那里；
因为，凭这上苍的天光，我不知
我怎样会失掉了他。我在此下跪：
假使我这心志曾经触犯过他的爱，
不论在思想里头或者在行动中；
或是我的眼睛、耳朵，或别的知觉
喜爱了除他以外的其他的形象；
或是我如今还没有、以前尚未曾、
将来若不会深深地爱他，即令他

用异常贫贱的离婚将我摒弃掉，
让欢乐永远跟我绝了缘！寡情
能造成绝大的后果；他对我恩断
义绝可能会斩除我这命，但决计
不会分毫损及我对他的爱。
我不能说“娼妓”这名儿：如今说它时，
我满腔恐怖而作呕；要僭得那称号，
就是满天下的虚荣也不能叫我
去干那勾当。

伊耶戈 我请你安心，这只是
他一时的性发；㉞邦国的事务恼了他，
所以他对您会责怪。

玳思狄莫娜 若不为别的，——

伊耶戈 只为了这个，我保证。 [幕后号角声起。
听吧！这些号子在传唤晚餐了；
威尼斯派来的信使们等着吃饭：
里边去，不要哭；一切事都会好转。

[玳思狄莫娜与爱米丽亚下。

[洛窦列谷上。

你好，洛窦列谷？㉟

洛窦列谷 我不见你在老实对待我。

伊耶戈 你怪我不好，根据的是什么？

洛窦列谷 你每天要耍点花样把我搪塞过去，伊耶戈；显得你，据我现在看来，宁愿不给我一切机会，也不肯给我些些哪怕是希望中的有利条件。㊱我当真再也不能忍受下去了，你休想再叫我不声不响把我傻子般吃的苦头吞下去。

伊耶戈 你听我说好不好，洛窦列谷？

洛窦列谷 说实话，我听得太多了，因为你的话跟实际行动没有关系。

伊耶戈 你责备我得非常不公平。

洛窦列谷 完全凭事实。我浪费得超过了我的财力。你打我这里拿去的金珠宝石，交给玳思狄莫娜的，差不离能败坏一个立过誓笃信耶稣的圣处女；你告诉过我，她已经接受了它们，你带回来的是指望和鼓励，说马上能得到她注意和彼此相熟，但是我什么也不曾见到。

伊耶戈 好；得了，很好。[37]

洛窦列谷 很好！得了！我不能得了，汉子；也不是很好：凭我这只手，我说，是很糟，我开始发现自己在这里头遭了骗。

伊耶戈 很好。

洛窦列谷 我告诉你这不是很好。我要对玳思狄莫娜去露我的真面目；[38] 如果她把我的珍宝还给我，我准会停止我对她的追求，改悔我非法的引诱；若是她不还的话，你可以拿稳，我要叫你赔偿损失。

伊耶戈 你现在说的。

洛窦列谷 不错，我所说不是别的，只是矢言我用意要去做到。

伊耶戈 哎也，如今我见到你有刚勇之气，从此刻开始我对你要比过去更加尊重了。把手伸给我[39]，洛窦列谷；你对我不满极有道理；不过我矢言，我非常诚实地替你出过力。

洛窦列谷 未曾见得。

伊耶戈 我承认当真还未曾见得，而你的怀疑心是合乎情理的。但是，洛窦列谷，如其你胸中当真有那个在里头，我现在要比以往有更多的理由相信如此，我是说决断、勇气和果敢，今晚上须得把它显示出来：假使你明天晚上还享受不到玳思狄莫娜的话，用奸险的办法弄死我，策划出巧计来斩断我这条命。

洛窦列谷　好，是什么事？那是在理性范围之内的吗？

伊耶戈　先生，威尼斯有特别命令到来，委任凯昔欧接替奥赛罗的职位。

洛窦列谷　那是真的吗？哎也，那么奥赛罗和玳思狄莫娜要回威尼斯去了。

伊耶戈　啊，不对！他去到毛列台尼亚，[40]要带同了那标致的玳思狄莫娜一起去，除非有意外发生使他逗留下去；在那上头，除了干掉凯昔欧之外，没有事能起这样的决定作用。

洛窦列谷　你这是什么意思，干掉他？

伊耶戈　哎也，叫他不能接替奥赛罗的位置；砸烂他的脑子。

洛窦列谷　而那个你要我去干吗？

伊耶戈　不错；假如你敢于对自己做一件有利而公道的事。今晚上他跟一个烟花姑娘一起吃饭，我要到那里去看他，他还没有知道他这高贵的命运呢。若是你瞧准了他往那里去时，——我将使它在十二点和一点之间发生，——你可以任意拦截住他；我将在附近帮你忙，他一定会在你我之间给结果掉。来吧，莫在那里犹豫不决，跟我一起走；我要讲给你听他不死不行，然后你将理会到你非对他下手不可。此刻是早该吃晚饭的时候了，这黄昏快完了；上紧吧。

洛窦列谷　我还得再听听这正经的因由。

伊耶戈　你定将给说得满意信服。　［同下。

第 三 景

［堡垒内另一室］

［奥赛罗、罗铎维哥、玳思狄莫娜、爱米丽亚与随从人等上。

罗铎维哥 我请您，将军，尊驾就在此留步。

奥赛罗 啊！原谅我；走走㊶对我有好处。

罗铎维哥 夫人，晚安了；多谢您盛情款待。

玳思狄莫娜 阁下能光临，欢迎得很。

奥赛罗 请先走

一步好吗，大人？噢！玳思狄莫娜，——

玳思狄莫娜 官人？

奥赛罗 你立刻上床睡觉去；我顷刻就会回来；遣走你那个伴娘；仔细着做到这点。

玳思狄莫娜 我自会，官人。

［奥赛罗与罗铎维哥及从人等下。

爱米丽亚 现在怎么样？他看来比过去要温和些。

玳思狄莫娜 他说他马上就回来；他对我吩咐

就去睡，又要我遣你走。

爱米丽亚 遣我走！

玳思狄莫娜 这是他关照的；所以，好爱米丽亚，

把我的寝衣裤给我，就明儿再见：

我们如今再不能叫他不高兴。

爱米丽亚 我但愿你从未见过他来。

玳思狄莫娜 我不愿如此；我把他喜欢到这样，
就是他的粗暴、责难和颦眉蹙额，——
请你，将别针解开，——也显得气概，
对我很可爱。

爱米丽亚 你要我铺下的床单
我已经铺在床上了。

玳思狄莫娜 没有关系。说真话！我们的心思
多笨！若是我比你先死，要请你
在这两条床单里用一条来包扎我。

爱米丽亚 算了，算了，你在胡说。

玳思狄莫娜 我母亲有一个青衣名叫巴白莉；
她爱上了个人，她爱的那个发了疯，
将她抛弃掉，她有支歌儿叫《柳条》；
那是支老山歌，但正好表白她命运，
她临死时节就唱它；今晚上那山歌
老在我头脑里打来回；我得极力
控制着自己，不把头伛得很低，
像可怜的巴白莉那样唱着那山歌。
请你快一些。

爱米丽亚 我要去取你的梳妆
长褂吗？

玳思狄莫娜 不用，这里把别针放开。
这罗铎维哥是一个体面人物。

爱米丽亚 出脱得极俊俏风流。

玳思狄莫娜 他很会说话。

爱米丽亚 我知道威尼斯有这么一位娘子，情愿打着赤脚走到巴勒

斯坦去，只要能碰一下他的下嘴唇。

玳思狄莫娜 ［唱］

“这可怜的人儿悲叹着，坐在棵无花果树旁，

　　唱着一枝绿柳条；

她手捧着胸膛，头儿低到在膝盖上，

　　唱柳条，柳条，柳条：

清清的河水应和着，流过她跟前；

　　唱柳条，柳条，柳条：

她咸咸的眼泪落下来，石头都软绵；”——

把这些留起来：——

［唱］“唱柳条，柳条，柳条”：

请你快一些，他就要来了。——

［唱］“唱一枝绿柳条得要做我的花环。

休让人责备他，他对我的侮慢我喜欢，”——

不对，下面不是那么样。听啊！谁在敲门？

爱米丽亚 这是风。

玳思狄莫娜 ［唱］“我说我情郎太负心；他便怎么讲？

　　唱柳条，柳条，柳条：

我若向女娘们求爱，你会跟汉子们要好。”

就这样，你去吧，晚安。我眼睛在发痒；

那预示要哭吗？

爱米丽亚 这没有什么相干。

玳思狄莫娜 我听人这样说。啊！这些男人，

这些男人！告诉我，爱米丽亚，

你果真认为世界上有这样的女人，

欺骗她们的丈夫有这么荒唐吗？

爱米丽亚 没疑问，有这样的女人。

玳思狄莫娜 你肯做这事吗，

即令为天大地大的好处？

爱米丽亚 哎也，

你不肯做吗？

玳思狄莫娜 不肯，凭着这天光！

爱米丽亚 在天光下面我也不肯做这种事；

但在黑暗里我也许会做。

玳思狄莫娜 你肯做

这事吗，即令为天大地大的好处？

爱米丽亚 天大地大的好处是件大好处；

这是做一件小坏事，博一桩大好处。

玳思狄莫娜 说真话，我想你不会肯去做。

爱米丽亚 说真话，我想我应当去做，做过后再设法消除弥补。凭圣处女，我不会为了一只和合戒指，或者多少码细布，或者多少件长外褂、小衬衣，或者多少顶便帽，或者不论什么些的津贴，去做这样件事儿；但是为整整天大地大一桩好处，谁不愿叫她丈夫戴上绿头巾，如果能使他变成一位帝王？为这个我甚至愿意冒险跑进净土界去经受火炼。

玳思狄莫娜　天罚我，假使我干得这样的坏事，
即令为天大地大的好处。

爱米丽亚　哎也，那坏事只是天地之间的一桩坏事；而有了天地作为你辛苦的报酬，那坏事便成了你自己天地里的坏事了，那么，你很快就能把坏事弄好。

玳思狄莫娜　我想这世上不会有这样的女人。

爱米丽亚　有的，有一打；而且再加上那么多，
她们为赢得这天地间，能叫它生满了人。
可是我以为这是丈夫们的过错，
如果妻子们失足。比如说，他们
忽略了应尽的责任，将我们分内
该享的财富注入野女人的怀抱，
或者闹脾气，因为发了呆而嫉妒，
束缚住我们；或者，比如说，打我们，
或减少原先的支应，出于恶意；
哎也，我们会忿怒，虽然我们
有美德，可也能报复。丈夫们要知道，
他们的妻子跟他们一般有性欲；㊷
她们眼能见，鼻能嗅，有味官能知
酸甜，如同丈夫们一个样。他们
把我们换上别人时，做的是什么？
为好玩？我想那是的；情感冲动
所造成？我想那是的；这样的差失
可是个弱点？一点都不错；那么，
我们可没有热情、好玩的欲望、
弱点吗，跟男子们一样？所以，让他们

好好待我们；否则，让他们知道，
我们的坏事，是他们的坏事所致。

玳思狄莫娜　晚安，晚安；求上帝给我些行止，
不向坏榜样去学坏，要反自策励。

［同下。

第四幕　注释

① Johnson：这是说，装着假去欺骗魔鬼。普通的伪善者们假装着一副道德的外貌去欺骗旁人，而实际上是过着罪恶的生活；这些人则欺骗魔鬼，使他怀着绝大的希望以为他们会堕落，而最后却规避了他，不犯他以为他们正要犯的那罪恶。

② 《圣经·新约·马太福音》第四章，耶稣禁食四十昼夜后肚子饿了，魔鬼试探他能否把石头变成食物，又“带他进了圣城，叫他站在殿顶上，对他说，‘你若是上帝的儿子，可以跳下去。因为经上记着说，“主要为你吩咐他的使者，用手托着你，免得你的脚碰在石头上。”’耶稣对他说，‘经上又记着说，“不可试探你的上帝。”……’”Henley 指出，诗人的意思是说，魔鬼用煽动他们情欲的办法试探他们，而他们试探上帝则是将他们自己放在一个几乎无法避免堕落的情况中，就是说，用满足情欲去试探上帝。

③ Harting（*Ornithology of Shakespeare*，1871）：不论我们走到这广大世界的什么地方去，乌鸦的沙哑叫声是永远可以听到的。在北极探险队所经历过的极北处，可以见到它栖止在石骨上俯视着凄凉的白雪。在赤道地带燃烧着的阳光下，也可以见到它在享受那腐肉的盛馔。它曾被库克大佐（Captain James Cook，1728—1779，英国环球航海家）在太平洋荒岛上发现过；在南极地区的最南处，游历家们也可以见到它追随着它那谨慎的掠夺生活，正如在英伦一样。从最古时候起，它以它那深沉庄严的声音总是引起人们注意的，而从它的叫声里迷信者都能找到些不祥和凶戾的消息。多少世纪以来，它保有着这样的性格；就是在今天，好多人还相信鸦鸣预兆人死亡。无怪莎士比亚利用着这一广泛的信念，把乌鸦引进了他戏剧里许多庄严的片段中去。

④ Warburton：在这段话里的猝发与片断回想中，有些非常可怕的东西在内，显示说话人的心情是在不可言诠的苦痛中。但这些言辞里有一片崇高在内，那是任何赞佩也决不会过分的。Reynolds：奥赛罗是在暗指伊耶戈所捏造而告诉他的那个凯昔欧的梦。当好多混乱而我们对之发生兴趣的意念顿时立刻一齐拥入心中，快到它没有时间去形象化或消化它们时，……就会产生迷惘或昏晕。奥赛罗以片言只语（它们全部跟他的嫉妒的原因有关）表示所有的证据都于顷刻间集中在他的心中，这就不可抗拒地制胜了它，使他堕入一阵昏惘中，这原来是自然的结果。

⑤ 这里有个双关无法译出：原文“lie on her”可解作“躺在她身上”，也可解作“撒

谎造她的谣”。奥赛罗意思是说，“lie on her”可能是撒谎造她的谣，但这说法放在“lie With her”（躺在她一起），如在伊耶戈口里那样，可就不能解作“撒谎造她的谣”，只能解作“躺在她身上”了，因此，他接着就说，“那叫人作呕。”

⑥ Steevens：奥赛罗自己在那里想象他所猜测的他妻子与凯昔欧之间所进行的亲狎情景。……

⑦ 意大利名伶萨尔维尼（Tommaso Salvini，1829—1916）在他的演出中，将剧辞从这里起删去一百四十三行，原因是，他认为，这一大段跟奥赛罗的性格抵触太甚。“这能想象吗，”他问道，“有这摩尔人这样倨傲剧烈的性情的人，当害他戴绿头巾的那人亲口细叙他的耻辱的时候，他居然能控制住自己？你不会猜想吗，他会要老虎一般向凯昔欧身上猛扑过去，把他撕成碎片？当然，凯昔欧会要赢得足够的时间以清除他的误会，然后这悲剧便会归于失败。所以，这一段如果给保持着就会损害奥赛罗的性格，否则它一定得被删去。”经此删节后的故事里的这一片罅隙，萨尔维尼认为奥赛罗在最后一景里断言他曾看见过那条手帕在凯昔欧手里，就可以加以补塞。

⑧ L. Mason：从这里起到凯昔欧下场时止，奥赛罗的旁白都是假定在他的藏匿处说的，观众可以在那里看得见、听得到他，但凯昔欧与伊耶戈是看不见、听不到他的。

⑨ 译者按：古罗马人好战争讨伐，以组训军团（legio），从事东征、南讨、北伐闻名。自公元前六世纪初年罗马共和国成立，迄公元前二十七年共和解体而帝国代兴，在战事中得胜的将军们回首都罗马时，总要举行一个庄严隆重的入城凯旋式，如遇大胜则叫做“大凯旋式”（triumphus），带着马步军兵，乘着仪仗战车，戴着金冠，披着袍氅，如遇小胜则叫做“小凯旋式”（ovatio），也带着骑士与步卒，骑着战马，戴着桃金娘花冠，披着袍氅，城中老百姓则万人空巷来迎迓，夹道欢声雷动。在罗马帝国时代，这风习还保持着，一直垂延到公元八百年以后的东、西神圣罗马帝国而勿替。

⑩ Delius：奥赛罗把伊耶戈的话“你准会和她结婚”应用到玳思狄莫娜身上，所以问道，“你跟我算清了账吗？你结果了我吗？”这是因为要等奥赛罗不在这世上以后，凯昔欧跟她结婚才可能。

⑪ “Fitchew”，又名“polecat”，这是欧洲所产的一种骚臭的猫。这名称被用来作为“妓女”一词的隐语。

⑫ “Hobby-horse”，Schmidt《莎士比亚辞典》训为“一个轻浮淫荡的妇人”，Dyce《莎氏语汇》训为“一个被遗弃了的妇人”，Onions《莎氏语汇》训为“一个轻薄的妇人”。

⑬ 这句话看来平淡无奇，实际上却并不寻常，而是包藏得有险毒的用意的。在四幕三景四〇行处，爱米丽亚说罗铎维哥“出脱得极俊俏风流”，又说他在威尼斯极受娘子们的欢迎。伊耶戈这句话分明是说，“你瞧，您夫人对于风流潇洒的后生们没一个不爱，昨儿是凯昔欧，今儿换新鲜，又看上新的了。”

⑭ 这咒骂辞原意是：“火与硫磺！”

⑮ 原文“wise”可解作“聪明、有判断、知羞耻或庄重”。Fechter在他的演出中，把

这句话（“您聪明吗？”）归伊耶戈口里说出，说时把手伸过桌子来抓住奥赛罗的臂腕，强力止住他。奥赛罗刚发了上一句咒骂，正要“狂怒地站起来”。

⑯ Theobald：奥赛罗只是才到了塞浦路斯来不久；知政事公署还不见得来得及听到土耳其舰队已被风暴所打散；而奥赛罗是被立即召还本国的，并非缘于他的行为引起了对他的谴咎，或者有什么暗示他被派充一个更紧急的委任。的确，由凯昔欧接任他的职权，显得用意是要增加这摩尔人的愤怒；但是某些或然的理由应当被举示出来，以说明他的被召。至于伊耶戈在后面所讲的，说奥赛罗是要往毛列台尼亚（Mauritania）去，那只是他编造出来的谎话，目的是要欺骗洛窦列谷。

⑰ 他说这句话，是因为他在前面问过她“你懂得羞耻吗？”所以这里的意思是，“你把你的丑恶完全暴露出来，倒是好的。”

⑱ Malone 指出，伊耶戈在三幕三景四百零几行处说起“山羊”和“猴子”，那里他说要亲眼看到凯昔欧与玳思狄莫娜罪行的证据是不可能的。这些话，我们可以猜想，还在奥赛罗耳朵里鸣响着。Fechter 将这几个字作为奥赛罗的旁白，仿佛将整个世界包含在一个其苦无比的讽刺里。他出去之前对玳思狄莫娜下场的那扇门还投射了一个最后的怒视。

⑲ 这是故意说得纠缠隐晦，吞吞吐吐，真是个察言观色的“稳重”脚色。六、七行后他将他不肯明说的“动因”说了出来，但还是假的。在三幕三景一百三十余行至一百五十余行处，他对奥赛罗的对话中，也用了同样的技巧。

⑳《圣经·旧约·创世记》第三章，亚当吃了夏娃给他吃的“智慧树之果”后，上帝发现了就对引诱夏娃吃的蛇施与诅咒，说道，“你既作了这事，就必受咒诅，比一切的牲畜野兽更甚。你必用肚子行走，终生吃土。”

㉑ Booth：她举目对他望，但慑于他峻烈的瞪视，又将目光低下去了。

㉒ Cowden-Clarke：奥赛罗嘲骂爱米丽亚曾在凯昔欧与玳思狄莫娜幽会时装聋作哑，做过交易，而现在则要求她对于她的业外操作显出一点出色当行的颜色出来。

㉓ 对于这两行半，历来的学者们有将近二十家作过许多不同的校改或笺注。Furness 在新集注本上最后援引 Steevens 在另一处对无法澄清的疑难语句的说法，谓学者们意见分歧，无法一致，且“将继续纷纭历落，只要还有英伦与莎士比亚这样两个名字存在着”。虽然如此，我以为诗人的用意是不难完全懂得的。他使奥赛罗将他自己比作时钟面上正中心的“figure”（形状，形体），那固定的一点，人家指着他对他的讥嘲（“time of scorn”，讥嘲的时间，即时世或世人对他的讥嘲）他比作两根针，它们走得很慢，几乎像不在走动（因为看不出它们在走），但还是在走动着，好比讥嘲他的人一代代在过去而更新不已，而当它们极慢地走着的时候它们总是指着那中心，不会指向别处去，正如讥嘲他的人一代代总是把他作为笑柄。末一行内对开本的“his slow, and moving finger”（它那迟缓而移动的指针），则殊不如四开本的“his slow unmoving fingers”（它那慢得［几乎］不动的指头）为好。四开本的“指头”是多数，当是把时针与分针都算在里头。

㉔ 原文“cistern”解作大积水器、水槽或水池。

㉕ 对于这三行的原文，曾有两个截然不同的解释。Johnson 认为这是奥赛罗对 Patience（“宁静”姑娘）所说的话：见了这样丑恶的东西［如上面所说的］之后，

"宁静"姑娘，请你改容变色吧；请你，即令是你，年轻美丽、樱唇巧笑的你，也变得地狱般可怕吧。S. T. P. 批评这解释牵强不切，认为这乃是奥赛罗对玳思狄莫娜所讲的话：起初她对奥赛罗对她所作粗鄙的指控脸红了一阵；他当即赞美了她的美艳；而当她脸上显得严峻地愤怒时，他便向她挑战，叫她变得像地狱一般可怕。译者觉得 Johnson 的说法好像在解释他同时代诗人蒲伯（A. Pope）作品里的诗行，跟莎氏想象方式与风格根本不对头。至于 S. T. P. 使奥赛罗赞美玳思狄莫娜的美艳，我觉得也不甚合理，使他向她挑战云云则亦未免勉强。我认为整句句子是个尖刻的讽刺，正如在前面他对爱米丽亚说，"来一点你的老本行，老板娘；"在后面临走前又对她说，"我们已完了这一遭，"付拉纤钱给她，叫她把房门开锁，且保守着秘密，——模仿他想象中的凯昔欧与玳思狄莫娜幽会终了时他所采取的行动。我的了解是：奥赛罗先叫玳思狄莫娜休要再装假了，接着将她比作小天使"宁静"姑娘，末了对她说，"是哟，在这里［各版四开、对开本原文都作'here'，Theobald 校改为'there'，从他开始一直到许多现代版本中，除 Johnson 与 Jennens 两家外，都作'there'］你可不必装假了，因为我已经完全知道，就把你地狱般丑恶可怕的真面目暴露出来吧！"

㉖ 耶稣的使徒彼得守卫着天堂的大门，爱米丽亚则被骂作开设妓院，把守着地狱的大门：在这一意义上她是在圣彼得对过。

㉗ Booth：这时候玳思狄莫娜站不住倒在地上，五行以后爱米丽亚将她搀扶起来。

㉘ 这是句伤心到绝点、几乎发疯的反话。

㉙ 初版四开本原文作"my greatest abuse"，初版对开本作"my least misuse"；译文根据前者，从 Hudson 的释义。

㉚ 这一问问得骇人听闻，叫你毛骨悚然。紧接着爱米丽亚对作祟者的痛骂，他出奇地来一个断然否认。伊耶戈是个无神论者，但与许多有良心有人性的无神论者大不相同，他干了野兽所不愿干的昧心事，想了野兽所不敢想的恶毒思想，下了野兽所不会下的狠辣决心——且一有机会，立即加以实践——之后，当人家指责那坏事、坏思想、坏决心的时候，他可以理直气壮毫不脸红地问道，天下有那样可怕的魔鬼吗？"呸！没有这样的人儿；不可能！"如果有人戳穿了他的阴谋，然后问他有良心没有，他必嗤之以鼻，反问人家良心几分钱一斤，笑骂人家迷信而唯心。这一种坚决、彻底、绝对的科学个人主义者，莎士比亚在三百多年前即已绘影绘色地在伊耶戈这一角色身上体现了出来。莎氏或许不能想象，如果伊耶戈之流盗得了一国的王位，称王称霸起来，那又该是多么可怕！

㉛ Cowden-Clarke，Booth 等都认为爱米丽亚说此时并未怀疑到那坏蛋就是她自己的丈夫。

㉜ Booth：伊耶戈说此时应稍待一下，等爱米丽亚怒斥的势头稍稍过去了时。Fechter：伊耶戈甚至没有皱一下眉，而是很镇静地对她望着。

㉝ Booth：含着怒意，但低声地。

㉞ Booth：伊耶戈帮玳思狄莫娜站起来。

㉟ Booth：他们彼此相撞了一下，——伊耶戈有点窘。洛窦列谷拒绝握他伸出来的手，而当前者说下面责备他的话时，伊耶戈有点神经紧张。

㊱ Furness：希望的有利条件是从希望中获得的有利条件；这是因为伊耶戈每天要耍点花样把他搪塞过去，所以他没有了希望，以致那么点有利条件也跟着丧失掉了。

㊲ Booth：从这里起到四、五行以后，伊耶戈满不在乎地来回踱着，但洛窦列谷要对玳思狄莫娜去露他的真面目的威胁吸引了他的注意，也止住了他的步子，他立即计划把洛窦列谷和凯昔欧一起干掉。

㊳ Furness 问道：这除了他的伪装以外，还能指别的吗？就是说，他的面貌，用一蓬假须髯丑化着？

㊴ Booth：洛窦列谷不伸手，但伊耶戈哄骗着，嬉皮笑脸拉住了他的手。

㊵ Mauritania，或 Mauretania（毛列台尼亚，或毛累塔尼亚）有两个：一个是非洲北部古邦国名，在虞密提亚（Numidia，大致相当于目今的阿尔及利亚）之西，为现在的摩洛哥（Morocco）与阿尔及利亚（Algeria）的一部分；另一个在非洲西部赛乃加尔河（Senegal River）之北，滨大西洋。这里所说的是前一个。这就是奥赛罗被称为摩尔族人的乡邦本土。正如 Theobald 所云，伊耶戈说奥赛罗要带着妻子回原籍去是一句欺骗洛窦列谷的鬼话。在整个剧本里奥赛罗之被称为摩尔人，一幕一景一百十余行处伊耶戈笑骂孛拉朋丘“您愿意自己的女儿给一只巴巴利红鬃马压在身上”，以及这里伊耶戈捏造奥赛罗要带挈了妻子回故乡，都证明他的肤色是古铜色或栗壳色的，他的祖先是征服波斯、叙利亚、埃及、利比亚、虞密提亚、毛列台尼亚等地的阿拉伯人，他自叙身世的话（一幕二景二〇余行处），

我此身的生命与存在，系出君王
品位。以我的优长，用不到去冠，
我能对跟我获致的高位齐阶
并比的任何人说话。

并非夸口，而确是事实，他所自许的乃为有能征惯战传统的将门的后裔。至于说奥赛罗是非洲土生土长的黑人，肤色漆黑，头发鬈曲，则有一幕一景七十行处洛窦列谷称奥赛罗为“厚嘴唇”，一幕二景七十余行处孛拉朋丘骂他使玳思狄莫娜“投入你这样个乌黑东西的胸怀”，以及三幕三景三九〇余行处说他自己的

这清名，以前跟贞月的清辉
一般皎洁，如今玷污了，已发黑，
如同我自己的脸色

等等内证，似乎也不无理由。在舞台上，在悲剧名伶歧恩（Edmund Kean）之前，一直到十九世纪初年，奥赛罗被表演为一个墨黑的黑人，有相当长的传统。莎士比亚在“内廷供奉大臣班”里的同事伶人理查·勃培琪（Richard Burbage）怎样装扮奥赛罗，我们没有真切的记录，虽然确知他扮演奥赛罗很成功。“吾王御赏班”在环球剧院和黑僧剧院里上演这剧本时是怎样装扮奥赛罗的，我们更无法知悉。英国王朝复辟后剧院重新开门营业，女伶人开始登台演女角；一六六〇年十二月八日在红牛剧院上演了《奥赛罗》，第一个女伶人即饰演了玳思狄莫娜。据霍金斯（Hawkins）在《蔼特孟·歧恩传》（*Life of Edmund Kean*）里说，在近代舞台上演奥赛罗的名伶，Betterton，Quin，Mossop，Barry，Garrick 与 John Kemble，都将他装扮成一个墨黑的非洲土黑人；蔼特孟·歧恩是第一个名伶将他扮演为一

个紫棠色或淡棕色皮肤的摩尔人；原来一个真正的摩尔人并不比一般的西班牙人黑，他非但肤色、头发、嘴唇跟黑人完全两样，而且因为是属于高加索种的一支，面部骨头轮廓也颇为不同。有人说，就是莎氏自己对于奥赛罗的肤色及种族也不见得很明白，因为剧本里显然有这些点矛盾在。但多数莎氏学者们，如 Coleridge，Hunter，Knight，Grant White，Henry Reed，Halliwell，Hudson，Erl Rygenhoeg 等，都认为奥赛罗是个紫棠色或淡棕色皮肤的摩尔人，而不是个黑人，至于洛窦列谷所以称他是“厚嘴唇”，是因为求婚失意、妒火中烧而对情敌所发的丑诋（Knight），且摩尔人的嘴唇确要比威尼斯人的厚一点（White），而在莎氏作品里或他的同时人的言语文字里，所谓肤色“黑”或“暗”实际上是指“brunette”（浅黑）而言，并无墨黑、漆黑之意。这使人想起我们的言语里呼一个皮肤较黑的美妇人为“黑牡丹”或“黑里俏”，并不意味着她同松烟、煤炭或黑漆一般。

㊶ Cowden-Clarke：这显示心中在烦躁，身体就不得安静。

㊷ 原文“sense”，Malone 与 Dyce 解作“性欲”，Schmidt 解作五官或感觉。

第五幕

第一景

［近碧盎佳住处一街道］

［伊耶戈与洛窦列谷上。

伊耶戈 这里，站在这店架子①后面；他立刻
就会来：握着你出鞘的匕首在手上，
要刺中。得赶快，赶快；休要害怕；
我将在你近旁。我们成功或失败，
都在这上头；要想到那上头，下定你
最坚强的决心。

洛窦列谷 待在近边；我也许
失着。

伊耶戈 在这里，就在你附近：要大胆，
守候在这里。 ［退避。

洛窦列谷 我对这件事没多大
热忱；可是他给了我满意的理由：
这不过干掉个把人：出盒来，剑儿；
叫他死。

伊耶戈 我把这小脓疱②擦得差点儿

很痛，使他动了火。现在，不拘是
他杀了凯昔欧，或者凯昔欧杀了他，
或彼此互相格杀，都对我有利：
若洛窦列谷还活着，他要我取回
一大堆金珠宝石，我向他骗来
作礼品，说送给了玳思狄莫娜；
这决计使不得：假使凯昔欧留下，
他活在人间每天便是桩美事，
使我相形便见丑；而且这摩尔人
可能会告诉他我对他的行径；那样，
我地位太危险。不行，他非死不可。
就让它这样③——我听到他在来了。

［凯昔欧上。

洛窦列谷 我听见他脚步；这是他。坏蛋，叫你死！

［对凯昔欧投一冲刺。

凯昔欧 那一下戳击本该夺掉我的命，
但我这外褂比你所料想的要好；
我试试你的却如何。

［拔剑穿刺，击伤洛窦列谷。

洛窦列谷 啊！我死了。 ［踣地。

［伊耶戈自后刺伤凯昔欧之腿，随即下场。

凯昔欧 我永远残废了。救人，喂呀！凶杀！
凶杀！

［奥赛罗在远处上。

奥赛罗 凯昔欧的声音：伊耶戈有信义。

洛窦列谷 啊！坏蛋，我真是！④

奥赛罗　　　　　　　　　　一点不错，

凯昔欧　啊，救人！喂呀！火把！医生！

奥赛罗　这是他：啊，好个了不起的伊耶戈，

诚实又可靠，你教我知道你对

你朋友受害，有何等豪侠之感。

刁顽的婢子，你那情郎躺着

已经死，你那可耻的命运来得快；

娼妇，我来了！那一阵妖媚，你那双

秋波，已永远打我心头上消灭；

你那淫污了的床褥将玷上血迹。

［奥赛罗下。

［罗铎维哥与格拉休阿诺于远处上。

凯昔欧　喂呀！没有守夜人？没有人来往吗？

凶杀！凶杀！

格拉休阿诺　这是什么不幸事，这叫声很可怕。

凯昔欧　啊，救人！

罗铎维哥　听呀！

洛窦列谷　啊！可鄙的坏蛋。

罗铎维哥　两三个在呻吟叫苦：这夜晚好阴沉；

这些也许在装假；我们要晓得，

来到呼救处没更多人手不安全。

洛窦列谷　没人来？那我要血流尽而死。

罗铎维哥　　　　　　　　　　　　听呀！

［伊耶戈持火炬上。

格拉休阿诺　这里有人身穿着衬衫，手拿着

火把同武器在来了。

伊耶戈　　　　　　　　　　谁在那里？

是谁的声音在叫喊凶杀？

罗铎维哥　我们不知道。

伊耶戈　　　　　　你们不听到一声

叫喊吗？

凯昔欧　　　　这里，这里！为天公，救我吧。

伊耶戈　什么事？

格拉休阿诺　　　　我看这是奥赛罗的旗手。

罗铎维哥　果真就是他；一个很勇敢的汉子。

伊耶戈　你们叫得这样惨，是什么样人？

凯昔欧　伊耶戈？啊唷！我完了，给坏蛋送了命！

救我一下。

伊耶戈　　　　　啊哟，我的天，副将军！

是什么坏蛋干的事？

凯昔欧　　　　　　　　　我想他们

中间有一个还在这里呢，跑不掉。

伊耶戈　啊，一些个奸险的坏蛋！——

［对罗与格］你们是什么样人？过来⑤，帮帮忙。

洛窦列谷　啊唷！帮我一下，这儿。

凯昔欧　那是他们里头的一个。

伊耶戈　　　　　　　　　　啊也，

凶杀人的奴才！啊，坏蛋！　　　　［刺击洛窦列谷。

洛窦列谷　　　　　　　　　　　啊，打入

地狱的伊耶戈！啊，没人性的恶狗！

伊耶戈　黑暗里杀人！这些血腥的强盗

往哪里去了？这坊厢多么静悄！——

喂哟！凶杀！凶杀！——你们是什么人？

是好人还是坏人？

罗铎维哥　　说我们是好人；

你认识我们。

伊耶戈　　是罗铎维哥大人？

罗铎维哥　正是，足下。

伊耶戈　我请您原谅。凯昔欧在这里，有坏蛋

杀伤了他。

格拉休阿诺　凯昔欧！

伊耶戈　怎样了，兄长？

凯昔欧　我的腿斫成了两橛。

伊耶戈　　凭圣母，天不许！——

请照亮，贵人们；我把这衬衫来包扎。

［碧盎佳上。

碧盎佳　什么事，喂呀？谁在这里叫嚷？

伊耶戈　谁在这里叫嚷！

碧盎佳　啊，亲爱的凯昔欧！我心头的凯昔欧！

啊也，凯昔欧，凯昔欧，凯昔欧！

伊耶戈　啊，出色的婊子！——凯昔欧，您可能

疑心谁把您剁得血肉横飞的？

凯昔欧　不知道。

格拉休阿诺　我见您这般真伤心；我正来找您。

伊耶戈　借给我一条袜带。对了。——啊！

要一架滑竿把他轻手轻脚

打这里抬走！

碧盎佳　唉哟！他昏厥了过去！啊唷，凯昔欧，

凯昔欧，凯昔欧！

伊耶戈　　　　列位贵人，我怀疑
这垃圾也是凶手中的一个。——且耐着
一会儿，亲爱的凯昔欧。——拿来，拿来。
给我那柱火。——我们认识这脸庞不？
唉呀！是我的朋友和亲爱的同乡，
洛窦列谷？不对：是的，确乎是，
啊也，天呀！洛窦列谷。

格拉休阿诺　什么！是那威尼斯人？

伊耶戈　就是他，大人：您认识他吗？

格拉休阿诺　　　　　　　　认识他！
当然。

伊耶戈　　格拉休阿诺大人？我请您
宽和地恕宥；为这些流血的事故，
请原谅我失礼，这般忽略了您大人。

格拉休阿诺　我见到足下很高兴。

伊耶戈　　　　　　　您怎样，凯昔欧？——
啊！要一架滑竿，要一架滑竿！

格拉休阿诺　洛窦列谷！　　　　［一肩舆被舁入。

伊耶戈　他，他，这是他。——啊！说得对；滑竿：
让什么好心的人儿留神抬走他；
我去请将军的外科医师。——［向碧盎佳］说起你，
嫂子，你不用麻烦。他这里躺着，
遭凶杀，凯昔欧，乃是我亲爱的朋友。——
你们之间可有什么样的仇恨？

凯昔欧　一点都没有；我连这人都不认识。

伊耶戈　［向碧盎佳］什么！你脸都急白了？——啊！抬走他，
休在这露天下面。——

［凯昔欧与洛窦列谷被舁去。

且慢走，大人们。——
你脸都急白了，嫂子？——你们可瞧见
她眼神那鬼样。——莫那样，你若呆瞪着，
我们就会有后闻可以听到。——
好好瞧着她；请你们；注意着她：
你们见到吗，大人们？不行，罪恶
会自我暴露，虽然舌头不做声。⑥

［爱米丽亚上。

爱米丽亚　唉哟！有什么事情？什么事，丈夫？

伊耶戈　凯昔欧在这里黑暗中，被洛窦列谷
和一些逃走的家伙行凶袭击：
他伤重得快死，洛窦列谷已死了。

爱米丽亚　唉哟！好人君子；唉哟，好凯昔欧！

伊耶戈　这是逛窑姐儿的结果。爱米丽亚，
你去问凯昔欧他今夜在哪里吃晚饭。——
什么！你对那发抖吗？

碧盎佳　他在我屋里
吃晚饭，但是我不会因那而发抖。

伊耶戈　啊！他是这样吗？我命令你同我走。

爱米丽亚　呸，不要脸，娼妇！

碧盎佳　我不是娼妇；你把我这样糟蹋，
我跟你生活得一般高贵。

爱米丽亚　跟我！

噘！好不知羞耻！

伊耶戈 宽和的大人们，

让我们去着可怜的凯昔欧裹伤。——

来吧，嫂子，你定得告诉我们

另一桩故事。——爱米丽亚，你赶往

城防堡垒去，去告诉主公与主妇

发生了什么事。你能先去吗？［旁白］这夜晚，

不使我功业成，会叫我完全失败。

［同下。

第二景

［堡垒内一卧室］

［奥赛罗上，手持烛台，玳思狄莫娜睡在床上。⑦

奥赛罗 我为的是大义，是大义，⑧我的灵魂；

莫让我对你们道出那罪名，⑨你们

贞洁的星辰！我为的是大义。可是我

不叫她流血，也不使她那比霜雪

还白，同雪花石膏般光滑的皮肤

受到伤残。但是她一定得死，

否则她将会诳骗更多的男人。

灭掉这支光，然后再灭掉这支光：

我若灭了你，融融的仆使，我还能

恢复你原先的光焰，如果我后悔；

但只要熄灭了你的光，你这奇绝

神天、妙趣干般的杰制，[10]我不知
何处有大罗天灵明的真火，[11]能重燃
你已熄的光焰。当我摘下了玫瑰，
我不能再使它活生生欣荣滋长，
它只有萎谢：我将在枝头上嗅它。　　　　[吻伊。
啊，芳香的气息，你几乎劝得
正义女神砸碎了她的剑！再一次，
再一次。你死后能这样，我把你杀死后
还是会爱你。再一次，这是最后的：
这样温馨的，从没有这样恶毒。
我一定要哭泣，但流的是残忍之泪；
这悲伤只应天上有，它惩罚，可也爱。
她醒了。

玳思狄莫娜　　　谁在那里？是奥赛罗吗？

奥赛罗　是的，玳思狄莫娜。

玳思狄莫娜　　　　　　你上床来吗，官人？

奥赛罗　你今夜祷告了没有，玳思狄莫娜？

玳思狄莫娜　祷告了，官人。

奥赛罗　　　　　　假使你记得有罪过
还不曾向上帝求得宽恕，可马上
去祈求。

玳思狄莫娜　　　唉呀！官人，你什么意思？

奥赛罗　唔，祈祷吧，简短些；我在旁踱着步：[12]
我不愿杀掉你不曾准备好的神明；
不；上天莫让我！我不杀你灵魂。

玳思狄莫娜　你说要杀我？

奥赛罗　　　　　　　　　　不错，我是这样说。

玳思狄莫娜　那么，上天对我舍仁慈！

奥赛罗　　　　　　　　　　　　　　　阿门！

我心愿如此。⑬

玳思狄莫娜　　　　　　你若这么说，我希望

你不会杀我。

奥赛罗　吭！

玳思狄莫娜　可是我还是怕你；你这样眼瞪瞪，

煞是骇怕人。为什么我要害怕，

我可不知道，因为我不知有罪过；

但是我仍然觉得怕。

奥赛罗　　　　　　　　　　　想着你的罪孽。

玳思狄莫娜　它们只是我对你的爱情。

奥赛罗　　　　　　　　　　　　　　　是了，

为那个你将死。

玳思狄莫娜　　　　　　　那死得不合天理，

为爱情而要杀死。唉呀！为什么

你那样咬着你的下嘴唇？有什么

血腥的激情震得你全身颤动；⑭

这些是凶兆，可是我希望，我希望

它们并不针对我。

奥赛罗　　　　　　　　　　禁口，莫做声！

玳思狄莫娜　好的。什么事？

奥赛罗　　　　　　　　　　那手绢我这样心爱，

我给了你，你给了凯昔欧。

玳思狄莫娜　　　　　　　　　　　　　　　没有，

凭我这生命和灵魂！把这人叫来，
问他。

奥赛罗 亲爱的人儿，当心啊，当心
赌假咒；你正在你毕命去的床上。

玳思狄莫娜 是的，可还不得死。⑮

奥赛罗 不然，马上死；
所以，要坦白供认你所犯的罪辜；
因为，你发誓否认我数你的每一桩
坏事，不可能去除或消灭我胸中
为之呻吟的强烈的毒恨。你得死。

玳思狄莫娜 那么，上帝对我舍仁慈！⑯

奥赛罗 我说，
心愿如此。

玳思狄莫娜 你也对我舍仁慈！
我这辈子从未得罪你；我从未
爱过凯昔欧，只除了在上天所允许
那范围里边爱过他；我从未给过他
信物。

奥赛罗 凭上天，我看见我那条手帕
捏在他手里。啊，赌假咒的女人！
你把我的心变成了石头，使我
将我正要做的这事叫做凶杀，
我原来只是想要对上帝献礼：⑰
我亲眼见到那手帕。

玳思狄莫娜 那是他捡到的；
我从未给过他手帕。叫他到这里来；

让他来说句真话。

奥赛罗 他已经承认。[18]

玳思狄莫娜 什么，官人？

奥赛罗 他承认他已经用过你。

玳思狄莫娜 怎样？非法地？

奥赛罗 是的。

玳思狄莫娜 他不会这么说。

奥赛罗 不，他的嘴

不响了：诚实的伊耶戈已着手做这件事。

玳思狄莫娜 啊！我的恐惧说明了。什么！他死了？

奥赛罗 如果他每一根头发有生命，我对他

无比愤怒的报仇准能把它们

全消灭。

玳思狄莫娜 唉哟！他给出卖了，而我就毁了。

奥赛罗 滚蛋，娼妓！你当我的面哭他？[19]

玳思狄莫娜 啊！赶我走，官人，但不要杀死我。

奥赛罗 下去，娼妓！

玳思狄莫娜 明天杀我；让我今晚上活一夜！

奥赛罗 不行，你若要挣扎，——

玳思狄莫娜 只半个钟头！

奥赛罗 动了手就不能踌躇。[20]

玳思狄莫娜 让我只做一次祷告！

奥赛罗 太晚了。［揪住使窒息而死。[21]

［爱米丽亚在门首。

爱米丽亚 ［在内］主公，主公！喂呀！主公，主公！

奥赛罗 是什么声音？没有死？还没有死透？

我虽然残忍，可是还得要仁慈；
我不愿你在痛苦中迁延不去。
这样，这样。[22]

爱米丽亚　［在内］喂呀！主公，主公！

奥赛罗　谁在那里？

爱米丽亚　［在内］啊也，亲爱的主公，
我要跟你说句话！

奥赛罗　好的；这是
爱米丽亚：等一下。她死了。大概是
她来报信凯昔欧已经死：这声音
轰闹得很。[23]嗐！不再动了吗？
坟墓一般静。她可以进来吗？这可好？
我想她又在动：没有。做什么最好？
她若是进来，准会跟我妻子[24]说话：
我妻子！我妻子！什么妻子？我已经
没妻子：啊，受不了！啊，沉重的时刻！
我看来如今应当有一次大日蚀、
大月蚀，吓坏了的地球应当见到了
这巨变而裂开一个大缺口。[25]

爱米丽亚　［在内］我请你
让我跟你讲句话，亲爱的主公哎。

奥赛罗　我把你忘记了：啊！进来吧，爱米丽亚：
等一下，就来：让我把帐帏放下来。
你在哪里？　［开门锁］

［爱米丽亚上。

你现在有什么事情？

爱米丽亚　啊哟，亲爱的主公，那里发生了
凶杀。[26]

奥赛罗　什么？现在？

爱米丽亚　刚才，主公。

奥赛罗　这正是月亮偏离了她那轨道，
她比素常时行得更近了地球，
使人们疯狂。

爱米丽亚　凯昔欧，主公，杀掉了
一个叫洛窦列谷的威尼斯后生。

奥赛罗　杀死了洛窦列谷！凯昔欧给杀了？

爱米丽亚　没有，凯昔欧没有给杀死。

奥赛罗　不是凯昔欧给杀死！那么，凶杀
走了腔，甜蜜的报仇变成了酸苦。

玳思狄莫娜　啊！凶杀得错透，错透。

爱米丽亚　唉哟！
那是什么叫声？

奥赛罗　那个！什么？

爱米丽亚　说出来，唉哟！那是娘娘的声音：[27]
救人！救人，喂呀！救人！啊呀，
娘娘，再说呀！亲爱的玳思狄莫娜！
啊也！亲爱的娘娘，说话也吧。

玳思狄莫娜　我没有罪而死。

爱米丽亚　啊！谁干的这事？

玳思狄莫娜　没有人；我自己；祝别了：
劝我仁慈的官人记念我。啊！祝别了！[28]　［死去。

奥赛罗　哎也，她怎样给凶杀的？

爱米丽亚　　唉呀！谁知道？

奥赛罗　　你听她自己说的，那并非是我。

爱米丽亚　　她是这么说；我一定得讲真话。

奥赛罗　　她像个打入烈火地狱的撒谎者；
是我杀死了她呀。[29]

爱米丽亚　　啊！她更显得
是个天使，[30] 而你更是个恶魔。

奥赛罗　　她变得淫荡起来，成了个娼妓。

爱米丽亚　　你撒谎污蔑了她，你是个魔鬼。

奥赛罗　　她跟流水般无情义。

爱米丽亚　　说她无情义，
你同烈火般莽撞：啊！她深情
真挚好比是天人。

奥赛罗　　凯昔欧登上她身子；问你的丈夫。
啊！我会给打入地狱的最下层，
若不凭正确可靠的原由来进行，
到这般酷烈的程度。[31] 你丈夫全知道。

爱米丽亚　　我丈夫！

奥赛罗　　你丈夫。

爱米丽亚　　说她不忠于婚姻？

奥赛罗　　不错，是跟凯昔欧。而且，如果她
情义真，即令皇天把整整一巨方
琼珍豪贵的橄榄石给我造成了
另一座这样的世界，也休想叫我
去将她交换。

爱米丽亚　　我丈夫！

奥赛罗　　　　　是的，这是他首先告诉我：
他是个诚实人，痛恨粘在淫秽
勾当上的污泥。

爱米丽亚　　　　　我丈夫！

奥赛罗　　　　　何用这重复，
娘们？我说你丈夫。

爱米丽亚　　　　　啊唷，娘娘！
奸恶对爱情来了个嘲讽。我丈夫
说她无情义！

奥赛罗　　　　　是他，娘们；我是说，
你丈夫：你懂得我吗？是我的朋友，
就是你丈夫，诚实的，诚实的伊耶戈。

爱米丽亚　如果他这样说，叫他那恶毒的灵魂
每天烂掉它半丁点儿！他撒谎
撒进了心里头：她太爱她那卑鄙得
不值半文钱的宝货。

奥赛罗　嗐！

爱米丽亚　随你去怎么办：
你做的这件事见不得皇天，正如你
配不上有她。

奥赛罗　　　　　噤声！我叫你。

爱米丽亚　　　　　你没有
伤害得了我的一半力量来损伤我。
啊，蠢奴才！啊，笨鳖蛋！跟泥巴
一般吃矢地愚骙！你干的好事，——
我不把你的剑放在我眼里；我准会

叫大家知道你，即令要丢掉二十条

性命。救人！救人，喂哟！救人啊！

摩尔人杀死了我娘娘！凶杀！凶杀！

［蒙塔诺、格拉休阿诺、伊耶戈与从人等上。

蒙塔诺 什么事情？怎么说法，将军？

爱米丽亚 啊！你来了，伊耶戈？你干的好事，

人家得把凶杀挂在你头上。

格拉休阿诺 什么事情？

爱米丽亚 你若是个人，拆穿这坏蛋的谎话，

他说你告他，他妻子对他不贞洁。㉜

我知道你没有，你不是这样个坏蛋。

说呀，我的心胀得要爆破。

伊耶戈 我把我所想的告诉了他，我讲的

不超过他自己所见的彰明而真实。

爱米丽亚 但是你是否对他说过她不贞？

伊耶戈 我说过的。㉝

爱米丽亚 你撒谎，撒了个龌龊、混账的恶谎；

凭我的灵魂，一个狠毒的恶谎。

她跟凯昔欧通奸！你说跟凯昔欧？

伊耶戈 是跟凯昔欧，娘子。得了吧，莫多话。

爱米丽亚 我非得多话不可；我一定得讲。

我娘娘在这里躺在床上遭凶杀。

众　人 啊，上天莫叫这样！

爱米丽亚 而你的话造成了这凶杀。

奥赛罗 别那么眼瞪瞪，大人们；确是的，当真。

格拉休阿诺 这倒是怪事。

蒙塔诺　　啊，骇怪的行径！

爱米丽亚　　恶辣！恶辣！恶辣！我此刻想到，
我想我嗅到；㉞ 啊，奸险恶辣！
那时候，㉟ 我想到；我要伤心得死掉。
啊，恶辣，恶辣！

伊耶戈　　什么！你疯了？关照你，回家里去吧。

爱米丽亚　　尊敬的大人们，请准许我来说话：
我应当对他服从，但此刻不能。
也许，伊耶戈，我将永远不回家：

奥赛罗　　啊！啊！啊！㊱　　［奥赛罗仆倒床上。

爱米丽亚　　去吧，倒下去
号叫吧，因为你杀死了曾对这世上
举目过的最可爱的天真无邪的人儿。

奥赛罗　　啊！她是罪恶的。我几乎不知你
在这里，叔父。㊲ 您侄女躺在那边，
她的气，当真，这双手刚使它停止：
我知道这行动显得可怕而吓人。

格拉休阿诺　　可怜的玳思狄莫娜！㊳ 我高兴你父亲
已经死。你这桩婚事对他致了命，
把他老命的线儿一剪成两段：
他若是现在还活着，这情景会使他
干出丧心病狂的祸事来，是呀，
诅咒保护他的吉神离开他身边，
而堕入地狱去，永远不能得超生。

奥赛罗　　这煞是可怜；可是伊耶戈知道
她跟凯昔欧干过那丑事一千遍；

凯昔欧自己供认过：而她便报答
他那些色情的功夫，给了他我早先
送她的誓物和寄爱征。我见那东西
拿在他手里：这是条手帕，我父亲
给我母亲的[39]一件古老的信物。

爱米丽亚 啊唷，天呀！啊唷，上天的神威！

伊耶戈 来吧，莫做声。[40]

爱米丽亚 我要讲出来，讲出来；
要我莫做声么，你？不成，告诉你；
不行，我要跟老北风一样公开；
尽管上天、人们、魔鬼，让他们
全都，全都羞辱我，我还是要讲。

伊耶戈 识相点，回家里去吧。

爱米丽亚 我不去。

［伊耶戈威胁欲刺爱米丽亚。

格拉休阿诺 可鄙！
你的剑用来刺女人？

爱米丽亚 啊，你这蠢家伙摩尔人！那手帕
是我偶然捡到了，给了我丈夫，
因为屡次三番，以严肃的殷切，——
这么件小东西，当真，不值得如此，——
他央我把它偷到手。

伊耶戈 下贱的娼妇！

爱米丽亚 她把它给的凯昔欧！不是，唉呀！
我把它捡到，我把它给了我丈夫。

伊耶戈 滥污，你撒谎！

爱米丽亚　凭上天，我没有，没有，
大人们。啊，杀人凶手傻瓜蛋！
这样个蠢蛋，有了这样好的老婆
怎么办？

奥赛罗　天上难道再没有霹雳，
只除了供打雷时候用？㊶宝贝的坏蛋！

［奔向伊耶戈。伊耶戈冲刺爱米丽亚，随即下场。㊷

格拉休阿诺　这女人倒了：他准是杀了他妻子。

爱米丽亚　是的，是的；啊！葬我在娘娘
身边。

格拉休阿诺　他走了；他老婆已给他杀掉。

蒙塔诺　这是个恶毒透顶的坏蛋。你接下
这柄剑，这是我打摩尔人手里
拿来的。来吧，在外边守卫住大门，
休让他通过，格杀勿论。我也来
擒拿这恶贼，这是个极可恶的奴才。

［与格拉休阿诺同下。

奥赛罗　我勇武都说不上，每个小猴儿崽子
都能解除我的剑。但是为什么
基本的正直已消亡，还残留着尊荣？㊸
让它也同归于尽。

爱米丽亚　你的歌，娘娘，
预兆些什么？听啊，你听到我吗？
我要像临死的白鹄一般，在挽歌
声中死去：［唱］

“柳条，柳条，柳条。”——

摩尔人，她是贞洁的；她爱你得很，
狠心的摩尔人；我灵魂要超升极乐界，
因为我说的尽真话；说着心里事，
我死去，死去。　　　　　　　　　　　　［死去。

奥赛罗　　　　这里我还有柄利器；
这是把西班牙宝剑，打造时用冰水
淬炼。啊！在这里。——叔父，我得来。

格拉休阿诺　［在内］假使你要试，就要付很高的代价：
你没有快口，一定得吃点苦头。

奥赛罗　那么，进来瞧瞧我，跟我来打话，
或许，赤手空拳，㊹我也能把你斗。

［格拉休阿诺上。

格拉休阿诺　有什么事情？

奥赛罗　　　　瞧吧！我有柄利器；
武士的腰间从未佩带过更好的：
我见过那日子，使着这小小的臂膀，
这精良的长铗，我所向披靡无阻，
穿经你所能起的障碍不下二十倍：
但那是，啊，无聊的夸耀！谁能够
控制自己的命运？这如今不然了。
不用害怕，虽然你见我佩着剑；
这是我行程的尽头，是我的终局，
我航路已到了极限的标志。你是否
害怕而后退？这是个徒然的恐惧；
把一根灯芯草指向奥赛罗的胸膛，㊺
他就会后退。奥赛罗应往哪里去？㊻

却说，现在你看来是怎么个模样？
啊，命苦的小娘！跟你的衬衣
一般苍白！当最后审判那一天
我们相见时，你这般模样将会把
我灵魂从天上扔下来，魔鬼们会抢着
把它抓。冰冷，冰冷，我的姑娘！
跟你的贞洁一个样。
啊！可恨，可恶的奴才。[47] 挥鞭梢，
魔鬼们，鞭去我心中这天人般的形象！
把我在风飙中颠顿！硫磺里燔烤！
把我投入火流的陡峭的旋涡中！
啊，玳思狄莫娜，玳思狄莫娜！
死了啊！呀！呀！呀！

［罗铎维哥、蒙塔诺、伊耶戈（被逮）、军官数人、凯昔欧坐肩舆，同上。[48]

罗铎维哥 这莽撞而非常不幸的人在哪里？

奥赛罗 那是他，曾经是奥赛罗；我在这里。

罗铎维哥 那毒蛇在哪里？把那坏蛋带过来。[49]

奥赛罗 我低着目光看他的脚；但那是
虚幻的传说。[50] 你若是个魔鬼，我不能
杀死你。 ［刺伤伊耶戈。

罗铎维哥 夺掉他的剑。

伊耶戈 我流血，大人；
但没有给杀死。

奥赛罗 我并不可惜；要你活；
因为，据我想来，死去了倒快乐。

罗铎维哥　啊，你这奥赛罗！你曾经这么好，[51]
却中了那个贼奴才的奸谋，我们
将对你怎样说法？

奥赛罗　　　　　　　　　　　　哎也，听便：
一个心地光明的凶杀犯，您可以
这么说；因为，我所作非出于恚恨，
而都是为荣誉。

罗铎维哥　　　　　　　　　这恶贼已部分供认
他那恶辣的行径：你和他同意把
凯昔欧杀死吗？

奥赛罗　唔。

凯昔欧　亲爱的将军，我从未给过您缘由。

奥赛罗　我信你的话，我要请求你原谅。
您可能，我请求，问那半个儿魔君吗，
他为何要这般陷害我的灵魂跟身体？

伊耶戈　休问我：你所知道的，你已经知道：
从今往后我将决不再讲话。[52]

罗铎维哥　什么！不祷告？

格拉休阿诺　　　　　　　　　刑讯会叫你开口。

奥赛罗　很好，您最好这么办。

罗铎维哥　足下，你该当知道发生了什么事，
不过，我想，你还不知道。这里有封信，
从被杀的洛窦列谷身上找到，
这里又有封，第一封是说，杀死
凯昔欧由洛窦列谷负责进行。

奥赛罗　啊，恶毒！[53]

凯昔欧　　　　真是穷凶极恶！

罗铎维哥　这里还有封语气很不满的柬帖，
也从他口袋里找到；这一封，看来，
洛窦列谷打算要送给这贼坏蛋，
可是，我猜想，在发出之前伊耶戈
来到了，使他满了意。

奥赛罗　　　　　　　啊，这恶贼！
你怎么会到手，凯昔欧，我妻子那手帕？[54]

凯昔欧　我在我房间里捡到；他自己刚供认，
他故意扔在那里，且已经如愿
以偿。

奥赛罗　　　啊，蠢才！蠢才！蠢才！[55]

凯昔欧　洛窦列谷在信里还责骂伊耶戈，
怪他叫他在岗哨上向我挑衅；
就为了那事我遭到黜职：他刚才，
似乎已死了好久之后，还说到
伊耶戈煽动他对我袭击，又把他
刺伤。

罗铎维哥　你须得离开这房间，和我们同走；
你那权位与指挥已经被撤掉，
而由凯昔欧在塞浦路斯任统帅。
这奴才，假使有什么机巧的酷刑
能把他凌迟施虐，定要他去生受。
你须得成为个严禁的罪犯，要待
罪行的性质报知了威尼斯当道，
再对你处置。来吧，将他带起走。

奥赛罗　且慢；[56]您去前且容我略谈这一二。
我曾为公邦效过些微劳，他们
也知道；那不用再提。在您书柬中
说起我，当申叙这些不幸的事件时，
要请你只照直敷陈；既毋庸缩减，
也不必心怀了恼恨漫着笔：然后，
您定将诉叙有个人钟情太深重，
虽说不聪明；此人轻易不忌妒，
但一经着了魔，便惶惑得无所措手足，
这人好似那鄙贱的印第安族人，
丢掉颗明珠比他那整个部落
还珍富：这人的两眼，有伤感动于衷，
纵令不惯泣涟洏，也尽会泪涔涔，
如同那阿拉伯香树堕注药胶脂。[57]
请君记下这一笔；此外再说道，
有一次阿兰波[58]地方有一个生性
凶恶、头戴巾帕的土耳其枭民
揍一个威尼斯邦人，且将公邦
来诋毁，我抓着那割掉包皮的狗子，
揪住了脖子给他这一下。　［以匕首自戮。

罗铎维哥　啊，血染的收场！

格拉休阿诺　所有的话儿都只变成了白说。

奥赛罗　杀死你之前，我曾接过你的吻；
如今，再没别的路，杀死我自己，
［倒于玳思狄莫娜身上。
一吻而死。　［死去。

凯昔欧　我就怕这样，但以为他已没有了
武器。

罗铎维哥　［对伊耶戈］啊，忿鸷的斯巴达猛狮！[59]
比惨痛、饥饿或是大海还凶残
狼戾，你看床头这灾祸的负荷；
这是你的勋劳；这形景不堪卒睹；
把它盖起来。格拉休阿诺，你守住
这屋子，领受了摩尔人的财产，因为
它们归你去继承。至于您，总督，
审判这魔鬼似的恶棍，由您去决定
时间、地点、刑讯；啊！贯彻它。
我将立即上船去，以沉重的心情，
将这件悲惨的事变向公政院报明。　［同下。

（剧　终）

第五幕　注释

① 各版四开本原文作"Bulke"，Gollancz（在其校注之 Temple 版莎氏全集［1894—1922］《奥赛罗》剧本内），Skeat（*A Glossary of Tudor and Stuart Words*，1914），Onions（*A Shakespeare Glossary*，1919）等都解作店铺前部凸出的框架，用以展陈货物者。Schmidt 解作房屋的凸出部分。各版对开本作"Barke"，Knight 解作堡垒前凸出的部分，墙垛子或扶柱（buttress）。

② 原文"young quat"相当于现代英语里的"young scab"，意即年轻的"痤疮"；"痤疮"为流氓社会里一句下流话，是指一个龌龊可鄙的家伙。

③ 各版四开本原文作"Be't so"，意如译文；对开本作"But so"（但是这样）。Dyce 校改为"But，soft"（但是，轻一点），虽好，却非本来面目。

④ 这是在悔恨自责。接着，奥赛罗误以为凯昔欧在内疚自责，故曰"一点不错"。迨凯昔欧呼救之后，奥赛罗才发觉这呼救的人是凯昔欧，所以说"这是他"。

⑤ 原文作"进来"。

⑥ 坏蛋干了十恶不赦的坏事，理屈情虚，满心恐惧，生怕人家看出了他的破绽，便

倾其平生之力，转移目标，以期嫁祸于人。我们或许可以套他自己的话来说他，

不行，罪恶
会自我暴露，虽然舌头在高声
捏造、污蔑、诽谤，显见得凶手
自情虚，只可惜二公目光不敏锐。

虽然罗铎维哥与格拉休阿诺一句也没有理睬他，可是他独自一个依然兴致勃勃、张牙舞爪地在那里大声疾呼。作者于四百年前能如此传神地描绘这"伟大"的犯罪者的心影，真可谓神来之笔。

⑦ 初版四开本这里的舞台导演辞作"奥赛罗上场，持一支光"，二、三版四开本在后面加上"玳思狄莫娜在床上？"；对开本则仅为"奥赛罗上场，玳思狄莫娜在床上"。所谓"光"可以是灯，也可以是烛，但多半是一支尖头的细长蜡烛，插在烛台上。据 Knight 与两位十九世纪德国莎作翻译家与学者 Tieck 与 Ulrici 的研究，在莎氏当时，舞台上的布置是：主戏台后部还有一个小戏台，它也跟前面的大戏台一样，有帷幕掩盖着，演出就在这样的情况下进行；幕启时玳思狄莫娜在作为她的眠床的小戏台上睡着，奥赛罗上场来后将小戏台的帷幕拉开，然后继续演下去。在近代舞台上，名伶 Edwin Booth 的舞台设计是这样的：这是堡垒里的一间卧室；床在舞台左侧，安放在高出平地的矮坛上，床头对着观众；正对着床，在舞台右侧是一扇大窗，幕启时月光从窗外射到床上；台中间，面对着观众是一扇门和一只做在墙壁上、有垫子的软长椅；近床处放一只桌子，上燃灯火；玳思狄莫娜在床上睡着，奥赛罗站着。这样，奥赛罗握住她脖子按在床上，使她窒息而死，观众可以不见。Booth 这设计，关于月光一点，译者觉得尚可商榷。如果有月亮，奥赛罗当会提起它而不提起"你们贞洁的星辰"。虽然月光照在床上能增加浪漫气氛，但与莎氏原意恐不免相左，因为这一景是这出惨绝人寰的悲剧的顶点，皎洁的月亮也躲起来了（月黑夜），不忍露脸，台上的光线不宜太亮，大窗（或落地长窗）里照进来的只是寥寥几颗星；在这外界与内心都黯然销魂的气氛中，奥赛罗不能自已地对贞洁的星辰们谈，让我休对你们提起那不入耳的名儿吧：要这样，我想，演出的气氛才能与剧诗的情调互相契合。有些人主张在这一剧景里玳思狄莫娜应当始终，或大部分时间，躺在或坐在床上，而不宜下地来。英国名女伶番妮·堪布尔（Fanny Kemble，1809—1893）批评意大利名伶萨尔维尼（Salvini）使玳思狄莫娜从小戏台上走下来，站在它前面与奥赛罗进行对话，乃是违反了演出传统，伤害了这一剧景的效果，且与莎氏意向不符，我觉得是不移之论。莎氏的用意，她说，是在使奥赛罗告诉他妻子，说她正在她毕命去的床上，而当他愤怒地命令她"禁口，莫做声"时，她回他道，"好的。什么事？"这时候这凄惶的女子畏缩地爬在枕上，像一个可怜的、惊恐的孩子一般。的确，假使让玳思狄莫娜面对奥赛罗站着说话，而不是在她那横靠着的姿势的柔弱无助的状态中哀求怜悯，这整个剧景便会失去它最可怜的成分；虽然我们没有疑问，什么女伶人，只要她有本领对付这情景，可以从床上冲下来投到奥赛罗跟前地下，同时尖声发出这否认，"没有，没有，没有；把这人叫来，问他，"——那样做是能产生非常有力的效果的。名伶 Fechter 的舞台设计里有一只高耸而优雅的威尼斯式灯台在床

头照着，幕启时玳思狄莫娜睡着，在她手边掉在地上有一面梳妆镜子。这设计与这位伶人所了解的第一行与第三行里奥赛罗连说三次“It is the cause”有关，因为Fechter表演奥赛罗时从地下捡起了镜子来自照一下，见到里边古铜色的自己的面容后怒不可遏，说“这是原因，这是原因”，意即玳思狄莫娜所以对他不贞是因为不满于他的肤色，随即将镜子扔入面对观众的舞台后面的阳台外面海里去。这样了解第一行与第三行，以及采取这些动作，我觉得都病于庸俗，殊为不当。

⑧ 从Steevens所释，“我所主持的是贞洁与美德的大义。”Hudson也解得贴切，“不能说我将采取的行动系出于个人动机或因嫉妒而报复。”

⑨ 原文只是“它”，意即通奸那罪名。在希腊、罗马神话里，月亮为Artemis与Diana女神；她们象征贞洁，又为林木之神与处女射猎者。拱绕着贞洁女神月亮的众星辰，在古典诗歌里因而被认为都是些环侍着她的处女。

⑩ 直译当作“你这出奇的造化所创的最巧妙的杰作（或模范）”，但嫌平淡乏味，而且噜苏。

⑪ “Promethean heat”，意即普罗米修士大神从天上偷下来赐给人间的神火，它有起死回生之力。道家以大罗天为仙界最高之天，那里大梵之气包罗氤氲，上有七宝树弥覆八方诸天。

⑫ Booth：奥赛罗踱着步。

⑬ Booth：说此时倾注着整个心神与灵魂。

⑭ Fechter：她推开了被头，起身坐在床上。

⑮ Booth：玳思狄莫娜下床来，颤兢兢地靠在床上。

⑯ Booth：站不住，沉了下去。从这里起到“啊！赶我走，官人”，她斜倚在床座的步级与矮坛上。

⑰ Johnson：我高兴已经校勘完毕了这一可怕的剧景。这真是不能忍受。Halliwell：许多读者也许会同情约翰荪博士结尾那句话。不去辩论写作这篇悲剧所显示的奇横的笔力，我心灵上感到的是，在这一剧景内和在伊耶戈这个可恶到绝点的性格里，有些东西这么样令人心中作恶，简直使研读《奥赛罗》这个剧本变成了不是个愉快的责任，而是个痛苦的义务。Furness：我毫不畏葸地说，我愿意这本悲剧从未被作者写作出来过。前面几幕里那无穷无尽的诗思所能给予人的愉快，不论怎样猛锐或高亢，对于我的气质来讲，无论如何也不能抵补，而只能增加，这最后一景的无法言宣的惨怛。对于校勘者与研读者，这悲剧既有如此创巨痛深的感觉；对于移译者来说，那苦痛有过之无不及当可不言而喻。

⑱ Hales：［自此起至“啊！赶我走，官人，但不要杀死我。”］大体上讲来，莎士比亚喜欢描绘这人世间宏伟的道德律的作用，以及显示违犯了它们那惩罚将是多么可怕。但有时候他展露出一个更加可怕的景象，——一个神秘的、不可究诘的、使灵魂为之扑倒的景象。这就是“命运”，盲目，不能说动，凶残无餍。玳思狄莫娜正是“命运”的最精选的遭难者之一。她的明艳倒成了她的敌人。她的美德把毁灭带给了她。最天真无邪的东西被解释成为控诉她的证据。服从了她清澈的灵明的最好本性，她却激起了最恶意的疑虑，招致了最苦恨的谴咎。她口中的真实，被当作欺诳。在现在这一段里，她的回答，由于一个几乎无法使人相信的灾祸，

也正因为她天性的清纯无猜，而恰恰证实了奥赛罗对她的可恨的诉罪。回答能比她这些个更加不幸吗？她是堕入了“命运”的罗网之中，无法逃脱。我们可以比她的希腊文名字“δμδαiμων”（犯了灾星）更进一步，说她是“δυσδατμονiα”（被灾星所命定）。她不仅不幸福，而且是无幸福本身。

⑲ Booth：狂怒。他讲下一句话后有一个生死的挣扎，那时候她回到床上，奥赛罗的身体隔着她和观众。

⑳ 这是原文的一解。另一解是 Knight 的说法：这句话不是对玳思狄莫娜说的，而是奥赛罗表示他自己头脑里的想法。他的爱情与他那受害的荣誉两者之间的冲突已经过去；当他对他妻子举起了他杀害之手的时候，他认为报应的行动已经做到了。这确是做到了。为仅仅干完他的暴行，那是桩仁慈的事，“就不能踌躇”。

㉑ Booth：长时间的停止动作。爱米丽亚的叩门声不应太响。

㉒ 据 Collier 于十九世纪三十年代所发现的一支作于《奥赛罗》这剧本已经演出后、作者失名而当时未曾印行的“歌谣”：题名《摩尔人奥赛罗之悲剧》——据那支“歌谣”里所说，最早饰演奥赛罗的伶人，莎士比亚的朋友与戏班同事勃培琪（Richard Burbage），他手刃了玳思狄莫娜，“那里把他那乌黑的双手，‖ 他染得殷红火赤。”但这支歌谣的年代有可疑之处，因而勃培琪的手刃也发生了问题。十八世纪七十年代 Francis Gentleman 在一篇评论当时名伶茄立克（David Garrick，1717—1779）的演出时，说到玳思狄莫娜在窒息过去之后苏醒回来，未经行凶而再行死去，疑得未免荒唐；所以他称赞茄立克的创新演法，让奥赛罗手刃她，她流了血同时恢复了说话能力，跟着再死去，为演出技术上非常合理的一着。Steevens，Rann，Knight，Collier，Hudson 等学者都赞同此说。Knight 谓，奥赛罗虽曾说过“我不叫她流血”，但在这一惨痛与恐怖的顷刻间，当他说“没有死？还没有死透？”的时候，他把以前的决定忘记了。Delius 不同意这说法，说假使莎士比亚用意是要使奥赛罗手刃玳思狄莫娜，他一定会在这上下文里给我们少许暗示，不论怎样些微，以资推论而确定这一点。缺少这个暗示，加上摆明了的舞台导演辞，迫使我们猜想奥赛罗说“这样，这样”时，他重新按着她的脖子将她窒息而死。Cowden-Clarke 相信“这样，这样”只是用来表示奥赛罗堆些衣服，压个枕头在她嘴上。Booth：当你手刃和呻吟“这样，这样”时，用战栗的手将你的脸遮起来；那钢锋是在穿刺你自己的心房。这些名伶与学者们所以觉得奥赛罗当是手刃了玳思狄莫娜，原因在于他们认为她既然窒息过去之后能苏醒回来，但过了一阵说了三句话之后忽又不复挣扎而悄然死去，乃是不可能或不合理的，除非奥赛罗说“这样，这样”时因不忍她迁延不死而拔出匕首或短剑来刺她一下，而且击中了要害。Furness 提出两个问题：如果他们的猜测是对的，玳思狄莫娜之死于剑刃跟奥赛罗下面所说她苍白得跟她的衬衣一样又有不可调和的冲突；如果她确被窒息而死，她的脸色似应紫胀而不会苍白，除非莎氏确曾见到过这样的例子。Furness 将这剧景全文送交七位他所认识的名医师，在这些字句下面都画上了着重线条：“我不叫她流血”；“这样，这样”；“她死了”；“嘻！不再动了吗？坟墓一般静”；“我想她又在动：没有”；玳思狄莫娜被窒息后所说的三句话；“您侄女躺在那边，‖ 她的气，当真，这双手刚使它停止”；以及“跟你的衬衣一般苍白”：——另外再提

出六个问题向他们请教。他们的答复虽然不完全一致，而且因为太长，这里不可能译出来，但总起来说，大都认为她是被窒息而死的，不是毕命于匕首或短剑击中了要害。我觉得 Dr. Willian Hunt 与 Dr. Ad. Lippe 的答复最令人满意：前者云，她死于喉头的环状软骨破裂（fracture of the cricoid cartilage of the larynx），加上气肿（empbysema）与神经性休克（nervous shock）；后者谓，是出于慢慢地被闷窒而死，以及强烈的情绪变化促使心脏停止活动。在这两种情况之下，脸色都是苍白的，伤者能在临死前以沙哑的低声说两三句话。至于“这样，这样”，大多数的意见是说，此时奥赛罗正在加紧扣住她的脖子。

㉓ Booth：这是指他跟玳思狄莫娜的挣扎，她的叫声和他的怒斥合在一起很响。(Irving 以为这是指爱米丽亚的拍门声。）Furness 认为这是指洛窦列谷袭击凯昔欧时的轰闹声。

㉔ Booth：说到这里，他停住了，目瞪口呆，或许说，被这样个奇怪的字眼所困惑住，自问自地喃呐了两次以后，随即以心情恐怖的全力，几乎以尖锐的喊叫声讲出“我没妻子！”跟着就倒在舞台后部中间的软长椅上，那里他一边全身扭捩着，一边说出下面的几行。

㉕ L. Mason：当时人以为日、月蚀时或过后总有地震。

㉖ Booth：奥赛罗为之一怔。

㉗ Booth：爱米丽亚冲到床前，把帐帏卷起。

㉘ Booth：这临终之言应当打动了奥赛罗；他相信她垂死前还［为了他］撒这个谎，因而显示出内心多么痛苦。他的下一句话是在哽咽中说出的。

㉙ Booth：说这一行半时用深沉的情感，不可出以无动于衷的声音。

㉚ Hudson：爱米丽亚分明是说，玳思狄莫娜说了刚才那句谎言更显得她是个天使。当然，所有心神正常的人都得同意她；无论如何，我也是不能不为这句谎言而更加敬爱、尊崇玳思狄莫娜的许多人中间的一个。因为，的确，这甜蜜可爱的苦难人知道奥赛罗是被某一骇人听闻的妄想所驱使着；有一股可怕的戾气迫使他心不由己，不能自主；他一定会遭受到那不堪设想的后果，所以要比她自己更成为哀怜的对象；他神态间那不可言宣的怆痛绞得她纯洁的灵魂发出一派怜悯，如此地强烈，以致使她毫不感觉到她自己垂死前的那阵苦痛；所以她临终时最后的呼息，被她温柔悌惝地切望能庇护他的情愫化得神圣非凡——竭尽她的能力庇护他，使真相大白时，他能够不受等着要对他内外夹攻的可怕的惩创所打击。玳思狄莫娜临死前的伪言，它的源头与泉脉原来是这么渊深而圣洁！这句谎言，乃是真理本身的圣洁中所产生出来的！

㉛ Booth：这两行半用劲说，以辩解他自己的行动。

㉜ Booth：伊耶戈显得横定了心，瞪目而视；坚定不移，——她说完后他稍停一下才答话，顽固地。

㉝ Booth：简短而尖锐。说时他向她投射疾速的、钢刺似的一瞥，表示轻蔑，但当她接着开腔时不禁气沮，而是在绝望中拼着命说“是跟凯昔欧，娘子。……”这句话的。

㉞ 这读断法与标点从 Staunton。各版对开本作“我想到：我嗅到：”知名的 Globe 本

及 Hudson，Rolfe，White（第二版）等都从它。许多现代版本则都从 Rows 的读断与标点法，“我想到，我嗅到，”——这就病于太碎。

㉟ Steevens：这是指当她把玳思狄莫娜的手帕给伊耶戈的时候；因为就在“那时候”，爱米丽亚便已显得在疑心他向她讨它不是为什么诚实的目的，所以问他丈夫说，“你要把它怎么样，这般急切‖要我把它偷？”（三幕三景三百十余行处）。Cowden-Clarka：这是指四幕二景一百三十余行处，她说“我宁愿给绞死，‖若不是什么骇人的坏蛋，……”这句话时候的怀疑；她现在似乎正要说，“那时候我曾想到有坏蛋在那里捣鬼，可是想不到那坏蛋就是我丈夫。”想到伊耶戈居然能干出这样十恶不赦的坏事来，她不禁打断她自己说了半句的话，插入“我要伤心得死掉”。译者觉得这一疏解似可曲尽原意之隐妙。

㊱ Booth：伊耶戈恶意地欣然凝视着，默默得意。爱米丽亚坐在软长椅上。

㊲ 格拉休阿诺上场来后不久，当他发现他侄女已死，就倒在一只放在床前的凳子上。

㊳ Delius：格拉休阿诺似乎是来到塞浦路斯岛，专为带她父亲的死讯给玳思狄莫娜的。

㊴ Steevens：在三幕四景约六十行处奥赛罗说是个“埃及人”送给他母亲的；在这里他又说是他父亲。这有人曾非难为莎士比亚的失误，但也许这只是他艺术的又一新证。奥赛罗所讲的有关那手帕的第一个说法是故意浮夸的，用意是要吓他妻子一下。他第二次说起它时，说实话已能满足他的目的。Cowden-Clarke：就是这一下稍稍与事实有出入也有它自己的报应。假使奥赛罗不用那条手帕的描摹过度激起玳思狄莫娜的恐惧，她也许不致被引入支吾搪塞之中，以致说了假话。

㊵ Booth：伊耶戈没有想到她会暴露他的秘密，现在便震惊起来而剧烈发抖了。

㊶ Malone：天上难道没有个额外的霹雳吗，可以径自扔到这穷凶极恶的坏蛋头上去？是否他那武器库里所有的储藏都得留作普通寻常的雷霆用？

㊷ 各版四开本导演辞作：摩尔人奔向伊耶戈；伊耶戈杀其妻。各版对开本无此导演辞。Rowe 作：伊耶戈冲破拦阻，伤其妻，随即下场。Dyce 作：奥赛罗拟冲刺伊耶戈，但为蒙塔诺夺去其剑。

㊸ 从 L. Mason 的疏解。

㊹ 如格拉休阿诺所猜想的那样。

㊺ 据 Staunton 云，这是隐指滑稽比武而言，与赛者以灯芯草作为武器，以代宝剑。

㊻ Booth：走向床前，行近时他的剑从手上掉落到地下。

㊼ Booth：以表情的姿态来显示，你是在指伊耶戈而言。Furness：我以前总以为在指奥赛罗自己。

㊽ 各版四开本里的这舞台导演辞，各版对开本付诸阙如。Collier：在现代舞台上，凯昔欧跛着步子上场来，有人扶着他，那块手帕给绑在他受伤的腿上。

㊾ Booth：伊耶戈上场时，奥赛罗就把帐帷放下来，以免玳思狄莫娜之遗体被伊耶戈的凝视所污渎。大家都目注着伊耶戈，正好给奥赛罗一个不被觉察的机会去冲击他。

㊿ 据传说，魔鬼的脚是中间裂开的分趾蹄。

51 Booth：不是只凶恶的野兽。记住了这一点。

52 Booth：咬牙切齿，表示从此决不再讲话。

㊼ 据 Ritson 与 Walker 说，从意义上与音步上讲，都应是“villainy”。本来作“villaine”(坏蛋)。

㊽ Booth：停顿一下，——惊诧地望着那手帕。

㊾ Hawkins 在《歧恩传》(Edmund Kean，1787—1833) 里说道：[老] 蒲士 (Junius Brutus Booth，1796—1852)、茄立克 (David Garrick，1717—1779)、巴雷 (Spranger Barry，1719—1777) 与堪布尔 (John Philip Kemble，1757—1823) 四人表演这几个字时，都恣肆激情狂呼着，扯着头发，浑身震颤着，但歧恩却懂得更深些；他这时候不感觉到极度的痛苦，因为莎士比亚和自然没有叫他感觉到这个，他重复这几个字时很快，几乎不怎么听得清，而是出之以一下惊奇的半笑，诧异他自己的不能使人相信的愚蠢，竟是这样一个“蠢才”。Ottley：那些看见过歧恩表演这一段的人，用不到去提醒他们回忆起他如何奇异地运用这一机会来表演，——他的目光在空虚中游荡，被诧异、懊悔、绝望所乘而似醉似痴，——两只手扣住着，手心朝上，盖在头顶上，仿佛是镇压着一个发烧的脑子，那正待爆发出来变成一个火山，——当时以颤抖的喘息声，以极痛苦的声调叫道：“蠢才！蠢才！蠢才！”Booth：我想象，从现在起，奥赛罗是在完全疯狂的边缘上了。

㊿ Gould：当 J. B. Booth 开始这一段话时，他拿起一件丝绸的长褂，不经意地披在肩上；然后伸手取他的头帕，在那里边拿到了他藏着的那柄匕首。Booth：奥赛罗打开了帐帷，——停一下，——吻了玳思狄莫娜，——慢慢地以悔恨的深情，——转向其他诸人，他们怀着尊敬的同情低下头来，所以都没有看见他决意了的自杀，等到发觉已经太晚。

51 Bucknill：也许不是阿拉伯树胶，而是没药。按，字典上说，没药产于阿拉伯、阿比西尼亚等国，茎部渗出黄色乳液，干后成块，气香味苦，颜色深红如琥珀，为通经健胃药。

52 Aleppo 在当时是在亚洲部分土耳其境内的一个城市，现在叙利亚东北部。Steevens：据人告诉我，一个基督教徒如果在阿兰波打了一个土耳其人，他会马上被处死。

53 Hanmer：斯巴达 (Sparta，又名 Lacedæmon，希腊半岛南部古希腊 Laconia 邦之首府，居民以悍勇好战、不喜说话闻名) 种狗当时被公认为最猛烈凶残的几种狗之一。Singer：这暗示似乎指伊耶戈坚决的沉默和古斯巴达人遇苦难时那尽人皆知的沉默，同时也意味着狗性的猛鸷。

1963 年 9 月 16 日开译，1964 年 1 月 14 日竣事。

1964 年 3 月 10 日晨二时修校抄录完毕。

用 Horace Howard Furness 之 New Variorum 本 *Othelto*。